CAROLINE GRAHAM
Treu bis in den Tod

Buch

Als Simone Hollingsworth nicht zum Glockenläuten in der Pfarrkirche von Fawcett Green erscheint, ist zunächst niemand überrascht. Denn bisher hatte sie alle Aktivitäten im Dorf nach kurzer Zeit wieder aufgegeben. Doch ihr Mann Alan ist volkommen außer sich, denn alles deutet darauf hin, daß Simone durchgebrannt ist – bis die erste Lösegeldforderung eintrifft.
Als Inspector Barnaby den Fall übernimmt, überstürzen sich die Ereignissse: Jetzt verschwindet auch noch die Nachbarstochter, die heimlich in Alan verliebt ist, und Alan selbst findet man tot in seiner Wohnung auf – zusammen mit einem mehr als zweifelhaften Abschiedsbrief. Immer mehr Personen geraten in ein Netz von unerklärlichen Zusammenhängen, und niemand ahnt die schockierende Wahrheit, die hinter der trügerischen Idylle von Fawcett Green schlummert ...

Autorin

Caroline Graham wurde in den dreißiger Jahren in Warwickshire geboren. Nach ihrer Ausbildung war sie einige Zeit bei der englischen Marine, leitete später eine Heiratsvermittlung und arbeitete während der sechziger Jahre an einem Theater. 1970 begann sie mit dem Schreiben, arbeitete zunächst als Journalistin beim BBC und bei Radio London. Später schrieb sie Hörspiel- und Drehbücher. Caroline Grahams erster Roman erschien 1982, seither hat sie neben zahlreichen Kriminalromanen auch zwei Kinderbücher verfaßt.

Außerdem bei Goldmann im Taschenbuch erschienen:

Blutige Anfänger (44261) · Ein böses Ende (5983) · Eine kleine Nachtmusik (5976) · Die Rätsel von Badgers Drift (44676) · Ein sicheres Versteck. Roman (44698)

Caroline Graham
Treu bis in den Tod

Roman

Aus dem Englischen
von Ellen Schlootz

GOLDMANN

Die Originalausgabe erschien 1996 unter dem Titel
»Faithful Unto Death«
bei Headline Book Publishing, London

Umwelthinweis:
Alle bedruckten Materialien dieses Taschenbuches
sind chlorfrei und umweltschonend.

Deutsche Erstausgabe 7/99
Copyright © der Originalausgabe 1996
by Caroline Graham
Copyright © der deutschsprachigen Ausgabe 1999
by Goldmann Verlag, München,
in der Verlagsgruppe Bertelsmann GmbH
Umschlaggestaltung: Design Team München
Umschlagmotiv: Ernst Wrba
Satz: Uhl + Massopust, Aalen
Druck: Elsnerdruck, Berlin
Verlagsnummer: 44384
RM · Herstellung: Heidrun Nawrot
Made in Germany
ISBN 3-442-44384-9
www.goldmann-verlag.de

7 9 10 8 6

Für meine Freunde Lili und Neville Armstrong

Der Dramatiker in diesem Haus ist der Tod. Schnörkellos und unerbittlich die Drehbücher, die er schreibt.

> Ridge House, U. A. Fanthorpe

1

Simone Hollingsworth verschwand Donnerstag, den 6. Juni. Man könnte beinah sagen, sie habe sich einen wunderschönen Tag dafür ausgesucht. Ein warmer Wind wehte bei fast wolkenlosem und strahlendem Himmel. Die Hecken standen in voller Blüte, und auf den Feldern tollten Hasen und Kaninchen fröhlich herum, wie das junge Geschöpfe tun, die noch nicht ahnen, was ihnen auf dieser Welt so alles bevorsteht.

Das erste Anzeichen dafür, daß in der St. Chad's Lane nicht alles so war, wie es sein sollte, bemerkte Mrs. Molfrey, als sie unsicheren Schrittes auf dem Weg zum Briefkasten am Nachbarhaus vorbeikam. Dort versuchte nämlich Sarah Lawson gerade, das Tor der Hollingsworths von innen mit dem Fuß aufzustoßen, während sie mit den Armen einen großen Karton umklammert hielt.

»Kommen Sie, ich helfe Ihnen«, sagte Mrs. Molfrey.

»Wenn Sie mir nur freundlicherweise das Tor aufhalten würden.«

»Der sieht aber schwer aus«, sagte Mrs. Molfrey mit Blick auf den Karton. Dabei zog sie langsam das Tor aus vergoldetem Schmiedeeisen auf. »Was um alles in der Welt ist da drin?«

»Ein paar Einmachgläser für meinen Stand beim Kirchenfest.«

Sie gingen nebeneinander her. Sarah zügelte aus Höflichkeit ihr normales Tempo, denn Mrs. Molfrey war sehr alt. Die Uhr am natursteinernen Kirchturm schlug drei.

»Außerdem hatte Simone mich zum Tee eingeladen, aber offenbar mußte sie irgendwohin. Ich hab die Sachen auf der Terrassentreppe gefunden.«

»Wie seltsam. Das sieht ihr überhaupt nicht ähnlich.«

»Kann nicht behaupten, daß ich traurig darüber bin.« Sarah hievte den Karton, der abzurutschen drohte, stöhnend ein wenig höher. »Wenn man erst mal da drin ist, muß man mindestens eine Stunde einplanen.«

»Das arme Ding ist vermutlich einsam.«

»Was kann ich denn dafür?«

Vor dem Bay Tree Cottage, dem Lorbeerbaum-Cottage, blieben sie stehen. Das war Sarahs Zuhause. Hier brauchte Mrs. Molfrey sich nicht zu bemühen, weil das Tor seit ewigen Zeiten schief in den Angeln hing. Diese Nachlässigkeit wurde von den ordnungsliebenden Dorfbewohnern mit einem resignierten Schulterzucken hingenommen. Sarah war Künstlerin, und da mußte man eben Zugeständnisse machen.

»Ohne Auto kann Simone nicht weit sein. Und außerdem sollte sie sowieso bald zurückkommen. Um fünf ist Läutprobe.«

»Ach, ist das ihr neustes Hobby?« Sarah lachte. »Allmählich müßte sie ja alles durchhaben.«

»Hat sie den Kurs bei Ihnen eigentlich zu Ende gemacht?«

»Nein.« Sarah stellte den Karton ab und zog einen Schlüssel aus ihrer Rocktasche. »Sie ist ein paar Wochen gekommen, dann hat sie das Interesse verloren.«

Mrs. Molfrey warf ihren Brief ein und dachte auf dem Heimweg darüber nach, daß für Simone tatsächlich nicht mehr viel blieb, womit sie sich die Zeit vertreiben konnte.

Die Hollingsworths waren vor etwas mehr als einem Jahr ins Nightingales-Haus eingezogen. Im Gegensatz zu den meisten Neuankömmlingen, die förmlich danach lechzten, sämtliche Gepflogenheiten des Dorfes bis ins letzte zu ergründen, noch bevor die Umzugswagen außer Sichtweite waren, hatte Alan Hollingsworth nie das geringste Interesse am Dorf und seinen Bewohnern bekundet. Man bekam ihn immer nur kurz zu sehen, wenn er in seinen metallicschwarzen Audi Cabrio stieg, seiner Frau zum Abschied zuwinkte und dann mit knirschenden Reifen vom Grundstück fuhr. Oder wenn er viele Stunden später – er hatte nämlich eine eigene Firma und arbeitete sehr hart – mit surrendem Motor wieder angerollt kam und sie mit einem Kuß begrüßte.

Simone erschien immer in dem Moment im Hauseingang, wenn die Autotür zufiel, als ob sie irgendwo heimlich gelauert hätte, damit der Herr des Hauses nur ja nicht eine Sekunde auf den verdienten Willkommensgruß warten müsse. Wenn er sie dann küßte, stand sie mit einem Bein auf Zehenspitzen, das andere nach hinten geknickt, wie eine Schauspielerin in einem Film aus den vierziger Jahren.

Im Gegensatz zu ihrem Mann hatte Mrs. Hollingsworth, die reichlich Zeit hatte, sich bemüht, an den dörflichen Aktivitäten teilzunehmen. Man mußte allerdings zugeben, daß die sehr begrenzt waren. Da gab es den Frauenkreis, die Stickereigruppe, den Bowling-Klub, die kleine Amateur-Winzerei, und – für die wirklich Verzweifelten – den Gemeinderat. Dort führte die Frau des Pfarrers den Vorsitz.

Mrs. Hollingsworth war zu mehreren Veranstaltungen des Frauenkreises gekommen und hatte ein Gespräch über Strohpuppen sowie einen Vortrag mit Bildern über die botanischen Entdeckungen von John Tradescant über sich ergehen lassen. Sie hatte der Gewinnerin des äußerst interessanten Schürzenwettbewerbs applaudiert und ein Stück Sandkuchen gekostet. Auf dezente Fragen nach ihrer Vergangenheit und zu ihrer gegenwärtigen Situation hatte sie freundlich, aber so vage geantwortet, daß es zwar unbefriedigend war, man jedoch nichts dagegen einwenden konnte. Beim dritten Treffen (Überraschen Sie Ihre Freunde mit einem alkoholischen Milchshake aus der Tudorzeit!) war aufgefallen, daß sie ab und an leise vor sich hin seufzte. Und sie hatte leider nicht zum Tee und einem Stück Zitronenkuchen bleiben können.

Als nächstes war Bowling an der Reihe. Colonel Wymmes-Forsyth, der Vorsitzende des Klubs, hatte mit weit aufgerissenen Augen und halb ohnmächtig vor Entsetzen beobachtet, wie sich ihre zehn Zentimeter hohen Absätze, die so schmal wie der Stiel eines Weinglases waren, in seinen pedantisch gemähten Rasen bohrten und ihn aufrissen. Sie ließ sich jedoch mühelos (alle waren ja viel zu alt) davon abbringen, dem Klub beizutreten.

Beim Winzertreffen und bei den Gemeindeversammlungen, die abends stattfanden, war sie noch nicht aufgekreuzt. Auch nicht bei der Stickereigruppe, obwohl Cuppy Dawlish ein hübsch illustriertes Informationsblättchen mit den Zeiten, zu denen man sich traf, durch den Briefschlitz von Nightingales geschoben hatte.

Man hielt es entweder für Schüchternheit oder Schicklichkeit, daß sie nicht den einfachsten und vergnüglichsten Weg wählte, Leute kennenzulernen, nämlich einen Besuch im Dorfpub, dem Goat and Whistle. Die meisten Neuankömmlinge waren im Handumdrehen dort. Sie bestellten ein Pint vom besten Bier, das der Wirt im Ausschank hatte, und beteiligten sich dann zögernd, einen Fuß auf die Stange an der Bar gestützt, an einem Gespräch in der Hoffnung, Freunde zu finden.

Neuankömmlinge waren im Goat and Whistle immer herzlich willkommen, und sie gingen in dem Glauben nach Hause, daß nur auf dem Lande die Leute wirklich Zeit füreinander haben. Glücklicherweise blieb den meisten verborgen, daß nur die dumpfe Langeweile, jeden Tag dieselben Gesichter zu sehen, das starke Interesse an ihnen verursachte. Und die meisten merkten nicht mal, wenn sie nach einer gewissen Zeit selbst ganz abgestumpft waren.

Das Glockenläuten war, wie bereits erwähnt, Mrs. Hollingsworths jüngste Beschäftigung. Bisher hatte sie an etwa einem halben Dutzend Proben teilgenommen, ohne erkennbar das Interesse zu verlieren. Aber da sie nicht immer pünktlich war, war niemand überrascht oder gar besorgt, als sie um halb sechs noch nicht da war.

Der Pfarrer, Reverend Bream, lauschte mit einem Ohr, ob sie noch kommen würde, während er einen Stapel Kirchenführer ordnete, die seine Frau am Computer erstellte. Die Heftchen kosteten nur fünfzig Pence und waren sehr beliebt bei den Besuchern. Die Hälfte von ihnen warfen zumindest etwas, wenn auch selten den vollen Betrag, in den dafür vorgesehenen Kasten.

Mrs. Molfrey spazierte herein, entschuldigte sich für die Verspätung und zählte rasch die Anwesenden durch.

»Simone ist also noch nicht zurückgekommen?« Nachdem sie erzählt hatte, was sie von Sarah erfahren hatte, beschloß der Pfarrer, daß sie nicht länger warten sollten, und alle machten sich an die Seile.

Die Probe war für ein Begräbnis am nächsten Tag. Normalerweise war bei einem solchen Anlaß nichts weiter als ein länger andauerndes, einschläferndes Geläut erforderlich, doch in dem Fall hatten die Hinterbliebenen um *Oranges and Lemons* gebeten, eine Läutfolge, die der teure Verstorbene von Kindheit an geliebt hatte. Mit dieser Glockenkomposition waren die Campanologen von Fawcett Green nicht vertraut. Deshalb hatte der Pfarrer, der diese Läutfolge gut kannte, die Läufe der einzelnen Glocken auf Karten geschrieben. Heute war die dritte Probe. In Vertretung für die abwesende Mitstreiterin schwang Reverend Bream rhythmisch auf und ab. Die Arme gestreckt, atmete er tief und gleichmäßig, während die Absätze seiner schwarzen Stiefel mit den elastischen Einsätzen sich hoben und wieder senkten und das kräftige rot-weiß-blaue Hanfseil durch seine Finger glitt.

Neben ihm schoß die kleine Mrs. Molfrey mit wehenden Locken hoch in die Luft. Ihre locker geschnürten Turnschuhe hingen schlaff nach unten, bevor sie wieder fest auf dem abgewetzten Steinboden landeten. Die Gruppe läutete eine halbe Stunde lang und begab sich dann wie gewohnt in die Sakristei, um sich eine Erfrischung zu gönnen.

Avis Jennings, die Frau des Arztes, stellte den Kessel auf eine alte elektrische Kochplatte. Der Pfarrer öffnete eine Packung Pfeilwurzkekse. Eigentlich mochte die niemand besonders, aber Mrs. Bream bestand darauf, daß diese Kekse gereicht wurden, weil sie irgendwo gelesen hatte, daß Pfeilwurz nicht nur nahrhaft, sondern auch beruhigend für die Nerven sei.

Kurz vor Weihnachten hatte Avis eine Schachtel selbstgebackener Haselnußplätzchen mitgebracht. Irgendwer hatte das, zweifellos vom Überschuß an Protein beschwingt, ausgeplaudert. Das Pfarrhaus hatte mit eindeutiger Ablehnung reagiert, und Avis Jennings' Name erschien drei Monate lang nicht mehr auf der Liste der Leute, die die Kirche turnusgemäß mit Blumen schmückten.

Nun wurden Becher mit stark gezuckertem Tee herumgereicht. Alle saßen mehr oder weniger bequem zwischen Rollen feinmaschigen Hühnerdrahts und grünen Blumensteckschwämmen, Chorhemden für die Sängerknaben, Farben und Pinseln von der Sonntagsschule, Büchern mit Geschichten aus der Bibel und riesigen Türmen verstaubter Gesangbücher.

Der Pfarrer nippte an seinem Tee, der für seinen Geschmack viel zu stark war, und lenkte das Gespräch erneut auf die Abwesenheit von Mrs. Hollingsworth.

»Sie haben sie heute also noch gar nicht gesehen, Elfrida?«

»Nein, hab ich nicht«, sagte Mrs. Molfrey mit gepreßter Stimme, weil sie sich gerade hinunterbeugte, um die Schnürsenkel ihres Turnschuhs fester zu ziehen.

»Du vielleicht, Cubby?«

Cubby Dawlish wurde rot und zupfte an seinem kurzen weißen Bart, der eher wie ein Wattestreifen aussah, der ordentlich von einem Ohrläppchen zum anderen verlief. Dann räusperte er sich schüchtern, um schließlich zu sagen, daß er ebenfalls keine Ahnung habe, wo Mrs. Hollingsworth steckte. »Aber sie kann nicht weit sein. Ich hätte bestimmt gesehen, wenn Charlies Taxi bei ihr vorgefahren wär. Ich war fast den ganzen Tag draußen.«

Cubby wohnte ebenfalls neben Alan und Simone Hollingsworth, und zwar in einem ihm freundlicherweise kostenlos überlassenen Wohnwagen, der diskret zwischen den Obstbäumen in Mrs. Molfreys Garten verborgen war. Als Ausgleich für die Miete und aus Dankbarkeit für ihre Güte arbeitete er viel im Garten.

»Ich bin mir nicht sicher«, begann der Pfarrer und reichte dabei den Teller mit den faden Beruhigungsplätzchen wenig erfolgreich herum, »ob es viel Sinn hat, daß sie morgen kommt. Sie kennt die Läutfolge nicht so richtig, und wir wollen doch nicht, daß jemand einen Schnitzer macht.«

Mrs. Molfrey stieß bei dieser guten Nachricht einen Freudenschrei aus und schlug sich auf die schmalen Hüften, bis Staubwolken aus ihrem rostfarbenen Chenillerock aufstiegen.

»Besonders«, fügte Reverend Bream mit strenger Miene hinzu, »bei einer Beerdigung.«

So schnell war Mrs. Molfrey jedoch nicht einzuschüchtern, sie gluckste schon wieder vor sich hin und stieß

Cubby so fest an, daß er fast umgefallen wäre. Er fuchtelte mit den Armen, um nicht das Gleichgewicht zu verlieren, und stieß dabei eine Gießkanne um, worauf er noch röter wurde als vorher.

»Ich schau bei den beiden vorbei, wenn ich hier abgeschlossen habe«, sagte Reverend Bream. »Wenn sie noch nicht zurück ist, wird Alan sicher eine Erklärung dafür haben.«

»Die Mühe würde ich mir sparen«, sagte Avis Jennings. »Er ist ein Workaholic. Simone hat erzählt, er sei nie vor acht zu Hause. Und das sei noch früh.«

»Es ist keine Mühe«, sagte der Pfarrer. »Ich muß sowieso bei der alten Mrs. Carter vorbeischauen, es liegt also praktisch auf dem Weg.«

Nightingales war eins von drei Häusern, die etwas abseits von der St. Chad's Lane auf einem Areal lagen, das weder groß genug noch klar genug abgegrenzt war, daß die Post es als eigenständig betrachtete. Links neben den Hollingsworths stand ein verputztes Haus aus den dreißiger Jahren, komplettiert durch eine Haustür mit bonbonfarbenen Glaseinsätzen. An den Wänden waren Stücke aus unterschiedlich geflecktem Holz befestigt, die im Wechsel ein Muster aus Y-förmigen Gebilden und auf dem Kopf stehenden Winkeln bildeten. Diese hatten nach Ansicht von Avis Jennings, die aus dem Norden stammte, weder einen Zweck, noch dienten sie als Verzierung. Auf einem glänzenden Holzschild stand »The Larches«, obwohl diese kühne Behauptung durch keinen einzigen Lärchenbaum gestützt wurde.

Auf der anderen Seite von Nightingales stand Mrs. Molfreys Doppelcottage, das man geschickt in ein einziges Cottage umgewandelt hatte. Nur dreißig Jahre älter als die Pseudo-Tudor-Scheußlichkeit, verströmte Arcadia einen unveränderlich heiteren Charme. Der Garten war üppig und strahlte jedes Jahr in voller Blüte.

In diese kleine Enklave paßte das Anwesen der Hollingsworths überhaupt nicht. Das Haus, das in der Maklerbroschüre als »Reizvoller Landsitz für gehobene Ansprüche« beschrieben wurde, war 1989 von einem unternehmungslustigen Vermögensberater mit dem richtigen Gespür fürs Geld gebaut worden. Er hatte die drei baufälligen Arbeiterhütten gekauft, die vorher dort standen, sie abgerissen und an ihrer Stelle ein Gebäude errichtet, wie man es normalerweise nur – umgeben vielleicht von einigen ähnlich edlen Exemplaren – in einer von Kameras überwachten Parklandschaft hinter elektrisch geladenen Zäunen sieht.

Das Dorf hatte energisch protestiert, nachdem bekannt geworden war, was für ein bombastisches Projekt der Unternehmer plante, doch es hatte nichts genützt. Man tippte auf Bestechung der Baugenehmigungsbehörde.

Alans Auto parkte nur wenige Schritte vor der Doppelgarage. Der Kies in der Einfahrt war heftig aufgewirbelt, als wäre Alan in großer Eile auf das Haus zugefahren und hätte das Auto schlitternd zum Stehen gebracht. Das Tor stand weit auf. Der Pfarrer ging zur Haustür, hob den schillernden Schwanz einer Meerjungfrau aus Messing an und klopfte mehrmals kräftig damit.

Niemand erschien. Reverend Bream zögerte und fragte sich, was er als nächstes tun sollte. Er wartete und genoß den Duft des weißen Ziertabaks, der in bauchigen Terrakottatöpfen üppig blühte. Dann klopfte er erneut.

Später würde der Pfarrer behaupten, er hätte bereits zu diesem frühen Zeitpunkt gespürt, daß etwas nicht stimmte. In Wahrheit begann er sich schon nach kürzester Zeit zu langweilen und wäre sicher gegangen, wenn nicht dieser Wagen so unübersehbar in der Einfahrt gestanden hätte.

Als sich noch immer niemand rührte, ergriff ihn die

Neugier. Ohne einen Gedanken daran zu verschwenden, wie sein Verhalten auf einen zufälligen Passanten wirken könnte – ihm war noch nie im Leben etwas peinlich gewesen –, ging der Pfarrer zu einem der Wohnzimmerfenster und spähte hinein.

Ein luxuriöser Raum. Wände und Vorhänge in Apricot, ein cremefarbener Teppich, dick gepolsterte Sofas und Sessel aus Seide. Gold- und Messingverzierungen und reichlich Kristall. Massenhaft Blumen und mehrere Tischlampen, von denen keine angeschaltet war. Keine Spur von menschlichem Leben.

Ein knarrendes Geräusch ganz in der Nähe erregte seine Aufmerksamkeit. Im Garten von The Larches schloß jemand eine Schuppentür. Vorsichtige Schritte schlichen davon. Reverend Bream nahm an, daß es sich um den Hausherren handelte. Wie jedem im Dorf war auch ihm das verstohlene und verhuschte Benehmen der Brockleys bekannt. Nie beteiligten sie sich offen am Klatsch im Dorfladen oder gönnten sich einen längeren Blick über den Zaun. Und obwohl sie sich durchaus für anderer Leute Angelegenheiten interessierten, präsentierten sie nach außen hin eine Fassade absoluter Gleichgültigkeit. Sie hielten sich – bildlich gesprochen – voll selbstgerechtem Abscheu Augen, Ohren und Mund zu, wenn sie auf etwas stießen, das auch nur den geringsten Kitzel versprach. Mrs. Bream pflegte zu sagen, sie erinnerten sie an die drei weisen Affen. Sie konnten manchmal sehr unchristlich sein.

Gehässigerweise rief der Pfarrer: »Guten Abend, Mr. Brockley!« Als die Schritte davoneilten, ging er zu der Meerjungfrau zurück und klopfte noch einmal.

Drinnen im Haus, genauer gesagt an der Küchentür, stand der Gesuchte regungslos, den Kopf gegen den weiß gestrichenen Holzrahmen gelehnt. Alan Hollingsworth hatte gerade in die Eingangshalle gehen wollen, als sein Besucher zum erstenmal klopfte, und war auf der Stelle erstarrt. Jetzt stierte er auf den dicken, wellig gemusterten Glaseinsatz in der Tür, durch den er eine verzerrte Gestalt sehen, den Pfarrer aber nicht erkennen konnte.

Alan schloß die Augen und stöhnte leise. Die Sekunden verrannen, begleitet vom leisen Surren der Standuhr im Eßzimmer und dem angestrengten Klopfen seines Herzens. Er verfluchte sich, daß er das Auto nicht weggefahren hatte. Wochen – nein, Jahre vergingen. Wer auch immer es war, er stand immer noch vor der Tür.

Das Lächerliche seiner Haltung und die Unmöglichkeit, endlos am Türrahmen auszuharren, erfüllten ihn mit Verzweiflung, und er kam sich gedemütigt vor. Selbst wenn derjenige, der da vor der Tür stand, aufgeben würde, früher oder später würde doch jemand anders auftauchen, das war ihm klar. So war das in Dörfern. Ständig kamen Leute vorbei, die für irgendwas sammelten, irgendwelche Blätter durch den Briefschlitz warfen oder Unterschriften sammelten. Obwohl er sich demonstrativ aus dem öffentlichen Leben von Fawcett Green herausgehalten hatte, konnte er sich seiner Umwelt nicht völlig entziehen. Irgendwann würden die Nachbarn sich fragen, ob die Bewohner von Nightingales, von denen sie nichts mehr sahen und hörten, überhaupt noch da waren. Ob mit ihnen »alles in Ordnung« wäre. Es könnte sogar jemand auf die Idee kommen, die Polizei zu rufen. Alan brach der kalte Schweiß im Gesicht aus, und ein übler Geschmack brannte in seiner Kehle.

Es klopfte schon wieder.

Er sagte sich, daß das erste Mal am schlimmsten sein würde, und je eher er es hinter sich brächte desto besser. Also drehte er den Kopf und rief: »Ich komme!«

Der Pfarrer setzte eine besorgte Miene auf, und er hatte keinerlei Mühe, sie beizubehalten, als die Tür schließlich aufging. Denn Hollingsworth sah in der Tat furchtbar aus. Sein Gesicht war bleich, und die Haut glänzte vor Schweiß, als hätte er gerade heftig Sport getrieben. Seine Augen flackerten nervös hin und her, und die Falten auf der Stirn verrieten, wie verzweifelt er bemüht war, sich zu erinnern, wo er den Mann, der vor ihm stand, schon mal gesehen hatte. Seine Haare standen ihm, als hätte er sie sich gerauft, wirr vom Kopf ab. Er sprach mit lauter Stimme und schien Probleme beim Atmen zu haben, was dazu führte, daß seine Sätze merkwürdig abgehackt waren.

»Ah, Pfarrer. Sie.«

Reverend Bream bestätigte höflich, daß er es tatsächlich sei, worauf Hollingsworth unwillkürlich einen Schritt zurückwich. Der Pfarrer nahm diese Geste als Aufforderung einzutreten, und flugs stand er in der Diele. Sofort fragte er, ob alles in Ordnung sei.

»Wir haben uns ein wenig Sorgen gemacht, weil Simone nicht zur Probe erschienen ist«, erläuterte er. »Und eigentlich bin ich gekommen, um ihr zu sagen, daß sie morgen nicht zur Beerdigung kommen braucht.«

»Beerdigung?«

»Um zwei Uhr.« Der Pfarrer war allmählich ernsthaft besorgt. Der Mann erschien ihm fast wahnsinnig. »Geht es Ihnen wirklich gut, Mr. Hollingsworth? Sie sehen aus, als hätten Sie einen Schock erlitten.«

»Nein, nein. Alles ist...« Der Rest des Satzes schien ihm nicht über die Lippen zu wollen. Der Pfarrer hatte den Eindruck, als würde er sehnsüchtig an ihm vorbei zur weit geöffneten Haustür blicken. Doch Reverend Bream war sich angesichts eines offenbar zutiefst verzweifelten Gemeindemitglieds seiner Pflicht nur zu gut bewußt.

»Darf ich?« fragte er und rauschte, ohne eine Antwort abzuwarten, in das völlig überladene Wohnzimmer. Dort senkte er sein ausladendes Hinterteil auf einen Haufen herzförmiger Satinkissen. Während er vergeblich versuchte, zwischen den rutschigen Kissen Halt zu finden, sah er Hollingsworth, der ihm zögernd gefolgt war, mit einem betont gütigen Lächeln an.

»Also, Alan«, sagte der Pfarrer, »wenn ich Sie so nennen darf.« Sein freundlicher Blick wurde vorübergehend von einem gediegenen Silbertablett abgelenkt, auf dem zwei Karaffen aus geschliffenem Glas und mehrere Flaschen standen, unter anderem eine fast volle Flasche Jack Daniels und eine halbleere Bushmills. So erlesene Getränke konnte sich der Pfarrer bei seinem kleinen Gehalt nicht leisten. Er hievte sich wieder hoch und sagte: »Sie sehen aus, als könnten Sie einen Drink vertragen. Soll ich vielleicht...«

»Simone. In Ordnung, ich geb weiter – die Nachricht.«

»Sie ist also nicht hier?«

»Nein. Wissen Sie, ihre Mutter.« Hollingsworth schüttelte den Kopf und machte eine verzweifelte Geste mit den Händen.

»Das tut mir sehr leid.« Der Pfarrer gab die Hoffnung auf einen Jack Daniels auf. Sein Verlangen danach erschien ihm jetzt sogar ein wenig unschicklich. »Ich hoffe, es ist nichts Ernstes.«

»Ein Schlaganfall.« Alan hatte das ohne nachzudenken gesagt, und jetzt fiel ihm auf, wie genial dieser Einfall war. Im Gegensatz zu anderen Krankheiten, bei denen es einem irgendwann besser oder schlechter ging, konnten sich die Folgen eines Schlaganfalls ewig hinziehen und eine mehr oder weniger permanente Pflege notwendig machen. Wenn es also zum Schlimmsten kommen sollte. Zum Aller-, Allerschlimmsten...

»Das tut mir wirklich leid.« Der Pfarrer bekundete noch einmal sein Mitgefühl und schickte sich zum Gehen an.

Zum erstenmal, seit Hollingsworth die Tür geöffnet hatte, entspannte sich seine Miene ein wenig. Erleichterung wäre übertrieben, es war nur, als ob sein Mißtrauen ein wenig abflaute und die Anspannung nachließ.

»Wohnt sie weit weg?« fragte Reverend Bream.

»Wales«, sagte Alan. »Im Landesinneren.«

»Das ist ja nicht so weit«, sagte der Pfarrer. »Vielleicht können Sie...«

»Geht nicht. Die Firma.«

»Natürlich.« Reverend Bream nickte verständnisvoll und versuchte, sich zu erinnern, was für eine Firma Hollingsworth eigentlich leitete. Irgendwas mit Computern. Schon bei dem bloßen Gedanken schwirrte dem Pfarrer der Kopf. Vor kurzem hatte eins seiner Gemeindemitglieder ein gebrauchtes Gerät gestiftet, in das man alles, was Gemeindeangelegenheiten betraf, übertragen hatte. Jetzt war der Pfarrer noch nicht mal mehr in der Lage, die Telefonnummer seines Küsters zu finden. Bisher hatte er die finstere Seite der Seele immer für einen rein metaphysischen Begriff gehalten, bis ihn der Dämon Amstrad selber in die Finsternis stieß.

Als er nun mit einem Fuß auf der Türschwelle stand, durchzuckte ihn der Gedanke, daß Evadne, sobald sie von der Situation in Nightingales erfahren würde, ihn sicher ausschimpfen würde, wenn er den armen Mann nicht zum Abendessen einladen würde. Also murmelte er etwas von »ein paar belegten Broten« und »reicht auch für drei«.

Zu seiner Erleichterung, denn er hatte zur Teestunde die Wildpastete in der Speisekammer entdeckt und für sehr klein gefunden, lehnte Hollingsworth sofort ab.

»Gefrierschrank. Voll«, stammelte er und schloß die Tür, noch bevor sein Besucher richtig draußen war.

Im Fortgehen schaute Reverend Bream sich noch einmal um. Alan Hollingsworth lehnte gegen den geriffelten Glaseinsatz. Der Pfarrer beobachtete, wie die dunkle Gestalt, deren Umrisse verschwommen waren, langsam nach unten rutschten und dann innerhalb weniger Sekunden zu Boden sank.

»Der Pfarrer kommt gerade aus Nightingales.«

Iris Brockley, eine satte Ladung Fensterputzmittel in der Nase, schob die gestärkte Rüschengardine ein wenig zur Seite und trat diskret einen Schritt zurück. Was Observierungen betraf, hätte Iris durchaus ein paar Tips an das FBI weitergeben können.

»Hat er eine Sammelbüchse dabei?«

»Nein.«

»Dann ist es ja gut.«

Iris hob die Tasse ihres Mannes und wischte über den Unterteller, dort wo der Löffel einen Fleck hinterlassen hatte. Dann wischte sie den Löffel ab sowie das Plastiktablett, das in die Lehne seines Sessels eingehakt war, und stellte die geblümte Goldrandtasse wieder hin. Schließlich hockte sie sich auf den Rand des blaßgrünen Dralonhockers, der mit dem kniehohen Telefontischchen verbunden war, wobei sich der in einem dunkleren Grün gehaltene Schnurbesatz in ihre dicken Oberschenkel drückte.

»Was der wohl gewollt haben mag?«

»Ich hab nicht die leiseste Ahnung.«

»Hoffentlich ist da nichts passiert, Reg.«

»Und wenn, dann geht's uns nichts an.« Mr. Brockley legte den *Daily Express* zusammen, glättete die Zeitung mit der Hand auf beiden Seiten, faltete sie exakt in der Mitte und schob sie in einen Bambusständer zu seinen Füßen.

»Bist du damit fertig?« Als ihr Mann nickte, sprang Iris auf, schnappte sich die Zeitung und verschwand in der Küche.

Reg schloß die Augen, wartete auf den Knall, mit dem der Deckel des Treteimers gegen die Wand schlug und dann wieder zufiel. Als darauf die laute Aufforderung: »Geh *bitte* zurück in deinen Korb, Madam!« folgte, trank er seinen Tee aus, zog einen Stift aus der Brusttasche und schlug die *Radio Times* auf. Seine Bewegungen wirkten verkrampft, so als ob er sie nicht richtig ausführen könnte.

Als Iris zurück ins Zimmer kam, zog er gerade drei ordentliche Kreise um die Sendungen, die sie sich an diesem Abend angucken würden: *Quizstunde, Von Mai bis Dezember* und *Das Reisemagazin*. Nicht daß die Brockleys jemals verreisten. Das grüne Buckinghamshire reichte ihnen vollkommen. Doch sie liebten Sendungen über ferne Länder, besonders wenn dort irgendwelche unglückseligen Touristen gestrandet, von einem exotischen Virus infiziert, ausgeraubt oder – das gefiel ihnen am allerbesten – in einem schlecht belüfteten Hotelzimmer erstickt waren.

Reg legte die Zeitschrift beiseite und trat dann, wie es bei mildem Wetter seine Gewohnheit war um diese Zeit, durch die Verandatür in den Garten. Dort schlenderte er ein wenig umher, bis er dann Punkt sechs Uhr zu den Nachrichten und der (außer wenn sie Spätdienst hatte) ebenso pünktlichen Rückkehr ihrer Tochter Brenda wieder ins Haus kam.

Es war ein schöner Abend. Ein zarter Luftzug umspielte Regs rundliche Wangen und den steifen kleinen Schnurrbart. Ihm fehlte nur noch eine Pfeife aus Kirschholz und ein kupferroter Spaniel an seiner Seite, und er hätte ohne Zweifel einem Metroland-Poster entsprungen sein können.

Die Klematis der Nachbarn wucherte üppig über das Spalier hinaus und rankte auf der Seite der Brockleys wieder herunter. Reg und Iris hatten schon zahlreiche gewichtige Diskussionen über diese Pflanze geführt, obwohl sie sich natürlich jeden Kommentars den Nachbarn gegenüber enthalten haben. Das würde ja bedeuten, daß sie sich einmischten, und das kam überhaupt nicht in Frage. Eine Bemerkung über das Wetter, ein kurzes Lamentieren über den zunehmenden Vandalismus im Dorf, ein knappes, halbherziges Kompliment über den nachbarlichen Garten – darüber ging die Kommunikation zwischen den Hollingsworths und den Brockleys nicht hinaus.

Wenige Schritte von Reg entfernt wurde ein Türknauf gedreht, und jemand trat auf die Veranda. Vom Geräusch her nahm er an, daß es Alan sein mußte. Obwohl er als erster dort gewesen war, versetzte Reg sich sofort in die Rolle des unsichtbaren Lauschers. Er stand ganz still, atmete leise durch den Mund und hoffte, daß er nicht schlucken müßte.

Hollingsworth begann in einer Stimme, die Reg merkwürdig heiser erschien, nach Nelson, dem Kater, zu rufen. Als ob er erkältet wäre.

Reg schlich auf Zehenspitzen zurück ins Haus, um diese Information an Iris weiterzugeben. Sie war genau so erstaunt wie er, denn es war allgemein bekannt, daß Alan sich noch nie um das Tier gekümmert hatte, seit es da war. Simone hatte Mitleid mit dem getigerten Kätzchen gehabt, als sie es vor fast einem Jahr verlassen aufgefunden hatte. Sie hatte es gefüttert und gebürstet und mit sanften Rufen und Pfiffen jeden Abend wieder ins Haus gelockt. Die Brockleys unterhielten sich noch über die ungewöhnliche Begebenheit, als Brenda eintraf.

Während sie mit ihrem dunkelbraunen Mini Metro am Küchenfenster vorbeifuhr, um auf dem überdachten Einstellplatz zu parken, legte Iris ihre Rüschenschürze an, nahm einen Käsetoast von Marks & Spencer aus dem Gefrierschrank und schaltete die Mikrowelle an.

Für Iris waren Fertiggerichte ein Segen. Sie war sich stets ihrer Pflicht als Hausfrau und Mutter bewußt gewesen und hatte sich bemüht, regelmäßig warme, schmackhafte Mahlzeiten auf den Tisch zu bringen. Dennoch mußte sie während ihres gesamten Ehelebens mit sich kämpfen. Sie hatte hochwertige Fleischstücke (niemals Innereien) gewaschen und Fische so lange abgespült, bis das Wasser klar war. Sie hatte sich gezwungen, Plätzchen zu backen, obwohl das Fett unter ihre Fingernägel geriet, und obwohl sie auch nach stundenlangem Schrubben noch überzeugt gewesen war, daß gewisse Rückstände blieben.

Als sie nun das kleine Aluminiumblech aus der Verpackung mit der verführerischen Abbildung rutschen ließ, dachte sie, wie äußerst angenehm doch tiefgefrorene Nahrungsmittel waren. Von einer glitzernden Kruste keimfreier Kristalle zusammengehalten, trieften und rochen sie nicht und mußten auch nicht irgendwie bearbeitet werden, sondern wurden rasch, wie durch Zauberei, in ein erfrischendes, schmackhaftes Gericht verwandelt. Iris zerschnitt eine Tomate, um ein paar Vitamine dazuzugeben, und setzte den Kessel auf.

Brenda betrat das Haus und lief flink nach oben. Niemals wich sie von ihren Gewohnheiten ab. Sie hängte ihren Mantel in den Schrank, kämmte ihre Haare und wusch sich die Hände. Shona, ein weißer Pudel, der in einem Korb zwischen Waschmaschine und Kühlschrank sein Dasein fristete, fing freudig an zu winseln, als die wohlbekannte Routine begann. Als die Toilettenspülung ging, wärmte Iris die Teekanne, und als ihre Tochter in die Küche kam, war alles fertig.

Brenda aß sehr manierlich. Mit geschlossenen Lippen kaute sie kleine Bissen, wie sie es von frühester Kindheit an gelernt hatte. Voller Stolz betrachtete Mr. Brockley das kastanienbraune Kostüm und die weiße Bluse seiner Tochter und dachte, wie schick sie doch aussah. Ihre kurzen braunen Haare waren ordentlich aus dem Gesicht gekämmt, und auf ihrem linken Revers prangte eine rote und goldene Anstecknadel mit ihrem vollen Namen. Reg, der noch nie geflogen war, fand, daß sie wie eine Stewardeß aussah.

Er und seine Frau sprachen oft ernsthaft und voller Respekt über die Zukunft ihrer Tochter. Eine berufliche Karriere war ja gut und schön, dennoch hofften sie inständig, daß sie recht bald einen netten, anständigen Mann heiraten würde. Sie würde dann in der Nähe wohnen und ihnen in angemessenem Abstand zwei nette, wohlerzogene Enkelkinder schenken. Sie redeten in dem Zusammenhang von seßhaft werden, obwohl ein unparteiischer Beobachter durchaus der Meinung sein könnte, daß Brenda bereits so seßhaft war, daß es einer Tonne Dynamit bedurft hätte, um sie von ihrem angestammten Platz fortzubewegen.

Jetzt saß sie am Tisch, den kleinen Finger gespreizt, nippte an ihrem Tee und beantwortete ausführlich die üblichen Fragen über die Ereignisse des Tages. Brenda wußte, wie sehr ihre Mutter – und seit der Pensionierung auch ihr Vater – sich auf diesen täglichen Bericht aus der bewegten Welt der Finanzwelt freuten.

»Dann mischte sich zu allem Überfluß auch noch Hazel Grantley aus der Buchhaltung ein. Wie sie es bei jeder passenden oder unpassenden Gelegenheit tut. ›Ihr könnt mir doch nicht weismachen‹, sagte sie, ›daß diese Zinsen falsch berechnet wurden. Maschinen machen keine Fehler.‹« Brenda befeuchtete eine Fingerspitze und pickte den letzten Krümel Toast auf. »Mit der kommt keiner klar.«

»Das hast du schon erzählt.«

»Selbst ihr Mann nicht«, sagte Brenda mit Genugtuung. Wie so viele unglückliche Singles genoß sie Geschichten über Eheprobleme. »Darauf erwiderte Janine, die mittlerweile ziemlich fertig war: ›Warum denn nicht? Die sind doch auch nur menschlich.‹ Natürlich haben alle gelacht, worauf ihr nichts Besseres einfiel, als in Tränen auszubrechen. Und das, als ein Kunde am Schalter stand. Ich weiß nicht, was Mr. Marchbanks dazu gesagt hätte.«

»War er denn nicht da?« fragte Iris.

»Er war beim Zahnarzt. Und als dieser Streit gerade abgeflaut war, hatte der Kugelschreiber von Jacqui Willig plötzlich Beine gekriegt.«

»Wie immer«, sagte Iris wissend.

»Trish Travers von der Personalabteilung sagte, sie hätte ihn auf der Toilette liegen sehen. Darauf Jacqui, *sie* wär schließlich noch nicht so alt, daß sie alle fünf Minuten dorthin rennen müßte. Im Gegensatz zu manchen anderen.« Nachdem Brenda aus ihrem Tag bei der Coalport-and-National-Bausparkasse auch noch das letzte bißchen Dramatik herausgekitzelt hatte, tupfte sie sich mit einem bestickten Taschentuch die Winkel ihres kleinen Mundes ab.

Reg und Iris tauschten einen verschwörerischen Blick. Ohne sich abzusprechen, hatte keiner von ihnen die ungewöhnliche Situation im Nachbarhaus erwähnt, weil beide das pikanteste Häppchen bis zum Schluß aufsparen wollten. Als Brenda nun die Zeit auf ihrer zierlichen, straßbesetzten Armbanduhr mit der tellerförmigen Küchenuhr verglich, gab Reg ein Räuspern von sich und Iris unterstrich die Bedeutsamkeit dieses Augenblicks, indem sie ihre Schürze ablegte. Brenda wirkte überrascht, als sie sich beide zu ihr an den Tisch setzten.

»Nebenan ist was passiert.«

»Nebenan?« Es schepperte leise, als Brenda Teller, Unterteller und Tasse übereinanderstellte, um sie zum Spülbecken zu bringen.

»Vorsicht«, sagte Iris.

»Was denn?« Brendas Stimme klang völlig tonlos. Sie hüstelte, bevor sie fortfuhr: »Vorhin sah alles aus wie immer.«

»Mrs. Hollingsworth ist verschwunden.«

»Simone?« Brenda sah sich, begleitet von ruckartigen Kopfbewegungen, im Zimmer um. »Wer hat euch das erzählt?«

Zur Verblüffung der Brockleys stand ihre Tochter auf, ging zum Spülbecken und drehte den Warmwasserhahn auf. Brenda hatte noch nie gespült oder auch nur beim Abräumen geholfen. Es gab eine unausgesprochene Vereinbarung, daß ihre monatliche Überweisung auf das Haushaltskonto, »Kostgeld« wie Iris es nannte, nicht nur ihren Verzehr ausglich, sondern sie von allen Hausarbeiten befreite. Nur ihr Zimmer mußte sie selbst reinigen, denn dort konnte niemand rein, weil es immer abgeschlossen war.

»Ich mach das, Liebes.«

»Schon gut.«

»Dann zieh dir wenigstens Handschuhe an.«

»Also...« Brenda tauchte ihre Hände in das schäumende Spülwasser und klapperte mit dem Besteck herum, bevor sie ihre Frage neu formulierte. »Woher wißt ihr das?«

»Erzählt hat uns das eigentlich niemand«, sagte Iris. Und als sie den Blick ihres Mannes auffing, konnte sie ihr Erstaunen nicht mehr verbergen. Brenda war bis auf die stark geröteten Wangen sehr blaß geworden. Sie platschte jetzt so heftig im Spülbecken herum, daß das schaumige Wasser über den Rand spritzte. »Daddy hat das nur... äh...«

»Gefolgert.«

»Ja, gefolgert.«

»Weißt du, Brenda...« Reg sah mit gerunzelter Stirn auf den starren Rücken und die wild herumfuhrwerkenden Ellenbogen seiner Tochter. »Könntest du nicht mal einen Augenblick damit aufhören?«

»Ich hör dir zu.«

»Heute am späten Nachmittag war eine Läutprobe – übrigens ein sehr ungewöhnliches Gebimmel –, aber Simone kann nicht dort gewesen sein, denn ich war zufällig im Vorgarten, als sie Schluß gemacht haben, und sie ist nicht nach Hause gekommen.«

»Und dann ist der Pfarrer...«

»Schon gut, Iris.«

»Entschuldige.«

»Kurz darauf hat Reverend Bream nebenan vorbeigeschaut, und es ist wohl anzunehmen, daß er sich erkundigt hat, warum sie nicht da war. Und merkwürdig war nicht nur, daß es sehr lange dauerte, bis die Tür geöffnet wurde, sondern er war kaum drinnen, da kam er auch schon wieder raus. Und dann ...«

»Jetzt kommt das Beste.«

»Alan ging hinters Haus und rief die Katze.«

»Mußte er ja wohl, oder? Wenn sie nicht da war.« Brenda zog den Stöpsel heraus und trocknete sich energisch am Geschirrtuch die Hände ab. »Ich glaube, ihr macht aus einer Mücke einen Elefanten.«

Reg und Iris starrten sich bestürzt und enttäuscht an. Es waren schon oft weit weniger dramatische Begebenheiten zu einer riesigen Sache hochgespielt worden. Und Brenda hatte solche Gespräche immer sehr genossen. Doch jetzt warf sie einfach das Geschirrtuch hin, schnalzte mit der Zunge nach dem Hund und verließ das Zimmer. Shona sprang voller Freude, doch so gut erzogen, dies nicht durch Bellen zu bekunden, aus ihrem Korb und trottete hinter Brenda her. Beide Brockleys hielten den Atem an, als sie hörten, wie das Glöckchen am Hundehalsband läutete, als die Leine eingehakt wurde. Dann fiel die Haustür zu, und Brenda war fort.

Reg und Iris eilten zu dem großen Fenster im Wohnzimmer und beobachteten, wie Herrin und Hund die Einfahrt hinuntergingen. Der Pudel hüpfte und tänzelte und bellte, was seine Stimmbänder hergaben. Brenda ging bedächtig und mit gleichmäßigen Schritten. Vor Nightingales zögerte sie kurz, bevor sie weiter zur St. Chad's Lane ging.

Reg und Iris kehrten in die Küche zurück. Iris hob das Geschirrtuch auf, das eine hübsche Ansicht von Powys Castle zeigte, klappte einen türkisfarbenen Plastikhalter von der Wand und hängte das Tuch neben ihre Gummihandschuhe.

»Was ist nur mit ihr los?« fragte ihr Mann.

»Die Nerven, Reg. Das liegt an diesen anstrengenden Konferenzen. Weißt du noch, wie du früher immer nach Hause gekommen bist?«

Heather Gibbs verpaßte Arcadia jeden Freitag eine Generalreinigung. Zwei Stunden für zwölf Pfund. Das war großzügig im Vergleich zur üblichen Bezahlung, doch – wie Heathers Mutter es so trefflich ausdrückte – mußte man schon ein bißchen mehr ausspucken, wenn man nicht alle Tassen im Schrank hatte.

Mrs. Molfrey saß in ihrem verblichenen Petit-point-Ohrensessel, die Füße auf einem mit Perlen besetzten Schemel, und beobachtete Heather voller Zufriedenheit. Als die junge Frau vor einigen Monaten zum ersten Mal laut redend auf Schuhen, die an Holzblöcke erinnerten, ins Wohnzimmer getrampelt war, hatte Mrs. Molfrey um ihre zerbrechlichen Gläser und den ganzen Nippes gezittert. Doch Heather, die zwar sehr fahrig in ihren Bewegungen war, ging mit den geliebten Kleinodien äußerst fürsorglich um.

Gerade fuhr sie behutsam mit einem Federwisch über einen kunstvoll geschnitzten und mit vielen kleinen Spiegelstücken verzierten Kaminaufsatz. Mrs. Molfreys Behagen wuchs, als sie durch einen Spalt in der Wohnzimmertür einen Blick auf ihre blitzsaubere Küche werfen konnte. Als sie sah, daß Heathers Lippen sich lebhaft bewegten, stellte sie ihr Hörgerät an. Sie wartete jedoch, bis die junge Frau in eine andere Richtung sah, weil es ihr peinlich war, daß sie das Gerät überhaupt ausgeschaltet hatte.

»Also hab ich zu ihm gesagt, ob er denn wüßte, wie spät es wäre, und er hat nur gesagt, ›Zeit zum Bumsen‹. Und das vor meiner Mama und den Kids und so.«

»Wer war das, Heather?«

»Der Vater von Kevin. Der hockt immer in der Bude rum. Wissen Sie, was ich meine?«

»Welcher Vater ist das?« fragte Mrs. Molfrey, die Heathers diverse Sprößlinge immer noch nicht auseinanderhalten konnte, geschweige denn die einzelnen Verästelungen ihrer großen Familie, die sich über ganz Buckinghamshire zu verteilen schien.

»Barry. Der mit der Harley Davidson.«

»Ah, der Musiker.«

Heather machte sich nicht die Mühe, das richtigzustellen. Es lohnte sich nicht. Beim nächsten Mal hätte sie es schon wieder vergessen. Und außerdem plauderte Heather nur aus Höflichkeit. Viel lieber würde sie ihren Walkman mitbringen und sich ein Band von Barry Manilow anhören. Aber die alte Dame war für ein bißchen Unterhaltung sicher dankbar, wo sie doch sonst nur den alten Kerl da draußen im Wohnwagen zur Gesellschaft hatte. Er kochte auch jeden Tag für sie. Eigentlich ganz süß.

Nachdem sie einem smaragdgrünen Lüster den letzten Glanz verpaßt hatte, fragte Heather Mrs. Molfrey, ob sie nun ihre Tasse Tee haben wollte. Das war Heathers letzte Aufgabe. Sie stellte den Tee immer mit einem Stück Kuchen auf das Tischchen neben Mrs. Molfreys Sessel.

Mrs. Molfrey fragte Heather jedesmal, ob sie ihr Gesellschaft leisten wolle, aber das hatte Heather nur ein einziges Mal getan. Der Tee war widerlich. Er hatte eine komische Farbe und einen noch schlimmeren Geruch. Und es gab nur diese eine Sorte. Schon beim bloßen Anblick konnte sich einem der Magen rumdrehen, fand Heather. Wie getrocknete schwarze Würmer mit gelben Blüten vermischt.

Als sie in der Küche den Kessel aufsetzte, hörte Heather das Tuckern eines 500-Kubik-Motors und sah durch das Küchenfenster, wie ein Honda-Motorroller über den Rasen zum hinteren Eingang des Hauses holperte.

»Da kommt Becky«, rief sie ins Nebenzimmer.

»Sie bringt bestimmt meine Perücke«, rief Mrs. Molfrey zurück. »Schmeißen Sie einen Löffel mehr in die Kanne und holen Sie die Keksdose. Da ist noch was Zitronenkuchen vom Frauenkreis drin.«

Becky Latimer, eine junge Frau mit einem freundlichen Gesicht und leicht sommersprossiger Haut, die so glatt und braun wie ein Hühnerei war, öffnete den Riegel und kam in die Küche. Sie hatte einen Perückenständer unterm Arm und trug eine Plastiktasche mit der Aufschrift »Beckys Mobiler Salon«, gekrönt von einem Kamm und einer Bürste, die sich überkreuzten.

»Alles fertig für Sie, Mrs. Molfrey.« Sie lächelte die alte Dame an. »Wie geht's Ihnen denn heute so?«

»Bleiben Sie zum Tee, Becky?« Mrs. Molfrey legte ihre knochigen, von Altersflecken gesprenkelten Hände drängend auf den Arm der jungen Frau.

»Warum nicht«, sagte Becky, die bereits zwanzig Minuten zu spät war. »Ein Täßchen auf die Schnelle.«

Als Heather mit dem Tablett hereinkam, sprach Becky gerade von Simone Hollingsworth und fragte Mrs. Molfrey, ob sie irgendwas von ihr gehört hätte. »Ich sollte ihr gestern um halb vier die Haare schneiden und fönen, und als ich kam, war sie nicht da. Sie hatte gar nicht abgesagt oder so. Das sieht ihr überhaupt nicht ähnlich.«

»Ich hab gehört, sie kümmert sich um eine kranke Verwandte«, sagte Mrs. Molfrey, »und mußte eilig fort. Deshalb hat sie sicher den Termin vergessen.«

»Wird wohl so gewesen sein«, sagte Becky mit offensichtlicher Erleichterung in der Stimme. Sie war gerade dabei, sich ihr Geschäft aufzubauen, und hatte schon befürchtet, daß Mrs. Hollingsworth nicht mehr zufrieden mit ihrer Arbeit wäre. Simone war eine anspruchsvolle Kundin, und ihre weichen, weißblonden Haare waren nicht gerade einfach in Form zu bringen. Im Gegensatz zu den meisten Kundinnen von Becky wollte sie jede Woche etwas anderes, und sei es auch nur eine Kleinigkeit. Wenn Becky zu ihr kam, lag häufig eine Ausgabe von *Vogue* oder *Tatler* aufgeschlagen auf dem Wohnzimmertisch und ihr sank der Mut, wenn Simone ihr eine kunstvoll gestylte oder perfekt geschnittene Frisur zeigte und sie bat, diese nachzumachen. Doch bisher hatte sie – toi, toi, toi – es glücklicherweise immer richtig gemacht.

Während Becky diese Gedanken durch den Kopf gingen, hatte Heather die Frischhaltefolie von dem Kuchen entfernt, ihn in Scheiben geschnitten und eine zweite Tasse Tee eingeschenkt. Nun stand sie im Mantel da, doch während sie sich gerade verabschiedete, sagte sie plötzlich: »Hey, Beck. Sprichst du von Mrs. H. von Nightingales?«

»Ja.«

»Sie war im Marktbus.«

»Im Bus?«

»Ganz recht, Mrs. Molfrey.«

»Aber sie fährt doch nie irgendwo hin.«

»Sie ist aber nach Causton gefahren.«

»Mit dem Bus um halb drei?« fragte Becky.

»Nein, um halb eins. Sie ist vor Gateways ausgestiegen. Und noch was war komisch. Sie hatte keinen Koffer oder so was dabei. Nur eine Handtasche«, sagte Heather.

»Man sollte doch meinen, wenn sie diese kranke Verwandte besuchen wollte, wäre sie am Bahnhof ausgestiegen.«

»Das ist ja wirklich mysteriös«, sagte Heather und wirbelte so heftig herum, daß ihr weiter Rock einen großen Kreis um sie beschrieb.

Man sollte wirklich ein Nebelhorn betätigen, wenn man es in den eigenen vier Wänden mit Leuten wie Heather zu tun hatte, dachte Mrs. Molfrey, schloß die Augen und betete, daß sie nichts zu Boden befördern würde.

»Nun ja«, sagte Heather, die es inzwischen bis zur Türschwelle geschafft hatte, »dann nochmal tschüs.«

»Könnten Sie an Cubbys Wohnwagen anklopfen, wenn Sie dort vorbeikommen?« fragte Mrs. Molfrey. »Sagen Sie ihm, es gäbe Zitronenkuchen.«

Becky nippte an dem Tee, den sie fast genauso scheußlich fand wie Heather.

»Ist das nicht äußerst ungewöhnlich, Becky?« sagte Mrs. Molfrey und atmete genüßlich den Jasminduft ein. »Daß einer zu jemandem fährt, der krank ist, und nur eine Handtasche dabei hat. Man sollte doch meinen, daß derjenige ein wenig Benger's mitnimmt. Oder etwas Rindssülze.«

»Vielleicht kommt Mr. Hollingsworth nach.«

»Vielleicht. Was ich allerdings nicht verstehe«, fuhr Mrs. Molfrey fort, »ist, warum sie den Bus genommen hat. Der braucht fast eine Stunde für die Strecke, die Charlies Taxi in fünfzehn Minuten schafft.«

»Jedenfalls nicht, um Geld zu sparen, Mrs. Molfrey.« Becky sah auf ihre Uhr. »Ich muß jetzt leider gehen. Bin eh schon ein bißchen spät dran.«

»Du meine Güte«, rief Mrs. Molfrey. »Warum haben Sie das denn nicht gleich gesagt?«

Während der nächsten Tage versuchten die Bewohner von Fawcett Green, den Besitzer von Nightingales – wie man meinte – diskret zu beobachten. Man bremste etwa, wenn man am Haus vorbeifuhr, den Wagen ruckartig ab und starrte durch die Fenster hinein. Man lauschte aufmerksam auf das surrende Geräusch und das leise metallische Klappern, mit dem das Garagentor auf oder zu ging. Oder man schlenderte durch den Garten hinter Mrs. Molfreys Haus und warf einen beiläufigen Blick über den Zaun. Doch bei all dem hatten die Bewohner von Fawcett Green kein Glück. Das Objekt ihrer Neugier ließ sich nicht blicken.

Außerdem war Simone offenkundig nicht zurückgekommen, was bedeutete, daß dort ein männliches Wesen ganz allein lebte. Da es kaum etwas Konservativeres gibt als ein englisches Dorf, nahm man natürlich an, daß ein solcher Mann Hilfe brauche. Und sofort tat sich eine Gruppe von Leuten zusammen, um sich um ihn zu kümmern.

Alle gaben sich größte Mühe. Ein Apfelkuchen, ein paar frische Eier und ein Glas grünes Tomatenchutney wurden vor die Tür von Nightingales gestellt und blieben dort stehen, bis man sie betrübt wieder abräumte. Ein Angebot, schmutzige Wäsche abzuholen und sauber zurückzubringen, das durch den Briefschlitz geschoben wurde, wurde auch ignoriert. Ebenso die Nachfrage, ob irgendwas eingekauft werden müsse, und ein Angebot, die Hecke zu schneiden. Man war jedoch zutiefst entrüstet, als man erfuhr, daß bei Ostlers, dem Dorfladen, eine Kiste Lebensmittel telefonisch bestellt und auch geliefert worden war.

Danach gaben die frustrierten Samariter, die einsahen, daß manchen Leuten einfach nicht zu helfen war, jedes direkte Eingreifen auf. Man hielt jedoch die Augen offen, und das Dorf bemerkte, nicht ohne gewisse Genugtuung, daß bereits vierundzwanzig Stunden, nachdem Mrs. Hollingsworth verschwunden war, die Dinge eindeutig eine Wendung zum Schlechteren nahmen.

Am Freitag blieben die Vorhänge bis Mittag geschlossen. Am Samstag und Sonntag wurden sie überhaupt nicht aufgezogen. Entschlossen, eine solche Nachlässigkeit als Hilfeschrei zu betrachten, nahm das Team seine Bemühungen wieder auf und klopfte an die Eingangstür. Als das ignoriert wurde, wiederholte man das Ganze an der hinteren Tür – ebenfalls mit negativem Ergebnis.

Als der Milchmann zum Kassieren kam, standen drei volle Flaschen auf der Treppe. Er betätigte mehrmals den Türklopfer und machte durch den Briefschlitz lautstark auf sich aufmerksam. Schließlich ging die Tür einen Spalt auf, eine Zehn-Pfund-Note wurde ihm in die Hand gedrückt und die Worte »Bringen sie keine mehr!« mit einer starken Whiskyfahne durch die Öffnung gezischt.

Selbstverständlich sprach sich das sofort überall herum. Ein weiterer Beweis für Alan Hollingsworths zügellosen Lebenswandel erfolgte, als eine riesige Ladung leerer Flaschen aus seinem Container in den Bauch des Müllwagens der städtischen Gemeinde Causton rutschte. Avis Jennings erzählte, es hätte sich angehört, als hätte jemand ein ganzes Gewächshaus weggeworfen. Der Pfarrer, der von seiner Angetrauten genauestens informiert wurde, dachte an all den Jack Daniels, der in völliger Einsamkeit konsumiert wurde, und erwog, ob er nicht doch noch einmal versuchen sollte, Trost zu spenden.

Im Goat and Whistle diskutierten die Stammgäste ebenfalls über Simones Verschwinden. Niemand glaubte an die Geschichte von einer »kranken Verwandten«. Der Wirt, zweifellos betrübt darüber, daß nicht ein einziger Schluck von Hollingsworths Bedürfnis nach Alkohol in seinem Etablissement befriedigt worden war, meldete sich besonders bissig zu Wort.

»Nichts als ein Haufen Blödsinn«, sagte er, während er einem rotgesichtigen Mann in einer karierten Weste einen Beamish einschenkte. »Sie ist abgehauen, um selber was vom Leben zu haben. Und ich kann ihr deswegen keinen Vorwurf machen.«

Zustimmendes Gemurmel. Wenn man eine hübsche Frau vernachlässigt, so die allgemeine Meinung, fordert man den Ärger geradezu heraus. Doch nicht alle waren damit einverstanden. Eine Frau, die einen Drink aus Advocaat und Limonade trank, glaubte, daß Mrs. H. keineswegs vernachlässigt, sondern im Gegenteil an einer zu kurzen Leine gehalten worden war. Langeweile und Frust hätten sie dazu getrieben, sich schließlich loszureißen. Aber auch dieser Erklärung stimmten nicht alle zu.

»Da rackerst du dich für sie ab«, sagte der Beamish-Trinker, »kaufst ihnen alles, was sie wollen, und was bringt dir das? Gar nichts.«

Eine Frau mit Armen wie Popeye und einem anzüglichen Grinsen in dem pockennarbigen Gesicht, die gerade dabei war mit brutaler Präzision Dartpfeile zu werfen, erklärte, wie absolut erbärmlich sie manche Männer fände. Sobald sie keine gehorsame, stumpfsinnige Frau hätten, die die ganze Zeit hinter ihnen herräume, ließen sie sich sofort gehen.

»Einer ist ganz bestimmt nicht unglücklich darüber«, sagte die Frau mit dem Drink ganz leise, zwinkerte mit den Augen und tippte sich an ihre winzige Nase, die weich und porös wie eine reife Erdbeere war. »Nach dem, was Hollingsworth ihm angetan hat.«

»Das war hart.«

»Ich würd mich nicht wundern, wenn er selbst mit ihr abgehauen wär.«

»Nee. Er hat doch einen anderen Fisch an der Angel.«

Alle drehten sich um und sahen in eine Ecke, wo ein einsamer Mann über einem halben Pint Bitter saß. Er sah nicht gerade aus, als ob er gleich vor Freude an die Decke springen wollte. Eher so, als ob er erwartete, daß sie jeden Augenblick auf ihn herunterstürzen würde. Gray Patterson hatte kaum etwas gesagt, seit er in die Kneipe gekommen war, und nun trank er sein Glas aus, stand auf und ging ohne ein Wort hinaus.

Ausgerechnet im Goat and Whistle hatte Gray diesen »anderen Fisch« kennengelernt. Damals war ihm gar nicht klar, wie zufällig diese Begegnung war. Sarah Lawson hatte in den fünf Jahren, seit sie im Dorf lebte, nur zweimal das Pub betreten. Und bei diesem zweiten Besuch hatte sie lediglich eine Schachtel Streichhölzer kaufen wollen, weil es im Dorfladen keine mehr gab.

Natürlich wußte er, wer sie war – in so einem kleinen Ort kannte jeder jeden vom Sehen –, und er wußte auch ein bißchen was über sie. Sie unterrichtete in der Erwachsenenbildung, hatte kaum Geld, und ihr Haus fiel fast zusammen. Sie töpferte und machte Glasmalerei. Man kam selten am Bay Tree Cottage vorbei, ohne laute Opernmusik zu hören, was Fawcett Green mit einem resignierten Achselzucken akzeptierte, denn Künstler brachten ja bekanntermaßen ein anregendes Ambiente.

Gray war von Sarahs Äußerem angezogen und von der Art, wie sie sich kleidete. Von ihrer Ernsthaftigkeit und der Tatsache, daß es ihr offenbar völlig egal war, was die Leute von ihr und ihrer Lebensweise hielten. Und so war er ihr aus dem Goat and Whistle gefolgt und hatte sich, als er sie in der St. Chad's Lane einholte, vorgestellt.

»Oh, ich weiß, wer sie sind«, antwortete Sarah. »Von der Titelseite des *Causton Echo*.«

»Sie tun ja so, als wär ich berüchtigt.«

»Dazu gehört in einem so kleinen Ort nicht viel.«

»Sie dürfen nicht alles glauben, was in der Zeitung steht.«

»Wär ich nie von allein drauf gekommen.«

»Tut mir leid.«

Ein schlechter Anfang. Sie gingen schweigend nebeneinander her, während Gray überlegte, wie er den Schaden wieder gutmachen könnte. Er war klug genug, ihr kein persönliches Kompliment zu machen, weil er fürchtete, daß das als unverschämt und plump aufgefaßt würde. Aber er könnte – ganz aufrichtig – ihren Garten loben.

»Jedesmal, wenn ich hier vorbeikomme, bewundere ich ihn.«

»Ich verstehe gar nicht warum.« Sie hatte eine ruhige, klare Stimme. »Das ist doch das absolute Chaos.«

»Es ist die Ausgewogenheit, glaube ich. Sie scheinen von allem etwas zu haben, aber von nichts zuviel.«

»Das ist nicht mein Verdienst. Mein Vater hat den Garten angelegt und sich darum gekümmert. Fast bis zum letzten Tag seines Lebens.«

»Ach ja.« Er erinnerte sich, daß er mal gehört hatte, das Haus hätte ihren Eltern gehört. »Hat er Ihnen irgendwelche gärtnerischen Ratschläge vermacht? Ich könnte ein paar Tips gebrauchen.«

»Benutzen Sie gesunde, saubere Erde. Düngen Sie sie vernünftig. Pflanzen Sie nur qualitativ hochwertige Sachen an. Und wenn was Häßliches oder Giftiges auftaucht, reißen Sie's raus und verbrennen es.«

»Kein schlechtes Rezept für das Leben, wenn man's recht bedenkt.«

Sarah blickte ihn interessiert an. Wie ihre Augen leuchteten! Ein reines, strahlendes, elegantes Profil, als sie das Bay Tree Cottage erreichten. Sarah zog das schief in den Angeln hängende Tor auf die Seite.

»Kann ich kurz mit reinkommen?«

»Wozu?«

»Oh.« Obwohl er das ganz spontan gefragt und mehr oder weniger mit einer Ablehnung gerechnet hatte, war Gray schon durch die Gartenpforte gegangen. »Nur ein bißchen reden.«

»Nein.«

»Ich möchte Sie gern kennenlernen.«

»Warum?«

»Weil...« Gray fühlte sich ziemlich hilflos. Die meisten Frauen hätten diese Frage nicht gestellt. Sie hätten gewußt warum. Trotzdem war er sicher, daß sie weder die Naive spielte noch schüchtern war.

»Haben Sie nie das Bedürfnis, ein Gespräch weiterzuführen, Sarah?« Er trat ein Stück zurück und hob das Tor in seine ursprüngliche Position. »Dinge zu relativieren, auszuschmücken, Entschuldigungen anzubringen, Witze zu reißen? Rezepte zu verteilen?«

»Eigentlich nicht. Wozu soll das gut sein?«

»Ich hasse Fragen, die man nicht beantworten kann.«

»Und ich finde, das sind die einzigen, die sich zu stellen lohnen.« Darauf lächelte sie, doch dieses Lächeln schloß ihn gleichsam aus. »Deshalb werden wir nie miteinander auskommen.«

»Ich könnte mich ändern. Ich bin ein flexibler Mensch.«

»Auf Wiedersehen, Gray.«

Er mochte, wie sie seinen Namen aussprach. Mit einem leicht schleifenden R. Das war keine Sprachstörung, und ganz bestimmt kein Lispeln; eher ein rauhes Hinübergleiten. Es war unwiderstehlich.

»Soll ich Ihnen das hier reparieren?« rief er ihr zu.

»Auf keinen Fall. Das hat Jahre gebraucht, um so zu werden. Und außerdem«, sie drehte sich auf der Stufe vor ihrem Haus um und warf ihm einen amüsierten Blick zu, »wenn ich es repariert haben wollte, könnte ich das auch selber tun.«

Das war jetzt fast drei Monate her. Er hatte nicht aufgegeben. Er hatte einige »zufällige Begegnungen« mit ihr arrangiert und einen noch liebenswürdigeren Ton angeschlagen. Einmal, als er seinen Hund ausführte, hatte er die Leine losgelassen und das Tier aus Sarahs Gemüsebeet retten müssen. Leider hatte er für diesen Geniestreich einen Mittwoch gewählt, an dem Sarah, wie sich herausstellte, immer arbeitete. Mehrere Male war er mit Blumen oder Obst aus seinem Garten bei ihr aufgetaucht. Diese Gaben wurden freundlich und mit Dank entgegengenommen, dann fiel die Tür wieder vor seiner Nase zu.

Er hatte ein oder zwei Leuten ein paar diskrete Fragen über sie gestellt, doch wieder damit aufgehört, weil er fürchtete, sie könnte es erfahren. Jedenfalls hatte er nur sehr wenig herausgekriegt. Ihre Eltern hatten das Haus erst gekauft, als sie in Rente gingen. Sie war also nicht im Dorf aufgewachsen. Die Leute schienen sogar kaum mehr über sie zu wissen als er selbst.

Wenn sie seine Aufmerksamkeiten offenkundig übelgenommen hätte, wäre er natürlich nicht weiter vorgedrungen. Doch sie nahm seine Komplimente auf ihre spröde, distanzierte Art hin, und Gray vermutete, daß sie ihn irgendwie als kleine Abwechslung betrachtete.

Doch vor sechs Wochen hatte sich plötzlich alles geändert. Er hatte ihr eine kleine Schale mit Nieswurz-Samen vorbeigebracht, die ihr offensichtlich fehlten. Sie hatte die Schale lächelnd entgegengenommen und ihn hereingebeten. Er war etwa eine halbe Stunde geblieben. Ihr Verhalten war jedoch, wie Gray sich eingestehen mußte, sehr oberflächlich. Immerhin hatte er es über die Türschwelle geschafft. Das war die Hauptsache.

Bei jener Gelegenheit, wie auch bei den darauf folgenden, sprachen sie meist über banale Dinge. Gray, der selbst in guten Zeiten ein sprunghaftes Temperament hatte, wurde rasch entmutigt. Zwar sagte er sich, das sei erst der Anfang, doch er wurde das Gefühl nicht los, daß er auf der Stelle trat. Er versuchte, sie dazu zu bewegen, über sich oder über ihre Arbeit zu sprechen, doch ohne Erfolg. Einmal hatte er sie ganz mutig gefragt, ob sie schon mal verheiratet war. Zunächst folgte ein eisiges Schweigen. Schließlich hatte sie preisgegeben, sie habe mal ein oder zwei Jahre mit jemandem zusammengelebt, sei aber lieber für sich.

Sie wollte nicht mit ihm ausgehen. Trotz seiner desolaten finanziellen Situation hatte Gray sie zum Essen eingeladen, doch sein Angebot wurde abgelehnt, ebenso ein vorgeschlagener Besuch im Kino oder Theater. Ein- oder zweimal waren sie auf einen Drink im Goat and Whistle gewesen, aber die meiste Zeit saßen sie einfach bei ihr im Garten und unterhielten sich.

Auch an diesem Samstagmorgen redeten sie – wie konnte es anders sein? – über die Hollingsworths. Gray saß auf einem ziemlich ramponierten Sofa und nippte an einer kleinen Tasse bitteren japanischen Kaffees. Sarah sah auf ihre Uhr.

»Wenn man mich fragt,« sagte Gray, »meine Theorie ist, sie hat sich in ein Kloster zurückgezogen.«

»Simone?«

»Nachdem sie schließlich erkannt hat, wie trügerisch die Genüsse dieser sündigen Welt sind.«

»Das möcht ich erleben.«

»Bist du mal in deren Wohnzimmer gewesen?«

»Ja.«

»Der perfekte Rahmen für ein Luxusweibchen, würdest du nicht auch sagen?«

»Wie kommst du darauf, daß ich mich mit so was auskenne?« Sarah schüttelte ihre Uhr und hielt sie sich ans Ohr.

»Ich sehe Mrs. H. buchstäblich vor mir, wie sie – die Füße in goldenen Sandalen auf einem flauschigen rosa Schemel gestützt, einen Malibu mit Eis und einem kleinen Sonnenschirm auf ihrem Beistelltischchen – Schokoladentrüffel verzehrt, sich die Zehennägel lackiert und Jackie Collins liest.«

»In meinem Kurs hat sie sich nicht so geschickt angestellt.«

»Ein richtiges Zuckerpüppchen.«

»Was hattest du überhaupt in Nightingales verloren?« Sarah sammelte seine Tasse samt Unterteller ein, stapelte sie auf ihre und brachte alles in die Küche. »Dem Arsch die Milch liefern?«

»Wir waren befreundet. Nun ja, irgendwie.«

»Ich weiß, daß ihr Geschäftspartner wart.« Sie blieb in der Tür stehen und sah ihn merkwürdig an. Interessiert, neugierig, aber ohne jede Spur von Mitgefühl. »Es stand auf der...«

»Titelseite des *Causton Echo*.«

»Ganz recht.«

»Ich hab ihm vertraut.« Gray zuckte die Achseln. »Um so blöder von mir. Wenn's um Geld geht, ist's offenbar mit der Freundschaft aus.«

»Hast du ihn tatsächlich zusammengeschlagen?«

»Ja.«

»Und du hast alles verloren?«

»Nicht ganz. Ich hoffe noch auf meinen Anteil – ungefähr fünfzig Prozent nach meiner Schätzung. Und ich hab auch noch meine Schulden. Und meinen Hund – der ist bei mir geblieben. Also sehen wir es doch mal positiv.«

»Damit würde ich nicht so leicht fertig werden.«

»Ich werd vor Gericht den letzten Penny aus dem Schwein rausholen. So werde ich damit fertig.«

Sarah legte eine Platte auf, *Di' cor mio* aus *Alcina*, und begann, ein feuchtes Musselintuch von einem Tonklumpen auf einer Marmorplatte zu lösen. Ein schmaler, länglicher Männerkopf mit langer Nase, schmalen Lippen und heruntergezogenen Mundwinkeln kam zum Vorschein. Er hatte keine Augen und wirkte auf Gray irgendwie verstümmelt, obwohl er wußte, daß hier etwas geschaffen und nicht zerstört wurde.

Gray nahm seine Jacke und schickte sich zum Gehen an, wie er das immer tat, wenn er das Gefühl hatte, daß seine Zeit abgelaufen sei. Er wollte sein Schicksal nicht herausfordern. Und im übrigen spürte er ohnehin, daß sie, sobald er gegangen war, vergaß, daß er überhaupt existierte.

In der Tür drehte er sich noch einmal um. Sarah beugte sich gerade tief über den Tisch, drückte einen Daumen fest in den Ton, bewegte ihn ein wenig und nahm die Hand fort.

Obwohl es nur eine leere Augenhöhle war, schien das Gesicht plötzlich von Intelligenz durchdrungen, schien zu leben. Und Gray fragte sich, wie man das mit einem so einfachen Handgriff erreichen konnte.

Während diese Unterhaltung stattfand, geschah noch etwas, das zwar nicht direkt mit dem Hollingsworth-Mysterium zu tun hatte, aber dennoch etwas auslöste, das das Interesse an Simones Verschwinden über die Grenzen des Dorfes hinaus weckte.

Ostlers, der Dorfladen (Inhaber: Nigel Boast), lag an der Hauptstraße von Fawcett Green. Diese verlief wie der Querbalken eines großen T's am oberen Ende der St. Chad's Lane. Ein Vermerk an der Tür wies Kinder darauf hin, daß sie zwar willkommen seien, aber nur wenn sie einzeln eintraten.

Zwar war durch diese strenge Anweisung die Anzahl der Diebstähle merklich zurückgegangen. Dennoch fehlte hin und wieder etwas im Regal. Mr. Boast, der seine jungen Kunden beobachtete wie ein Habicht die jungen Tauben, konnte das nicht verstehen. Ihm oder Doreen, seiner »guten Gemahlin«, wäre nie der Gedanke gekommen, daß die Übeltäter Erwachsene sein könnten.

Der Laden war ganz im Tudorstil gehalten. Die Preisschilder waren in Fraktur geschrieben, ebenso der Hinweis hinter der Kasse: Wir bitten höflichst nicht nach einem Kredit zu fragen, da eine Ablehnung den geschätzten Kunden kränken könnte. Ursprünglich hatte man durchgängig statt einem s ein f geschrieben, was, wie Mr. Boast unermüdlich erklärte, authentisch sei. Doch niemanden hatte das sonderlich beeindruckt. Statt dessen pflegten die Kunden ständig augenzwinkernd »ein Pfund Fiedewürftchen«

oder »eine Dofe Tomatenfuppe« zu verlangen. Schließlich wechselten Nigel und Doreen nach einer Weile widerwillig zu der etwas zeitgemäßigeren elisabethanischen Schreibweise über.

Cubby Dawlish, den Mrs. Molfrey ermutigte, überschüssiges Obst und Gemüse aus dem Garten zu verkaufen, um seine Rente aufzubessern, kam gegen halb elf mit ein paar Pfund dicken Bohnen in den Laden. Cubby reichte die Bohnen über die vollgepackte Holztheke und verkniff sich jedes Feilschen um den Preis, obwohl er wußte, daß die Bohnen vermutlich für das Dreifache verkauft werden würden.

Während die Bohnen gewogen wurden, sah Cubby sich in dem Raum mit seinen getünchten Wänden und dicken Holzbalken um. Obwohl das Gehölz dem Laden nur künstlich ein älteres Aussehen gab, war es weniger künstlich als das Strahlen in Mr. Boasts Augen bei seinem Angebot von zehn Pence pro Pfund. Es herrsche im Augenblick eine Bohnenschwemme. Eigentlich herrschte diese Schwemme permanent. Manchmal war auch versehentlich zuviel eingekauft worden. Cubby war überzeugt, selbst wenn er im tiefsten Winter mit frisch gepflückten Himbeeren käme, hätte Ostlers zufällig eine Sekunde zuvor einen unglaublich preiswerten Lieferanten für diese Köstlichkeit gefunden.

Während er die Münzen in die Tasche steckte und freundlich über das angenehm milde Wetter plauderte, wurde er in seiner Eigenschaft als einer der nächsten Nachbarn gefragt, wie sich denn Mrs. Hollingsworths Mutter von ihrem Schlaganfall erhole.

Cubby sagte, er hätte nicht ganz verstanden, und wollte dann, nachdem der Ladenbesitzer die Frage wiederholt hatte, wissen, ob Mrs. Hollingsworths »kranke Verwandte« denn tatsächlich ihre Mutter sei.

»Fürwahr«, antwortete Mr. Boast, der häufig in diesen Tudor-Tonfall verfiel, besonders nach einem Treffen mit der Bürgerkriegsgesellschaft. »Das hat Alan persönlich dem Pfarrer erzählt.«

Nachdem Cubby abgewehrt hatte, seinen Erlös für jamaikanischen Ingwerkuchen auszugeben, der gerade im Sonderangebot war, ging er nach Arcadia zurück, wo seine erste Aufgabe darin bestand, einen belebenden, mit Mineralien angereicherten Bananentrunk für Elfridas zweites Frühstück zu mixen. Während er den restlichen Zitronenkuchen aus der Dose nahm, berichtete er, was er gerade erfahren hatte. Darauf starrte sie ihn eine Zeitlang völlig verblüfft an.

»Das ist äußerst beunruhigend, Cubby.«

»Wieso denn, meine Liebe?«

»Simone hat keine Mutter mehr.«

»Sie hat keine...« Als er aufstand, kippte ein Meßlöffelchen mit dem Vitaminzusatz neben dem durchscheinenden Mischbecher um.

»Du hast was verschüttet.«

»Tut mir leid.« Er gab das restliche Pulver in den Becher. »Woher weißt du das?

»Es hat sich auf der ganzen Ablage verteilt.«

»Ich meine«, Cubby blies das verschüttete Pulver ins Spülbecken, »das mit der alten Mrs. Hollingsworth.«

»Simone hat es mir selbst erzählt. Als ich vor ein paar Wochen im Gewächshaus war und Narzissen pikierte, kam sie vorbei. Du weißt doch, wie sie war. Das arme Mädchen. Immer auf der Suche nach was zu tun.« Mrs. Molfrey sprach mit dem neugierigen Unverständnis einer Dreiundachtzigjährigen, die längst noch nicht genug hatte vom Leben.

»Mehr um sich zu unterhalten als aus wirklichem Interesse, nehm ich an, fragte sie mich, was ich da mache. Als ich es ihr erklärte, sagte sie, Narzissen wären immer die Lieblingsblumen ihrer Mutter gewesen. Und daß sie – Simone mein ich – bei der Beerdigung ihrer Mutter einen Kranz, ich glaube in Form einer Harfe, ganz aus weißen Narzissen bestellt hätte.«

»Wie außergewöhnlich.«

»Ach, ich weiß nicht. Ich halte eine Harfe bei so einem Anlaß schlicht für angemessen.«

»Ich meinte...«

Doch Elfrida zog sich gerade in ihren Lieblingssessel zurück. Cubby folgte ihr, in einer Hand ihren, in der anderen seinen Trank, einen Muntermacher aus Holunderextrakt, frisch gepreßter Zitrone und englischem Kleehonig.

»Also«, sagte Elfrida, während sie ihre dünnen, zittrigen Beine gegen die gestickten Einhörner, Drachen und Rosen mit goldenen Dornen lehnte, »hat Alan Hollingsworth bewußt gelogen. Hmm.«

Cubby drückte Elfrida behutsam den Becher in die Hand und drückte sanft ihre Finger um das Glas. Dann setzte er sich in einen großen chinesischen Korbsessel. Er wußte, was kommen würde, und auch daß es sinnlos war, sie davon abzubringen.

»Das würde auch erklären, warum sie den Umweg mit dem Bus in Kauf genommen und kein Gepäck mitgenommen hat. Schließlich würde man selbst bei einem ganz kurzen Besuch eine Flasche Kölnischwasser und einige andere Dinge, über die man nicht spricht, in eine Reisetasche packen. Also ist sie gar nicht verreist. Sie ist einfach nach Causton gefahren, entweder um einzukaufen oder um sich mit jemandem zu treffen. Also wo ist sie jetzt?« Elfrida hielt inne, um Luft zu holen und einen Schluck zu trinken. »Das ist alles äußerst mysteriös.«

»Aber deshalb muß man doch nicht gleich was Finsteres vermuten, meine Liebe.« Cubby zögerte, weil er nicht wußte, wie er fortfahren sollte. Solche Situationen waren ihm nämlich nur allzu vertraut. Seit er Elfrida vor fast fünf Jahren überredet hatte, einen Fernseher zu kaufen, war sie absolut süchtig nach allen Sendungen – egal, ob sie auf wahren oder erfundenen Begebenheiten beruhten –, die irgendwas mit Verbrechen zu tun hatten. Ihr innigster Wunsch war, der Polizei bei ihren Ermittlungen zu helfen. Und auch wenn ihr das bisher nicht gelungen war, an Versuchen hatte es nicht gemangelt. Nach Elfridas letztem Vorstoß hatte Cubby große Mühe gehabt, sie vor einer Anklage wegen Körperverletzung zu bewahren.

Es fing damit an, daß sie in *Crimewatch* ein Phantombild gesehen hatte und zu der Überzeugung gekommen war, bei dem Schurken, der mit einer abgesägten Schrotflinte eine Bausparkasse überfallen hatte, handelte es sich um niemand anders als den Aushilfsbriefträger, der während der Weihnachtsferien in Fawcett Green die Post austrug. Sie hatte sich nur mit größter Mühe davon abhalten lassen, die Behörden zu verständigen, und das nur unter der Bedingung, daß Cubby von da an jeden Tag, wenn der Postbote kam, im Cottage sein würde.

Einmal war er ein paar Minuten zu spät gekommen. Elfrida hatte sich vor Angst zitternd mit einem Besenstiel bewaffnet. Als der Briefträger versucht hatte, die Weihnachtspost in den Briefkasten zu werfen, hatte sie die Klappe mit aller Kraft zurückgedrückt. Als Cubby aus seinem Wohnwagen gestiegen war, sah er den armen Mann, wie er vor Schmerzen gekrümmt durch den Garten taumelte.

»Die Quitten werden auch allmählich reif«, sagte Cubby jetzt in sehr bestimmtem Ton. »Soll ich Zitronen-Quitten-Gelee kochen?«

Dieser Ablenkungsversuch war vergeblich, wie er es auch erwartet hatte. Wenn man versuchte, Elfrida zu beeinflussen, war es als redete man in einer völlig fremden Sprache auf sie ein. Sie hörte zwar, daß man lauter als gewöhnlich sprach (sofern ihr Hörgerät überhaupt angeschaltet war) und bemerkte, daß man eine entschlossene Haltung angenommen hatte. Aber sie verstand einfach nicht, was man für ein Problem hatte.

»Dieses ganze Gerede über Gelee ist doch jetzt völlig belanglos«, sagte Elfrida. »Wir müssen uns überlegen, was wir im Fall Simone unternehmen sollen.«

»Ich sehe keinen Grund, weshalb wir uns da einmischen sollten.«

»Unsinn! Beweis mal deinen Grips, Dawlish.«

»Was meinst du denn, was wir tun sollten?« fragte Cubby, dem bereits vor der Antwort graute.

»Das ist doch sonnenklar.«

»Das hatte ich befürchtet.« Er stellte seufzend seinen Becher ab. »Na schön. Ich fahr mit dem Rad nach Ferne Bassett und ...«

»Doch nicht nach Ferne Bassett!« rief Elfrida. »Ferne Bassett, die sind doch kleine Fische. Wir haben es hier mit größter Wahrscheinlichkeit mit einem schweren Verbrechen zu tun. Hör auf meine Worte, der Mann hat seine Frau umgebracht. Und bei so einem üblen Vergehen hat es keinen Sinn, sich mit dem gemeinen Fußvolk abzugeben. Wir brauchen nicht die Jungs vom Dorf. Wir brauchen die hohen Tiere.«

»Aber Elfi ...«

»Marsch ans Telefon. Dawlish. Bestell mir eine Droschke.«

Als sie das Taxi anhalten hörte, fing Brenda Brockleys Herz an zu hämmern. Ohne die mißbilligenden Blicke ihrer Eltern zu beachten, lief sie ans Fenster, um zu sehen, was los war. Dann rannte sie schnurstracks die Treppe hinauf, um jede Diskussion oder Vorhaltung über ihr merkwürdiges Verhalten zu vermeiden.

Sie schloß die Tür auf und ging zu ihrem hübschen kleinen Schreibtisch, der in dem breiten Erkerfenster stand. Auch der Stuhl, auf den sie sich jetzt setzte, war sehr hübsch. Er hatte eine lange, schmale Lehne aus zwei senkrechten Holmen und einer Querstrebe mit eingelegtem Perlmutt. Ein bernsteinfarbenes, mit silbernen bourbonischen Lilien gemustertes Seidenkissen war mit schmalen Samtbändern auf den Sitz gebunden. Auf dem Sims ihr gegenüber stand eine Vase mit dunkelroten Nelken.

Diese beiden Möbelstücke hoben sich bewußt von allen anderen Gegenständen im Zimmer ab. Nicht daß Brenda die anderen Dinge langweilig oder geschmacklos fand – obwohl sie das waren –, aber ihr war bewußt, daß sie absolut nicht in die Szene paßten, in der sie ihren großen Traum ausleben durfte.

Sie nahm einen winzigen goldenen Schlüssel aus einem Muschelkästchen, schloß den Schreibtisch auf und schob das Holzrollo nach oben. Aus dem Schreibtisch nahm sie ein großes, in Chagrinleder gebundenes Buch mit der Aufschrift *Tagebuch*, dessen unlinierte cremefarbene Blätter leicht vergilbt waren. Auf der Rückseite des vorderen Deckels klebte mit Tesafilm befestigt ein Foto von Alan Hollingsworth, das sie im vergangenen Frühjahr ergattert hatte.

An einem Sonntagnachmittag, als Reg und Iris gerade im nächstgelegenen Gartencenter waren, um eine Ladung Kunstdünger zu kaufen, hatte Brenda, ermutigt durch ein großes Glas süßen Sherry, die Zeile von Lärchen durchschritten, die ihre Grundstücke voneinander trennte, und war zu den Hollingsworths gegangen. Mit der Erklärung, sie hätte noch eine Aufnahme übrig und Shona wäre zu keinem Foto zu bewegen, hatte sie die Hollingsworths gefragt, ob sie eine Aufnahme von ihnen machen dürfte. Sie waren zwar überrascht gewesen, hatten aber nichts dagegen gehabt.

Brenda hatte den Sucher sorgfältig eingestellt, um genau den Ausschnitt zu bekommen, den sie wollte. Ein exaktes Porträt von Alan ohne jede Spur von Simone.

Brenda hätte das Foto gern eingerahmt. Es hätte eine dieser schönen silbernen Rahmen verdient, wie es sie in Antiquitätenläden gab – mit fließenden Akanthusblättern und Lilienarabesken. Doch sie hatte Angst, daß sie eines Tages vergessen würde, es in ihrem Schreibtisch wegzuschließen. Und daß ausgerechnet während sie gerade aß oder im Bad war, einer ihrer Eltern den Kopf ins Zimmer stecken würde, um sich dort rasch umzusehen.

In ihr Tagebuch schrieb sie nur an Wochenenden, wenn sie genügend Zeit hatte, um ihm gerecht zu werden. Manchmal, und das war noch viel aufregender, sprach sie sogar mit Alan. Das kleinere Fenster in ihrem Zimmer ging auf den Vorgarten der Hollingsworths hinaus, und wenn sie ihn nach Hause kommen hörte, öffnete sie es mit zitternden Händen, lehnte sich hinaus und rief: »Guten Abend.«

Brenda hatte sich das Hirn zermartert, wie oft sie diesen Gruß riskieren konnte, und sich schließlich für alle zehn Tage entschieden. Häufiger ging nicht, weil er dann merken würde, daß sie nicht rein zufällig auftauchte. Seltener aber auch nicht, weil sie dann das lange Warten nicht aushalten würde.

Die Tage, an denen sie ihn grüßte, wurden in ihrem ledergebundenen Buch sorgfältig mit einem Stern markiert, den sie mit einem Stift malte, wie man ihn zur Beschriftung von Weihnachtsgeschenken benutzt. Er enthielt eine stark riechende, dünne Flüssigkeit, die, wenn sie getrocknet war, silbrig glänzte wie die Spur einer Schnecke.

Einmal im Monat führte sie tatsächlich ein richtiges Gespräch mit Alan. Diese aufregenden Begegnungen wurden mit einem goldenen Stift gleichen Typs ebenfalls mit einem Stern markiert, der von einem roten, mit Filzstift gezeichneten Herzchen gekrönt war.

Diese Gespräche konnten nur durch künstliches Herumtrödeln herbeigeführt werden, indem sie beispielsweise durch den Vorgarten schlenderte, an den Rosen schnupperte und so tat, als würde sie Unkraut jäten, oder in der Einfahrt mit ihrem Hund spielte. Wenn Alan das Garagentor zumachte, warf Brenda, deren Haut prickelte und der vor Nervosität ganz übel war, ein beiläufiges »Hallo« in seine Richtung.

Natürlich antwortete er, aber die nachfolgenden Gespräche waren notwendigerweise kurz. Wie viele Antworten konnte man schließlich auf die Bemerkung geben, daß das Wetter am heutigen Tag unbeständig/furchtbar/wunderbar/wechselhaft gewesen sei? Oder daß in den Nachrichten offenbar auch nichts Erfreuliches mehr kam. Sie schloß dann stets die Frage an: »Wie geht's denn so in Nightingales?«

Darauf versicherte Alan ihr, daß alles in Ordnung sei. Obwohl er nur selten fragte, wie die Dinge in The Larches stünden, war Brenda nie unvorbereitet.

Da sie wußte, daß ihre Antworten nicht nur kurz und unbeschwert sein mußten, sondern bestenfalls auch amüsant, pflegte sie sie bis zur letzten Minute einzuüben, wobei sie einen lockeren, beinahe nachlässigen Ton anstrebte.

Es gab niemanden, dem sie von ihrer heimlichen Liebe erzählen konnte. Bei der Arbeit, wo man ihre Schüchternheit für Verschlagenheit hielt, hatte sie keine Freunde. Und die Vorstellung, es ihren Eltern zu erzählen, war absolut entsetzlich. Schon allein der Gedanke ließ sie frösteln. Sie hatten Brenda immer den Eindruck vermittelt, daß so etwas wie eine Romanze in ihrer antiseptischen Welt nicht vorkam. Noch nie hatte sie ein Geräusch aus ihrem Schlafzimmer gehört, das auch nur entfernt nach Erotik klang. Die einzige Vibration entstand, wenn der Wecker klingelte. Manchmal, wenn sie die exakt eingeschlagenen Laken auf den keuschen Einzelbetten betrachtete, fragte sich Brenda, ob sie vielleicht ein Findelkind war, das man unter einem Stachelbeerstrauch gefunden hatte.

Wie bei allen Dorfbewohnern, nur viel intensiver, kreisten Brendas Gedanken um Simones Verschwinden und auf welche Weise dies wohl geschehen war. Sie mußte mit Gewalt entführt worden sein. Oder vielleicht hatte man sie mit einer falschen Nachricht weggelockt, die angeblich von ihrem Mann kam. Denn keine Frau, die das Glück hatte, mit Alan Hollingsworth verheiratet zu sein, würde freiwillig von zu Hause fortgehen.

Nun könnte man meinen, daß Alan Hollingsworths plötzliche Ungebundenheit Brenda mit wilden Hoffnungen und Entzücken erfüllte. Das war jedoch nicht der Fall. Gerade die Tatsache, daß die Beziehung der Hollingsworths so unverbrüchlich schien, hatte Brendas Träume zusammengehalten. Nachdem das nun nicht mehr stimmte, schien sich alles in nichts aufzulösen. Sie fürchtete sich vor so manchem, was die Zukunft bringen könnte. Doch ihre größte Angst war, daß Alan, wenn Simone nicht zurückkehrte, beschließen könnte, daß Nightingales zu viele unglückliche Erinnerungen für ihn berge und er nicht länger ertragen könne, dort zu wohnen.

Zum ersten Mal in ihrem Leben bedauerte sie, daß ihre Eltern ein solches Einsiedlerdasein führten und ihre Mutter auf so übertriebene Weise vor jedem engeren Kontakt zurückschreckte. Wäre sie doch nur eine von diesen Frauen gewesen, die ihre Nachbarn gern mit nahrhaften Mahlzeiten versorgen. Was wäre dann natürlicher, als daß ihre Tochter vorbeiginge, um das Geschirr einzusammeln.

Brenda hatte sich sogar, vor der Kühnheit dieses Gedankens zurückschreckend, vorgestellt, von sich aus rüberzugehen. Alan hatte jetzt seit zwei Tagen das Haus nicht verlassen und brauchte sicherlich dringend Hilfe. Sie malte sich aus, wie sie einen Korb bei ihm auf den Tisch stellte und das schneeweiße Tuch entfernte, das sie darüber gelegt hatte. Darunter befanden sich ein Baguette, ein wunderbar roter Apfel, ein Glas Honig in Form eines Bienenkorbs, knackiger Friséesalat und ein Stück Käse in Wachspapier eingepackt.

Alan würde einsam und traurig dasitzen und gegen die Wand starren. Sie würde zwei- oder dreimal etwas sagen müssen, bevor er sie überhaupt bemerkte. Es könnte sogar notwendig sein, ihn am Arm zu berühren.

Brenda kehrte seufzend in die beunruhigende Gegenwart zurück und drehte die Kappe ihres Füllers ab. Er war aus gesprenkeltem Schildpatt und hatte eine goldene Feder. Sie hatte ihn ganz speziell und für teures Geld erworben, um ihre persönlichen Gedanken aufzuzeichnen, und benutzte ihn auch nie für etwas anderes.

Sie dachte gründlich darüber nach, wie sie anfangen sollte, denn das Geschriebene war hochheilig. Es wurde nie etwas durchgestrichen oder geändert. Derartige Verschandelungen hätte sie als ein schlechtes Omen betrachtet.

Sie bemerkte, daß sich im Nachbargarten etwas bewegte. Alan! Zum ersten Mal, seit er so grausam verlassen worden war. Er stand mit dem Rücken zum Haus und hielt einen Spaten in der Hand. Während Brenda sehnsüchtig hinunterschaute, schickte er sich an, ein großes, feuchtes Stück Erde in der Nähe der Veranda auszuheben.

Schon Hunderte Male hatte Brenda so gesessen und sehnsüchtig hinuntergeblickt. Sie glaubte, eine außergewöhnliche Sensibilität in bezug auf Alan zu haben, und war sicher, daß sie rechtzeitig den Blick senken und den Kopf abwenden würde, sollte er zufällig heraufschauen. Bisher hatte das auch immer geklappt.

Doch nun passierte etwas, das diese Zuversicht Lügen strafte. Alan stieß den Spaten neben einem Büschel Taglilien heftig in den Boden, zog ihn wieder heraus und wandte sich dann offensichtlich angewidert ab. Dabei hob er den Kopf und starrte direkt in Brendas Fenster. Sie war so überrumpelt, daß sie nichts tun konnte als zurückzustarren.

Ihre Blicke trafen sich, wie sie das so oft in ihren Träumen getan hatten. Doch im wirklichen Leben war das alles ganz anders. Sein Blick war düster und unfreundlich, fast wütend, und durchbohrte sie wie ein Pfeil. Er machte eine heftige Bewegung mit seiner freien Hand, und einen furchtbaren Augenblick lang glaubte Brenda, daß er ihr mit der Faust drohte. Dann warf er den Spaten mit großem Geklapper auf die Verandafliesen und ging ins Haus zurück.

Brenda war völlig am Boden zerstört. Was mußte er jetzt von ihr denken? Was würde jeder denken, der in der berechtigten Annahme, unbeobachtet zu sein, seiner Arbeit nachging, um dann feststellen zu müssen, daß man ihn bespitzelte? Kein Wunder, daß er wütend war. Brenda war so fertig, als hätte sie sich mit einem Liebhaber gestritten.

Sie klappte ihr Buch zu, drehte die Kappe wieder auf den massiven Füller und schneuzte sich laut die Nase. Es hatte keinen Sinn zu weinen. Und auch nicht, sich in morbider Selbstkritik zu zerfleischen. Streitigkeiten waren dazu da, beigelegt zu werden. Und sie würde schon einen Weg finden, das zu tun.

»Es war für mich ein Riesenaufwand hierherzukommen.« Mrs. Molfrey warf ihre schulterlangen blonden Korkenzieherlocken so heftig zurück, daß ihr fast der Hut vom Kopf gefallen wäre. »Ich hoffe, daß man mich hinsichtlich Ihres Ranges und Ihrer Position nicht falsch informiert hat.«

Detective Chief Inspector Barnaby versuchte, den höflich fragenden Ausdruck beizubehalten, den er immer aufsetzte, wenn ein besorgter Bürger unangemeldet bei ihm hereinschneite, aber diesmal fiel es ihm wirklich sehr schwer, nicht zu starren.

Ihm gegenüber saß nämlich eine ungeheuer aufgetakelte, alte Dame. Sie versank fast in einem bauschigen, mädchenhaften Kleid mit Puffärmeln. Es schien aus Dekorationsstoff genäht zu sein, nämlich aus appretiertem Chintz mit einem üppigen Rosenmuster. Dazu trug sie weiße Spitzenhandschuhe und ziemlich schmutzige Schuhe mit elastischem Rand aus elfenbeinfarbenem Leder, in das kleine Löcher gestanzt waren. Auf ihrem Gesicht war eine so dicke Schicht von weißem und rosarotem Make-up aufgetragen, daß sich kleine Partikel davon lösten, sobald sie die Stirn in Falten legte oder sonst ein lebhaftes Gefühl ausdrückte, und wie parfümierte Schuppen durch die Luft schwebten. Ihre Augenlider hatten jenen harten, verwirrenden Blauton, den man früher als elektrisch bezeichnete. Wenn Mary Pickford noch lebte, dachte Barnaby, würde sie in etwa so aussehen.

»Man hat versucht, mich in Ihr Vorzimmer abzuschieben, zu einem Constable. In Hemdsärmeln.« Mrs. Molfrey senkte ihre Wimpern, die so schwarz und starr waren, als wären sie mit Pech überzogen. »Aber ich hab darauf bestanden, mit jemandem von höchster Autorität zu reden.«

Sergeant Troy war gerade durch die Eingangshalle gekommen, als Mrs. Mofrey ihre streitbare Rede hielt. Er hatte sie kurzerhand in den Aufzug gepackt, in den dritten Stock befördert und bei Barnaby abgeladen. Ob sein Assistent das aus Bösartigkeit getan hatte oder aus dem Glauben heraus, daß ihm eine Abwechslung guttun würde, mußte der Chief Inspector noch herausfinden.

»Wo liegt denn das Problem, Mrs. Molfrey?« fragte Barnaby, doch im selben Augenblick wurde ihm bewußt, daß er einen sehr onkelhaften, beinah herablassenden Ton angeschlagen hatte. Zum Ausgleich fügte er etwas formeller hinzu: »Womit kann ich Ihnen helfen?«

»Ich bin diejenige, die Ihnen helfen kann«, antwortete Mrs. Molfrey, während sie an ihrem linken Handschuh zerrte. »In meinem Nachbarhaus ist jemand verschwunden. Ich dachte, das würde Sie interessieren.«

»Sein Name?«

»Ihr Name. Er ist noch da. Und wenn Sie mich fragen, ist das eine ganz lange Geschichte.«

Barnaby, der befürchtet hatte, daß Mrs. Molfrey genauso schrullig und unkoordiniert daherreden würde, wie sie aussah, stellte erstaunt fest, daß das nicht der Fall war. Auch wenn sie sich sehr umständlich und gestelzt ausdrückte, schien sie ganz klar zu wissen, was sie sagen wollte.

»Es geht um Simone Hollingsworth«, begann Mrs. Molfrey. Sie hielt einen Augenblick inne und starrte stirnrunzelnd auf ein Plakat, auf dem vor Dieben gewarnt wurde, wobei sich wieder einige Flocken von ihrem pastellfarbenen Putz lösten. »Schreiben Sie das nicht auf?«

»Noch nicht, Mrs. Molfrey. Fahren Sie bitte fort.«

»Sie ist letzten Donnerstag verschwunden. Hat sich einfach in Luft aufgelöst, wie man so sagt, obwohl ich diese Redensart nie ganz verstanden habe. Denn wenn das so ohne weiteres möglich wäre, müßte die Luft doch immer dicker werden, so wie früher in der Waschküche.«

»Wenn Sie bitte …«

»Seien Sie so gut und unterbrechen mich nicht. Wenn ich fertig bin, geb ich Ihnen ein Zeichen. Winke mit dem Taschentuch. Oder schreie.«

Barnaby schloß die Augen.

»Ich wurde gleich am ersten Abend mißtrauisch. Ich kann mich genau daran erinnern und werde Ihnen sagen warum. Der Sonnenuntergang, der mich normalerweise immer so richtig belebt, war eine große Enttäuschung. Eine furchtbar gewöhnliche Farbe, wie Lachs in Dosen. Cubby wässerte gerade im Garten meine Zwiebeln, die – wie ich hinzufügen darf – für ihre Üppigkeit bekannt sind, und ich grub mit meiner kleinen Hacke herum und freute mich auf ein paar Worte mit Simone. Sie kam normalerweise immer um diese Zeit heraus, um ihre Katze zu rufen, und wir tauschten dann einige Nettigkeiten. Von ihr erfuhr ich den neuesten Dorfklatsch, während ich ihr über das Gedeihen meiner Pflanzen berichtete, alles geflügelte und krabbelnde Ungeziefer verfluchte und über das Wetter schimpfte, wie passionierte Gärtner das so tun.«

Barnaby nickte. Er war selbst ein leidenschaftlicher Gärtner und pflegte zuweilen allzu lautstark über das Wetter zu schimpfen, worauf seine Frau die Terrassentür so heftig zuknallte, daß die Scheiben klirrten.

»Aber wer tauchte statt dessen auf? Alan – das ist Mr. Hollingsworth. Er rief ›Nelson, Nelson‹, als ob er sich je einen Deut um das arme Tier geschert hätte, und raschelte mit einer Packung Trockenfutter.« Mrs. Molfrey beugte sich vor. »Und das ist noch nicht alles.«

Diese letzten Worte hatten einen nahezu melodramatischen Unterton. Barnaby kannte diesen Tonfall. Er hatte ihn schon viele Male gehört. Fast immer steckte eine aufrichtige Sorge um einen Mitmenschen dahinter, dessen Wohlergehen man aus den finstersten und grausigsten Gründen gefährdet sah. In solchen Fällen war es beinah unmöglich, den besorgten Mitbürger davon zu überzeugen, daß eine solche Gefahr höchstwahrscheinlich gar nicht bestand.

»Zuvor hatte ich bereits drei weitere äußerst beunruhigende Teile zu diesem mysteriösen Puzzle entdeckt. Am Nachmittag des Tages, an dem Mrs. Hollingsworth verschwand, war Sarah Lawson, sozusagen unsere Künstlerin am Ort, bei ihr zum Tee eingeladen. Eine halbe Stunde später kam Maison Becky mit ihrem fahrenden Friseursalon angebraust, weil sie mit Simone einen Termin gemacht hatte. Doch Simone war mit dem Bus um halb eins nach Causton gefahren, ohne einer von beiden Bescheid zu sagen!«

Mrs. Molfrey, die diese dramatischen Details an ihren knotigen Fingern mit den glänzenden zinnoberroten Nägeln abgezählt hatte, kam nun zu der Schlußfolgerung: »Das entsprach überhaupt nicht ihrem Charakter.«

Die Tendenz, leicht ungewöhnliche oder irgendwie unerklärliche Dinge mit viel Phantasie zu etwas Riesenhaftem aufzubauschen, war Barnaby ebenfalls nur allzu vertraut. Er versuchte, seine Ungeduld zu zügeln.

»Doch wenn selbst das alles schon rätselhaft genug erscheint«, Mrs. Molfrey hielt inne und sah den Chief Inspector mit so starker, um Zustimmung heischender Erwartung an, daß er es nicht über sich brachte, sie zu enttäuschen. Ein Ausdruck milder Neugier machte sich kurz auf seinen markanten Gesichtszügen breit. »Warten Sie nur, bis Sie das Entscheidende hören.« Sie beugte sich vor und begann vor Aufregung die große Basttasche auf ihren Knien heftig zu kneten. »Als der Pfarrer, der sich natürlich Sorgen machte, weil er einen Glöckner weniger für die Beerdigung hatte, sich nach Simone erkundigte, erklärte Alan Hollingsworth, seine Frau wäre zu ihrer Mutter gefahren. Hah!«

Unsicher, ob dies eine Bekräftigung ihres Zweifels oder der Ruf sei, der signalisierte, daß er sich nun einschalten dürfe, räusperte sich Barnaby, und als darauf keine Rüge folgte, fragte er: »War das denn etwas so Ungewöhnliches, Mrs. Molfrey?«

»Das könnte man schon sagen. Sie ist seit sieben Jahren tot.«

»Dann war es eindeutig eine spontane Ausrede«, sagte der Chief Inspector. »Die Leute sagen nicht immer die Wahrheit, was ihre persönlichen Belange angeht. Warum sollten sie auch?«

»Ich schon«, sagte Mrs. Molfrey mit der Schlichtheit eines Kindes.

Dem konnte man nichts entgegenhalten, und Barnaby versuchte es klugerweise erst gar nicht.

»Finden Sie nicht«, fuhr Mrs. Molfrey fort, »daß sich das alles ziemlich«, sie kramte in ihrem Hirn nach einem passenden Wort, das die düsteren und wahrscheinlich furchtbaren Rätsel dieser Angelegenheit treffend zusammenfassen würde, »sizilianisch anhört?«

Barnaby fand das ungefähr so sizilianisch wie die Felsen von Blackpool. »Würden Sie denn erwarten, daß Mrs. Hollingsworth Ihnen Bescheid sagt, wenn sie für längere Zeit verreist?«

»Vermutlich nicht. Sie ist eher eine Bekannte als eine Freundin. Aber das heißt ja nicht, daß man sich keine Sorgen macht.«

»Natürlich nicht. Haben Sie mit sonst jemandem darüber gesprochen?«

»Nur mit Cubby – meinem *innamorato*.« Der Chief Inspector konnte nur mit größter Mühe verhindern, daß ihm die Gesichtszüge entgleisen. »Er meint, daß es uns eigentlich nichts angeht, aber er wird ohnehin ein bißchen wunderlich allmählich. Kocht Obst ein, macht Frikadellen und stickt – das ist alles, was er kann. Typisch Mann. Sie haben aber einen üblen Husten, Inspector.«

»Nein, nein.« Barnaby wischte sich die Augen. »Mir fehlt nichts.«

Dann stand er auf. Mrs. Molfrey erhob sich ebenfalls, und während sie die röhrenförmigen Stahllehnen ihres Stuhls als Stütze benutzte, sah sie sich munter um.

»Danke daß Sie gekommen sind, Mrs. ...«

»Muß ich denn kein Formular ausfüllen?«

»Hinterlassen Sie einfach die Adresse der Hollingsworths bei dem diensthabenden Sergeant.«

»Im Fernsehen machen die das aber so.«

»Ich versichere Ihnen, Mrs. Molfrey, daß wir der Sache nachgehen werden.« Er würde den örtlichen Streifenpolizisten verständigen lassen. Ihn beauftragen, daß er diskret herumfragte. Sie hörte sich ja durchaus zurechnungsfähig an, konnte aber trotzdem alles gründlich mißverstanden haben. Was seine Dienststelle am allerwenigsten brauchte, waren Beschwerden wegen unrechtmäßiger Anschuldigungen.

Barnaby ging um seinen Schreibtisch herum, um die Tür zu öffnen. Mrs. Molfrey streckte ihm ihre winzige, verschrumpelte Hand entgegen, die völlig in der Hand des Chief Inspectors verschwand. Sie war sehr klein. Die wellige Krempe ihres Florentinerhuts reichte ihm bis an die Spitze seiner Krawatte. Ihre von himbeerfarbenem Lippenstift verschmierten Lippen verzogen sich zu einem süßen Lächeln. Sie sah ihn durch ihre übertrieben geschminkten Wimpern an und sagte: »Ich bin sicher, wir werden sehr gut zusammenarbeiten.«

Nachdem sie gegangen war, saß er einen Augenblick ungläubig und amüsiert da. Dann bat er kopfschüttelnd, wieder Gespräche zu ihm durchzustellen. Sofort klingelte das Telefon, und er versank wieder ganz in seinem Arbeitsalltag.

2

Police Constable Perrots Bezirk, in dem er nun seit sieben Jahren Streife machte, umfaßte drei Dörfer – Ferne Bassett, Martyr Longstaff und Fawcett Green. Von den dreien mochte er das letzte bei weitem am liebsten.

In Ferne Bassett gab es entschieden zu viele Wochenend-Cottages, Ferienhäuser und Pendler, die jeden Tag nach London fuhren. Die meiste Zeit war es still und friedlich im Dorf. Diese Ruhe mochte zwar nur oberflächlich sein, doch solange nichts Unangenehmes oder Verbotenes zum Vorschein kam, war Perrot der Meinung, daß es ihn nichts anging. In Martyr Longstaff herrschte eine uralte Fehde zwischen einem Schrotthändler, der entgegen allen lokalen Vorschriften seinen Betrieb direkt am Haus hatte, und einem Nachbarn, der wild entschlossen war, ihm einen Strich durch die Rechnung zu machen. Die Auseinandersetzungen zwischen den beiden waren laut und heftig, fanden mit nervtötender Regelmäßigkeit statt und zu allem Überfluß auch noch häufig mitten in der Nacht.

Aber Fawcett Green – ach, Fawcett Green! seufzte Constable Perrot genüßlich, während er um sich blickte. Wie es da in der Sonne lag, wirkte es so unberührt. Ein großer Teil des umliegenden Landes gehörte zu einem herrschaftlichen Anwesen, das ein Konzern aus dem fernen Osten erworben hatte. Man hatte dort viele schöne und exotische Bäume angepflanzt, einen großen See angelegt, doch alles andere gelassen, wie es war. Und bis auf wenige Ausnahmen hatten sich die Bauern im Dorf den Leuten des Bauunternehmens

Bovis and Wimpey mit ihren gezückten Scheckbüchern hartnäckig widersetzt. Während der letzten fünfzehn Jahre hatte sich das Dorf kaum verändert.

PC Perrot hatte seine Honda am Rande von Fawcett Green abgestellt, obwohl er bis zu seinem Ziel gut zehn Minuten laufen mußte. Schließlich konnten die Anwohner mit Recht erwarten, daß »ihr« Bobby tatsächlich bei ihnen die Runde machte, auf ein Wort stehenblieb, sich Beschwerden anhörte und um alles mögliche kümmerte. Deshalb brauchte er fast eine halbe Stunde, bis er Nightingales erreichte.

Sein Auftrag war einfach, aber nicht besonders klar umrissen. Er konnte sein Gespräch mit Alan Hollingsworth nach eigenem Ermessen so ausführlich und gründlich führen, wie es die Situation erforderte. Persönlich war der Constable der Meinung, daß irgendeinem neugierigen Nachbarn, der zuviel Zeit hatte, die Phantasie ein bißchen durchgegangen war. Man hatte ihm nicht mitgeteilt, um wen es sich handelte, und falls es nicht absolut notwendig sein sollte, war er auch nicht besonders daran interessiert, es zu erfahren.

PC Perrot hatte seinen Besuch bewußt auf den späten Sonntagvormittag gelegt. Es war fast elf. Spät genug, daß der Mann gefrühstückt hatte, aber vermutlich noch zu früh, daß er bereits zum Mittagessen ausgegangen war.

Das Erscheinen des Constable am Eingangstor war nicht unbemerkt geblieben. Die alte Mrs. Molfrey, die gerade ein paar blühende Orangenzweige in ihrem Vorgarten abschnitt, winkte lächelnd mit ihrer Gartenschere. Im Haus auf der anderen Seite bellte ihn ein weißer Pudel, die Vorderpfoten auf den Fenstersims gestellt, durch die Glasscheibe an und wurde prompt weggezogen.

Der Weg zum Haus und zur Garage hätte durchaus mal gejätet werden können. Zwischen den geschossenen Stiefmütterchen und verhedderten Aubretien tauchten bereits Disteln auf. Und der Ziertabak, der in Töpfen auf der Eingangsstufe stand, wirkte ein wenig vertrocknet.

Als er keine Klingel fand, kombinierte Constable Perrot messerscharf und klopfte mit dem Messingschwanz der Meerjungfrau. Ihm fiel auf, daß die Vorhänge noch zugezogen waren. Für den Fall, daß Hollingsworth noch schlief, wartete er einige Minuten und klopfte dann erneut.

In der Gasse vor dem Haus zog eine Frau ein plärrendes Kind hinter sich her. Plötzlich zeigte sie auf den Constable und erklärte dem Kleinen, wenn er nicht endlich seine verdammte Klappe hielte, würde der große Polizist ihn mitnehmen, einsperren und den Schlüssel ins Klo schmeißen. PC Perrot seufzte. Was nützten all seine Besuche in den Grundschulen, wenn solche Eltern alles zunichte machten? Kein Wunder, daß manche Kinder davonrasten, wenn sie ihn kommen sahen.

Perrot, dem selbst in seiner Sommeruniform aus blauer Baumwolle warm war, krempelte die Hemdsärmel hoch und wischte sich die Stirn mit einem Taschentuch. Dann bückte er sich zum Briefschlitz hinunter, hob die Klappe und schielte hinein.

Er konnte die Treppe und den Dielenboden sehen, auf dem einige Briefe und eine Werbezeitung lagen. Am anderen Ende der Diele war eine geschlossene Tür, die, wie Perrot vermutete, in die Küche führte. Eine zweite Tür stand einen Spalt offen. Indem er den Kopf schräg legte und seine Wange fest gegen das kalte Metall drückte, konnte der Polizist ein Stück Teppichboden, einen Teil von einem Tisch, eine Sessellehne und ein Paar Lederpantoffeln sehen, in denen Füße steckten.

Er hielt den Mund an den Schlitz und rief: »Mr. Hollingsworth?« Kam sich dabei allerdings reichlich blöde vor. »Ich kann Sie übrigens, ähm, sehen, Sir«, fügte er hinzu.

»Würden Sie bitte zur Tür kommen? Constable Perrot, Thames Valley Police.« PC Perrot richtete sich auf und wartete. Ein hoher Jaulton ließ ihn herumfahren. Am Tor stand ein etwa achtjähriger Junge. Er lehnte gegen ein Motorrad und hatte einen Hund an einer kurzen Schnur. Der Polizist hob lächelnd die Hand. Der Hund gähnte erneut, und der Junge starrte ihn an, ohne eine Miene zu verziehen.

PC Perrot ließ noch einmal die Meerjungfrau gegen die Tür knallen. Ihm wurde die ganze Situation immer unangenehmer, und er fragte sich, ob er riskieren sollte, sich gewaltsam Einlaß zu verschaffen. Nervös ging er die Umstände durch, in denen eine solche Maßnahme gerechtfertigt war. Unmittelbare Verfolgung eines Verbrechers, Verhinderung einer öffentlichen Ruhestörung oder Schutz von Personen. Es könnte ja sein, daß jemand bewußtlos ist oder ärztliche Hilfe braucht. Er hatte den Eindruck, daß letzteres durchaus zutreffen könnte.

Er appellierte ein letztes Mal an die Füße, von denen er annahm, daß sie dem Besitzer des Hauses gehörten. Diesmal blieb er, um sich nicht völlig vor den Nachbarn zum Affen zu machen, aufrecht stehen und sprach sehr laut gegen die dicke Glasscheibe.

»Ich werde mir gleich gewaltsam Einlaß verschaffen und Ihre Tür eintreten. Wenn Sie vielleicht...«

Im Haus war ein dumpfer Aufprall zu hören, dann zeichnete sich eine dunkle Gestalt hinter der Scheibe ab. Unter Flüchen und Verwünschungen wurde wild mit der Sicherheitskette hantiert. Zwei Riegel; ein Zusatzschloß. Die flog auf. Das Wesen auf der Schwelle brüllte »Um Himmels willen!« in das Gesicht des verblüfften Polizisten, dann wurde er hineingezerrt, und die Haustür knallte zu.

Drinnen war die Luft erdrückend stickig. Perrot brach sofort der Schweiß aus, und ihm wurde leicht übel. Er drückte seinen Helm, den er unter dem Arm hielt, fester an sich und versuchte, nicht zu tief einzuatmen. Der Mann brüllte ihn schon wieder an.

»Was zum Teufel wollen Sie hier?«

»Mr. Hollingsworth?«

Der Mann sagte noch einmal »Um Himmels willen«, dann drehte er sich um und stolperte davon. Einen Augenblick fürchtete Constable Perrot, er würde gegen den Rahmen der Wohnzimmertür knallen, doch statt dessen schlurfte er auf einen Sessel zu. Vom Standort her mußte es sich um den Sessel handeln, in dem Hollingsworth gesessen hatte, als Perrot seine Pantoffeln durch den Briefschlitz gesehen hatte. Das Polster war tief und breit eingedrückt, als ob dort ein größeres Tier längere Zeit zusammengerollt gelegen hätte. Hollingsworth erreichte den Sessel, blickte ein-, zweimal vage um sich, als sei er unsicher, in welche Richtung er sich setzen sollte, dann ließ er sich in den Sessel fallen.

PC Perrot schaute sich zögernd um. Durch die zugezogenen Samtvorhänge drang nur wenig Licht, doch eine Lampe in Form einer goldenen Ananas mit einem glatten Leinenschirm brannte. Eine Vase mit halb verwelkten Rosen, deren Blätter braun und verschrumpelt waren, verbreitete einen unangenehmen Geruch. Dieser vermischte sich mit dem Geruch von Alkohol, Zigaretten und Knoblauch und von etwas, das der Polizist zwar kannte, aber nicht hätte benennen können, bei dem es sich um Glutamat handelte. Schmutziges Besteck und mehrere verklebte Alubehälter lagen auf einem hübschen Tisch mit Einlegearbeiten herum. Es gab noch nicht mal eine Tischdecke. In einigen Behältern waren noch Knochen und Essensreste. Zahlreiche Fliegen schwirrten herum.

Da mit einer Aufforderung, Platz zu nehmen, offenkundig nicht so bald zu rechnen war, zog PC Perrot sich einen der schmallehnigen Eßzimmerstühle heran und setzte sich in wohlbemessenem Abstand zum Tisch hin. Er legte seinen Helm auf den Fußboden und rückte das Funkgerät zurecht, das sich in seine leicht rundliche Taille bohrte. Dann deutete er mit einem höflichen Nicken auf die Alubehälter und sagte: »Wie ich sehe, versorgen Sie sich selbst, Sir.«

Alan Hollingsworth antwortete nicht. Er starrte auf die Uhr, eine riesige Sonne mit kristallenen Strahlen und vergoldetem Zifferblatt und Zahlen. Er sah furchtbar aus. Sein Haar war verfilzt und hing ihm in fettigen Strähnen ins Gesicht. Er hatte sich seit Tagen nicht rasiert und so wie er aussah – und roch – auch nicht gewaschen. Unter den Armen hatte er dunkle Schweißkränze im Hemd. Seine Augenlider und Mundwinkel waren mit weißlich-gelben Schuppen überkrustet.

Perrot, der sechs Monate seiner Pension dafür hergegeben hätte, die Fenster zu öffnen, wagte den kühnen Vorschlag, ob man dies nicht tun könne. Darauf fing Hollingsworth wieder an zu brüllen. Perrot solle endlich sagen, weshalb er gekommen sei, und verschwinden.

»Na schön, Sir«, sagte Constable Perrot und scheuchte mit der Hand eine besonders fette Schmeißfliege weg. »Wir hatten ein bis zwei besorgte ... ähm ...« Er wollte gerade was von »Gerüchten« sagen, beschloß jedoch, daß sich das zu sehr nach Klatsch anhörte, »Nachfragen bezüglich des Verbleibs Ihrer Frau. Sie werden verstehen, daß dieser Besuch keinerlei Verdacht unsererseits oder Zweifel am Wohlergehen der Dame bedeuten soll. Es handelt sich lediglich um die übliche Vorgehensweise der Polizei ...«

In diesem Augenblick begrub Hollingsworth den Kopf in den Händen. Seine Schultern begannen zu zucken, dann heftig zu beben. Merkwürdige Laute drangen aus seiner Kehle. Heiseres Schluchzen. Es hätte aber auch hysterisches Gelächter sein können. Dann warf er den Kopf so wild zurück, daß man fürchten mußte, ihm würde das Genick brechen. Perrot sah das von Tränen verschmierte Gesicht, war sich aber immer noch nicht sicher, ob der Mann gelacht oder geweint hatte.

»Kann ich Ihnen irgendwas holen, Mr. Hollingsworth? Eine Tasse Tee vielleicht?«

»Nein.« Die schmutzigen Doppelmanschetten seines Hemds hingen ihm schlaff über die Handrücken. Mit einer davon wischte er sich erst übers Gesicht, dann über die Nase.

»Es geht Ihnen ganz offensichtlich nicht gut, Sir.«

»Ich bin besoffen, Sie dämlicher Idiot.«

Merkwürdigerweise war Constable Perrot über diese Beleidigung keineswegs verärgert, sondern sie stärkte in gewisser Weise sogar sein Selbstvertrauen. Die Tatsache, daß der Bewohner dieses prächtigen Hauses sich nicht besser benahm als ein rüpelhafter Faulenzer aus einer Sozialwohnung, hatte die Situation zu seinen Gunsten verschoben. Der Polizist knöpfte die Brusttasche seines Hemdes auf und nahm Notizbuch und Kuli heraus.

Hollingsworth griff zur nächststehenden Flasche, die unverschlossen war, goß reichlich davon in ein schmieriges Whiskyglas und kippte es in sich hinein. Der Schweißgeruch im Raum wurde noch stärker und unangenehmer. Zum ersten Mal kam Constable Perrot der Gedanke, daß Hollingsworth nicht nur verzweifelt war, sondern möglicherweise auch Angst hatte.

»Gehe ich richtig in der Annahme, daß Mrs. Hollingsworth zu Besuch bei ihrer Mutter ist?« Keine Antwort. Constable Perrot wiederholte die Frage, aber das Ergebnis war das gleiche. Er wartete einen Augenblick, dann sagte er: »Wenn Sie sich weigern, mir zu helfen, Sir, muß ich Sie leider bitten, mit zur Polizei...«

»Ich geh hier nicht raus!« Hollingsworth sprang auf und

klammerte sich an den Sessel, als erwarte er, mit Gewalt aus dem Zimmer geschleppt zu werden. »Ich kann das Haus nicht verlassen!«

»Beruhigen Sie sich doch bitte, Mr. Hollingsworth. Das ist wirklich eine reine Routineangelegenheit. Nichts, worüber man sich aufregen müßte.« Doch selbst Perrot, dessen Phantasielosigkeit an Phlegma grenzte, wußte, daß das wohl nicht stimmte. Das Verfahren mochte zwar routinemäßig sein, doch die Situation, dessen war er sich sicher, würde sich als äußerst ungewöhnlich erweisen. Er klappte sein Notizbuch auf, drückte auf den Kuli und lächelte ermutigend. »Gehe ich also recht in der Annahme, daß Ihre Frau zu Besuch bei ihrer Mutter ist?«

»Ja.«

»Könnten Sie mir bitte die Adresse geben?«

»Wozu?«

»Nur damit wir uns überzeugen können, wo sie sich aufhält, Mr. Hollingsworth.«

»Ich versichere Ihnen, daß das nicht nötig ist.«

Constable Perrot wartete ungeduldig mit gezücktem Stift. Da es offensichtlich nicht weitergehen würde, bevor er eine befriedigende Antwort gab, lehnte Hollingsworth sich plötzlich zu dem Polizisten herüber, der sich zwingen mußte, nicht zurückzuweichen.

»Hören Sie, ist das alles rein vertraulich?«

»Selbstverständlich, Sir. Selbst wenn ich mich entschließe, einen Bericht zu schreiben«, er hoffte, daß Hollingsworth nicht merkte, daß das unvermeidlich war, »bliebe es eine reine Polizeiangelegenheit. Es sei denn, natürlich, daß zusätzliche Umstände eine andere Vorgehensweise notwendig machen würden.«

»Meine Frau hat gar keine Mutter mehr. Der Pfarrer kam vorbei und hat nach ihr gefragt. Er war ziemlich hartnäckig – Sie wissen schon, wie diese gläubigen Menschen sind.«

PC Perrot, der zwangsläufig mehr Erfahrung mit weniger frommen Menschen hatte, nickte freundlich.

»Ich hab das erstbeste gesagt, was mir einfiel, um ihn loszuwerden. Doch in Wahrheit«, an dieser Stelle versagte seine Stimme, und Perrot hatte den Eindruck, daß er sich bemühte, nicht zu weinen, »hat sie mich verlassen.«

»Das tut mir sehr leid, Mr. Hollingsworth.« Und das tat es wirklich. Colin Perrot, der mit seiner familiären Situation äußerst zufrieden war – eine nette, hübsche Frau, eine wunderbare Tochter im Teenageralter und zwei lebhafte Söhne – konnte für einen kurzen Moment den Schmerz nachempfinden, den die erbärmliche Gestalt vor ihm empfand. Kein Wunder, daß der Mann fluchte und trank und sich wie ein Wahnsinniger aufführte. Ganz unwillkürlich wanderten die Finger des Polizisten zum Rahmen seines Stuhles und klopften leise gegen das Holz.

»Und bevor Sie fragen, ich habe keine Adresse.«

»Wie lange ist Mrs. Hollingsworth schon fort?«

»Weiß ich nicht genau.« Als er Perrots ungläubigen Blick bemerkte, fügte er hinzu: »Die Tage und Nächte scheinen einfach ineinanderzufließen. Seit drei Tagen, vielleicht vier.«

»Könnten Sie das nicht ein bißchen genauer sagen, Mr. Hollingsworth?«

»Gott, ich versuche das zu vergessen, Mann! Nicht darüber nachzudenken.«

»Hat Sie sich gemeldet?«

»Nein.«

»Sie haben also keine Ahnung, wo sie ist?«

»Kann ich ja wohl nicht, oder?«

»Hat Sie eine Nachricht hinterlassen?«

»Auf meinem Anrufbeantworter. Und bevor Sie fragen, ich hab sie gelöscht.«

Wie praktisch, dachte PC Perrot. Er war selbst verblüfft

über seine plötzliche zynische Anwandlung und fragte sich, was sie wohl hervorgerufen haben mochte. Vielleicht der Gedanke, daß Hollingsworth, wenn er seine Frau denn so schrecklich liebte, doch sicher den Klang ihrer Stimme hätte aufbewahren wollen.

»In welcher Verfassung war sie, als Sie sie das letzte Mal gesehen haben?«

»So wie immer.«

»Haben Sie eine Ahnung, warum sie Sie verlassen hat?«

Hollingsworth schüttelte den Kopf. Das heißt, er wiegte ihn mit den Händen von einer Seite zur anderen.

»Ist ein anderer Mann im Spiel? Eine Affäre?«

»Das kann ich mir kaum vorstellen, und zwar nicht nur aus Gründen der Eitelkeit. Wo hätten sie sich denn kennenlernen sollen? Sie ist nie ohne mich irgendwohin gegangen. Und die Chance, in so einem kleinen Ort eine Affäre geheimzuhalten, sind praktisch gleich Null.«

»Da haben Sie recht, Sir.« Wahrheitsgemäß hatte er hinzufügen können, daß er dann sicherlich der erste gewesen wäre, der das erfahren hatte, aber er wollte nicht auch noch in der Wunde bohren. »Wie lautete denn die Nachricht auf Ihrem Anrufbeantworter genau?«

»Bloß daß Sie wegginge und nicht wiederkommen würde.«

»Ist sie mit dem Auto gefahren?«

»Nein. Sie hat keinen Führerschein.«

»Könnte sie eventuell bei einer Freundin sein? Was meinen Sie?«

»Das möchte ich bezweifeln. Sie hat zu allen den Kontakt abgebrochen, als wir geheiratet haben.«

»Gemeinsame Freunde?«

»Wir waren nicht gerade kontaktfreudig. Ich hab immer bis spät gearbeitet – Geld war schrecklich wichtig für Simone. Das soll nicht heißen, daß sie habgierig oder egoistisch war. Das war sie nicht. Aber sie hat schwere Zeiten durchgemacht, bevor sie mich kennenlernte. Sehr schwere Zeiten. Schon als Kind und auch noch als junge Frau. Manchmal hatte ich das Gefühl, egal wieviel ich auf der Bank hatte, sie würde sich nie wirklich sicher fühlen.«

Während dieser Äußerung, der längsten, die er bisher von sich gegeben hatte, schien Hollingsworth langsam nüchtern zu werden. Er hatte sich ein wenig gesammelt und konzentrierte sich jetzt einigermaßen auf seinen Gesprächspartner. Perrot war unsicher, ob er nun klarere Informationen bekommen würde oder ob Hollingsworth von nun an seine Zunge besser im Zaum hielte. Das wiederum veranlaßte ihn zu der Überlegung, aus welchem Grund Hollingsworth möglicherweise mit seinen Äußerungen vorsichtig sein müßte.

»Sie haben Ihre Bank erwähnt, Mr. Hollingsworth. War Ihre Frau bei derselben Bank?«

»Nein.«

»Wo hatte sie denn ihr Konto?«

Es entstand eine kurze Pause, bevor Hollingsworth antwortete, und dann wirkte die Antwort ein wenig aus der Luft gegriffen. »Bei Lloyds.«

Perrot war überzeugt, daß Hollingsworth den ersten Namen genannt hatte, der ihm in den Sinn gekommen war. Dennoch schien es töricht, bei etwas so Belanglosem zu lügen, das man zudem auch noch leicht überprüfen konnte. Warum nicht einfach die Wahrheit sagen?

»Sind Sie sicher, Sir?«

Hollingsworth sah erneut auf die Uhr. Sein Blick schweifte die Schulter von PC Perrot entlang. Dann wurde ihm bewußt, daß er angesprochen worden war. »Was?«

Der Constable verzichtete auf eine Antwort, notierte sich aber, daß Hollingsworth offenbar bewußt seiner Frage auswich. PC Perrots Berichte waren immer sehr akkurat, wenn auch ein wenig weitschweifig. In der Zentrale wurden seine Protokolle schon als Perrot-Miniserien gehandelt, weil man hier über jede erdenkliche Kleinigkeit mehr erfuhr, als man normalerweise wissen wollte.

»Also Mr. Hollingsworth, ich nehme an, ...«

»Hören Sie, es interessiert mich nicht, was Sie annehmen. Ich habe Ihre Fragen so gut ich konnte beantwortet und habe nichts weiter zu sagen.« Er stand einigermaßen mühelos auf, und es gelang ihm auch ganz gut, aufrecht zu stehen.

Constable Perrot fragte sich, ob der Mann tatsächlich so betrunken gewesen war, wie es zu Anfang den Anschein hatte, oder ob das nur ein Trick gewesen war, um unangenehmen Fragen auszuweichen. Allerdings hatte er sie bis auf die letzte alle beantwortet, wenn auch recht wirr.

Perrot fühlte sich allmählich ein wenig hilflos. Natürlich besaß er als Polizist ein gesundes Mißtrauen, aber normalerweise mußte er sich nicht mit Dingen von einer solchen psychologischen Komplexität auseinandersetzen. Er kam zu dem Schluß, daß er mit Hollingsworth in dessen gegenwärtigem Gemütszustand nicht weiterkommen würde und beschloß, seinen Besuch zu beenden. Er steckte sein Notizbuch ein, nahm den Helm vom Boden, stand auf und ging auf die Tür zu.

»Danke für Ihr Entgegenkommen, Sir.«

»Ja, ja.«

Der Mann war sichtlich erleichtert, ihn loszuwerden. In der Diele hielt PC Perrot, als er gerade seinen Helm aufsetzen wollte, abrupt inne und sagte mit theatralischer Dringlichkeit, die selbst der untalentierteste Laie als aufgesetzt entlarvt hätte: »Oje. Ähm, könnte ich vielleicht mal Ihre Toilette benutzen, Sir?«

»Nun, ja. Mir wär lieber... sie ist nicht ganz sauber.«

»Das macht nichts, Mr. Hollingsworth.« Perrot hatte bereits einen Fuß auf die Treppe gestellt. »Hier lang, nicht wahr?«

»Es ist eine in der Diele.«

»Vielen Dank.« Und schon lief er nach oben.

Durch das Schlafzimmer gelangte man ins Bad. PC Perrot hob den Toilettendeckel mit möglichst viel Geklapper hoch, dann untersuchte er den Kosmetikschrank, das Medizinschränkchen und die Gefäße und Flaschen, die auf dem Badewannenrand standen. Dabei schlug er sich innerlich für seine spontane Eingebung lobend auf die Schulter. Durch lautes Husten zeigte er an, daß er immer noch drinnen war, und drehte den Warmwasserhahn auf. In dem Moment klingelte das Telefon. Es wurde sofort abgehoben.

Perrot ergriff seine Chance. Behend und leise trat er ins Schlafzimmer, öffnete und schloß Schubladen und sah in einen großen, weißen Einbaukleiderschrank, der mit Gold verziert war. Schließlich ging er ins Bad zurück, betätigte die Toilettenspülung und drehte den Hahn zu.

Auf halber Höhe der Treppe blieb er stehen und versuchte mitzuhören, was Hollingsworth am Telefon sagte. Leider war das durch den Lärm der Leitungen und des Spülkastens recht schwierig. Doch obwohl Hollingsworth leise sprach, wurde seine Stimme an einem Punkt sehr wütend, und er fauchte fast in den Hörer.

»Was für ein Problem? Um Himmels willen, Blakeley. Nein, das reicht nicht! Ich brauche alles. Ich habe Ihnen doch gesagt...« Es folgten weitere Laute stiller Verzweiflung, bevor der Hörer erstaunlich leise aufgelegt wurde.

Perrot nahm an, daß Hollingsworth sich plötzlich daran erinnert hatte, daß sich noch jemand im Haus befand, und jetzt wollte er vielleicht törichterweise so tun, als hätte das Gespräch nie stattgefunden. Mit reichlich unnötigem Lärm lief Perrot die letzten sechs Stufen hinunter.

»Sehr freundlich von Ihnen, Sir.« Er sprach mit froher, übertrieben erleichterter Stimme. »Ich bin dann weg.«

Hollingsworth starrte ins Leere. Der Ausdruck in seinem Gesicht war erschreckend, die Haut straff über den Wangenknochen gespannt, die Augäpfel traten hervor. Seine zurückgeschobenen Lippen bildeten jene Grimasse wilden Schmerzes, die in grausamer Weise die Opfer von Katastrophen auf Zeitungsfotos so aussehen läßt, als würden sie vor Freude strahlen.

In der Diele zögerte PC Perrot noch einmal und fragte: »Kann ich irgendwas für Sie tun?« Erleichtert registrierte er, daß keine Antwort kam. Er wußte, er hätte darauf drängen sollen, Hollingsworth zu helfen, da dieser in einem wirklich üblen Zustand war. Doch mit der Entschuldigung, der Typ brauche einen Arzt, keinen Polizisten, verließ Perrot das Haus.

In seinem Bericht ließ er wie immer nichts aus. Jede Menge Fakten; Beschreibungen in fast Proustscher Detailliertheit. Seine Meinung über die Glaubwürdigkeit des Befragten. Ankunfts- und Abgangszeit auf die Minute korrekt. Das Ergebnis seiner Bemühungen, dessen war Perrot sich sicher, würde zu einer weiteren und strengeren Vernehmung von Alan Hollingsworth führen.

Leider vergingen achtundvierzig Stunden, bevor jemand auf den Bericht aufmerksam wurde, der die Befugnis hatte, die notwendige Vernehmung anzuordnen. Denn zu diesem Zeitpunkt war der Besitzer von Nightingales in keinster Weise mehr in der Lage, irgendwem bei irgendwelchen Ermittlungen zu helfen.

Am nächsten Morgen um elf ging Sarah Lawson zu Avis Jennings, um ihre Eier zu holen. Die Frau des Arztes hatte einen Cousin mit einem kleinen Bauernhof in Badger's Drift, wo er freilaufende Hühner und einige Enten hielt.

Sarah nahm die Einladung zum Kaffee an, was sehr ungewöhnlich war. Avis hatte sie schon oft gefragt, denn sie hielt Sarah für die interessanteste Person im Dorf und hätte sie gern näher kennengelernt. Doch meistens zahlte Sarah mit exakt abgezähltem Geld für die Eier und ging. Es schien, als betrachte sie selbst ein kurzes Gespräch, während Avis das Geld wechselte, als lästige Zeitverschwendung.

Doch heute hatte sie sich, wie Avis vermutete, durch die geschickten Worte, mit denen sie sie begrüßt hatte, locken lassen. »Sie werden nie erraten, was ich gerade gesehen hab!« Jetzt saß Sarah, sich sanft vor und zurück wiegend, neben dem eiskalten Herd in der Küche der Jennings. Wie üblich war sie in Blau gekleidet. Sie trug eine Weste mit pfauenblauen Seidenstickereien und einen langen, weiten Rock aus ausgebleichtem Jeansstoff. Dazu um den Hals eine Kette aus Kornblumen, so wie sie Kinder aus Gänseblümchen machen.

»Es ist wirklich nicht schwer festzustellen, was Ihre Lieblingsfarbe ist«, sagte Avis und überlegte sich, ob sie eine der wenigen Zeilen aus einem Gedicht von Oscar Wilde zitieren sollte, das sie noch von der Schule in Erinnerung hatte. Es paßte wirklich gut. Sie räusperte sich. »Nie sah ich einen Mann, der mit so wehmütigem Blick...«

»Nicht!« Sarah hörte auf, sich vor und zurück zu wiegen, und ihre Füße knallten hart auf den gefliesten Boden. »Ich hasse dieses Gedicht.«

»Äh... tut mir leid.« Statt sich zu freuen, daß sie endlich Sarahs Emotionen geweckt hatte, war Avis verlegen und kam sich ungehobelt vor. Sie wollte gerade das Thema wechseln, als Sarah erneut sprach.

»Es gibt da ein Gemälde von van Gogh. Ein Gefängnishof mit meterhohen Mauern. Fast kreisförmig, wie ein Turm. Die Männer trotten mit gesenkten Köpfen immer rund herum. Alles ist grau und trostlos. Doch dann entdeckt man ganz am oberen Rand des Bildes und so klein, daß man ihn fast übersehen hätte, einen Schmetterling.«

»Ich glaube, ich weiß, welches Sie meinen«, log Avis.

»Hängt das nicht in der National Gallery?«

»Ich würde bestimmt verrückt, wenn ich den Himmel nicht sehen könnte.«

»Nun, ich glaube, da brauchen Sie sich keine großen Sorgen zu machen.« Ein munteres Lachen, das nicht so ganz gelang. »Er wird ja nicht plötzlich verschwinden. Das wäre ja auch gar nicht möglich«, fuhr sie stammelnd fort. »Ist ja eigentlich nur Leere. Aber... sehr, ähm, schön.«

»Ja. Man kann verstehen, weshalb Leute, die an einen Himmel glauben, meinen, er wäre da oben.«

Avis, erleichtert etwas zu tun zu haben, widmete sich ganz der Kaffeezubereitung. Aus gegebenem Anlaß nahm sie Kaffeebohnen aus dem Gefrierschrank. Die waren eigentlich für den Sonntagmorgen bestimmt, wenn Dr. Jim, wie alle im Dorf einschließlich seiner Frau ihn nannten, seinen Frühstückskaffee wirklich genießen konnte, statt ihn bloß runterzukippen und loszulaufen. Ohne genau zu wissen warum, schob Avis die Dose mit dem Maxwell-House-Kaffee hinter die Küchenmaschine, bevor sie die elektrische Kaffeemühle herausnahm.

»Die macht leider einen ziemlichen Krach«, brüllte sie, um das schrille Kreischen zu übertönen. Das hätte sie wohl besser gesagt, bevor sie die Maschine anschaltete, doch die ganze Situation, die eigentlich nichts Besonderes war, hatte sie durcheinandergebracht. Nicht daß Sarah irgendwie abfällig reagiert hätte. Tatsächlich hatte man noch nie gehört, daß sie auch nur entfernt ein unfreundliches Wort über irgendwen geäußert hätte. Das lag nicht daran, daß sie kein Interesse an den Leuten hatte – ganz im Gegenteil. Sarah schien sich in einer Weise auf denjenigen, mit dem sie gerade zusammen war, und ihre gemeinsame Umgebung zu konzentrieren, wie Avis das noch nie erlebt hatte. Wenn sie einmal jemandem ihre Aufmerksamkeit schenkte, tat sie das mit einer Intensität, die bemerkenswert war. Doch sie hatte immer etwas zutiefst unpersönliches an sich, obwohl sie auch nicht völlig ohne Wärme war.

Avis' Gatte, der alles andere als ein geistreicher Mensch war, hatte mal gesagt, mit Sarah zusammenzusein sei, als stünde man vor einem Spiegel, so präzise würde man beobachtet. Avis kam es eher so vor, als würde man durch die Linse einer Kamera betrachtet.

Während sie den Filterstab der Cafetiere herunterdrückte, fragte sie: »Möchten Sie Milch oder Sahne, Sarah?«

»Milch, bitte.«

»Auch Zucker?«

»Nein danke.«

Avis nahm ihre besten Tassen aus dem Schrank. Sarah hatte sich mittlerweile an den alten Holztisch unterm Fenster gesetzt, wo sie die Eier aus dem grauen Karton nahm und in eine blau und weiß getupfte Schüssel legte. Plötzlich hielt sie inne und betrachtete ein hellbraunes gesprenkeltes Ei in ihrer Hand. Eine kleine Feder klebte noch daran, und die dunkleren Punkte fühlten sich rauh an auf ihrer Haut.

»Sind sie nicht wunderschön?« Sie legte das letzte Ei vorsichtig auf die anderen. »Ich schau sie mir gerne an. Ist mir ein Rätsel, wie man sie in den Kühlschrank legen kann.«

»Mir auch«, stimmte Avis zu und schwor sich insgeheim, es von nun an nie mehr zu tun.

»Abgesehen von allem anderen werden sie so hart, daß die Schale platzt, wenn man sie kocht.«

»Tatsächlich?« Avis schenkte den Kaffee ein. Es war zwar nur die einfache Sorte von Sainsbury's, aber er hatte einen wunderbar öligen Glanz und verbreitete einen herrlichen Duft. »Möchten Sie was dazu? Einen Keks oder ein Stückchen Kuchen?«

Sarah sagte noch einmal »Nein danke« und lächelte vage. Sie machte sich nicht die Mühe zu erklären, warum sie nichts wollte, wie es die meisten von Avis' Bekannten getan hätten. Und – was noch viel erstaunlicher war – sie fragte auch nicht, was Avis denn, kurz bevor sie gekommen war, so Überraschendes und Aufregendes gesehen hätte. Avis fand das höchst eindrucksvoll. Sie bewunderte Sarah außerordentlich für ihre Selbstbeherrschung, obwohl sie fand, daß ihre eigene Zurückhaltung auch nicht ganz zu verachten war. Sie hätte nämlich liebend gern ein Stückchen von dem köstlichen Rumkuchen gegessen. Einen Moment lang fragte sie sich, ob Sarah vielleicht gar nicht ihre Neugier zügelte, sondern tatsächlich kein Interesse hatte. Das konnte aber doch nicht sein. Vermutlich wollte sie sich nur über die gewöhnliche menschliche Neugier erhaben zeigen. Durchaus verständlich.

Doch dann, als ob sie all diesen Vermutungen trotzen wollte, sagte Sarah mit humorvoller Nachsicht in der Stimme: »Na los. Erzählen Sie, was Sie gesehen haben.«

»Vor etwa einer halben Stunde fuhr ein Auto bei Nightingales vor. Ein schwarzer Mercedes.«

»Simone ist wieder da?«

»Nein. Es war ein Mann mit einer Aktentasche. Alan hat ihn reingelassen. Er blieb nur wenige Minuten, aber als er rauskam, hatte er die Tasche nicht mehr dabei.«

Sarah fing schallend an zu lachen. »Hier möchte ich wirklich nichts geheimhalten müssen.«

»Es war reiner Zufall, daß ich gerade vorbeikam.« Avis errötete in dem Bemühen, sich zu rechtfertigen. »Ich wollte Mrs. Perkins ein neues Rezept gegen ihre Arthritis bringen. Dann braucht sie nicht in die Praxis zu kommen.«

»Haben Sie die Autonummer aufgeschrieben?«

»Schon gut, schon gut.« Aus Verdruß, wie eine dumme Gans dazustehen, holte Avis die Dose hervor und schnitt sich ein großes Stück Kuchen ab. Dabei vergaß sie sogar ihre Sorge, undiszipliniert zu erscheinen. »Aber Sie können doch nicht abstreiten, daß das alles sehr mysteriös ist. Beispielsweise hat Alan das Haus nicht verlassen, seit Simone verschwunden ist. Man sollte doch erwarten, daß er nach ihr sucht.«

»Vielleicht weiß er nicht, wo er anfangen soll.«

»Und was ist mit seiner Arbeit?«

»Was soll mit seiner Arbeit sein?« wiederholte Sarah, wobei sie mit ihrer ruhigen Stimme das zweite Wort betonte.

»Alle sagen, er dreht vollkommen durch.«

»Woher wissen die das denn, wenn er das Haus nicht verlassen hat?«

»Ach!« Avis' Stimme nahm einen gereizten Ton an. Sie schluckte ihren Bissen Kuchen und ließ die Gabel klirrend auf den Teller fallen. »Warum sind Sie immer so…« Da sie pedantisch für möglicherweise beleidigend hielt, entschied sie sich für »rational«.

»Weil mich alles Irrationale beunruhigt.«

Die beiden Frauen sahen sich an. Avis schluckte noch einmal, diesmal vor lauter Aufregung. Bis zu diesem Tag hatte Sarah noch nie etwas Persönliches, und sei es auch noch so harmlos, preisgegeben. Und jetzt gleich zweimal hintereinander. Avis war wild entschlossen, das als Freundschaftsangebot zu betrachten, und ihre Gedanken eilten in die Zukunft. Sie würden sich gegenseitig ihre komplette Lebensgeschichte erzählen und über alles reden, über banale wie tiefsinnige Dinge. Sarah würde von ihrer Arbeit reden, und Avis würde jede Menge über Kunst, Musik und Literatur erfahren. Sie sah schon, wie ihr Horizont sich erweiterte, wie ihre schlichte kleine Welt zu etwas wurde, das gleichzeitig komplexer und würdevoller war. Ihr Geist würde sich öffnen wie eine Blume.

Sarah trank ihren Kaffee aus und stand genauso ruhig und gelassen auf, wie sie gekommen war. Sie nahm ihre hübsche gesprenkelte Schüssel mit den Eiern und ging auf die Tür zu.

»Sehen wir uns nächste Woche wieder?« fragte Avis, die sich bereits darauf freute.

»Ich glaub kaum. Mit den Eiern komm ich sicher eine Weile aus.«

»Die verrückte Alte von nebenan war bei der Polizei.«
»Woher weißt du das?«
»Teddy Grimshaw hat sie gesehen. Er hat in der Schlange am Rentenschalter darüber geredet.« Nicht daß Reg selbst in der Schlange gestanden hätte. Die beiden Renten der Brockleys flossen direkt auf sein Bankkonto. Doch das Postamt fungierte gleichzeitig als Zeitungsladen, und er war dort, um die monatliche Rechnung für den *Daily* und den *Sunday Express*, die *Radio Times* sowie – für Iris – die *Lady* zu bezahlen. Die Gartenzeitschrift *Green Fingers*, die sie viele Jahre bezogen hatte, war kürzlich abbestellt worden, nachdem eine Gastkolumnistin die Frechheit besessen hatte zu behaupten, daß ein übertrieben ordentlicher Garten nicht nur schlecht für die Pflanzen sei, sondern auch auf schwerwiegende neurotische Störungen beim Gärtner hinwies.

»Was um alles in der Welt wollte denn Mr. Grimshaw bei der Polizei?«

»Sich ganz offiziell über diesen stehengelassenen Pylon beschweren.«

»Der, der hinter der Telefonzelle gegen die Mauer lehnt?«

»Du willst doch nicht etwa sagen, daß noch einer aufgetaucht ist, Iris.«

»Kein Wunder, daß die Preise für Häuser in den Keller gehen.«

Die Brockleys hatten gerade ihr Abendessen auf der Veranda eingenommen. Nun stand Reg von seinem grünen Plastikstuhl auf und ging die Treppe hinunter. Während er seinen Rasen betrachtete, ganz kurz geschnitten in ordentlichen Bahnen, verzogen sich seine keuschen Lippen zu einem zufriedenen Grinsen.

Mit hektischen Blicken ging er den Pfad entlang auf der Suche nach fremden Sämlingen oder aufmüpfigen Kreaturen, die vergessen hatten, wo sie hingehörten. An einer grell orange blühenden Floribunda entdeckte er eine Florfliege, brach ein Blatt ab, drückte es auf das unerwünschte Insekt und warf den so verhüllten Leichnam in die Mülltonne.

Die Brockleys hatten keinen Komposthaufen und konnten die Leute nicht verstehen, die einen anlegten. Für sie bestand der ganze Sinn, einen Garten zu haben, darin, ihn unter Kontrolle zu halten und nicht überallhin sprießen zu lassen.

»Noch einen kleinen Leckerbissen?« rief Ines.

Als sie keine Antwort erhielt, nahm sie einen Teller mit strahlenförmig angerichteten Fischstäbchen und machte sich auf den Weg zu ihrem Mann. Dabei bemühte sie sich, mit ihren kräftigen kleinen Füßen die Ritzen in dem Verbundpflaster zu vermeiden. Schließlich mußte man das Schicksal ja nicht absichtlich herausfordern.

Reg hatte sich hinter einen Ceanothus gequetscht und starrte auf die wild wuchernde Staudenrabatte der Hollingsworths. In der Stille des frühen Abends tummelten sich Frösche in einem winzigen Teich. Was er dort drüben sah, beunruhigte ihn zutiefst. Während er sich aus seinem Versteck herauswand, schnalzte Iris mißbilligend mit der Zunge.

»Du hast dir einen Faden in der Strickjacke gezogen.«

»Iris...«
»Deine beste Fair-Isle-Jacke.«
Dieses Kleidungsstück war Regs einziges Zugeständnis an das Rentnerdasein. Darunter trug er ein Hemd mit steifem Kragen und Manschetten, eine schlichte, fest geknotete Krawatte und eine dunkle Hose mit so scharfen Bügelfalten, daß man damit eine Auster hätte öffnen können.
»Er gräbt, Iris.«
»Gräbt?«
»Ein Loch.«
»Aber er tut doch nie was im Garten. Er haßt Gartenarbeit.«
»Trotzdem...«
»Außerdem ist der Boden hart wie Stein.«
»Er ist mit dem Wasserschlauch drangegangen.«
Nachdem Iris ebenfalls den Hals um den Ceanothus gereckt hatte, um das Loch im Boden sehen zu können, gingen sie mit ernsten Mienen ins Haus zurück, gerade rechtzeitig zu den Sechs-Uhr-Nachrichten, auf die Reg sich zum ersten Mal im Laufe ihres gemeinsamen Lebens nicht richtig konzentrieren konnte.

Iris war ebenfalls so sehr abgelenkt, daß Shona es sich erlauben konnte, aus ihrem Korb zu klettern und ruhig mitten im Zimmer zu stehen, ohne gescholten zu werden. Aus Dankbarkeit begann sie mit dem Schwanz zu wedeln.

»Er muß irgendwas vergraben«, meinte Reg.

Seine Frau, die das Geschirr schon zum zweiten Mal unter klarem Wasser abspülte, sog heftig die Luft ein. Ein langes, nervöses Zischen. »Du meinst doch nicht etwa...?«

»Was?«

»Nelson?« Der Kater war immer noch nicht wieder aufgetaucht, und man hörte Alan auch nicht mehr nach ihm rufen. »Wie groß ist denn das Loch?« fügte Iris mit zitternder Stimme hinzu.

»Das kann ich von dort nicht abschätzen. Ich müßte aus dem Fenster in Brendas Zimmer gucken.«

»Wenn du das schaffst.« Iris legte eine Decke auf den Küchentisch und setzte sich dann ihrem Mann gegenüber. Das Loch, das sie gerade entdeckt hatten, könnte durchaus darauf hindeuten, daß etwas passieren würde, und die Brockleys waren hin- und hergerissen zwischen der Vorfreude auf einen handfesten Skandal und der Sorge, daß Chaos entstehen könnte. Chaos, das möglicherweise das genau austarierte Gleichgewicht ihrer Welt ins Wanken bringen und ihnen mehr als eine Ahnung von dem bescheren könnte, was Iris als »Rummel« bezeichnete.

»Ich muß ständig an diese furchtbare Geschichte letztes Jahr in Gloucester denken.«

»O nein!« jammerte Iris. Ihre Hände, die an zwei kleine rosa Teigklumpen erinnerten, schlossen sich zusammen und wurden zu einem großen rosa Klumpen. Ihr Gesicht glühte vor innerer Aufregung. Ein rascher Wechsel von Sorge, Freude, Erregung und Furcht. »Aber sie ist doch schon seit vier Tagen verschwunden. Er hätte sie sicher...« Iris zögerte, weil sie das Wort »beerdigt« nicht über die Lippen brachte. Beseitigt klang abwertend, als ob Simone kein menschliches Wesen wäre. Versteckt unterstellte Alan Dummheit. Verbuddelt klang zu locker, als ob man die ganze furchtbare Angelegenheit auf ein makabres Spiel reduzieren wollte. Iris beschloß, sich nicht festzulegen, und endete mit einem lahmen »inzwischen«.

In diesem Augenblick kam Brenda von der Arbeit. Nachdem sie ihr Waschzeremoniell beendet hatte und endlich am Tisch saß, wo sie eine gute Tasse Tee kalt werden ließ und die Zwiebeln aus ihrer Pastete pulte, stahl Reg sich aus dem Zimmer.

Die Tür zum Zimmer seiner Tochter stand einen Spalt offen. Er stieß sie gerade weit genug auf, um hineinzukommen. Zum Glück quietschte sie nicht. Auf Zehenspitzen schlich er zum größeren der beiden Fenster, das auf den Garten hinausging. Von dort konnte er das Loch sehr deutlich sehen. Soweit er das beurteilen konnte, schien es einen Umfang von etwa einem Meter zu haben und einen halben Meter tief zu sein, also bei weitem nicht groß genug für eine Leiche, selbst wenn man sie eng zusammenrollte. Andererseits war Hollingsworth offensichtlich noch nicht fertig mit dem Graben, denn der Spaten steckte noch im Boden.

Reg, der seine Gartengeräte immer mit Zeitungspapier saubermachte, bevor er sie an die entsprechend beschrifteten Haken hing, stieß einige mißbilligende Laute aus. Zwar hätte Reg eine derartige Unterstellung empört zurückgewiesen, tatsächlich regte ihn diese Schlampigkeit aber mehr auf, als die Tatsache, daß Alan möglicherweise seine Angetraute dort vergrub.

Dann tauchte der Mann selbst auf. Plötzlich war er da und stand auf der Terrasse. Reg sprang zurück. Kurz darauf hörte er, wie der Spaten gegen etwas kratzte und klopfte, dann ertönten mehrere laute Schläge, als ob der Boden glatt gehauen wurde. Er riskierte einen Blick um den Vorhang und sah, daß das Loch wieder zugemacht wurde.

Reg huschte davon und bemühte sich, die Tür im gleichen Winkel offen zu lassen, wie er sie vorgefunden hatte.

Als er sich wieder hinsetzte, zog Iris ihre feinen Augenbrauen hoch und deutete auf das Essen, das noch auf dem Tisch stand.

»Sie hat kaum was zu sich genommen.« Iris kratzte die Reste von Brendas Abendessen in eine Schüssel mit der Aufschrift HUND.

»Also, Iris, ich hab mir das...«

»Ich hab ihr erzählt, daß er gegraben hat und daß er das noch nie getan hat. Da hat sie in dieser kühlen Art, die sie in letzter Zeit an sich hat, gesagt: ›Ein Mensch kann sich doch wohl ändern, Mutter.‹ Da ist er nicht der einzige, hab ich mir gedacht.«

»Hörst du mir überhaupt zu?«

»Natürlich tu ich das. Bloß weil ich rede, heißt das ja nicht, daß ich nicht zuhöre.«

»Ich würde sagen, das Loch war so groß, daß man bequem einen Karteikasten darin unterbringen könnte.«

»Das ist ja prima.«

»Allerdings sieht die Situation jetzt schon wieder etwas anders aus…«

Brenda saß im Wohnzimmer auf dem Sofa. Nach außen hin ganz auf die Sendung *Watchdog* konzentriert, war sie in Wirklichkeit völlig mit ihrem eigenen Elend beschäftigt. Sie hörte die Stimmen ihrer Eltern, aber nur von ferne, wie Wellen, die an einen Strand plätschern. Beim bloßen Gedanken an Alan Hollingsworth von Gewissensqualen überwältigt, starrte sie auf den Bildschirm, ohne die alltäglichen Geschichten von betrügerischen Menschen und ihren einfallsreichen Schwindeleien wahrzunehmen.

Seit dem schrecklichen Augenblick, als sich ihre Blicke durch die Scheibe ihres Schlafzimmerfensters trafen, hatte sie nicht eine Sekunde ihre Gedanken von ihm wenden können. Ihre Arbeit hatte bereits darunter gelitten. Als man sie am Morgen gebeten hatte, einen der Schalter zu übernehmen, eine seltene und ihr eher unangenehme Ehre, war sie so sehr in das Gewirr ihrer selbstquälerischen Gedanken vertieft gewesen, daß sie noch nicht mal die mitfühlenden – oder angewiderten – Blicke registrierte, die ihr Erscheinen immer hervorrief.

»Wenn doch nur« war der Kernpunkt ihres qualvollen Räsonierens gewesen. Wenn sie doch nur nicht genau in jenem Moment hinausgeschaut hätte. Wenn er doch nicht ausgerechnet dann nach oben gesehen hätte. Mittlerweile, das hieß gerade mal zwei Tage danach, hatten diese fieberhaften Überlegungen den Zwischenfall zu einer Tragödie von sophokleischem Ausmaß gesteigert.

Das Unerträgliche zu ertragen hatte sie fast bis an den Rand völliger Erschöpfung gebracht. Sie hatte nicht mehr geschlafen, und obwohl sie so müde war, daß sie kaum geradeaus gucken konnte, wußte sie jetzt schon, daß sie auch in der kommenden Nacht nur mit Unterbrechungen, wenn überhaupt, würde schlafen können.

Da ihr in gewisser Weise bewußt war, daß sie sich lächerlich verhielt, hatte Brenda versucht, den Zwischenfall aus der Sicht eines Außenstehenden zu betrachten, um sich klar zu machen, wie trivial das alles war. Aber ihre Bemühungen hatten die Sache anscheinend noch schlimmer gemacht. Wie ein Schwimmer, der gegen eine starke Strömung ankämpft, war sie in einen immer tieferen Strudel geraten. Ihr war plötzlich klar, daß sie die Sache zwischen ihnen beiden richtigstellen mußte, sonst würde diese furchtbare Qual nicht aufhören, und sie würde ernsthaft krank werden.

Brenda stand rasch auf, bevor ihr die Angst die Glieder lähmen würde, eilte in den Flur und schnappte sich ihre Schlüssel und den Mantel. Die Frage ihrer Mutter »Wo gehst du denn hin?« würgte sie ab, indem sie die Tür zuknallte.

Brenda lief über den Pfad vorm Haus nach nebenan zu dem großen schwarz-goldenen Tor von Nightingales und riß es auf. Sie durfte nur nicht aufhören zu denken. Eröffnungsphrasen – ich kann gar nicht sagen, wie leid es mir tut. Was müssen Sie bloß denken. Ich könnte nicht ertragen, wenn – drängten sich in ihr Bewußtsein, zerplatzten wie Seifenblasen und wurden sofort durch neue ersetzt.

So bestärkt schaffte Brenda es bis zur Haustür. Um zu verhindern, daß sie doch noch in verzweifelte Tränen ausbrach, klopfte sie sehr laut.

Die Tür wurde sofort geöffnet. Alan Hollingsworth kam

mit energischen Schritten heraus. Einen furchtbaren Augenblick lang glaubte Brenda, er würde sie von der Treppe stoßen. Oder sie sogar niederschlagen. Doch er knallte einfach die Tür hinter sich zu und ging zur Garage.

So abwegig der Gedanke auch sein mochte, Brenda war sofort davon überzeugt, er hätte sie nicht wahrgenommen. Seine Augen schienen auf einen fernen Punkt oder Gegenstand fixiert. Er schien sich wie in Trance zu bewegen. Sein Gesicht war gespenstisch – gräulich weiß mit kleinen Schnitten an Wangen und Kinn. An einigen klebten noch Watteflusen mit Blut. Seine Bewegungen waren mechanisch und wirkten angestrengt.

Entsetzt beobachtete Brenda, wie das Auto aus der Garage zurücksetzte. Er würde doch wohl nicht in diesem zombieartigen Zustand fahren. Er könnte einen Unfall haben und jemanden umbringen. Oder noch viel, viel schlimmer – sich selbst!

Sie lief über den Kies und rief: »Warten Sie!« Doch das Auto fuhr bereits rückwärts in die Einfahrt. Brenda winkte heftig mit den Armen und schwenkte sie hin und her, als ob sie einem Flugzeug Signale geben wollte.

Jetzt wendete der Wagen. Sie sah, wie sich Alans Schulter senkte, als er sich hinunterbeugte, um den Gang zu wechseln. Sie raste zu The Larches zurück – zum Glück hatte sie den Schlüssel in der Tasche – und warf sich in den Metro. Der Motor sprang gleich beim ersten Mal an. Brenda bemerkte kurz die verblüfften Gesichter ihrer Eltern am Küchenfenster, während sie einen Torpfosten schrammte. Dann bog sie auf die kleine Straße und war fort.

An der T-förmigen Kreuzung, wo die St. Chad's Lane auf die Hauptstraße mündete, hielt Brenda an und blickte besorgt in beide Richtungen. Ein Stück weiter wurde die Straße, die nach rechts aus Fawcett Green hinausführte, repariert. Deshalb hatte man eine Ampelanlage aufgestellt. Sie zeigte Rot. Zwei Autos warteten davor, keines davon war das von Alan.

Mit einem Stoßgebet, daß er nicht doch noch bei Grün durchgekommen war, bog Brenda nach links und trat das Gaspedal durch. Obwohl sie normalerweise eine ängstliche und vorschriftsmäßige Fahrerin war, zeigte die Tachonadel schon auf fünfzig Meilen, während sie noch im Dorf war, und auf sechzig, sobald sie die offene Straße erreichte. Innerhalb weniger Minuten hatte sie den Audi entdeckt.

Er fuhr ziemlich langsam. Und Brenda nahm die Verfolgung auf, indem sie nur ein einziges Fahrzeug, einen elektrisch angetriebenen Van, zwischen sich und Alan ließ. Aber selbst als der abbog, machte sie sich keine Sorgen; wenn Alan sie noch nicht mal bemerkt hatte, als sie vor seiner Nase auf der Schwelle von Nightingales stand, dann würde er sie in der augenblicklichen Situation erst recht nicht entdecken.

Er fuhr durch Causton und Uxbridge, bis er schließlich in die Straße nach West Drayton einbog. Sie passierten das herrschaftliche Gebäude der Montessori-Schule, das halb versteckt hinter hohen Bäumen lag, und das sehr viel weniger herrschaftliche Crowne Plaza Holiday Inn. Irgendwann donnerte ein riesiger blau-weißer Sattelschlepper mit der Aufschrift »Transports Frigorifiques Européens« an ihr vorbei. Als der Fahrer sich vor sie setzte, verlor Brenda Alan aus den Augen und mußte das Lenkrad fest umklammert halten, um das plötzliche Zittern ihrer Hände unter Kontrolle zu kriegen. Da sie keine Möglichkeit hatte, den Lastwagen zu überholen, blieb ihr nichts anderes übrig, als ihm zu folgen und zu hoffen, daß der Audi nicht plötzlich auf die mittlere Spur wechseln und davonbrausen würde. Sie hätte nicht das Geschick und den Mut gehabt, ihm hinterherzufahren.

Dann kam der Alptraum einer vierspurigen Kreuzung

mit Schildern nach Heathrow, Central London und Slough. Sie sah Alan in der rechten Spur. Mit zusammengebissenen Zähnen und ängstlich verzerrtem Gesicht überholte Brenda den Kühltransporter. Im Vorbeifahren nahm sie auf dem endlosen Aufbau zwei ineinander verschlungene, große blaue Kreise wahr. Mehrere Hupen plärrten, irgendwas hatte sie also falsch gemacht.

Alan folgte den Schildern nach Heathrow. Als sie wieder sicher hinter ihm war, entspannte Brenda sich ein wenig. Sie fing sogar an, sich glücklich zu fühlen, oder zumindest angenehm erregt, und stellte fest, daß sie zum ersten Mal in ihrem Leben ein Abenteuer hatte. Sie setzte sich gerade, schob das Kinn energisch vor und fuhr für kurze Zeit sogar mit nur einer Hand am Lenkrad. Auf der rechten Seite schoß eine große weiße Nachbildung einer Concorde an ihr vorbei, dann waren sie im Flughafentunnel.

Mit kreischenden Sirenen rasten zwei Polizeiautos an ihr vorbei, dicht gefolgt von einem Krankenwagen. Ein Flughafenbus des Sheraton-Hotels versperrte ihr die Sicht, und als sie wieder ins Freie kam, entdeckte sie Alan auf der rechten Spur auf dem Weg zum Parkplatz für Kurzparker. Verwirrt und unsicher, doch zugleich verzweifelt entschlossen, ihn nicht zu verlieren, betätigte sie den Blinker und schob sich im selben Moment vor ein großes schwarzes Taxi. Der Fahrer bedachte sie mit aggressivem Aufblenden und ließ seiner Wut in einer Kanonade wüster Beschimpfungen freien Lauf, während er an ihr vorbeifuhr.

Alan griff durch das Fenster nach einem Parkschein aus dem Automaten. Brenda tat das gleiche, im selben Moment wurde ihr jedoch bewußt, daß sie kein Portemonnaie dabei hatte. Wenigstens hatte sie auf dem Weg von der Arbeit aufgetankt. Alan fuhr auf die obere Etage, und Brenda folgte ihm. Mit einem kleinen Koffer in der Hand stieg er aus und ging zum Aufzug.

Brenda kletterte durch die Beifahrertür aus dem Auto, um nicht von Alan bemerkt zu werden. Sie hatte so geparkt, daß etwa ein Dutzend Fahrzeuge zwischen ihnen standen, und schlich jetzt leicht gebückt hinter den Autos vorbei, bereit, sich ganz zu ducken, sollte ihr Opfer zurückkommen. Als Alan den Aufzugknopf drückte, sah er sich kurz um. Brenda blieb reglos stehen, ohne zu bemerken, daß ein Paar in einem ganz in ihrer Nähe geparkten Saab sich über sie lustig machte.

Sobald sich die Aufzugtüren schlossen, lief sie hinüber und drückte, brennend vor Ungeduld, auf den nach unten zeigenden Pfeil. Sie war noch nie auf einem Flughafen gewesen, doch in ihrer fiebrigen Vorstellung hatte sie sich bereits ein Bild von einer überfüllten Eingangshalle gemacht, wo Alan, sobald er einen Fuß hineinsetzte, sofort von der Menge aufgesogen und spurlos verschwinden würde.

Der zweite Lift kam, und als sie im Erdgeschoß ausstieg, wurden Brendas schlimmste Ängste wahr. Vor Verzweiflung schossen ihr Tränen in die Augen, während sie Autos und Minibussen auswich und zwei Straßen überquerte, um zu der automatischen Drehtür zu gelangen, dem Eingang zum Terminal.

Als sie dann drinnen war, wußte sie sofort, daß sie verloren hatte. Sie stellte sich zwischen die Schalter von Aer Lingus und British Midland und ließ ihren Blick durch die riesige Halle wandern, in der scheinbar Tausende von Menschen irgendwo Schlange standen, Gepäckwagen schoben, schimpften, schwitzten, Kinder anbrüllten oder einfach stumpf dasaßen und sich was zu essen in den Mund stopften.

Da es nun keinen Grund mehr gab, sich zu verstecken, lief Brenda kühn, wenn auch unglücklich herum, starrte auf die mehrfarbigen Bildschirme über ihrem Kopf und auf die hell erleuchtete Einkaufszone. Austin Reed, Tie Rack, Body Shop – es war wie auf der Uxbridge High Street.

Wenn sie nur wüßte, weshalb Alan nach Heathrow gefahren war, dann hätte sie zumindest einen Anhaltspunkt, wo sie nach ihm suchen sollte. Er hatte zwar einen Koffer dabei, aber der war so klein, daß man ihn kaum als Gepäck zählen konnte, es war eher ein Aktenkoffer. Deshalb nahm sie ja an, daß er nicht irgendwohin fliegen wollte. Aber sie konnte sich natürlich irren. Und dann wäre die Situation hoffnungslos, denn ohne sein Ziel zu kennen, konnte sie unmöglich feststellen, wo er warten würde.

Natürlich könnte er auch jemand abholen. Brenda blieb abrupt stehen und legte die Hand auf ihr hämmerndes Herz. Ihre Wangen wurden eisig. Was war sie nur für eine absolute Idiotin! War doch klar, weshalb er aus dem Haus gerast, ins Auto gesprungen und wie der Wind gefahren war. Simone kam zurück!

O Gott, sie könnte ihnen begegnen. Hand in Hand, lachend und küssend, die Arme umeinander geschlungen. Sie hatten ja einiges nachzuholen. Natürlich würden sie nie darauf kommen, weshalb sie hier war, aber Brenda wußte, sie würde es nicht ertragen können. Sie eilte aus dem Gedränge auf den Haupteingang zu. Ohne darauf zu achten, wo sie hinlief, kam sie an einem Fastfood-Imbiß und an mehreren Geschäften vorbei. Ihr einziger Gedanke war, sich zu verstecken.

Deshalb hätte sie ihn beinah übersehen.

Alan stand zwischen mehreren Leuten auf einer Treppe, die zu einer tieferen Ebene führte. Brenda trat rasch zurück und blickte auf das hell erleuchtete, bernsteinfarbene Schild mit schwarzer Aufschrift über ihrem Kopf. Gepäckaufbewahrung.

Die Treppe machte einen Bogen, so daß Brenda, nachdem Alan unten verschwunden war, sich in die Schlange reihen konnte, ohne Gefahr zu laufen, entdeckt zu werden. Sieben Leute standen zwischen ihr und ihm.

Als sie den Gepäckschalter erreichte, trat sie aus der Schlange und stellte sich an die Wand neben der Treppe, als ob sie auf jemanden wartete. Von dort aus konnte sie beobachten, wie Alan an der Röntgenmaschine anstand. Das erste, was ihr auffiel, war, daß er – wenn das überhaupt möglich war – noch schlimmer aussah als vorhin.

Er starrte auf eine Frau mit einem großen Sombrero. Sie mußte ihr Gepäck öffnen, das dann gründlich durchsucht wurde. Da sie nicht wußte, daß das gängige Praxis war, staunte Brenda über den Scharfsinn des Personals, denn die Frau sah wie eine ganz normale Touristin aus. Sie hatte sogar zwei Kinder mitgebracht.

Alan stellte seine Tasche auf das Fließband. Ein dunkler Umriß mit undefinierbarem grauem Inhalt glitt über den Bildschirm. Brenda schnappte sich einen *Evening Standard*, der aus einem Papierkorb ragte. Als Alan, nachdem er seine Tasche abgegeben und einen gelben Abschnitt dafür bekommen hatte, sich zum Gehen wandte, versteckte sie sich so lange hinter der Zeitung, bis die gammeligen, ungeputzten Schuhe die Stufen über ihr hinaufgestiegen und verschwunden waren.

Wild entschlossen, ihn nicht wieder aus den Augen zu verlieren, eilte Brenda hinterher. Er ging nicht weit. Nur wenige Meter entfernt befanden sich auf einer Zwischenebene ein Pub und mehrere Eßlokale. Sie beobachtete, wie Alan die Treppe hinaufging. In dem Wissen, daß er ihr zumindest für einige Minuten nicht entwischen würde, entspannte sie sich wieder ein wenig.

Sofort mußte sie an ihre Eltern denken und welche Sorgen sie sich machen mußten wegen ihres abrupten stürmischen Aufbruchs. Sie hatte einige wenige Münzen lose in der Manteltasche, und ganz in der Nähe waren mehrere Telefone. Brenda warf zehn Pence ein, wählte die Nummer von zu Hause und hatte gerade Zeit, irgendeine erfundene

Erklärung herunterzurasseln, bevor das Gespräch unterbrochen wurde.

Dann begab sie sich vorsichtig an den Fuß der Treppe. Dort stellte sie sich neben einige Spielautomaten mit Computer-Kriegsspielen, von denen einer wild von einem dunkelhäutigen jungen Mann in einem ausgeleierten T-Shirt traktiert wurde. Er rief immer wieder: »Ja! Ja!« und hämmerte mit den Fäusten auf die Maschine. Sein virtueller Kampf war offenbar sehr schweißtreibend. Alle paar Sekunden trank er einen Schluck aus einer Wasserflasche und zerrte sein T-Shirt von seinem mageren Körper, um sich damit Luft zuzufächeln.

Brenda schlich langsam die Treppe hinauf. Sie hatte keine allzu große Angst, daß Alan gerade in diesem Augenblick herunterkam, da er vermutlich in eins der Lokale gegangen war. Dort würde er jetzt sicher vor einem vollen Teller oder zumindest einem Drink sitzen. Zögernd schielte sie über die Brüstung.

Die Lokale waren offen angelegt. Ein Pub, ein Garfunkel's Imbiß, ein Häagen-Dazs und Harry Ramsden's Fish & Chips-Laden gingen einfach ohne Trennwände ineinander über.

Brenda ließ ihren Blick über die Tische des Eissalons wandern. Einige waren schwarz mit dazu passenden Stühlen, andere aus gesprenkeltem Malachit mit kamelhaarfarbenen Plastikhockern. Es standen eine Menge Kübel mit Palmen herum. Alan kaufte sich gerade eine Tasse Kaffee an der Theke.

Hinter einem großen Häagen-Dazs-Schild verborgen, beobachtete sie, wie er zu den Tischen ging. Er setzte sich an die Wand in die Nähe eines großen Schwarzweißfotos, auf dem ein Paar abgebildet war, das sich auf lüsterne Weise abschleckte. Selbst aus ihrer Entfernung konnte Brenda sehen, daß die beiden sich gegenseitig die Lippen leckten, wenn nicht sogar ihre Zungen verschlangen. Sie ging zum Eingang von Harry Ramsden's und tat so, als würde sie studieren, was es dort alles Gutes gab. Als sie sich nur Sekunden später umblickte, war Alan verschwunden.

Ohne sich darum zu kümmern, ob man sie beobachtete, nahm Brenda in wilder Verzweiflung die Verfolgung auf. Am Fuß der Treppe versperrte ihr jemand den Weg.

»Entschuldigen Sie.« Es war der Junge von dem Kriegsspielautomat. »Haben Sie vielleicht etwas Kleingeld?«

»Was?« Völlig verstört stierte sie ihn an. »Nein. Nein, hab ich nicht.« Sie schob ihn aus dem Weg und blickte wie wahnsinnig um sich. Dann lief sie die Treppe wieder hinauf, um einen besseren Überblick zu haben. Doch es war hoffnungslos. Nur eine riesige wogende Menge nicht identifizierbarer Menschen.

»Was soll ich tun? Oh, was soll ich nur tun?«

Brenda merkte nicht, daß sie laut gesprochen hatte. Der Junge vom Kriegsspielautomat fing an zu lachen, doch sie hörte ihn nicht.

Fuhr Alan wieder nach Hause? Sollte sie zum Parkplatz laufen und versuchen, ihn dort zu erwischen?

Aber er hatte doch sein Gepäck abgegeben. Also mußte er es auch wieder abholen. Das bedeutete, er mußte noch irgendwo in der Eingangshalle sein. Es sei denn ... Es sei denn ...

Brenda verzog angestrengt ihr bleiches Gesicht, während sie versuchte, zu einer Entscheidung zu gelangen.

Hinter ihrem Rücken stand jetzt jemand anders unter dem sich gegenseitig verschlingenden schwarzweißen Liebespaar. Jemand, der ganz große Augen bekam, als er sie erkannte. Und dabei mehr als beunruhigt wirkte.

3

Rabiat aus seiner gewohnten Umgebung gerissen, saß PC Perrot beklommen im Polizeirevier von Causton. Nach allem, was er über Detective Chief Inspector Tom Barnaby gehört hatte, fühlte Perrot sich gar nicht wohl in seiner Haut.

Fair, hieß es, aber mit einer scharfen Zunge. Er stand hinter seinen Leuten, konnte aber auch mit riesigem Donnerwetter über sie herfallen, wenn er mangelnde Aufmerksamkeit spürte. Wie die meisten seiner Kollegen genoß er die Anerkennung für seine Verdienste, aber man sagte ihm auch nach, daß er keine Probleme damit habe, für sein eigenes Versagen gegebenenfalls geradezustehen. Meistens war er die Liebenswürdigkeit in Person, aber wehe, man erwischte ihn auf dem falschen Fuß – an dieser Stelle hatte Perrots Informant gegrinst und war sich mit dem Daumennagel unzweideutig über die Kehle gefahren.

Natürlich, so sagte sich Perrot, während er nervös auf dem harten Holzstuhl hin und her rutschte, war vieles davon vermutlich nur ein Gerücht. Man mußte davon ausgehen, daß Macho-Verhaltensweisen häufig übertrieben dargestellt wurden. Es bestand ein starker Hang, harte Männer zu bewundern, ja geradezu zu verehren.

In Gedanken ging Perrot noch einmal seinen Bericht über Alan Hollingsworth durch und versuchte, sich an so viele Datails wie möglich zu erinnern. Er war ihm gewissenhaft erschienen und so knapp wie möglich, ohne ungenau zu sein, dazu ohne Geschwafel, das – wie man ihm zu verstehen gegeben hatte – unerwünscht war. Jetzt fragte er sich, ob er vielleicht übers Ziel hinausgeschossen war, als er seine Ausführungen mit der Bemerkung schloß, daß weitere Ermittlungen in der vorliegenden Angelegenheit vermutlich ratsam seien. Wenn er geahnt hätte, daß der Bericht auf dem Schreibtisch eines hohen Tieres bei der Kriminalpolizei landen würde...

PC Perrot zog ein schneeweißes Taschentuch hervor, wischte sich die Schweißtröpfchen von der Stirn und packte es wieder weg. In diesem Augenblick steckte eine sehr hübsche, blonde Assistentin den Kopf durch die Tür. Sie lächelte ihn an, wie Arzthelferinnen normalerweise nervöse Patienten anlächeln.

»Constable Perrot?«

Er folgte ihr über einen langen Flur vorbei an zahlreichen dunkelgrauen Türen mit kleinen Rahmen aus Metall, in denen ordentlich getippte Karten steckten, eine kahle Steintreppe hinunter, einen weiteren, scheinbar endlosen Gang entlang, dann rasch hintereinander zwei Biegungen nach rechts. Hier komm ich nie wieder lebend raus, dachte er.

»Es bringt sie auch wieder jemand zurück.«

»Ach ja. Danke.«

Als er allmählich das Gefühl hatte, sie müßten mindestens schon zweimal um das ganze Gebäude gelaufen sein, bogen sie in einen Flur, der sehr viel kürzer als die bisherigen war und an dessen Ende sich eine Tür mit einem Glaseinsatz befand. Sergeant Brierley klopfte. Während sie warteten, lächelte sie ihn erneut an.

»Keine Sorge. Er ist ein Miezekätzchen.«

Das tröstete Constable Perrot keineswegs. Seiner Meinung nach gab es solche und solche Miezekatzen. Tiger waren auch Miezekatzen. Und Löwen.

Von drinnen kam ein rauhes Geräusch. Eher ein Bellen

als ein Brüllen, aber trotzdem nicht sehr angenehm. Sergeant Brierley öffnete die Tür.

»Constable Perrot, Sir.«

Der große, kräftige Mann hinter dem Schreibtisch blätterte mit gerunzelter Stirn in einem Stapel Blätter, die Perrot als seinen Bericht erkannte. Plötzlich kam er ihm schrecklich umfangreich vor.

In einer Ecke des Raumes hockte auf einem breiten Fenstersims ein schlanker, noch recht junger Mann. Er war blaß und hatte ein Gesicht wie ein Frettchen, rote Haare und einen gemeinen Zug um den Mund.

Die Luft war zum Schneiden. Ein großer Ventilator wirbelte sie träge herum. Perrot wurde nicht aufgefordert, sich hinzusetzen. Schließlich sagte der DCI, ohne aufzublicken: »Haben Sie schon mal daran gedacht, einen Roman zu schreiben, Constable?«

»Sir?«

»Mit Ihrem Blick für Details und dem Gespür für Spannung sollten Sie damit eigentlich ein Vermögen machen.«

Unsicher, ob das als Beleidigung, Kompliment oder Scherz gemeint war, schwieg Perrot. Er blickte mit leicht gesenkten Lidern geradeaus und vermied es, den jüngeren Beamten anzusehen, der sich anscheinend vorgenommen hatte, auf alles was er sagen oder tun würde, kühl und abweisend zu reagieren.

Neben einem Stapel Ablagekörbe auf dem Schreibtisch des großen Mannes bemerkte Perrot ein Foto in einem silbernen Rahmen, auf dem eine attraktive Frau mit lockigen Haaren abgebildet war, die ein genauso auffallend hübsches kleines Mädchen auf dem Schoß hielt; es war wie einer Pears-Seifenreklame entsprungen. Perrot, den dieser Hinweis auf ein ganz normales Familienleben ein wenig beruhigte, behielt das Foto im Auge, bis einer der beiden Herren es für angemessen hielt, das Schweigen zu brechen.

»Warum wurde dieser Bericht nicht als dringend gekennzeichnet?«

»Nun..., ich...«

»Wir haben hier einen Mann, dessen Frau verschwunden ist. Er weigert sich, die Tür zu öffnen, bis Sie damit drohen, sie aufzubrechen. Sie finden ihn betrunken und in einer extrem labilen psychischen Verfassung vor. Er belügt sie, was das Verschwinden seiner Frau betrifft, verstrickt sich in Widersprüche und weigert sich, auch nur den Namen eines einzigen Freundes oder Verwandten zu nennen, der bestätigen könnte, wo sie sich aufhält. Er kann keine schriftliche oder mündliche Mitteilung von ihr vorweisen. Nachdem Sie sich im Obergeschoß umgesehen haben – übrigens der einzige Moment, in dem Sie anscheinend eine Spur von Initiative, um nicht zu sagen Intelligenz bewiesen haben –, stellen Sie fest, daß Mrs. Hollingsworth gegangen ist, ohne ihre Kleidung und andere persönliche Dinge mitzunehmen.« An dieser Stelle unterbrach sich Barnaby und warf den Stapel Papiere in einen Drahtkorb. »Würden Sie sagen, das war eine präzise Zusammenfassung dessen, was ich gerade mühsam durchgeackert habe?«

»Ja, Sir.«

»Es sind schon aus geringfügigeren Gründen Kellerböden aufgerissen worden.«

»Sir.«

»Ich kann mir keinen einzigen Beamten in meinem Laden vorstellen, der so etwas«, Barnaby schlug fest mit der flachen Hand auf den Korb, »nicht spätestens eine halbe Stunde nach Fertigstellung einem Vorgesetzten auf den Schreibtisch gelegt hätte. Und die meisten von ihnen hätten Hollingsworth direkt zur weiteren Vernehmung hierher gebracht.«

Rot vor Demütigung und Scham hielt Constable Perrot seinen Helm umklammert und senkte den Blick auf den Teppich. Würde der doch nur auseinanderreißen und zwei klaffende Dielenbretter zum Vorschein bringen, durch die er fortkriechen könnte und dann sterben. Das furchtbare Schweigen dauerte an.

»Nun ja, was passiert ist, ist passiert. Dann erzählen Sie mir mal, was Sie seither herausgefunden haben?«

»Wie bitte, Sir?«

»Dieser Bericht trägt das Datum vom Sonntag. Seitdem hatten Sie doch wohl Zeit, weitere Erkundigungen im Dorf einzuziehen? Hat Mrs. Hollingsworth irgendwem erzählt, daß sie fortzugehen beabsichtigte? Wie schätzten die Leute ihre Ehe ein? Weiß irgend jemand, wer dieser Blakeley ist, mit dem Sie Mr. Hollingsworth haben telefonieren hören? Wie war das Ehepaar im Dorf angesehen? Die üblichen Dinge eben.« Barnaby hielt inne und wartete auf eine Antwort von Perrot. Er starrte den Polizisten an, der immer noch nicht aufschaute. Seine Haut hatte einen bedenklichen Purpurton angenommen, und der Schweiß strömte ihm noch stärker das Gesicht und den Hals hinunter. Er verlagerte seinen Helm und hinterließ dabei Schweißspuren auf dem marineblauen Bezug.

»Das ist ja unglaublich«, sagte der Chief Inspector. »Haben Sie denn überhaupt was getan, Perrot, auch nur irgend etwas, seit Sie mit Hollingsworth geredet haben?«

»Ja, Sir.«

»Dann legen Sie mal los.«

»Und machen Sie's kurz«, sagte der Mann auf dem Fenstersims. »Nächsten Monat beginnt nämlich unser Jahresurlaub.«

»Ich machte mir Sorgen über Mr. Hollingsworths Gesundheitszustand.« Der Polizist sprach wie jemand, der gegen seinen Willen gezwungen ist, eine öffentliche Ansprache zu halten. »Also hab ich Dr. Jennings, den Dorfarzt, angerufen und ihn gebeten, mal vorbeizuschauen. Was er auch getan hat. Aber es hat ihm niemand aufgemacht.«

»War Hollingsworth ein Patient von ihm?«

»Ja.« An dieser Stelle wurde Perrot klar, daß er ohnehin eine traurige Figur abgab, er mußte nicht auch noch in die Knie gehen. Also riß er sich zusammen, hob den Kopf und sah direkt in die grimmig blitzenden Augen des Chief Inspectors. Dessen Miene zeigte auch nicht den Anflug eines Lächelns. Wilde Augenbrauen wie kleine schwarze Roßhaarläufer. Hochrotes Gesicht. Braune Augen. Perrot hatte immer geglaubt, braune Augen strahlten Wärme aus. Jetzt wurde er eines besseren belehrt. »Alan und seine Frau waren beide auf seiner Liste, aber ich glaube, Dr. Jim hat bisher nur Simone behandelt.«

»Dr. Jim?« Der rothaarige Mann kicherte. »O Gott.«

»Sie haben Ihrer erbärmlichen Geschichte also nichts hinzuzufügen?«

»Nein, Sir.«

»Sie sind schon zu lange in der Provinz eingemottet, Mann. Nun ja, ich werde innerhalb der nächsten Stunde nach Fawcett Green kommen. Sehen Sie zu, daß Sie auch da sind.«

»Ja, Sir.« Perrot betete lautlos, daß dies das Ende seines Martyriums sein möge. Und schwor sich, seine Torheit wiedergutzumachen. Von nun an wollte er frisch, wachsam und auf der Höhe sein, um zu beweisen, daß ein Dorfpolizist nicht unbedingt ein trotteliger Polizist sein mußte.

»Auf die Vorschriften verstehen Sie sich ja in der Tat.« Barnaby deutete noch einmal mit dem Kopf auf den mit Details gespickten Bericht und stand auf. Perrot schluckte, als er sah, wie groß der Mann tatsächlich war. »Aber wenn Sie es in diesem Job zu irgendwas bringen wollen, müssen Sie lernen, auch auf Ihre innere Stimme zu hören.«

Perrot, der zutiefst zufrieden mit seiner Stellung war und nicht einmal den Ehrgeiz hatte, es zum Sergeant zu bringen, besonders wenn das bedeutete, daß man mit so scharfzüngigen Kerlen mit blitzenden Augen zu tun hatte, murmelte: »Vielen Dank, Sir.«

»Das war nicht als Kompliment gemeint, Perrot.«

Der Mann auf dem Fenstersims brach in Gelächter aus und versuchte es dann mit einem Hüsteln zu kaschieren.

»Wie lange sind Sie schon bei der Truppe?«

»Seit dreizehn Jahren.«

»Und auf Ihrem gegenwärtigen Posten?«

»Seit sieben, Sir.«

Ja, viel zu lange, dachte Barnaby. Auf diesen ländlichen Außenposten werden die Beamten viel zu bequem. Ab und zu ein kleiner Ausflug zu einem allgemeinen Auffrischungskurs oder um sich in juristischen oder ethnischen Fragen auf den neuesten Stand zu bringen, und dann wieder unter die heimische Kuscheldecke. Man konnte ihnen eigentlich keinen Vorwurf machen. Schließlich gehörte es ja auch zu ihren Aufgaben, sich in die Gemeinde einzugliedern. Häufig taten sie das jedoch so stark, daß es verdammte Probleme gab, wenn sie schließlich versetzt wurden. Besonders wenn die Einheimischen sie ins Herz geschlossen hatten. Ohne Zweifel wurde es Zeit, dieses spezielle Exemplar hier zu versetzen. Barnaby konnte sich gut vorstellen, in welchem Stil Perrot seinen Polizeidienst versah. Patriarchalisch – freundlich, aber streng. Fürsorglich – was immer dieses abgegriffene Wort heutzutage bedeuten sollte. Das war ja alles schön und gut, aber es war untragbar, wenn er überfordert war, sobald etwas über ein simples Vergehen hinausging. Der Mann schien in etwa so nützlich wie eine Katzentür in einem U-Boot.

Perrot ahnte, was sein Vorgesetzter dachte, und ihm rutschte das Herz in die Hose.

»In Ordnung, Perrot. Sie können gehen.«

»Sir.«

Irgendwie schafften Perrots Füße die Strecke über den

Teppich bis zur Tür. Doch der Knauf entglitt seinen schweißnassen Fingern, als er versuchte, ihn zu drehen. Je fester er ihn packte, um so mehr entglitt er ihm. Schließlich nahm er sein Taschentuch. Hundert Jahre schienen vergangen zu sein, bis er endlich wieder draußen im Flur war. Er blieb einen Augenblick stehen und war darauf gefaßt, jeden Augenblick höhnisches Lachen aus dem Zimmer zu vernehmen. Aber er hörte nichts dergleichen.

Troy dachte immer noch schmunzelnd über das Gespräch mit Perrot nach, während er Barnabys Rover 400 flott über die A4020 Richtung Chalfont St. Peter lenkte, die Fenster wegen der warmen, drückenden Luft weit auf. Nichts amüsierte ihn mehr, als die Blamage eines anderen. Der Scherz mit dem Romanschreiben hatte ihm besonders gut gefallen. So flotte Sprüche oder bissige Bermerkungen fielen Troy erst Stunden, manchmal sogar Tage später ein, wenn er nichts mehr damit anfangen konnte.

»Er ist ein Relikt, wenn Sie so wollen«, sagte er jetzt. »Perrot ist so wie dieser Typ vor Jahren im Fernsehen. Angeblich hat er den Schurken einen Klaps hinter die Ohren gegeben, ihnen ernsthaft ins Gewissen geredet und dann zum Trost einen Lutscher geschenkt. Meine Oma erzählt ständig davon.«

»Dixon von Dock Green.«

»Genau der. Ein richtiger Anachronismus.«

Ab und zu machte sich Troy, der ständig auf Wörter stieß, die er nicht verstand, die Mühe, sie im Wörterbuch seiner Tochter nachzuschlagen. Wenn er dann wußte, was sie bedeuteten, pflegte er ständig damit um sich zu schmeißen, bis sie ihn schließlich langweilten oder ein neues Rätsel auftauchte.

In der Hoffnung auf etwas Abkühlung rollte Barnaby eine eiskalte Dose Fanta Orange über seine Wange. Er hatte sie sich, bevor sie losgefahren waren, am Automat gezogen.

»Ich hoffe, Sie kennen den Weg.«

»So ungefähr. Es ist nicht weit von Compton Dando.«

»Das hab ich ja noch nie gehört.«

»Natürlich haben Sie das«, sagte Sergeant Troy. »Dieses Herrenhaus mit den ganzen New-Age-Verrückten. Wo der Opa in dem langen Nachthemd erstochen wurde.«

»Ah ja.«

»Ich würde verrückt, wenn ich hier draußen wohnen müßte.« Troy steckte seine Nase aus dem offenen Fenster. Er hatte eine blasse, schmale Nase. Sie stand nur wenig vor und senkte sich in einer eleganten geraden Linie wie der Nasenschutz eines römischen Helms. »Ich meine, sehen Sie sich das nur mal an.«

»Das« war ein strohgedecktes Cottage von so traumhafter Perfektion, daß man sich kaum vorstellen konnte, daß darin stinknormale Menschen wohnen, die Kreditkarten besaßen und Fernsehen guckten. Eine Familie aus Lebkuchen wäre vielleicht passender gewesen. Oder ein bunter Wettermann mit Frau, die in regelmäßigen Abständen rein und raus pendelten, genauso adrett und ausdruckslos wie ihre Bilderbuchumgebung.

»Wer will schon in einem Haus mit einer Perücke drauf wohnen?« Troys Bemerkung zeugte von Verständnislosigkeit und Groll. Er haßte es, sich die Spielzeuge von Leuten ansehen zu müssen, die unendlich viel reicher waren als er, besonders wenn sie ihr Geld für Dinge ausgaben, die er völlig unsinnig fand.

Der Sergeant war Stadtmensch durch und durch. Mit Auspuffgasen aufgezogen, konnte er sich ein Leben ohne mehrstöckige Parkhäuser und Multiplex-Kinos, deren Fußböden mit Popcorn übersät waren, nicht vorstellen. Er war geradezu süchtig nach stufentempelartigen Einkaufszentren, die mit leise surrenden Glasaufzügen ausgestattet waren und zu Hard-Rock-Rhythmen dröhnten, und nach Pubs, die aussahen, als würden dort Außerirdische verkehren.

»Da könnte man doch genausogut tot sein«, fügte er hinzu. Er liebte es, auf einer Sache herumzureiten, bis es auch der letzte verstanden hatte.

Als sie nach Fawcett Green kamen, wies Barnaby darauf hin, daß die schmale Abzweigung nach rechts die St. Chad's Lane war. Troy verkniff sich die Frage, was das denn sonst für eine Abzweigung sein sollte in so einem Kaff mit zwei Straßen und einem Pferd.

Er fühlte sich bestätigt, als einen Augenblick später tatsächlich ein Pferd auftauchte, das geruhsam die Straße entlang klapperte. Ein kleines Mädchen mit einer samtenen Reitkappe und Reithosen bewegte sich auf dem großen Ledersattel auf und ab. Troy, selbst Vater einer Tochter und tagtäglich mit der Schlechtigkeit der Welt konfrontiert, fragte sich sofort, wo denn die Mutter sei.

Als das Mädchen das Auto sah, lenkte es sein Pferd geschickt auf den Grasstreifen am Rand und winkte sie ruhig und selbstbewußt vorbei. Troy, der das Mädchen viel lieber ängstlich und nervös gesehen hätte, damit er es unter Aufbietung seiner ganzen Autorität hätte beruhigen können, murmelte nur: »Diese Kids heutzutage.«

»Da drüben«, zeigte der Chief Inspector. »Wo das Motorrad steht.«

Perrots Honda parkte auf dem Grundstück von Nightingales, dessen Tore weit auf waren. Seine leuchtendgelbe Jacke und sein weißer Helm mit der Aufschrift POLIZEI lagen auf dem Sitz. Doch der Constable selbst war nirgends zu sehen.

Troy fuhr durch das Tor, und die beiden Männer stiegen aus dem Auto. Trotz der Hitze zog der Sergeant sein makellos gebügeltes, silbergrau gesprenkeltes Baumwolljackett über, nachdem er den Kragen gerichtet und ein einzelnes rotes Haar entfernt hatte.

Barnaby klopfte laut an die Haustür, doch niemand öffnete. Das Haus hatte etwas Trostloses an sich, als wäre es verlassen worden, obwohl noch Blumenvasen und anderer Zierrat vor den halb zugezogenen Vorhängen auf den Fensterbänken zu sehen waren.

»Ganz schön edel«, sagte Sergeant Troy, während er versuchte, durch den Glaseinsatz zu linsen.

Ein schmaler Kieselpfad lief an der Garage vorbei zur Rückseite des Hauses. Barnaby und Troy gingen ihn knirschend entlang und betraten einen etwas vernachlässigten Garten, bis sie auf eine Terrasse aus bunten Fliesen stießen, die hübsch, aber recht einfallslos angeordnet waren. Darauf standen vertrocknete Begonien in schicken chinesischen Töpfen und ein Grill, in dem noch Asche lag. Außerdem gab es eine große, blau-weiße mit Gänseblümchen gemusterte Hängematte.

Barnaby, Gärtner bis in die Fingerspitzen, stieg die Stufen hinunter und starrte irritiert auf das, was er da sah. Mehrere schöne Taglilien von Quecken umgeben, ein gerade erst gepflanzter, aber nicht gegossener Rhododendron der Sorte George Reynolds und ein trauriger alter Ehrenpreis, der ebenfalls aussah, als könnte er einen Schluck Wasser vertragen. Doch eine Stelle im Garten fiel ihm besonders auf. Nicht weit von ihm entfernt war ein Stück Erde, das etwas weicher als der Rest aussah und offenbar erst kürzlich umgegraben worden war. Vielleicht hatte Hollingsworth sich entschlossen, Ordnung zu schaffen, war aber noch nicht weiter gekommen. Doch so, wie Perrot seinen Gemütszustand beschrieben hatte, schien das unwahrscheinlich.

»Sir! Kommen Sie!«

Barnaby hörte, wie sein Sergeant heftig an den Verandatüren rüttelte. Bevor er die Treppe wieder hinaufgestiegen war, hatte sich Troy bereits die metallene Zange vom Grill geschnappt und die Scheibe eingeschlagen. Er steckte seine Hand hindurch und drehte den Schlüssel, dann schlug er zwei weitere Löcher in die Scheibe, um auch die Riegel zu lösen. Als Barnaby endlich bei ihm war, standen die Verandatüren bereits weit offen.

Ein Mann lag auf dem gemusterten Teppich vor dem leeren Kamin. Barnaby eilte sofort hin und kniete sich neben ihn. Troy blieb angewidert von der Mischung übler Gerüche, die nicht zuletzt von der Urinlache unter der liegenden Gestalt herrührten, auf der Schwelle stehen. Er bemerkte ein Whiskyglas, das nicht weit von der rechten Hand des Mannes umgekippt dalag.

»Ist er tot?«

»Ja. Verständigen Sie bitte den Gerichtsmediziner.«

»Mach ich.« Troy ging zu einem zierlichen, vergoldeten Tischchen, auf dem ein nachgemachtes edwardianisches Telefon stand.

»Fassen Sie das nicht an«, sagte der Chief Inspector in scharfem Ton. »Benutzen Sie das Funkgerät im Auto. Sagen Sie, die sollen einen Fotografen schicken. Und eine Wache rund um die Uhr.«

»O.K., O.K.« Eigentlich meinte er, nun reg dich bloß nicht künstlich auf, aber das hätte Troy nie gewagt auszusprechen. An der Verandatür blieb er zögernd stehen. »Sie glauben nicht, daß er einfach ... umgekippt ist – Hollingsworth?«

»Wir wissen noch gar nicht, ob das Hollingsworth ist. Sehen Sie mal nach, wo unser Superspürhund ist. Wenn er schon sonst zu nichts zu gebrauchen ist, kann er zumindest die Leiche identifizieren – vorläufig wenigstens.«

Als sein Sergeant verschwunden war, richtete Barnaby

sich auf und ließ seinen Blick durch den Raum schweifen. Dank Perrots Auge fürs Detail hätte er dieses Zimmer überall wiedererkannt. Was für ein Verlust für den Buchhandel dieser Mann doch war. Na, was nicht war konnte ja noch werden. Denn sollte er mit diesem unglaublichen Mangel an Scharfsinn und Weitblick, den er bisher an den Tag gelegt hatte, weitermachen, könnte ein beruflicher Wechsel durchaus angesagt sein. Und je eher, desto besser.

Barnaby drehte eine Runde durch den Raum, so vorsichtig wie möglich, um nur ja nichts zu verändern. Warum er sich so verhielt, als hätten sie den Mann mit eingeschlagenem Schädel vorgefunden, hätte er selbst kaum erklären können. Denn obwohl es sich hier zweifellos um einen ungeklärten Todesfall handelte, deutete zu diesem Zeitpunkt noch nichts auf einen Mord hin. Doch vielleicht hatte die dreißigjährige Erfahrung mit schmutzigen Machenschaften ihm einen besonderen Riecher gegeben.

Der Chief Inspector blickte in Vitrinen mit Porzellan, inspizierte Bücherregale und schaute sich Bilder und Fotos an. Dabei ließ er die Hände locker an den Seiten hängen. Vor vielen, vielen Jahren hätte er sie vom Körper entfernt gehalten, vielleicht sogar ein wenig in die Luft gestreckt, um sich daran zu erinnern, nur ja nichts anzufassen.

Als junger Constable war er einem absolut kaltschnäuzigen DCI unterstellt gewesen, vor dem er schlicht Angst hatte. Als er einmal an einen Mordschauplatz kam und als Opfer eine halbnackte junge Frau vorfand, die mit dem Gesicht nach unten in einem schlammigen Graben lag, war Barnaby ohne nachzudenken hinabgesprungen und hatte ihr das Kleid runtergezogen. Daraufhin hatte er eine Standpauke zu Ohren bekommen, die ihm beinah Tränen in die Augen getrieben hätte. (Was glauben Sie denn, was sie will? Daß man ihr den Arsch zudeckt oder daß der Scheißkerl, der das getan hat, eingesperrt wird?) Danach hatte man ihn monatelang gezwungen, die Hände in den Taschen zu lassen, bis die erste Phase der Ermittlung vorbei war, und der Rest der Truppe hatte ihm den Spottnamen »Tommy Billiards« verpaßt. Doch die Lektion machte sich bezahlt, denn er tat es nie wieder.

Vor dem Haus stieg gerade sein Assistent aus dem Auto, nachdem er die notwendigen Anrufe gemacht hatte. Da Troy gesehen hatte, wie der helle Kopf vom Lande schnaufend und keuchend die Gasse entlanggelaufen kam, wartete er, bis Perrot nur noch wenige Meter von ihm entfernt war, dann drehte er sich um und ging forschen Schrittes auf das Haus zu. Der Constable holte ihn mit knallrotem Kopf und heftig schwitzend auf der Terrasse ein.

»Äh, guten Morgen, Sergeant.«

»Ach hallo, Polly.«

Perrot starrte entsetzt auf die zertrümmerten Scheiben. »Was ist denn hier passiert?«

Troy zuckte grinsend die Achseln und sagte: »Wir dachten schon, Sie hätten sich einen freien Tag genommen.«

»Mußte mal kurz verschwinden, Sergeant«, sagte Perrot.

In Wahrheit war er, nachdem er über zwei Stunden Wache gestanden hatte und absolut ausgehungert war, rasch zu Ostlers rübergegangen und hatte sich eine doppelte Packung Twix und was Kaltes zu trinken geholt. Die Schokolade schmolz jetzt in seiner Tasche, und die Getränkedose hatte er irgendwo ins Gebüsch geworfen, als er den Wagen des DCI entdeckte.

»Was glauben Sie denn, wofür das da gut ist?« Troy wies mit dem Kopf auf den bezaubernden kleinen Fischteich der Hollingsworths. Dann sagte er: »Du sitzt ganz schön in der Tinte, Poll. Und das nicht nur, weil du das Haus unbewacht gelassen hast.«

Unsicher, wie er reagieren sollte, verharrte der Polizist schweigend. Allerdings hatte er sich bereits mit der Aussicht auf endlose neue Papageienwitze wegen seines Namens abgefunden. Troy ging zur Terrassentür. Als sein dunkler Schatten auf den cremefarbenen Teppich fiel, blickte Barnaby auf.

»Er ist soeben wieder eingetrudelt, Sir.« Sergeant Troy trat zur Seite und deutete Perrot an, er solle reinkommen.

PC Perrot trat über die Schwelle und blieb wie vom Blitz getroffen stehen. Er starrte auf die Leiche auf dem Kaminvorleger. Barnaby beobachtete, wie alle Farbe aus seinem Gesicht wich, und sah keine weitere Notwendigkeit, dem Polizisten klarzumachen, wie ernst seine Situation war.

»Ist das der Mann, den Sie unter dem Namen Alan Hollingsworth gekannt haben, Perrot?«

Der Constable machte einige Schritte nach links und ein wenig vor, um das Profil des Toten sehen zu können.

»Ja, Sir.«

Perrot war nicht mehr ohnmächtig geworden, seit er zwölf war. Das war an einem ähnlich heißen Tag wie diesem gewesen. Er hatte eine Tetanusspritze bekommen müssen, nachdem er sich an einem rostigen Zaun das Bein aufgerissen hatte. Als er benommen von der Hitze dastand und voller Furcht auf den Einstich wartete, war er einfach umgekippt. Das durfte jetzt nicht passieren, obwohl er sich noch tausendmal schlimmer fühlte. Nicht mit diesem spöttisch grinsenden Sergeant im Rücken und der eisigen Verachtung, die ihm von der anderen Seite entgegenschlug.

Wie sollte er mit dieser furchtbaren Situation bloß umgehen, ganz zu schweigen davon, wie er sich anschließend fühlen würde? Was für ein Dummkopf, fragte sich der Dummkopf Perrot nun, würde sich stundenlang vor ein Haus stellen, bloß weil auf sein Klopfen niemand aufgemacht hatte? Ein kurzer Rundgang ums Haus wäre doch wohl der nächste Schritt gewesen? Dann hätte er den Toten gefunden. Vielleicht, und dieser Gedanke war noch schwerer zu ertragen, hätte er auch einen Mann gefunden, der noch nicht tot war. Er hätte möglicherweise sein Leben retten können.

Perrot quälte sich noch mehr und dachte an seinen Bericht, den er nicht als dringend gekennzeichnet oder sofort einem höheren Beamten auf den Schreibtisch gelegt hatte. Wäre die Sache dann anders gelaufen? Perrot war sofort davon überzeugt, daß das der Fall gewesen wäre. War denn nicht die Spitze der Kripo nahezu umgehend nach Fawcett Green gekommen?

Sein Fehlverhalten war in der Tat verachtenswert. Perrot versuchte, seine Gesichtsmuskeln anzuspannen, damit sie nicht zitterten, und ließ den Kopf hängen. Seine Ohren dröhnten. Die übelriechende Luft war voller Anklage.

Als er schließlich das Gefühl hatte, er könne keine Minute länger aufrecht stehen, sagte der Chief Inspector: »Raus mit Ihnen. Je weniger hier rumgetrampelt wird, um so besser.«

»Sir.«

Ein Auto hielt am Tor. Zwei Türen knallten, man hörte einige Schritte auf dem Kiesweg. Es wurde an der Eingangstür geklopft, und Sergeant Troy rief: »Hinten rum!«

Nachdem er jahrelang unter der Bezeichnung Polizeiarzt gearbeitet hatte, war Dr. George Bullard eines Tages auf mysteriöse Weise zum Gerichtsmediziner berufen worden. Als man ihn davon in Kenntnis setzte, hatte er ironisch bemerkt, wenn auch die Bezeichnung sich ändere, sei das Rohmaterial doch so unattraktiv wie eh und je. Er wurde begleitet von einem jungen Mann in einem Stone-Roses-T-Shirt, Jeans und schmutzigen Turnschuhen, der eine Kamera um den Hals und eine zweite unterm Arm trug und außerdem diverse Objektive und einen Belichtungsmesser bei sich hatte.

Während der Fotograf aus allen Blickwinkeln Aufnahmen machte, einmal sogar am äußersten Rand des Kamins auf Zehenspitzen balancierte, verzog sich Perrot, wie angewiesen, auf die Terrasse und entging somit weiterer Schmähung. Barnaby und George, die sowohl alte Kollegen als auch alte Freunde waren, standen ein wenig abseits und tauschten den neuesten Klatsch aus dem Revier aus, rückten die Welt zurecht und redeten über ihre Familien. Doc Bullard hatte gerade sein erstes Enkelkind bekommen. Barnaby und seine Frau wünschten sich auch eins, hatten aber nicht viel Hoffnung. Erst kürzlich hatte ihre Tochter Cully darauf hingewiesen, daß Juliet Stevenson, eine Schauspielerin, die sie sehr bewunderte, gerade mit Achtunddreißig ihr erstes Kind bekommen hätte. Sind ja nur noch dreizehn Jahre hin, hatten die Eltern traurig bemerkt, nachdem Cully und ihr Mann Nicolas gegangen waren. Dann werden wir zu alt sein, um es auch nur auf den Arm nehmen zu können, hatte Joyce gesagt. Und sie hatte es nur teilweise scherzhaft gemeint.

»Bloß die Leiche hier?« fragte der Fotograf, um anzudeuten, daß er fertig war.

»Im Augenblick ja«, sagte der Chief Inspector.

Wenn er sich selbstsicher anhörte, dann war das, weil er absolut keinen Zweifel hatte. Vielleicht weil es bereits ein Rätsel um Nightingales gab, verspürte Barnaby die Gewißheit, daß Alan Hollingsworth nicht einem Herzinfarkt oder Schlaganfall erlegen war. Sicher handelte es sich auch nicht um eine Alkoholvergiftung, auch wenn er das Zeug, laut Perrot, seit Tagen literweise in sich hineingeschüttet hatte.

Dennoch hielt Barnaby es für ratsam, das Ergebnis der Autopsie abzuwarten, bevor er die Spurensicherung veranlaßte. Einsparungen waren angesagt, und selbst eine klar umrissene Ermittlung mit einem kleinen Team kostete Geld. Obwohl seine Abteilung nur ein winziger Posten im

Etat der Thames Valley Police war, würde man ihn zu Recht tadeln, sollte er unnötig Geld ausgeben.

Andererseits, wenn tatsächlich ein Mord nachgewiesen werden konnte und mittlerweile bei der routinemäßigen Reinigung des Hauses und der Klärung von Hollingsworths Vermögensverhältnissen Beweismaterial verlorengehen oder beschädigt würde, dann wären die Schwierigkeiten noch viel größer. Im schlimmsten Fall konnte eine solche Fehleinschätzung dazu führen, daß ein Mörder ungestraft davonkam.

Der Chief Inspector merkte plötzlich, daß man mit ihm sprach.

»Entschuldige, George.«

Dr. Bullard kniete auf dem Kaminvorleger. Er hatte seine Tasche ausgepackt, die notwendigen Geräte ausgebreitet und sich dünne Latexhandschuhe übergestreift. Höflich wiederholte er noch einmal, was er gesagt hatte.

»Nach den Pupillen zu urteilen, würde ich annehmen, daß er eine riesige Überdosis genommen hat.« Er öffnete die Hose des Toten. Als er zum Thermometer griff, um die Rektaltemperatur zu messen, wandte sich Barnaby pietätvoll ab.

Er entdeckte seinen Sergeant, der rauchend in der geblümten Hängematte schaukelte und das Gesicht in die Sonne hielt. Er wußte, daß Troy seine Haltung nicht verstehen konnte. Ehrfurcht vor den Toten war dem Sergeant immer als sinnlos erschienen. Barnaby fragte sich, ob das ein Generationenproblem war oder eine Frage des persönlichen Temperaments, und entschied sich für letzteres.

Dann dachte er über den Unterschied zwischen Leuten mit Phantasie nach, also denen, die in der Lage waren, sich in einen anderen hineinzuversetzen, und denen, die das nicht konnten. Das war ihm immer als die vielleicht unüberbrückbarste Kluft zwischen den Menschen erschienen.

Alle anderen Differenzen konnten, wenn Herz und Verstand dazu bereit waren, versöhnt werden. Doch wie sollte man jemandem eine Fähigkeit geben, die ihm die Natur unglücklicherweise (oder, wie manche behaupten würden, glücklicherweise) vorenthalten hatte?

»Ich würde sagen, er ist seit zwei Tagen tot. Vielleicht ein bißchen weniger.«

Der Arzt knöpfte das Hemd des Toten auf. Der Chief Inspector, den dieses trübsinnige Ritual plötzlich langweilte, ging nach draußen. Vielleicht sollte er die tröstliche Information an PC Perrot weitergeben, doch der Mann war schon wieder verschwunden. Sergeant Troy hörte auf zu schaukeln. Er bemühte sich, diensteifrig zu wirken, obwohl er ganz offenkundig den Sonnenschein genoß.

»So läßt's sich leben, was Chef?«

Barnaby war fassungslos angesichts solcher Gefühllosigkeit. Da hatte man gerade einen Menschen gefunden, der nie wieder einen Sonnenaufgang erleben würde, aber man selbst genoß ganz unbeschwert das Leben. Zu äußerst seltenen Gelegenheiten – und dann auch nur für einen winzigen Moment – beneidete der Chief Inspector seinen Sergeant. Das war keiner dieser Augenblicke.

Etwa zehn Minuten später gesellte sich George Bullard zu ihnen. Obwohl er nicht ausdrücklich sagte, daß er die wohlriechende Sommerluft mit ungeheurem Vergnügen in sich aufsog. Barnaby kam sich allmählich so vor, als wäre er im falschen Film.

»Der Wagen sollte jede Minute hier sein, Tom.«

»Wie schnell können wir den Autopsiebericht haben?«

»Ziemlich schnell. Bisher hab ich nämlich noch nichts weiter zu tun.«

»Das hören wir gerne.« Der Chief Inspector schaute sich um. »Wo ist denn unser Schupo, Gavin?«

»Ich hab ihn vorne abgestellt, damit er dafür sorgt, daß

die Leute weitergehen. Als ich das letztemal nachgesehen hab, bewunderte er gerade die Zeichnung von irgendeinem kleinen Kind.«

Barnaby lachte gequält.

»Collin Perrot, der ist schon ganz in Ordnung«, sagte der Arzt. »Ich hab früher in seinem Bezirk gewohnt. Er hatte immer Zeit für einen.«

»Ich bin sicher, daß er ein warmherziges und äußerst liebenswertes Geschöpf ist«, sagte Barnaby. »Aber ich bekomme immer mehr den Eindruck, daß er als Polizist absolut nutzlos ist.«

Da die Ermittlungen über den Tod von Alan Hollingsworth warten mußten, bis der Autopsiebericht vorlag, widmete Barnaby nun seine ganze Aufmerksamkeit dem Verschwinden von Simone.

Vor einer halben Stunde war der Leichenwagen weggefahren. Nun hatte man jeweils einen uniformierten Polizisten vor und hinter dem Haus postiert.

Mittlerweile war es halb zwei. Was gibt es für einen besseren Ort, schlug Barnaby vor, um was zu essen und gleichzeitig Informationen zu sammeln, als das Dorfpub? Auf dem Weg dorthin wurden sie von Constable Perrot überholt. Er blieb kurz an der Kreuzung stehen, und man sah, wie er in eine Hecke griff und eine Getränkedose herausholte.

»Der hat wohl 'nen Sauberkeitsfimmel«, sagte Sergeant Troy.

Das Goat and Whistle, das demnächst sein hundertfünfzigjähriges Bestehen feierte, war erst kürzlich von der Brauerei umgestaltet worden. Die Decke, die durch jahrzehntelange Tabakschwaden einen satten, gelblichbraunen Ton angenommen hatte, war abgeschmirgelt und mit dunkler gelblichbrauner Farbe neu gestrichen worden. Die mit Kratzern und Brandflecken übersäte Theke, die ausgetretenen Steinfliesen und den alten Feuerrost hatte man rausgerissen und durch eine auf alt getrimmte Theke, Steinplatten mit kreativen Rissen, die mit künstlichem Sägemehl bestreut waren, und eine elisabethanische Kaminecke aus Spanholz ersetzt. Die alte Dartscheibe verschwand. Statt dessen wurde ein Space Invader aufgestellt, wo Astaroth gegen die dunklen Höllenhunde von Erewhon kämpfte.

Diese originelle Umgestaltung, um die niemand gebeten hatte und die bei Wirt und Gästen gleichermaßen auf Ablehnung stieß, hatte dreißigtausend Pfund gekostet. Man versicherte dem Wirt, sobald die Nachricht von dieser aufregend neuen Einrichtung die Runde machte, würden seine Einnahmen ins Unermeßliche steigen. Bisher war davon nichts zu spüren. Die Dartscheibe hatte er mittlerweile aus eigener Tasche ersetzt.

Ein halbes Dutzend Köpfe wandten sich um, als Barnaby und Troy hereinkamen, und das Gespräch verstummte. Der Chief Inspector bestellte einen Salat mit Schinken und ein Guinness, Troy ein Baguette mit Corned Beef und Branston Pickles. Er brachte sein Essen zu einem Tisch neben dem Space Invader und fing an zu spielen.

Während Barnaby auf sein Essen wartete, wurde er schon bald in ein Gespräch verwickelt. Daniel Carter, der Wirt, machte den Anfang.

»Der gehört Ihnen, oder? Der Rover da hinten auf dem Weg?«

Barnaby bestätigte das.

»Alles in Ordnung?« Die Frage kam von einer älteren Frau, die an die Theke gekommen war, um sich ein weiteres Glas Gin mit Pfefferminzlikör zu holen. Obwohl sich sonst niemand rührte, merkte Barnaby, wie alles angespannt auf seine Antwort wartete.

»Nun ja, wir stellen Ermittlungen wegen des Verschwindens von Mrs. Simone Hollingsworth an.«

»Hab ich's dir nicht gesagt, Elsie?« rief die Gin-and-Pep-Trinkerin nach hinten.

»Danke, Bet. Für mich bitte ein Gläschen White Satin.«

»Taub wie eine Nuß«, sagte Bet, nachdem sie sich wieder umgedreht hatte, »Sie haben sich aber lange Zeit gelassen.«

»Haben Sie die beiden gekannt?« fragte Barnaby. Er sprach zwar die alte Dame an, sah sich aber gleichzeitig im ganzen Raum um. Wahre Schleusentore öffneten sich.

Als er seinen verwelkten Salat ohne Dressing und die fast durchsichtigen Schinkenfetzen gegessen hatte, hatte er erfahren, daß Mr. H. den lieben langen Tag arbeitete und Mrs. H. immer aufgetakelt war wie eine Fregatte. Er ging nie unter Leute, sie schon, war aber bereits nach fünf Minuten wieder gelangweilt. Sie spendete an der Tür, aber nicht so viel, wie man hätte erwarten sollen, wenn man in Betracht zog, wie reich sie waren. Die arme Simone war zum letzten Mal im Bus nach Causton gesehen worden. Und es könne einem doch wohl keiner weismachen, setzte Elsie den krönenden Schlußpunkt, daß irgendeine Frau ihren Alten mit nichts als einer Handtasche und einer dünnen Jacke verlassen würde. Schon gar nicht, wenn der vor Geld stinkt.

Das war soweit nichts Neues. Barnaby wollte schon resignieren, da beugte sich Daniel Carter vor. Er sah nach rechts und nach links, als wolle er eine belebte Straße überqueren. Dann tippte er sich gegen seine leuchtendrote Nase.

»Also wenn Alan verschwunden wär, hätten Sie ja nicht weit gucken brauchen.«

»Tatsächlich? Wieso das?« entgegnete der Chief Inspector.

»Das sollten Sie eigentlich wissen«, sagte Elsie. »Sie sind doch von der Polizei.«

»Wollte ihn jemand drankriegen?«

»Gray Patterson.«

»Schwere Körperverletzung.«

»War das nicht bloß ein tätlicher Angriff?«

»Ist doch dasselbe.«

»Alles wegen irgend so einer Betrugsgeschichte«, sagte der Wirt. »Die beiden haben nämlich zusammengearbeitet, er und Hollingsworth. Angeblich als Partner, in dieser Computerfirma. Irgendwas mit Pen.«

»Penstemon«, rief die taube Elsie.

»Genau. Laut dem Bericht über die gerichtliche Anhörung hat Patterson irgendein neues Programm entwickelt oder wie immer man so was nennt. Irgendwas ganz Besonderes, das ihm Tausende hätte einbringen müssen. Und Alan hat ihn übers Ohr gehauen.«

»Er hat's ihm geklaut«, schaltete sich ein dicker Mann, der gerade seine Fleischpastete mit Nieren aufgegessen hatte, zum ersten Mal ein.

»Ich kenn zwar nicht die Einzelheiten«, fuhr Daniel Carter fort, »aber es ging ganz schön zur Sache. Schließlich drehte Patterson durch.«

»Ach wirklich?« fragte Barnaby.

»Er hat Mr. H. windelweich geschlagen«, sagte die alte Dame und kippte anmutig ihr Glas.

»Und jetzt ist Gray völlig pleite. Hat Schulden auf dem Haus, kann es nicht verkaufen, kann nicht wegziehen. Total im Eimer, wie man so sagt.«

»Ich hab gehört, er versucht zu vermieten.«

Barnaby trank sein Guinness aus. Er hätte es für ausgezeichnet befunden, hätte er nie die samtig weiche, bittere Süße der irischen Version kennengelernt. Vor einem Jahr war er mit Joyce zum Musik-Festival nach Sligo gefahren, und das Guinness war eine Offenbarung gewesen. Der Unterschied läge am Wasser, hatte man ihm erklärt.

Troy, der offenbar genug gehämmert und geschlagen und Astaroth und Co. verflucht hatte, lehnte jetzt gegen den

Automaten und plauderte mit einem Jungen, der nun seinerseits hämmerte und schlug und fluchte. Als er den Blick seines Bosses bemerkte, murmelte er: »Tschüs, Kumpel«, und ging zur Tür.

»Irgendwas rausgekriegt?« fragte der Chief Inspector, als sie zurück zum Wagen gingen.

»Nur daß Mrs. Hollingsworth klasse aussah, aber anscheinend nur ihr Mann davon profitierte. Der Typ, mit dem ich geredet hab, ist der Bruder von der Tussi, die bei der alten Frau putzt.«

»Welche alte Frau? Von denen wimmelt's hier ja nur so.«

»Die Bekloppte, die bei uns war.«

»Doch nicht so bekloppt, wie sich allmählich herausstellt.«

Seit Perrots Bericht auf seinen Schreibtisch geflattert war, hatte Barnaby mehr als einmal an die exzentrisch gekleidete Mrs. Molfrey mit ihrer unglaublichen Perücke denken müssen. In seine Erinnerung an das Gespräch hatte sich eine gewisse Pikanterie eingeschlichen, die – wie er annahm – gar nicht dagewesen war. Eigentlich hatte er keine Lust, noch mal mit ihr zu reden, weil er befürchtete, daß sie sich doch als wirrköpfige, geschwätzige alte Langweilerin erweisen könnte.

»Und wie war's bei Ihnen, Chef?« fragte Troy. »Haben Sie Glück gehabt?«

»Wenn sich herausstellt, daß wir es mit einem Mord zu tun haben, dann hätte ich einen erstklassigen Verdächtigen. Jemand, der Hollingsworth zusammengeschlagen hat, nachdem dieser ihn offenbar um sehr viel Geld betrogen hat.«

Troy stieß einen Pfiff aus. »Also nicht mehr der nette Typ von nebenan, unser Alan.«

»Wenn er das je war.«

Inzwischen waren sie bei Nightingales angekommen.

Eine Handvoll Leute stand davor, doch da das Tor geschlossen und der Constable im Hauseingang ein verschwiegener Fremder war, hielt sich niemand länger auf.

»Ich hab eine Nachricht für Sie, Sir«, sagte der Constable. »Die Frau nebenan, im linken Haus, möchte mit einem höheren Beamten sprechen.«

PC Ramsey hatte diese Information von seinem Kollegen erhalten, der hinter dem Haus Wache stand. Offenbar hatte Kevin auf der anderen Seite des Zauns ein Rascheln gehört. Als er nachsehen ging, war er auf ein Gesicht gestoßen, das ihn durch eine Wand grünen Laubwerks anstarrte. Nachdem es seine Bitte flüsternd vorgebracht hatte, verschwand das Gesicht sofort, als ob man die zugehörige Person abrupt weggezerrt hätte.

In der irrigen Annahme, daß hier jemand ein sensationslüsternes Interesse an den Dingen hatte, die sich bei den Hollingsworths abspielten, begab Barnaby sich nach The Larches. Troy klopfte gegen den bonbonfarbenen Glaseinsatz. Wie von Zauberhand bewegte sich die Tür nach innen.

»Hallo?« rief Barnaby.

»Kommen Sie herein.«

Die Worte waren kaum hörbar, obwohl sie direkt hinter der Tür geflüstert wurden. Die beiden Detectives traten ein.

Obwohl die Spannung im Raum fast greifbar war, hatte Barnaby nach zehn Minuten immer noch nicht genau erfahren, weshalb sie eigentlich dort waren. Er saß auf einem Sofa und aß ein Sandwich, das so dünn war, daß es auf der Zunge zerging wie eine Oblate. Es war mit einer hauchdünnen Scheibe weißem, fast geschmacklosen Käse belegt. Etwas verwelkte Kresse hing über den Rand. Außerdem war es eiskalt. Mrs. Brockley bewahrte ihr Brot offenbar im Kühlschrank auf. Barnabys Zähne fingen bereits an weh zu tun, und er trank einen Schluck Tee, um sie zu wärmen.

Die Brockleys sahen sich gegenseitig an. Nicht diese wortlose, kumpelhafte Aufforderung »Du«, »Nein, du«, die verheiratete Paare manchmal an sich haben. Ihre Blicke konnten sich nicht so richtig verständigen. Seiner schien zu sagen »Wag es bloß nicht«. Ihrer war schwerer zu deuten. Sie war offenkundig verzweifelt und stand unter großem Streß, war aber gleichzeitig auch wütend. Ihre Augen funkelten.

»Sie haben uns gebeten vorbeizukommen, Mrs. Brockley?« fragte der Chief Inspector zum wiederholten Mal.

»Ja.« Als sie ihn direkt ansah, stellte er fest, daß ihre Augen nicht vor Wut funkelten, sondern daß sie den Tränen nahe war. »Etwas sehr…«

»Iris!«

»Irgendwann müssen wir ja schließlich mit ihnen reden.«

»Du hättest sie nicht herbitten dürfen. Der ganze Ort wird es erfahren.«

Barnaby, dem dieses ganze Getue allmählich auf die Nerven ging, versuchte, beruhigend zu wirken. »Mr. Brockley, wir werden ohnehin in Kürze eine Von-Haus-zu-Haus-Befragung wegen des Verschwindens von Mrs. Hollingsworth…«

»Was ist das? Von-Haus zu…?«

»Es bedeutet, daß wir jeden im Dorf aufsuchen werden. Wenn wir erst mal dabei sind, werden die Leute sicher annehmen, wir hätten zufällig hier angefangen.«

»Siehst du«, zischte Iris.

Reg schien das nicht zu überzeugen. Während er die beiden betrachtete, kam Barnaby der Begriff »in ein Korsett geschnürt« in den Sinn. Obwohl es so etwas im Zeitalter von Teddys und Bodys, Lycra und Spandex praktisch nicht mehr gab, schien der Ausdruck auf diese beiden verklemmten Menschen doch erschreckend genau zuzutreffen. Fest geschnürt und mit Korsettstäben in ein respektables Leben gezwängt, das über jeden Vorwurf erhaben sein mußte. Es war ein Leben, das einem die Luft zum Atmen nahm.

»Unsere Tochter ist verschwunden.«

Iris hatte das schließlich hervorgebracht. Reg bedeckte sein Gesicht mit den Händen, als wäre er plötzlich öffentlicher Schande preisgegeben.

»Brenda ist am Montagabend mit dem Auto weggefahren. Ziemlich plötzlich, muß ich sagen. Als sie um zehn Uhr nicht zurück war,…«

»Sie hat allerdings angerufen, Inspector«, unterbrach ihr Mann sie.

»Das war vor zwei Tagen«, rief Iris.

Sergeant Troy, dem klar wurde, daß er dabei war, Zeuge des langweiligsten Nicht-Ereignisses der Geschichte der Menschheit zu werden, verputzte sein viertes Scone, nahm sich noch einige Schokoladenplätzchen und ließ seine Gedanken abschweifen. Dabei fiel sein Blick erneut auf die Uhr.

Es war beinah unmöglich, dieses Prachtstück zu übersehen. Wo auch immer im Raum man hinschaute, wurden die Augen unwillkürlich zu der Uhr zurückgezogen. Mit Straß besetzte Zahlen auf einem schwarzen Zifferblatt aus Samt und goldene Zeiger. Auf der Spitze des Minutenzeigers hockte ein großer rosa und gelber Schmetterling mit paillettenbesetzten Flügeln und langen wabbeligen Fühlern. Alle sechzig Sekunden sprang er ein Stück weiter, und Troys Nerven begannen allmählich mit ihm zu hüpfen.

»Ist sie denn normalerweise um zehn zurück?« fragte Barnaby.

»Nein«, sagte Reg. »Sie geht überhaupt nicht aus.«

»Wie bitte?«

»Ich meine, natürlich zur Arbeit. Und ab und zu einkaufen.«

»Aber nicht abends.«

»Wie alt ist Brenda?«

»Neunundzwanzig.« Obwohl Barnaby keine Miene verzog, mußte Iris ein gewisses ungläubiges Staunen gespürt haben, denn sie fügte hinzu: »Mir ist schon klar, daß sie kein Kind mehr ist, aber so etwas hat sie noch nie getan.«

»In ihrem ganzen Leben noch nicht«, sagte Reg.

»Und wann hat sie angerufen?«

»Gegen neun. Hat gesagt, sie wär bei einer Freundin.«

»Nicht *bei* einer«, korrigierte Reg seine Frau. »Hätte eine getroffen. Würden sich unterhalten.«

»Wir wußten noch nicht mal, daß sie eine Freundin hat«, sagte Iris mit unbewußtem Pathos.

Selbst wenn sie noch keine neunundzwanzig gewesen wäre, hätte Troy, wie er mit kurzem Blick auf eine aufwendig gerahmte Studio-Aufnahme auf dem Sideboard feststellte, sie nicht mal mit dem Hintern angeguckt. Dieses Hundegesicht. Ein absolutes Fiasko bei der jährlichen Hundeschau in Earl's Court, und dazu noch eine Beleidigung für die anderen Hunde. Wegen der mußte man keinen hochkriegen.

»Ist ja gut und schön, wenn sie sagt, wir sollen uns keine Sorgen machen«, sagte Iris. »Aber das haben wir natürlich getan.«

»Die ganze Nacht.«

»Und am nächsten Morgen…«

Sie hatten fast zwei Stunden lang debattiert, ob sie bei Brenda im Büro anrufen sollten. Iris, mit schwarzen Ringen um die Augen, war tausendprozentig dafür, Reg zunächst absolut dagegen, doch als er merkte, daß seine Frau völlig außer sich war, hatte er allmählich seine Meinung geändert. Sie hatten sich über den ungedeckten Küchentisch angestarrt – Frühstück hätten sie keins runtergekriegt –, hin und her gerissen zwischen dem Drang, nur ja nicht gegen irgendwelche gesellschaftlichen Regeln zu verstoßen, und dem sehnlichen Wunsch, sich Gewißheit zu verschaffen.

»Was um alles in der Welt werden sie denn denken?«
»Ist doch schnurz, was die denken.«
»Das macht man im Geschäftsleben nicht, Iris.«
»Das ist mir egal.«
»Private Anrufe werden nicht gern gesehen. Da ist Brenda immer ganz strikt gewesen.«
»Du brauchst ja nicht mit ihr reden...«
»Wir werden sie in Schwierigkeiten bringen.«
»Frag doch nur, ob sie da ist. Sag, es wär geschäftlich. Tu so, als wärst du ein Kunde.«
»Sie kommt doch um halb sieben nach Hause.«
»Ich kann keine neun Stunden warten«, kreischte Iris.

Also hatte Reg unter dem Gejammer seiner Frau und dem Bellen des Pudels bei der Coalport-and-National-Bausparkasse angerufen. Er war in die Warteschleife gelegt worden, wo er eine mit Dudelsack und Hammondorgel gespielte Version von »Ye Banks and Braes« ertragen mußte, eine Melodie, die er bis ans Ende seines Lebens nicht mehr würde hören können, ohne daß die eiskalte Erinnerung an diese furchtbare Angst in ihm hochkam.

Schließlich wurde er mit der Personalabteilung verbunden, wo man ihm erklärte, Miss Brockley sei am Morgen nicht zur Arbeit erschienen und hätte sich auch nicht gemeldet. Nachdem Reg den Hörer aufgelegt hatte, verharrten er und Iris lange Zeit schweigend auf ihren Stühlen. Selbst Shona war ohne Aufforderung in ihren Korb zurückgekrochen.

Die nächsten vierundzwanzig Stunden schienen endlos zu sein. Die Brockleys konnten nichts essen. Tee wurde gemacht, doch die vollen Tassen standen unangerührt auf diversen Möbelstücken herum, bis ihr Inhalt eiskalt geworden war.

Am Mittwochmorgen hatte Iris, die inzwischen halb wahnsinnig war, den Polizisten bei den Hollingsworths im Garten gesehen und ihn angesprochen. Reg war herbeigeeilt, um sie daran zu hindern, war jedoch eine Sekunde zu spät gekommen.

»Glauben Sie«, fragte Barnaby jetzt, »es könnte sich nicht auch um einen Freund gehandelt haben, den Sie getroffen hat?«

Die Brockleys wiesen diese Unterstellung mit, wie dem Chief Inspector schien, nahezu lächerlicher Gewißheit zurück. Schließlich war die Tochter fast dreißig, und selbst wenn ihr soziales Leben recht eingeschränkt war, mußte sie doch während der Arbeit reichlich Männer kennengelernt haben. Brendas Foto befand sich außerhalb von Barnabys Blickwinkel, und im Gegensatz zu Troy hatte er es bisher nur unbewußt wahrgenommen.

»Nichts dergleichen«, sagte Reg.

»Brenda ist ein sehr eigenes Mädchen.«

»Wir haben sie dazu erzogen, sehr wählerisch zu sein.«

»Darf ich noch einmal auf den Anruf zurückkommen«, sagte Barnaby. »Wie waren ihre genauen Worte, wenn Sie sich daran erinnern können?«

»Daddy, ich komm noch nicht so bald nach Hause. Ich hab zufällig eine Freundin getroffen. Wir gehen zusammen was essen. Macht euch keine Sorgen, wenn's später wird. Bis dann. Tschüs.«

»Das Merkwürdige war...«

»Abgesehen von dieser Nachricht an sich«, warf Iris ein.

»...sie schien von einem Bahnhof aus anzurufen.«

»Ach ja?« sagte Barnaby.

Troy warf einen verstohlenen Blick auf seine Uhr und verzog die Lippen zu einem Gähnen, ohne dabei den Mund zu öffnen. Dann blickte er sehnsüchtig auf die restlichen Schokolandenwaffeln. War schon erstaunlich, egal wie schlecht es den Leuten ging, immer machten sie einem Tee und öffneten eine Packung Kekse.

»Es waren viele Geräusche im Hintergrund«, sagte Reg.

»Ansagen.«

»Also gut, Mr. Brockley.« Barnaby stand auf und verdeckte mit seiner massigen Gestalt das halbe Fenster, wodurch es deutlich dunkler im Raum wurde. »Ich würde vorschlagen, wenn Sie bis morgen nichts von Brenda gehört haben, kommen Sie auf die Wache und melden sie als vermißt.«

»Zur *Polizei*?«

»Ganz recht.«

»Könnten wir das denn nicht jetzt bei Ihnen machen, Mr. Barnaby?« fragte Iris.

»Ich fürchte nein. Es müssen bestimmte Formalitäten eingehalten werden. Und Formulare sind auszufüllen.« Barnaby brachte es nicht über sich, wie offenbar viele seiner Kollegen, zu sagen, daß sicher alles wieder gut würde. Er hatte schon an zu viele Türen klopfen und den verzweifelten Eltern sagen müssen, daß es um ihre Kinder ganz und gar nicht gut bestellt war.

Sie wurden durch die Küche nach draußen geführt. Troy blieb am Hundekorb stehen, bückte sich und kraulte den Pudel hinter den traurig hängenden Ohren.

»Sie kommt bald wieder«, sagte er fröhlich. »Laß den Schwanz nicht hängen.«

Gegen sechs war die Obduktion im wesentlichen beendet. Der vollständige Bericht würde zwar erst am folgenden Nachmittag auf dem Schreibtisch des Chief Inspectors liegen, doch George Bullard gab die Ergebnisse sofort telefonisch durch.

Alan Hollingsworth war an einer Überdosis des Tranquilizers Haloperidol gestorben, der in Whisky aufgelöst worden war. Er hatte keine Nahrung im Magen. Das Medikament war unter verschiedenen Namen auf Rezept erhältlich, normalerweise in 0,5-Milligramm-Kapseln. Soweit das überhaupt feststellbar war, hatte Hollingsworth etwa sechs bis sieben Milligramm genommen, aber anscheinend keine Kapselhüllen geschluckt. An seinem Körper gab es keine Verletzungen. Herz, Lunge und die übrigen Organe waren gesund.

»Die hätten's noch für weitere vierzig Jahre getan«, schloß Dr. Bullard.

»Und wann ist er gestorben?«

»Ich würd sagen, Montag spät in der Nacht. Oder am Dienstag frühmorgens. Nach achtundvierzig Stunden ist das kaum präziser zu machen.«

»Na komm schon, George.« Im Stillen verfluchte er Constable Perrot.

»Tut mir leid.«

Barnaby seufzte, dann sagte er: »Würde eine solche Dosis reichen, um jemanden umzubringen?«

»Vermutlich ja. Besonders in dem Suff. So wie er dagelegen hat, würd ich sagen, er hat das Zeug auf dem Sofa sitzend eingenommen und ist dann, als er das Bewußtsein verlor, einfach runtergerollt. Der Teppich ist ziemlich dick, und mal ehrlich, mehr als beim Sterben kann man sich kaum entspannen. Deshalb hatte er auch keine blauen Flecken.«

»Und was hat das mit den fehlenden Kapselhüllen auf sich? Willst du damit sagen, daß er das Zeug in Tablettenform genommen hat?«

»Das geht nicht. Die werden nur als Kapseln hergestellt.«

»Moment mal.« Barnaby überkam erneut diese merkwürdige und unbegründete Ahnung, die er bereits verspürt hatte, als er Alan Hollingsworths Leiche zum erstenmal sah. »Ist das nicht bitter? Das Zeug in diesen Tranquilizern?«

»Manchmal. In diesem Fall allerdings nicht. Haloperidol ist ziemlich geschmacklos.«

»Könnten sich die Hüllen nicht einfach aufgelöst haben?«

»Vielleicht. Aber dann wären immer noch Spuren von Gelatine im Magen.«

»Das stimmt. Danke, George.«

»So war das also. Eine ziemlich geradlinige Geschichte. Ein Mann wird von seiner Frau verlassen. Er versucht, seinen Kummer im Alkohol zu ertränken. Doch die Wirkung des Alkohols läßt wieder nach. Also muß er mehr trinken, aber auch das hält nicht lange an. Und so nimmt das Elend seinen Lauf. Besser, es ein für alle Male zu beenden.

Nachdem er zu dieser trübsinnigen Schlußfolgerung gelangt ist, was macht Hollingsworth? Schmeißt sich die Tabletten in den Mund, spült sie mit Hochprozentigem runter und bringt es hinter sich? Nein, er setzt sich auf das Sofa, nimmt die sechzehn oder wieviel Gelantinekapseln vorsichtig auseinander, kippt den Inhalt in sein Glas und rührt solange, bis sich alles auflöst. Dann beseitigt er die Kapseln. Natürlich wäre das möglich. Manche Menschen verhielten sich selbst in Extremsituationen präzise nach Plan – die Brockleys zum Beispiel. Aber so hatte sich der Tote bisher nicht verhalten. Er hatte sich in seiner Verzweiflung völlig gehenlassen.

Barnaby hatte zwar immer noch Bedenken, umfassende Ermittlungen einzuleiten, betrachtete aber den folgenden Schritt als unvermeidbar. Und so kam es, daß früh am nächsten Morgen ein Sherpa Van in die St. Chad's Lane einbog. Kurz darauf luden die Leute von der Spurensicherung – vom ganzen Dorf mit großer Aufregung und Genugtuung beobachtet – ihre Sachen ab und die nüchterne Ermittlungsmaschinerie setzte sich in Gang.

4

Nachdem man ihm mitgeteilt hatte, daß sein Wagen bereitstünde, ließ Barnaby den Lift links liegen und lief die Treppe hinunter. Keuchend und schnaufend vom Parkplatz zu seinem Zimmer und wieder zurück zu rasen war praktisch die einzige regelmäßige körperliche Ertüchtigung, deren er sich derzeit betätigte. Gartenarbeit zählte er nicht dazu, weil die nur periodisch anlag. Außerdem war sein Stück Land mittlerweile so gut in Schuß, daß kaum jemals richtig heftig gegraben werden mußte.

Er mußte eine ziemliche Strecke keuchen und schnaufen. Wie bei vielen Privatunternehmen galt auch bei der Polizei, daß der Rang einer Person darüber bestimmte, wie weit das Büro vom Erdgeschoß entfernt war. Gerüchte zufolge residierte der Chief Super im Krähennest, einer blitzabweisenden Konstruktion aus Stahl und Plastik, die auf halber Höhe des Funkmasts auf dem Dach des Hauptgebäudes angebracht war.

Als er durch die Eingangshalle lief, bemerkte Barnaby die Brockleys und sah sofort, daß die Korsettstangen, die ihr Leben in gewohnten Bahnen hielten, sich weiter gelockert hatten. In unbequemen Polyesterumhüllungen saßen sie nebeneinander da. Ihre Tochter war ganz eindeutig nicht zurückgekommen. Das Erscheinungsbild der beiden hatte sich auf traurige Weise umgekehrt. Heute wirkte Reg so elend und verzweifelt wie seine Frau am gestrigen Tag. Iris hingegen saß starr wie ein Felsblock da. Ihre krampfhaft verschränkten Arme drückten ein gerahmtes Foto fest gegen ihren Brustkorb. Ihr Gesicht, obwohl völlig ausdruckslos, war so stark zusammengekniffen, daß es in die Breite zu gehen schien. Sie sah aus wie die Zitrone auf dieser alten Fruchtsaftreklame.

Auf Barnabys Ratschlag hin hatten sie tatsächlich fast noch einen Tag gewartet, bevor sie Brenda als vermißt meldeten. In dieser Situation schien ihm eine solche Autoritätshörigkeit beinah unfaßbar. Ja sogar lächerlich. Er wollte gerade zu ihnen gehen, als die Polizistin vom Empfang auf sie zukam.

Die Hitzewelle, von der Meteorologen seit Tagen sprachen, hatte sie jetzt voll erwischt. Das Auto war wie ein Backofen. Alle Fenster waren auf, trotzdem spürte Barnaby, wie das Leder des Sitzes ihm an den Beinen brannte. Sein Hemd war verknittert und klebte ihm bereits am Rücken. Troy, in einem frischen apfelgrünen Polohemd von Lacoste (mit dem echten Krokodil, für nur drei Pfund aus einem Kofferraum), sah aus, als käme er gerade aus dem Kühlschrank. Nirgends ein Rinnsal von Schweiß. Wie immer beklagte er sich, diesmal über sein Sexleben.

»Ich meine, wenn ich eine Marmorstatue bumsen wollte, hätte ich mir einen Job im British Museum besorgt.«

Barnaby kurbelte die Fenster noch weiter herunter.

»Schlaf ruhig weiter, wenn dir alles zu lästig ist.«

»Und hat sie?«

»Schwer zu sagen. Maureen läßt sich nicht viel anmerken.«

Der Chief Inspector überlegte kurz, was auch immer der Sergeant mit seinem Pimmel anstellte, schlafen gehörte bestimmt nicht dazu. Dann wandte er seine Gedanken dem einzigen Kind der Brockleys zu.

Bis jetzt hatte die Sache mit Brenda ihn kaum beschäftigt. Mit einer Leiche und einer vermißten Person hatte er mehr als genug am Hals. Auch die Tatsache, daß die Eltern einen

Anruf von ihr bekommen hatten, gab ihm zunächst keine Veranlassung, irgendwas zu unternehmen. Doch nach über achtundvierzig Stunden war sie immer noch nicht zurückgekehrt. Und auch wenn ihre Eltern entschieden darauf beharrten, daß sie absolut nichts mit Alan und Simone Hollingsworth zu tun hätten, so ließ sich doch nicht leugnen, daß die Brockleys praktisch vor der Nase der beiden wohnten. Könnte Brenda etwas gesehen oder gehört haben, das sie in Gefahr gebracht hatte? Je mehr er darüber nachdachte, um so unbehaglicher wurde Barnaby zumute.

Troy brummelte immer noch vor sich hin. Kurz bevor sie Fawcett Green erreichten, schaltete Barnaby wieder zu ihm um. Er ließ sich gerade über Mrs. Milburn aus, seine Schwiegermutter.

»Einfach tödlich, diese Frau. Sie hat einen Spenderausweis, da steht drin, daß nach ihrem Tod auf keinen Fall Organe von ihr benutzt werden dürfen. Die sind hochgiftig.«

»Unsinn.«

»Ich hab's gesehen. Da ist ein Totenkopf mit zwei gekreuzten Knochen drauf.«

Um zehn vor elf parkte Troy vor dem Pub. Barnaby war um elf mit Dr. Jennings verabredet. Troy hatte den Auftrag, die Telefonnummer der mobilen Friseuse Becky Latimer aufzutreiben. Und Sarah Lawson ausfindig zu machen, die Mrs. Molfrey ebenfalls bei ihrem Besuch auf der Polizeistation von Causton erwähnt hatte. Die beiden Männer würden sich dann in Nightingales treffen.

Der Weg vor dem Haus war bereits voller Menschen, ebenso das kleine Feld, das hinten an den Garten der Hollingsworths grenzte. Ein völlig entnervter Perrot, von schlechter Laune, Schuldgefühlen und der Sorge geplagt, wie seine offenkundige Unfähigkeit, für irgendeine Art von Ordnung zu sorgen, auf seine Vorgesetzten wirken würde, versuchte mit rotem Kopf, einen schlammbespritzten

Landrover durch die Menge zu lotsen. Der Fahrer drückte völlig sinnlos auf die Hupe und verstärkte damit noch das hysterische Gebell seiner beiden Golden Retriever. Kaum hatte sich das Fahrzeug durch eine enge Gasse gezwängt, da schloß diese sich auch schon wieder.

Barnaby bekam das meiste davon nicht mit, da er den Friedhof überqueren mußte, um zum Haus des Arztes zu kommen. Troy beschloß, bevor er zur Post ging, sich auf Kosten Perrots ein bißchen Spaß zu machen. Mit kräftigen Ellbogen und brutaler Entschlossenheit schob er sich durch die Menge.

»Ich würde die Meute zum Weitergehen bewegen, Polly.«

»Ja, Sergeant.«

»Wo ist die Absperrung?«

»Kommt gleich.«

»Sekunde mal.« Mit einer ruckartigen Kopfbewegung deutete Troy an, daß er ihn unter vier Augen sprechen wolle.

Perrot, dem das Herz in die Hosen rutschte und sich der Magen verknotete, kam näher.

»Dachte, es würd dich vielleicht interessieren, was bei der Obduktion rausgekommen ist. Er ist ungefähr zehn Minuten bevor der Chef und ich kamen gestorben. Das war knapp. Traurig, was?«

Er schritt davon und hinterließ einen kreidebleichen Polizisten, der ihm völlig niedergeschmettert nachstarrte. Auf dem Friedhof trödelte Barnaby herum, als hätte er alle Zeit der Welt, las die Inschriften auf den mit Flechten überzogenen Grabsteinen und schenkte einer einfachen Grabplatte genausoviel Bewunderung wie einem prachtvollen Mausoleum, das von einer reichlich verzierten Balustrade umgeben war. Auf einem Grab hatte man schlicht einen Glaskrug mit Feldblumen in die Erde gedrückt; auf einem anderen, das mit Granitsplittern bedeckt war, stand eine leere Metallvase. Großartiges Monument oder selbstgemachtes Holzkreuz, was hatte das letztlich zu bedeuten? Alles rein äußerlich. Und nur zur Befriedigung und zum Trost der Hinterbliebenen. Den einsamen Knochen darunter hätte nichts gleichgültiger sein können.

Reverend Bream erschien auf der Bildfläche. Er schloß die Tür der Sakristei hinter sich zu und kam mit energischen Schritten den Weg entlang. Obwohl er die Hände demütig über seinem gut gewölbten Bauch verschränkt hatte und den Blick gesenkt hielt, spürte Barnaby, daß der Pfarrer etwas entschieden Weltliches an sich hatte. Sein Gesicht war gerötet und von lockigem kastanienbraunem Haar eingerahmt, das ihm bis auf den Kragen reichte. Er hätte einem dieser typischen Gemälde aus dem 19. Jahrhundert entsprungen sein können, auf dem zwei vergnügte, trinkfreudige Kardinäle abgebildet sind.

»Hallo«, sagte Reverend Bream. Er lächelte und zeigte seine strahlend weißen Zähne. »Sind Sie nicht ein Angehöriger unserer hervorragenden Polizei?«

»Das ist richtig, Sir. Detective Chief Inspector Barnaby.«

»Es geht um Nightingales, nicht wahr?« Als Barnaby nickte, fügte der Reverend hinzu: »Eine traurige Sache. Der arme Alan.«

»Haben Sie die Hollingsworths überhaupt gekannt?«

»Simone ein wenig. Sie war in meiner Glockenläutgruppe. Mit ihrem Mann habe ich nur ein einziges Mal gesprochen, und zwar an dem Tag, an dem sie verschwunden war. Simone war nicht zur Probe erschienen, deshalb bin ich vorbeigegangen, um nach ihr zu sehen.«

Barnaby deutete auf eine rustikale Bank. »Können wir uns vielleicht einen Augenblick setzen?«

»Tja, ich wollt gerade nach Hellions Wychwood zu einer Taufe.«

»Es dauert nicht lange. Oder wir treffen uns nachher.«

»Ach, es wird schon gehen.« Der Pfarrer sah auf seine Uhr. »Normalerweise bin ich immer eine Viertelstunde vorher da, aber die Leute kommen bestimmt zu spät. Das tun sie bei Hochzeiten und Taufen immer. Bei Beerdigungen nie. Da können sie's nicht abwarten, sich von dem Toten zu verabschieden und in ihre Kneipe zurückzukehren.«

»Kannten Sie Mrs. Hollingsworth gut?« fragte der Chief Inspector, nachdem sie sich gesetzt hatten.

»Eigentlich nicht. Sie kam zu ein paar Treffen, blieb dann mehrere Male weg und kam dann wieder zurück. Sie war aber nur mit halbem Herzen bei der Sache und suchte einfach was zu tun, nehm ich an.«

»Sie haben sich nicht mal aus irgendeinem Grund mit ihr unterhalten? Außer bei den Läutproben?«

»Du lieber Himmel, nein.« Er lachte, dann blickte er kurz nach oben, als wolle er sich nachträglich für seinen unschuldigen Ausruf die Absolution erteilen lassen. »Die Hollingsworths waren beide keine Kirchgänger. Aber wer ist das heutzutage schon noch? Die meisten brauchen doch nur noch den entsprechenden Rahmen für das Hochzeitsvideo.«

Reverend Bream sagte das keineswegs in beißendem Tonfall. Er schien mit dieser Art von Mißachtung ganz gut leben zu können. Vielleicht fand er, wie seine rote Gesichtsfarbe andeutete, Trost in dem ein oder anderen Glas Bordeaux. Ein bißchen Wein für den Magen. Barnaby fand ihn immer sympathischer.

»Was hielten Sie von ihr?«

»Von Simone? Ein bißchen dumm – nein, tut mir leid. Das war nicht nett. Ein besseres Wort wäre wohl arglos. Oder naiv. Man hatte den Eindruck, sie würde alles glauben, was man sagte. Sanftmütig, soweit sich das beurteilen läßt. Ziemlich klein, gerade mal einsfünfzig, würd ich sagen, und sehr zierlich. Kleine Hände und Füße. Blonde Haare und eine wunderbare Haut. Bemerkenswert hübsch.«

Ein weiterer Romanschriftsteller. Sie waren überall. Barnaby fragte den Pfarrer, ob er sich erinnern könne, wann er bei den Hollingsworths vorbeigeschaut hatte.

»Gegen sechs, gleich nachdem wir fertig waren. Ich hab mehrmals geklopft, nicht nachgelassen, weil Alans Auto dastand. Schließlich hat er die Tür geöffnet. Er sah furchtbar aus.«

»Sie meinen krank?« Der Chief Inspector erinnerte sich, daß Perrot was von Abschiedsworten auf Hollingsworths Anrufbeantworter erwähnt hatte. Das hörte sich ja so an, als hätte er die Nachricht zu diesem Zeitpunkt bereits entdeckt gehabt.

»Völlig verzweifelt, würd ich sagen. Er konnte kaum zusammenhängend reden. Obwohl er mich nicht dazu aufgefordert hat, bin ich hineingegangen. Manchmal muß man sich einfach über gute Manieren hinwegsetzen. Hab ihn gefragt, ob ich was für ihn tun könnte. Ob es Mrs. Hollingsworth gutginge. Er hat gesagt, sie wäre zu ihrer Mutter gefahren, weil die einen Schlaganfall gehabt hätte. Und bevor er zu Ende gesprochen hatte, da stand ich auch schon wieder vor der Tür.«

»Sie haben nicht noch mal vorbeigeschaut?«

»Schien mir nicht sehr sinnvoll, da er mich beim ersten Mal schon so offenkundig nicht dahaben wollte. Ich hab Evadne davon erzählt, und sie hat den Selbsthilfetrupp des Dorfes mobilisiert – aber hat ja wohl nicht viel genützt. Jetzt hab ich ein ziemlich schlechtes Gewissen. Vielleicht hätte ich etwas beharrlicher sein sollen…«

»Ich bezweifle, daß das etwas geändert hätte.«

Reverend Bream stand auf und strich seinen Talar glatt. Barnaby fiel auf, daß er in der Sonne einen leicht grünlichen Farbton hatte.

»Ich nehme an, Sie können mir nicht sagen, woran genau...«

Der Pfarrer ließ seine Frage bewußt in der Luft hängen.

»Ich fürchte nein, Sir. Wir sind noch mitten in den Ermittlungen.«

Reverend Bream machte sich zu seiner Taufe auf, und Barnaby ging weiter zum Haus von Dr. Jennings. Es war ein sehr hübsches zweistöckiges Gebäude aus goldfarbenem Stein, an das ein sehr viel weniger hübscher Betonbau als Praxis angebaut worden war.

Mrs. Jennings führte ihn in ein gemütliches Wohnzimmer und machte dann einen Kaffee. Barnaby nutzte die Wartezeit und schlenderte herum, während er sich die Bücher und Familienfotos anschaute. Fröhliche Schnappschüsse, Schulfotos – goldumrandete Ovale auf dunkelbraunen Passepartouts, zwei Jungen und ein Mädchen. Leute mittleren Alters, alte Leute. Ein etwa achtzehnjähriges Mädchen mit einem pummeligen Baby, beide über das ganze Gesicht strahlend. Ein Paterfamilias mit Backenbart.

»Eine große Familie, Mrs. Jennings«, sagte er und ging auf sie zu, um ihr zu helfen. Das Tablett, mit dem sie hereinkam, sah sehr schwer aus.

»Ich wünschte, sie wär aus dem Haus«, sagte Avis. »Nicht für immer, natürlich. Noch nicht mal für lange. Nur manchmal.«

»Meine ist aus dem Haus«, sagte der Chief Inspector. »Ist auch nicht so toll.«

»Für Männer ist das was anderes.« Sie begann den Kuchen mit einem furchterregenden Messer zu attackieren, so lang und spitz wie ein Malaiendolch.

»Für mich bitte nicht«, sagte Barnaby.

»Ich meine, Sie sind durch ihre Gegenwart nicht eingeschränkt.« Sie schenkte aus einer bauchigen Kanne ein, und während sie von einem Satz Beistelltische den obersten wegnahm, erwärmte sie sich für ihr Thema. »Wie oft ist es Ihnen zum Beispiel passiert, daß Sie einen Verbrecher auf der Autobahn gejagt haben, und er ist Ihnen entwischt, weil Sie jemanden vom Korbballspielen abholen mußten?«

»Nicht allzuoft.« Er dankte ihr für das Tischchen und für den Kaffee. »Eigentlich noch nie.«

»Sehen Sie.« Sie stellte den Kuchen vor ihn und legte eine silberne Gabel und eine hübsche gestärkte Serviette dazu. »Ich bin berühmt für meine cremige Mousseline. Die hier ist mit Mokka. Also was ist?«

Barnaby dachte, ein kleines Stückchen könne ja nichts schaden. Nur aus Höflichkeit. Und er brauchte es ja auch gar nicht ganz zu essen.

Da hatte er sich aber gründlich verschätzt. Es war ein Götterschmaus. Er nahm eine zweite Gabel voll, verspeiste sie und lächelte die Frau an, die ihn mit so unverblümter Offenheit in ein Gespräch gezogen hatte. Es gab Leute, die hatten offenbar keine Probleme damit, einfach zu sagen, was sie dachten, und Avis Jennings gehörte genau wie Mrs. Molfrey eindeutig dazu. Vielleicht war das eine Besonderheit von Fawcett Green, was vom ermittlerischen Standpunkt aus äußerst begrüßenswert wäre.

»Also«, sie nahm einen ausgiebigen Schluck Kaffee, »ich nehme an, es geht um Alan.«

»Wir ermitteln auch wegen des Verschwindens von Mrs. Hollingsworth.«

»Ach ja?«

»Wie gut haben Sie sie gekannt?«

»Eigentlich kaum. Sie kam eine Zeitlang zum Frauenkreis. Und zum Glockenläuten. Wir haben ab und zu geplaudert.«

»Worüber?«

»Über dies und das.«

Barnaby versuchte, seine Ungeduld zu bändigen. Das

war nicht allzu schwer, da die köstliche Füllung des Kuchens gerade auf seiner Zunge zerging. Bittere Schokolade, Mandeln, dunkler Zucker mit einem Hauch von Orangen.

»Hat sie Ihnen irgendwas über ihr Leben erzählt, bevor sie verheiratet war?« Er zog Notizbuch und Stift hervor.

»Ein bißchen. Offenbar hat sie sich ziemlich treiben lassen. Sie wissen schon, alle möglichen Jobs ohne eine richtige Zukunft.«

»Zum Beispiel?«

»Sie hat nacheinander in einem Blumenladen bedient, einen Make-up-Kurs gegeben und Küchenmaschinen vorgeführt.« Avis kramte stirnrunzelnd in ihrem Gedächtnis nach weiteren Details. »Ähm, hat ein bißchen fürs Fernsehen gearbeitet. War Kassiererin in irgendeinem Club. Darüber ist sie ziemlich schnell hinweggegangen. Ich hab mich gefragt, ob das vielleicht in Soho war. Glitzer und Federn und traurige alte Männer in weiten Mänteln.«

Wahrscheinlich meinte sie Regenmäntel. »Also in London?«

»Ich hatte den Eindruck.« Avis kramte noch ein bißchen weiter, aber es fiel ihr nichts Neues ein. Barnaby fragte, ob ihr jemand einfiele, mit dem Mrs. Hollingsworth engeren Kontakt hatte.

Avis schüttelte den Kopf. »Simone hat's nicht so sehr mit Frauen. Sie ist, was man früher ein typisches Weibchen genannt hat.« Sie deutete mit den Fingern Anführungszeichen um »typisches Weibchen« an. »Vielleicht hat sie Sarah Lawson mehr erzählt. Sie war eine Weile in deren Werkkurs.«

Das könnte ganz nützlich sein, dachte der Chief Inspector. In dem Moment ertönte ein Stück entfernt ein Summer.

»Jetzt ist der letzte Patient gegangen«, sagte Mrs. Jennings. »Kommen Sie, Inspector. Ich bring Sie zu ihm.«

Dr. Jennings, der sich gerade die Hände wusch, schaute

mit einem freundlichen Lächeln nach hinten. Der Geruch von Seife und Antiseptikum erfüllte den Raum. Er zeigte auf einen Stuhl, der direkt neben seinem großen chaotischen Schreibtisch stand. Sein Besucher setzte sich.

»Ich hab nicht gerne eine riesige Tischplatte zwischen mir und dem Patienten«, sagte Dr. Jim, während er selbst Platz nahm. »Das schafft eine große Distanz. Macht mich zu sehr zur Autoritätsperson.«

Wie den meisten Leuten war dem Chief Inspector eigentlich ganz wohl bei dem Gedanken, daß sein Arzt eine gewisse Autorität besaß. Zumindest in medizinischen Fragen. Jennings schwang seinen gepolsterten Ledersessel herum, so daß die beiden Männer gemütlich, beinah Knie an Knie dasaßen. Barnaby rutschte ein wenig auf seinem Stuhl herum, um nicht immer auf ein Plakat gucken zu müssen, auf dem eine Frau abgebildet und daneben alle Krankheiten detailliert aufgelistet waren, von denen das weibliche Geschlecht befallen werden kann.

»Soweit ich weiß, standen beide Hollingsworths auf Ihrer Patientenliste, Dr. Jennings.«

»Das ist richtig.«

»Ich fürchte, Mr. Hollingsworth ist an einer Überdosis Tabletten gestorben ...«

»Äh, das war es also. Soviel zu den Gerüchten, die – das kann ich Ihnen versichern – ziemlich wüst sind.«

»Ich hab gehört, daß Sie erst kürzlich auf Bitte von Constable Perrot bei ihm vorbeigeschaut haben.«

»Am Montag um die Mittagszeit. Ich hab mehrmals gegen die Tür gehämmert, aber es hat niemand aufgemacht. Was hat er genommen?«

»Haloperidol. Haben Sie einem der beiden mal ein Medikament verschrieben, das diesen Stoff enthält?«

»Das hab ich tatsächlich.« Er griff nach einem festen Ordner aus brauner Pappe. »Das hab ich mir gleich zurechtgelegt, nachdem Sie angerufen hatten.« Er zog ein Bündel Notizzettel heraus. »Mrs. Hollingsworth – Ihren Mann hab ich nie kennengelernt – kam vor ein paar Monaten in meine Praxis.«

»Wann genau?«

»Am neunten März, falls das eine Rolle spielt. Sie klagte über Schlaflosigkeit. Nun halte ich nicht viel davon gleich Tabletten zu verschreiben, Inspector, denn hinter dem einfachen Symptom, das der Patient beschreibt, kann sich häufig etwas viel komplexeres verbergen. Also hab ich ihr ein paar Fragen gestellt, und obwohl ich sie überhaupt nicht gedrängt hab, war sie plötzlich ganz niedergeschlagen. Gab zu, daß sie einsam und unglücklich sei. Die Stadt vermisse.

Dann hab ich sie gefragt, ob denn bei ihr zu Hause alles in Ordnung wäre. Lange Zeit sagte sie keinen Ton, und ich dachte schon, sie hätte mich nicht verstanden oder wollte nicht antworten. Dann zog sie ganz hastig, als ob sie sich spontan dazu entschlossen hätte, ihre Jacke aus. Ihre Arme waren voller blauer Flecken. Als ich mir das näher ansehen wollte, wich sie zurück und brach in Tränen aus. Ich merkte sofort, daß sie ihre spontane Reaktion bedauerte. Sie wollte nichts dazu sagen, und ich wollte nicht riskieren, daß sie nicht wiederkam, also drängte ich sie auch nicht, sondern ließ die Sache auf sich beruhen.«

»Und kam sie denn wieder, Dr. Jennings?« fragte der Chief Inspector, der sich wild Notizen machte und hoffte, daß sein Kugelschreiber durchhielt.

»Ja. Ich hatte ihr das Medikament für einen Monat verschrieben.«

»Wann war das? Und wie hoch war die Dosis?«

Dr. Jennings warf einen Blick auf seine Notizen. »Dreißig Tabletten zu einem halben Milligramm.«

»Und wann kam Sie wieder?«

»Am siebzehnten April. Sie sagte, die Tabletten hätten

ihr sehr geholfen, was mich ziemlich wunderte. Eigentlich sah sie noch genauso schlecht aus und noch unglücklicher. Ich gab ihr ein weiteres Rezept.«

»Für die gleiche Menge?«

»Ja, aber ich hab sie darauf hingewiesen, daß ich ihr nicht bis in alle Ewigkeit diese Tabletten verschreiben würde und daß das in ihrem Interesse sei. Als sie dann eine Woche später wiederkam...«

»Eine Woche?«

»Sie erzählte irgendeine Geschichte, daß die Tabletten verschwunden wären, einfach aus dem Medizinschränkchen im Bad verschwunden. Ich habe ihr das nicht eine Sekunde geglaubt.«

»Was glaubten Sie denn, was passiert war?«

»Ehrlich gesagt, fürchtete ich, daß sie sich etwas antun wollte, und deshalb eine weitere Flasche brauchte, damit es in jedem Fall funktionierte.«

»Also haben Sie sich geweigert, ihr ein neues Rezept zu geben?«

»Ganz recht. Sie regte sich furchtbar auf. Fing an zu weinen. Ich muß gestehen, daß mir kurz Zweifel kamen, ob sie nicht doch die Wahrheit sagte. Deshalb hab ich ihr ein halbes Dutzend ganz leichte Tranquilizer für den Übergang gegeben. Außerdem die Telefonnummer von der Telefonseelsorge. Und von Relate?«

»Was ist denn das?«

»Eheberatung, so nannte man das jedenfalls früher. Ich hab sie gedrängt, mit irgend jemandem über ihre Probleme zu reden. Und ihr natürlich gesagt, sie könne jederzeit wiederkommen und mit mir reden.«

Barnaby nahm erstaunt zur Kenntnis, daß es tatsächlich noch einen Arzt gab, der seine Patienten ermunterte, einfach vorbeizukommen und mit ihm zu reden. Dann fragte er, was als nächstes passierte.

»Nichts. Sie ging fort, und ich hab sie nie wieder gesehen.«

»Waren Sie überrascht, als Sie hörten, sie hätte ihren Mann verlassen?«

»Ich muß zugeben ja. Ich hasse zwar diesen Soziologenjargon, Inspector, aber diese Frau kam mir von Anfang an wie das typische Opfer vor. Nicht nur daß sie klein und zerbrechlich war. Sie hatte etwas Unterwürfiges an sich. Sie war wie ein Kind am ersten Schultag, verstehen Sie? Stand einfach da und wartete, daß man ihr sagt, was sie tun soll.«

»War sie ansonsten einigermaßen gesund?«

»Kerngesund, würd ich sagen. Außer diese beiden Male, die ich gerade beschrieben hab, ist sie nämlich nie in die Praxis gekommen.«

»Vielen Dank für Ihre Hilfe, Dr. Jennings.« Barnaby stand auf, und der Arzt packte seine Notizen wieder zusammen. »Nur noch eine letzte Frage. Was für eine Farbe haben diese Kapseln?«

»Die zu einem halben Milligramm?« Er wirkte gleichzeitig interessiert und verblüfft. »Türkis und gelb. Warum fragen Sie?«

»Nur ganz allgemein.«

»Ich versteh nicht, wenn er doch Selbstmord begangen hat, was spielt es da für...«

Aber er sprach in den leeren Raum. Nach einem weiteren höflich gemurmelten Dankeschön war der Chief Inspector bereits verschwunden.

Unten am Weg lief jetzt alles in geordneteren Bahnen. Die Spurensicherung arbeitete ausschließlich im Haus, also war nicht viel zu sehen. Eine ganze Menge Leute hatten bereits aufgegeben, und die, die noch übrig waren, sahen aus, als hätten auch sie keine große Lust mehr zu bleiben.

Perrot, der ganz grau im Gesicht war und dem sein Elend

anzusehen war, stand direkt hinter dem schmiedeeisernen Tor. Als er den Chief Inspector erkannte, sprang er sofort hin, um es zu öffnen. Barnaby bemerkte die erstarrten Züge des Constable und war überrascht, wie absolut verzweifelt dieser Mann schien. Wenn Perrot sich schon eine kleine Standpauke so zu Herzen nahm, was zum Teufel würde er denn tun, wenn er mal richtig in Schwierigkeiten steckte?

»Was ist denn mit Ihnen los?«

»Nichts, Sir. Danke der Nachfrage.«

»Sie sehen aus wie das Leiden Christi.«

»Ja, Sir.«

»Raus mit der Sprache, Mann.« Schweigen. »Meinen Sie, ich hätte meine Zeit gestohlen?«

»Nein, Chief Inspector.« Also rückte Perrot damit heraus. Daß Hollingsworth die ganze Zeit noch am Leben war, als er, Perrot, nicht nur töricht, sondern kriminell fahrlässig, vor der Haustür gestanden hatte. Daß man den Mann vielleicht hätte retten können, wenn nur nicht...

»Da sind Sie falsch informiert, Constable.« Er brauchte gar nicht zu fragen, wer die gute Nachricht überbracht hatte. »Er ist Montag nacht gestorben.«

»Ohhh!« schrie Perrot. »Aber...«

Die Verzweiflung wich aus dem Gesicht des Constable und machte einem Ausdruck absoluter Fassungslosigkeit Platz. Fassungslosigkeit nicht so sehr über diese neue Information, sondern – wie Barnaby vermutete – darüber, wie jemand, der angeblich auf seiner Seite stand, ihm so eine Gemeinheit antun konnte. Das Leben kann ganz schön hart sein, dachte der Chief Inspector, da gibt es kein Vertun.

Troy stand vor der neu gesicherten Verandatür und rauchte eine Zigarette. Drinnen gingen zwei Personen in transparenten Overalls und Stiefeln ihrer Arbeit nach. Die Stiefel sahen aus wie altmodische Galoschen, der Schaft war jeweils umgeschlagen und mit Druckknöpfen an der Seite befestigt. Die Luft war stickig und roch irgendwie metallisch.

Einer der Spurensicherungsleute war eine Frau, die Barnaby noch nicht kannte. Sie nahm gerade mit einer Pinzette etwas von dem Läufer, auf dem Hollingsworth – vermutlich – seinen letzten Atemzug getan hatte. Während Barnaby sie beobachtete, ließ sie ihren Fund in eine Plastiktüte fallen, die bereits mit einem Anhänger versehen war.

Der andere, Audrey Marine, seit zwanzig Jahren im Dienst, war inzwischen mit einem Handstaubsauger über jede Falte der apricotfarbenen Samtvorhänge gefahren und machte sich nun an den Futterstoff. Er rief: »Hallo Tom. So sieht man sich wieder.«

»Wie läuft's?«

»Bisher keine besonderen Überraschungen. Suchen wir nach was Bestimmtem?«

»Ein oder vielleicht zwei verschreibungspflichtige Medikamentenfläschchen mit der Aufschrift Simone Hollingsworth, wahrscheinlich leer. Und etwa dreißig türkis und gelbe Kapselhüllen, ebenfalls leer.«

»Wie sieht denn so was ...« Audrey dachte kurz nach, dann sagte er: »Ah, ich verstehe. Diese torpedoförmigen Dinger, die man auseinandernehmen kann.«

»Genau die.«

»Sieht dir aber gar nicht ähnlich, uns zu einer Selbstmord-Party einzuladen.«

»Ich bin mir nicht sicher, ob's wirklich einer war.«

»Da sagt der Abschiedsbrief aber was anderes.«

»Was?«

»Leb wohl, du grausame Welt«, stöhnte Audrey. »Erste Tür links auf dem Treppenabsatz.«

»Verdammt!«

Barnaby gab Sergeant Troy ein Zeichen mit dem Daumen. Die beiden gingen die Treppe hinauf, ohne das Geländer zu berühren, das bereits dick mit Aluminiumpulver bestäubt war. Troy, der eine fast neurotische Angst vor dem kleinsten Fleck oder Schmutz an sich oder seiner Kleidung hatte, war besonders vorsichtig.

Der fragliche Raum war klein, von Licht durchflutet und mit Computern plus Zubehör vollgestopft. Alle Geräte waren eingeschaltet und summten leise vor sich hin. Auf einem der Bildschirme schimmerten trotz silbrigen Staubs, den die Spurensicherung verteilt hatte, smaragdgrüne Buchstaben. Der Fotograf von gestern, der heute ein Blur-Parklife-T-Shirt, ausgefranste weiße Shorts und dieselben schmutzigen Schuhe wie gestern trug, stand über die Tastatur gebeugt da. Eine Frau mittleren Alters, die gerade aus einer Stahlkassette diverse weiche Pinsel nahm, sprach Barnaby an.

»Wir müssen uns hier mit Fotos zufriedengeben, wie Sie sehen.« Sie klang gutgelaunt und freundlich, als ob sie glaubte, daß diese Mitteilung eine angenehme Überraschung sei. »Wenn wir sie ordentlich vergrößern, sollten wir ganz gute Ergebnisse kriegen.«

»Als Beweisstück nützt uns das aber wenig.« Barnaby war mürrisch und verdrießlich.

»Mehr können wir nicht machen, fürchte ich. Die Tasten sind stark nach innen gewölbt, deshalb können wir mit dem Klebeband keinen klaren Abdruck abheben. Das würde alles ganz knitterig.«

»Ich hab schon häufiger an Ermittlungen am Tatort teilgenommen, vielen Dank.«

Die Frau wurde rot, knallte die Kassette zu und ging hinaus. Dabei rief sie nach hinten: »Ich komm später wieder, Barry. Wenn das Zimmer frei ist.«

Barry zwinkerte den beiden Polizisten zu, dann stellte er

sein Stativ an die Seite, damit sie Alan Hollingsworths letzte Nachricht lesen konnten.

Wer auch immer das hier findet. Ich kann nicht ertragen, länger zu leben, und werde mir das Leben nehmen. Ich bin bei klarem Verstand und mir meiner Handlungen voll bewußt.

Alan Hollingsworth

Während Barnaby unschlüssig auf den Bildschirm starrte, ging er in Gedanken alle Schimpfwörter und Flüche durch, die er kannte, und erfand noch einige hinzu.

Troy, der gut gelernt hatte, die Stimmungen seines Chefs einzuschätzen, erkannte, daß die Dinge derzeit noch im Fluß waren. Darauf möchte ich mich noch nicht festnageln lassen, hatte irgendwer mal gesagt, als man ihn nach seiner Meinung über die Todesstrafe fragte.

»Was spricht denn plötzlich gegen Papier und Kugelschreiber?«

»Die haben keinen Bezug zu Papier, diese Cyberfreaks.« Troy sprach bewegt, wenn auch mit leichtem Widerwillen. Seinen Vetter Colin, der sich über alles lustig machte, was der Polizei lieb und wert war, konnte man kaum mehr davon abhalten, »im Net zu surfen«. Da er bei dem ganzen Fachchinesisch nicht mithalten konnte, reagierte Troy abweisend, indem er »erbärmlich« murmelte, gelangweilt vor sich hinseufzte, ständig auf die Uhr guckte und Col erklärte, er solle doch endlich sein Leben richtig in die Hand nehmen.

Barnaby war genau so ein Computerbanause. Wenn er in einer Zeitung oder Zeitschrift auf das Wort Modem stieß, hielt er es, wie viele Leute mittleren Alters, für einen Druckfehler des Wortes modern. Er hatte sich gerade soviel angeeignet, wie er brauchte, um Dateien anzulegen, Informationen zu suchen und Querverweise herzustellen. Wenn's um kompliziertere Dinge ging, mußte jemand anders übernehmen.

Allerdings brauchte man kein Computergenie zu sein, um zu erkennen, daß jeder x-Beliebige einen Abschiedsbrief hätte tippen können, der ja nicht mal eine persönliche Unterschrift trug. Es war kinderleicht im Vergleich zum Fälschen einer Handschrift. Und selbst wenn sein Sergeant mit der Behauptung recht hatte, daß Cyberfreaks Papier verachteten, so hätte Hollingsworth in dieser extremen Situation doch zumindest seine letzte Nachricht ausgedruckt und unterschrieben, und sei es nur, um der Sache für den Testamentsvollstrecker Authentizität zu verleihen.

Je mehr er darüber nachdachte, um so mehr stieg die Laune des Chief Inspectors wieder. Die Worte auf dem Bildschirm waren für ihn jetzt nicht mehr Ausdruck düsterer, endgültiger Resignation, sondern hatten den Beiklang von hastiger Improvisation. Allerdings durfte er nicht übermütig werden. Am besten erstmal abwarten, bis die Fotos fertig waren. Sie würden zeigen, ob Hollingsworth als letzter die Tastatur benutzt hatte.

»Meine Tochter lernt mit so was lesen. In der Spielgruppe«, bemerkte Troy.

»Du liebe Zeit. Haben die denn keine Bücher?«

»Doch, doch. Aber die Kids finden das hier besser.«

Im Hinausgehen schaute Barnaby sich noch einmal um. Die Maschine hockte einfach da, passiv und selbstgenügsam und – wie es seiner überreizten Phantasie erschien – mit einem eigenen Willen. Daran knüpfte sich die Überlegung, wie lange es dauern würde, bis die Menschheit ganz ausgeschlossen war und nur noch die Maschinen untereinander kommunizierten. Voller mechanischer Bosheit würden sie das Leben ihrer Besitzer organisieren – oder wahrscheinlich eher desorganisieren.

»Ihr werdet mich nicht kleinkriegen«, murmelte er, während er die Tür hinter sich zumachte. »Ihr schielenden kleinen Zyklopen.«

Das schief in den Angeln hängende Tor vom Bay Tree Cottage war so weit beiseite geschoben, daß ein schmaler Spalt offenstand. Sergeant Troy, schlank wie eine Haifischflosse, aber ohne die liebevolle Art dieser Spezies, schlüpfte mühelos hindurch.

Er hob das Tor an und öffnete es so weit, daß sein Chef ihm folgen konnte. Dann klopfte er an die Haustür.

»Die könnte mal einen neuen Anstrich brauchen«, sagte Troy. Er hatte bereits mehrmals geklopft und hämmerte jetzt heftig gegen die schmalen Holzbretter, von denen mehrere Stückchen blauer Farbe abblätterten.

Barnaby ging zum nächsten Fenster. Es war eins von diesen, die aus vielen kleinen, mit weißgestrichenen Zinkstäben gerahmten Scheiben bestehen. Er warf einen Blick hinein. Keinerlei Anzeichen, daß jemand zu Hause war.

Es gab keine Garage, nur ein ungepflegtes Stück Gras neben dem Haus, auf dem Reifenspuren und eine kleine Pfütze Öl zu sehen waren. Vermutlich Sarah Lawsons Parkplatz. Das Trommeln an der Tür war noch heftiger geworden.

»Um Gottes willen, Gavin! Die Leute meinen ja, wir sind auf Drogenrazzia.« Barnaby beobachtete, wie sein Sergeant widerwillig die Fäuste sinken ließ. Das Problem mit Troy war, daß er eine Situation nie so einschätzen konnte, wie sie tatsächlich war. Wenn sie keine Dramatik enthielt, dann beschwor er sie künstlich herauf, nur um den harten Mann zu spielen. Das war manchmal etwas nervig.

»Also dann zurück zur Villa, Chef?«

»Nein. Wir haben halb eins, und ich bin ausgehungert. Gehn wir was essen.«

Diesmal saßen sie im Garten des Goat and Whistle. In Blumenkästen blühten bunte Geranien. Es gab einen Sandkasten mit ein paar Eimern und Schaufeln sowie eine Giraffe, die etwa fünf Minuten herumschaukelte, wenn man sie mit einem Fünfzig-Pence-Stück fütterte.

Außerdem hatte man mit Ketten an einem Nußbaum einen alten Reifen befestigt. Darin schaukelte Troy, während er Chips mit Speckgeschmack mampfte, gelangweilt hin und her.

Barnaby zwang ein Wurstbrötchen in sich hinein. Das Brötchen selbst war trocken, und der Belag, der noch nicht mal annähernd wie Wurst aussah, schmeckte leicht seifig. Er beschloß, das marinierte Ei, das eine merkwürdig grüne Färbung hatte, liegenzulassen. Statt dessen nahm der Chief Inspector einen Schluck von seinem Wein.

Im letzten Jahr waren seine Tochter und ihr Mann mit Shakespeares *Viel Lärm um nichts*, einer Produktion des Arts Council, in Osteuropa auf Tournee gewesen. Cully hatte ihren Eltern eine Kopie einer polnischen Speisekarte geschickt, die erbärmlich schlecht übersetzt war. Am besten hatte Joyce der Satz gefallen: »Unsere Weine lassen Ihnen nichts zu hoffen übrig.« Barnaby hatte das für einen bloßen Übersetzungsschnitzer gehalten, bis er die Liebfrauenmilch von Fawcett Green probierte.

»Wenn das hier noch lange dauert«, sagte er, »müssen wir uns ein anderes Lokal zum Essen suchen.«

»Ach ja?« Troy war verblüfft. Eine Tüte Chips war für ihn eben eine Tüte Chips. »Essen Sie Ihr Brötchen nicht auf, Chef?« Er kletterte aus dem Reifen und kam herübergeschlendert.

»Um Gottes willen, nein.«

»Wie ist der Wein?«

»Unbeschreiblich.« Barnaby schob das fast volle Glas, das Brötchen und das Ei hinüber.

»Prima.« Troy setzte sich und langte zu. Dann murmelte er mit vollem Mund: »Danke.«

»Sie müssen einen Magen aus Stahl haben.«

»Der versteht was vom Essen, dieser Typ. Das muß man ihm lassen.«

Troy kaute fröhlich weiter, hielt dabei die Ohren gespitzt, um nur ja nichts zu verpassen. Doch der Boss schwieg. Er hatte diesen nach innen gerichteten Ausdruck. Unergründlich wie diese orientalischen Meister, die die Helden in den Comic-Heften lehren, wie man Master of the Universe wird. In diesem Augenblick nahm er einen Streifen Silberfolie mit Tabletten gegen Sodbrennen heraus, schob sich zwei in den Mund und zerkaute sie.

»Sie sind sehr schweigsam, Chef«, sagte Troy schließlich.

»Ich denke nach.«

War ja sein gutes Recht. Troys Ei verschwand in zwei Bissen. Irgendwer mußte schließlich die schmutzige Arbeit machen.

»Über diesen Friseurtermin«, fuhr der Chief Inspector fort, »den Mrs. Hollingsworth an dem Tag hatte, an dem sie verschwand.«

»Richtig.«

»Um die gleiche Zeit hatte sie Sarah Lawson zum Tee eingeladen. Finden Sie das nicht merkwürdig?«

»Nein, gar nicht.« Troy kaute noch einmal, schluckte und sagte dann: »So sind sie, die Frauen.«

Frauen wie Ausländer, die pigmentierungsmäßig Herausgeforderten und die Andersbefähigten, also letztlich jeder, der nicht zur männlichen weißen, aggressiv heterosexuellen Brüderschaft der unteren Mittelklasse bis Arbeiterklasse gehörte, wurde in Troys Weltbild mit »sie« abgetan.

»Als ich irgendwann letzte Woche abends nach Hause kam«, holte er aus, »da kriegte Maureen gerade von ihrer

Freundin 'ne Heimdauerwelle verpaßt. Und ihre ganzen Schwestern waren da. Saßen alle am Küchentisch, die Füße hoch, und futterten Fritten und schütteten Cola in sich rein. Kreischten, lachten und erzählten sich dreckige Witze. Die ganze Bude stank nach Zigarettenqualm und Essig.«

Irgendwie glaubte Barnaby nicht, daß Simone Hollingsworths Termine mit der jungen Frau, die Mrs. Molfrey als Maison Becky beschrieben hatte, in der gleichen Weise verlaufen waren, fand es aber unhöflich, das zu sagen.

»Wenn Sie mit der Friseuse reden, fragen Sie sie doch bitte, ob das schon mal vorgekommen ist. Ich meine, daß jemand dabei war, wenn sie Mrs. Hollingsworth die Haare gemacht hat.«

»Okay.«

»Ich frage mich«, sinnierte der Chief Inspector, »warum sie nicht abgesagt hat, als ihr klar wurde, daß sie gar nicht dasein würde.«

»Das ist typisch für reiche Leute«, sagte Troy. »Ist denen doch egal, wenn sie unsereins versetzen.«

Allgemein gesprochen mochte sein Sergeant ja durchaus recht haben, dachte Barnaby. Und vielleicht war die Erklärung tatsächlich so einfach. Aber alles, was er bisher über Simone Hollingsworth erfahren hatte, paßte nicht zu dieser Art von Arroganz. Ganz im Gegenteil.

»Gehen wir jetzt zurück zum Haus?« fragte Troy.

»Nein. Audrey hat gesagt, sie brauchen noch ein paar Stunden. Ich würd mir gerne Hollingsworths Firma oder Unternehmen, oder wie immer man so was nennt, ansehen. Vielleicht können wir mehr über diesen Krach mit Gray Patterson erfahren.«

»Er steht doch wohl an erster Stelle unter den Verdächtigen, oder etwa nicht, Chef? Er haßt Hollingsworth und ist auch schon gewalttätig geworden.« Troy zögerte, bevor er hinzufügte: »Vielleicht sollten wir erstmal bei ihm vorbeischauen. Bevor er eine Chance hat abzuhauen.«

»Wenn er das wollte, wär er vermutlich längst abgehauen.«

»Yeah, wohl wahr.«

»Außerdem kriegen wir da nur eine Version der Geschichte. Ich hätte gerne was, womit ich sie vergleichen kann.« Barnaby hievte sich ungeschickt von der ziemlich schmutzigen Holzbank. Es war eine von diesen Dingern, die an beiden Seiten an den Tisch geschraubt waren, so daß er nach hinten klettern mußte, um aufzustehen. Seine Laune besserte sich auch nicht gerade, als er feststellte, daß an seiner Hose ein Kaugummi klebte.

Sergeant Troy stieg auf den Fahrersitz und kurbelte sämtliche Fenster herunter. »Wenn wir erst mal fahren, wird's kühler.«

»Na hoffentlich.« Barnaby wählte mit seinem Handy die Auskunft an und fragte nach der Nummer von Penstemon. Dort sprach er mit einer Sekretärin und erklärte, er würde gern vorbeikommen und mit jemandem über Alan Hollingsworth reden.

»Ich fürchte, Mr. Hollingsworth ist zur Zeit nicht da. Es geht ihm nicht besonders gut.« Das war ja wohl reichlich untertrieben.

Obwohl die Polizei bisher keine offizielle Erklärung zur Tragödie in Nightingales herausgegeben hatte, war Barnaby dennoch überrascht, daß in Fawcett Green niemand auf die Idee gekommen war, Alans Firma zu benachrichtigen.

Mit – wie er glaubte – dem nötigen Feingefühl erklärte er der Frau, wie schlecht es Alan Hollingsworth tatsächlich ging. Es folgte eine längere Pause, dann ein spitzer Schrei und ein dumpfer Knall, als ob ein schwerer Gegenstand gegen etwas Weiches schlug.

Der Chief Inspector, der am Apparat blieb, hörte ein Chaos von Geräuschen. Laute fragende Stimmen. Jemand fing hysterisch an zu lachen. Dann war die Leitung plötzlich tot.

Die Firma lag in einem dieser riesigen Industriegebiete, wie sie sich überall am äußeren Rand von Kleinstädten entwickeln. Dieses hier lag etwa sieben Meilen von Amersham entfernt.

Obwohl ihnen irgendwann jemand den Weg beschrieben und Troy sich detaillierte Notizen gemacht hatte, fuhren sie nun bereits zum dritten Mal an Texas Homecare und Allied Carpets vorbei. Zuvor war er im Holzlager eines Baustoffhändlers gelandet, aus dem kein Weg hinausführte. Der Chief machte Troy zwar keine ausdrücklichen Vorwürfe, doch er fing an, ungeduldig auf dem Rand des heruntergekurbelten Fensters herumzutrommeln und wütend um sich zu blicken.

Mit dem Kopf fast an der Windschutzscheibe fuhr Troy langsam weiter und schaute nach rechts und links. Sie suchten eben leider nicht nach Ikea oder Do It All, die schon von weitem sichtbar waren und noch dazu eigene Flaggen hatten. Penstemon war bestimmt in einem dieser Bürocontainer weit ab vom Schuß. Die Hitze, die von der Windschutzscheibe ausging, verbrannte ihm die Stirn.

»Halt!«
»Sir?«
»Da ist ein Schild.«

Troy, der das Schild bereits bemerkt hatte, murmelte: »Hätt ich ja nie entdeckt« und fuhr so dicht heran wie möglich. Penstemon war genau da, wo sie gerade hergekommen waren. Barnaby stöhnte und trommelte noch heftiger mit den Fingern. Troy setzte zurück, und wenige Minuten später sahen sie das lange, flache Gebäude. Es hatte ebenfalls ein Wahrzeichen. Eine azurblaue Blume auf gelbem Hintergrund. Doch die Flagge hing auf Halbmast.

Der Eingangsbereich war ziemlich konventionell. Stahlrohrmöbel und niedrige Tische mit ordentlich gestapelten Fachzeitschriften, dazu reichlich künstliche Pflanzen, die aus Töpfen mit simulierter Erde wuchsen. An Stellwänden hingen mehrere bunte Computergraphiken in mattierten Aluminiumrahmen.

Als Troy die gläserne Eingangstür hinter sich schloß, kam ein junger Mann in einem hellen, edel verknitterten Leinenanzug auf sie zu.

»Sie sind von der Polizei?« Er würdigte ihre Ausweise kaum eines Blickes. »Was für eine furchtbare Nachricht. Verity hat sich hingelegt«, fügte er hinzu, als hätten sie sich nach ihr erkundigt. »Sie sitzt normalerweise am Empfang. Mein Name ist Clive Merriman.«

»Es tut mir leid, daß ich eine so furchtbare Nachricht überbringen muß, Mr. Merriman.« Barnaby knöpfte sein Jackett auf, um die Klimaanlage voll auszukosten. »Könnten wir vielleicht mit demjenigen reden, der Alan Hollingsworth während seiner Abwesenheit vertreten hat?«

»Das ist unser Finanzfachmann, Ted Burbage. Ich hab ihm gesagt, daß Sie kommen.«

Mr. Burbages Büro war nicht weit. Eigentlich war gar nichts weit. Sie kamen nur an drei weiteren Räumen vorbei. In einem saßen mehrere Leute vor Computer-Tastaturen. Im zweiten befanden sich mehrere Monitore und Alan Hollingsworths Name prangte in goldenen Lettern an der Tür. Der dritte war mit ›Klos. *mail@femail*‹ gekennzeichnet.

»Kriminalpolizei Causton?« Mr. Burbage, ein extrem gebräunter Mann, unterzog Barnabys Ausweis einer genaueren Prüfung. »Was soll denn das? Hat das was mit Alan zu tun?«

»Das ist richtig, Mr. Burbage.«

»Tut mir leid. Setzen Sie sich bitte.« Während die beiden Polizisten das taten, fügte er hinzu: »Wird es lange dauern?«

»Schwer zu sagen, Sir.«

»Dann solltest du vielleicht irgendwie Tee machen, Clive. Oder«, er warf einen fragenden Blick durch den Raum, »möchten Sie lieber was Kaltes? Wir haben einen Cola-Automaten.«

»Das wäre genau das richtige. Vielen Dank.«

Nachdem die kalten Getränke gebracht worden waren und Burbage die Anweisung gegeben hatte, keine Anrufe zu ihm durchzustellen, erhob er sich und blickte auf seine Besucher. Es lag etwas Defensives in seinem Verhalten. Auch in der Art, wie er sich vorbeugte und die Fingerspitzen auf den Rand seines Schreibtischs stützte. Er wirkte ein bißchen wie ein Torwart, der sich gegen einen hinterhältigen Schuß eines gefährlichen Stürmers wappnet.

»Also.« Er atmete tief durch. »Er wurde tot aufgefunden. Das war alles, was wir aus Verity rauskriegen konnten. Natürlich erst, nachdem wir geschafft hatten, daß sie wieder zu sich kam.«

»Mr. Hollingsworths Leiche wurde gestern vormittag gefunden, wir glauben aber, daß er bereits Montag nacht gestorben ist.«

»Du lieber Gott.«

»An einer Überdosis.«

»Selbstmord?« Ein tiefes Stöhnen. Er begrub seinen Kopf in den Händen. Die kahle Stelle auf seinem Kopf schien an Glanz und Farbe zu verlieren. »Dann wird die Versicherung niemals zahlen. Gott, was für ein Schlamassel.«

»Wenn wir unsere vorläufigen Ermittlungen abgeschlossen haben, wird eine gerichtliche Untersuchung stattfinden. Ich würde an Ihrer Stelle das Urteil des Coroner abwarten, bevor Sie irgendwelche voreiligen Schlüsse ziehen.«

»Wir haben hier mehrere Vollzeitbeschäftigte«, sprudelte es aus Burbage heraus, bevor der Chief Inspector richtig ausgeredet hatte. »Leute mit Hypotheken, Ehefrauen, Kindern. Was soll aus uns werden, wenn die Firma kaputtgeht?«

Diese fehlende Trauer über das Ableben des Firmenchefs war aus allen Gesprächen herauszuhören, die bei Penstemon geführt wurden. Auch wenn niemand Alan Hollingsworth wirklich haßte, so fanden seine Mitarbeiter doch wenig freundliche Worte für ihn.

Als Mr. Burbage Sekunden später die Tragweite von Barnabys Äußerung, es würde ein Urteil des Coroners geben, begriff, wollte er mit seinen erstaunten Fragen gar nicht aufhören. Der Chief Inspector hatte Mühe, das Gespräch wieder auf das eigentliche Thema zu bringen.

»Ich nehme an, daß Mr. Hollingsworth während seiner Abwesenheit in Kontakt mit der Firma stand?«

»Ja, natürlich.«

»Welchen Grund nannte er für seine Abwesenheit?«

»Sommergrippe.«

»Kam so was häufiger vor?«

»Ganz und gar nicht. Seit ich hier bin, hat er noch keine fünf Minuten gefehlt.«

»Haben Sie selbst mit ihm gesprochen?«

»Natürlich. Es gab einige Dinge zu klären. Laufende Probleme.«

»Finanzielle Probleme?«

Jegliche Regung war aus Mr. Burbages kühlen, blassen Augen verschwunden. »Darüber kann ich wirklich nichts sagen.«

»Wie hörte er sich an?«

»Überhaupt nicht gut. Und er schien auch ziemlich… angespannt zu sein. Wenn ich irgendwas nicht sofort begriff, brüllte er mich an, was sonst auch nicht seine Art war. Normalerweise war er sehr höflich.«

»Ist an seinem letzten Tag hier irgendwas Ungewöhnliches passiert?«

»Nein. Außer daß er früh nach Hause ging. So gegen Viertel nach fünf.«

»Hat er gesagt warum?«

»Es könnte etwas mit einem Anruf zu tun gehabt haben, den Verity durchgestellt hat. Er kam von seiner Frau.«

»Ich verstehe. Das hier scheint eine ziemlich kleine Firma zu sein«, sagte der Chief Inspector und schaute sich um. »Oder gibt es vielleicht noch andere Filialen?«

»Nein, wysiwyg.« Als er Barnabys Unverständnis bemerkte, erklärte er: »What you see is what you get. Computerslang. Was Sie hier sehen, ist alles, was es gibt. Was nun Ihre Frage betrifft…«

Ted Burbage zögerte. Barnaby konnte spüren, wie der Mann mit sich stritt. Einerseits wollte er helfen, andererseits war er als Finanzprofi zu vorsichtiger Diskretion verpflichtet. »Klein, aber solide. Die Branche floriert prächtig. Wir können zwar nicht alle Bill Gates sein, aber wenn es den großen Jungs gutgeht, fallen auch ein paar hübsche Brocken für die kleinen ab.«

Das war ein nettes Beispiel für die Gabe, so zu tun, als würde man was sagen, während man in Wirklichkeit nichts sagt. Barnaby nickte. Selbst er hatte schon mal was von Bill Gates gehört.

Troy nickte ebenfalls zustimmend. Nicht daß Burbage das bemerkt hätte. Der Sergeant saß nämlich etwas abseits in einem breiten Ledersessel. Er hatte diesen Platz bewußt gewählt. Denn obwohl Troy in der Lage war, sich sehr rasch und diskret Notizen zu machen – häufig hatte er schon mehrere Seiten vollgeschrieben, obwohl er scheinbar kaum auf sein Notizbuch geguckt hatte –, wußte er, daß es manche Leute völlig aus dem Konzept brachte, wenn sie sahen, daß ihre Worte exakt festgehalten wurden. Das konnte sogar dazu führen, daß sie gar nichts mehr sagten. Deshalb spielte er, wenn möglich, den Unsichtbaren.

Der Chief fragte gerade, wie gut Burbage den verstorbenen Firmeninhaber gekannt habe.

»Das ist schwierig. Ich weiß nicht viel über ihn, aber ob das daran liegt, daß er bestimmte Dinge verheimlicht hat, oder ob es nicht viel zu wissen gab, kann ich Ihnen nicht sagen. Er hat die ganze Zeit über die Arbeit geredet, aber das tun ja die meisten Männer. Und Computerfreaks, das sind die allerschlimmsten. Mir tat seine Frau leid.«

»Haben Sie sie mal kennengelernt?«

»Nein. Sie ist nie hierhergekommen, und Alan pflegte keine privaten Kontakte. Zumindest nicht innerhalb der Firma.«

»Dann wußten Sie also nicht, daß Sie einige Tage zuvor von zu Hause fortgegangen war?«

»Fortgegangen... Nein, das habe ich nicht gewußt.«

»Hat er jemals angedeutet...«

»Hören Sie, es würde Ihnen sicher mehr bringen, wenn Sie diese Fragen über Alan...« Burbage verstummte und starrte aus dem Fenster auf die Werbetafel der Firma für Doppelverglasungen auf der anderen Straßenseite. Barnaby hätte sich keinen besseren Übergang wünschen können.

»Wir werden uns auch noch mit Gray Patterson unterhalten, Mr. Burbage.«

»Wie bitte?« Der Finanzfachmann runzelte die Stirn, als versuche er, sich an den Namen zu erinnern. Barnaby half ihm nicht. »Ach Gray, natürlich, ja. Er weiß vielleicht mehr.«

»Vielleicht können Sie mir ein paar Details über den Streit zwischen den beiden Männern erzählen.«

»Ach, das.« Schweigen. »Das ist eine ziemlich fachspezifische Sache, fürchte ich.« Mr. Burbage sprach jetzt mit knappen Worten und ziemlich von oben herab. Ganz offenkundig bedauerte er seine unüberlegte Äußerung. Barnaby schätzte, daß er von nun an keinerlei Klatsch mehr und auch keine persönliche Meinung über die beiden betroffenen Personen erfahren würde. Aber egal. Mit ein bißchen Glück könnte man in dem anderen Büro noch was in dieser Richtung rauskriegen. Er sah Burbage mit erwartungsvoller Miene an und bemühte sich, den Augenkontakt aufrechtzuerhalten. Darin war er meisterhaft.

»Es ging um die Entwicklung eines neuen Programms«, sagte Burbage so widerwillig, als würde er ein peinliches Geheimnis preisgeben. »Eins mit dem man eine Bewerbung schreiben, die dann auf jedem Rechner läuft, und mit dem man auch Sachen aus dem Internet direkt in den eigenen Computer laden kann.«

»Ich verstehe«, flunkerte der Chief Inspector. »Haben die eigentlich die Firma zusammen gegründet – Hollingsworth und Patterson?«

»Das weiß ich nicht genau. Gray hatte jedenfalls von Anfang an damit zu tun.«

»Was hatten die beiden für eine Beziehung zueinander?«

»Wie meinen Sie das?«

»Waren sie Freunde?«

»Keine Ahnung.«

»Also bitte, Mr. Burbage.« Barnaby gab sich keinerlei Mühe, seine Gereiztheit zu verbergen. »Hier arbeiten ein halbes Dutzend Leute auf engstem Raum zusammen. Sie müssen doch...«

»Soweit ich weiß, war das rein geschäftlich.«

»Wie ist denn dieses ganze Drama abgelaufen?«

»Das sollten Sie Patterson fragen.«

»Jeder Streit hat immer zwei Seiten. Und Hollingsworths Sicht werde ich ja nun nicht mehr erfahren.«

»Das stimmt.« Sein Sinn für Gerechtigkeit veranlaßte ihn offenbar fortzufahren. »Also wie ich bereits erklärt habe, bastelten die beiden an diesem neuen Mikrosystem herum. Und nach fast einem Jahr hatten sie einen Punkt erreicht, wo Gray der Meinung war, daß sie sich über die Vermarktung Gedanken machen sollten. Alan hingegen sagte, er wolle das ganze Paket noch eine Stufe weiterentwickeln, weil es dann mit den wirklich großen Software-Anbietern konkurrieren könnte. Er sprach tatsächlich von weltweiter Distribution. Für Gray war die Sache aber abgeschlossen, und natürlich fragte er Alan, wie denn diese weitere Stufe aussehen sollte. Alan blieb vage, sagte, er brauche noch etwas Zeit, um sich über seine Idee genau klarzuwerden. Es verging etwa ein Monat...«

»Damit wären wir...«

»Ähm, Anfang März, glaube ich. Jedenfalls versuchte Gray erneut, Druck auf ihn auszuüben. Sie müssen verstehen, Inspector, daß in dieser Branche ein harter Konkurrenzkampf herrscht. Jeder versucht verzweifelt, etwas Innovatives zu entwickeln, deshalb ist Zeit von entscheidender Bedeutung. Tage, selbst Stunden können manchmal schon ausschlaggebend sein. Obwohl Gray ihm vertraute – er hatte ja nie einen Grund für etwas Gegenteiliges gehabt – machte ihn Alans ausweichendes Verhalten nervös, und er versuchte, die Datei noch einmal aufzurufen. Sie verstehen, was ich damit meine, Chief Inspector?«

»So ungefähr«, antwortete Barnaby. Natürlich war ihm klar, daß das nichts mit Karteikästen zu tun hatte, diesen sperrigen Holzdingern, die einst in jedem Büro zum Inventar gehörten.

»Er konnte sie nicht finden. Gray hat zweimal nachgesehen und dann nach der Sicherungskopie gesucht. Doch die Diskette war ebenfalls verschwunden. Alan spielte den Ahnungslosen. Er wirkte bestürzt, aber bei weitem nicht so bestürzt wie Gray, der ganz außer sich war. Es ging hier um monatelage harte, kreative Arbeit. Es war vielleicht nichts umwerfend Originelles – die meisten neuen Sachen werden aus bereits Vorhandenem weiterentwickelt – doch nach damaligem Stand waren sie ihrer Konkurrenz deutlich voraus gewesen.

Es kam zu mehreren heftigen Auseinandersetzungen, die jedoch ohne Ergebnis blieben, dann schienen sich die Dinge irgendwie zu beruhigen. Wir nahmen an, daß Gray einfach akzeptiert hatte, daß Celandine – das war der Codename des Projekts – aufgrund einer furchtbaren Nachlässigkeit versehentlich von irgendwem gelöscht worden war. Doch da täuschten wir uns. Alans gelassene Reaktion auf das Unglück machte Gray argwöhnisch. Er lieh sich unter irgendeinem Vorwand Alans Schlüsselbund aus und ließ sich den Schlüssel von Nightingales nachmachen. Eines Nachmittags, als er wußte, daß Mrs. Hollingsworth nicht da sein würde, ist er ins Haus gegangen, hat Alans PC eingeschaltet und festgestellt, daß Celandine für zweihunderttausend Pfund an eine Firma namens Patellus verkauft worden war.«

Barnaby gab sich beeindruckt, was ihm auch nicht schwerfiel. »Ist Patellus einer der großen Jungs, von denen Sie eben sprachen?« fragte er.

»Nicht so groß wie Lotus oder Novell, aber auf dem Weg dorthin. Gray ist sofort hierhergefahren, in Alans Büro gestürmt, hat die Tür von innen abgeschlossen und ihn zur Rede gestellt. Es war entsetzlich. Der Lärm...« Mr. Burbage schauderte vor Abscheu. »Ich hab die Polizei angerufen. Das mußte ich tun. Ich dachte, die bringen sich gegenseitig um. Gray bekam eine Strafe auf Bewährung, wie Sie vermutlich wissen.«

»Das ist richtig. Aber er wird die Sache doch bestimmt nicht dabei belassen haben?«

»Natürlich nicht. Er will uns wegen des Verlustes, der ihm entstanden ist, verklagen. Obwohl...« Burbage schien plötzlich nicht weiterzuwissen. Ganz offensichtlich hatte er im Laufe seines Berichts vergessen, daß die Situation sich mit Alan Hollingsworths Tod geändert hatte. »Was allerdings jetzt passieren wird, weiß ich nicht.«

»Ich nehme an, die Firma kann immer noch verklagt werden.«

»Alan *war* die Firma. Wir sind keine AG. Es gibt keine Aktionäre. Und ich kann Ihnen sagen, ich habe keine Ahnung, wie wir zweihunderttausend Pfund auftreiben sollen, von den Gerichtskosten ganz zu schweigen. Das ist«, fügte er hastig hinzu, »allerdings streng vertraulich.«

»Dann könnte man also sagen, daß Hollingsworths Tod sehr zum Nachteil von Gray ist?«

»Ja, das könnte man wohl sagen.«

»Wissen Sie ungefähr, wieviel Arbeit jeder einzelne von den beiden in Celandine gesteckt hat?«

»Eigentlich nicht. Ich möchte bezweifeln, daß sie das selbst sagen könnten. Diese Dinge sind sehr schwer zu quantifizieren.«

»Oder warum Hollingsworth plötzlich eine so große Summe gebraucht haben könnte?«

»Keine Ahnung.«

»Sagt Ihnen der Name Blakeley etwas?«

»Freddie Blakeley? Das ist der Filialleiter unserer Bank. Bei der Nat West.«

»Danke. Kennen Sie vielleicht auch den Namen von Hollingsworth privatem Anwalt?«

»Jill Gamble von Fanshawe & Clay. Das ist auch die Anwaltskanzlei von Penstemon.«

»Und noch eine letzte Frage. Irgendein Angehöriger

sollte von Hollingsworths Tod benachrichtigt werden. Da seine Frau nicht da ist, wer könnte da sein nächster Verwandter sein?«

»Er hat einen Bruder in Schottland. Alan hat ihn mal als sehr fromm beschrieben, äußerst rechtschaffen, eine Säule der Gemeinde. Kann sogar sein, daß er Pfarrer ist.« Mr. Burbage gestattete sich ein kühles Lächeln. »Sie hatten nicht viel Kontakt.«

»Dann vielen Dank, Mr. Burbage.« Barnaby stand auf.

Mit einem Seufzer der Erleichterung erhob der Buchhalter sich ebenfalls.

»Wenn wir nun noch kurz mit den übrigen Mitarbeitern reden könnten?«

Mr. Burbage begleitete sie resigniert in die übrigen Büros, wo er während der gesamten Vernehmungen wie eine Anstandsdame nicht von ihrer Seite wich. Er rückte sogar ohne zu murren den Schlüssel von Alans Büro heraus und sah tatenlos zu, wie es abgeschlossen wurde. Dann begleitete er sie mit unglücklicher Miene nach draußen, als wolle er sicher sein, daß sie auch wirklich gingen.

5

»Ich brauche Zigaretten«, sagte Sergeant Troy. Auf dem Rückweg zu Nightingales kamen sie gerade bei Ostlers vorbei. »Möchten Sie irgendwas, Chef?«

Barnaby hatte einen wahnsinnigen Hunger. Es war mittlerweile fast vier Uhr. Sieben Stunden, seitdem er was gegessen hatte. Den Fraß, den man ihm im Goat and Whistle aufgetischt hatte, würde ja wohl kein vernünftiger Mensch als Essen bezeichnen.

Mit eingezogenem Kopf, um sich nicht an den Balken zu stoßen, folgte er Troy in den kühlen, weiß getünchten Laden und sah sich neugierig um. Er brauchte etwas Schmackhaftes und Sättigendes, das nicht bestrahlt werden mußte, um eßbar zu werden.

Die Auswahl war nicht berückend. Obst, Schokolade, billige Kekse einer ihm unbekannten Marke. Auf einem mit fleckigem Papier ausgelegten Backblech lagen ein paar schlaff aussehende Teilchen und mehrere merkwürdig nach oben gewölbte Törtchen, die mit Kokosraspeln bestreut waren. Daneben lag ein einsames Wurstbrötchen, das in Form und Machart bedrückend vertraut wirkte.

»Hey«, winkte ihm Troy zu. »Sehen Sie sich das mal an.«

Auf der Eistruhe lag ein Holzbrett mit mehreren kleinen Rohmilchkäsen, jeder auf einem eigenen Strohuntersetzer und von Lorbeerblättern umgeben. Einer der Käse steckte in einem entzückenden, mit einem Scharnier versehenen Igel aus Zinn.

»Ist das nicht süß?« Mitten auf dem Rücken des Tierchens war eine Metallöse. Troy steckte den kleinen Finger hindurch und hob die Form hoch. »Meine Mutter wär begeistert.«

Ohne den Halt der Zinnform fiel der Käse langsam in sich zusammen und verlief nach allen Seiten zu einer klumpigen cremefarbenen Masse.

In diesem Augenblick teilten sich raschelnd die bunten Plastikstreifen an der Rückwand des Ladens und eine bemerkenswerte Gestalt erschien.

Es war eine korpulente Frau in einem langen, graubraunen Kleid. Die weichen Lederlappen, die um ihre Füße gewickelt waren, wurden von schmalen Riemchen zusammengehalten. Ihre braunen, stark behaarten Beine waren nackt. Auf dem Kopf hatte sie eine dieser Baumwollhauben, wie Milchmädchen sie in Musicals tragen, dazu eine breite, weiße Halskrause, wie man sie bei Adeligen auf Porträts von Holbein sieht. Sie bewegte sich tänzelnd, wie das manchmal Schauspieler in viktorianischen Dramen im Fernsehen tun, als hätten sie unsichtbare Rollschuhe an den Füßen.

Ziemlich verrückt, dachte Sergeant Troy, der für Exzentrik nicht viel übrig hatte.

»Bitte sehr, die Herren.« Sie setzte sich mit gönnerhafter Miene hinter die Kasse, als ob sie ihren Kunden einen außergewöhnlichen Gefallen erweisen würde. »Womit kann ich Ihnen dienen?«

Troy, der sich so hingestellt hatte, daß sie den zerfließenden Käse nicht sehen konnte, sagte: »Vierzig Rothmans, bitte.«

»Sir Walters Freund?« Sie nahm die Zigaretten aus dem Regal. »Die besten aus Virginia.«

»Danke.« Troy konnte es nicht lassen, sie anzustarren. Da er zu ungünstig stand, um sofort zu zahlen, schaute er sich mit vorgetäuschtem Interesse um. »Ungewöhnlicher Laden.«

»Sie sind ein Bewunderer der Tudor-Epoche?«

»Natürlich«, stimmte der Sergeant begeistert zu. Erfolglos versuchte er, sich an irgendwas über diese Zeit zu erinnern, und entschied sich dann für: »War schon mal in Windsor Castle.«

»Aber das ist doch uralt. Wohl kaum 16. Jahrhundert.«

»Ach wirklich?« Troy wechselte das Thema. »Schöner Tag heute.«

»Zufällig ja. Das macht zwei fünfundneunzig, bitte.«

Der Sergeant sah sich nach seinem Chef um, der gerade einen Apfel am Ärmel blank rieb und die Theke mit den kalten Getränken inspizierte.

»Sie wundern sich sicher über meine Aufmachung?«

»Das kann man wohl sagen«, stimmte Sergeant Troy zu.

»Ich muß gleich vor der Frauenvereinigung einen Vortrag über die Käseherstellung im Elisabethanischen Zeitalter halten, deshalb die Kostümierung. Wenn Sie sich umdrehen, sehen Sie meine Proben.«

Ihre Worte klangen fröhlich und selbstbewußt. Irgendwie rührend, dachte Troy, als er pflichtschuldigst hinter sich blickte. Die Käsemasse war fast völlig von dem Strohuntersetzer aufgesaugt worden. In der Hoffnung, daß sie nicht genau sehen konnte, was er machte, drehte der Sergeant der Frau den Rücken zu und stellte die Zinnform wieder an ihren ursprünglichen Platz.

»Vorsicht!« rief Mrs. Boast. »Nicht anfassen. Die sind vielleicht noch nicht ganz fest.«

»Tschuldigung.« Überzeugt, daß ihm nun nichts mehr passieren konnte, schlenderte Troy lächelnd an die Theke, um seine Zigaretten zu bezahlen. »Machen Sie häufig solche Sachen?«

»O ja. In Schulen, Vereinen und Heimen. Meine Spezialität sind Rezepte zur Vorratshaltung, Backen und Molkereiprodukte. Mein Männe hält Vorträge über Fahnenschwingen und mittelalterliche Rüstungen.«

»Tatsächlich?«

»Am Wochenende kämpfen wir.«

Du kannst mir viel erzählen, dachte Sergeant Troy.

»Bei der Bürgerkriegsgesellschaft. Ich könnte Ihnen genauere Informationen geben.«

Das blieb Troy glücklicherweise erspart, denn sein Chef legte gerade eine Klarsichtpackung Cerry Genoa, einen Apfel und einen Lion-Riegel auf die Theke und fragte, ob es wohl so etwas wie eine Büchse Seven-Up gäbe.

»Bei Ostlers sagen wir ›Dose‹«, schalt ihn Mrs. Boast. »Das ist so eine Marotte von uns. Ein bißchen Disziplin, um das traditionelle Englisch zu bewahren.«

»Haben Sie eine Dose Seven-Up?« fragte der Chief Inspector höflich.

»Führen wir nicht.«

Barnaby stellte eine Cola Light zu seinen Einkäufen und schob eine Zehn-Pfund-Note auf die Theke. Mrs. Boast, die zweifellos schon in ihre Rolle geschlüpft war und nur noch in Dublonen rechnete, schaute ganz konsterniert.

»Haben Sie's nicht kleiner?«

»Ich hab noch ein bißchen Kleingeld, Chef.«

Während sein Sergeant bezahlte, zückte Barnaby seinen Dienstausweis und erklärte, weshalb sie im Dorf waren. Dann fragte er die Ladeninhaberin, was sie über die Hollingsworths wüßte.

Mrs. Boast reckte ihren Hals wie ein Hahn, dann ließ sie ihn wieder in ihre Halskrause sinken. Das war ab und zu nötig, weil die Halskrause ziemlich kratzte. Beim Anblick ihres Kopfes, der auf den weißen, gerüschten Falten ruhte, mußte Barnaby an diese religiösen Gemälde denken, auf denen am Ende eines Banketts auf einem Teller der Kopf eines Aufmüpfigen zusammen mit Obst und Nüssen hereingebracht wird.

»Ich habe Alan nie gesehen. Er hat zwar, gleich nachdem

sie ihn verlassen hatte, einen Stapel tiefgefrorener Gerichte für eine Person bestellt, aber nur telefonisch. Er hat mit Kreditkarte bezahlt und Männe hat's geliefert. Simone ist ab und zu gekommen, und ich hab sie manchmal da drüben telefonieren sehen.« Sie zeigte auf das Schaufenster, durch das man deutlich die Britisch-Telecom-Zelle erkennen konnte.

»Sie hatten aber doch bestimmt zu Hause Telefon?« fragte Troy.

»Sie hatten wohl öfter Probleme mit der Leitung. Das hat sie mir zumindest erzählt.«

»Was hatten Sie für einen Eindruck von Mrs. Hollingsworth?« fragte Barnaby.

»Ein verhätscheltes Weibsstück«, erklärte Mrs. Boast und fiel wieder ins Shakespearianische.

Inzwischen waren mehrere Leute in den Laden gekommen, und einer von ihnen wollte bezahlen. Barnaby beließ es dabei, denn falls umfassende Ermittlungen in Gang gesetzt würden, stünde ihm ohnehin noch die Von-Haus-zu-Haus-Befragung bevor.

Vor Nightingales glitzerte der Wagen der Spurensicherung in der Hitze. Obwohl die Bürger von Fawcett Green mittlerweile durch Absperrungen vom Haus ferngehalten wurden, schienen sie das nicht übelzunehmen. Im Gegenteil, es herrschte regelrechte Ausflugsstimmung. Die Leute standen herum oder saßen auf den Rasenstreifen am Straßenrand, unterhielten sich und kosteten mit ungehemmter Fröhlichkeit den furchtbaren Vorfall aus, bei dem es immerhin um den Tod eines Mitbürgers ging.
Eine Familie mit Hund verspeiste Sandwiches und trank Limonade aus Strohhalmen. Das Haar der Frau war kunstvoll toupiert, und sie hatte – vermutlich in Erwartung der Fernsehkameras – reichlich Make-up aufgelegt.

Perrot, der gerade von einer kurzen Mittagspause zurückkam und von der wunderbaren Kochkunst seiner Frau angenehm gesättigt war, öffnete das Tor. Barnaby und Troy schlenderten hindurch, wobei sich letzterer diesmal mit ein paar unterdrückten Kreischtönen begnügte. Der Constable hielt sich ein wenig abseits und starrte kühl in die Luft, bis ihn der Chief Inspector ansprach.

»Kommen Sie mit ins Haus, Perrot. Sagen Sie dem Mann an der Tür, er soll hier übernehmen.«

»Sir.«

Sie fanden Audrey Marine am Küchentisch, umgeben von schmutzigen Tassen und Tellern, einem überlaufenden Treteimer und einem Baked-Beans-Karton, der ebenfalls mit Müll vollgestopft war. Auf einem schmutzigen Ceranfeld stand eine Pfanne, die nach ranzigem Fett roch, und ein Topf mit dunkel verbranntem Boden. Im Spülbecken lag ein Haufen schmutziges Besteck. Überall waren Fliegen. Barnaby fühlte sich an das Bühnenbild von Pinters *Der Hausmeister* bei der letzten Inszenierung der Laienspielgruppe von Causton erinnert, wo seine Frau sehr erfolgreich Regie geführt hatte.

»Was um alles in der Welt ist das für ein Geruch?«

»Whisky. Das ganze Spülbecken stinkt danach.«

»Hast du die Tablettenfläschchen gefunden?«

»Nee.«

»Und was ist mit den Kapselhüllen?«

»Fehlanzeige. Wir sind diesen ganzen Kram hier durchgegangen und den Müllcontainer. Vielleicht tauchen sie ja noch in dem hohen Gras da draußen auf.«

»Glaub ich nicht.«

»Vielleicht hat er sie durchs Klo gespült.« Troy blickte sich um und hielt sich symbolisch die Nase zu.

»Schon möglich«, sagte Audrey. »Aber die wiegen ja nichts. Da hätten bestimmt noch ein paar oben schwimmen müssen.«

»Ich geh nach oben. Sehen Sie sich hier unten ein bißchen um, Sergeant. Durchsuchen Sie diesen Sekretär mit der Glasscheibe und den Schreibtisch auch. Vielleicht finden Sie ja eine Telefonrechnung.«

»In Ordnung, Chef.«

Barnaby ging in die Diele, wo Perrot verlegen und unsicher wartete, ängstlich darauf bedacht, nur ja nichts falsch zu machen. Sie stiegen zusammen die Treppe hinauf. In der Biegung blieb Barnaby stehen, um einen Kunstdruck von »*Peuplier au bord de l'epte*« zu bewundern, der hinter einer Acrylscheibe steckte. Die heitere Schönheit dieses Bildes bezauberte das Auge und besänftigte das Gemüt. Es geht doch nichts über Monet, sinnierte der Chief Inspector.

Oben auf dem Treppenabsatz bat er Perrot, sich die drei kleineren Schlafzimmer vorzunehmen.

»Wonach soll ich denn suchen, Sir?«

»Nach allem, was ein Licht auf Mrs. Hollingsworths Verschwinden oder den Tod ihres Mannes werfen könnte. Ich muß Ihnen doch wohl keine Zeichnung machen?«

»Nein, Sir.«

Das eigentliche Schlafzimmer lag direkt vor Barnaby. Er öffnete die Tür und fand sich in einer weiteren Theaterkulisse wieder, nur sauberer und sehr viel frivoler als die in der Küche. Das perfekte Bühnenbild für *Die Lustige Witwe*.

Ein extra breites Bett von Wolkenstores umgeben, die zusammengerafft und an einer vergoldeten Metallkrone an der Decke befestigt waren. Das elfenbeinfarbene Kopfteil war mit Hirtenszenen in sanften Pastelltönen verziert. Nymphen und Schäfer tollten unter den Augen ihrer olympischen Herren auf blühenden Frühlingswiesen herum. Zentauren tranken aus einem plätschernden Bach.

Auf dem Nachttisch stand ein Hochzeitsfoto. Barnaby nahm es in die Hand, um es genauer zu betrachten. Der Ausdruck des Bräutigams kam Barnaby irgendwie bekannt vor. Sein Schwiegersohn Nicholas hatte an seinem Hochzeitstag ungefähr die gleiche Mischung von Gefühlen gezeigt. Stolz, tiefe Zufriedenheit, ja sogar Jubel. Der Blick des Jägers und Sammlers, der nicht nur auf eine Spezies gestoßen war, die als ausgestorben galt, sondern sogar ein Exemplar davon mitgebracht hatte, damit alle Welt es bewundern konnte. Doch auch Anspannung war ihm anzumerken. Das Staunen darüber, der Erwählte zu sein, machte ihn eindeutig nervös, denn wäre nicht jeder Mann hinter so einem erlesenen Objekt hinterher? Der arme Nico. Noch war er zwar im Spiel, aber Barnaby fragte sich manchmal, wie lange noch. Dann wandte er sich wieder Hollingsworths Braut zu, die das übliche strahlende Lächeln zeigte, wie man es bei diesem Anlaß erwartete.

Der Pfarrer hatte offenkundig den Nagel auf den Kopf getroffen. Simone Hollingsworth war tatsächlich bemerkenswert hübsch, wenn sie auch für Barnabys Geschmack ein wenig affektiert wirkte. So wie sie unter ihrem wallenden Schleier hervorlächelte, erinnerte sie eher an diese gelackten, durchgestylten Geschöpfe, die durch die Kosmetikabteilungen der Kaufhäuser schweben und ahnungslose Frauen – und auch Männer, wenn sie nicht höllisch aufpassen – mit Parfüm bestäuben.

Barnaby ging mit dem Foto ans Fenster, um mehr Licht zu haben, und begutachtete schweigend den rosig glänzenden Mund. Bei den meisten Menschen sind die beiden Hälften der Oberlippe ungleichmäßig, aber ihre waren absolut symmetrisch, der perfekte Herzmund. Die Unterlippe war voller, als er erwartet hätte, und war sehr sinnlich. Simone Hollingsworth hatte weit auseinanderliegende graugrüne Augen mit langen geschwungenen Wimpern und charmant gerötete apricotfarbene Wangen. Bei näherem Hinsehen stellte er fest, daß der Form ihrer Lippen sehr geschickt mit einem Konturenstift nachgeholfen worden war, und er glaubte unter dem üppigen Schwung eine bei weitem weniger verführerische Linie zu erkennen. Ihre Haare, die sich wie zarte, durchscheinende Muscheln um ihre Ohren lockten, waren so hell, daß sie fast durchsichtig waren.

Sie hielt einen Strauß elfenbeinfarbener Rosen mit silbernen Bändern in der Hand, an der nicht nur der Ehering, sondern auch ein Ring mit einem außergewöhnlich großen Brillanten prangte. Kein Wunder, daß sie so strahlte. So rasch, wie ihm dieser Gedanke gekommen war, schalt Barnaby sich für diese chauvinistische Anwandlung. Ein Glück, daß seine Familie nicht dabei war und seine Gedanken lesen konnte. Cully hätte ihm das genüßlich um die Ohren gehauen.

Der Chief Inspector glaubte nicht, daß die Physiognomie viel über eine Person aussagt, und wollte deshalb von Mrs. Hollingsworths ansehnlichem Äußeren keine Rückschlüsse auf ihren Charakter ziehen. Dafür war er schon auf zuviel Bösartigkeit bei Menschen gestoßen, die für Botticelli hätten Modell stehen können. Und er hatte Taten großer Barmherzigkeit und Nächstenliebe von Leuten erlebt, die einer tiefen Grube bei Hieronymus Bosch hätten entstammen können.

Er stellte das Foto zurück und ging ins Bad. Noch mehr Kitsch. Ein falscher Marmorboden, eine mit Sternen übersäte Decke und verspiegelte Wände – dabei schimmerte der ganze Raum in einem Bronzeton. Es gab eine große dreieckige Badewanne in Vergißmeinnichtblau mit hohen geschwungenen goldenen Hähnen, deren Griffe die Form von vielblättrigen Chrysanthemen hatten. Jede gerade Fläche im Raum war mit Töpfchen und Flaschen, Tuben und Spraydosen vollgestellt. Wie bereits Constable Perrot vermutet hatte, konnte sie unmöglich auch nur einen Topf Creme mitgenommen haben, denn es war nirgends eine freie Stelle.

Barnaby zog eine Tür in dem luxuriösen Kosmetikschränkchen auf. Dahinter befanden sich mehrere Reihen Lippenstifte, die fein säuberlich aufgestellt waren. Obwohl ihm diese Zeitverschwendung bewußt war, konnte er dem Drang nicht widerstehen, sie zu zählen. Dreiundsiebzig. Du lieber Gott, dreiundsiebzig. Er dachte an die bescheidene Sammlung seiner Frau und fragte sich nicht mehr, was Simone Hollingsworth denn den ganzen Tag so machte. Dieses ganze Zeug zu testen, könnte sich schon als Lebensaufgabe erweisen.

Außerdem gab es dort etwa ein Dutzend Schachteln mit Parfüm. Eine war geöffnet, und der Zerstäuber stand am Waschbecken. Barnaby nahm an, daß sie dieses Parfüm benutzt hatte, bevor sie das Haus verließ. Er nahm ein Papiertaschentuch und sprühte etwas von dem Parfüm darauf. Es nannte sich Joy und hatte einen intensiven blumigen, eigentlich sehr angenehmen Duft. Der Chief Inspector nahm sich vor, seiner Frau eine Flasche davon zum Geburtstag, der in drei Wochen war, zu schenken und steckte das Papiertuch ein.

Er ging zurück ins Schlafzimmer und wandte sich dem großen, weiß-goldenen Einbaukleiderschrank zu, der die gesamte Wand einnahm, und zog die erstbeste Tür auf. Troy kam herein und fing an zu schnuppern.

»Das gibt's bestimmt nicht bei Superdrug.«

»Haben Sie Glück mit der Telefonrechnung gehabt?«

»Leider nein, Chef.«

»Macht nichts. Dann setzen wir uns mit British Telecom in Verbindung.«

»Unter welchem Vorwand?«

»Denken Sie sich irgendwas aus.«

Troy machte mehrere Vorschläge, gab sich aber rasch geschlagen. Er war nicht gerade mit einer übergroßen Improvisationsfähigkeit gesegnet. Meist beschränkte er sich darauf, irgendwelche altbewährten Strategien hervorzukramen, sie ein bißchen herumzuwirbeln wie Salatblätter in einer Schleuder und sie dann noch einmal anzuwenden.

Da er diesmal also passen mußte, stellte er sich neben seinen Chef, der gerade eine weitere Schranktür öffnete. Die Kugellager liefen wie geschmiert. Weich fallender Samt und Spitzen, fließender, glänzender Georgette, nüchternere Woll-, Leinen- und Tweedstoffe kamen zum Vorschein, verschwanden wieder und tauchten erneut auf. Barnaby durchsuchte systematisch alle Taschen. Die Sachen hingen so eng, daß man noch nicht einmal das Schnurrbarthaar einer Katze dazwischen bekommen hätte, geschweige denn eine Goldkarte von Harvey Nichols.

»Von der hätt ich auch gern ein Häppchen als Nachthupferl«, sagte Sergeant Troy, der inzwischen ebenfalls das Hochzeitsfoto entdeckt hatte. Als er auf diese kleine Schlüpfrigkeit keine Antwort erhielt, fügte er hinzu: »Wissen wir, ob sie mit diesem Riesenklunker am Finger abgehauen ist?«

»Noch nicht.«

»Könnte eine Erklärung sein, warum sonst nichts fehlt. Mit dem käme sie gut ins nächste Jahrhundert.«

»Sehen Sie doch bitte in den Handtaschen nach. Und dann in den Schuhen. Da könnte irgendwo was in der Spitze stecken.«

»Nur eine Sekunde.« Troy verschwand im Bad. Er benutzte die Toilette und brüllte dann, um die Spülung zu übertönen: «Ich wollt's schon immer mal mit jemand im Whirlpool treiben.«

Barnaby arbeitete sich durch die erste der beiden Kommoden. Kaschmirpullover, alle in Pastellfarben, zarte Unterwäsche und Tücher sowie ein Paisley-Schal. Außerdem gab es Dutzende geöffneter Packungen mit hübsch geblümten Leggins, hellen Strumpfhosen und Strümpfen mit schwarzer oder cremefarbener Spitze. Nirgends fand er saubere, bereits benutzte Strümpfe. Vielleicht trug sie nie etwas zweimal. Er fand eine lederne Schmuckschatulle mit glitzerndem Modeschmuck, aber der Klunker war nicht dabei.

»Maureen hat mir erzählt«, sagte Troy, der gerade wieder hereinkam, »man könnte in den Dingern kommen, wenn man nur lange genug an der richtigen Stelle sitzt.« Er klang gleichzeitig skeptisch und verdrossen. Anscheinend gab es immer mehr Sachen, die Frauen ohne männliche Hilfe konnten. Es dauert nicht mehr lang, so fürchtete er, dann müssen wir unter Naturschutz gestellt werden, damit wir nicht wegen Mangel an Bedarf aussterben.

Mrs. Hollingsworth hatte offenkundig einen ähnlichen Faible für Schuhe wie Imelda Marcos. Troy fuhr mit den Fingern durch Riemchenschuhe mit schmalen Absätzen, bunte Slipper aus handschuhweichem Leder, Pumps, flache Wildlederschuhe mit feinen Goldkettchen um die Lasche und perlmuttfarbene mit Straß besetzte Abendsandalen. Außerdem gab's noch einige Paar Espandrillos. Aber nirgends waren richtige Wanderschuhe oder Gummistiefel zu entdecken. Obwohl sie auf dem Land lebte, hatte es die Natur Mrs. Hollingsworth offenbar nicht angetan. Troy machte sich an die Handtaschen.

Barnaby, der jetzt neben dem ordentlich gemachten Bett stand, fragte sich, warum Hollingsworth nicht darin geschlafen hatte. Vielleicht wollte er nicht den Eindruck vermitteln, daß er sein Schicksal einfach so hinnehme. Und zwar nicht nur die Tatsache, daß sie gegangen war, sondern auch, daß sie nicht mehr wiederkommen würde. Vielleicht hatte er aber auch nur in der Nähe des Telefons bleiben wollen. Oder er war einfach zu betrunken gewesen, um die Treppe hinaufzusteigen.

»Nun ja«, sagte Sergeant Troy, während er den letzten

Verschluß zuschnappen ließ, »es kann ja wohl niemand behaupten, er hätte sie kurzgehalten.«

Barnaby konnte dem nicht zustimmen. Nach allem, was er bisher über Simone erfahren hatte – das ziellose Wandern durchs Dorf, ihre halbherzige, kurze Mitgliedschaft in der einen oder anderen Gruppe, oberflächliches Geplaudere statt wirklicher Freundschaft und die brutale Behandlung, als sie sich ein bißchen weiter vorgewagt hatte –, erhielt der Chief Inspector eher den Eindruck, daß Simone genau in der einen Hinsicht kurzgehalten worden war, die das Leben überhaupt lebenswert macht. Sie hatte doch überhaupt keine Freiheit.

»Wird ja wohl jede Minute auftauchen, sobald sie erfahren hat, daß er hin ist.«

»Warum glauben Sie das?«

»Reiche Witwe. Sie wird kassieren wollen.«

»Ich hoffe, Sie haben recht.«

»Natürlich hab ich recht. Das ist doch logisch.« Die abwegigsten Dinge waren für Sergeant Troy logisch, sofern sie seine Vorurteile bestätigten.

Draußen auf dem Treppenabsatz räusperte sich Perrot, dann klopfte er an, als ob Barnaby in seinem Büro auf dem Polizeirevier wäre.

»Was gefunden, Constable?«

»Nichts Wichtiges, Sir. Mr. Hollingsworths Anzüge, Hemden und so weiter. Ich hab alle Taschen und Aufschläge durchsucht. Zwei Stapel Modehefte, aber da lagen keine Notizzettel oder so was drin. In einer Zeitschrift war allerdings eine Seite herausgerissen. Mehrere Koffer und leichte Reisetaschen, alle leer. Leintücher und Bettbezüge, Decken, Handtücher, Kissenbezüge...«

»Ja, ja, schon gut, Perrot. Hier ist ja nicht der erste Tag vom Schlußverkauf bei Harrod's.«

»Nein, Sir.«

Mittlerweile lachten alle. Troy lief als erster locker die Treppe hinunter und genoß insgeheim den Kontrast zwischen seinem schlanken, sportlichen Aussehen und dem phlegmatischen Perrot mit seiner breiten Brust und den hölzernen Beinen. Ganz zu schweigen von dem stämmigen Dickhäuter, der die Nachhut bildete.

Während die beiden Polizisten auf dem Weg zu Gray Patterson waren, ging Barnaby in Gedanken noch einmal sein Gespräch mit dem Finanzexperten von Penstemon durch sowie die Beschreibung von der gerichtlichen Anhörung, wie sie im *Causton Echo* gestanden hatte. Ihm war eine Kopie davon ins Büro geschickt worden.

Allem Anschein nach war Hollingsworths ehemaliger Kollege ein Mann, der mehr Unrecht erlitten als begangen hatte. Man hatte ihn um ein großes Geschäft betrogen und dann gefeuert. War es wahrscheinlich, daß eine kleine Prügelei Pattersons berechtigten Zorn lindern würde? Und wie sah die Beziehung zwischen den beiden tatsächlich aus, die angeblich »so weit in die Vergangenheit zurückreichte«?

Barnaby war gespannt darauf, ob sich diese Fragen klären ließen, ihm war aber gleichzeitig bewußt, daß sich nach dem Gespräch mit Gray Patterson wieder eine Fülle von Fragen ergeben würde. Mit was hatte er es hier zu tun? Es war ein Rätsel, ein Quiz, eine harte Nuß. Eine Spekulation, ein Mysterium. Ein Geheimnis…

The Street Nummer siebzehn lag am Rande des Dorfes, war etliche Meter vom nächsten Nachbarn entfernt und vor Passanten fast völlig durch eine Hecke von blauen Pechkiefern verborgen. Auf einem grün gestrichenen Brett stand, daß das Besitztum zu vermieten sei. Das Haus selbst war ein flaches, weißgetünchtes Gebäude in dem Stil, den Makler und Leute, die wenig Ahnung vom Landleben haben als »Farmhaus« bezeichnen.

Sobald Barnaby das Tor öffnete, lief ihnen ein schwarzweißer Collie entgegen, der offensichtlich nicht genau wußte, was ein Wachhund zu tun hatte. Er bellte nämlich nicht nur laut, sondern wedelte auch heftig mit dem Schwanz.

Er sprang Troy an, der zwischen seiner Liebe zu Hunden und dem Bedürfnis nach einem makellosen Äußeren hin- und hergerissen war und beides auch demonstrierte, indem er einerseits mit der Zunge schnalzte und das Tier nach seinem Namen fragte, und zugleich mit einem Taschentuch über seine Hose wischte. Mittlerweile tänzelte der Collie über einen großen, unordentlich gemähten und mit Unkraut übersäten Rasen. Dabei drehte er ab und zu seinen Kopf, um sicherzugehen, daß sie ihm auch folgten.

An einer Hecke am anderen Ende des Grundstücks warf ein Mann abgeschnittene Zweige in ein altes Ölfaß. Barnaby hoffte, daß er bei dieser ungewöhnlichen Trockenheit nicht vorhatte, das Zeug zu verbrennen. Ein Funke und das ganze Dorf könnte in Flammen aufgehen.

Patterson stieß seine Heugabel in den Boden und kam auf sie zu. Der stimmgewaltige Hund, der seine Schützlinge sicher abgeliefert hatte, schaute nun zwischen den Besuchern und seinem Herrn hin und her und machte mit kleinen Stupsern auf seine Meisterleistung aufmerksam.

»Sei ruhig, Bess«, sagte Patterson.

Barnaby zeigte seinen Ausweis. Troy bückte sich, tätschelte das spitze, intelligente Gesicht der Hündin und sagte: »Gutes Mädchen.«

»Ich hab Sie schon erwartet. Verity hat angerufen. Aus dem Büro.«

Nach den Schilderungen hatte Barnaby sich ganz klischeehaft einen stämmigen, streitsüchtigen Typ vorgestellt. Gray Patterson war jedoch schlank und ziemlich groß. Seine Schultern waren leicht nach vorne gebeugt. Der typische krumme Rücken eines Gelehrten, schloß der Chief Inspector, bevor ihm einfiel, daß dieser Mann vermutlich die letzten zwanzig Jahre über einer Computer-Tastatur verbracht hatte. Er hatte gewellte rotblonde Haare, die eng am Kopf anlagen, grüngraue Augen und eine reine Haut, die trotz seiner Arbeit im Freien nur wenig gebräunt war.

»Lassen Sie uns von diesem Müll hier weggehen.«

Er fuhr mit der Gabel durch einen Haufen Nadelreisig, trat es zur Seite und deutete auf zwei schäbige Liegestühle. Barnaby, der sich schon vorstellte, wie er sich mit unbeholfenem Gestrampel wieder aus dem Ding befreien würde, lehnte das Angebot ab. Troy hingegen plazierte sich mit einem einzigen eleganten Schwung auf die gestreifte Leinenbahn.

Der Chief Inspector warf seinem Untergebenen einen strengen Blick zu, dann schleppte er sich zu einem alten Holzhocker, der unter einem Apfelbaum auf der Seite lag, richtete ihn auf und setzte sich in den Schatten. Patterson hockte sich auf den Rand eines alten Wasserrads. Bess lief sofort zu ihm und legte sich, halb verborgen von Margeriten, neben ihm auf den Boden und fing an zu hecheln.

»Sie halten die Sache ja ziemlich unter Verschluß.«

»Finden Sie, Mr. Patterson?«

»Niemand scheint zu wissen, ob Alan sich umgebracht, das Zeug aus Versehen geschluckt hat, oder ob er abgemurkst wurde.«

»Wir ziehen im Augenblick lediglich ein paar Erkundigungen ein«, wich Barnaby der Aufforderung aus, mehr preiszugeben. »Soweit ich weiß, haben Sie Mr. Hollingsworth sehr gut gekannt.«

»Offenbar nicht so gut, wie ich glaubte.«

»Sie meinen den Krach bei Penstemon?«

»Was denn sonst?«

»Vielleicht wären Sie so freundlich, uns Ihre Version der Dinge zu erzählen, Sir?« sagte der Chief Inspector.

»Ich möchte bezweifeln, daß die sehr von dem abweicht, was Sie bereits gehört haben.«

Da hatte Patterson allerdings nicht ganz recht. Obwohl der Ablauf der Ereignisse und die Ereignisse selbst sich kaum von Burbages Darstellung unterschieden, gab die persönliche Betroffenheit dem Ganzen doch eine etwas andere Färbung.

»Verstehe ich das richtig«, fragte Barnaby, »daß dieses Projekt also gar kein gemeinsames Unternehmen von Ihnen und Mr. Hollingsworth war?«

»Das war es ganz bestimmt nicht. Ich hatte die Idee, und ich hab auch die ganze Entwicklungsarbeit geleistet. Alans Beitrag war minimal. Natürlich wurde die Arbeit von der Firma finanziert, und ich bekam ein anständiges Gehalt. Andererseits, wenn Celandine ein Erfolg geworden wäre, hätte die Firma auch gut dagestanden. Und man hatte mir fünfzig Prozent von dem Geld versprochen, das das Programm einbringen würde.«

»Haben Sie das schriftlich, Sir?«

»Hah!« Der Ausruf klang so wild, daß Bess wachsam die weichen schwarzweißen Ohren spitzte. »Ich kannte ihn seit zehn Jahren und hatte fast genausolange mit ihm zusammengearbeitet. Ich bin gar nicht auf die Idee gekommen, daß so etwas nötig sein könnte.«

»Also glauben Sie, daß Ihnen moralisch zumindest die Hälfte der zweihundert...?«

»Da können Sie aber Gift drauf nehmen!« Pattersons lange schmale Hände lagen verschränkt auf seinem Schoß. Plötzlich fing er an, so heftig an den Fingern zu ziehen, daß die Knöchel knackten. Er schluckte heftig, als kämpfe er gegen eine aufkommende Übelkeit an. Es dauerte eine ganze Weile, bis er wieder sprechen konnte.

»Ich hab mir juristischen Rat geholt. Es steht einem immerhin eine kostenlose Beratung im Bürgerbüro zu.«

»Sind wohl pleite, Mr. Patterson?« fragte Sergeant Troy.

»Noch schlimmer. Ich hatte mich bis zu meinem finanziellen Limit verpflichtet, bevor das Ganze passiert ist. Jetzt bin ich bis über beide Ohren verschuldet. Ganz zu schweigen von meinem überzogenen Bankkonto.«

»Was hat man Ihnen geraten?« fragte Barnaby. »Im Bürgerbüro?«

»Zu klagen. Besonders, da mir unentgeltliche Rechtshilfe zusteht, also riskiere ich nicht, einen Haufen Geld für Anwaltskosten zu verlieren. Was allerdings jetzt – nach Hollingsworths Tod – passieren wird, weiß ich nicht.«

»Haben Sie eine Ahnung, wozu er pötzlich eine so große Summe gebraucht haben könnte?«

»Keinen Schimmer.«

»Wann haben Sie ihn zum letztenmal gesehen?«

»Bei der gerichtlichen Anhörung.«

»Aber das ist doch schon Wochen her«, sagte Sergeant Troy. »In einem so kleinen Ort wie diesem muß man sich doch...«

»Es war nicht schwer, ihm aus dem Weg zu gehen. Er geht niemals zu Fuß irgendwohin. Und er geht auch nicht ins Pub.«

»Was ist mit Mrs. Hollingsworth?«

»O ja, die hab ich gesehen. Ungefähr ein oder zwei Tage bevor sie abgehauen ist.« Er pflückte eine Margerite und fing an, den Hund damit zu kitzeln. Bess rollte sich auf den Rücken und strampelte begeistert mit den Beinen.

»Ich war auf dem Weg zu Sarah Lawson – haben Sie sie schon kennengelernt?« Barnaby schüttelte den Kopf. »Und Simone benutzte das öffentliche Telefon, das direkt vor dem Bay Tree Cottage steht.«

»Haben Sie was von dem Gespräch mitbekommen?«

»Nein. Spielt das denn eine Rolle? Ich meine, an ihrem Verschwinden ist doch wohl nichts Mysteriöses dran, oder?«

»An welchem Tag war das, Mr. Patterson?«

»Mal überlegen.« Er schloß die Augen. »Sarah hat nicht unterrichtet, also kann es nicht Mittwoch gewesen sein. Am Montag bin ich gar nicht rausgegangen, also war's Dienstag.«

»War Mrs. Hollingsworth noch da, als sie wieder aus dem Cottage kamen, Sir?« fragte Sergeant Troy.

»Nein. Obwohl es nur ein ganz kurzer Besuch war. Sarah arbeitete und wollte nicht gestört werden. Am besten, ich erzähle es Ihnen gleich«, sagte Patterson sarkastisch, »denn irgendein Wichtigtuer aus dem Dorf wird es ohnehin bald tun. Ich hab nämlich ernsthafte Absichten bei der Dame. Bin allerdings bisher nicht weit gekommen, stimmt's, Bess?«

Als sie ihren Namen hörte, zitterte die Hündin vor lauter Vergnügen. Sie sprang freudig auf, als ob irgendein großes Abenteuer bevorstünde. Als sie versuchte, den Kopf auf sein Knie zu legen, sagte Patterson liebevoll, sie sei ein dummes Tier.

»Sie sind also geschieden, Sir?« fragte der Chief Inspector.

Als Patterson nicht sofort antwortete, meinte Troy kumpelhaft, ob er vielleicht zu den Glücklichen gehöre, die es tatsächlich geschafft hätten, sich davor zu drücken.

»Wie bitte?«

»Naja, Sie sind eben Single geblieben.«

»Ich glaube, daß das nur mich was angeht, finden Sie nicht?« Seine Stimme klang leicht verärgert, als ob es ihm nicht paßte, daß man ihn zu derlei Ausflüchten zwang.

»Wie gut haben Sie Mrs. Hollingsworth gekannt?« fragte Barnaby, verwundert darüber, daß Patterson mit einer so harmlosen Frage Probleme zu haben schien.

»Kaum. Alan und ich hatten keinen privaten Kontakt. Sie kam mir ehrlich gesagt ein bißchen naiv vor. So eine von der süßen Sorte.«

»Aber gut sah sie doch aus?«

»O ja. Sehr hübsch.«

»Waren Sie überrascht, als sie ihren Mann verließ?«

»Das waren wir alle. Das ganze Dorf hat tagelang darüber spekuliert.«

»Hat Alan jemals mit Ihnen über seine Ehe gesprochen?«

»Nein. Ich kannte ihn schon, als er das erstemal heiratete – ich war Trauzeuge bei der Hochzeit und so. Vielleicht glaubte er, daß ich ihm Unglück bringe.«

»Ich wußte gar nicht, daß er schon mal verheiratet war.«

Barnaby richtete sich auf dem verschlissenen Hocker auf.

»Es war bei beiden die zweite Ehe. Miriam, die erste Mrs. Hollingsworth war klasse. Intelligent, offen, voller Elan. Die absolut falsche Frau für ihn. Alans Vorstellungen, wie man eine Frau behandelt, hätten von einem Mann stammen können, der doppelt so alt war wie er. Kauf ihr ein nettes kleines Haus, gib ihr schöne Kleider und Schmuck und was Schickes zum Spielen, dann ist sie der glücklichste Mensch der Welt.«

Was war denn daran verkehrt? fragte sich Troy insgeheim. Ich wünschte, ich würd 'ne reiche, annehmbare Nymphomanin finden, die mich aushält und mir 'n paar schicke Spielsachen kauft.

»Als sie sich kennenlernten, hatte sie gerade ihren Abschluß in Medizin gemacht und wollte natürlich praktizieren. Darüber gab es viel Streit, doch als Miriam drohte, ihn zu verlassen, gab er nach. Als sie dann arbeitete, spitzte sich die Situation immer mehr zu. Manchmal war das Haus leer, wenn er nach Hause kam. Natürlich wurde sie gelegentlich zu Patienten gerufen. Es kam zum Knall, als eines Morgens um drei Uhr das Telefon klingelte. Alan beschuldigte sie, sie hätte eine Affäre. Woher die arme Frau allerdings die Zeit und Energie hätte hernehmen sollen... Anscheinend ist er ihr zu dem Haus gefolgt, hat gegen die Tür gehämmert und die Leute gezwungen, ihn reinzulassen. Miriam war im Obergeschoß bei einer sterbenden Patientin. Das war's dann. Sie hat am nächsten Tag ihre Sachen gepackt und ist gegangen. Ein Jahr später haben sie sich scheiden lassen. Da arbeitete Miriam schon in einem Ärztezentrum in Birkenhead. Soweit ich weiß, ist sie da immer noch.«

»Glauben Sie, daß sie ihren Mädchennamen wieder angenommen hat?« fragte Troy, während sein Stift über das Papier flog.

»Würd mich nicht überraschen.«

»Wissen Sie den noch, Sir?«

»Kenton.«

»Diesmal schien er ja eine klügere Wahl getroffen zu haben«, bemerkte Barnaby.

»Man muß einfach sehen, daß Alan wahnsinnig unsicher war. Er glaubte immer, irgendwer würd ihn übers Ohr hauen. Deshalb war er auch grundsätzlich länger im Büro, als eigentlich nötig. Und deshalb hat er auch ständig zu Hause angerufen, um festzustellen, ob Simone auch brav an der Leine lag.«

»Dann hatte er wohl aus der ersten Erfahrung nichts gelernt?« sagte Troy. Er beobachtete die Hündin, die wieder auf dem Bauch lag und konzentriert auf einen Stapel Bambus starrte. Ihre Nase zuckte, als ob sie etwas Kleines und Verletzliches witterte, das da umherkroch.

»Zwangsneurotiker können nicht aus Erfahrung lernen, ebensowenig wie ein Geistesgestörter sich in bestimmten Situationen zusammenreißen kann.«

»Sie haben eben gesagt, daß beide schon mal verheiratet waren«, sagte der Chief Inspector. »Wissen Sie etwas über Simones ersten Mann?«

»Nicht viel. Alan hat bloß mal gesagt, daß die Ehe nicht lange hielt und daß der Kerl ein mieser Typ war.«

»Wissen Sie, wie er hieß?«

»Tut mir leid.«

Machte nichts. Das ist leicht rauszukriegen. Barnaby war zufrieden mit diesem Gespräch, das sich als durchaus hilfreich erwies. Wenn diese Hitze ihn nur nicht so ermüden würde. Alles klebte an ihm, und er klebte an dem Hocker. Schweißperlen liefen ihm von der Stirn in die Augen. Als er nach einem Taschentuch kramte, fiel ein Apfel vom Baum und landete weich federnd im Gras. Der Hund sprang darauf zu, und Patterson rief: »Pfui, Bess!« Er stand auf und trat den Apfel, der voller Wespen war, weit weg von dem Hund.

Das längere Schweigen ermutigte Patterson, sich nicht wieder hinzusetzen. »War's das dann?« fragte er.

»Fast, Sir. Wir würden noch gerne wissen, wo sie Montag abend und Dienstag früh waren.«

»Ist das, als ...?«

Barnabys wirre, zottelige Augenbrauen hoben sich vor Verwunderung. Ganz erstaunlich, diese Augenbrauen, meditierte Troy. Dick wie Pferdehaar und so üppig, daß man ein Sofa damit stopfen könnte.

»Wenn Sie einfach nur die Frage beantworten könnten, Mr. Patterson«, sagte Barnaby.

»Ja, hier. Ich war hier.«

»Allein?«

»Zu meinem tiefsten Bedauern. Ich bin zwar gegen acht mal bei Sarah vorbeigegangen, aber sie war nicht da.«

»Es ist niemand vorbeigekommen?«

»Was, mitten in der Nacht?«

»Telefonanrufe?«

Patterson schüttelte den Kopf.

»Haben Sie noch den Schüssel, den Sie sich für Nightingales haben nachmachen lassen?«

»Nein. Den hab ich weggeschmissen.«

»Wohin?«

»Gott, das weiß ich doch nicht mehr. In den Abfalleimer oder so.«

»Haben Sie Handschuhe getragen, als Sie dort waren?«

»Natürlich nicht. Ich wollte doch nicht verheimlichen, daß ich dort war. Nur die Tatsache, daß ich es vorhatte.«

»Wir brauchen Ihre Fingerabdrücke, Mr. Patterson. Nur um sie ausschließen zu können. Könnten Sie auf die Wache kommen, vielleicht morgen?«

»Ich kann heute abend noch hingehen. Ich muß nach Causton, Hundefutter kaufen.«

»Könnte ich bitte noch Ihre vollständige Adresse und Telefonnummer haben, Sir?« Troy schrieb beides sorgfältig auf. »Und Gray – ist das eine Abkürzung für Graham?«

»Nein. Der Mädchenname meiner Mutter.«

Hoititoi. Troy ließ ein Gummiband um das Notizbuch schnappen und schob es in seine Jackentasche. Doch als er merkte, daß das Jackett dadurch schief saß, nahm er es wieder heraus. Ihm fiel der Mädchenname seiner Mutter ein, Titchboot, er war heilfroh, daß sie ihm den nicht aufgehalst hatte.

Sie gingen zur Vorderseite des Hauses. Die Hündin tollte ausgelassen neben ihnen her. Kletten und Samen hingen an ihrem Fell, und ihr Bauch war voller Blütenstaub. Barnaby mußte an den Pudel der Brockleys denken und fragte sich, ob die Tochter wohl wieder aufgetaucht war.

Als Patterson das Tor öffnete, zeigte der Chief Inspector auf das Anschlagbrett. »Sie sagen uns Bescheid, Mr. Patterson, wenn Sie umziehen?«

»Schön wär's. Sechshundert im Monat verlangt der Makler. Ich möchte das Haus vermieten und mir dann irgendwas Spottbilliges suchen. Schließlich muß ich mich irgendwie über Wasser halten.«

»Irgendwelche Interessenten?«

»Eigentlich nicht. Es scheinen zu viele Leute im selben Boot zu sitzen. Doch letzte Woche ist tatsächlich eine Frau gekommen. Bezeichnete sich am Telefon als desillusionierte Londonerin. War begeistert von dem Haus. Aber ihr gefiel die Aussicht nicht.«

Die drei Männer drehten sich gleichzeitig um und schauten auf das schimmernde goldbraune Weizenmeer, das sich fast bis zum Horizont erstreckte. Dazwischen sah man einzelne Mohnblumen. Obwohl noch nichts gemäht worden war, roch die Luft stark nach Heu. Über ihnen, so hoch, daß man sie kaum sehen konnte, sang eine Feldlerche sich die Seele aus dem Leib.

»Was hat ihr denn daran nicht gefallen?« fragte der Chief Inspector.

»War ihr zu langweilig.«

Barnaby sehnte sich nach einem weiteren kühlen Getränk, hatte aber keine Lust auf noch mehr betuliches Geplänkel. Also trottete er zu Nightingales zurück, wo er sich mit einer Gallone Leitungswasser begnügen würde, vielleicht mit ein, zwei Eisklumpen drin. Die in der Hitze schmorende Straße verströmte einen starken Teergeruch, der ihn an seine Kindheit erinnerte. Er war gern die Bordsteinkante entlanggekrabbelt und hatte mit einem Stöckchen Blasen zum Platzen gebracht.

Inzwischen waren die Schaulustigen in ein zutiefst zufriedenes Schweigen verfallen. Die Spurensicherungsleute waren im Haus fertig und konnten nun genüßlich dabei beobachtet werden, wie sie systematisch den Garten vor und hinter dem Haus durchsuchten. Als die beiden Polizisten über die Absperrung kletterten, packte eine Frau mit Strohhut Barnaby am Ärmel.

»Sind Sie hier der Verantwortliche?«

»Worum geht's?« Barnaby hatte seinen schärfsten Tonfall angenommen, und der konnte ganz schön unter die Haut gehen.

»Sie brauchen sich doch nicht gleich so aufzublasen«, sagte die Frau unwirsch. »Ich will ja nur eine Nachricht weitergeben.«

»Das interessiert die nicht, was?« sagte ihre Freundin.

»Der da hat eben nach Ihnen gesucht.« Die erste Frau zeigte auf Arcadia. Am äußeren Ende des Garten bearbeitete ein Mann, dessen Umrisse sich deutlich gegen die pralle Nachmittagssonne abzeichnete, mit einer langstieligen Hacke den Boden. Als er merkte, daß sie zu ihm herübersahen, winkte er mit einem großen rot-weiß-gepunkteten Taschentuch. Barnaby dankte seiner Informantin, die ein giftiges »Besser spät als nie« zurückschoß, und machte sich auf den Weg nach nebenan.

Die Stimmung des Chief Inspectors besserte sich schlagartig, als er durch das Tor auf einen alten steinernen Pfad im Fischgrätmuster trat. Er verlief zwischen zwei breiten Rabatten, die dicht mit Lilien und Nelken, Goldlack und weißem Senf, Lupinen – kurzum jeder erdenklichen Sorte Gartenblumen bepflanzt waren. Dahinter standen hohe Malven und Stockrosen, Sonnenblumen und stark riechende gefüllte Rosen. Darüber schwebten zahlreiche Bienen und Schmetterlinge. Das Ganze erinnerte ihn stark an jene romantischen Illustrationen. Fast erwartete Barnaby schon, den Weg von Muschelschalen eingefaßt zu sehen.

Gut gelaunt steuerte er, Troy im Schlepptau, die Rückseite des Hauses an und fragte sich, ob die Person, die ihm entgegen kam, wohl Cubby, Mrs. Molfreys *innamorato*, war. Der passionierte Sticker und Frikadellenmacher, der mit dem Alter ein wenig wunderlich wurde. Alt mochte er ja sein, doch jetzt, wo er sich aufgerichtet hatte und ihnen zulächelte, sah man, daß er in blendender Verfassung war.

Er war klein und rundlich, hatte ein frisches Gesicht mit sehr hellen, klaren Augen und rosigen Bäckchen.

Sie trafen sich am Rande des Gemüsegartens, aus dem mehrere Wigwams aus Stangenbohnen und ein Obelisk aufragten, der fast völlig unter einer Flut von creme- und fliederfarbenen Gartenwicken verschwand. Während Barnaby sich und Troy vorstellte, schweifte sein Blick über eine Reihe der prächtigsten Zwiebeln, die er je gesehen hatte. Es war, als hätte man die Kuppeln des Royal Pavillon von Brighton fest in braungestreiftes Papier eingewickelt.

Der Gärtner wischte sich die Hand an seiner Latzhose ab, bevor er sie ihnen hinhielt und sagte, er sei Mr. Dawlish und es täte ihm leid, sie zu belästigen. Barnaby machte ihm ein Kompliment für seine Zwiebeln, und Cubby, der einen verwandten Geist erkannte, begann sofort, sich über die verschiedenen Methoden des Düngens und der Ungezieferbeseitigung auszulassen.

Sergeant Troy, der sich langweilte, zündete sich eine Rothmans an und verschwand im Gewächshaus, um sie heimlich zu genießen. Hier hing ein merkwürdiger Mief in der Luft, warm und erdig. Da er nur die harten, geschmacklosen kugelähnlichen Gebilde kannte, die in Supermärkten unter Plastikfolien schwitzen, erkannte Troy den Geruch reifender Tomaten nicht.

Während er sich umschaute, nahm seine Langeweile noch zu. Troy hatte für Grünzeug nicht viel übrig. Wozu waren Gärten überhaupt gut? Zum Wäscheaufhängen. Um am Wochenende den Grill und den Ghettoblaster rauszustellen und ein paar schöne kalte Dosen Bier knallen zu lassen. Und um schreiend herumzulaufen, wenn man sich als kleines Kind auf seine Freunde freut, die zum Seilspringen vorbeikommen. Dazu reichte doch jeder Hinterhof, und den brauchte die Frau nur ab und zu mit dem Schlauch auszuspritzen. Durch eine grünliche Glasscheibe sah er, wie der Chef mit dem kleinen rundlichen Kerl auf das Haus zuschlenderte. Er beeilte sich, sie einzuholen.

Kurz vor der hinteren Tür warf Troy seine Zigarette weg. Sie landete in einem Busch Gartennelken. Unwillkürlich stieß Cubby einen leisen Schrei aus, als ob ihn ein plötzlicher Schmerz durchfuhr.

»Geht's Ihnen nicht gut, Sir?« fragte Sergeant Troy. Ausnahmsweise war die Sorge in seiner Stimme echt. Sein Großvater, der ungefähr im gleichen Alter gewesen war, erlitt nämlich erst kürzlich einen Herzanfall. Gerade noch stand er völlig fidel in der Schlange an der Frittenbude und fragte sich, ob die vielleicht ein bißchen Teig zum Ausbacken übrig hätten, und im nächsten Augenblick liegt er reglos unter dem Ringkampfplakat. Das gab einem schon zu denken.

»Doch, doch. Danke.« Cubby warf einen letzten Blick auf die Rothmans, die das Auge von Mrs. Sinkins verbrannte. »Kommen Sie doch bitte rein.«

Mrs. Molfrey döste in ihrem Ohrensessel. Dann wachte sie plötzlich auf und bemühte sich, auf die Beine zu kommen.

»Bitte, Mrs. Molfrey«, drängte sie der Chief Inspector. »Bleiben Sie doch sitzen.«

»Ich will gar nicht aufstehen«, sagte Mrs. Molfrey. »Ich sortiere nur meine Pantalons.«

Die waren in der Tat prächtig. Glänzender Samt in einem kräftigen Purpurrot im Gauchostil. Dazu trug sie schwarze Spitzenstrümpfe und Wildlederschuhe mit hohen filigranen Laschen und Silberspangen, wie sie die jugendlichen Hauptdarsteller in den traditionellen Weihnachtsmärchen für Kinder tragen. Um ihre Schultern hatte sie ein zart meergrünes Tuch drapiert, das spinnwebenzart und voller glitzernder Steinchen war.

»Herzlich willkommen, Inspector. Setzen Sie sich doch

bitte. Und Ihr Begleiter auch. Also«, sie klopfte auf ein kleines Kästchen, das auf ihrem knochigen Oberkörper lag. Es reagierte mit einem Pfeifen. »Worum geht's?«

Troy hatte sich auf die Kante einer alten Chaiselongue gehockt, die ihm in die Oberschenkel piekste. Barnaby entschied sich für einen durchgesessenen, aber bequem aussehenden Sessel. Cubby stand unschlüssig herum.

»Ich war der Meinung, daß Mr. Dawlish uns etwas zu sagen hätte.«

»Das haben wir beide«, pflichtete Mrs. Molfrey bei. »Das Problem ist nur, daß ich meinen Teil vergessen habe. Fang du mal an, mein süßes Dickerchen.«

»Nun ja…« Cubby errötete, weil es ihm peinlich war, vor anderen Leuten so angeredet zu werden. Er stand betreten da, als ob er sich am liebsten verkrochen hätte. Wie ein Kind, das ein Geschenk hinterm Rücken versteckt, weil es nicht weiß, ob es auch gut ankommt.

»Die letzten Stunden des Verstorbenen zu rekonstruieren, ist furchtbar wichtig, Cubs. Die machen das alle so.« Mrs. Molfrey zeigte mit dem Daumen nach hinten auf mehrere vollbepackte Bücherregale. In einem waren die Bücher ausschließlich grün und weiß. »Dalgleish, Wexford. Der Typ, der trinkt…«

»Geht es um Alan Hollingsworth, Mr. Dawlish?«

»Ja.« Cubby holte tief Luft. »Ich hatte gerade die Küchentür geöffnet, um ein bißchen Minze für die Kartoffeln zu pflücken, da hörte ich, wie er die Garage aufmachte…«

»Wann war das, Sir?« Sergeant Troy zückte seinen Stift.

»Am Montagabend gegen halb acht.«

»Sie haben gesagt ›hörte‹, Mr. Dawlish«, sagte Barnaby. »Haben Sie Mr. Hollingsworth denn nicht gesehen?«

»Nein. Da ist die Hecke zwischen. Aber ich kann mir nicht vorstellen, wer es sonst gewesen sein soll.«

»Und er ist fortgefahren?«

»Ich fürchte, das kann ich Ihnen nicht sagen. Ich bin sofort wieder reingegangen. Elfrida hatte den Fernseher an und kein Hörgerät, und es war sehr laut.«

»Ich verstehe. Haben Sie jemanden zurückkommen hören?«

»Tja, wissen Sie, ich glaube ja. Ich möchte es zwar nicht beschwören, denn in der Nacht haben Geräusche die merkwürdige Angewohnheit zu verschwimmen. Man weiß nie genau, wo sie herkommen. Aber als ich kurz vor dem Einschlafen war, hörte ich ein Auto vorfahren – ich bin ziemlich sicher, daß das nebenan war. Und dann wurde eine Tür zugeschlagen.«

»Die Autotür?«

Cubby zögerte. »Das könnte ich nicht beschwören. Das Geräusch war... gedämpft. Ich nehme an, daß das Auto inzwischen in der Garage war. Die stand nämlich bestimmt noch auf, so eilig wie er weggefahren ist.«

»Es war nicht die Haustür?«

»Ich glaube nicht. Aber wie gesagt, ich war gerade am Einschlafen, deshalb bin ich mir nicht ganz sicher. Doch die Küche grenzt direkt an die Garage. Ich könnte das also durchaus gehört haben.«

»Haben Sie auch Stimmen gehört?«

»Nein.«

»Oder wie die Garagentür geschlossen wurde?«

»Das ja.«

»Sind Sie sicher?«

»Absolut. Sie macht so ein merkwürdig pfeifendes Geräusch. Wegen der Fernsteuerung.«

»Und wissen Sie, um welche Uhrzeit das war, Mr. Dawlish?« fragte Sergeant Troy.

»Mal überlegen. Um halb elf wasch ich mich, dann mache ich mir einen Kakao und lese noch ein bißchen, während ich ihn trinke. Dann spreche ich meine Gebete und geh ins Bett. Deshalb würd ich meinen, es muß irgendwann zwischen elf und halb zwölf gewesen sein. Ich schlafe normalerweise sehr schnell ein.«

Hast du auch guten Grund zu, dachte der Chief Inspector, während er das geruhsame, harmlose Leben, das dieser liebenswerte alte Mann führte mit dem Chaos und der Hektik verglich, die zwangsläufig einen großen Teil seines eigenen Lebens bestimmten. Kein Wunder, daß er meist nur schlecht einschlief und dann auch nur, wenn er mit zwei Mogadons oder mit einem Schluck von etwas über 40prozentigem nachgeholfen hatte.

»Danach haben Sie also nichts mehr aus der Richtung von Nightingales gehört, Sir? Die Klingel an der Haustür zum Beispiel?«

Das war sehr unwahrscheinlich, und natürlich erhielt er eine negative Antwort. Dennoch hatten sie einiges erfahren. Hollingsworth, der nach allen bisherigen Darstellungen das Haus nicht verlassen hatte, seit seine Frau verschwunden war, hatte in der Nacht, in der er starb, einen etwa dreistündigen Ausflug unternommen. Auch die Todeszeit konnte man jetzt noch ein bißchen einschränken, denn der Mann war nicht sofort, nachdem er das Haus wieder betreten hatte, rasch und brutal ermordet worden. Es hatte offensichtlich eine Unterhaltung stattgefunden, Drinks wurden angeboten und eingeschenkt. Ganz gewiß hatte man ihm das Zeug nicht die Kehle hinuntergezwungen. Er mußte dort mit jemandem gesessen haben, in dem Glauben, daß er von ihm nichts zu befürchten hätte.

Natürlich würde Dawlishs Aussage als Beweismaterial nutzlos sein. Es hätte irgendwer gewesen sein können, der weggefahren und wieder zurückgekommen war. Jeder könnte das Garagentor zugemacht haben. Aber vorläufig und weil ihm sonst nichts anderes übrigblieb, beschloß

Barnaby, das Offenkundige anzunehmen. Und schließlich entsprach das Offenkundige ja häufig auch der Wahrheit.

Sergeant Troy fragte Mrs. Molfrey gerade, ob sie Mr. Dawlishs Aussage zumindest teilweise bestätigen könnte.

»Leider nein. Ich hab Fernsehen geguckt. Taggart. Ich kann die Spannung zwischen den einzelnen Folgen kaum ertragen, deshalb nimmt Cubby mir immer drei auf einmal auf. Dann kann ich richtig darin schwelgen.«

Nachdem er seine Geschichte losgeworden war, wurde Cubby in die Küche geschickt, um Tee zu machen. Barnaby wandte sich nun Mrs. Molfrey zu, die ihn mit lebhaftem Interesse betrachtete. Heute hatte ihr Teint den weichen, lebhaften Roséton von türkischem Honig. Ihre dunklen Augen leuchteten. Barnaby beschloß, die Gelegenheit zu nutzen und an ihr voriges Gespräch anzuknüpfen.

»Wir werden uns heute noch mit Ihrer Friseuse unterhalten, Mrs. Molfrey. Über ihren Termin mit Mrs. Hollingsworth. Und auch mit der jungen Frau, die bei Ihnen putzt.«

»Heather? Die wohnt in dem Sozialbau hinter dem Wirtshaus. Mit ihrem Freund und diversen Kindern. Er spielt eine Harley Davidson.«

Troy hielt im Schreiben inne und starrte Mrs. Molfrey mit offenem Mund an.

»Das ist eine Gitarre«, mischte sich Cubby aus der Küche ein.

»Das weiß der Sergeant doch selbst«, rief Mrs. Molfrey zurück. »So ein junger Kerl wie er.«

Der Kessel sprudelte und spuckte, und Cubby raste hin und her.

»Er ist ein leichtfertiger Junge«, sagte Mrs. Molfrey. Dann: »Ich bin ja so froh, daß Sie die Sache mit Simones Verschwinden ernst nehmen, Chief Inspector. Die von nebenan meinten zwar, ich sei zu weit gegangen, als ich Sie aufgesucht habe. Aber die würden ja sogar noch still sitzen, wenn ihnen das Haus über dem Kopf abbrennt, statt nach draußen zu laufen und auf sich aufmerksam zu machen.«

Sie sagte nichts von Brenda. Hieß das, daß die Tochter der Brockleys zurückgekommen war? Oder wußte Mrs. Molfrey nichts von ihrer Abwesenheit. Wie dem auch sei, da die Brockleys so verzweifelt darauf bedacht gewesen waren, daß niemand etwas von der Sache erfahren sollte, sah Barnaby keinen Grund, sie zu erwähnen.

»Ich frag mich schon die ganze Zeit, ob Alans Tod nicht irgendwas mit dem Verschwinden seiner Frau zu tun hat. Haben Sie da irgendeinen Anhaltspunkt, Chief Inspector? Oder warten Sie noch auf die Ergebnisse der Obduktion?«

Diese Krimifans waren wirklich zum Lachen. Troy griff nach seinem Notizbuch, das ihm vom Knie zu rutschen drohte. Er war begeistert, diese verrückte alte Schachtel wiederzusehen, und konnte den Blick nicht von ihr lassen. Sie kam ihm vor wie eine magische Gestalt aus einer Weihnachtsrevue oder einem Märchen. Hier fehlte nur noch eine schwarze Katze. Und ein Besen mit Zweigen um den Stiel. Troy freute sich schon richtig darauf, seiner Tochter vor dem Schlafengehen von Elfrida Molfrey zu erzählen. Er hatte sich bereits den ersten Satz ausgedacht: »Vor langer, langer Zeit stand mitten in einem dunklen Wald eine seltsame Hütte...«

»Vergiß die leckeren Nußplätzchen mit Marmelade nicht.«

»Hey, ho!«, rief Cubby zurück.

Mrs. Molfrey streckte die Hand aus und zog einen zweietagigen Servierwagen an ihren Sessel. Auf dem oberen Brett befanden sich eine Lorgnette mit einem Halter aus Schildpatt und Gold, eine Zigarrenkiste mit Kugelschreibern und Bleistiften, Leimtopf und Schere, Schreibpapier und Briefumschläge, eine Flasche Mineralwasser, ein sauberes Glas und die aktuelle Ausgabe der *Times*. Dazu eine längliche weiße Klappkarte, die an das kupferne Schild auf dem Schreibtisch eines Bankdirektors erinnerte und auf der in kunstvollen lateinischen Buchstaben ihr Name stand.

»Um mich daran zu erinnern, wer ich bin«, erklärte Mrs. Molfrey, als sie den erstaunten Blick von Barnaby bemerkte. »Man vergißt das so leicht, finden Sie nicht?«

Cubby kam mit einem schwerbeladenen Tablett herein. Als erstes kümmerte er sich um Elfrida. Er schwenkte das obere Brett ihres Servierwagens über ihren Schoß, breitete ein reich besticktes Deckchen mit passender Serviette aus und stellte ihren Tee, einen Teller Kuchen mit einer kleinen silbernen Gabel sowie eine Kristallvase, die kaum größer als ein Eierbecher war, darauf. Darin steckten ein kleines Büschel Spargelkraut und drei blaßgelbe Rosenknospen.

Troy verbrachte die nächste Viertelstunde damit, die Zähne wieder auseinanderzukriegen, die fest an dem köstlichen Plätzchen klebten, und versuchte, nicht auf die großen und extrem harten Nüsse zu beißen. Nach nur einem Schluck schob er seine Teetasse mit dem Absatz unter die Chaiselongue. Derweil versuchte Barnaby unauffällig, ein bißchen mehr über Verhalten und Gewohnheiten der Bewohner von Nightingales zu erfahren. Er fragte, ob einer von ihnen mal irgendwas von einer größeren Meinungsverschiedenheit mitbekommen hätte.

»Ein Krach?« fragte Mrs. Molfrey. »Du lieber Himmel, nein. Hast du, Dickerchen?«

»Absolut nicht«, sagte Cubby.

»Hat Sie jemals in einem Gespräch mit Ihnen angedeutet, daß sie unglücklich sei?«

»Niemals. Höchstens gelangweilt, aber das war ja zu erwarten. So wie sie in diesem trübseligen und geschmacklosen Haus eingesperrt war.«

»Das klingt ja so, als hätte er ihr nicht trauen können.« Die Worte wurden undeutlich, aber mit viel Mitgefühl und Verständnis gesprochen. Troy hatte noch nie eine Frau erlebt, der man weiter als bis zum nächsten Laternenpfahl trauen konnte. Aber Männer waren im Grunde auch nicht besser. Er hatte keine sehr rosige Meinung vor der menschlichen Natur. Und so war es nicht weiter überraschend, daß die menschliche Natur auch keine sehr rosige Meinung von ihm hatte.

»Ich habe tatsächlich das Gefühl«, sagte Cubby, »daß Alan in dieser Hinsicht ziemlich mißtrauisch gewesen sein muß. Schließlich haben die meisten Leute ständig Kontakt mit dem anderen Geschlecht, ohne gleich davonzulaufen.« Bei diesen Worten sah Cubby voll unerschütterlichen Vertrauens zu Elfrida. Als ob er andeuten wolle, selbst wenn ein Strom von Verehrern den Gartenpfad entlangstürmte, würde ganz sicher keiner von ihnen gehört werden.

Zu Barnabys Verblüffung quittierte Elfrida diese groteske Vorstellung keineswegs mit einem lauten Kichern, sondern hob die rechte Hand, an der mehrere prachtvolle Ringe glitzerten, senkte ihre runzligen violetten Augenlider und neigte mit einer anmutigen Bewegung zustimmend den Kopf.

Die beiden Polizisten sahen sich an. Troy verdrehte amüsiert und ungläubig zugleich die Augen, Barnaby bewunderte einen Augenblick schweigend diese hinreißende Vorstellung, bevor er das Gespräch wieder auf das Thema lenkte, das ihn eigentlich interessierte.

»Hat Mrs. Hollingsworth Ihnen gegenüber mal angedeutet, daß ihr Mann gewalttätig war?«

»Alan? Unsinn!«

»Ganz unmöglich«, sagte Cubby. »Er hat sie angebetet.«

Barnaby nahm das mit großer Skepsis auf. Er hatte schon zu viele Fälle von ehelicher Gewalt erlebt, wie der Mann seine Frau angebetet hatte, bis er sie eines Tages besinnungslos prügelte – manchmal sogar zu Tode. Dann wandte er sich der wesentlich banaleren Frage zu, ob die Hollingsworths vielleicht Probleme mit ihrem Telefon gehabt hätten.

»Hat Simone uns gegenüber nie erwähnt.«

Einen kurzen Augenblick widmeten sich alle ausschließlich dem Essen und Trinken. Cubbys offene Ledersandalen ließen eine Menge von seinen Socken sehen, die an vielen Stellen liebevoll gestopft waren. Barnaby fragte sich, ob er sie selber flickte. Als er seinen Kuchen gegessen und den Tee ausgetrunken hatte, sagte er: »Mrs. Molfrey, als wir vorhin kamen, deuteten Sie an, daß Sie uns ebenfalls etwas zu sagen hätten, es sei Ihnen nur gerade entfallen. Ist es Ihnen inzwischen wieder eingefallen?«

»Ich fürchte nein, Chief Inspector. Ich kann Ihnen nur sagen, daß es irgendwas Akustisches war. Ein unerwartetes oder auch falsches Geräusch. Oder vielleicht ein fehlendes Geräusch, wo man eines erwartet hätte. Ich würde Sie ja gar nicht damit aufhalten, wenn es nicht an dem Tag passiert wäre, an dem Simone verschwunden ist.«

»Nun, wenn es Ihnen wieder einfällt, lassen Sie es mich bitte wissen.« Barnaby zog eine Karte aus seiner Brieftasche und reichte sie ihr. »Mit dieser Nummer kommen Sie direkt zu mir durch.«

»O, vielen Dank.« Mrs. Molfrey strahlte vor Freude. »Seien sie versichert, daß ich dieses Privileg nicht mißbrauchen werde.« Sie betrachtete die Karte durch ein Vergrößerungsglas. Troy konnte es nicht fassen. Der Chef forderte ja geradezu heraus, daß die alte Schachtel sich alle fünf Minuten ans Telefon hängen würde.

Als Cubby aufstand, um sie hinauszubegleiten, gab es ein knackendes Geräusch, wie von einem Knochen. Barnaby nahm an, es käme von einem altersschwachen Gelenk, bis er bemerkte, wie sein Sergeant das Gesicht verzog und sich die Kinnlade rieb.

Als der Chief Inspector sich zum Gehen wandte, fiel ihm zum ersten Mal das große sepiafarbene Foto hinter ihm an der Wand auf. Darauf war das lieblichste Geschöpf abgebildet, das er jemals gesehen hatte. Ein Mädchen von vielleicht achtzehn mit dem allersüßesten Ausdruck auf den perfekten Gesichtszügen. Eine große Wolke dunkler Haare mit Perlenschnüren durchzogen; riesige verträumte Augen. Ihr schlanker Hals ragte aus einem Bausch von Tüll, der hier und da mit einer Gardenie verziert war. Ihre schmalen, feingliedrigen Hände waren über der Brust gefaltet. Um das Foto herum hingen mehrere Theaterplakate.

Obwohl keinerlei Ähnlichkeit mehr zwischen dieser atemberaubenden Schönheit und der verschrumpelten alten Dame im Ohrensessel bestand, wußte Barnaby sofort, daß es sich um ein und dieselbe Person handelte. Und er fragte sich, wie Mrs. Molfrey Tag für Tag diesen grausamen Vergleich ertragen konnte.

»Sie wissen natürlich, wer sie ist?« sagte Cubby schüchtern, als sie erneut den abgenutzten Steinpfad entlanggingen.

»Ich fürchte nein«, sagte der Chief Inspector.

»Elsie Romano.« Als Barnaby kein Erkennen zeigte, fügte er hinzu: »Ein Star des Edwardianischen Theaters. Und eine der großen Schönheiten dieses oder jedes anderen Jahrhunderts.«

Troy, der die Nachhut bildete, verdrehte erneut die Augen und fuhr mit dem Zeigefinger mehrmals vor seiner Stirn im Kreis herum.

»Sie war der gefeierte Star des Ivy und des Trocadero. Und des Café d'Angleterre. Wenn sie nach der Vorstellung mit Jack dort tanzen ging, stiegen die Leute auf die Bänke, ja sogar auf die Tische, um einen Blick von ihr erhaschen zu können.«

»Ist ja interessant, Mr. Dawlish.« Barnaby, der 1941 geboren war, drei Jahre nachdem das Café d'Angleterre zerbombt worden war, fiel nichts weiter dazu ein.

»Sie sehen also, welches Privileg ich genieße. Ich bin nur ein einfacher Kerl, nie irgendwo gewesen, nie was Besonderes gemacht. Und da, praktisch am Ende meiner Tage, habe ich plötzlich diese... Ehre, könnte man sagen. Die Gunst, mich um dieses erlesenste und lieblichste...« Tief bewegt drückte Cubby sein rot-weißes Taschentuch an seine überfließenden Augen.

Troy öffnete mit abgewandtem Gesicht und bebenden Schultern das Gartentor.

»Ich bin sicher, wenn Sie sie im richtigen Augenblick erwischen, würde Elfrida Ihnen das Foto von sich und Jack auf den Stufen des Gaiety zeigen.«

»Jack – war das ihr Mann?«

»Gütiger Himmel, nein.« Höflich versuchte Cubby seine Verblüffung über soviel Ignoranz zu verbergen. »Jack war Jack Buchanan.«

Barnaby hatte vorgehabt, als nächstes bei den Brockleys vorbeizugehen. Nicht nur um zu erfahren, ob Brenda zurückgekommen war, sondern auch weil sie die einzigen anderen Bewohner dieser Sackgasse waren und somit am ehesten die Aussage von Cubby Dawlish bestätigen könnten. Da sie mit Sicherheit lange aufgeblieben waren und besorgt nach den Scheinwerfern vom Auto ihrer Tochter Ausschau gehalten hatten, könnten sie vielleicht sogar noch etwas hinzufügen.

Doch als er mit Troy auf The Larches zuging, kam ihnen Perrot laut rufend entgegen.

»Was gibt's? Was ist passiert?«

»Mr. Marine hat mir gesagt, ich soll Ihnen sagen, sie hätten sie gefunden!«

»Wen gefunden?«

»Nun ja, Mrs. Hollingsworth, Sir.«

»Ich hatte ganz vergessen, was für ein Witzbild du bist, Audrey.« Barnabys Herz, das wie wild zu schlagen begonnen hatte, als er den Weg entlang, am Haus vorbei und in den Garten gerast war, beruhigte sich allmählich wieder.

»Tut mir leid«, sagte Audrey Marine. »Ich hatte schon immer diesen Hang zum Dramatischen, fürchte ich. Komm ich offenbar nicht gegen an.«

Barnaby ließ sich in einen Stuhl auf der Veranda fallen, nur wenige Schritte von einem kleinen, frisch aufgeworfenen Erdhaufen entfernt. Er wischte mit einem Taschentuch über sein hochrotes Gesicht und gab ein merkwürdiges Geräusch von sich. Eine Mischung aus Keuchen und Knurren.

»Alles in Ordnung, Tom?«

»Nein, und das hab ich dir zu verdanken.«

»Ich hätte sagen sollen ein akzeptables Abbild von Mrs. H. Obwohl akzeptabel kaum das richtige Wort dafür ist, wie du gleich sehen wirst.« Er ging auf die Verandatür zu, die weit auf stand. »Komm rein, und sieh's dir an.«

Das gesamte Spurensicherungsteam war im Wohnzimmer versammelt, außerdem Sergeant Troy. Sie saßen um einen Tisch, auf dem eine mit Erde verdreckte Plastiktragetasche und eine kleine, halb durchsichtige Plastikhülle lag. Immer noch mit Handschuhen klappte Audrey die Lasche der Hülle zurück, zog mit einer feinen Pinzette etwas heraus, das wie eine Polaroidaufnahme von acht mal acht Zentimetern aussah, und legte es auf den Tisch. Barnaby beugte sich hinunter, um das Bild genauer zu betrachten.

Es war die Frau von dem Hochzeitsfoto. Selbst ohne Make-up und trotz des kläglichen Gesichtsausdrucks war sie zu erkennen. Ihre Züge waren verzerrt, die Lippen so fest zusammengepreßt, daß von dem sinnlichen Herzmund kaum noch etwas zu erkennen war. Ihre Haut war von einer gräulich weißen Blässe, aber das konnte, wie Barnaby bedachte, auch vom grellen Licht des Blitzes kommen. Vor dem Oberkörper hielt sie eine Ausgabe des *Evening Standard* vom Donnerstag, dem 6. Juni.

Der Chief Inspector wollte etwas sagen, wurde jedoch von Audrey, der eine Hand hob und nur »Warte« sagte, zum Schweigen gebracht.

Obwohl die Plastikhülle auch noch in einer Tragetasche gewesen war, hatte das die Feuchtigkeit nicht aufhalten können. Audrey schob die Pinzette unter die linke obere Ecke des Fotos und löste es vorsichtig von einem weiteren ab, das sich darunter befand.

Nun waren ihre Augen, die dunkler und viel größer wirkten, vom Weinen verquollen. Auf ihrer Stirn und neben dem Kinn waren tiefe Schatten, wie blaue Flecken. Die Finger, die die Zeitung hielten, waren so dunkel vor Schmutz, als ob sie mit irgendwas gefärbt worden wären. Diesmal war das Datum der 7. Juni.

Das letzte Foto war am schlimmsten. Mrs. Hollingsworths hübscher Mund bot einen grausamen Anblick. Ihre Unterlippe schien gespalten zu sein, und das Blut, das daraus geflossen war, klebte getrocknet an Kinn und Hals. Am rechten Wangenknochen prankte ein heftiger Bluterguß, und man hatte ihr das rechte Auge blau geschlagen. Sie wirkte nicht mehr verängstigt, sondern saß einfach nur da, mit hängendem Kopf und völlig ausdruckslos. In jeder Hinsicht geschlagen. An einigen Stellen war ihre Kopfhaut zu sehen, so als hätte man ihr brutal die Haare ausgerissen. Außerdem hatte man ihr ein Knäuel Zeitungspapier in den Mund gestopft. Ihre Bluse war zerrissen, und vorne an ihrem BH hatte man eine komplette Seite der *Sun* vom 8. Juni befestigt.

»*O Gott*«, sagte Troy.

Barnaby starrte auf das da vor ihm ausgebreitete Elend.

Während seiner langen Dienstzeit bei der Polizei hatte er gezwungenermaßen schon viel Schlimmeres gesehen, und der Schock, den er jetzt verspürte, war nicht nur eine Folge von Mitleid und Abscheu, wie es die meisten Menschen bei einem solchen Anblick empfinden würden. Es mischte sich auch Erregung über die plötzliche und dramatische Wendung, die der Fall genommen hatte, unter seine Gefühle. Er hatte seit langem akzeptiert, daß diese Erregung, selbst angesichts der Qualen anderer, eine Seite seiner Persönlichkeit war, die durch seinen Beruf anscheinend bestärkt wurde, wenn sie nicht sogar eine Voraussetzung dafür war. Er hatte seit vielen Jahren aufgehört, sich Gefühllosigkeit vorzuwerfen.

»Du heiliger Strohsack, das ist ja ein Ding, Chef«, sagte Sergeant Troy, wie immer vor Geist sprühend.

Barnaby, dem lauter neue Möglichkeiten durch den Kopf schwirrten, antwortete nicht. Er drehte die Fotos mit der Pinzette um und betrachtete die Rückseiten. Doch außer Feuchtigkeitsflecken war dort nichts zu sehen.

»Irgendwelche Briefumschläge?«

»Ich kann mich an keine erinnern, aber wir sehen noch mal nach.«

»Gebt euch Mühe.« Mit einem Speicheltest könnten sie gegebenenfalls der Sache recht nahekommen. »Die haben ja nicht gerade einen tollen Tapetengeschmack.« Es handelte sich um eine schmal gestreifte Tapete mit kitschigen Zeichnungen von kleinen Hunden, die ihren natürlichen Geschäften auf vielfältige Weise recht schelmisch und irgendwie gekünstelt nachgingen.

»Die gab's überall«, sagte Audrey. »Vor ein paar Jahren.«

»Könntest du das bitte vorrangig behandeln?«

»O.K.« Audrey Marine ließ die Plastiktüte in einen mit einem Anhänger versehenen durchsichtigen Beutel fallen. »Was meinst du, weshalb er das verbuddelt hat?«

Barnaby zuckte die Achseln. »Vielleicht konnte er es nicht ertragen, die Fotos im Haus zu haben.«

»Warum hat er sie dann nicht einfach verbrannt? Oder in die Mülltonne geschmissen?«

»Weil er der Polizei dann nichts hätte vorweisen können, falls sie seine Frau nicht ausliefern, nachdem er die Forderungen erfüllt hat.«

»Also Erpressung?«

»Sieht ganz so aus.«

»Der zeitliche Rahmen ist 'n bißchen knapp, finden Sie nicht, Sir?« fragte Sergeant Troy. »Ich meine nicht, um die Aufnahmen zu machen. Wenn die sie am Donnerstagabend gekidnappt haben, könnten sie das erste Foto noch am gleichen Abend gemacht haben. Aber wie sieht's mit dem Verschicken aus?«

»Ein bißchen eng, stimmt.«

»Ich meine, alle drei müssen spätestens am Montag hier gewesen sein. Riskant, selbst wenn man sie erster Klasse schickt.«

»Die Post hat einen speziellen Service, bei dem sie garantieren, daß das Teil am nächsten Tag ankommt«, sagte Audrey. »Kostet nur ein paar Pfund, aber man muß ein Formular ausfüllen. Das würden diese Leute nicht riskieren. Die könnten das Zeug natürlich auch einfach durch den Briefschlitz geworfen haben.«

»Verdammt«, sagte Sergeant Troy. »Wär das nicht auch ein bißchen riskant?«

»Nicht unbedingt. Mitten in der Nacht, wenn alle schlafen.« Nachdem Audrey Marine Barnaby gefragt hatte, ob er vorläufig mit den Fotos fertig wäre, steckte er diese mit der Pinzette zurück in die Plastikhülle.

»Ich muß sagen, das wirft ein ganz neues Licht auf das Gespräch, das Perrot mit Hollingsworth geführt hat.« Barnaby ging wieder durch die Verandatür nach draußen.

»Kein Wunder, daß Hollingsworth es so eilig hatte, ihn aus dem Haus zu kriegen.«

»Das erklärt auch, warum er ihn ins Haus gezerrt hat, Chef«, sagte Troy. »Diese Schweine drohten nämlich sofort, das Opfer zu töten, wenn der andere zur Polizei geht. Das kann ich Ihnen sagen.«

Barnaby grunzte. Kein sehr vertrauenerweckendes Geräusch.

»Das ist dann wohl der Beweis, daß er sich umgebracht hat. Er hat das Geld übergeben – deshalb ist er Montag nacht Hals über Kopf losgefahren – dann haben sie sich gemeldet und ihm erklärt, sie wäre hinüber. Da sieht er keinen Sinn mehr im Leben und tut's. Was meinen Sie?«

Barnaby erklärte, daß das seinen sämtlichen bisherigen Vermutungen in diesem Fall absolut widerspreche, sich aber in der Tat sehr plausibel anhöre. Da er sich nicht unnötig lange mit dieser frustrierenden Einsicht herumquälen wollte, tröstete er sich mit dem Gedanken, daß er nun, da sie es mit einer Entführung zu tun hätten und möglicherweise nach sterblichen Überresten suchen müßten, über ein anständiges Team und ein einigermaßen realistisches Budget würde verfügen können.

Perrot, der mal wieder auf der Straße vorm Haus Dienst tat, wappnete sich, als er die beiden Männer kommen sah. Doch Troy begnügte sich diesmal mit einer rüden Geste mit Daumen und Zeigefinger und einem gemurmelten »Wichser«.

Barnaby schaute zu den Brockleys hinüber. Schon wieder stand der Pudel auf den Hinterbeinen und starrte aus dem Fenster. Hinter dem Hund stand bleich und regungslos Iris. Obwohl auch sie angestrengt nach draußen blickte, schien sie kaum zu verstehen, was da draußen vor sich ging, fast wie eine Blinde. Sie wirkte zutiefst verstört und viel kleiner als bei ihrer letzten Begegnung.

Es war jetzt fast sieben. Der Chief Inspector spürte einen starken Widerwillen bei dem Gedanken, sich an diesem ohnehin schon furchtbaren Tag, mit noch mehr Elend auseinandersetzen zu müssen. Sollte doch jemand anders mit der Familie reden. Er hatte die Nase voll.

»Ach, Constable.«

»Sir.« Perrot, der schon stramm wie ein Gardeoffizier dastand, straffte seine Muskeln noch stärker.

»Wenn irgendwelche Post für Nightingales ankommt – auf meinen Schreibtisch damit. Verstanden?«

»Ich werde Sie Ihnen persönlich bringen, Chief Inspector. Mit dem Motorrad.«

»Nun übertreiben Sie nicht gleich, Perrot.«

»Wie Sie meinen, Sir.«

Collin Perrot schaute den beiden Polizisten hinterher. Seine Schultern lockerten sich ein wenig. Er ging eine Zeitlang auf dem Rasenstreifen auf und ab, dann trat er durch das schwarz-goldene Eisentor und schlenderte den Kiesweg auf und ab. Schließlich stellte er sich eine Weile auf die Stufe vorm Haus. Polizeipräsenz.

Es würden nicht mehr viele Leute dasein, um zuzuschauen, wenn das Spurensicherungsteam gleich abfuhr. Perrot sah auf seine Uhr – halb acht. Das erklärte die Sache. Es bedurfte schon mehr als einer Handvoll Ermittler in Zivil, um Fawcett Green daran zu hindern, *EastEnders* zu gucken.

Perrot seufzte und überlegte, ob er sich nicht einen Stuhl von der Terrasse vors Haus holen und sich hinsetzen könnte, wo doch niemand mehr zu sehen war, der auch nur das kleinste bißchen Autorität hatte. Er war jetzt seit neun Stunden auf Trab, und ihm taten die Füße und der Rücken weh.

Die Überstunden kamen allerdings nicht ganz ungelegen. Nächsten Monat hatte sein Sohn Robby Geburtstag, und er wünschte sich ein Mountainbike. Zwar hatte sich der Junge bereits damit abgefunden, daß es – wie so viele Geschenke der Kinder – wahrscheinlich ein gebrauchtes sein würde, wenn auch auf Hochglanz poliert und von seinem Dad so gut es ging hergerichtet. Aber es wäre natürlich schön, ihn mit einem neuen überraschen zu können.

Als er mit seinen Überlegungen an dieser Stelle angekommen war, spazierte Perrot gerade zur Rückseite des Hauses, da dieser Teil seiner Meinung nach genausogut bewacht werden mußte wie die Vorderfront. Vermutlich sogar noch mehr, da er vor den Augen der Öffentlichkeit verborgen war.

Im Garten war es sehr still. Die Sträucher und Bäume waren in blaßgoldenes Licht getaucht. Die einzigen Geräusche kamen von einigen Bienen, die in geduldig stillhaltenden Blüten herumstöberten, von Fröschen, die in den Teich und wieder heraus sprangen, und von einem Fuchs, der irgendwo auf den Feldern bellte.

Perrot setzte sich in die mit Gänseblümchen gemusterte Hängematte und genoß die Stille. Er atmete langsam und tief und erfreute sich an den wohlriechenden moschusartigen Düften. Es schien unvorstellbar, daß eben noch Männer und Frauen hier herumgeschwirrt waren und häßliches und beunruhigendes Beweismaterial aus der wohlriechenden Erde ausgegraben hatten.

In der warmen, milden Luft begann Perrots verletzter Stolz allmählich zu heilen. Er hatte furchtbar gelitten, seit der Detective Chief Inspector ihn auf der Polizeistation von Causton so verächtlich heruntergeputzt hatte. Aber seine Scham über sein stümperhaftes Verhalten wurde noch von einer viel größeren Angst überlagert. Wie ein Damoklesschwert hingen die Worte »zu lange in der Provinz eingemottet« über ihm.

Perrot war ein Mann vom Land. Wenn man ihn woandershin verpflanzte, glaubte er, einzugehen und sterben zu müssen. Das war natürlich nicht wahr. Trixie sagte ihm immer, er solle nicht so töricht sein. Und als er von seinen Ängsten sprach, hatte sie gemeint, es wäre schon alles in Ordnung, solange sie nur zusammen wären.

Aber so einfach war das nicht. Orte veränderten Menschen. Perrot war ab und zu auf Fortbildungskursen gewesen, und die Stadtpolizisten, die er dort kennengelernt hatte – nun ja. Schon die Art, wie die miteinander redeten, ihre Einstellung den Mitmenschen gegenüber. Die waren vielleicht zynisch! Sie hörten sich an, als ob sie sich die Hälfte der Zeit im Kriegszustand befänden. Ständig hatte man von »Brennpunkten« gefaselt. Perrot hatte sich richtig fehl am Platz gefühlt. Er hatte gar nicht erst versucht, über seine Arbeit zu reden, weil er wußte, daß er damit bestimmt nur Verachtung ernten würde. Niemand wollte etwas über die drei Dörfer hören, für die er zuständig war. Über die ausgelassenen Kinder, einschließlich seiner eigenen, die um halb vier lärmend aus der nagelneuen Grundschule gelaufen kamen, mit Papier- oder Pappmodellen in der Hand oder mit grellbunten Kleckereien. Oder wie erleichtert die ängstlichen älteren Leute waren, wenn sie sein Klopfen an der Tür hörten. Auch seine Freizeitaktivitäten als Schiedsrichter auf dem Fußballplatz oder als Aufsicht bei den Fahrradrennen der Kinder blieben unerwähnt.

Natürlich hatte der Job auch seine Schattenseiten. Einbrüche, ab und zu ein Fall von Kindesmißbrauch (der in einer kleinen Gemeinde allerdings schnell bekannt und geregelt wurde), Schlägereien zwischen Betrunkenen, gelegentlich Fälle von häuslicher Gewalt. Aber nichts, was man mit Fug und Recht als Brennpunkt bezeichnen könnte. Trotzdem würde niemand Perrot weismachen können, daß seine täglichen Pflichten keine Bedeutung hätten. Schon gar nicht dieser gemeine, unflätige, rothaarige Widerling von Sergeant aus der Stadt. Als Perrot seiner Frau erzählte, wie der ihn reingelegt hatte, konnte sie es kaum glauben und wollte ihm einreden, daß er Troy vielleicht mißverstanden hätte. Niemand könnte doch mit Absicht so gemein sein. An der Stelle hatte Perrot gesagt, wenn er nach Causton versetzt würde, wäre er mit der Polizei fertig.

Jetzt lehnte er sich zurück, schloß die Augen und versuchte, sich diese Gedanken aus dem Kopf zu schlagen. Hatte keinen Sinn, sich über ungelegte Eier aufzuregen. Vielleicht hatte der DCI längst vergessen, daß er je so etwas vorgehabt hatte. Und wenn er, Perrot, forsch und wachsam war und absolut am Ball blieb, würden die da oben keinen Grund haben, sich daran zu erinnern, daß das je anders gewesen war.

Ja, so mußte er es machen. Perrot rückte ein Kissen zurecht, um es bequemer zu haben, und schwang die Beine in die Hängematte. Die nächste Viertelstunde verbrachte er in beschaulicher Betrachtung einer rankenden Klematis, der chinesischen Töpfe und des Gartengrills der Hollingsworths. Am Himmel erschienen lavendelfarbene und blaßgelbe Streifen, während allmählich der Abend anbrach.

Was wirklich gut wäre, dachte Perrot, der kaum noch etwas wahrnahm, verträumt, ja absolut ausgezeichnet, wäre ein entscheidender Anhaltspunkt. Er mußte jemanden finden, auf den niemand gekommen wäre, ihn in einer kompromittierenden Situation erwischen... Das würde den Fall weiter..., das würde ihn lösen... Ein erfolgreicher... Abschluß... so beeindruckt... wir alle hier... gut gemacht, Constable... keine Frage mehr von...

Perrot schlief.

6

Eine Frau, die anscheinend ihren Mann verlassen hat, und der darauffolgende Tod dieses Mannes, möglicherweise von eigener Hand, ist eine Sache. Einen Menschen als Geisel zu halten und brutal zu mißhandeln, um Lösegeld zu erpressen, ist etwas völlig anderes. Am Mittag des folgenden Tages wurden offizielle Ermittlungen über das Verschwinden von Simone Hollingsworth aufgenommen.

Man hatte Detective Chief Inspector Barnaby ein Team zugeteilt, das kleiner war, als er es sich gewünscht hätte, aber das war schließlich nichts Neues. Er hatte den Leuten so detaillierte Anweisungen gegeben, wie er konnte, und dann hatte sich jeder an seine Aufgabe gemacht. Sämtliche Einwohner von Fawcett Green würden gefragt werden, was sie über den toten Mann und seine vermißte Frau wußten, um genauere Informationen über die Ehe und die Lebensgewohnheiten der beiden zu erhalten.

Die Polizei hoffte, jemanden zu finden, der Simone gesehen hatte, nachdem sie aus dem Marktbus gestiegen war, oder vielleicht sogar während der Fahrt mit ihr gesprochen hatte. Außerdem würde man sich erkundigen, ob irgendwer in der Nacht, in der Alan starb, ein fremdes Fahrzeug im Dorf bemerkt hatte.

Barnaby verfaßte ein Fax, das an sämtliche Maklerbüros in einem Umkreis von zehn Meilen um Causton verteilt werden sollte, in dem er um Angaben zu sämtlichen Immobilien bat, die während der letzten Monate vermietet worden waren – einschließlich Ladenlokalen, Büros und

Garagen. Außerdem bat er um eine Liste von leerstehenden Immobilien. Es war zwar nicht sehr wahrscheinlich, daß der Kidnapper ganz normal in ein Maklerbüro gegangen war, einen Vertrag unterschrieben und den entsprechenden Scheck ausgestellt hatte. Aber man durfte diese Möglichkeit nicht ausschließen. Irgendwo mußte Simone ja schließlich versteckt gehalten werden.

Zu seinem Team gehörte unter anderem Sergeant Brierley, die Barnaby insbesondere deshalb ausgesucht hatte, damit sie mit den Brockleys redete. Sie war sensibel, intelligent und in der Lage, Dinge zu registrieren, die einem prosaischeren Beobachter entgehen könnten.

Drei Leute blieben im Büro, um das, was bereits über die Vergangenheit von Alan und Simone bekannt war, zu ergänzen. Als erstes sollten sie versuchen, die jeweiligen Expartner ausfindig zu machen. Daß Simones erster Mann bereits als mieser Typ beschrieben worden war, ließ ein wenig hoffen. Hatte er vielleicht mit diesem Club zu tun, in dem Simone mal gearbeitet hatte und den Avis Jennings in Soho vermutete?

Der Chief Inspector hatte zunächst Gray Patterson auf der Stelle zur weiteren Vernehmung holen wollen. Die Entführung von Mrs. Hollingsworth und das Erpressen von Lösegeld wäre für ihn zweifellos eine süße Rache gewesen. Damit hätte er nicht nur einen gewissen finanziellen Ausgleich für die gestohlene Arbeit bekommen, sondern auch die Genugtuung gehabt, daß der Mann, der ihn betrogen hatte, seine Tage in fiebriger Benommenheit und panischer Angst zubrachte. Etwas Besseres hätte er sich in seiner Situation doch kaum wünschen können.

Doch nach weiteren Überlegungen beschloß er, sich Hollingsworths ehemaligen Partner erst vorzunehmen, wenn die Fingerabdrücke im Labor verglichen worden waren. Man hatte ihm versprochen, daß die Ergebnisse im

Laufe des Nachmittags vorliegen würden. Zu der Zeit würde er gerade mit Freddie Blakeley reden, dem Filialleiter der Bank, mit der Penstemon arbeitete. Barnaby hoffte, mehr über die finanzielle Situation der Firma zu erfahren und darüber, wie das Lösegeld aufgebracht worden war.

Es hatte eine gerichtliche Anhörung über die Todesursache von Alan Hollingsworth stattgefunden, diese war jedoch vertagt worden, da die Polizei nun weiter ermittelte. Die Leiche war von Ted Burbage offiziell identifiziert worden. Hollingsworths Anwältin Jill Gamble besaß Adresse und Telefonnummer vom Bruder des Toten, und die Polizeidienststelle Central Aberdeen hatte jemanden vorbeigeschickt, um die Nachricht zu überbringen.

Der Autopsiebericht enthielt wenig, was George Bullard nicht bereits am Telefon gesagt hatte. Während Barnaby ihn überflog, merkte er, wie seine Konzentration nachließ, und verlangte nach einer frischen Dröhnung Koffein.

»Und nicht dieses abgestandene Zeug, das da schon seit...«

Barnaby wurde abgelenkt. Er stand am Fenster und hatte einen Boten von der Gerichtsmedizin entdeckt, der gerade über den Hof auf das Hauptgebäude zukam.

»Seit Madonna noch Jungfrau war?«

»Äh?«

»›In love for the very first time‹«, krächzte Sergeant Troy. Musik war für Troy ein Buch mit sieben Siegeln.

»Frisch soll er sein.«

Als sein Sergeant mit zwei Tassen wunderbar aromatischem brasilianischem Kaffee zurückkam, war Barnaby gerade in den Bericht der Spurensicherung vertieft und versuchte, aus der Masse an Informationen das unmittelbar Relevante herauszuziehen. Der Bericht umfaßte Nightingales mit sämtlichem Inventar sowie die vergrabenen Fotos. Berichte über Garten, Garage, Auto und Hollingsworths Kleidung würden während der nächsten Tage nach und nach folgen.

Wie zu erwarten, waren im Haus mehrere nicht identifizierbare Fingerabdrücke gefunden worden. Einige stammten sicherlich von Simone. Andere von Perrot und dem Pfarrer. Auf der Tastatur, auf der die letzten Worte des Toten gestanden hatten, waren nur Fingerabdrücke von Hollingsworth gewesen.

Barnaby ließ sich davon nicht entmutigen, denn es waren bereits andere Möglichkeiten vorgeschlagen worden, wie man die Nachricht auf den Bildschirm hätte bringen können. Zum Beispiel über eine Diskette. Oder indem man die Tastatur austauscht – es hatten zwei weitere in dem Raum gestanden. Oder indem man die benutzte Tastatur mit einer dünnen Plastikfolie abdeckt, so wie man sie in Geschäften benutzt, um die Kasse sauberzuhalten.

Der Bericht über die Fotos von Simone und über die Plastikhülle wies auf mehrere winzige Druckpunkte in der rechten oberen Ecke der Polaroidaufnahmen hin, was bedeutete, daß hier mehr als nur die Pinzette der Spurensicherung zu Werke gewesen war. Die einzigen Fingerabdrücke stammten von Alan. Das galt auch für das Glas, das man auf dem Teppich gefunden hatte.

Das Glas enthielt Spuren von Haloperidol, wie Barnaby auch erwartet hatte. Jamand hatte den Stoff in das Glas getan – in der Flasche selbst war nämlich nichts –, den Whisky hinzugefügt und vermutlich das Ergebnis dem Opfer hingestellt, und das alles ohne eine einzige Spur zu hinterlassen.

Aber wie war das Pulver in das Glas gekommen? Durch einen kühnen Handgriff, während der Täter dem Opfer einfach den Rücken zuwandte? Oder war das Glas in einem andern Zimmer präpariert, dann auf ein Tablett gestellt und dem Opfer direkt gereicht worden?

Eine weitere Möglichkeit war, daß der Mörder das Glas abgewischt hatte, nachdem Hollingsworth bewußtlos geworden war, und dann einfach dessen Finger daraufgedrückt hatte. Das war aber gar nicht so einfach wie man sich das vorstellte. Denn fast immer wandten die Täter, zuviel Kraft an, und das führte zu unnatürlich gleichmäßigen Abdrücken.

Barnaby schloß die Augen und versetzte sich in das Wohnzimmer von Nightingales um elf Uhr am Montagabend vor einer Woche. So etwas machte er oft, und er konnte es ziemlich gut. Und da er eine lebhafte, aber nicht sonderlich ausschweifende Phantasie hatte, kamen bei ihm durchaus realistische Szenarios heraus.

Da war das Zimmer, unordentlich und stickig, die Vorhänge zugezogen. Und da kam Alan – Barnaby hörte die Tür zuschlagen – direkt von der Lösegeldübergabe. Was hatten sie ihm erzählt? Wahrscheinlich die übliche Geschichte. Daß sie auf ihn warten würde, wenn er nach Hause käme. In dem Fall würde er durch das leere Haus laufen, treppauf, treppab, durch alle Zimmer, und ihren Namen rufen. Simone! Simone!

Der arme Kerl.

Aber wenn Nightingales nun doch nicht leer gewesen war. Vielleicht war der Mörder bereits *in situ*. Oder war er – oder sie – später heimlich eingestiegen, ohne daß Hollingsworth es bemerkt hatte? Letzteres schien Barnaby reichlich unwahrscheinlich. Wenn es sich um jemand handelte, mit dem der Tote bereit gewesen war, einen Drink zu nehmen, dann hätte es keinen Grund für ein heimliches Eindringen gegeben.

Die Versuchung war groß, eine Verbindung zwischen der Entführung und Hollingsworths Tod zu sehen, so paradox diese auf den ersten Blick auch scheinen mochte. Warum sollte jemand ein Huhn schlachten, das ihm gerade ein nicht unbeträchtliches goldenes Ei gelegt hatte? Und das man durchaus überreden könnte, noch ein paar weitere zu legen.

Ein Grund dafür könnte sein, daß Hollingsworth gefährlich geworden war. Wenn er beispielsweise – anstatt nach der Übergabe sofort nach Hause zu fahren – geblieben war, um zu sehen, wer das Geld abholte? Vielleicht sogar versucht hatte, demjenigen zu folgen. Wenn man ihn entdeckt hatte, wäre sein Leben keinen Heller mehr wert gewesen. Besonders wenn, wie Barnabys Instinkt ihm sagte, Mrs. Hollingsworth bereits tot war.

Seine dicken Finger blätterten weiter in dem Bericht. Er bemerkte, daß sich niemand gewaltsam Einlaß verschafft hatte. Da das Haus rundum abgeschlossen gewesen war, als man die Leiche fand, mußte derjenige entweder einen Schlüssel besessen haben oder reingelassen worden sein.

Gray Patterson hatte einen Schlüssel gehabt. Angeblich weggeschmissen, aber was sollte er auch sonst sagen? Aber selbst wenn es stimmte. Es könnte ja durchaus sein, daß Hollingsworth den Mann, den er betrogen hatte, zu sich ins Haus ließe. Wenn beispielsweise Patterson mit irgendeiner Lügengeschichte erschienen war, daß er Simone irgendwo gesehen hätte – in einem Bus vielleicht oder einem Café? Höchst unwahrscheinlich angesichts der Umstände, aber Alan hätte sicher Hoffnung gehabt. Verzweifelte klammern sich an jeden Strohhalm.

Simone hatte natürlich auch einen Schlüssel. Der war vermutlich in ihrer Handtasche, als sie in den Bus nach Causton stieg, und könnte sich jetzt in den Händen des Täters befinden.

Barnaby krempelte seine feuchten Manschetten hoch. Während dieser Überlegungen, die eigentlich nur eine gewisse Ordnung in seine Gedanken brachten, anstatt zu echten Fortschritten zu führen, war es ein Uhr geworden. Er nahm sein verknittertes beiges Jackett und ging in die Kantine, um vor seiner Verabredung in der Nat West ein kurzes Mittagessen einzunehmen.

Mit Rücksicht auf sein Gewicht wählte der Chief Inspector einen Teller geraspelter Möhren mit Rosinen und Mandelflocken sowie einem Stück Zitrone, dazu zwei Scheiben geräucherte Truthahnbrust. Während er die Zitrone über seinem Salat ausdrückte, dachte er, daß diese glühende Hitze auch etwas Gutes hatte. Sie unterdrückte die Freßsucht.

Craig, der Polizeikater, schlenderte auf ihn zu. Er war ihnen als angeblich ausgezeichneter Mäusejäger von einer Telefonistin aufs Auge gedrückt worden, als diese umzog. Seine eigentliche Bestimmung hatte er jedoch von Anfang an nicht wahrgenommen, sondern hatte sich mehr oder weniger dauerhaft in der Kantine breitgemacht. Obwohl er bei all den schönen Leckerbissen, die gutmütige Menschen ihm dort zusteckten, bereits in der ersten Woche sein Gewicht verdoppelt hatte, gelang es ihm weiterhin erfolgreich, einen Eindruck von Armseligkeit und furchtbarem Hunger zu erwecken, bei dem fast jedem das Herz schmolz. Er hätte ein Vermögen als Schauspieler gemacht.

»Hau ab«, befahl Barnaby, »du verfressenes kleines Miststück.«

Craig versuchte es daraufhin mit diesem beleidigten, überheblichen Schielen, auf das Katzen sich so wunderbar verstanden, wenn sie nicht sofort bekamen, was sie wollten. Ungläubigkeit breitete sich auf seinem aufgequollenen, kampflustigen Gesicht aus. Er harrte kurze Zeit aus, und als dann nichts Nahrhaftes in seine Richtung geschoben wurde, maunzte er. Ausgehungert und vernachlässigt, wie er war, kam nicht mehr als ein mitleiderregendes Krächzen heraus.

Wohl wissend, daß er zum Narren gehalten wurde, hatte

Barnaby gerade widerwillig begonnen, einen hauchdünnen Streifen Fleisch abzuschneiden, als er durch Troy abgelenkt wurde, der sich mit einem voll beladenen Tablett ihm gegenüber niederließ.

»Montags ist das Angebot ja nie so doll, was Chef?« Während Troy sprach, stach er mit seiner Gabel in ein fettglänzendes Würstchen und beobachtete, wie der Saft herauslief. »Da sind die wohl noch nicht so richtig in die Gänge gekommen.«

Außer den Würstchen lagen auf seinem Teller ein schwankender Haufen Fritten, zwei Spiegeleier, eine orangefarbene Pfütze Baked Beans, Champignons und mehrere große Stücke Blutwurst.

»Würde es Ihnen was ausmachen, sich mit dem Zeug woandershin zu setzen?«

»Wie bitte?« Troy war sehr sensibel, wenn er sich gekränkt fühlte. Er sah aus, als könne er seinen Ohren kaum trauen. Im Grunde unterschied sich sein Gesichtsausdruck kaum von dem der Katze. Sichtlich verletzt, nahm er sein Tablett und schaute sich unsicher um.

»Das reicht schon.« Barnaby zeigte auf den Stuhl hinter sich.

»Wie Sie meinen, Sir.«

An seinem Tonfall war deutlich zu erkennen, daß Troy ziemlich beleidigt war. Barnaby rang sich ein Lächeln ab, soweit das ein Mann angesichts eines Haufens geraspeltem Wurzelgemüse und einer Katze mit Charakter überhaupt konnte. Hinter ihm steigerte sich das Besteckgeklappere zu einem Crescendo. Es war, als wäre man in den letzten Akt von *Hamlet* geraten. Dann folgte eine zufriedene Pause, ein letztes Klappern, als die Waffen aus den Händen gelegt wurden, schließlich ein leises Quietschen, während der Teller mit einem Stück Brot saubergewischt wurde.

»Also gut.« Barnaby hievte sich hoch. »Gehn wir.«

»Ich hab meinen Nachtisch noch nicht gegessen.«
»Nachtisch ist was für Schlappschwänze, Sergeant.«

Die National Westminster Bank war auf der High Street, nur wenige Minuten zu Fuß von der Polizeiwache entfernt. Tief getroffen von der letzten, besonders biestigen Bemerkung folgte Troy seinem Vorgesetzten über den in der Hitze flirrenden Parkplatz und durch das Haupttor. Sofort waren sie von Abgasdünsten umgeben, vermischt mit dem Gestank von Zwiebeln und recyceltem Fett von einem nahe gelegenen Hot-dog-Stand.

Troy ging forsch mit strammen Schritten, um seine geballte Männlichkeit zu betonen. *Schlappschwanz.* Was für eine Unverschämtheit! Machte einen völlig fertig, so eine Bemerkung. Wenn es nicht so beleidigend wäre, könnte man ja geradezu darüber lachen. Er – ein Mann mit maskuliner und verführerischer Persönlichkeit, von dem man sagte, er würde jedes hübsche Mäuschen schon auf zwanzig Schritt Entfernung anmachen. Muskulös, attraktiv und so gut bestückt, daß er in den Umkleideräumen als Maxie bekannt war. Ein Mann, der nach zehn Lager mit Schuß noch auf den Beinen stand und Vater eines Kindes war. Ein Mädchen zwar, aber es war ja noch reichlich Zeit, das zu korrigieren. Der alte Fettwanst war ja bloß eifersüchtig. Warum sollte er sonst so etwas sagen.

An einem Fußgängerüberweg mußten sie warten. Die Steinplatten auf dem Bürgersteig brannten durch die Kunststoffsohlen von Troys auf Hochglanz polierten, mit Troddeln versehenen Halbschuhen. Ein älterer Sandwichman, dessen Umhängetafeln von oben bis unten mit biblischen Anweisungen beschrieben waren, kam auf sie zu. Troy registrierte ihn mit verdrießlichem Gesicht. Der Mann, wie so viele übertrieben religiöse Menschen von dem nervigen Drang besessen, seine Überzeugungen mit anderen zu teilen, schenkte Troy ein süßliches Lächeln. »Jesus liebt dich«, sagte er.

»Jesus liebt jeden, Kumpel«, blaffte ihn Sergeant Troy an, der sofort einen Fall von emotionaler Promiskuität witterte. »Glaub ja nicht, du wärst was Besonderes.«

Die Bank war klimatisiert. Herrlich. Barnaby, der bei jedem Schritt getrieft hatte, konnte spüren, wie der Schweiß auf seinem Hemd trocknete und der Stoff sich von seiner Haut löste.

Freddie Blakeley ließ sie nicht warten, sondern führte sie gleich in sein Büro. Dort zeigte er auf zwei extrem bequem aussehende Stühle, Konstruktionen aus Lederriemen und verchromten Rohren. Sie sahen aus wie Vorrichtungen für eine besonders gräßliche medizinische Untersuchung. Oder für besonders bizarre Sexspielchen. Barnaby reichte Blankeley die richterliche Verfügung.

Im Gegensatz zu den meisten Leuten winkte Blakeley nach einem flüchtigen Blick nicht ab, sondern setzte sich mit ernster Miene an seinen riesigen Teakschreibtisch, als wolle er dem Dokument jede kleinste Bedeutung entlocken oder mögliche Betrügereien aufspüren.

Barnaby beobachtete das Schauspiel mit Interesse und studierte gleichzeitig jedes Detail in Verhalten und Aussehen des Mannes. Nach dreißigjähriger Praxis tat er das fast unbewußt und ohne die geringste Anstrengung. Heute wurde er besonders belohnt. Der Kontrast zwischen dem ordentlich aufgeräumten Schreibtisch und der betulichen Art des Filialleiters auf der einen Seite und seiner äußeren Erscheinung auf der anderen war verblüffend. Um es klar und deutlich zu sagen, Freddie Blakeley sah aus wie ein Gangster.

Er war klein und stämmig, hatte fleischige, muskulöse Schultern und volle Lippen, die trotz ihrer Größe sinnlich und schwungvoll geformt waren. Seine Haut wirkte widerstandsfähig, war aber sehr bleich, als ob sie nie das Tageslicht sähe. Ein stahlblauer Schatten lag auf seinen Hängebacken. Er trug einen pechschwarzen Anzug mit breiten weißen Streifen, eine Satinkrawatte, die mit goldenen Pfauen bestickt war und ein smaragdgrünes Einstecktuch im Paisleymuster, das in üppigen Falten aus seiner Brusttasche ragte.

In der Hoffnung, sein Vergnügen an dieser unglaublichen Erscheinung mit jemandem teilen zu können, suchte Barnaby Blickkontakt zu Sergeant Troy. Dieser wandte jedoch sofort den Blick ab und starrte mit steinerner Miene aus dem Fenster.

Blakeley faltete die Verfügung zweimal ordentlich, strich sie auf seiner makellosen Schreibunterlage glatt und machte Anstalten zu sprechen. Barnaby war auf ein rauhes, neapolitanisches Grollen gefaßt, das ihm ein Angebot machte, das er nicht ablehnen durfte. Selbstverständlich wurde er enttäuscht.

»Eine furchtbare Geschichte.« Feinstes Londoner Umland, durch einen Tennisschläger gesiebt. Das Lächeln hatte die höfliche Leere eines Diplomaten. »Furchtbar«, wiederholte Mr. Blakeley. Er sah die Polizisten mit Widerwillen an, als ob sie durch ihr Eindringen in seine heiligen Hallen einen äußerst unangenehmen Geruch hereingebracht hätten. Und in gewisser Weise hatten sie das natürlich auch. Denn was stank schon übler als ein Mord? »Also, womit kann ich Ihnen dienen?« Er berührte seine breiten, stark behaarten Nasenlöcher mit seinem scheußlichen Einstecktuch.

Barnaby hielt es für ratsam, ganz vorsichtig zum Kernpunkt dieser unangenehmen Angelegenheit zu kommen, und begann deshalb mit Fragen zur allgemeinen wirtschaftlichen Lage von Alan Hollingsworths Firma.

Und Mr. Blakeley antwortete auch ganz allgemein. Vor

ihm lagen mehrere DIN-A4-Seiten mit ordentlichen Zahlenreihen, die er jedoch kaum zu Rate zog. Obwohl keine großen Rücklagen da waren, schien die geschäftliche Lage von Penstemon augenblicklich stabil zu sein und die Firma ganz gut zu laufen. Im Gegensatz zu den meisten Geschäftskunden der Bank hätte die Firma ihr Konto nie überzogen. Alan Hollingsworths Privatkonto hingegen, bewegte sich zwar immer in den schwarzen Zahlen, wäre aber eine etwas wechselhaftere Angelegenheit. Nachdem er diese vage Information herausgerückt hatte, verstummte Mr. Blakeley. Freiwillig würde jetzt nichts mehr kommen.

Barnabys erste direkte Frage, die sich auf den Streit zwischen Hollingsworth und Gray Patterson bezog, wurde ziemlich schroff abgefertigt.

»Sie können wirklich nicht von mir verlangen, daß ich mich zu einer Angelegenheit äußere, über die ich so gut wie nichts weiß.«

»Ich glaube, der Grund für diesen Ärger war, daß Hollingsworth ziemlich schnell eine große Summe Geld aufbringen mußte. Hat er die Bank um einen Kredit gebeten?«

»Ja.«

»Und Sie haben abgelehnt?«

»Hab ich. Die Firma ist sehr klein. Die konnte ich wirklich nicht als Sicherheit für eine solche Summe betrachten.«

»Wissen Sie, ob er versucht hat, sich das Geld anderswo zu leihen?«

»Da habe ich keine Ahnung.« Anderswo, deuteten Mr. Blakeleys verächtlich gekräuselte Lippen an, wäre in jedem Fall eine deutlich minderwertigere Quelle gewesen.

»Könnten Sie mir das genaue Datum nennen, an dem die Summe schließlich eingezahlt wurde?«

Zwei zusammengeheftete Blätter wurden über den Tisch gereicht. Barnaby entdeckte sogleich die Zahlung von Patellus. Zweihunderttausend Pfund am 18. März.

»Es wundert mich, daß eine so große Summe nicht auf ein Sparkonto eingezahlt wurde. Ich nehme doch an, daß Hollingsworth eins hatte?«

»Selbstverständlich.« Mr. Blakeley reichte ein drittes Blatt herüber. »Und normalerweise würde man das auch erwarten. Aber, wie Sie sehen, blieb das Geld nicht lange auf dem Konto.«

»Ach ja.« Genau gesagt vier Tage. Die minimale Wartezeit. »Er brauchte es offenbar wirklich sehr dringend. Wissen Sie zufällig, auf wen der entsprechende Scheck ausgestellt war?«

»Ich hab mir gedacht, daß Sie diese Information vielleicht brauchen würden.« Mr. Blakeley bewunderte seine eigene Voraussicht mit einem selbstgefälligen Grinsen. Dann sah er auf seinen Notizblock. »F. L. Kominsky.«

»Ich nehme an, es wäre zuviel verlangt, ...« Barnaby war sicher, daß der Name der Bank des Zahlungsempfängers ebenfalls auf dem Block stehen würde, doch wenn es um eine gute Sache ging, machte es ihm nichts aus, auf die Macken und Eitelkeiten eines anderen einzugehen. Ganz im Gegensatz zu Troy, der sich zwar endlos seinen eigenen Träumen und Selbsttäuschungen hingeben konnte, aber wenig Geduld mit denen von anderen hatte.

»Es wurde bei Coutts eingezahlt. Zweigstelle Kensington.«

»Danke, Mr. Blakeley.« Der Chief Inspector ließ jetzt seinen Blick die Saldospalte von Hollingsworths Zinserträgen hinunterwandern. Für einen einigermaßen erfolgreichen Geschäftsmann war das ziemlich bescheiden. Barnaby wies darauf hin.

»Das ist richtig«, stimmte Blakeley zu. »Ihm saß das Geld sehr locker.«

Barnaby, der an das Haus und Mrs. Hollingsworths Garderobe denken mußte, konnte dem nur zustimmen. Er sagte: »Um nun auf die gegenwärtige Situation zu sprechen zu kommen, …« Der Filialleiter nahm sofort den nötigen Ernst an und stopfte den größten Teil seines gräßlichen bunten Einstecktuchs in die Brusttasche. »Uns ist bekannt, daß Hollingsworth kurz vor seinem Tod erneut versuchte, eine größere Summe aufzubringen.«

»Tatsächlich?«

»Ich meine sogar, daß er am Sonntag, dem 9. Juni, im Laufe des Vormittags mit Ihnen darüber am Telefon gesprochen hat.«

»Du meine Güte.« Mr. Blakeley schien völlig aus der Fassung gebracht. Offensichtlich war es ihm lieber, wenn der Wissensvorsprung auf seiner Seite lag. »Sie müssen über magische Kräfte verfügen. Oder haben Sie sein Telefon aus irgendwelchen Gründen abgehört?«

»Das Gespräch wurde zufällig mitgehört.«

»Ich verstehe. Nun ja, das war ein äußerst unangenehmes Gespräch.« Zwanghaft richtete Mr. Blakeley seine Stifte auf der Schreibunterlage exakt nebeneinander aus, bevor er verlegen innehielt.

»Soweit ich weiß, stand Mr. Hollingsworth unter starkem Stress.«

»In der Tat. Er hatte bereits ein paar Tage zuvor angerufen …«

»Könnten Sie mir das genaue Datum nennen, Mr. Blakeley?«

»Ja, kann ich.« Der Filialleiter zog einen großen Tischkaleder zu sich hin, schlug ihn auf und strich nervös über die geglättete Seite. »Ich kann mich daran erinnern, weil ein Kunde, der einen Termin wegen eines Überbrückungskredits hatte, sich beschwerte, daß man ihn warten ließ.«

Sergeant Troy sah bewundernd auf die peinliche Ordnung auf Mr. Blakeleys Schreibtisch, während er eine Seite seines eigenen Notizbuchs umblätterte.

»Hier ist es, neun Uhr dreißig am Freitag, dem 7. Juni. Er hat gesagt, er brauche unverzüglich fünfzigtausend Pfund, und es sei furchtbar dringend. Obwohl dieser Betrag, im Gegensatz zu dem früheren Kreditwunsch, nicht völlig ausgeschlossen war, brauchte ich dennoch etwas Zeit, um die wirtschaftliche Situation von Penstemon erneut zu prüfen. Ich hab ihm gesagt, es könnte ein paar Tage dauern und es wäre besser, wenn er zu einem persönlichen Gespräch vorbeikäme.«

»Wie hat er darauf reagiert?«

»Er geriet ganz außer sich. Wurde schon fast... beleidigend.« Mr. Blakeleys blasse Wangen färbten sich bei der Erinnerung zart rot. »Er fragte, wie lange es dauern würde und schien sehr verzweifelt, als ich sagte, man könne diese Dinge nicht überstürzen. Ich muß gestehen, diese Reaktion machte mich äußerst mißtrauisch. Sie finden das vielleicht ziemlich herzlos, Chief Inspector.«

Barnaby deutete durch eine vage Handbewegung an, daß das keineswegs der Fall wäre.

»Man sollte sich jedoch nicht auf sein Herz verlassen, wenn man mit anderer Leute Geld umgeht, sondern auf einen kühlen und rationalen Verstand. Je ruhiger ich blieb, um so ungehaltener wurde Mr. Hollingsworth. Er rief noch mehrere Male im Laufe des Tages an und wurde immer aufdringlicher. Schließlich sah ich mich gezwungen, meine Sekretärin anzuweisen, sie solle mich verleugnen. Ich unternahm dann in der Angelegenheit, so viel mir eben möglich war, da ich übers Wochenende wegfahren wollte, und bin früh nach Hause gegangen. Meine Frau und ich waren zu einer Hochzeit in Surrey eingeladen und sind über Nacht geblieben. Als wir am Sonntagmorgen gegen elf zurückkamen, waren mindestens ein Dutzend verzweifelter Nachrichten auf meinem Anrufbeantworter. Ich habe ihn sofort zurückgerufen.«

»Das war der Anruf, von dem wir wissen?«

»Ja. Ich hab ihm versichert, ich würde alles tun, um die Sache zu beschleunigen. Er schien wütend, daß ich nicht an meinem Schreibtisch geblieben war, bis ich alles geregelt hatte.« Vor Empörung schniefte Mr. Blakeley so heftig, daß seine stark behaarten Nasenlöcher einen Augenblick zugingen. »Er wurde so hysterisch, daß ich alles in Bewegung setzte, um den Kredit früh am nächsten Morgen bereit zu haben. Und dann, Sie werden es kaum glauben, weigerte er sich, ihn abholen zu kommen! Er sagte, es ginge ihm zu schlecht, um selber zu fahren, und ich muß zugeben, so hörte er sich auch an.«

»Was haben Sie dann gemacht, Mr. Blakeley?«

»Ich hab das Geld – es bestand aus kleinen Scheinen, was mir überhaupt nicht gefiel – in meinen Aktenkoffer gepackt, ihn abgeschlossen, und bin nach Fawcett Green gefahren. Alles höchst unüblich.«

»Und in welcher Verfassung haben Sie Mr. Hollingsworth vorgefunden?«

»Es ging ihm sehr schlecht. Ich habe ihn kaum erkannt.« Mr. Blakeley entdeckte eine haarfeine Verschiebung zwischen den DIN-A4-Seiten und rückte sie gerade. »Und er war betrunken. Das hatte ich allerdings schon am Telefon bemerkt.«

»Hat er irgendwann erwähnt, wofür das Geld wäre?«

»Nein.«

»Haben Sie nicht danach gefragt?«

»Aus unserer Sicht war das eigentlich irrelevant. Die Firma würde gut und gerne die Schulden decken, sollten wir sie einfordern müssen.«

»Aber Sie müssen doch neugierig gewesen sein, Mr. Blakeley. Haben Sie sich denn keinen Gedanken darüber gemacht?«

»Man will ja nicht melodramatisch erscheinen«, sagte

Mr. Blakeley, der in seinen Jimmy-Cagney-Klamotten wie das leibhaftige Melodram wirkte, »aber ich hab mich tatsächlich gefragt, ob er vielleicht erpreßt würde. Ist natürlich nur schwer vorstellbar – bei einem Menschen, den man kennt.«

»Worüber haben Sie sonst während Ihres Besuchs dort gesprochen?«

»Über nichts. Er hat mir die Tasche praktisch aus der Hand gerissen und mir die Tür gewiesen.«

»Haben Sie nach dieser Begegnung noch irgendwas von ihm gehört?«

Mr. Blakeley schüttelte den Kopf. »Erst als Penstemon anrief und uns mitteilte, daß er gestorben sei.«

»Haben Sie eine Vorstellung, wie es mit der Firma weitergehen wird?«

»Überhaupt keine. Aber ich hoffe, daß ich mich Anfang nächster Woche mit Mr. Burbage treffen werde.«

»Was ist mit Mrs. Hollingsworth, Sir? Hatte sie ein Konto hier? Vielleicht gemeinsam mit ihrem Mann?«

»Nein, gar nichts. Trotzdem hab ich ihr natürlich geschrieben und mein Beileid ausgedrückt. Und ihr in jeder Weise Rat und Unterstützung angeboten.«

Na großartig. Sergeant Troy klopfte und schüttelte ergebnislos an seinem Kuli herum, bis er schließlich einen Ersatzstift aus seiner Brusttasche nahm. Was die braucht, die Ärmste, ist ein bis an die Zähne bewaffnetes Einsatzkommando, das – wo auch immer sie sich befindet – das Haus stürmt und die Kellertür eintritt.

»Ich fürchte, die Dame ist nicht mehr in Nightingales«, sagte Barnaby. »Sie ist vor einer Woche verschwunden.«

»Noch mehr Theatralik«, seufzte Mr. Blakeley, wobei er sich deutlich von dieser ganzen schmutzigen Angelegenheit distanzierte. »Glauben Sie, daß da ein Zusammenhang besteht?«

»Wir sind erst ganz am Anfang unserer Ermittlungen. Da kann man noch nichts sagen.«

»Du lieber Himmel, ich wollte es ja gar nicht *wissen*.« Mr. Blakeley schob beleidigt eine Manschette mit einer Ecke so spitz wie ein Samuraischwert zurück. Darunter kam eine protzige Uhr zum Vorschein. »Tja, ich habe einen Termin in...«

»Nur noch einige Fragen, Sir.« Barnaby graute bereits davor, aus den angenehmen kühlen Räumen nach draußen in die glühende Hitze zu gehen, und er tat sich selber leid. »Hatte Mr. Hollingsworth hier ein Safefach?«

»Nein.«

»Wissen Sie, ob er noch andere Konten hatte? Off-shore oder im Ausland?«

»Mir persönlich ist von derartigen Transaktionen nichts bekannt. Und selbst wenn, würden solche Informationen nicht unter die Offenlegungspflicht der Banken fallen. Wie Ihnen zweifellos bekannt ist, Chief Inspector.«

Der Chief Inspector rächte sich für diese kleine Spitze, indem er Mr. Blakeley mitteilte, daß sie, da er in Nightingales gewesen war, seine Fingerabdrücke brauchten, um diese ausschließen zu können. Es sah aus, als würde der Filialleiter jeden Moment in Ohnmacht fallen.

»Ziemlich halbseiden dieser Typ«, sagte Barnaby, als sie wieder an dem kochendheißen Asphalt klebten. Mit diesem leicht altmodischen Ausdruck wollte er keineswegs andeuten, daß der Mann möglicherweise homosexuell sein könnte.

»Meinen Sie?« Obwohl er im Grund seines Herzens immer noch schmollte, antwortete Troy ganz freundlich, weil er es nicht ertragen konnte, lange einsam zu sein. »Ich fand diesen Rotzlappen ziemlich daneben.«

Einen Augenblick gingen sie schweigend nebeneinanderher. Troy dachte über das gerade geführte Gespräch nach, Barnaby träumte von einem kühlen Getränk.

»Glauben Sie, daß Patterson dahintersteckt, Chef?«
»Würde mich nicht wundern.«
»Nehmen wir ihn in die Mangel?«
»O ja.«
Erneut kam ihnen der Heilsprediger mit den Reklametafeln entgegen.«
»Die geben aber auch nie auf«, sagte Troy.
»Werfen Sie's doch nicht gleich so weit weg«, sagte Barnaby. »Es könnte Ihre Chance sein, ins Kloster zu gehen.«
»Nee, ich bin sowieso schon verdammt. Werde diese Nacht wieder schmoren, das ist mein Schicksal!«

Als Barnaby auf die Wache zurückkam, wurde der Fahrer der Buslinie Fawcett Green – Causton gerade von dem zuständigen Beamten befragt. Der Chief Inspector setzte sich dazu, machte aber keine Anstalten zu übernehmen, sondern deutete dem Beamten an, er solle weitermachen.
»Ja, ich erinnere mich an sie.« Er betrachtete das Foto von Simone.
»Sind Sie sicher, Mr. Cato? Das ist über eine Woche her. Und Sie müßten doch eigentlich schrecklich viele Fahrgäste haben.«
»Yeah, aber die Tour am Markttag ist was Besonderes. Woche für Woche sieht man dieselben Gesichter. Rentner, junge Frauen mit kleinen Kindern. Ich kann mich an die hier erinnern, weil sie noch nie auf meiner Strecke gefahren ist. Außerdem sah sie echt klasse aus.«
»Was hatte sie an?«
»Ein geblümtes Kleid mit einem passenden kurzen Mantel.«
»Hatten Sie den Eindruck, daß sie alleine war?«
»Schwer zu sagen. Sie stand in der Schlange.«
»Haben Sie gesehen, neben wem sie saß?«
»Fürchte nein, Kumpel.«

»Und wo fuhr sie hin?«

»Nach Causton. Sie hat nur eine einfache Fahrt verlangt, was sehr ungewöhnlich ist. Sonst nehmen immer alle die Rückfahrkarte. Die kostet nämlich nur zehn Pence mehr.«

»Und wo ist sie ausgestiegen?«

»Vor Gateways. Es gibt nur zwei Haltestellen. Die andere ist beim Postamt am Hauptplatz.«

»Haben Sie gesehen, in welche Richtung sie ging?«

»Tut mir leid. Hab gerade einer Frau mit 'nem Kinderwagen geholfen.«

Nachdem Barnaby erneut abgelehnt hatte, weitere Fragen zu stellen, unterschrieb der Fahrer seine Aussage und ging. Obwohl die Informationen, die sie da erhalten hatten, äußerst dürftig waren, war der Chief Inspector ganz guter Dinge. So voll, wie die Busse immer waren, hatte er mit absolut nichts gerechnet. Jetzt wußte er zumindest, daß Mrs. Hollingsworth keineswegs vorgehabt hatte, nach Fawcett Green zurückzukehren – zumindest nicht mit einem öffentlichen Verkehrsmittel –, und wo sie ausgestiegen war. Das war immerhin ein Anfang. Und es mochte sich noch das eine oder andere ergeben, nachdem alle übrigen Fahrgäste befragt worden waren.

Inzwischen kamen kleckerweise weitere Informationen herein. So stellte sich heraus, daß Mrs. Hollingsworth kein Konto bei Lloyds hatte, wie ihr Mann bei ihrer ersten Begegnung gegenüber PC Perrot behauptet hatte. Das war nicht weiter überraschend. Auch nicht, daß British Telecom bestätigte, ihnen seien keine Störungen bei dem Anschluß von Alan Hollingsworth gemeldet worden. Und daß er aufgeschlüsselte Rechnungen erhalte.

Auf letzteres reagierte Sergeant Troy wie zu erwarten mit einer zynischen Bemerkung. »Jetzt wissen wir, warum sie den öffentlichen Fernsprecher benutzt hat. Um heimlich ihren Lover anzurufen.«

Nachdem er diese Einsicht des Tages präsentiert hatte, verschwand Troy, um sich mit der nötigen Dosis Nikotin zu versorgen, und überließ es Barnaby, über diese ziemlich naheliegende, aber nicht notwendigerweise richtige Schlußfolgerung nachzudenken. Wenn man bedachte, wie labil und eifersüchtig Hollingsworth war, war es durchaus möglich, daß seine Frau einfach mit einer Freundin gesprochen hatte. Wenn man davon ausging, daß sie überhaupt eine hatte. Vielleicht würde man bei den nun gestarteten umfassenden Ermittlungen auf die eine oder andere ehemalige Kollegin stoßen. Simone Hollingsworth mußte doch bei all diesen Jobs, die sie laut Avis Jennings im Laufe der Zeit gehabt hatte, eine ganze Menge Leute kennengelernt haben.

Ein kleiner Ausschnitt des Hochzeitsfotos, der die Braut in Nahaufnahme zeigte, war von der Pressestelle herausgegeben worden. Gekoppelt mit der Nachricht von der Entführung (und unter der Voraussetzung, daß während der nächsten Stunden nichts Schlimmeres passierte), würde es sicher auf die Titelseite der nächsten Ausgabe des *Evening Standard* kommen. Und einen Tag später würden dann die Boulevardblätter und vielleicht sogar ein oder zwei größere Zeitungen die Geschichte bringen, hoffentlich ebenfalls auf der ersten Seite.

Die Öffentlichkeit um Hilfe zu bitten, war mittlerweile bei schweren Verbrechen Routine, allerdings war das zweifellos eine zweischneidige Sache. Gelegentlich mochte es ja ein Segen sein, doch sehr viel häufiger erwies es sich als Verschwendung kostbarer Zeit und Arbeitskraft. Die unterschiedlichsten Menschen genossen es nämlich, irgendwie an einer offiziellen Ermittlung beteiligt zu sein. Die meisten waren zwar ganz normale, ehrliche Bürger, die aufrichtig glaubten, sie hätten etwas gesehen oder gehört, das der Polizei weiterhelfen könnte. Aber der Rest – das war eine andere Geschichte.

Nach einer Weile erkannte man sie. Es waren immer die gleichen Jammergestalten, die tatsächlich glaubten, sie wären wichtige Figuren in einem Heldendrama. Diese skurrile Vorstellung führte zu endlosen Posen, Ausschmückungen und Übertreibungen. Bemüht, genau das zu sagen, was die Polizei ihrer Meinung nach hören wollte, erfanden manche dieser Leute Geschichten, die Hollywood alle Ehre gemacht hätten. Alles, um im Rampenlicht zu stehen. Dann wiederum gab es anonyme Tips, häufig von absoluten Lügnern, die entweder aus purer Bosheit handelten oder um einem tatsächlichen oder eingebildeten Feind zu schaden. Doch keinen dieser Leute konnte man guten Gewissens einfach ignorieren.

Barnaby wandte sich dem nächsten Punkt auf seiner mentalen Liste zu: Messrs J. Coutts. Diese Bankiers der Großen und Reichen hatten sich natürlich bedeckt gehalten, was die Person anging, auf die Hollingsworths gewaltiger Scheck ausgestellt war. Sie wollten ihm noch nicht mal sagen, ob es sich um den Namen eines Individuums oder einer Firma handelte. Allerdings hatten sie sich bereit erklärt, den Inhaber des fraglichen Kontos von der gegenwärtigen Situation in Kenntnis zu setzen und ihm DCI Barnabys Telefonnummer zu geben.

Und so geschah es, daß gegen vier Uhr, kurz nachdem Barnaby einen Wagen losgeschickt hatte, um Gray Patterson abzuholen, auf seiner direkten Leitung ein Anruf von einem Mr. Kurt Milritch kam. Es handelte sich um einen höflichen Mann mit leiser Stimme und einem Akzent, den Barnaby für polnisch hielt. Er sagte, er sei Geschäftsführer des Juweliers F. L. Kominsky auf der Bond Street, und fragte, womit er dienen könne. Barnaby erklärte ihm die Situation.

Mr. Milritch konnte sich sehr gut an den Scheck, ja an die gesamte Transaktion erinnern. Das fragliche Stück, ein

Smaragd- und Diamantenkollier war sehr schön und hatte einen außergewöhnlichen Verschluß, ein Paar ziselierter silberner Schwäne, die von einem Magnet zusammengehalten wurden. Der Käufer hatte speziell nach diesem Stück gefragt und gar nichts anderes sehen wollen. Nachdem man geprüft hatte, ob der Scheck gedeckt war, war das Kollier ins Etui verpackt und ausgehändigt worden.

»Ich fragte den Kunden, ob er das Schmuckstück für die Heimreise versichern lassen wolle – doch er lehnte ab«, fuhr Mr. Milritch fort. »Wir boten ihm Tee an – ich nahm an, daß er auf einen Wagen warten würde –, doch er steckte das Kollier einfach in die Aktentasche und ging. Ich beobachtete, wie er vom Bürgersteig aus ein Taxi anhielt, und muß sagen, daß mir das Herz bis zum Hals schlug, bis er sicher drinnen war. Zweihunderttausend Pfund ist eine Menge, um sie auf einer großen belebten Straße in London einfach so locker am Handgelenk zu schwingen.«

»Das ist es in der Tat«, sagte Barnaby. »Sie würden Mr. Hollingsworth doch bestimmt wiedererkennen, Sir?«

»Ich glaube ja.«

»Wir schicken Ihnen ein Foto. Wenn Sie so freundlich wären, uns anzurufen, ob das der fragliche Mann ist.« Barnaby notierte die Faxnummer und fragte dabei: »War er früher schon mal in Ihrem Laden?«

Vom anderen Ende der Leitung kam ein leises Zischen, das sich als das Ende dieser recht kurzen Entende cordial erwies. Barnaby, der zunächst den Grund dafür nicht verstand, wurde rasch belehrt.

»Ich kann mich jedenfalls nicht erinnern, ihn schon mal in unseren Ausstellungsräumen gesehen zu haben.« Laden? Laden!

»Doch wenn das Foto eintrifft, werde ich es gerne meinen Kollegen zeigen, wenn Sie das für hilfreich halten.«

Barnaby versicherte ihm, daß er das tue. »Ich frage deshalb, weil es doch sicher ungewöhnlich ist, daß jemand etwas so Teures kauft, nachdem er nur einen Blick darauf geworfen hat.«

»Oh, wir erleben eine Menge Spontankäufe«, sagte Mr. Milritch fröhlich, als ginge es nur um eine Schachtel Streichhölzer. »Außerdem heißt das ja nicht, daß die Person, für die das Schmuckstück gekauft wurde, es nicht vorher schon gesehen hatte. Sie könnte sich bereits mehrmals hier umgesehen haben, und sich die Dinge, die ihr gefallen, ausgesucht haben. Die Damen haben nämlich viel Zeit, müssen Sie wissen.«

Barnaby beschloß, zusätzlich ein Foto von Simone zu faxen, wenn auch ohne große Hoffnung auf Erfolg. Natürlich hätte sie genügend Zeit gehabt, sich umzusehen und Sachen auszusuchen. Doch er bezweifelte, daß Alan sie dazu lange genug von der Leine gelassen hatte. Er wollte gerade Mr. Milritch für seine Hilfe danken und das Gespräch beenden, als sich der Verkäufer noch einmal zu Wort meldete.

»Natürlich könnte sie auch ein Foto von dem Kollier gesehen haben. In *Harpers*.«

»Wo?«

»In dieser Zeitschrift, *Harpers and Queen*. Eine ganze Seite. In der Februarausgabe. Es sah atemberaubend aus. Wir hatten sehr viele Anfragen. »Nichts«, schloß Mr. Milrich in entschiedenem Ton, »kann das weibliche Interesse mehr erregen als ein gut geschliffener Diamant.«

»Also immer noch ›a girl's best friend‹?« Für diese leichtfertige Bemerkung erntete Barnaby ein weiteres eisiges Schweigen. Er dankte Mr. Milritch und hängte ein.

Der Chief Inspector dachte immer noch über dieses Gespräch nach, als Sergeant Troy von der Toilette kam, dem einzigen Ort, an dem Rauchen noch erlaubt war. Mit ihm breitete sich der Geruch von stark teerhaltigem Tabak im Raum aus. Feinster Virginia.

»Jetzt geht's mir besser«, sagte er und ließ sich in einen tiefen Stuhl mit Tweedbezug plumpsen. »Hält mich 'ne Weile am Leben.«

»Ich hatte gedacht, das wär genau umgekehrt.«

»Man kann jahrelang wie ein Mönch leben und wird dann von einem Bus überfahren.«

»In einem Kloster?«

»Also.« Troy, den jedes Gespräch langweilte, das ihn nicht in einem guten Licht zeigte, wechselte das Thema. »Ist was Neues reingekommen?«

»Ich hab rausgekriegt, wer F. L. Kominsky ist.«

Barnaby berichtete von seinem Gespräch mit dem Verkäufer, beziehungsweise Juwelier, wie er vermutlich in den heiligen Hallen von Mayfair genannt wurde. Troy hörte aufmerksam zu, beeindruckt und perplex zugleich. Beeindruckt wegen des hohen Geldbetrags, perplex über das, was damit gemacht worden war.

»Unglaublich«, sagte er, als Barnaby zu Ende erzählt hatte. »Da kriegte man ja einen nagelneuen Ferrari für.«

Barnaby hatte sich das Datum notiert. Vor fast drei Monaten. Aus irgendeinem Grund, der nichts mit dem Kauf des Kolliers zu tun hatte, schien ihm das wichtig zu sein. Er runzelte die Stirn und kramte in seinem Gedächtnis.

»Würd ja was drum geben, zu erfahren, wo das Ding jetzt ist, was Chef?«

»Allerdings. Eines ist jedoch sicher, entweder sie hat es mitgenommen, zusammen mit dem Verlobungsring, oder es war bereits weg, als sie verschwunden ist.«

»Tatsächlich?«

»Hollingsworth hätte sich wohl kaum den ganzen Stress mit Blakeley gemacht, wenn er einfach zu Kominsky hätte gehen und die Kette wieder verscherbeln können.«

»Wer auch immer versucht, das Ding loszuwerden, wird einige Mühe haben. Die normalen Schmuckhändler auf der

High Street werden mißtrauisch sein. In den Edelläden würde man sicher Fragen stellen. Und ein Hehler wird nur einen Bruchteil von dem ausspucken, was das Teil wert ist. Und das unter der Voraussetzung, das derjenige, der's geklaut hat, auch clever genug ist, einen zu finden.«

»Wir werden unsere Fühler ausstrecken. Mal sehen, ob irgendwer was gehört hat.«

»Würde mich nicht wundern, wenn wir's hier mit einer abgekarteten Sache zu tun hätten, Chef.«

»Was?«

»Ich nehm an, der Typ, mit dem sie sich in Causton oder sonstwo getroffen hat, erinnerte sie daran, die Kette mitzubringen.«

»Da müßte sie aber ziemlich blöd sein, um nicht mißtrauisch zu werden.«

»Aber sie glaubte doch, daß sie zusammen durchbrennen. Ein neues Leben anfangen und so.«

»Mmm.«

Sergeant Troy sprang von seinem Stuhl auf und ging zum Fenster. Er haßte es, längere Zeit still zu sitzen oder an demselben Ort zu sein. Ohne an die Hitze zu denken, legte er eine Hand auf die Scheibe und zog sie rasch wieder zurück. »Das erinnert mich an irgendwas, das in Nightingales gesagt wurde, irgendwas mit 'ner Zeitschrift.«

»Wer hat das gesagt? Die Spurensicherung?«

»Die oder unser Papagei. Augenblick mal.« Troy runzelte die Stirn. Nun kramte auch er in seinem Gedächtnis, machte nur viel mehr Schau daraus.

Barnaby beobachtete seinen Sergeant. Troy würde unbedingt etwas Intelligentes und wirklich Hilfreiches sagen wollen. Und wenn ihm das, wonach er suchte, nicht einfiel, würde er was erfinden. Alles war ihm lieber als für unzulänglich befunden zu werden.

Troy seufzte, und die Furchen in seiner Stirn wurden

noch tiefer. Da sich ihm die Bedeutung der Zeitschrift immer noch entzog, begann er allmählich zu bedauern, daß er überhaupt davon angefangen hatte. Er hätte warten sollen, bis es ihm wieder einfiel, bevor er den Mund aufmachte. Dann hätte er seinen Scharfsinn ganz nebenbei im Gespräch unter Beweis stellen können. Wenn er dann gelobt worden wäre, hätte er sich seine Freude nicht anmerken lassen und das Ganze mit einem Achselzucken abgetan.

All dies war für Barnaby offenkundig, und bis zu einem gewissen Punkt hatte er sogar Mitleid mit Troy. Der vielleicht rührendste Aspekt bei der ganzen Angelegenheit war, daß Troy keine Ahnung hatte, daß er so durchschaubar war und gedemütigt gewesen wäre, hätte man ihn darauf hingewiesen.

»Jetzt weiß ich's.« Sein verkniffener Mund entspannte sich erleichtert und zufrieden. Die Spitzen seiner Ohren wurden rosa. »Es war der gute Polly. Auf dem Treppenabsatz. Er hat gesagt, da läge ein Stapel Zeichschriften in dem Gästezimmer, und in einer wäre eine Seite rausgerissen. Wollen wir wetten, daß das die Reklame für die Kette war?«

»Läßt sich leicht feststellen. Sie kümmern sich darum, ja?« Und weil er daran dachte, daß er in wenigen Stunden bei Joyce in Arbury Crescent sein würde und daß es dort Spargel mit Lachs und Salat Niçoise geben würde, und weil er außerdem in großzügiger Laune war, fügte Barnaby hinzu: »Gut gemacht, Gavin.«

Troys bleiche Wangen glühten. Sofort begann er die Szene in Gedanken für sich umzugestalten, damit er in noch besserem Licht dastünde. Der Alte – sicher gut zu seiner Zeit, aber sein Gedächtnis ist nicht mehr das, was es mal war – hat gesagt, er wüßte nicht, was er ohne mich machen würde. Yeah, das genau waren seine Worte. Er verläßt sich immer mehr auf mich.

Das Problem war nur, daß er nicht wußte, wem er das erzählen sollte. Ganz bestimmt keinem der Kollegen. Selbsterkenntnis mochte zwar nicht gerade Troys Stärke sein, aber so blöd war er nun auch nicht. Maureen würde bloß lachend vom Sofa fallen. Seine Mutter hatte ihm immer eingebleut, daß Eigenlob stinkt. Also kam auch sie nicht in Frage. Blieb nur noch Talisa-Leanne. Zugegebenermaßen war sie erst drei, aber sehr intelligent. Außerdem hörte sie zu, wenn er mit ihr sprach. Das war mehr, als man vom Rest der Welt behaupten konnte.

Derweil redete man in Fawcett Green von nichts anderem als dem ungeklärten Tod von Alan Hollingsworth und dem möglichen Schicksal seiner Frau. Die Nachricht von Simones Entführung, die die Vermittler bei den Befragungen von Tür zu Tür preisgaben, breitete sich im Dorf aus wie ein Lauffeuer. Die Leute riefen sich gegenseitig an, sobald sie, wie Mrs. Bream es nannte, dran gewesen waren. Becky sprach von vorgeknöpft werden.

Was haben sie dich gefragt? Ich hab gehört, die wollen den Yard hinzuziehen. Das haben sie mich nicht gefragt. Diese Geschichte mit ihrer Mutter hab ich von Anfang an nicht geglaubt. Wissen Sie schon, daß man ihre Katze gefunden hat? Ich dachte, das wär seine Mutter. Armes Ding, einfach in den Graben geworfen und dort sterben lassen. Leute, die so mit dem Geld protzen, fordern das Unglück ja nur heraus. Ich hab gehört, die Katze wär in Gerrard's Cross aufgetaucht. Nach dem Hauptverdächtigen brauchen sie ja nicht weit zu suchen. Mit ein paar kleinen Kätzchen. Jetzt kriegt Patterson seine Rache, was? Eher sein Geld.

In Arcadia war Putztag. Inzwischen war Heather, zumindest in ihrer eigenen Einschätzung, zu einer Hauptzeugin geworden. Nachdem sie die schicksalsschwere Busfahrt schon zweimal der Polizei geschildert hatte, gab sie diese nun noch mal für die versammelten Anwesenden zum besten.

»Ich habe ihr ein Kompliment für ihre Handtasche gemacht – mit so einem hübschen Perlenmuster. Dann habe ich gesagt, die muß ja beschissen sauberzumachen sein – entschuldigen Sie, Mrs. M. Sie hat bloß gelächelt und für den Rest der Fahrt aus dem Fenster geguckt, obwohl ich die ganze Zeit weitergeschwätzt habe. Ich habe zu den Bullen gesagt, wenn ich gewußt hätte, was passieren würde, hätte ich ein bißchen mehr gebohrt.«

Mrs. Molfrey, die schon längst ihr Hörgerät ausgestellt hatte, nickte. Cubby, der in der Küche dicke Bohnen auspulte, hatte sich einfach ausgeklinkt.

»Der Stress macht Colin Perrot ganz schön zu schaffen. Die behandeln ihn wie den letzten Dreck, diese aufgeblasenen Typen aus Causton.«

Es klopfte an der Tür, und Heather machte auf, um Avis Jennings herein zu lassen. Avis hatte eine Cremetorte in der Hand, dick mit frischen Kirschen aus ihrem Garten belegt. Und eine winzige Schachtel kandierte Angelica, die Mrs. Molfrey sehr gerne mochte.

»Davon müssen wir ein Häppchen essen, Zuckerschnute«, rief Mrs. Molfrey, als sie das Päckchen auspackte.

Cubby, der nur das letzte Wort gehört hatte und sich angesprochen fühlte, steckte den Kopf durch die Tür.

»Ja, meine Liebe. Was gibt's?«

»Ein unvergleichliches Konfekt, Cubs. Setz den Kessel auf und dann naschen wir ein bißchen.«

Heather, die ihren Hintern schon kaum noch in Jogginghosen Größe 46 zwängen konnte, lehnte dankend ab. Ihre Mutter brachte manchmal was von Mrs. Jennings Konfekt aus dem Frauenkreis mit, deshalb kannte Heather das noch von früher. Sie entschuldigte sich, sagte: »Also tschüs dann« und trampelte davon.

»Auf Avis' erste Frage mußte Mrs. Molfrey zugeben, daß bei ihr die Von-Haus-zu-Haus-Befragung noch nicht stattgefunden hatte. »Ich nehme an«, fuhr sie fort, »daß der nette Mr. Barnaby persönlich vorbeikommt.«

Avis, obwohl sie keinerlei Erfahrung mit der Kriminalpolizei hatte, hielt das für ein wenig unwahrscheinlich und murmelte irgendwas in diesem Zusammenhang.

»Ganz und gar nicht«, verteidigte Mrs. Molfrey ihre beflügelten Vorstellungen. »Er hat mir sogar seine direkte Durchwahl gegeben. Falls mir wieder einfällt, was ich vergessen habe.«

»Was war das denn, Elfie?« fragte Avis geistesabwesend, während sie in die Küche ging, um Teller und Kuchengabeln zu holen.

»Ich kann nur sagen, daß es irgendwas mit einem Geräusch zu tun hatte«, rief Mrs. Molfrey. Wie die meisten schwerhörigen Menschen hatte sie Probleme damit, ihre Stimme richtig einzustellen, sobald sich die Leute auch nur ein kleines Stück von ihr entfernten. »Unerwartet, falsch oder gar nicht da.«

»Ich verstehe.« Avis hütete sich, mit Cubby einen amüsierten Blick über diese seltsame Ansammlung von Möglichkeiten zu tauschen. Schon vor Jahren hatte sie gelernt, daß sie auf eisige Kälte stieß, wenn sie sich auch nur ein wenig über Elfrida lustig machte. Sie nahm an, daß das, was andere als Alterstorheit ansahen, aus seinem Blickwinkel heraus charmante Exzentrik war. Sie beobachtete, wie er den duftenden Tee einschenkte und dann noch einige Ringelblumenblüten auf Elfridas hübsch bemalte flache Schale mit dem Goldrand streute.

»Es ist an dem Tag passiert, an dem Simone wegging«, fügte Mrs. Molfrey hinzu.

Ganz eindeutig war die Nachricht von der Entführung noch nicht zu ihr durchgedrungen. Und Avis hatte nicht vor, ihr Kummer zu bereiten, indem sie es ihr sagte. Als sie alle zusammensaßen und aßen, fiel ihr Elfridas vorige Bemerkung ein, und sie fragte: »Könnte es was mit unserer Läutprobe zu tun gehabt haben, Elfie?«

»In welcher Weise?«

»Man hatte uns doch gebeten, für die Beerdigung von Mr. Rouse Oranges and Lemons zu läuten. Das könnte man vielleicht als falsches Geräusch bezeichnen. Ein bißchen zu fröhlich für so einen ernsten Anlaß.«

»Ich glaube nicht, daß es das war. Obwohl das Wort ›läuten‹ mir irgendwie in den Ohren klingt.« Mrs. Molfrey runzelte die Stirn. Dann spießte sie eine Kirsche mit einem glänzenden grünen Streifen Angelica auf und nuckelte daran herum. »Ich nehme an, es fällt mir plötzlich mitten in der Nacht wieder ein. Oder wenn ich im Bad bin. Wie Archimedes.«

»Du mußt es aufschreiben«, sagte Avis. »Bevor es wieder weg ist.«

»Ich werde Heureka schreien!« rief Mrs. Molfrey. »Und dann schreib ich es auf.«

»Noch ein bißchen Tee, meine Liebe?« fragte Cubby.

»Mir ist gestern der Gedanke gekommen«, sagte Mrs. Molfrey, während sie ihm ihre Tasse reichte, »daß Simone vielleicht gar nicht weiß, daß Alan tot ist. Es ist alles so mysteriös und traurig. Besonders wenn man bedenkt, wie glücklich die beiden waren.«

Avis, die über Simones blaue Flecken und ihren zeitweiligen Tranquilizerkonsum Bescheid wußte, sagte nichts dazu. Natürlich trug sie von solchen Gesprächen mit ihrem Mann nie etwas an die Öffentlichkeit. Als sie jedoch merkte, wie ihre Freundin die Sache mitnahm, wechselte Avis etwas ungeschickt das Thema.

»Ich hab mich gefragt, ob das Brockley-Mädchen vielleicht in Urlaub gefahren ist.«

»Brenda? Ich habe keine Ahnung.« Mrs. Molfrey tupfte mit einem Hauch von bestickter Spitze ihre alpenveilchenfarbenen Lippen. »Warum fragst du?«

»Sie ist schon seit ein oder zwei Tagen nicht mehr mit Shona rausgegangen.«

»Mir ist aufgefallen«, sagte Cubby zögernd, um nicht für ein Klatschmaul gehalten zu werden, »daß ihr Auto nicht da steht.«

»Iris hat auch keinen Schritt mehr aus dem Haus gemacht. Normalerweise seh ich sie Anfang der Woche immer im Postamt.«

»Ich hab sie aus dem Schlafzimmerfenster starren sehen«, sagte Mrs. Molfrey. »Mehrere Male sogar.«

Als ob sie plötzlich über das seltsame Verhalten der Brockleys nachdenken müßten – ihr Bemühen, immer für sich zu bleiben und nur ja keine Aufmerksamkeit auf sich zu ziehen –, verfielen alle drei in Schweigen.

Schließlich sagte Cubby: »Das hab ich auch gesehen, gestern morgen gegen halb sechs.«

»Ich hoffe, es ist nichts passiert«, sagte Avis. Sie meinte das ganz aufrichtig, denn in Dr. Jennings Praxis erlebte sie soviel Leid, daß sie das normale menschliche Bedürfnis, sich am Unglück anderer zu erfreuen, nicht verspürte.

»Ich meine, wir sollten mal vorbeischauen.«

»Das wird ihnen unangenehm sein, Elfie«, sagte Avis.

»Aber wenn wir ein ›versehentlich-absichtliches‹ Treffen herbeiführen?« schlug Mrs. Molfrey vor. »Zum Beispiel wenn Mr. Brockley das nächste Mal in den Garten geht? Man will sich ja nicht einmischen, aber manchmal sind genau die Leute, die dringend Hilfe brauchen, am wenigsten in der Lage, darum zu bitten.«

Cubby, der sich gar nicht wohl in seiner Haut fühlte, gab ein unverbindliches Brummen von sich. Er erinnerte sich an die einsame Gestalt am Fenster, und jetzt schien es ihm, daß sowohl Verzweiflung als auch Flehen in Iris' Gesicht gelegen hatte. Ohne zu wissen, warum, hatte er den Eindruck gehabt, daß sie schon sehr lange dort stand. Als er kurze Zeit später mit der Milch den steinernen Pfad entlanggegangen war, hatte Cubby erneut nach oben geschaut. Diesmal stand Reg mit irgendwas – einer Tasse oder einem Becher – in der Hand neben ihr. Sie schien ihn nicht wahrzunehmen.

»Wenn du es wirklich wünschst, mach ich's, Elfrida.«

Mrs. Molfrey strahlte, als wäre dieser halbherzige Entschluß bereits ausgeführt, und zwar erfolgreich. Nachdem Avis (mit einer zweiten Pappschachtel in der Hand) gegangen war, bat sie um ein weiteres Stück Torte und noch etwas Angelica.

Die zweite Kirschtorte war für Sarah Lawson. Normalerweise war Avis nicht so großzügig. Es war überhaupt das erste Mal, daß sie mit irgendeinem Geschenk zum Bay Tree Cottage kam. In Wahrheit war es ihr nur unangenehm, ohne Grund vorbeizuschauen. Plötzlich wurde ihr bewußt, daß Sarah die einzige im Dorf war, bei der sie derartige Hemmungen verspürte.

Was hatte diese Frau nur an sich? Avis stellte ihre Schachtel auf den verdorrten Rasen und hievte das Tor in seine ursprüngliche Stellung zurück. Ihre zurückhaltende neutrale Art vielleicht? Weder besonders freundlich noch besonders unfreundlich, war Sarah die Sorte Mensch, bei der man, wie man so sagte, nicht wußte, woran man war. Wie den meisten Leuten bereitete das auch Avis Unbehagen.

Nicht daß Sarah irgendwelche Allüren hatte. Ihr mochten zwar alle anderen gleichgültig sein, aber nichts deutete darauf hin, daß sie sich ihnen überlegen fühlte. Aber vielleicht war das das Geheimnis der wahrhaft Überlegenen. Und dann hatte sie so eine Art, sich auf ihre eigenen Angelegenheiten zu konzentrieren und sich aus allem, was sich jenseits ihrer vier Wände abspielte, herauszuhalten. Man kam sich schon gewöhnlich vor, wenn man auch nur das kleinste bißchen Klatsch verbreitete.

Der wahre Grund für Avis' Besuch war natürlich, daß sie herausfinden wollte, wie Sarah über Simones Entführung dachte. Das, zusammen mit Alans Tod, war viel zu aufregend, um darüber einfach so zu plaudern. Avis hatte den Wunsch, mit der einzigen Person darüber zu reden, deren Reaktion sie nicht im Traum vorhersagen konnte.

Sie hob die Schachtel wieder auf, zögerte und sagte sich dann, sie benehme sich töricht. Schließlich würde die Frau sie ja nicht beißen. Und wenn sich nach einigen vorsichtigen Fragen herausstellte, daß Sarah die Sache langweilte oder nervte, dann, so dachte Avis, kann ich ja immer noch das Thema wechseln. Oder gehen.

Sie klopfte an die Tür. In dem Moment kam ein Schrei aus dem Inneren des Hauses. Später wurde ihr klar, daß die beiden Geräusche so dicht aufeinander erfolgt waren, daß unmöglich das eine durch das andere ausgelöst worden sein konnte. Doch als sie dort stand, glaubte sie, Sarah hätte »Herein!« gerufen. Und so ging sie, ihr Geschenk unbeholfen in der Hand haltend, ins Haus.

Sarah stand an dem staubigen Fenster. In einer Ecke hing eine Fliege in den Überresten eines Spinnengewebes. Sie zerrte an einem oliv- und aquamaringestreiften Tuch, das sie um ihre Taille gebunden hatte, und schlang und drehte es so heftig um ihre schmalen Finger, daß sie den Stoff fast zerrissen hätte. Mitten im Raum stand Gray Patterson. Man hätte die Spannung mit den Händen greifen können, berichtete Avis ihrem Mann später.

Überzeugt, daß sie in einen Streit zwischen Liebenden hereingeplatzt sei, fing Avis an zu stottern. »Es tut mir leid, ich stell das einfach hierhin... Ich wollte nicht, äh, das heißt...«

Aber es war kein Streit. Zumindest nicht in dem Sinne, wie die meisten Leute das verstehen würden.

Gray war, wie fast jeden Tag in letzter Zeit, vorbeigekommen, hatte kurz gegen den Türklopfer getippt und war hineingegangen. Da sie ihn irgendwann einmal dazu aufgefordert hatte, machte er sich keine Gedanken darüber.

Sarah hatte an dem alten Steinkamin gestanden, mit den Händen die äußeren Enden des Sims umklammernd, den Kopf gegen die Kante gedrückt. Reglos wie eine Statue.

Gray, der glaubte, sie hätte ihn vielleicht nicht reinkommen hören, hustete leise. Sarah fuhr herum und stöhnte auf, als ob ihr jemand einen Schlag versetzt hätte. Obwohl Gray überhaupt nicht wagte, sich ihr zu nähern, hob sie einen Arm, als wolle sie ihn abwehren.

»Was soll denn das?«

»Geh weg.«

»Sarah, was ist los?«

»Wie kannst du es wagen, ohne zu klopfen hier reinzukommen!«

»Hab ich doch nicht. Ich meine, ich hab geklopft. Du hast mich wohl nicht gehört.« Er bemerkte ihr weißes angestrengtes Gesicht und die verstörten blutunterlaufenen Augen. Sie biß sich auf die Lippen und konnte sich nur mühsam beherrschen. Ein breiter Striemen, so rot, daß er wie eine klaffende Wunde aussah, lief über ihre Stirn.

»Hast du geweint?«

»Nein.«

»Aber deine Augen...«

»Das kommt von den Pollen. Okay?«

»Sei doch nicht gleich böse.« Sie mußte den Kopf heftig an dem Stein gerieben haben, um so eine Druckstelle zu erzeugen. »Was um alles in der Welt ist denn los?«

»Geh weg.«

»Ich kann dich doch nicht...«

»Doch, ganz einfach. Da ist die Tür.«
»So wie du aussiehst...«
»Geh weg!«
»Ich mach mir Sorgen um dich.«
»Kümmer dich um deinen eigenen Dreck.«

Damit wäre ich wieder da, wo ich angefangen habe, oder noch schlimmer, dachte Gray. Es war so, als hätten all die angenehmen Gespräche in ihrem baufälligen Haus oder in dem schönen, verwilderten Garten nie stattgefunden. Er hatte sich nie Illusionen gemacht, daß sich zwischen ihnen eine Liebesbeziehung anbahnen könnte, aber zumindest hatte er geglaubt, daß er und Sarah allmählich Freunde würden. Törichterweise hatte er angenommen, daß zwischen ihnen gewisse Gemeinsamkeiten bestünden.

Aber Freunde hin oder her, er hatte nicht vor, sie in diesem Zustand allein zu lassen. Er ging in die Küche und ließ Wasser in den Kessel laufen.

»Was machst du da?« rief sie wütend.

»Ich mach uns einen Tee. Wenn du den getrunken hast und dann immer noch willst, daß ich gehe, dann bin ich sofort weg.« Er spürte, daß sie ihm gefolgt war. »Es sei denn, du willst mir sagen, was los ist.«

»Ich will bloß allein sein.« Aller Vitalität beraubt, lehnte sie sich mit ihrem ganzen Gewicht gegen den Türrahmen. Ihr schimmerndes Haar fiel ihr in feuchten, wirren Strähnen auf die Schultern. »Laß das bitte.«

»Entschuldige.« Gray zögerte einen Augenblick, dann schaltete er den Herd aus. Er bemerkte, daß ihre Bluse vorne voller feuchter Flecken war. Sie mußte stundenlang geweint haben. Vorsichtig streckte er einen Arm aus und berührte ihre Hand, die kalt und schwer wie Stein war.

»Hör mal, Sarah, es ist doch ganz offensichtlich irgendwas Furchtbares passiert. Warum willst du dir nicht von mir helfen lassen?«

Sie ignorierte ihn und ging mit langsamen, schleppenden Schritten, die in schmerzlichem Gegensatz zu ihrem üblichen forschen Gang standen, ins Wohnzimmer zurück. Von Mitleid und Sorge getrieben, folgte Gray ihr. Als er an der Marmorplatte vorbeikam, bemerkte er, daß der Kopf des Kriegers verschwunden war. An seiner Stelle lag jetzt ein Haufen schmutziger Tonscherben, als ob heftig darauf eingedroschen worden wäre.

»Sag mir doch bitte, was dich quält.«

Tränen von Wut und Verzweiflung traten ihr in die Augen. Sie schauderte, dann stieß sie ein explosionsartiges Geräusch aus. »Du bist lachhaft. Keinen Deut besser als alle anderen in diesem elenden neugierigen Kaff. Immer auf irgendeinen schlüpfrigen Tratsch aus.«

Angesichts ihres Elends kümmerte es ihn nicht, daß sie ungerecht war. Außerdem war er sicher, daß Sarah bereits in dem Moment, als sie die Worte aussprach, wußte, wie unfair sie war. Sie machte noch einige unfreundliche, ziemlich zusammenhanglose Bemerkungen und verfiel dann in Schweigen.

Er beobachtete, wie sie allmählich ruhiger wurde, dabei jedoch in eine furchtbare Apathie verfiel, die noch schlimmer war als ihr Zorn. Ihr Mund wirkte verhärmt vor Trauer.

Ja, dachte Gray, das war das richtige Wort. Trauer. Sie weinte um jemanden. Eine gute Freundin? Einen Liebhaber? Kein Elternteil, denn er wußte, daß beide Eltern seit einigen Jahren tot waren.

Und dann kam ihm – aus keinerlei logischem Grund, außer vielleicht der örtlichen Nähe – Alan Hollingsworth in den Sinn. Und obwohl das eine unbegründete, ja geradezu verrückte Idee war, ließ sie ihn nicht mehr los. Er sagte sich, daß das Unsinn sei. Sarah hatte den Mann nie erwähnt, schien ihn kaum zu kennen. Aber es ließ ihm keine Ruhe.

»Ist jemand ... gestorben, der dir nahegestanden hat, Sarah?«

»Ja, o ja!«, schrie Sarah. Als ob sie dieser spontane Ausbruch erschreckt hätte, preßte sie beide Hände auf den Mund.

Gray wußte plötzlich, daß er die Oberhand hatte. Von Gram verzehrt und labil wie sie war, hätte sie weder die Energie noch die Konzentration, ihn zu täuschen. Das Sprichwort »Man soll das Eisen schmieden, solange es heiß ist« schien auf brutale Weise zu passen.

Er schämte sich für seine Neugier, redete sich aber ein, daß er ja rein in Sarahs Interesse handele, und fragte schließlich: »War es Alan?«

Sie stand am Fenster, mit dem Rücken zu ihm. Einige Sekunden glaubte er, sie würde so tun, als hätte sie die Frage nicht gehört. Er war gerade dabei, sie noch einmal zu stellen, da drehte sie sich um und sah ihn an. Obwohl sehr bleich, bemühte sie sich, ihre Fassung zu wahren. Nur ihre Finger waren in Bewegung und zerrten an ihren Kleidern herum. Ihre Stimme war leise und immer noch heiser vom Weinen.

»Warum hat er das getan, Gray? Ich meine, sich das Leben wegen einer solchen Frau zu nehmen, die so oberflächlich ... so habgierig ...«

Es entstand eine kurze Pause. Gray merkte, daß er die Zähne so fest zusammengebissen hatte, daß ihn der Kiefer schmerzte. Schließlich sagte er: »Es tut mir leid, aber ich verstehe nicht, warum dich das so mitnimmt.« Ganz bewußt betonte er das »dich«.

»Das ist eine Frage der Verantwortung.« Ihre Erklärung kam erst nach einigem Zögern. Gray hatte den Eindruck, daß sie nach etwas Glaubwürdigem gesucht hatte, das aber jegliche Intimität ausschloß. »Er muß sich völlig verzweifelt hinter diesen Gardinen versteckt haben. Hat getrunken, vielleicht sogar geweint. Wenn doch nur jemand zu ihm gegangen wäre und mit ihm geredet hätte...«

»Das haben einige Leute versucht. Er hat die Tür nicht aufgemacht.«

»Ich hab es nicht versucht.«

»Warum solltest du?«

»Aahh...!« Ein gequälter Schrei gellte durch den Raum. Keiner von beiden hörte das Klopfen an der Tür. Und dann war zu Grays Überraschung und großem Verdruß plötzlich noch eine dritte Person da.

Er beobachtete, wie Sarah sich zu fassen versuchte. Sie schien diese Unterbrechung beinahe zu begrüßen und bat Mrs. Jennings, die am liebsten auf der Stelle geflohen wäre, zu bleiben.

Da er wußte, daß die Einladung einzig mit dem Ziel ausgesprochen worden war, ihn loszuwerden, sah Gray keinen Sinn darin, länger zu bleiben. Der Augenblick der Offenheit war vorbei und als Strafe für seine grausame Plumpheit war alles zunichte gemacht worden, woran er sich hätte aufrichten können.

Geschieht mir ganz recht, dachte er, während er nach Hause stapfte. Er fragte sich, was er jetzt tun sollte. Ihr als treuer Freund eine Schulter zum Ausweinen anbieten? Aber er konnte beim besten Willen kein Mitgefühl aufbringen. War es möglich, daß eine intelligente, schöne Frau wie Sarah ihre Gefühle ausgerechnet an Hollingsworth verschwendete? Diesen langweiligen, verklemmten und geldgierigen Schleimer.

Als Gray an den blauen Pechkiefern vorbeiging, die sein Haus umgaben, stellte er fest, daß die Polizei in der Einfahrt auf ihn wartete. Er hatte nichts dagegen, mit auf die Wache zu kommen, um der Polizei bei ihren Ermittlungen weiterzuhelfen. Im Gegenteil, ihm war die Ablenkung beinahe willkommen.

Diesmal war alles ganz anders. Vielleicht lag das an der fremden Umgebung, einem trübsinnigen Raum mit eisblauen Wänden, einem schwarzen, genoppten Kunststoffboden und harten Stühlen mit Holzlehne. Der einzige Farbklecks war ein Plakat mit einer detaillierten Abbildung von einem Kartoffelkäfer in Technicolor mit Anweisungen, was man tun solle, falls man das Glück hatte, einen zu sehen.

Die beiden Detectives, die bei ihm zu Hause gewesen waren, hatten ihm wenigstens eine Tasse Tee angeboten. Sie dagegen sahen ebenfalls anders aus. Strenger und unnahbarer, ganz offenkundig fühlten sie sich in ihrem eigenen Umfeld im Vorteil. Der ältere von ihnen stellte einen Kassettenrecorder an und nannte das Datum und die Namen der Anwesenden. Der jüngere Mann, der so nett zu Bess gewesen war, lief mit unfreundlichem Gesicht hin und her.

»Danke, daß Sie gekommen sind, Mr. Patterson.«

»Ich hatte nicht den Eindruck, daß ich eine andere Wahl gehabt hätte, Inspector... Entschuldigung, ich hab Ihren Namen vergessen.«

»DCI Barnaby.«

»Lange her, seit ich das letzte Mal irgendwohin chauffiert wurde.« Patterson lachte verlegen. Obwohl er sich nicht offenkundig unbehaglich fühlte, schien er doch ein wenig irritiert, sich plötzlich mitten im Herzen der Kriminalpolizei von Causton zu befinden.

Barnaby lächelte zurück. In diesem Stadium gab es keinen Grund, das nicht zu tun.

»Muß dieses Ding da an sein?«

»Ich fürchte ja, Sir. In Ihrem Interesse genauso wie in unserem.« Das glaubte nie jemand, aber es war die Wahrheit.

»Weshalb wollten Sie mich sprechen?«

»Nur noch ein paar Fragen.«

»Aber ich hab Ihnen doch schon alles gesagt, was ich weiß.«

»Der Tag, an dem Mrs. Hollingsworth verschwand, Donnerstag, der 6. Juni. Können Sie sich erinnern, wo Sie da waren? Was Sie gemacht haben?«

»Warum?«

»Beantworten Sie bitte einfach die Frage, Mr. Patterson«, sagte Sergeant Troy.

»Donnerstags hole ich meine Arbeitslosenunterstützung ab. Anfangs fand ich es erniedrigend, aber ich gewöhn mich langsam daran. Wer arm ist...«

»Und wo ist das?«

»Sozialamt Causton. Ich bin kurz vor halb eins reingegangen. Habe unterschrieben und mich hinterher wie immer deprimiert gefühlt. Bin anschließend ohne Erfolg zum Arbeitsamt gegangen und habe dann beschlossen, ins Kino zu gehen.«

»In welchen Film?« fragte Sergeant Troy.

»*Goldeneye*. Der neue James Bond. Ich dachte, ein bißchen Flucht vor der Wirklichkeit würde mir ganz gut tun. Und außerdem ist es nachmittags billiger.«

»Um wieviel Uhr war das etwa?«

»Ich würde sagen gegen halb drei. Im Kino können die Ihnen sicher die genaue Zeit sagen.«

»Und wann sind Sie rausgekommen?«

»Gegen fünf.«

»Wohin sind Sie dann gegangen?«

»Ich bin sofort nach Hause gefahren.«

»Haben Sie das Haus noch mal verlassen?«

»Nein.«

»Haben Sie, als Sie unterwegs waren, irgendwen gesehen, den Sie kannten, sei es auch nur vom Sehen?«

»Mir ist niemand aufgefallen. Aber das heißt nicht, daß mich keiner gesehen hat. Hören Sie, was soll das alles?«

»Wir glauben, daß das für unsere Ermittlungen relevant sein könnte, Mr. Patterson.«

»Inwiefern relevant?«

Barnaby sah keinen Grund, es nicht zu erklären. Er nahm die neueste Ausgabe des *Evening Standard* aus seiner Schreibtischschublade und legte sie, die Titelseite nach oben, Patterson vor.

Der nahm die Zeitung und starrte verständnislos darauf. Dann schüttelte er ein- oder zweimal den Kopf und starrte erst den einen und dann den anderen Polizisten völlig fassungslos an.

Barnaby starrte gelassen zurück. Völlige Fassungslosigkeit konnte ihn weder verblüffen noch beeindrucken. Auch Ungläubigkeit oder plattes Unverständnis ließ ihn kalt. Das letzte Mal, als ihm eine perfekte Darbietung solcher Taktiken geboten worden war, hatte es sich um einen mehrfachen Vergewaltiger gehandelt, für dessen Festnahme er direkt verantwortlich gewesen war. Nachdem er ohne jeden Zweifel für schuldig befunden worden war, hatte dieser Mann beim Verlassen der Anklagebank völlig verblüfft die Arme in die Luft geworfen und sich gewundert, daß so viele kluge Leute zu einer so unglaublich falschen Schlußfolgerung kommen konnten.

»Entführt? Simone?«

»Ganz richtig«, sagte Sergeant Troy. »Wissen Sie etwas darüber, Sir?«

»Was?«

»Die haben ein Lösegeld von fünfzigtausend verlangt«, erklärte Barnaby. »Eine hübsche runde Summe, würden Sie nicht auch sagen?«

Patterson sah so aus, als könne er im Moment überhaupt nichts sagen. Schließlich gab er ein krächzendes Geräusch von sich.

»Wenn Sie die Klunker dazurechnen«, sagte Troy, »dann haben Sie Ihr Geld zurück. Plus fünfzig als Entschädigung für den Ärger.«

»Oder vielleicht betrachten Sie es als Abfindung, Mr. Patterson.«

»Wie bitte... äh...« Er starrte die beiden mit angestrengter Miene wie durch einen Nebel an. »Klunker?«

»Ein Diamantenkollier im Wert von über zweihunderttausend Pfund ist aus Nightingales verschwunden. Außerdem, wie wir vermuten, ein extrem teurer Ring.«

»Also ich hab das Zeug nicht.«

»Sie streiten aber nicht ab, dort gewesen zu sein?«

»Ich war nur in seinem Arbeitszimmer. Das hab ich Ihnen doch erzählt.«

»Tatsächlich?« Bei den Hollingsworths war seit Pattersons Besuch mehrmals geputzt worden, deshalb würde von seinen Fingerabdrücken nichts mehr vorhanden sein. Barnaby sah jedoch keinen Grund, ihn in dieser Hinsicht zu beruhigen.

»Zweihundert...?«

Barnaby beobachtete, wie die Bedeutung dieser Summe langsam einsickerte. Pattersons Augen wurden noch runder als sein weit aufgerissener Mund.

»Wissen Sie, wann er das gekauft hat?« fragte Patterson.

»Vor drei Monaten.«

»Kurz nachdem...«

»Sofort danach«, bestätigte Troy mit unverhohlenem Vergnügen.

»Wollen Sie damit sagen, daß mein Leben ruiniert wurde«, Patterson stand taumelnd auf, »für ein beschissenes Schmuckstück?«

An der Stelle setzte sich Troy neben seinen Chef. Beide Detectives saßen abwartend und beobachtend da. Das Tonband surrte.

»Ich finde das... O Scheiße, was für ein Schwein..., so ein Scheißkerl..., verdammt noch mal...«

Patterson fluchte noch eine Weile so weiter, während

sein Zorn langsam verrauchte. Dann ließ er sich wieder auf seinen Stuhl fallen. »Ich nehme an, es war für sie.« Seine Stimme klang müde und tonlos. »Für seine Frau.«

»Falls er nicht mit anderen schlief. Halten Sie das für sehr wahrscheinlich?«

»Nein. Wie ich bereits sagte, Alan stürzt sich ganz auf eine Person und überschüttet sie mit Aufmerksamkeit. Und wenn das schiefgeht, fängt er mit jemand anders wieder von vorne an.«

Der Chief Inspector, dem die Qualen, die Hollingsworth nach dem Verschwinden seiner Frau erlitten hatte, so plastisch von Perrot und von Reverend Bream beschrieben worden waren, hatte nicht ernsthaft mit einer anderen Antwort gerechnet.

»Können Sie sich erinnern, ob er während seiner ersten Ehe genauso um sich geschmissen hat?«

»Um sich geschmissen?«

»Mit dem Geld.«

»Ach so.« Er dachte einen Augenblick nach, dann sagte er: »Das könnte schon sein. Ich weiß, daß er Miriam mal einen Pelzmantel gekauft hat, nachdem sie sich gestritten hatten und er voller Reue war.« Patterson lachte kurz. »Damit konnte er bei ihr aber wohl nicht soviel erreichen.«

»Wie gut kannten Sie die zweite Mrs. Hollingsworth?«

»Das haben Sie mich doch neulich schon gefragt.«

»Jetzt fragen wir Sie halt noch mal«, blaffte Sergeant Troy.

»Wie gehabt«, sagte Patterson barsch. »Ich hab sie damals kaum gekannt und kenn sie heute kaum.«

»Ist sie jemals bei Ihnen zu Hause gewesen?«

»Nein.«

»Oder hat Sie angerufen?«

»Nein.«

»Haben Sie sich irgendwann mal außerhalb des Dorfes getroffen?«

»Nein!«

»Haben Sie Mrs. Hollingsworth von irgendwoher gekannt, bevor sie ihren Mann kennenlernte und heiratete?«

»Natürlich nicht.« Pattersons Stimme war keinerlei Beunruhigung anzumerken, lediglich eine Gereiztheit, die von Minute zu Minute zunahm.

»Wann haben Sie sie zuletzt gesehen?«

»Ähm... Ich glaube das eine Mal in der Telefonzelle, wovon ich Ihnen neulich erzählt hab.«

»Ach ja.«

»Ich verstehe nicht, warum...«

»Wußten Sie, daß Hollingsworth einen Abschiedsbrief hinterlassen hat?«

»Wie sollte ich?«

»Auf einem Computer. Das Problem ist, es gab keine Fingerabdrücke auf der Tastatur.«

»Tatsächlich?« Gray Patterson runzelte die Stirn. Er wirkte interessiert, aber auf distanzierte Weise, wie jemand, der mit einem kniffligen Problem konfrontiert wird. »Warum sollte er das tun? Ich meine, sie alle wegwischen.«

»Tja, warum.«

»Hat er die Nachricht ausgedruckt?«

»Nein.«

»Sehr seltsam.«

»Wir ziehen die Möglichkeit in Betracht, daß Mr. Hollingsworth die Nachricht nicht selbst eingegeben hat.«

Barnaby beobachtete, welche Wirkung dieser letzte Satz hatte. Wie Patterson plötzlich unnatürlich still wurde. Wie er die Handflächen auf den Metalltisch preßte. Und wie sich seine Haut um das Kinn herum spannte. Selbst seine Locken schienen zusammenzufallen, als ob das, was er gerade gehört hatte, ihn mit orkanartiger Wucht getroffen hätte. Er suchte nach etwas Tröstlichem und nach Schutz.

»Sie meinen, es war ein Unfall?«

»Leute, die durch einen Unfall ums Leben kommen, raffen sich normalerweise nicht noch mal auf, um ein paar letzte Worte zu verfassen«, sagte Sergeant Troy.

»Natürlich nicht.« Sein Gesicht war völlig ausdruckslos.

»Dann bleibt also nur...«

»Offenbar sind Sie uns weit voraus, Mr. Patterson.«

»Und natürlich haben Sie an mich gedacht.«

»Das stimmt.« Barnaby bemerkte, daß der Verdächtige weiterhin reglos blieb, und fragte sich, ob der Grund dafür extreme Vorsicht oder ein starker Schock sei. »Deshalb werden Sie verstehen, daß ich Sie noch einmal fragen muß, was Sie in der Nacht, in der Alan Hollingsworth starb, getan haben. Und ich möchte Sie bitten, sehr sorgfältig über Ihre Antwort nachzudenken.«

»Das brauche ich nicht. Wie ich schon neulich gesagt habe, bin ich den ganzen Montagabend zu Hause gewesen. Bis ungefähr neun war ich draußen im Garten und dann im Haus.«

»Haben Sie irgendwann spät an jenem Abend oder früh am nächsten Morgen das Nightingales-Haus besucht?«

»Nein, das habe ich nicht.«

»Wann haben Sie Alan Hollingsworth zum letztenmal gesehen?«

»Das kann ich nicht beantworten. Ich kann mich nicht genau erinnern.«

Barnaby wartete noch einige Minuten, dann beendete er das Gespräch, nannte die Uhrzeit und schaltete den Recorder aus.

»Wir haben einen Durchsuchungsbefehl für Ihr Haus, Mr. Patterson. Außerdem wird die Spurensicherung Ihr Auto untersuchen wollen. Man wird Sie um die Schlüssel bitten.«

»Ich verstehe. Kann ich...« Er stand halb auf und setzte sich wieder. »Ist es in Ordnung, wenn...«

»Sie können nach Hause gehen, Sir. Aber halten Sie uns über Ihren Aufenthaltsort auf dem laufenden.«

»Keine Ferien in der Karibik«, sagte Sergeant Troy.

Der Scherz kam nicht an.

»Außerdem«, fuhr Barnaby fort, »hätten wir gerne ein Foto neueren Datums. Irgendwas. Wenn Sie es bitte dem Beamten geben könnten, der Sie nach Hause fährt.«

Als seine Eskorte kam, schlich Patterson mit bleiernen Schritten hinaus, ohne mit einem der beiden Detectives noch einen Blick zu tauschen.

»Was meinen Sie?« fragte Troy, als sie wieder in Barnabys Büro waren. »Paßt alles, was?«

»Ich weiß nicht«, antwortete der Chief Inspector. »Muß erst darüber nachdenken.«

Troy nickte und lehnte sich zurück, um abzuwarten. Er würde sich entspannen. Er würde nicht an den Nägeln kauen oder hinausrennen, um eine Zigarette zu rauchen. Die Minuten schleppten sich dahin. Sergeant Troys Gedanken wanderten zurück in die Zeit, als er seinen gegenwärtigen Posten bekommen hatte. Das war jetzt fast neun Jahre her.

Damals hatte er die Weigerung seines Chefs, eine spontane Meinung abzugeben – selbst wenn es sich um eine Kleinigkeit handelte –, irgendwie seltsam gefunden. Barnabys Abneigung gegen schnelle Schlußfolgerungen hatte bei ihm ein gewisses Unverständnis ausgelöst. Und am unbehaglichsten hatte sich der Sergeant immer dann gefühlt, wenn sein Chef bereit gewesen war, eine Peinlichkeit oder ein Versagen zuzugeben – die beiden größten Tabus im Polizeikodex. Barnaby hatte bei mehreren Gelegenheiten beides öffentlich eingestanden, weshalb sich manche Beamten, besonders die älteren, in seiner Gegenwart unwohl fühlten. Sie nahmen ihm seine Ehrlichkeit und seinen Mut übel, und in ihren Kantinengesprächen stellten sie Barnaby zu ihrer eigenen Verteidigung als Dummkopf dar, der das Bedürfnis hatte, sich bei den Jüngeren mit dieser Bescheidenheit beliebter zu machen. Aber niemand wagte, ihm das ins Gesicht zu sagen. Doch all das war dem Boss – Sergeant Troy warf einen Blick auf die massige Gestalt, die sich gedankenverloren mit einem braunen Umschlag Luft zufächelte – sowieso völlig schnuppe. Und dafür mußte man ihn einfach bewundern.

Es war fast sieben Uhr. Plötzlich stand Barnaby auf und begann, Sachen in seine Aktentasche zu stopfen. »Wird Zeit, daß wir hier rauskommen.«

»Stimmt, Chef.« Noch zehn Minuten, und sie würden Überstunden machen. Na ja, manche von uns könnten die gut gebrauchen, und andern geht's auch so ganz gut.

Ein knappes »Gute Nacht« und die Tür schlug zu.

Troy zog sein seidiges Tweedjäckett über, zupfte die Krawatte mit seinen makellos sauberen Händen zurecht und bewunderte sich kurz im Spiegel. Dann strich er sich die Haare glatt und grinste breit, um seine Zähne nach winzigen Essensresten abzusuchen. Ihm mochte zwar eine gewisse Finesse fehlen, aber niemand konnte ihm nachsagen, daß er seine Zähne nicht sauberhielt.

Er wickelte ein Mentholbonbon aus, schmiß es sich in den Mund und machte sich auf den Weg zur Stammkneipe der Polizei. Nur auf ein Gläschen und dazu ein bißchen Hin- und Hergeflirte. Wenn er Glück hatte, könnte sich für heute nacht noch etwas ergeben.

7

Man denke sich eine Zahl aus, verdopple sie, addiere sein Gewicht in Kilo, dazu die Sozialversicherungsnummer und die Staatsschulden. Wenn man jetzt die ursprüngliche Zahl abzieht wird man immer noch Schwierigkeiten haben, auf die Temperatur in Celsius zu kommen, die in den Büros der Kriminalpolizei gemessen wurde. Der kühlste Ort im ganzen Gebäude war der Raum für die Heizung, die natürlich abgestellt war.

Die Hitzewelle hielt jetzt seit einer Woche an. Chief Inspector Barnaby, der sich in seinem Büro im vierten Stock allmählich auflöste, fand diesen Begriff ausgesprochen unangemessen. Wellen, egal wie heiß sie waren, bewegten sich. Dort, wo er saß, hingegen stand die Luft und hatte die Konsistenz einer dicken Suppe. Ein großer Ventilator auf seinem Schreibtisch bewegte die Hitze lediglich träge hin und her.

Da er schlecht geschlafen hatte, war Barnaby übel gelaunt und deprimiert. Gegen halb fünf war er schließlich eingedöst, nachdem er das Hollingsworth-Mysterium in Gedanken immer wieder gedreht und gewendet hatte.

Wenige Sekunden, bevor er aufwachte, hatte er einen äußerst lebhaften und unangenehmen Traum gehabt. Er stand im Gewächshaus und beobachtete, wie ein kleines, unbedeutendes Insekt eine Glasscheibe hinaufkroch. Er streckte die Hand aus und zerquetschte es mit dem Fingernagel. Ein winziger Tropfen rötlichbraune Flüssigkeit spritzte heraus. Dann kam immer mehr von dieser Brühe, bis sie in einem dünnen, aber stetigen Rinnsal die Scheibe hinunterfloß. Schließlich ein Schwall von einer sehr viel helleren Flüssigkeit, gefolgt von einer regelrechten Lawine knallroten Schaums. Barnaby, dessen Hände und Jackettärmel plötzlich klatschnaß waren, war entsetzt zurückgewichen.

Er versuchte, dieses Bild zu verdrängen, indem er sich die Tageszeitung vornahm. Simones Foto war auf der Titelseite sämtlicher Boulevardzeitungen, darüber prangten die blödsinnigsten Schlagzeilen. Alan war posthum zu einem Godon Gecko avanciert: Hübsche Blondine des toten Tycoons verschwunden! Madonna-Doppelgängerin gekidnappt! Wer hat sexy Simone gesehen – tragische Witwe des Finanzmagnaten?

Zumindest, dachte der Chief Inspector, während er die *Sun* beiseite schob, ist uns erspart geblieben: Was für ein Klasseweib!

Er blätterte die Handvoll Berichte über die Von-Haus-zu-Haus-Befragungen durch, die man auf seinen Schreibtisch gelegt hatte, mußte jedoch feststellen, daß alle Aussagen das bereits Bekannte bestätigten. Außerdem fiel ihm auf, daß Sarah Lawson jedesmal, wenn die Polizei bei ihr geklingelt hatte, nicht dagewesen war. Deshalb beschloß er, sie selbst aufzusuchen. Da Samstag war, hatte er eine gute Chance, sie zu Hause anzutreffen.

Der Bericht der Spurensicherung über Garten und Garage von Nightingales, der ebenfalls auf seinem Schreibtisch lag, enthielt wenig Interessantes. Die gründlichen Untersuchungen hatten nichts Außergewöhnliches ergeben. Auf dem festgebackenen Boden waren keine Fußabdrücke erkennbar gewesen. Auch hatte man keine plattgetretenen oder abgebrochenen Pflanzen gefunden. Der Garten wurde von einer dichten und dornigen Berberitzenhecke begrenzt. Es war unmöglich, darüberzuklettern oder sich durchzuquetschen, ohne reichlich Spuren zu hinterlassen.

Sämtliche Fingerabdrücke in der Garage stammten von Alan Hollingsworth. Auch hier wurde nichts Verdächtiges gefunden. Gartengeräte und ein Rasenmäher. Kartons mit halbleeren Farbdosen und Tapetenresten, aber keine Pinsel, kein Terpentin, keine Lappen oder Quasten. Vermutlich ließen die Hollingsworths einen Anstreicher kommen, wenn sie die Bude renoviert haben wollten. Das Auto war es, das Barnaby am meisten interessierte. Er nahm den Hörer ab, wählte die Nummer vom Labor und fragte, wann der Bericht fertig wäre.

»Kann sich nur noch um Minuten handeln.«

»Du meinst nächste Woche?«

»Weißt du, was dein Problem ist, Chief Inspector?« sagte Audrey. »Du hast kein Vertrauen in das System.«

»Ich kann mir gar nicht vorstellen warum.«

Als Barnaby den Hörer auflegte, kam Sergeant Troy herein und stellte ihm eine Tasse Kaffee auf den Schreibtisch. Barnaby fragte sich selbst, was um alles in der Welt ihn dazu bewogen hatte, bei diesem Wetter nach Kaffee zu fragen. Reine Gewohnheit vermutlich. Und tatsächlich tat der erste Schluck sehr gut.

»Sergeant Brierley ist in der Einsatzzentrale, Chef.« Troy war total geladen und hatte einen entnervten Unterton in der Stimme. »Sie hatten mich gebeten, Bescheid zu sagen, wenn sie da ist.«

»Danke.« Von dem Team, das die Häuser abklapperte, waren noch nicht alle wieder zurück gewesen, als Barnaby am gestrigen Abend nach Hause gegangen war. Besonders interessierte ihn, wie die Dinge bei den Brockleys standen.

»Sie hören sich ziemlich sauer an, Gavin. Hat Sie wohl ganz schön durch die Mangel gedreht, die gute Audrey?«

»Ich wollte ja nichts sagen, aber wenn Sie schon davon anfangen«, Troys Adamsapfel hob und senkte sich hastig, »wieso kann ich sie plötzlich nicht mehr Miss Busen des

Jahres nennen, wenn sie mich als schwanzwedelnden Schnüffler bezeichnet?«

»Das nennt man das Gleichgewicht wiederherstellen«, sagte Barnaby. Bevor das Gespräch auf die unvermeidliche Schiene, daß ja früher auch nicht alles schlecht gewesen sei, geraten konnte, fügte er hinzu: »Irgendwas Wichtiges während der letzten halben Stunde?«

»Mir ist aufgefallen, daß sie kein Seminar für korrektes Verhalten besucht hat.«

»Ich hab Sie was gefragt.«

Troy machte einen Schmollmund. Schließlich wurde man doch heutzutage in dieser neuen gefühlsduseligen Atmosphäre bei der Polizeitruppe geradezu aufgefordert, über das zu reden, was einen bedrückte.

»Dieser tuntige Juwelier aus der Bond Street hat angerufen. Hat Hollingsworth auf dem Foto erkannt. Es sei eindeutig der Typ, der die Kette gekauft hat. Simone hat er allerdings noch nie gesehen. Reicht uns alles schriftlich ein.«

»Ausgezeichnet.«

»*Harpers* hat ein Foto von der Werbeseite gefaxt. Das haut einen glatt um. Ich wette, da hat sie einige Stunden in der Horizontalen verbracht, um sich das zu verdienen.«

»Wie reden Sie denn, Mann.«

»Was?«

»Die Frau hat die Hölle durchgemacht. Wahrscheinlich ist sie längst tot.«

»Dann ist ihr auch wurscht, was ich sage.« Troy beobachtete, wie der brasilianische Kaffee in Barnabys Kehle verschwand, und dachte, was der Boss doch für ein komischer Kerl war. Wenn er ihn nicht schon erlebt hätte, wie er mit dem Rücken zur Wand um sein Leben kämpfen mußte, oder wie er einen Typ festnahm, der nicht nur bewaffnet, sondern mit Amphetaminen vollgedröhnt war, oder wie er sich an eine Klippe hängte, um auf eine Frau einzureden, die gerade ihr Baby ertränkt hatte – wenn Troy das nicht alles und noch einiges mehr mit eigenen Augen gesehen hätte, würde er den DCI eventuell für ein bißchen weich in der Birne halten.

Sie fuhren mit dem Lift zur speziell für den Fall eingerichteten Einsatzzentrale hinunter. Keiner der beiden Männer sprach, doch der jüngere warf mehrere verstohlene Seitenblicke auf den älteren. Barnaby wirkte verschlossen. Impenetrabel könnte man sagen, sollte man in der glücklichen Lage sein, Talisa-Leanne Troys Lexikon benutzen zu können. Der Sergeant beschloß, daß der Chief deshalb frustriert war, weil er keinerlei Verdächtige hatte. Er hätte sich nicht mehr täuschen können.

Im Gegensatz zu seinem Assistenen, der die Dinge so schnell wie nur menschenmöglich geklärt wissen wollte, war Barnaby zumindest für kurze Zeit ganz glücklich, in – wie es ein früher Mystiker mal genannt hatte – der Wolke des Nichtwissens zu schweben. Außerdem dachte er mit nicht unbeträchtlicher Genugtuung über den kürzlichen Weggang seines Widersachers Inspector Ian Meredith nach, eines selbstgefälligen Oxbridge-Klugscheißers, der Bramshill absolviert hatte, das Elite-College der Polizei. Nachdem er wie Alexander der Große im Alter von Zweiunddreißig beschlossen hatte, sich für Gott zu halten, war er prompt zum Bereitschaftsdienst komplimentiert worden. Das ganze Revier war erleichtert gewesen, ihn von hinten zu sehen. Niemand hatte gewollt, daß der Neffe des Chief Constable hier herumschnüffelte.

In der Einsatzzentrale ging es nicht gerade lebhaft zu. Gewiß klingelten Telefone. Und die Mitarbeiter studierten die Anschlagbretter. Daten wurden eingegeben, und es herrschte das übliche Geraune, mit dem Informationen ausgetauscht, überprüft oder gegengecheckt wurden. Doch die an Hysterie grenzende, überschäumende Aktivität, die normalerweise am Anfang einer dringlichen oder besonders dramatischen Ermittlung aufkam, wollte sich offenbar nicht einstellen.

Als er Sergeant Brierley nicht sofort entdeckte, ging Barnaby zu dem Tisch, auf dem die eingehenden Informationen gesammelt wurden, um festzuhalten, was derzeit so hereinkam. Wie zu erwarten, handelte es sich eher um Spekulationen als um harte Tatsachen. Dutzende Menschen glaubten, sie hätten Simone gesehen. Auf einer Fähre nach Frankreich. In einem Hauseingang in Glasgow schlafend. In einem Bistro in der Old Compton Street, eindeutig unter dem Einfluß von Drogen. Und in der Alten Braunen Kuh in Milton Keynes auf einem Tisch tanzend.

Doch zumindest von den Fahrgästen des Marktbusses gab es konkretere Informationen. Zwei Frauen mit einem Kind im Sportwagen waren Simone ins Bobby's gefolgt, dem einzigen Kaufhaus von Causton. Sie war auf die Damentoilette gegangen, wie die Frauen auch. Die beiden hatten die Toilette benutzt, doch als sie gingen, war Simone immer noch nicht wieder herausgekommen. Jetzt im nachhinein waren beide davon überzeugt, daß die »arme Mrs. Hollingsworth« sich »vor den furchtbaren Leuten, die hinter ihr her waren,« versteckt hatte.

Alans erste Frau war ausfindig gemacht und in Birkenhead befragt worden, wo sie seit ihrer zweiten Heirat immer noch als praktische Ärztin arbeitete. Barnaby nahm sich die Faxseiten und setzte sich an einen Schreibtisch, um sie zu lesen.

Miriam Anderson, wie sie jetzt hieß, hatte von ihrem verflossenen Mann zum letzten Mal vor seiner zweiten Eheschließung gehört. Er hatte ihr und ihrem Mann eine Einladung geschickt, begleitet von einem – wie Dr. Anderson sich ausdrückte – sentimentalen und kindischen Brief.

Darin beschrieb er in überschwenglichen Worten, wie glücklich er sei. Außerdem ließ er sich ausführlichst über Jugend, Schönheit und Liebenswürdigkeit der Braut aus und betonte, daß sie ihn anbetete.

»Ich vermute«, las Barnaby, »damit wollte er mir zeigen, welches Glück ich verschmäht hatte. Ehrlich gesagt, ich konnte darüber nur lachen. Alan Hollingsworth – noch nie war ich so froh, jemandem entkommen zu sein. Und das war wirklich nicht einfach. Wochenlang, nachdem ich wieder hierhergezogen war, hat er mich entweder am Telefon angefleht zurückzukommen, oder er ist zum Krankenhaus gefahren und hat die Leute genervt. Er hat erst damit aufgehört, als ich drohte, zur Polizei zu gehen. Doch dann wurde ich immer noch mehrere Monate mit Briefen bombardiert. Schließlich hab ich sie einfach ungeöffnet in den Mülleimer geschmissen.«

Nach Einzelheiten über ihre erste Ehe befragt, wiederholte Dr. Anderson mehr oder weniger das, was Barnaby bereits von Gray Patterson wußte. Als sie von Hollingsworths Tod erfuhr, nahm sie an, daß es sich um Selbstmord handelte. Auch wenn er sie nie bedroht hatte, kam es mehr als einmal vor, daß er mit Selbstmord drohte, falls sie ihn verließe.

Zum Problem von Simones Entführung konnte Dr. Anderson nichts Erhellendes beitragen. An beiden Tagen, die für die Ermittlungen relevant waren, war sie nachweislich woanders gewesen.

Das war ja eher dürftig – Barnaby schob die Blätter beiseite. Aber immerhin war Pattersons Aussage zumindest teilweise bestätigt worden.

»Guten Morgen, Sir.«

»Audrey.« Bei ihrem Anblick mußte er lächeln – das dichte, glänzende blonde Haar, die samtene rosige Haut und die ruhigen, leuchtenden Augen. Er konnte einfach nicht anders. Sie lächelte ernst und verhalten zurück.

»Ich wollte bis zur Einsatzbesprechung warten, aber Gavin hat gesagt, Sie wollten direkt was über die Von-Haus-zu-Haus-Befragungen wissen.«

Gavin – nicht Skipper, nicht Sergeant. Seit Audrey da war, waren solche respektvollen Unterscheidungen verschwunden. Was Troy überhaupt nicht paßte. Die Ära, in der man hemmungslos den Rang herauskehrte, war ein für alle Mal beendet. Barnaby hatte amüsiert beobachtet, wie Audrey deutlich machte, was in ihr steckte.

»Das stimmt. Wie sind Sie bei den Brockleys vorangekommen?«

»Sie sind völlig verzweifelt wegen ihrer Tochter. Sie ist immer noch nicht zurückgekommen.«

»Und sie haben auch nichts mehr von ihr gehört?«

»Gar nichts. Sie scheinen zu glauben, daß wir intensiv nach ihr suchen. Es war ein bißchen peinlich, Sir.«

»Kann ich mir vorstellen.«

»Ich konnte ihnen einfach nicht sagen, daß wir unsere Zeit und Arbeitskraft nicht für die Suche nach einer vermißten Person einsetzen können, wenn nicht besondere Umstände dies erforderlich machen.«

»Nun ja, hoffen wir, daß das nicht eintrifft.«

»Wie besprochen habe ich sie gefragt, ob sie nebenan jemand kommen oder gehen gesehen haben. Und ich hab einiges erfahren.«

»Ausgezeichnet. Dann legen Sie mal los.«

»Keiner von beiden hat in letzter Zeit viel geschlafen. Ich hatte den Eindruck, daß sie die meiste Zeit aus dem Fenster starren, als könnten sie Brenda durch reine Willenskraft nach Hause zwingen. Im Gegensatz zu Mr. Dawlish haben sie Hollingsworth in der Nacht, in der er starb, nicht nur wegfahren gehört, sondern sie haben auch mitbekommen, wie er kurz vor elf wiederkam. Und nicht nur das. Sie haben ihn sogar gesehen.«

»Ahh.« Der Chief Inspector merkte, wie sich ihm langsam die Kehle zuschnürte. »Deutlich?«

»Sehr deutlich. An der Garage von Nightingales befindet sich eine starke Halogenlampe. Sie schaltet sich automatisch ein, wenn jemand in die Nähe kommt. Er ist nicht aus dem Auto gestiegen – die Garage wird per Fernbedienung geöffnet –, aber Iris ist absolut sicher, daß er es war. Beide haben genau aufgepaßt, weil sie natürlich aufgeregt waren, als ein Auto in die kleine Straße bog.«

»Kann ich mir vorstellen, die armen Teufel. War er allein?«

»Ja. Reg hat gesagt, man konnte direkt in den Volvo reingucken. Außer ihm war niemand im Wagen.«

»Und dann?« In Barnabys Magen breitete sich Kälte aus. Dann zog er sich angstvoll zusammen, als ob er einen Schlag erwartete.

»Tut mir leid, Sir. Nichts.«

»Tun Sie mir das nicht an, Audrey.«

»Es ist niemand mehr gekommen, Chief Inspector. Iris hat bis ein Uhr Wache gehalten. Dann hat sie sich hingelegt, und Reg hat weitergemacht, bis es hell wurde.«

»Von welchem Fenster aus?«

»Das in Brendas Schlafzimmer. Von dort kann man auf die Einfahrt nebenan gucken.«

»Einer von ihnen muß eingedöst sein.«

»Sie sagen nein.«

»Dann hat vielleicht einer einen Tee gemacht. Oder ist zur Toilette gegangen. Mein Gott, das sind doch auch nur Menschen.«

»Ja, Sir.«

»Das würde ja nur eine Minute dauern. Oder sogar nur Sekunden. Brockley braucht nur mal kurz abgelenkt gewesen zu sein, und wer immer Hollingsworth ermordet hat, ist in dem Moment über den Hof gelaufen und hat bei Nightingales geklopft.«

»Sie glauben also, daß der Täter auf der Lauer gelegen hat? Irgendwo verborgen?«

»Ja, das glaube ich.« Die Alternative, daß Hollingsworth sich allein im Haus das Leben genommen hat, war einfach unhaltbar. Barnaby hatte diese Möglichkeit wenige Minuten, nachdem er die Leiche gefunden hatte, definitiv verworfen und hatte nicht die Absicht, sie wieder in Erwägung zu ziehen.

»Sie haben auch niemanden das Haus verlassen sehen?«

»Nein, Chief Inspector.«

»Sonst noch was?«

»Eigentlich nicht. Sie haben weiter Wache gehalten, aber danach nur noch das gesehen, was alle anderen auch gesehen haben. Wie die Spurensicherung dort rumlief, Beamte, die das Haus bewachten, und so Sachen.«

»Dann können wir das wohl vergessen.«

»Ja, Sir.«

Zur gleichen Zeit – fast sogar auf die Sekunde – rief Mrs. Molfrey: »Heureka!«

Wie sich herausstellte nicht im Bad, sondern während sie mit einer kleinen Hacke zwischen Fingerhut und Rittersporn herumstocherte. Es war doch immer das gleiche, dachte sie, während sie die Hacke hinwarf und den Gartenpfad hinunterwackelte, so schnell ihre spindeldürren alten Beinchen sie trugen. Da denkt man stundenlang über was nach, zerbricht sich den Kopf, kann an nichts mehr anderes denken – und was bringt einem das? Nicht die Bohne. Aber wenn man nicht mehr daran denkt, es einem schon ganz schnurz ist, da springt es einen plötzlich mit aller Kraft an.

Mrs. Molfrey hatte Barnabys Karte direkt unter das schwere Bakelit-Telefon gesteckt, damit sie gar nicht erst danach suchen mußte. Ihre Finger zitterten, als sie die

Nummer wählte, und ihre Lippen bebten, als sie sich auf das kommende Gespräch vorbereitete. Ihr ganzes Gehirn wurde von der Last dieser winzigen, aber sicherlich sehr aufschlußreichen Information erschüttert.

Sie mußte an *The Case of the Chocolate Scorpion* denken. In diesem ziemlich rasanten Kriminalroman aus den dreißiger Jahren bekommt eine ältere Dame während sie Bakkarat spielt, zufällig durch ihr Höhrrohr ein Bruchstück eines Gespräches mit. Obwohl die Worte als solche keinen Sinn ergeben, ist die Frau so scharfsinnig, diese paar Sätze mit einem Verbrechen in Verbindung zu bringen, an dem sich die Polizei von fünf Kontinenten seit einiger Zeit die Zähne ausbeißt. Am Ende der Geschichte wird sie mit dem Orden des British Empire ausgezeichnet. Mrs. Molfrey seufzte. Niemand schien mehr solche Bücher zu schreiben.

Sie geriet an einen Anrufbeantworter. Erschreckt legte Mrs. Molfrey, die einen Horror vor dem ganzen modernen technischen Schnickschnack hatte, den Hörer sofort wieder auf. Sie hatte erwartet, daß Barnaby in seinem Büro sein würde. Eine naive Erwartung, wie ihr jetzt klar wurde. Natürlich würde er unterwegs sein, um Fußabdrücke zu messen, Zigarrenasche zu analysieren oder verräterische Erdklumpen von einem verdächtigen Paar Galoschen zu kratzen.

Nachdem sie kurz darüber nachgedacht hatte, ob der Singular von Galoschen wohl Galosche war, schleppte sich Mrs. Molfrey wieder nach draußen. So eine brillante Entdeckung konnte man doch unmöglich länger als eine Minute für sich behalten. Cubby war mit einer Tüte Brokkoli zu Ostlers gegangen, würde aber sicher inzwischen auf dem Rückweg sein. Als sie das Tor erreichte, mußte Mrs. Molfrey sich darauf abstützen, um wieder zu Atem zu kommen. Und dann, welche Freude! Wer sollte da anders auftauchen als Constable Perrot.

Obwohl er keinesfalls an ihren eigentlichen Vertrauten heranreichte, gehörte er doch zur selben Zunft und war somit ein überaus geeigneter Bote. Mrs. Molfrey rief: »Huhu!« und winkte heftig mit ihrer getigerten Pelerine aus Organza.

PC Perrot schob seine Honda gerade aus dem Hof von Nightingales. Er hatte sich große Mühe gegeben, fast eine halbe Stunde vor dem Postboten dort zu sein, damit nur ja nichts schiefging. Er hatte sogar daran gedacht, ein Paar Gartenhandschuhe mitzunehmen, die einzigen Handschuhe die er besaß, falls irgendwelche Briefe ankamen. Es gab insgesamt drei. Er verstaute sie vorsichtig in seiner Satteltasche.

»Guten Morgen, Mrs. Molfrey.«

»Ich zittere wie Espenlaub«, sagte Mrs. Molfrey und benutzte damit zum ersten Mal eine Floskel, die Heathers Großmutter sehr liebte.

»Kann ich irgendwas für Sie tun?«

»Ja, das können Sie. Es muß eine gute Nachricht von Aix nach Gent gebracht werden. Sind Sie mein Mann, Constable Perrot?«

»Wie bitte?«

»Kann ich mich auf Sie verlassen?«

»Ja.« Perrot antwortete ganz automatisch, ohne nachzudenken. Er mochte zwar nicht genau wissen, wo Aix und Gent lagen, aber daß er zuverlässig war, stand außer Frage.

»Ihr Chef erwartet eine Nachricht von mir. Zu diesem Zweck hat er mir eigens seine persönliche Durchwahl gegeben, aber er scheint im Augenblick nicht im Büro zu sein. Verfolgt sicher eine heiße Spur.«

»Höchstwahrscheinlich, Mrs. Molfrey«, sagte PC Perrot, bemüht, sich alles genau zu merken, um Trixie damit beim Abendessen zu unterhalten.

»Werden Sie ihn heute überhaupt noch sehen?«

»Ich bin gerade auf dem Weg zur Wache.«

»Dann können Sie die Information ja weitergeben.« Sie erklärte ihm alles klar und deutlich.

Für Constable Perrot ergab ihre Nachricht dennoch keinen Sinn. Er überlegte sogar, ob es sich vielleicht um eine Art Code handelte. Was war das noch gleich für ein Wort? Heuri? Heuree...? Heurek irgendwas.

»Heureka?« Mrs. Molfrey meinte, dafür solle er sich keine Gedanken machen. »Das können Sie weglassen. Es ist nicht wirklich von Belang.«

Perrot, der sich bereits fragte, wieviel von dem Rest er mit gutem Gewissen weglassen könnte, stieg auf seine Honda und ließ den Motor aufheulen.

»Nicht vergessen, kein Klimpern oder Klirren!«

»Verstanden, Mrs. Molfrey.«

»Und warum nicht, Constable? Warum nicht? Das ist die Frage, mit der wir uns beschäftigen müssen.«

Perrot hob die Hand zum Gruß und fuhr davon. Auf der Hälfte des Weges fuhr er an Cubby Dawlish vorbei und winkte erneut, diesmal mit zutiefst empfundenem Mitgefühl.

Barnaby war immer noch in der Einsatzzentrale, als Constable Perrot stolz mit den Briefumschlägen ankam. Er legte sie dem Chief Inspector auf den Schreibtisch, trat bescheiden einen Schritt zurück und wartete.

»Da haben Sie bestimmt überall Ihre Fingerpatschen hinterlassen, was Constable?«

»Verdammt!« Perrot sprudelte mit einer Erklärung heraus. »Ich war... Nur – ich... Handschuhe einen Augenblick ausgezogen. Aus dem Garten... Hab extra dran gedacht. Briefträger abgepaßt...«

»Ersparen Sie mir die elenden Einzelheiten.« Barnaby betrachtete die Briefumschläge mit säuerlicher Miene. Eine

Zeitschrift vom Automobil-Klub, eine Stromrechnung und der Katalog eines exklusiven Bekleidungshauses auf der Regent Street.

»Sonst noch was zu berichten?«

»Äh, ich weiß nicht recht... Ich bin sicher, es ist eigentlich nichts...«

In diesem Augenblick kam Sergeant Troy hereinspaziert. Er stellte sich unmittelbar hinter den Schreibtisch des Chief Inspector, verzog seine schmalen Lippen und fletschte die Zähne.

»Hallo, Poll.«

»Guten Morgen, Sergeant.«

»Krah, krah.«

Während Perrot dort stand und verspottet wurde, stellte er sich vor, wie er stotternd Mrs. Molfreys Nachricht weitergab. Wenn sich das draußen auf der ruhigen Dorfstraße schon reichlich wunderlich angehört hatte, wieviel verrückter würde es erst hier klingen?

Perrot sah sich in dem geschäftigen Raum um: alles professionell organisiert. Intelligent organisiert. Erspar dir die Peinlichkeit, Colin.

»Nun sagen Sie's schon.«

»Wie bitte?«

»Was auch immer ›eigentlich nichts‹ ist?«

»Ich fürchte, es ist mir entfallen, Sir.«

Troy fing laut an zu lachen. Es klang wie ein böses, heiseres Bellen.

»Dann sollten Sie wieder ins Dorf verschwinden, Constable«, sagte Barnaby. »Und wenn Sie dort sind, können Sie mir einen Gefallen tun.«

»Ja, Chief Inspector.«

»Es ist zwar ein wenig kompliziert, aber wenn sie sich ein bißchen Mühe geben, werden Sie's schon schaffen.«

»Sir.« Diensteifrig nahm Perrot Haltung an.

»Holen Sie sich in der Anwaltskanzlei Fanshawe & Clay die Schlüssel von Nightingales und sehen Sie nach, ob der Schalter der Halogenlampe – den finden Sie in der Garage – aktiviert ist.«

»Ja, Sir.«

»Und – He! Poll?«

PC Perrot, der bereits auf die Tür zusteuerte, blieb seufzend stehen und drehte sich um. Seine Wangen glühten immer noch von der ironischen Bemerkung des Chief Inspecto.

»Sergeant?«

»Die Kantine ist im Erdgeschoß, wenn Sie 'nen Happen zu Mittag essen wollen.«

»Ach ja, danke.«

»Mittwochs gibt's Pfannkuchen mit Körnern. Und Tintenfischomelette.«

»Werden Sie's denn nie leid, Long John Silver zu spielen?« fragte Barnaby, als sich die Tür hinter dem glücklosen Polizisten geschlossen hatte.

»Wen?«

»Das war ein Pirat.«

»War wohl gut ausgestattet, was?« fragte Sergeant Troy.

In diesem Augenblick kam ein Laborbote mit einem dicken Umschlag, der den Bericht der Spurensicherung über Hollingsworths Audi enthielt.

Es gab keine großen Überraschungen. Der Kofferraum war bis auf Ersatzreifen und Wagenheber leer gewesen. Außer einigen nicht identifizierten Abdrücken am Griff einer Hintertür stammten alle Fingerabdrücke im Auto von Alan Hollingsworth, ebenso die Haare, die man an der Kopfstütze des Fahrersitzes gefunden hatte. Auf der Beifahrerseite waren keine Haare gewesen, auch sonst nirgends. Es sah so aus, wie jemand am Rand bemerkt hatte, als sei der Audi erst kürzlich kosmetisiert worden.

Kosmetisiert. Barnaby, der eine solche affektierte Redeweise verabscheute, zog gereizt die Luft durch die Zähne. Das hörte sich ja so an, als wäre das verdammte Ding mit dem Dampfbügeleisen gebügelt und mit der Drahtbürste gekämmt worden. Und dann hat wahrscheinlich noch jemand die Polster bestickt. Oder gefragt, ob es bereits in Urlaub gewesen sei.

Kosmetisiert! Um Himmels willen.

Das Dorf flimmerte in der glühenden Hitze. Die weiß getünchten Bordsteinkanten blendeten das Auge, und auf den Hecken lag dick der Staub. Die strohfarbenen Grasstreifen am Straßenrand raschelten vor Trockenheit.

Im Garten von Arcadia nahm Cubby Dawlish eine alte Zinkschüssel mit Holzgriff und tauchte damit tief in eine uralte Tonne. Dann goß er das weiche Regenwasser vorsichtig um seine Glen-Moy-Himbeeren.

Während er damit beschäftigt war, dachte er über das kleine Detail nach, das Elfrida wieder eingefallen war. Er war froh, daß sie es ihrem Dorfbobby mitgeteilt hatte und nicht dem Chief Inspector, der bei ihnen gewesen war. Barnaby war zwar sehr freundlich, aber in seiner hohen Position mußte er doch schrecklich viel zu tun haben. Und Cubby könnte den Gedanken nicht ertragen, daß man Elfie schroff behandelte. Oder – noch schlimmer – sie an eine jüngere Person weiterreichte, der vielleicht nicht bewußt war, wieviel Respekt ihr von Natur aus zustand. Die sich – Gott behüte – sogar ein bißchen lustig über Elfie machen würde.

Was die Erinnerung selbst betraf, so konnte Cubby deren Relevanz beim besten Willen nicht erkennen. Insgeheim vermutete er, daß sie sich als bedeutungslos herausstellen würde, obwohl er das um nichts in der Welt Elfie gegenüber zugegeben hätte. Sie wartete bereits so gespannt auf eine Reaktion der Kriminalpolizei. Da entdeckte Cubby Colin Perrot auf der anderen Seite der Hecke und fragte sich, ob er rübergehen und sich nach dem Stand der Dinge erkundigen sollte. Doch bevor er sich entschieden hatte, war der Polizist bereits in der Garage verschwunden.

Constable Perrot hatte auf der Fahrt nach Fawcett Green einen Umweg gemacht, um seine Kamera zu holen. Er war entschlossen, dem DCI nicht nur die gewünschte Information zu liefern, sondern sie auch noch fotografisch zu belegen. Also fotografierte er als erstes sorgfältig den Sensorschalter und dann noch dessen unmittelbare Umgebung.

Danach schrieb er eine kurze Zusammenfassung (diesmal nur eine Novelle) über das, was er festgestellt hatte, und las sie noch einmal durch. Ihm war bewußt, daß er nach dem Schnitzer mit Hollingsworths Post diese Aufgabe rasch, effizient und korrekt erfüllen mußte. Er hatte immer noch Barnabys Drohung, ihn zu versetzen im Hinterkopf.

Als er sicher war, daß der Bericht nicht mehr verbessert werden konnte, schloß er die Garage ab und fuhr dröhnend davon, erleichtert, daß er den Bewohnern von Arcadia entwischt war. Früher oder später würde einer von den beiden wissen wollen, wie Mrs. Molfreys brandaktueller, bahnbrechender Hinweis – so hatte sie sich selbst ausgedrückt – aufgenommen worden war. Und dann würde er ganz schön in der Tinte sitzen.

Zum Glück war es sehr unwahrscheinlich, daß Mrs. Molfrey Barnaby zufällig traf und ihn fragen konnte. Trotz seiner Unerfahrenheit mit hohen Tieren wußte selbst Perrot, daß der Beamte, der die Ermittlungen in einem Mordfall leitete, den größten Teil seiner Zeit in der Einsatzzentrale verbrachte.

Wenige Minuten nachdem Perrot losgefahren war, bog Barnabys Rover in die St. Chad's Lane und hielt vor dem Cottage von Sarah Lawson. Ein schäbiger, rot-weißer Citroën Quatre Chevaux parkte jetzt auf der ölverschmierten Grasfläche. Sergeant Troy starrte auf das Auto, die schmalen Lippen spöttisch verzogen.

»Die kann man bei Toys R Us kaufen und unter den Arm geklemmt mit nach Hause nehmen.«

Barnaby trottete schwitzend neben ihm her und wischte sich die Stirn mit einem großen Baumwolltaschentuch.

»Spielzeugautos«, fuhr Sergeant Troy fort. »Und dazu noch ausländische. Wenn mehr Leute britische Produkte kaufen würden, wären wir vielleicht nicht in dem Schlamassel, in dem wir heute stecken.«

»Sie haben also den Nissan verkauft, Gavin?«

Weißt du doch ganz genau, daß ich das nicht habe, du biestiger alter Hund. Troy nahm sich vor, besser aufzupassen, was er sagte. Wenn's dem Boss zu heiß wurde, dann teilte der aufs Geratewohl aus. Sicher ein bißchen so wie Long John.

Ein Schwarm von winzigen Schmetterlingen flatterte schillernd über Goldlack und morbid duftenden Rosenstöcken. Barnaby stellte sich in den Schatten der Lorbeerbäume, nach denen das Cottage vermutlich benannt war, und schaute bewundernd zu ihnen hinauf. Troy klopfte erfolglos an die Haustür.

»Sie muß doch da sein, wenn das Legoauto hier steht.«

»Nicht unbedingt.« Barnaby ging zum nächstgelegenen Fenster. Es war eines dieser Fenster aus vielen kleinen Scheiben in weiß gestrichenen Metallrahmen. Er blickte hinein.

Auf einem Sofa lag eine Frau, mit einer bunten Patchworkdecke zugedeckt. Ihre langen Haare waren wie ein Fächer über das Kissen aufgebreitet, auf dem ihr Kopf ruhte. Ein Arm hing schlaff über die Sofakante, der andere lag auf ihrer Brust. Barnaby fühlte sich an eine Illustration von Burne-Jones erinnert. Oder an Milais' Gemälde von Ophelia in ihrem feuchten Grab.

Er fing an, sich Sorgen zu machen. Falls sie nicht völlig unter Drogen stand, konnte sie Troys Klopfen nicht überhört haben. Der Chief Inspector klopfte vorsichtig ans Fenster, wieder ohne Ergebnis. Als er gerade ernsthaft in Erwägung zog, die Tür aufzubrechen, richtete sie sich plötzlich auf und ging dann ganz langsam durch das Zimmer.

Als erstes fiel ihm auf, daß sie sehr krank aussah. Als zweites, daß sie trotzdem auffallend schön war. Sie öffnete das Fenster einen Spalt. Da hörte er die Musik. »Sieh, mein Herz erschließt sich dir« aus *Samson and Dalila*, auf französisch gesungen. Von Jessye Norman, wie er annahm. Oder von Marilyn Horne.

»Was wollen Sie?« fragte sie. Ihr Atem war kalt und roch säuerlich. Barnaby schauderte, trotz der glühenden Hitze.

»Miss Lawson?«

»Ja.«

»Wir sind von der Polizei. Wir würden uns gern einen Augenblick mit Ihnen über Mr. und Mrs. Hollingsworth von Nightingales unterhalten.«

»Wieso das denn? Ich hab sie kaum gekannt.«

»Wir haben Sie nicht speziell ausgesucht, Miss«, sagte Sergeant Troy, der jetzt ebenfalls am Fenster stand. »Wir sind im Rahmen einer Von-Haus-zu-Haus-Befragung bei Ihnen.«

»Einer was?«

»Wir suchen jeden im Dorf auf. Einfach um möglichst viele Informationen zu bekommen.«

»Ach so. Ich verstehe.«

»Ich glaube, es ist schon ein- oder zweimal jemand hier gewesen«, sagte Barnaby.

»Tatsächlich? Ich habe wahrscheinlich geschlafen. Es

geht mir nicht gut...« Damit verstummte sie und deutete vage mit der linken Hand auf die Eingangstür. Die beiden Detectives, die ganz richtig annahmen, daß man sie jetzt hereinlassen würde, traten vom Fenster zurück.

Nachdem er drinnen seinen Ausweis gezeigt und sich und Sergeant Troy vorgestellt hatte, schaute Barnaby sich um.

Sie standen in einem sonnendurchfluteten Zimmer. Die hellen Strahlen fielen auf dicke Schichten von Staub und ließen die Spinnweben in den Ecken schimmern. Es war ein Raum voller Farbe mit einem gewissen heruntergekommenen Charme. Neben dem Sofa gab es zwei durchgesessene Sessel, die mit buntgestreiften Decken drapiert waren. An den Wänden hingen mehrere größtenteils abstrakte Originalgemälde. Ein Aquarell zeigte jedoch einen Strand mit blassem Sand, ein klares, fast farbloses Meer und einen Himmel, der wie ein straff gespanntes Tuch aus bernsteinfarbener Seide wirkte. Überall waren Bücher. Auf dem Boden gestapelt, kunterbunt durcheinander auf Regalbrettern und auch auf den übrigen Möbelstücken. Nichts davon schien neu zu sein. Es handelte sich um Kunst- und Reisebücher und einige Essaybände. Außerdem erkannte der Chief Inspector die schwarzen Rücken mehrerer zerlesener Penguin Classics. Und dann diese vielen Ringelblumen – ein Meer von Orange in einem schwarzweißen Dundee-Marmeladentopf.

»Dürfen wir?«

»Ach ja, Entschuldigung. Bitte. Tut mir leid.« Sie stellte die Musik ab. Troy setzte sich auf einen Stuhl mit hoher Rückenlehne, der mit Blumen und Vögeln bemalt war. Barnaby schob einen schweren Thames-and-Hudson-Band über Goya zur Seite und setzte sich dann vorsichtig auf eine Ecke des Sofas.

Sarah Lawson, die den Eindruck machte, als wolle sie jeden Augenblick davonrennen, blieb unschlüssig stehen. Seltsamerweise schienen sich die Eindringlinge viel eher hier zu Hause zu fühlen.

»Soweit ich weiß«, begann der Chief Inspector, »hatten Sie Mrs. Hollingsworth an dem Tag, an dem sie verschwand, besuchen wollen.«

»Das ist richtig.«

»Könnten Sie mir sagen warum?« fragte Barnaby, nachdem eine Minute Schweigen geherrscht hatte.

»Sie hatte ein paar Sachen für meinen Krimskramsstand beim Kirchenfest. Ich wollte das Zeug abholen. Als ich an die Haustür geklopft habe, hat aber niemand aufgemacht. Dann habe ich's hinten versucht und gesehen, daß sie die Kiste auf die Veranda gestellt hatte.«

»Sie waren wohl auch zum Tee eingeladen.«

»Ja.«

»Kam das häufiger vor.«

»Nein, überhaupt nicht.«

Troy machte eine kurze Notiz, dann schaute er sich verstohlen um. Wie immer, wenn er von Dingen umgeben war, die auf Kreativität oder intellektuelle Interessen hindeuteten, betrachtete er das als Kritik an seinem eigenen Lebensstil. Und wie immer begann er sofort alles wieder ins Lot zu bringen.

All diese Bücher, die snobistische Musik. Sein Blick fiel auf eine bemalte Glasscheibe und einen Haufen Tonscherben. Das muß man sich mal vorstellen, daß die in ihrem Alter mit so was rumspielt. Wie ein Kind mit Plastilin. Sollte lieber mal den Dreck hier wegfegen. Oder ihre Klamotten bügeln. Mit Genugtuung bemerkte er, daß die Dielen, auf denen weiche und ausgewaschene, aber immer noch sehr schöne Läufer lagen, schmutzig waren. Als Frau, entschied er, war sie ein absoluter Anachronismus, und es bedurfte keines Kenners wie ihn, um das zu durchschauen.

Zufrieden, daß das Gleichgewicht wiederhergestellt war, wandte er sich wieder dem Gespräch zu. Der Chef fragte Sarah Lawson gerade, wann sie Mrs. Hollingsworth zum letztenmal gesehen hätte.

»Daran kann ich mich wirklich nicht erinnern.«

Barnaby war geduldig. »Vielleicht als sie Sie zum Tee eingeladen hat«, versuchte er ihr auf die Sprünge zu helfen.«

»Ähh...« Offensichtlich war sie dankbar für diesen Vorschlag. »Genau, das war's. Ich kann mich aber leider nicht mehr an das genaue Datum erinnern.«

»Die Nachricht von der Entführung muß ein großer Schock gewesen sein.«

»Das war sie für uns alle. Ich kann es immer noch nicht ganz... Ich meine, so was passiert normalerweise nicht den Leuten, die man kennt.«

Wie oft hatte der Chief Inspector schon diese oder ähnliche Bemerkungen gehört. Täglich wurden Tausende von Menschen überfallen, zusammengeschlagen, vergewaltigt, ermordet; es wurde bei Leuten eingebrochen und Häuser wurden in Brand gesetzt – trotzdem hatten die Menschen ein unerschütterliches Vertrauen darin, daß sie selbst, ihre Nächsten und Bekannten durch göttliche Kraft gegen so etwas immun wären.

»Soviel ich weiß, arbeiten Sie in der Erwachsenenbildung, Miss Lawson.«

»Das ist richtig. Am Blackthorn College in High Wycombe.«

»Und Mrs. Hollingsworth hat eine Zeitlang einen Ihrer Kurse besucht.«

»Das stimmt.«

»Wie ist das genau zustande gekommen?«

»Ich war dabei, vier Glasscheiben für einen Wintergarten zu entwerfen und hatte gerade den Herbst fertig – so mit

Früchten, Hagebutten, Mehlbeeren und Holzfeuern. Die Scheibe lehnte gegen das Auto, weil ich nach Leinen zum Einpacken suchte. Simone kam zufällig vorbei und erklärte, das sei ›absolut wunderbar‹. Und sie würde ›unheimlich gern‹ auch so was machen.

Da ich das für reinen Small talk hielt, schlug ich vor, sie könnte doch mal in einen Kurs kommen. Worauf sie sagte, das fände sie unheimlich gut, sie hätte bloß kein Auto. Da fühlte ich mich natürlich verpflichtet, ihr anzubieten, ich könne sie mitnehmen, was dann ein bißchen lästig wurde, weil ich nicht immer sofort nach dem Kurs nach Hause wollte.«

»Ist das auch eins von diesen Stücken?« Das Glas, das gegen den Steinkamin lehnte, war Barnaby gleich beim Reinkommen aufgefallen. Es war in Dunkelgrün und Purpur gehalten und voller glitzernder Schneeflocken. Unverkennbar Winter.

Sarah nickte. Mit langsamen Bewegungen streckte sie eine Hand aus und wischte ein Staubkorn von einer Ilexfrucht, die wie ein Rubin leuchtete. Dann rieb sie mit dem Ärmel leicht über einen dornigen Zweig. Dazu mußte sie ihren Besuchern den Rücken zudrehen, was sie, wie Barnaby spürte, mit großer Erleichterung tat.

»Das ist sehr schön.«

»Danke.«

»Sie müssen mehr Aufträge haben, als Sie ausführen können.«

»Eigentlich nicht. Hier in der Gegend gibt es eine Menge Leute, die kunstgewerbliche Sachen machen. Und einige von ihnen sind wirklich sehr gut.«

»Machen Sie auch kleine Hunde oder Kätzchen, Miss Lawson?« fragte Sergeant Troy. Maureen hatte bald Geburtstag, und sie liebte hübschen Schnickschnack. Wäre außerdem billiger, schätzte er, direkt an der Quelle etwas zu kaufen, besonders bei einer Amateurin. Da sparte man den Zwischenhandel.

»Ich fürchte nein.« Zum ersten Mal hatte ihre Stimme einen leichten Unterton angenommen – vielleicht einen Hauch von Entrüstung. »Mrs. Hollingsworth war in einem Nachmittagskurs, ist das richtig?« fragte Barnaby.

»O ja. Ich glaube kaum, daß sie abends rausdurfte.«

»Ihr Mann hat sie offenbar ziemlich an der kurzen Leine gehalten.«

»An einem Stachelhalsband, würd ich sagen.« Plötzlich wurden ihre Stimme und ihr Ausdruck sehr lebhaft. Sie wandte sich ab, doch ihre hohen Wangenknochen hatten unübersehbar eine rötliche Färbung angenommen. Dann schüttelte sie – wie Barnaby meinte – verärgert den Kopf. Ihr lockerer Haarknoten löste sich noch weiter auf, so daß die Haare ihr über die schmalen Schultern fielen und die langen Ohrringe aus Silber mit Karneolsteinen verdeckten. Das Sonnenlicht brachte die Silberfäden in ihrem sehr dicken, blaßblonden Haar zum Glänzen.

Der Chief Inspector fragte sich, wie alt sie sein mochte. Irgendwo zwischen dreißig und vierzig, nahm er an, wahrscheinlich näher an die Vierzig. Er stand auf und ging ein wenig herum, als ob er sich die Beine vertreten müßte, richtete es jedoch so ein, daß er noch einmal ihr Profil betrachten konnte. Sie wirkte äußerst angespannt, und als sie bemerkte, wie er sie beobachtete, hustete sie nervös und wandte sich erneut ab.

»Könnten Sie mir die genauen Daten nennen, wann Mrs. Hollingsworth in Ihrem Kurs war, Miss Lawson?«

»So ungefähr. Die zweite Hälfte vom Februar und einen Teil vom März. Das College wird sicher genau darüber Buch geführt haben.«

»Wissen Sie, warum sie aufgehört hat?«

»Offenbar hatte sie Alan nicht darüber informiert. Ich

habe später erfahren, daß er die Angewohnheit hatte, mehrmals am Tag anzurufen, um zu hören, ob alles ›in Ordnung‹ war. Was ihr allerdings in so einem verschlafenen Nest wie diesem passieren sollte... Jedenfalls hat sie ihm nach der ersten Stunde erzählt, sie wäre bei Elfrida gewesen, als er anrief. In der nächsten Woche, daß sie bei Avis Jennings zum Tee war. In der dritten, daß sie kurz was einkaufen gegangen wär. Am darauffolgenden Mittwoch beschloß er, hartnäckig zu sein. Er rief mehrmals während der vier Stunden an, in denen wir weg waren, und wollte dann am Abend ganz genau wissen, wo sie im einzelnen gewesen wäre.

Da hat Sie's ihm erzählt. Gott, man sollte doch meinen, daß das ein harmloses Vergnügen war. Er hat gesagt, er könnte sie natürlich nicht hindern, doch wenn sie weiter in den Kurs ginge, hätte er keine ruhige Minute mehr. Ob sie ihm wirklich diese zusätzliche Sorge aufbürden wollte. Was denn mit den Dämpfen wär, hatte er wissen wollen. Ob man bei so was nicht mit irgendwelchen Chemikalien zu tun hätte. Simone hat noch am selben Abend angerufen und gesagt, sie würde nicht mehr mitkommen. Ich glaube, sie hatte geweint. Auf jeden Fall klang sie sehr bedrückt. Ich hatte den Eindruck, daß Alan direkt hinter ihr stand.«

»Sie haben nicht versucht, sie doch noch zu überreden?«

»Um Himmels willen, nein. Was hätte das für einen Sinn gehabt?«

Da hatte sie natürlich recht. Jeder Versuch in der Richtung hätte die Sache nur noch schlimmer gemacht. »Ist ja eine ganz schöne Strecke bis nach High Wycombe, Miss Lawson.«

»Etwa vierzig Minuten.«

»Da müssen sie ja insgesamt mehrere Stunden mit Mrs. Hollingsworth verbracht haben.«

»Das ist wohl wahr. Doch wenn man fährt, achtet man ja meistens auf die Straße.«

»Hat sie Ihnen irgendwas aus ihrer Vergangenheit erzählt?« fragte Barnaby. »Oder über ihre Ehe gesprochen?«

»Nichts über ihre Vergangenheit. Und alles, was ich über ihre Ehe weiß, ist, daß sie sich langweilte. Allerdings glaube ich, daß Simone sich überall langweilen würde. Außer vielleicht bei Harrods.«

»Worüber hat sie denn geredet?«

»Ach, über irgendwelchen Schrott, den sie in Zeitschriften gelesen hatte. Über ihre Stars. Was gerade in *Brookside* oder *EastEnders* passierte. Für mich alles böhmische Dörfer, ich hab nämlich keinen Fernseher.«

»Keinen Fernseher?« Troy schnappte verblüfft nach Luft. Ihm war zwar bereits aufgefallen, daß im Wohnzimmer kein Apparat war, er hatte jedoch angenommen, daß das Gerät im Schlafzimmer stände. In seinem ganzen Leben hatte er noch nie einen Menschen getroffen, der keinen Fernseher hatte.

»Ganz recht.« Sie blickte die Polizisten beinah lächelnd an. »Ich gehöre zur Minderheit.«

»Nach dem, was Sie da so erzählen, müssen Sie doch eigentlich froh gewesen sein, als Mrs. Hollingsworth den Kurs abbrach«, sagte Barnaby.

»Ich hatte gewiß nichts dagegen. Außerdem gibt es immer eine Warteliste.«

Er bemerkte, wie sie sich entspannte. Ihre Schultern lockerten sich, und ihr Gesicht wirkte weniger streng. Barnaby hatte den Eindruck, daß irgendeine heikle Stelle im Gespräch sicher umschifft worden war. Oder ein Minenfeld erfolgreich passiert. Oder dramatisierte er das Ganze zu sehr? Vielleicht hatte sie sich einfach nur an ihre Gegenwart gewöhnt.

»Gab es jemanden im Kurs, mit dem Mrs. Hollingsworth sich irgendwie angefreundet hatte?«

»Das waren hauptsächlich Rentner«, sagte Sarah und

fügte trocken hinzu: »Nicht gerade Simones Wellenlänge. Sie war schon ganz nett zu ihnen. Aber angefreundet hat sie sich mit niemandem.« Sie setzte sich auf einen der Sessel, die schmalen, braunen Hände, an denen zahlreiche Ringe mit glänzenden Türkisen steckten, ineinander verschränkt.

Barnaby gefiel diese plötzliche Gelassenheit überhaupt nicht, er wußte jedoch nicht, was ihn daran störte. Wenn sie keinen Grund hatte, sich schuldig zu fühlen, weshalb sollte sie dann nicht entspannt wirken? Vielleicht störte ihn nur, daß sie in dieser Verfassung wahrscheinlich nichts Unbedachtes preisgeben würde. Er mußte sie etwas aufrütteln. Irgendeine Bemerkung oder Frage finden, die sie wirklich traf. Das war allerdings schwer, wenn man fast nichts über sein Opfer wußte. Er mußte irgendwas auf gut Glück versuchen.

»Wußten Sie, daß Hollingsworth gewalttätig war?«
»Was? Zu...?«
»Zu ihr, ja.«
»Nein, das wußte ich nicht.« Eine Hand fuhr nervös über ihre Brust, als ob sie ein pochendes Herz beruhigen wollte. Ihre Lippen zitterten. »Ich hasse so etwas. Warum lassen Frauen sich das gefallen... Gott, wie können sie...«

Troy, der stets seinen Spaß daran hatte, wenn jemand die Fassung verlor, besonders wenn die Person so offenkundig ihre Überlegenheit zeigte, biß sich auf die Lippen, um ein Grinsen zu unterdrücken. Er selbst hatte noch nie eine Frau geschlagen, obwohl ja wohl nicht zu bestreiten war, daß sie es teilweise regelrecht darauf anlegten. Besonders Maureen. Er war der Meinung, daß er für seine Selbstbeherrschung längst eine Medaille verdient hätte.

Barnaby, der nun eine härtere Gangart einlegte, fragte Sarah, wann sie Alan Hollingsworth zum letztenmal gesehen hätte.

»So jemand wie Alan ›sieht‹ man nicht. Bloß das Auto, das an einem vorbeirauscht.«

»Wie sieht's mit letztem Montag aus?«

»Nein. War das die Nacht, in der...?«

»...er gestorben ist, ja. Waren Sie da zu Hause?«

Sarah schüttelte den Kopf. »An dem Abend nicht. Ich bin ins Kino gegangen. Farinelli *Il Castrato*.«

»War der gut?« fragte Sergeant Troy und dachte, verdammt, das ist mir ja die Richtige.

»Die Musik war wunderbar. Deshalb bin ich überhaupt nur reingegangen.«

»Allein?«

»Ja.«

»Wo lief der Film, Miss Lawson?« Eine Seite im Notizbuch wurde raschelnd umgeblättert.

»Im Curzon in Slough.« Sie sah zu Sergeant Troy und dann zum Chief Inspector. »Diese ganzen Fragen – das klingt ja ziemlich ernst.«

»Ein ungeklärter Tod ist immer eine ernste Angelegenheit«, sagte Barnaby.

Und in diesem Augenblick geschah es. Es hatte also doch noch eine Mine gegeben, die nicht entschärft war. Auf die trat sie jetzt. Und brach zusammen. Sie stieß ein leises Stöhnen aus und drückte die Finger heftig in ihre Wangen. Dann kippte sie um. Sie fiel zuerst auf die Knie und landete dann mit dem Gesicht auf den Holzdielen.

»Holen Sie ein Glas Wasser!«

Während Troy in die Küche lief, kniete Barnaby sich neben die bewußtlose Gestalt auf dem Läufer. Doch in dem Moment, als er versuchte, ihr den Puls zu fühlen, kam Sarah Lawson schon wieder zu sich.

»Tut mir leid...« Sie versuchte bereits wieder, sich aufzuraffen. Auf ihren Wangenknochen waren tiefe, halbmondförmige Eindrücke von ihren Fingernägeln. »Das macht nichts, Miss Lawson. Lassen Sie sich Zeit.« Er packte ihre linke Hand, legte den anderen Arm um ihre Taille und half ihr zurück in den Sessel. Sie fühlte sich sehr zart und leicht an.

»Trinken Sie einen Schluck.« Barnaby nahm Troy das etwas schmutzige Glas aus der Hand, doch sie stieß es zur Seite. Dabei schwappte etwas Wasser auf ihren ausgebleichten blauen Rock. Kleine glitzernde Tropfen bildeten sich auf dem Samt und kullerten hin und her.

»Ich weiß nicht, wie das passiert ist. Normalerweise...«

»Wann haben Sie zuletzt was gegessen?«

»Kann ich mich nicht dran erinnern. Donnerstag vielleicht.«

Also vor drei Tagen. »Kein Wunder, daß Sie uns hier zusammenklappen.«

Troy beobachtete, wie der Alte die Frau im wahrsten Sinne des Wortes wieder zu sich brachte. Barnaby beherrschte viele Rollen, in die er bei Vernehmungen je nach Bedarf schlüpfte, doch diese hier, der gute Onkel, liebte der Sergeant am meisten. Während er den leisen, besorgten Worten lauschte, dem Vorschlag, daß man einen Arzt oder eine Freundin benachrichtigen sollte, verging Troy vor Bewunderung. Er mußte sich eingestehen, daß er es nie schaffen würde, diese Technik anzuwenden. Er konnte es nicht ertragen, wenn man ihn für leichtgläubig hielt. Oder für weniger intelligent als die Person, mit der er gerade sprach, egal was für ein Einfaltspinsel sie auch sein mochte. Das war eine Frage des Stolzes. Dem Chef auf der anderen Seite war das egal. Wenn der Leute aus ihrem Schneckenhaus herauslocken wollte, war ihm dazu jedes Mittel recht.

Jetzt hatte er aufgehört zu sprechen, und im Zimmer breitete sich Schweigen aus. In diese Stille hinein nannte Sarah Lawson schließlich den wahren Grund für ihren Nervenzusammenbruch.

»Ich war überrascht, als Sie das über Alan sagten. Die Leute im Dorf... Wir dachten alle, er hätte Selbstmord begangen. Ich meine, gab's da nicht einen Abschiedsbrief?«

»Das ist etwas problematisch«, sagte der Chief Inspector.

»Ich verstehe.« Sie atmete tief durch. Man konnte ihr förmlich ansehen, wie sie ihren Verstand und ihre Energie sammelte, wie vor einer bevorstehenden Auseinandersetzung. »Dann war es ein Unfall?«

»Wir stecken mitten in den Ermittlungen, Miss Lawson. Ich fürchte, ich kann Ihnen keine Einzelheiten nennen.«

»Natürlich. Ich verstehe.«

Barnaby beschloß, es dabei zu belassen. Zumindest vorläufig. Er würde ihr ein paar Tage Zeit geben, um sich zu erholen und sich dem beruhigenden Glauben hinzugeben, daß sie nie mehr von ihnen hören würde. Dann würde er sie auf die Wache holen lassen, um den wahren Grund herauszufinden, weshalb sie von Gefühlen überwältigt in Ohnmacht gefallen war, als sie erfuhr, daß Alan Hollingsworth keines natürlichen Todes gestorben war.

»Diese Frau ist eine Lesbe«, sagte Sergeant Troy auf dem Weg zum Auto.

»Ach ja?« Barnaby lachte. »Wie kommen Sie denn darauf?«

»Die geht extra ins Kino, um sich 'nen Film anzugucken, in dem Männern der Pimmel abgeschnitten wird.«

»Die Eier, nicht der Pimmel.«

»Ach so«, sagte Sergeant Troy und versuchte es ausnahmsweise mal mit ein bißchen Ironie, »dann ist es ja nicht so schlimm.«

Einige Stunden später saß Barnaby mit vor Müdigkeit grauem Gesicht, das sich jedoch von Minute zu Minute aufhellte, in Arbury Crescent in der Küche und schabte mit dem Kartoffelschäler dünne Flocken Parmesankäse von einem großen, knubbeligen Stück, das er fest in der Hand hielt.

Er besaß auch eine kleine Parmesanmühle, »ein todschickes italienisches Teil«, wie seine Tochter gesagt hatte, als sie ihm das Souvenir aus Padua mitbrachte. Doch bei diesem schicken Teil aus mattem Schwarz und Chrom fiel ständig der Deckel herunter. Deshalb war Barnaby rasch zu seiner alten Methode zurückgekehrt.

In eine viereckige Holzschüssel hatte er bereits einige kleine Artischockenherzen getan sowie schwarze Oliven, rote Paprikastreifen und kleingeschnittene Tomaten der Sorte Ailsa Craig, die sein Nachbar selber zog. Nun riß er das Herz eines Romana-Salats in Stücke, halbierte einige Anchovis und fügte in Knoblauch getränkte Croutons hinzu, die er in einer Eisenpfanne warm gestellt hatte. Allmählich merkte er, wie sich seine Gelenke lockerten und die Spannung zwischen den Schultern nachließ, und Schritt für Schritt verdrängte er Fawcett Green, die Hollingsworths, Penstemon et cetera aus seinen Gedanken. Mit den Jahren war er ziemlich gut darin geworden. Irgendwie mußte man schließlich überleben.

Joyce hatte bereits eine Vinaigrette aus Olivenöl, Zitronensaft und Kräutern aus dem Garten vorbereitet. Sie machte Salatdressings, Toast und Tee und – es sei denn, sie war allein und mußte nur sich selbst versorgen – sonst nichts.

Barnabys Frau war eine ziemlich miserable Köchin. Nicht daß ihre Kocherei langweilig gewesen wäre oder es ihr an Experimentierfreude gemangelt hätte. Ganz im Gegenteil. Sie hatte eine kühne, wenn auch sehr willkürliche Art mit einem Hackmesser oder einem Schneebesen umzugehen. Nein, sie hatte einfach kein Talent dafür. Das an sich wäre ja vielleicht gar nicht so schlimm gewesen. Viele Leute, die kein Talent zum Kochen haben, schaffen es trotzdem, eßbare Gerichte zu produzieren. Einige davon verdienen sich sogar ihren Lebensunterhalt damit. Aber Joyce hatte ein weiteres Handicap. Ihre Geschmacksnerven waren offenbar irgendwann am Anfang ihrer Laufbahn abgetötet worden, ihr Gaumen war so gut wie empfindungslos. Irgendwer hatte sie mal sehr trefflich als die Meisterin des Rechauds bezeichnet.

Er nahm zwei Gläser aus dem Kühlschrank, füllte sie mit einem Montana McDonald Chardonnay und schlenderte in den Wintergarten, wo Joyce sich ein wenig ausruhte. Sie war umgeben von Farnen, Gräsern, Apfelsinen- und Zitronenbäumen und leuchtenden Blüten, so groß wie Frisbeescheiben wie Titania auf einem Blumenbett.

»Oh, wie schön.« Der *Independent* glitt auf den Boden.

»Rutsch ein Stück.« Barnaby gab seiner Frau ein Glas und setzte sich neben sie auf das Bambussofa. Dann trank er einen großen Schluck von dem Wein, der wirklich wunderbar war – samtig weich mit einem Duft nach Pfirsichen und Melonen.

»So läßt's sich leben«, sagte Joyce.

Barnaby setzte sein Glas ab, nahm einen von Joyces schlanken, gebräunten Füßen und begann ihn sanft zu massieren. Sie sah ihm einen Augenblick zu, dann seufzte sie.

»Die gehen immer als letztes aus der Form, die Füße.«

»Red doch keinen Unsinn. Bei dir ist nichts ›aus der Form‹.«

Das stimmte allerdings nur teilweise. Zwar hatte sie immer noch schlanke Knöchel, die Haut auf ihren gebräunten Waden und molligen Oberarmen zeigte noch keine Falten, und ihre lockige Mähne war nur mit wenig grauen Strähnchen durchzogen. Doch ihr mittlerweile leicht fülliger Unterkiefer würde sich bald zu einem ausgeprägten Doppelkinn entwickeln. Die Falten zwischen Nase und Mund, die noch vor wenigen Jahren kaum aufgefallen waren, hatten sich jetzt tief eingegraben. Unter ihren Augen deuteten sich bereits Tränensäcke an. In zwei Wochen wurde sie fünfzig. Wo war nur die Zeit geblieben?

»Wirst du mich immer noch lieben, wenn ich alt und grau bin?«

»Um Himmels willen, nein. Ich plane bereits ein neues Leben mit Audrey.«

»Hast du dir deshalb diese gepunkteten Boxershorts gekauft?«

»Wir haben New South Wales ins Auge gefaßt.«

»Soll sehr schön dort sein.«

»Gutes Weideland. Und die ideale Gegend, um Kinder großzuziehen.«

»Ach, Tom.« Sie nahm seine Hand, drückte sie an ihre Wange, dann an ihre Lippen. »Seh ich immer noch wie vierzig aus?«

»Du hast noch nie wie vierzig ausgesehen, Schatz.«

Barnaby konnte die Ängste seiner Frau verstehen. Früher gehörten Geburtstage zu den Dingen, die mehr oder weniger regelmäßig einmal im Jahr auftauchen. Jetzt schienen sie einen jeden zweiten Donnerstag heimzusuchen und einem mit anzüglichem Grinsen auf die Schulter zu klopfen. Am besten drehte man sich gar nicht erst um.

»Komm. Ich hab einen Riesenhunger. Laß uns was essen.«

Er begann sich zu fragen, ob ein neues Parfüm tatsächlich eine so gute Idee war. Selbst nachdem er fast dreißig Jahre lang Geschenke für den Menschen gekauft hatte, den er besser als jeden anderen auf der Welt kannte, war Barnaby sich nur allzu bewußt, daß er nicht immer das Richtige traf. Das lag größtenteils an mangelnder Zeit und – wie er sich weniger gern eingestand – an mangelnder Phantasie.

Cully war da ganz anders. Schon als kleines Kind und

mit nur wenig Geld hatte seine Tochter den Dreh rausgehabt. Sie stöberte in Dritte-Welt- und Trödelläden herum, später dann in Auktionssälen, Factorys Outlets oder beim Ausverkauf in Edelläden und erwischte immer genau das, was sich die Beschenkte schon immer gewünscht hatte.

Als Cully acht war, hatte sie mal vor Weihnachten irgendwo mit ihrem Vater in einer – wie er es nannte – »Kiste mit altem Plunder« herumgewühlt und eine weiche dunkelbraune Ledertasche in Form einer Lotosblüte gefunden. Der Reißverschluß war kaputt und der lange Tragriemen völlig ausgefranst. Nachdem er sie schon nicht davon abhalten konnte, fünfundzwanzig Pence für die Tasche auszugeben, mußte er auch noch mit ansehen, wie der Rest ihres Geldes für drei buntgefiederte Vögel und ein Päckchen dunkelroter Tissues draufging, aus denen sie Papierrosen machte. Dann hatte sie die Vögel zusammen mit diesen Blumen in die Lotosblüte gesteckt.

Joyces Begeisterung war unbeschreiblich gewesen. Die Vögel hockten immer noch in einer Topfpflanze im Gästezimmer. Die Lotosblüte hatte sich, nachdem sie jahrelang als Klammerbeutel benutzt worden war, irgendwann in ihre Bestandteile aufgelöst. Das Geschenk ihres Mannes, ein teurer Pullover mit Schneeflockenmotiv, hatte sein Dasein größtenteils im Kleiderschrank gefristet.

Während sie ins Eßzimmer schlenderten, sagte Joyce: »Bist du am Dienstag abend hier, Tom? Cully will vorbeikommen und den Film abholen, den wir für sie aufgenommen haben.«

»Ich dachte, sie wollte ihn sich doch nicht ansehen.«
»Sie ist noch unschlüssig.«

Ihre Tochter würde bald mit den Proben für eine Wiederaufnahme von Pam Gems Stück *Der blaue Engel* im Haymarket beginnen. Der Film aus den dreißiger Jahren war kürzlich im Fernsehen gelaufen, und da der Videorecorder der Brandleys kaputt war, hatte Joyce ihn aufgezeichnet.

»Also, bist du hier?«

»Darauf würd ich mich nicht verlassen.«

»Aber du wirst es versuchen?«

Sie setzten sich hin und sprachen über ihr einziges Kind. Über Cullys berufliche Erfolge. Und über ihre Ehe, die zwar noch existierte, aber nach Meinung ihres Vaters an einem seidenen Faden hing.

Joyce war da optimistischer, weil sie glaubte, daß Außenstehende – und besonders Eltern – nie genau wußten, was da eigentlich vorging. Natürlich hatte es reichlich Reibereien gegeben. Der letzte große Eklat endete damit, daß ein Coupe Jacques im La Caprice quer über den Tisch flog und man sich einen Monat versuchsweise trennte.

Die Versöhnung, genauso melodramatisch und wortgewaltig inszeniert, hatte auf dem Dachgarten ihrer Wohnung auf der Landbroke Grove stattgefunden und die Hälfte der Bewohner von Oxford Gardens herausgelockt, die, als schließlich der Champagnerkorken knallte, spontan in lauten Applaus ausbrachen.

»Schauspieler«, murmelte Joyce und wandte sich ihrem Essen zu.

Es gab kaltes Huhn mit Estragon und Zitrone, dazu kleine Kartoffeln, anschließend Salat, ein kräftiges Mimolette und eine Schale goldgelbe Mirabellen. Barnaby wollte sich gerade noch ein paar Kartoffeln nehmen.

»Kartoffeln und Baguette ist zuviel. Und dann noch Käse.«

»An dieser ganzen Diäterei kommen mir allmählich Zweifel.«

»Aber der Arzt hat gesagt, ...«

»Ich frag mich, ob Übergewicht tatsächlich so schädlich ist. Ich glaube, das ist eine Ente, die die Hersteller von

Schlankheitsprodukten und diese widerlichen Zeitschriften in die Welt gesetzt haben.«

»Du weißt ganz genau, …«

»Das Wort ›fettarm‹ sollte aus der englischen Sprache gestrichen werden.« Er nahm einen großen Happen. »Ich werde diese ganze Essensgeschichte von jetzt an viel lockerer angehen. Richtig die Sau rauslassen.«

»Das wird Sergeant Brierley aber nicht gefallen.«

»Bei Gerard Depardieu scheint das niemanden zu stören.«

»Gerard Depardieu ist Franzose.«

Nachdem sie diesen nicht ganz unbekannten Schlagabtausch in aller Freundschaft durchgezogen hatten, beendeten die Barnabys ihre Mahlzeit in angenehmem Schweigen. Hinterher tranken sie im Garten Kaffee, auf einer Bank inmitten von Rosen. Es wurde langsam dunkel, und in der Luft mischten sich alle möglichen Düfte. Über ihnen rankte eine Moschusrose aus dem Himalaja.

In der Dämmerung nahmen die Bäume und Sträucher einen merkwürdig stählernen Farbton an, weder richtig blau, noch grün oder grau. Am Himmel hätte diese Färbung ein herannahendes Gewitter angezeigt. Die einzelnen Umrisse verschwammen allmählich, und alles wurde zu dunklen undefinierbaren Gebilden. Der Himmel war voller blasser Sterne.

Die Vögel waren verstummt, aber drei oder vier Häuser weiter spielte jemand Klavier. Die dritte *Gymnopédie* von Satie. Es klang sehr holprig, und manche Phrasen wurden mehrfach wiederholt. Doch statt die Stille zu zerstören, betonte dieses Geklimpere sie noch.

Barnaby stellte seine Kaffeetasse auf den Rasen, legte einen Arm um seine Frau und küßte sie erst auf die Wange und dann auf den Mund. Joyce schmiegte sich entspannt an ihn und schob ihre Hand in seine.

Drinnen im Haus klingelte das Telefon. Barnaby fluchte.

»Geh nicht dran.«

»Joycey...«

»Schon gut.«

»Vielleicht ist es ja nicht die Wache.«

»Um diese Zeit?«

»Zumindest haben wir schon gegessen.« Diese Worte rief Barnaby bereits nach hinten, während er mit großen Schritten über den Rasen eilte.

Joyce sammelte die Tassen ein und folgte ihm langsam. Als sie ins Wohnzimmer kam, zog er bereits sein Jackett über. Selbst wenn man schon unzählige Male solche Momente erlebt hatte, wurden sie dadurch nicht einfacher.

»Wir sollten wahrscheinlich dankbar sein, daß heute nicht dein freier Samstag ist. Dann hätten wir vielleicht gerade herumgetollt und gesungen...«

Barnaby wandte sich ab, aber Joyce hatte gerade noch seinen Gesichtsausdruck erkennen können. Sofort schlug sie einen anderen Ton an.

»Ist es was Schlimmes, Tom?«

»Ich fürchte ja.«

»Was ist passiert?«

»Man hat die Leiche einer Frau gefunden.«

»O Gott. Und du meinst, es ist...«

»Woher zum Teufel soll ich denn wissen, wer das ist?« Auf diese Weise ging's schneller. Aber die Lüge machte ihn noch gereizter. Er ging in den Flur, kramte in der Jackentasche nach dem Autoschlüssel und rief: »Warte nicht auf mich.«

8

Ein Parkwächter hatte die Frau entdeckt. Sie lag, fast völlig verborgen, hinter einem großen Buick. Der Mann sah, daß sie bewußtlos und schwer verletzt war und benachrichtigte sofort die Polizeidienststelle von Heathrow, zu der alle Parkplätze dort eine direkte Verbindung haben.

Der diensthabende Beamte erschien, dicht gefolgt von einem Arzt aus der Sanitätsstation des Terminals. Der erklärte, daß die Frau tot sei. Kurz darauf kamen eine Polizeistreife aus der Hauptdienststelle und ein Krankenwagen. Man kam rasch zu dem Schluß, daß es sich hier um einen unnatürlichen Tod handelte, die Leiche wurde zugedeckt, das Büro des Coroner verständigt und das ganze Parkdeck abgesperrt. Zu diesem Zeitpunkt hatte niemand eine Ahnung, um wen es sich bei der Leiche handelte.

Die Nummern sämtlicher Autos auf dieser Parkebene wurden in den Polizeicomputer eingegeben, und man versuchte die Besitzer ausfindig zu machen. Etliche von ihnen tauchten bereits während der ersten Stunden auf und waren keineswegs erfreut darüber, daß sie nicht einfach in ihr Fahrzeug steigen und wegfahren konnten.

Ein Beamter von der Gerichtsmedizin kam und untersuchte die Leiche mit peinlichster Genauigkeit, dann wurde sie, etwa fünf Stunden nach ihrer Entdeckung, in die Leichenhalle des Hillingdon Hospitals gebracht. Dort nahm man ihre Fingerabdrücke, packte außerdem sämtliche Kleidungsstücke in Plastiktüten und schickte sie an das nächstgelegene gerichtsmedizinische Labor für den Fall, daß sich eine Analyse als notwendig erweisen würde. Dann begann die Spurensicherung den Fundort der Leiche abzusuchen.

Am nächsten Abend gegen neun Uhr glaubte die Polizei von Heathrow zu wissen, um wen es sich bei der toten Frau handelte. Man hatte den Besitzer von sämtlichen Fahrzeugen auf dem Parkdeck, auf dem sie getötet worden war, ausfindig gemacht und mit jedem entweder persönlich oder telefonisch gesprochen. Mit einer Ausnahme. Dabei handelte es sich um die Besitzerin eines dunkelbraunen Minis, der auf den Namen Brenda Brockley zugelassen war. Die dazugehörige Adresse fiel in den Zuständigkeitsbereich der Polizei von Causton, die ordnungsgemäß verständigt wurde. Und dies führte zu dem Anruf, der Tom Barnabys gemütlichen Abend mit seiner Frau so unsanft unterbrach.

Die Polizeistation von Heathrow liegt in einem Netz von Hauptverkehrsstraßen etwa eine Meile von dem eigentlichen Flughafen entfernt und ist von häßlichen Hotels, Tankstellen und Fabrikgebäuden umgeben. Im Büro von Inspector Fennimore wurden DCI Barnaby und DS Troy darüber informiert, wie die Leiche gefunden worden war. Sie wiederum gaben alles weiter, was sie über Brendas Verschwinden wußten.

Die Obduktion sollte am nächsten Morgen um elf Uhr von einem hochrangigen Pathologen durchgeführt werden. Bis dahin würde die genaue Todesursache noch nicht offiziell feststehen, doch der Arzt, der die Leiche als erstes untersucht hatte, war der Meinung, daß ein schwerer Schlag auf den Kopf den Tod herbeigeführt hatte.

»Es gab allerdings noch weitere Verletzungen«, erklärte Inspector Fennimore, »die darauf hindeuten, daß die Frau von einem Auto angefahren wurde. Ich halte es für wahrscheinlich, daß sie durch den Aufprall gegen die Wand geschleudert wurde, wo man sie auch fand, und nicht erst nach ihrem Tod dorthin gebracht wurde.«

»Also Unfall mit Fahrerflucht?«

»Das ist die einleuchtendste Erklärung. Die Fotos der Spurensicherung könnten uns vielleicht weiterhelfen. Auf jeden Fall waren Reifenspuren auf ihrem Rock. Haben Sie denn Grund zu der Annahme, daß sie vorsätzlich getötet wurde?«

»Es ist denkbar.« Barnaby erklärte kurz, was in Fawcett Green geschehen war. »Könnten Sie für uns feststellen, welche Fahrzeuge am Montag, den zehnten dieses Monats, dort parkten? Etwa ab 20 Uhr?«

»Das können wir machen. Suchen Sie was Bestimmtes?«

Troy reichte ihm eine Karte mit den Nummern der Autos von Alan Hollingsworth und Gray Patterson. Inspector Fennimore notierte sich beide sorgfältig und gab ihm die Karte zurück.

»Hat man Ihnen nach der ersten Untersuchung eine ungefähre Angabe über die Todeszeit gemacht?« fragte Barnaby.

»Dr. Hatton glaubt, daß es ungefähr drei Tage her ist. Also irgendwann am Montag abend.«

»Ist ja unglaublich, daß sie nicht eher gefunden wurde«, sagte Barnaby. »Werden diese Plätze denn nicht regelmäßig kontrolliert.«

»Doch, natürlich. Laut den Mitarbeitern von National Car Park jede Stunde. Aber die haben keine Zeit, zwischen sämtliche Fahrzeuge zu gehen. Die achten hauptsächlich darauf, ob irgendwelche Autos beschädigt wurden oder zwielichtige Gestalten da rumlaufen. Dealer und ähnliche Typen.«

»Trotzdem«, fiel Sergeant Troy ihm ins Wort. »Eine Leiche…«

»Wenn Sie dort sind, werden Sie sehen, wie das passieren konnte. Sie lag in einer Ecke, die von zwei Mauern gebildet wird, und wurde von diesem großen Ami-Schlitten verdeckt. Unser Typ vom Labor glaubt, daß sie regelrecht über dieses Auto geflogen ist.«

»O Gott«, sagte Barnaby.

»Und obwohl das dort eigentlich nur für Kurzparker ist, bleiben die Leute unterschiedlich lange. Der Buick steht schon seit neun Tagen da. Der Fahrer ist auf einen Wochenendtrip nach Basel geflogen und hat den wohl ein bißchen ausgedehnt.«

Da Inspector Fennimore mit seinem Bericht fertig war, nickte Barnaby Troy zu, worauf dieser einen Umschlag hervorzog. Der Inspector nahm drei Fotos heraus.

»Ich möchte, daß die im gesamten Terminal eins herumgezeigt werden«, erklärte Barnaby. »In den Läden, an den Eincheck- und den Wechselschaltern. Und wenn möglich auch bei den Mitarbeitern von National Car Park.«

»Kein Problem.« Fennimore betrachtete die Fotos. »Die hier sieht in der Tat aus wie die Tote. Und ist das der Mann, von dem Sie glauben, daß er ermordet wurde?«

»Das ist richtig. Die andere Frau ist seine Gattin. Möglicherweise Opfer einer Entführung.«

»Dann kann sie ja hier wohl kaum gesehen worden sein«, sagte der Inspector.

»Ich möchte das Foto trotzdem dabei haben.«

»Ist mir recht. Sicher waren auch einige Flugzeugfreaks auf dem Aussichtsdeck, solange es hell war. Manche von denen kommen regelmäßig. Wir werden ihnen die Fotos ebenfalls zeigen.«

»Danke. Ich weiß das zu schätzen.« Der Chief Inspector meinte das ganz aufrichtig. Freiwillige und vorbehaltlose Zusammenarbeit zwischen den einzelnen Polizeidienststellen war keineswegs selbstverständlich.

»Ich werde dafür sorgen, daß die Ergebnisse der Spurensicherung und der Autopsiebericht an Sie persönlich geschickt werden.«

»Und wenn Sie bitte noch die Fingerabdrücke der Toten an unsere gerichtsmedizinische Abteilung schicken könnten.«

Während Barnaby sich zum Gehen anschickte, rief Fennimore beim Flughafen an und veranlaßte, daß ihn dort jemand in Empfang nahm und zu der Stelle begleitete, an der man die Leiche gefunden hatte.

Die Absperrbänder waren bereits wieder entfernt worden. Das Buick-Coupé, dessen Untersuchung ebenfalls abgeschlossen war, stand da in all seiner Pracht. Verchromte Stoßstange, Zierleisten und ein doppelter Auspuff schmiegten sich regelrecht an den Wagen, hatten allerdings durch das Pulver der Spurensicherung ein wenig an Glanz eingebüßt.

Sergeant Troy war natürlich schwer beeindruckt und stellte sich sofort vor, wie er mit dem Auto à la *American Graffiti* durch die Gegend fuhr, die rechte Hand leicht auf das mit Elfenbein verzierte Lenkrad gestützt, den linken Arm lässig um die Rückenlehne des Beifahrersitzes gelegt. Neben ihm ein schickes Mädchen mit einer wirren blonden Mähne, dunkelroten glänzenden Lippen und mit Shorts bekleidet, die man ins Handschuhfach packen könnte und dann immer noch Platz für das rückenfreie Top hätte. Dazu dröhnte die Musik aus dem Autoradio. »Earth angel. Earth angel... Please be mine...«

»Träumen Sie schon wieder?«

»Nein, Sir. Natürlich nicht.« Troy war sauer, in Gegenwart des Polizisten, der sie begleitet hatte, so heruntergeputzt zu werden. Geschäftig trat er näher an das Auto heran, betrachtete es intensiv und nickte mehrere Male. Er versuchte, sich was Kühles vorzustellen, in der Hoffnung, daß die Röte aus seinem Gesicht weichen würde.

»Wo genau hat man sie gefunden?«

»Gleich hier, Chief Inspector.« Der Constable ging seitlich an dem Wagen vorbei und Barnaby folgte ihm.

Jetzt war ihm klar, was Fennimore gemeint hatte. Der Buick stand als letzter in einer Reihe, fast parallel zur Ausfahrt und direkt an der Betonmauer. Kein Wunder, daß die Leiche, die dahinter gelegen hatte, mehrere Tage unbemerkt geblieben war.

An der Mauer waren, etwa einen halben Meter vom Boden entfernt, verschmierte Blutflecken, vermutlich von den Verletzungen an ihrem Kopf. Ob diese entstanden waren, als sie überfahren wurde, oder erst als sie gegen die Mauer prallte, würden die Untersuchungen im Labor zweifelsfrei ergeben.

Wichtig war außerdem, wo das Fahrzeug, das sie erwischt hatte, geparkt wurde. Es mußte ja einen ganz schönen Zahn draufgehabt haben. Wenn es am anderen Ende der Parkreihe gestanden hatte, könnte ein eiliger Fahrer durchaus das nötige Tempo erreicht haben. Das wurde aber um so unwahrscheinlicher, je näher das Fahrzeug an der Stelle geparkt hatte, wie die Leiche gefunden wurde. Sollte es ganz in der Nähe gestanden haben, mußte man davon ausgehen, daß da jemand bewußt Gas gegeben hatte.

Barnaby seufzte. Er ging zu dem weißen Pfeil, der auf die Ausfahrt zeigte, und starrte auf die leere Rampe. Dabei versuchte er sich die letzten Momente im Leben von Brenda Brockley vorzustellen. War sie hinter jemandem hergelaufen? Oder vor jemandem davongelaufen? Ganz eindeutig war sie von einem fahrenden Auto erwischt worden, doch war sie tatsächlich durch diesen Zusammenprall über den Buick geschleudert worden? Oder hatte vielmehr der Fahrer des Wagens sie in diese häßliche graue Mauerecke gezwängt, um Zeit zu gewinnen?

Jetzt näherten sich zwei Autos mit gemächlichen fünf Meilen pro Stunde. Barnaby trat zur Seite und beobachtete, wie sie vorbeifuhren. Man müßte ja schon ein großer Zyniker sein, überlegte er, um einen Zusammenhang zwischen dem Schneckentempo dieser beiden Autos und der Anwesenheit eines uniformierten Polizisten herzustellen.

Die nächste Station war das Hillingdon Hospital, wo Troy mit wenig Begeisterung hinfuhr. Nach einer Tasse Tee und einer längeren Wartezeit beim Sicherheitsdienst wurden die beiden Beamten ins Leichenschauhaus geführt.

Obwohl der Anblick für beide nichts Neues war, reagierten sie doch sehr unterschiedlich. Barnaby, auch wenn er es nie schaffte, völlig ungerührt zu bleiben, hatte mit den Jahren gelernt, das, was sie jetzt zu sehen bekamen, als traurig, aber unvermeidlich hinzunehmen.

Troy hingegen, der sich bis zum Alter von Fünfundzwanzig für unsterblich gehalten hatte, war immer noch nicht hundertprozentig davon überzeugt, daß auch er den unausweichlichen Weg eines jeden Menschen gehen mußte. Zwar wußte er, daß es so war, aber er konnte es sich irgendwie nicht vorstellen. Es war so, als würde ihm jemand erzählen, daß die Band Terminal Cheesecake in die Top Ten gekommen sei. Und im übrigen, so wie sich die Dinge entwickelten, in den Naturwissenschaften und so, hätte man, bevor er dran war, sicher längst irgendeinen Zaubertrank oder ein Verfahren zur Wiederbelebung entdeckt. Vielleicht könnte er sich ja auch einfrieren lassen. Reiche Leute in den USA taten das bereits. Ein Mann hatte nur seinen Kopf einfrieren lassen – in einem zylinderförmigen Behälter umgeben von Trockeneis. Troy hatte das im Fernsehen gesehen. Er sinnierte, welchen Teil von sich er, wenn er die Chance hätte, konservieren lassen würde, welcher Teil ihn und seine Mitmenschen am meisten glücklich gemacht hatte.

»Hier rüber, Sergeant.«

»Okay, Chef.«

Ihr Begleiter hatte bereits das makellose weiße Laken

zurückgeschlagen. Barnaby starrte auf eine nicht mehr ganz junge Frau von fast unbeschreiblicher Häßlichkeit. Ihr Kopf lag in einem unnatürlichen Winkel zu ihrer verdrehten Schulter. Sie hatte eine große Hakennase, fast kein Kinn und einen winzigen zusammengezogenen Mund. Obwohl ihre Augen geschlossen waren, traten sie immer noch fischartig unter ihren blauen geschwollenen Lidern hervor. Ihre braunen Haare, die jetzt voller Schmutz und Splitt waren, waren kurz und sehr unattraktiv geschnitten.

Barnaby mußte plötzlich an seine eigene Tochter denken, die so schön war, daß man es kaum fassen konnte. Niemand tat so, als sei das Leben gerecht, aber hinter einer Ungerechtigkeit von diesem Ausmaß mußte eine sehr grausame Laune des Schicksals gesteckt haben. Zu welch tiefer Verzweiflung mochte ein solches Gesicht dieses arme Mädchen getrieben haben?

Als er Sergeant Troy, den er gerufen hatte, näher kommen spürte, hatte Barnaby plötzlich das Bedürfnis, Brenda Brockley vor jeglichem Kommentar zu schützen. Er warf das Laken über ihr Gesicht, so wie er vor langer Zeit einmal einer Leiche, die in einem matschigen Graben lag, den Rock über ihre Blöße gezogen hatte.

»Tut mir leid, Audrey. Ich dachte nur, weil Sie schon mal bei ihnen waren und mit ihnen geredet haben...«

»Ist schon in Ordnung, Sir.«

Es war nicht das erste Mal, daß Sergeant Brierley einen männlichen Kollegen begleitete, der irgendwelchen Leuten die am meisten gefürchtete Nachricht überbringen mußte. Nicht das erste, und zweifellos nicht das letzte Mal.

Manchmal dachte sie, daß allein ihr Erscheinen ein deutlicher Hinweis für den Grund des Besuchs sein müßte. Aus den vielen Polizeiserien im Fernsehen wußten die meisten Leute mittlerweile, daß stets ein weiblicher Beamter dabei war, wenn schlechte Nachrichten zu überbringen waren. Man brauchte jemand für den seelischen Beistand. Jemand, der Tee kochte, der zuhörte, während die Hinterbliebenen weinten und schrien, ihrer Trauer weitschweifig und in ständigen Wiederholungen Ausdruck verliehen oder Fotos des jüngst Verstorbenen heranschleppten. Manchmal saßen sie auch nur schweigend da, von Kummer überwältigt und völlig am Boden zerstört.

Chief Inspector Barnaby klingelte bei The Larches. Es war halb drei morgens, aber immer noch brannte im Obergeschoß ein Licht. Wie Audrey haßte auch er diesen Teil des Jobs am meisten. Und nicht nur wegen der psychischen Belastung – es konnte auch gefährlich sein. Wie bei den alten Griechen mußte der Überbringer schlechter Nachrichten mit unberechenbaren und heftigen Reaktionen rechnen. Barnaby wußte von einem Beamten, der jemanden informieren sollte, daß seine schwangere Frau von einem betrunkenen Autofahrer getötet worden war. In einem Anfall von Wut und Schmerz hatte der Mann zur ersten Waffe gegriffen, die ihm in die Finger fiel – einem Schürhaken – und damit zugeschlagen. Der Sergeant hätte beinahe ein Auge verloren.

Sobald Barnaby klingelte, setzte der Hund die Pfoten auf den Fenstersims. Diesmal bellte Shona nicht. Sie starrte nur schweigend nach draußen. Es war Vollmond, ein großer Kreis schimmernden Alabasters. Die kleine Gasse wurde von einem kalten, silbrigen Licht überflutet.

Reg öffnete die Tür. Er sah sie beide an. Starrte einen nach dem anderen mit großer Konzentration ins Gesicht. Seine ohnehin schon bleiche Haut verfärbte sich und wurde aschgrau. Er trat zur Seite, damit sie eintreten konnten.

Iris, die einen gesteppten Morgenrock über ihr Nachthemd gezogen hatte, saß kerzengerade auf dem Sofa vor dem leeren Fernsehschirm. Sie stand sofort auf, als Barnaby hereinkam. Im Gegensatz zu ihrem Mann konnte sie seine Miene nicht deuten, und ihr verhärmtes Gesicht nahm einen erwartungsvollen Ausdruck an.

»Gibt es was Neues?«

»Ich habe leider eine schlechte Nachricht, Mrs. Brockley. Am frühen Abend wurde die Leiche einer Frau am Flughafen Heathrow gefunden…«

»Nein!«

»Es tut mir sehr leid, aber wir glauben, daß es sich um Ihre Tochter handelt.«

Langes Schweigen. Dann krümmte Iris sich plötzlich nach vorn und fing an zu heulen. Ein Geräusch, das einem das Blut in den Adern gefrieren ließ, unterbrochen von qualvollem Schnauben und Stöhnen. Audrey ging zu ihr und versuchte, sie zu trösten, wurde aber weggestoßen.

Reg war stehengeblieben und starrte verzweifelt um sich. Er schien nach einer dritten Person zu suchen. Vielleicht nach jemandem, der das, was so plötzlich den Tod in sein Haus gebracht hatte, für null und nichtig erklären würde.

»Es tut mir ja so leid«, wiederholte Barnaby sich.

»Was…? Wie ist…?«

»Sie wurde von einem Auto überfahren.«

»Sind Sie sicher?« Die Worte kamen undeutlich durch zitternde Lippen. »Ich meine, daß es Brenda ist?«

»Die Leiche ist natürlich noch nicht offiziell identifiziert worden…«

»Also dann!« rief Reg. Er war wie die Karikatur eines Oberfeldwebels mit borstigem Schnurrbart und ausdruckslos starrenden Augen in stocksteifer Paradehaltung. »Dann können Sie es doch gar nicht sicher wissen. Sie wissen es nicht, Iris. Nicht sicher.«

»Wissen es nicht?«

Es war furchtbar. Barnaby sah Hoffnung in Iris' gequältem Gesicht aufflackern. Er sprach rasch, bevor die Hoffnung noch bestärkt wurde.

»Es ist die Person von dem Foto, das sie uns überlassen haben, Mr. Brockley. Da besteht kein Zweifel.«

In diesem Augenblick begann Iris lautlos zu schreien. Sie öffnete und schloß den Mund, was sie offensichtlich viel Kraft kostete, und verzog die Lippen zu einer wütenden Fratze.

»Sie sollten besser Ihren Arzt anrufen, Mr. Brockley«, sagte Barnaby. »Ist das Jennings?«

»Das kann man doch nicht machen. Er könnte es weitererzählen.«

»Ihre Frau braucht ein Beruhigungsmittel.« Der Chief Inspector konnte kaum glauben, daß er richtig gehört hatte. »Und ich könnte mir vorstellen, daß Sie auch Hilfe brauchen.«

Als Reg nicht antwortete, nahm Barnaby ein Adreßbuch mit Gobelineinband, das neben dem Telefonbuch lag, und öffnete es unter J. Dann unter D, wo er mehr Glück hatte. Während er wählte, fragte Sergeant Brierley die Brockleys, ob sie ihnen Tee machen sollte. Selbst in dieser Extremsituation sah Iris sich sofort gezwungen, das zu tun, was sie für ihre Pflicht hielt. Irgendwie schaffte sie es bis in die Küche, doch dann stand sie einfach da und starrte blind um sich, als könne sie sich nicht erinnern, wo der Teekessel war, ganz zu schweigen vom Tee.

Shona, die längst begriffen hatte, daß alle bisherigen Regeln aufgehoben waren, lümmelte sich in einem Sessel auf einem unordentlichen Haufen Kissen herum. Als die beiden Frauen das Zimmer verließen, sprang sie herunter und folgte ihnen mit traurigem Schwanzwedeln. Und in dem Moment, als Barnaby den Hörer auflegte, fing Reg an zu argumentieren.

»Fotos sind nicht lebensecht. Für eine einwandfreie

Identifizierung sollten sie jemanden nehmen, der sie gekannt hat. Versuchen Sie's bei Mr. Marchbanks aus dem Büro. Oder bei Miss Traver aus der Personalabteilung. Die haben große Stücke auf Brenda gehalten.«

Zu seiner Schande mußte Barnaby feststellen, daß er allmählich ein wenig gereizt wurde, als ob die Weigerung dieses Mannes, den Tod seines einzigen Kindes hinzunehmen, irgendwie irrational wäre. Schließlich war eine solche Reaktion absolut nicht außergewöhnlich. Ein Schock traf unterschiedliche Menschen auf unterschiedliche Weise. Und eine der häufigsten Reaktionen war die Unfähigkeit zu glauben, daß das, was passiert war, eine Tatsache war. Und wer würde sich nicht der Wahrheit verweigern, wenn die eigene Welt plötzlich in Scherben liegt? Wie würde ich reagieren, wenn es Cully wäre? fragte sich der Chief Inspector. Und er wußte, daß es für ihn das Ende bedeuten würde.

»Setzen Sie sich doch, Mr. Brockley.«

»Ja.« Reg ging zögernd zum nächsten Sessel und fuhr mit den Fingerspitzen über eine Lehne, bevor er sich wie ein Blinder langsam auf den Sitz sinken ließ. »Was um alles in der Welt sollte Brenda denn in Heathrow gewollt haben?« sagte er fast zu sich selbst.

Darauf wußte Barnaby auch keine Antwort und fragte statt dessen, ob die Polizei jemanden benachrichtigen sollte.

»Was?«

»Eine Nachbarin? Jemand aus der Verwandtschaft?«

»Wozu?«

»Sie und Ihre Frau werden sicher ein bißchen Unterstützung brauchen, Sir.« Schweigen. »Und Hilfe, sei es auch nur in praktischen Dingen.«

»Wir leben sehr zurückgezogen.«

Es war unnötig grausam, ihn darauf hinzuweisen, daß das nicht mehr lange der Fall sein würde. Die Tatsache, daß ihre

Tochter neben einem Ehepaar gewohnt hatte, das zur Zeit für reißerische Schlagzeilen sorgte, würde den Boulevardblättern wohl kaum verborgen bleiben. In kürzester Zeit würde es auf ihrer ordentlichen, mit kleinen Steinen gepflasterten Einfahrt von Journalisten und Fotografen nur so wimmeln. Barnaby überlegte, wie er die Brockleys auf diese Invasion vorbereiten könnte, ohne zu deutlich zu werden. Er fragte, ob sie nicht ein paar Tage bei Freunden bleiben wollten. Sie hätten keine Freunde, erklärte Reg dumpf.

Audrey hatte Iris wieder ins Wohnzimmer gebracht und verteilte gerade Tassen mit dampfendem Tee, da klingelte es an der Tür.

Barnaby hatte Dr. Jennings am Telefon nur erklärt, die Brockleys hätten eine sehr schlimme Nachricht erhalten, und er würde dringend gebraucht. Audrey ließ den Arzt herein und erklärte ihm im Flur, was genau passiert war. Er wirkte zutiefst schockiert, als er hereinkam, ging sofort zu Iris und begann, mit ruhiger Stimme auf sie einzureden. Schließlich konnte er sie dazu überreden aufzustehen. Mit Audreys Hilfe trug er sie mehr die Treppe hinauf, als daß er sie führte. Sobald sie fort waren, fing Barnaby an zu sprechen. Aus langjähriger Erfahrung wußte er, daß der Übergang vom Persönlichen zum Praktischen immer hart, ja sogar herzlos erscheint, egal wie lange man damit wartet. Deshalb kam er sofort zur Sache.

»Ich überlege gerade, Mr. Brockley…«

Reg reagierte nicht. Er saß still da, einen Ellbogen auf ein Knie gestützt und die Stirn auf den Handballen gelegt, als ob er seine Augen vor einer unbeschreiblichen Katastrophe abschirmen wollte.

»…ob Sie sich in der Lage fühlen, ein paar Fragen zu beantworten.«

»Worüber?«

»Nun ja, über Brenda. In einer Situation wie dieser ist

Zeit von größter Bedeutung. Ihre Tochter ist möglicherweise schon seit fünf Tagen tot. Je schneller wir anfangen können, Informationen zu sammeln, um so größer ist unsere Chance, denjenigen zu finden, der diese Tragödie verursacht hat.«

Diese Erklärung hätte unter normalen Umständen bei jedem die Alarmglocken läuten lassen müssen, denn es gab keinen logischen Grund, warum Informationen über das zufällige Opfer eines Unfalls mit Fahrerflucht dazu beitragen sollte, den verantwortlichen Fahrer zu finden. Barnaby verließ sich darauf, daß Reg zu verstört war, um es zu merken. Und er setzte auf Mr. Brockleys unglaubliche Autoritätshörigkeit.

»Wenn Sie mir also ein wenig erzählen könnten ...«
»Sie wurde von allen sehr geachtet.«
»Das glaub ich ...«
»Sie werden niemanden finden, der auch nur ein Wort gegen sie sagt.«
»Verzeihen Sie mir, wenn ich noch mal kurz auf einige Dinge zurückkomme, die Sie bereits auf der Wache ausgesagt haben«, er würde sich das Gespräch mit den beiden durchlesen, wenn er wieder im Büro war, »aber es ist offenkundig sehr wichtig, daß jedes Detail hundertprozentig stimmt. Sie ist also Hals über Kopf aus dem Haus gestürmt – ich glaube, so haben sie sich ausgedrückt – und zwar so gegen halb acht.«
»Im Fernsehen lief gerade *Watchdog*.«
»Hat Brenda irgendwas gesagt, als sie hinausging?«
»Sie ist einfach rausgerannt.«
»Nicht, daß sie irgendwen treffen wollte?«
»Nein.«
»Hat sie eine Jacke mitgenommen?«
»Nein.« Er wurde allmählich quengelig. »Das *habe* ich doch schon alles erzählt.«

»Ja, es tut mir leid, Mr. Brockley. Sie haben gesagt, Brenda hätte keine richtigen Freunde. Hatte sie denn vielleicht bei der Arbeit zu irgend jemandem näheren Kontakt?«

»Zu allen gleich viel. Sie kam mit jedem aus.«

Barnaby konnte das nicht ganz glauben. Niemand kam mit jedem aus, doch die bedauernswert Häßlichen müssen ihre eigenen Strategien und Schutzmaßnahmen gegen Zurückweisung entwickeln. Vielleicht war Brenda äußerst entgegenkommend und schmeichlerisch gewesen. Nun ja, das würde er bald herausfinden.

»Die haben ihr eine sehr schöne Brosche geschenkt«, sagte Reg. »Mit ihrem Namen drauf.«

»Wurde sie schon mal zu Hause angerufen? Oder bekam sie Briefe?«

»Sie meinen von Männern?«

»Nicht unbedingt, Sir.«

»Brenda war sehr wählerisch.«

Barnaby versuchte den Kreis einzuengen, indem er nach möglichen Bekannten in Fawcett Green fragte. Damit kam er aber auch nicht weiter. Brenda Brockley war morgens aufgestanden, zur Arbeit gefahren, nach Hause gekommen, hatte zu Abend gegessen, ihren Hund ausgeführt und war ins Bett gegangen. Das war alles. Ihr gesamtes Leben.

»Obwohl...«

»Ja?«

»Es ist eigentlich nichts. Nur daß sie in den letzten Tagen irgendwie anders war.«

»Inwiefern?«

»So abrupt. Sie hatte immer so eine freundliche Art. Mummy und ich haben da großen Wert drauf gelegt. Höflichkeit kostet schließlich nichts. Doch dann wurde sie plötzlich ganz reserviert. Beteiligte sich nicht mehr am Gespräch. Weigerte sich, Fragen zu beantworten, wie's denn auf der Arbeit war. So in der Art.«

Barnaby, der sich sehr zum Verdruß seiner Frau die halbe Zeit genauso verhielt, wußte kaum, was er dazu sagen sollte. Interessant war jedoch, daß Brendas Verhalten sich ungefähr zu der Zeit verändert hatte, als Simone Hollingsworth verschwand.

»Jetzt werden wir wohl nie erfahren, was für ein Problem sie hatte.« Regs Stimme klang angestrengt und verzweifelt.

An diesem Punkt schien es wenig sinnvoll, nach weiteren Details zu bohren. Es könnte sich sogar als kontraproduktiv erweisen. Vielleicht war aus Iris, wenn sie irgendwann in der Lage war, Fragen zu beantworten, mehr herauszuholen.

Barnaby erklärte nun, daß die Polizei in den nächsten Tagen wegen der Ermittlungen ohnehin in Brendas Zimmer müsse. Ob Mr. Brockley angesichts dieser Tatsache etwas dagegen hätte, wenn er, Barnaby, sich jetzt schon einmal dort umschaute?

»Normalerweise müßte ich ja nein sagen«, antwortete Reg, stand aber rasch auf, als sei er froh, eine konkrete Aufgabe zu haben. Er raste förmlich über den Teppich. »Ihre Tür war nämlich immer zugeschlossen, müssen Sie wissen.«

»Ach?« Barnaby überlegte fasziniert, weshalb eine untadelige alte Jungfer, die längst über das pubertäre Stadium hinaus war, wo man sich Poster mit der Aufforderung: »Draußen geblieben – ja, du bist gemeint!« an die Tür hängte, so etwas tun sollte.

»Aber sie ist so eilig hinausgestürmt, daß sie noch nicht mal ihre Handtasche mitgenommen hat.« Während sie die Treppe hinaufstiegen, fügte er mit kläglicher Stimme hinzu: »Wir sind in den letzten Tagen sehr viel hier oben gewesen.«

Er blieb unglücklich an der Tür stehen, während Barnaby, der lieber allein gewesen wäre, sich in dem stillen, verlassenen Zimmer umsah.

Über einer Stuhllehne hing ein rosafarbener Frotteebademantel. Gardinen und Tagesdecke waren aus dem gleichen karierten Stoff mit langweiligen Blättern und Blumen. Es gab einen Radiowecker und einige gemalte Landschaften, die so charakterlos waren, daß sie überall hätten sein können. Über dem Bett hing ein großer gerahmter Druck von zwei Straßenkindern, ein Junge und ein Mädchen, die sich weinend an den Händen hielten. Ihre Tränen klebten in Form von kleinen durchsichtigen Glasperlen an ihren Wangen.

Barnaby, der solche Szenen mehr als einmal in der Realität erlebt hatte, war verblüfft. Was für ein Mensch würde denn zu Hause ständig Bilder von verzweifelten Kindern um sich haben wollen?

Er öffnete den Kleiderschrank und warf einen kurzen Blick hinein. Graubraune Kostüme, ein einziges gemustertes Kleid (braun und olivgrün), mehrere Paar schwarze und dunkelblaue Pumps, alle auf Schuhspannern. Ein trister Mantel. In den Schubladen der Frisierkommode befanden sich schlichte Baumwollunterwäsche und mehrere dicke fleischfarbene Strumpfhosen. Kein Parfüm oder Make-up. Vielleicht hatte sie seit langem erkannt, daß sie auch mit kosmetischen Mitteln nichts verbessern, geschweige denn grundlegend verändern konnte.

Neben dem schmalen Bett war ein Regal, dessen Glasscheiben auf verschnörkelten, weißgestrichenen Metallträgern ruhten. Darauf standen einige Stofftiere, außerdem ein kleiner Stapel Liebesromane.

Barnaby wandte sich nun dem hübschen antiken Schreibtisch am Fenster zu und öffnete die Klappe. Der Tisch enthielt nichts außer einem flachen, dunkelgrünen Buch mit einem schönen Einband aus Chagrinleder. Er nahm es heraus und schlug es auf, was Reg nach langem Schweigen zum Sprechen veranlaßte.

»Verzeihen Sie, Inspector. Ich denke, das könnte eine ziemlich persönliche Angelegenheit sein.«

»Gerade die persönlichen Dinge könnten uns am meisten weiterhelfen, Mr. Brockley.« Barnaby schaltete die kleine Bogenleuchte an, rückte den rosanen Schirm zurecht, schlug willkürlich eine Seite auf und fing an zu lesen.

3. April: Heute haben die Dinge eine ganz neue Wendung genommen. A. hat herausgefunden, wo ich arbeite! Als ich aus dem Büro kam, bin ich im wahrsten Sinne des Wortes mit ihm »zusammengestoßen«. Und da lag etwas in seinem Gesichtsausdruck – ein wenig schuldbewußt, aber gleichzeitig aufgeregt und interessiert –, das mir sagte, daß dies kein Zufall war.
Nach diesem zufälligen Zusammenstoß wollte er mich unbedingt zum Mittagessen einladen. Wir sind in den Lotus Garden gegangen, wo wir sehr viel Spaß hatten, weil ich partout nicht mit den Stäbchen umgehen konnte. Er bestand darauf, es mir beizubringen, wobei es natürlich reichlich zu korrigierendem »Handauflegen« kam. Seine Finger sind schlank, aber so stark. Haben sie ein bißchen zu stark gedrückt und mit unnötiger Wärme? Er hat ja so lachende Augen. Als unsere Blicke sich begegneten, haben wir, glaube ich, beide gewußt, daß soeben etwas äußerst Bedeutungsvolles passiert war.

Mit ungläubiger Miene blätterte der Chief Inspector in den mit leuchtendgrüner Tinte, die sicher hätte lila sein sollen, beschriebenen Seiten herum und nahm dann den Faden wieder auf.

7. Mai: Strikt gegen die Regeln hat A. angefangen, mich bei der Coalport anzurufen. Muß ich erwähnen, daß sich um mich herum sämtliche Augenbrauen hoben? Trish Travers machte eine Bemerkung über seine sexy Stimme, und alle stellten mir Fragen. Ich habe mich in diskretes Schweigen gehüllt und nur gesagt: »Kein Kommentar zum jetzigen Zeitpunkt.«
Ich bin entschlossen, ihm nicht zu erliegen, aber er sieht ja so gut aus. Hat mich erneut zum Mittagessen überredet – diesmal im Star of India. Da hat er mir gestanden, was ich schon lange vermutet habe. Seine Ehe ist eine leere Hülle, und er ist furchtbar unglücklich. Er hat ja keine Ahnung, daß auch ich mich oft einsam gefühlt habe, weil der Auserwählte unerreichbar schien. Bis jetzt. Wider bessere Einsicht und aus reinem Mitgefühl ließ ich meine Hand kurz auf seiner ruhen. Da wurden diese lachenden Augen plötzlich todernst und schienen direkt in meine Seele zu blicken. Ich glaube, da wußte ich, daß es kein Zurück gab.

Barnaby las noch an drei oder vier Stellen in der Saga herum. Tenor, Stil und Inhalt blieben immer gleich. Als er das Tagebuch schließen wollte, bemerkte er, das auf der Innenseite des Umschlagdeckels ein Foto klebte. Er reichte das Buch herüber und sagte: »Haben Sie das schon gesehen, Sir?«

Reg streckte zögernd die Hand aus. Obwohl er zu Lebzeiten seiner Tochter nur zu gern alles über ihr Innerstes erfahren hätte, empfand er jetzt ein tiefes Unbehagen, auf diese Weise in ihre Privatsphäre einzudringen.

»Es kommt mir nicht richtig vor.«

»Wenn Sie nur einen Blick auf das Foto werfen würden.«

Reg starrte auf das Bild, Augen und Mund vor Verblüffung weit aufgerissen. Er gab das Tagebuch zurück. »Das ist Alan.« Und als ob das einer weiteren Erklärung bedürfe, fügte er hinzu: »Aus dem Haus nebenan.« Mit steifen Beinen ging er zu Brendas Stuhl mit der hübschen Einlegearbeit aus Perlmutt und stützte sich auf die Lehne. »Was hat das zu bedeuten? Was schreibt sie denn da? Ich verstehe das nicht.«

»Hier sind mehrere Begegnungen romantischer Natur beschrieben, Mr. Brockley. Man könnte vielleicht vom Anfang einer Liebesbeziehung sprechen.«

»Mit Hollingsworth?«

»Der Name ist nie voll ausgeschrieben.« Allerdings hoffte er, daß sich nach ausführlicherer Lektüre, das Gegenteil herausstellen würde. »Doch der Anfangsbuchstabe A. kommt öfter vor. Und das in Verbindung mit dem Foto...«

»Aber wir kannten sie doch kaum. Das habe ich ihnen doch neulich erklärt.«

»Das mag ja auf Sie und Ihre Frau zutreffen, aber...«

»O Gott! Sie glauben doch nicht, es war Alan...« Regs Gesicht war vor Schmerz völlig verzerrt. »Könnte es sein, daß er sich deshalb das Leben genommen hat?«

In diesem Augenblick erschien Audrey in der Tür, um zu sagen, daß Iris jetzt schlafe und daß Dr. Jennings gegangen sei, aber gleich am Morgen anrufen würde.

»Mein kleines Mädchen«, jammerte Reg. »Brenda, o Brenda.«

Audrey half ihm aufzustehen und überredete ihn, mit nach unten zu gehen. Als die beiden das Zimmer verließen, dachte Barnaby über Regs grauenhafte Vermutung nach. Bevor nicht der schuldige Autofahrer gefaßt war, würde niemand genau wissen, wann Brenda Brockley gestorben war. Selbst nach einer Autopsie blieb immer noch eine gewisse Unsicherheit. Doch wenn sie am vergangenen Montag vor halb elf Uhr abends getötet worden war, dann könnte Hollingsworth dafür verantwortlich gewesen sein. Schließlich war er um diese Zeit mit dem Auto unterwegs gewesen. Und unter günstigen Verkehrsverhältnissen konnte man durchaus in weniger als drei Stunden nach Heathrow und zurück fahren.

Mittel und Gelegenheit waren also durchaus gegeben. Aber das Motiv? Das war ein echtes Problem. Barnaby konnte sich nur schwer vorstellen, daß Hollingsworth eine sexuelle Beziehung zu der Tochter der Brockleys gehabt hatte. Er vermutete, daß ihre heimlichen Aufzeichnungen ebenso ein Produkt der Phantasie waren wie die kitschigen Liebesromane auf dem kleinen Glasregal. Nicht daß es einer extrem häßlichen Frau nicht gelingen könnte, einen Mann in ihren Bann zu ziehen. In der Geschichte gab es zahlreiche Beispiele, die das Gegenteil bewiesen. Die Herzogin von Konstantinopel, die zahlreiche Liebhaber um sich sammelte, hatte angeblich Warzen auf der Nase, eine verzogene Schulter und einen Atem, mit dem sie den Bosporus hätte in Flammen setzen können.

Doch in diesem speziellen Fall hier war Barnaby davon überzeugt, daß er recht hatte. Angesichts der Tatsache, daß Hollingsworth so besessen von seiner Frau gewesen war, erschien ein Interesse an einer anderen Frau einfach undenkbar. Aber wie hatte Brenda einen Einblick in das Eheleben nebenan bekommen können? Hatte sie, isoliert in ihrem tristen kleinen Zimmer, überhaupt etwas darüber gewußt?

Gewillt, keine Möglichkeit von vornherein auszuschließen, zog Barnaby kurz die abwegige Idee in Betracht, daß die Tochter der Brockleys Simone entführt hatte. Bestimmt war sie eifersüchtig auf Simone gewesen, und hatte vielleicht sogar gewünscht, daß ihr was zustieß. Und daß sie damit Alan halb in den Wahnsinn hatte treiben wollen, war ebenfalls nicht völlig undenkbar. Unerwiderte Liebe konnte grausames und perverses Verhalten auslösen. Aber wann hätte sie die Zeit dazu gehabt? Falls die Gespräche, die er so bald wie möglich bei der Coalport and National führen würde, nicht ergaben, daß sie in letzter Zeit häufig gefehlt hatte, dann war jeder Augenblick ihres untadeligen und strikt organisierten Lebens durch Zeugen abgesichert. Was bedeutete, daß sie einen Komplizen gehabt haben mußte.

Als der Chief Inspector merkte, was für bizarre Szenarien er da entwarf, schüttelte er den ganzen Unsinn von sich ab und wandte sich noch einmal dem Tagebuch zu.

Die blaugrüne Schrift hüpfte dicht gedrängt über die Seiten. Er blätterte vor und zurück. Plötzlich gab es eine Lücke. Eine kühle Fläche gelben Papiers. Die Leere wurde nur durch zwei Zeilen unterbrochen, die gleichmäßig mit Bleistift geschrieben waren. Die Worte dieses kurzen Absatzes stießen ihm wie Pfeile direkt ins Herz.

> Man sagt, was man nie gehabt hat, würde man nicht vermissen. Das stimmt nicht. Man träumt die ganze Nacht von dem, was einem fehlt. Und dann spürt man den ganzen Tag einen großen Schmerz.

Am Montag morgen gegen acht herrschte in der Einsatzzentrale eine Betriebsamkeit wie in einem Bienenstock. Immer noch kamen neue Informationen im Fall Hollingsworth herein, einschließlich mehrerer, daß Simone irgendwo gesehen worden war. Die Leute an den Schreibtischen, sowohl in Zivil als auch in Uniform, hörten sich das alles an und schrieben mit.

In Brick Lane hatte Simone einen Sari in Dunkelrot und Gold sowie Glöckchen an den Zehen getragen. In Telford war sie als Nonne aufgetreten, in Devizes als Politesse. In der Nähe von Stratford on Avon hatte sie sich auf einem

Schleppkahn geaalt – mit großen runden Ohrringen und sonst äußerst leicht bekleidet.

Etwas plausibler schien, daß Mrs. Hollingsworth am Tag ihres Verschwindens mit Einkaufstüten von Marks and Spencer beladen in der U-Bahnstation Uxbridge gesehen worden war. Sie hatte ständig auf die Uhr geguckt, »als ob sie auf jemand wartete.«

In einem Regionalbus nach Aylesbury hatte ein Fahrgast neben einer Frau gesessen, die einen knalligen Leinenblazer über einem geblümten Kleid trug, das ähnlich gemustert war wie das von Simone. Obwohl diese Person kastanienbraune Haare hatte und eine Sonnenbrille trug, hatte sie doch große Ähnlichkeit mit der entführten Frau. Da die Informantin in Flackwell Heath ausgestiegen war, hatte sie keine Ahnung, wohin die Frau fahren wollte.

Schließlich – und das war sicher am vielversprechendsten – war Simone gesehen worden, wie sie in einen schäbigen weißen Lieferwagen stieg, der nur wenige Meter von dem Kaufhaus parkte, in dem sie zuletzt unstreitig gesehen worden war. Die Person, die das meldete, hatte sich zwar die Autonummer nicht gemerkt, konnte sich aber erinnern, daß der Wagen keinerlei Aufschrift hatte. Mit anderen Worten, kein gewerbliches Fahrzeug.

Barnaby, erfrischt von einem Sonntag, den er mit Herumwerkeln im Garten und im Liegestuhl verbracht hatte, informierte sich über den neuesten Stand der Dinge und ordnete dann an, eine dringende Suchmeldung nach dem Fahrer des Lieferwagens herauszugeben. Außerdem sollten sich Leute in sämtlichen Geschäften in Causton, einschließlich der karitativen Secondhand-Läden umhören, ob an dem fraglichen Tag eine kastanienbraune Perücke oder ein rosaner Blazer verkauft worden war. Denn beides hatte Mrs. Hollingsworth ganz bestimmt nicht dabei gehabt, als sie in Fawcett Green in den Marktbus stieg.

Außerdem ordnete er an, daß Plakate von Simone mit Angabe von Datum und Uhrzeit, wann sie dort angeblich gesehen wurde, überall in der U-Bahnstation Uxbridge, in der Eingangshalle und auf den Bahnsteigen, an die Wände geklebt werden sollten. Man konnte ja nie wissen.

Danach zog er sich in die ruhigste Ecke zurück, die er finden konnte. Für halb neun war eine Einsatzbesprechung angesetzt; das war in ungefähr zwanzig Minuten. Der Chief Inspector nahm sich eine starke Tasse Kaffee und Brenda Brockleys Tagebuch, in dem er seit dem Frühstück immer mal wieder gelesen hatte.

Doch auch eine gründlichere Lektüre hatte bisher nicht geklärt, was die goldenen und silbernen Sterne und die kleinen roten Herzchen bedeuteten, und Barnaby bezweifelte allmählich, daß er das je rauskriegen würde. Selbst wenn die Herzchen und Sternchen mysteriös blieben, so entpuppten sich Brendas Abenteuer als rührend konventionell. Da war nicht vom Sprengen der Spielbank in Monte Carlo die Rede oder von Skiurlaub in Gstaad. Keine Segeltrips auf tiefblauem Meer und einem gleißenden ägäischen Himmel. Sie wollte noch nicht mal nach Ascot zum Pferderennen oder zur Segelregatta nach Cows.

Sie hatte so wenig gewollt, das arme Mädchen. Ein Abendessen in einem Pub am Fluß in Marlow, »wo die weißen Schwäne anmutig ihrem Spiegelbild im Wasser zunickten. Behutsam nahmen sie einige Petits fours direkt aus meiner Hand.« Ein Konzert in High Wycombe mit einer langsamen Heimfahrt im Mondschein, »von der Alan inbrünstig wünschte, daß sie nie enden würde.« Ein weiteres chinesisches Essen, diesmal im Kyung Ying.

Der Raum füllte sich allmählich. Einige Leute standen vor dem Anschlagbrett, wo Vergrößerungen von Brendas Studioaufnahme hingen, sowie Fotos der Spurensicherung von Alan auf dem Kaminvorleger, das strahlende Hochzeitsbild und die Polaroidaufnahmen von Simone. Andere machten sich gerade mit den jüngsten Entwicklungen vertraut. Barnaby klappte das Tagebuch zu und ging an seinen offiziellen Platz zurück.

»Guten Morgen, allerseits.« Das Gequassel wurde nur unwesentlich leiser. Da schlug er mit der Faust kräftig auf seinen Schreibtisch und warf ein unterkühltes »Vielen Dank« in das nachfolgende Schweigen.

»Also, wir wissen bisher folgendes, und das ist nicht viel. Brenda Brockley wurde zum letzten Mal von ihren Eltern gesehen, und zwar vorigen Montag abends um halb acht. Sie verließ das Haus in denselben Sachen, die sie anhatte, als sie starb. Sie sagte nicht, wo sie hinwollte, sprang einfach ins Auto und fuhr los »wie eine Wilde«, um ihren Vater zu zitieren. Sie nahm noch nicht mal eine Handtasche mit und schrammte mit dem Wagen den Torpfosten.

Um neun rief sie an, um zu sagen, sie hätte jemanden getroffen, und sie würde mit dieser Person essen gehen. Ihre Eltern sollten nicht auf sie warten. Ihr Vater, der den Anruf entgegennahm, hatte von den Hintergrundgeräuschen her den Eindruck, daß sie von einem Bahnhof aus anrief. Wir wissen jetzt so gut wie sicher, daß es Heathrow war. Diese Informationen liegen nun als Bericht vor, der gerade fotokopiert wird und gleich zur Verfügung stehen sollte. Da können Sie die Einzelheiten nachlesen.

Die Leiche wurde auf der oberen Ebene des Parkhauses für Kurzparker gefunden, das zu Terminal eins gehört. Ihr Auto stand ebenfalls dort. Ihre Verletzungen legen den Schluß nahe, daß sie von einem Fahrzeug mit beträchtlichem Tempo angefahren wurde. Die Autopsie wird zur Zeit durchgeführt, so daß wir spätestens morgen mehr wissen sollten. Ihr Foto wird zusammen mit Fotos von Hollingsworth und seiner Frau am Flughafen herumgezeigt. Sie könnte das Essen, von dem sie sprach, im Flughafengebäude selbst zu sich genommen haben. In dem Fall hätte sie durchaus jemandem aufgefallen sein können. Sie war eine... ungewöhnlich aussehende Frau.«

Hinten im Raum sagte irgend jemand etwas, und ein anderer lachte.

»Was war das?« Barnabys Stimme klang wie ein Peitschenknall.

»Tschuldigung, Chef.« Ein Räuspern war zu hören. »Hab ein bißchen Husten.«

»Wir können ja nicht alle wie Ava Gardner aussehen, Constable.«

»Nein, Sir.«

»Die Polizei von Heathrow ist sehr kooperativ, und sobald mehr Informationen reinkommen, werden wir genauer wissen, wie wir vorzugehen haben. Was nun die Hollingsworth-Ermittlungen angeht, gibt es da irgendwas, das ich wissen müßte? Ja, Beryl?«

Detective Sergeant Beryl, auf dem sein Nachname lastete wie ein Fluch, sagte: »Ich hab gestern mit jemandem aus der St. Chad's Lane geredet, Sir. Einem Mr. Harris. Er arbeitete am Montag abend gerade in seinem Vorgarten und hat Alan Hollingsworth tatsächlich wegfahren sehen, und zwar zu der Zeit, als Dawlish ihn nach eigener Aussage auch gehört hat.«

»Ausgezeichnet. Setzen Sie sich bitte noch einmal mit ihm in Verbindung und fragen Sie ihn, ob er auch das Brockley-Mädchen hat wegfahren sehen. Es hört sich für mich so an, als seien sie kurz hintereinander losgefahren. Und vergessen Sie nicht – das gilt für Sie alle –, daß das der Tag war, an dem Hollingsworth das Geld erhalten hatte. Wir können mit einiger Sicherheit annehmen, daß er unterwegs war, um das Geld zu übergeben. Und wenn sie ihm dabei gefolgt ist...«

Dies löste wilde Spekulationen aus, und es begann ein

lebhaftes Gemurmel. Dann sagte ein Inspector in Zivil, der gegen den Trinkwasserbehälter lehnte: »Gibt es denn überhaupt eine Reaktion von ihren Eltern? Ich meine irgendeine Idee, weshalb sie hinter Hollingsworth hergefahren sein könnte?«

»Sie bildete sich ein, ihn zu lieben.« Barnaby starrte grimmig in den Raum, damit auch nur ja keiner wagte, sich darüber lustig zu machen. Alles schwieg. »Soweit wir wissen, ist sie noch nicht einmal bei ihm im Haus gewesen, doch sobald wir ihre Fingerabdrücke haben, sieht die Sache vielleicht anders aus.

Im Augenblick zögere ich noch, groß angelegte Ermittlungen einzuleiten, da es ja immer noch möglich ist, daß wir es schlicht mit einem Unfall zu tun haben. Ich möchte jedoch, daß ihr Foto zusammen mit dem von Hollingsworth in den Cafés und Restaurants in Causton herumgezeigt wird. Vielleicht erinnert sich ja jemand, daß er sie mal zusammen gesehen hat.« Barnaby war zwar der festen Meinung, daß es sich bei dem Tagebuch um reine Fiktion handelte, doch er wollte nicht riskieren, die Sache ungeprüft zu lassen.

»Ich werde mich in einer halben Stunde an ihrem Arbeitsplatz umhören und hoffe, daß sich dadurch noch einiges ergibt. Die nächste Besprechung ist um sechs. Also, an die Arbeit. Gavin?«

Sergeant Troy nahm sein Jackett und folgte seinem Boss aus dem Raum. Als sich die Tür hinter ihm schloß, sagte der Mann, der gelacht hatte: »Wer zum Teufel ist Ava Gardner?«

Während er auf den Rover zuging, in dem sein Chef bereits saß, lachte Sergeant Troy, der zwei Dosen eiskalte Limonade aus dem Automaten in der Hand hatte, still vor sich hin. Mit amüsierter Miene und ungläubig den Kopf schüttelnd stieg er auf den Fahrersitz.

»Danke«, sagte Barnaby und streckte eine Hand aus. »Das ist jetzt genau das Richtige.«

»Ach ja.« Troy, der eigentlich beide Dosen für sich gekauft hatte, reichte ihm die weniger leckere. »Die hier soll sehr gut sein.«

»Dann will ich sie Ihnen nicht wegnehmen, Gavin«, sagte Barnaby und griff nach der anderen Sorte. »Was war denn so lustig?«

Troy fing an zu erklären. »Da war so ein alter Penner unten in der Halle und wollte Anzeige erstatten. Offenbar hat er irgendwo auf dem Bürgersteig gesessen, seine ganzen Besitztümer vor sich in einer gammeligen Plastiktüte. Da kommt so ein Witzbold daher und sagt: ›Ich bin Vertreter von Sainsbury's. Einen Penny für deine Tüte?‹ Er wirft die Münze hin und verschwindet mit dem Kram von dem alten Kerl. Am Empfang machen die sich immer noch vor Lachen in die Hose.«

»Dann ist für Sie der Tag ja gerettet, was?«

»So ziemlich«, sagte Sergeant Troy, riß seine Kirschlimonade auf und trank einen großen Schluck.

»Sie sind aber nicht hier, um sich zu amüsieren. Also kippen Sie das Zeug in sich rein und dann los.«

»Alles klar, Chef.« Er trank die Dose aus, klemmte sie hinter das Schaltgehäuse und drehte den Zündschlüssel.

Man hatte sie gebeten, den Hintereingang der Coalport and National zu benutzen. Als sie ankamen, fanden sie die Tür jedoch verschlossen. Barnaby guckte über eine Spitzengardine, die auf halber Höhe im Fenster hing, in ein Zimmer, das sich als Pausenraum mit Teeküche erwies. Eine junge Frau, die gerade spülte, trocknete sich die Hände an einem Geschirrtuch ab und ließ sie herein.

»Entschuldigung. Ich sollte nach Ihnen Ausschau halten.« Sie ging an ihnen vorbei und öffnete die gegenüberliegende Tür, die in einen großen Raum mit hoher Decke führte, in dem mehrere Schreibtische standen. Am anderen Ende befanden sich die Schalter, wo zur Zeit nur ein Kunde stand. »Ich sage bloß dem Leiter Bescheid, daß Sie da sind.«

Nachdem der Kunde gegangen war, ließ Mr. Marchbanks, eine Witzfigur mit zitronengelben Locken, Augen, die an gekochte Stachelbeeren erinnerten, und einem Händedruck wie eine feuchte Flunder, die beiden Polizisten in den Schalterraum.

»Ich hab mir gedacht, daß Sie ungestört über die Angelegenheit reden möchten«, sagte er und zeigte auf das Hinweisschild auf der Glastür. Auf der ihnen zugewandten Seite stand: Geöffnet. »Aber ich hoffe...«

»Ich werde mich bemühen, nicht zuviel von Ihrer Zeit in Anspruch zu nehmen«, antwortete Barnaby. »Darf ich?«

Als er sich an den leeren Schreibtisch setzte, kam ein wahres Monument von einer Frau, sehr groß und sehr breit, die mehr Borsten auf ihrer Oberlippe hatte als eine Oral-B-Zahnbürste, aus einem Büro, auf dessen Tür Personalabteilung stand. Der Chief Inspector nahm an, daß es sich um Trish Travers handelte.

Alle wirkten bedrückt, aber nicht übermäßig traurig. Nicht einmal Mr. Marchbanks, der doch so große Stücke auf Brenda gehalten hatte.

»Das ist ja eine erschütternde Nachricht«, sagte er mit einer Miene, als wolle er sich gerade die Nägel schneiden. »Das ganze Büro steht völlig unter Schock.«

»Das kann ich verstehen«, sagte Barnaby. »Und ich weiß Ihre Kooperationsbereitschaft wirklich zu schätzen.«

Troy setzte sich auf einen hohen Hocker an der Kassentheke, legte sein Notizbuch neben den Tageskalender und begutachtete die Bräute. Vier an der Zahl (die mit dem Schnäuzer konnte man ja wohl nicht mitzählen), und von unterschiedlichem Reiz.

Da war die Kleine, die sie reingelassen hatte – ein richtiger Wonneproppen, ganz rund mit langen Wimpern und einem roten Pony. Mit Pony, dachte Sergeant Troy, sehen Mädchen immer frech aus. Dann eine halbwegs passabel aussehende mit schlaff herunterhängenden hellbraunen Haaren, einem Teint wie die ungeputzte Hälfte des Fußbodens in der Meister-Proper-Werbung und einer langen spitzen Nase. Gut und schön, wenn man Afghanen mochte. Eine reizbar und gequält aussehende mit abgearbeiteten Händen, die zuviel Schmuck trug und ständig das Gesicht verzog und blinzelte. Und dann Troys Traum – groß, rothaarig wie er selbst und mit einer riesigen Hornbrille auf der hübschen Nasenspitze. Lange, elegante Beine, die sie unter ihrem Stuhl übereinandergeschlagen hatte. Eine Augenweide. Schon bei ihrem Anblick kriegte man eine Beule in der Hose.

Er wartete, bis die Brillengläser in seine Richtung blinkten, und dann schenkte er ihr ein ungekünsteltes, strahlendes Lächeln.

Als Antwort öffnete sie ihre Lippen, feucht und glänzend wie frisch gewaschene Kirschen.

»Es wäre hilfreich«, erklärte der Chief Inspector gerade, »wenn wir ein bißchen was über Miss Brockleys Art und ihr Privatleben erfahren könnten. Ich weiß, daß Mädchen oft...«

»Sie meinen wohl Frauen«, warf die mit den ungepflegten Händen ein.

»Selbstverständlich«, sagte Barnaby. »Ich bitte um Verzeihung. Frauen erzählen ihren Kolleginnen am Arbeitsplatz doch manchmal Dinge, über die sie mit ihren Familienangehörigen nicht reden würden. Ich frag mich, ob Brenda vielleicht...«

Es entstand ein unbehagliches Schweigen. Die Atmosphäre im Raum trug keineswegs zu Barnabys Ermutigung bei. So wie ihre Eltern Brendas eingefahrenen Lebenswandel schilderten, hatte er bereits befürchtet, daß sie eine sehr verschlossene Person gewesen war, die Probleme hatte, Kontakt zu knüpfen.

»War sie… sehr beliebt hier?«

»Ich würde nicht gerade sagen ›sehr beliebt‹«, sagte Mr. Matchbanks.

»Aber es hatte auch niemand was gegen sie«, warf das pummelige Mädchen, Hazel Grantley aus der Buchhaltung, rasch ein.

Sofort stimmten alle dem übereifrig zu, worauf ein weiteres peinliches Schweigen folgte.

Barnaby konnte sich sehr gut vorstellen, in welchem Dilemma sie steckten. So was erlebte er nämlich häufiger. Viele Menschen, die keine Hemmungen hatten, schlecht über ihre Mitmenschen zu reden, brachten es nicht über sich, auch nur eine Silbe gegen die Toten vorzubringen, die ohnehin nichts mehr merkten.

»Also hat niemand hier Brenda in irgendeiner Weise nahegestanden?«

Es folgte ein verneinendes Gemurmel. Niemand sah ihn direkt an.

»Und außerhalb des Büros? Hat sie mal jemanden erwähnt, mit dem sie sich regelmäßig traf?«

»Uns gegenüber nicht.«

»Einen Freund vielleicht?«

Alle guckten erstaunt, und dann, beschämt über ihr Erstaunen, wurden sie sauer, weil sie sich so verhielten.

»Ich glaube nicht, daß sie einen Freund hatte«, sagte Mr. Marchbanks schließlich.

»Damit hatte Brenda es nicht.«

»Sie war die geborene Einzelgängerin«, sagte das Mädchen mit den langen Bambibeinen.

Barnaby zuckte über diese unbedachte Gemeinheit zusammen und ärgerte sich über die scheußliche Formulierung. »Was ist mit privaten Telefongesprächen? Hat sie welche geführt oder bekommen?«

»Die sind verboten.«

»Offiziell«, sagte das Mädchen mit der langen Nase, und alles fing an zu kichern, bis man sich wieder an den Ernst der Situation erinnerte.

»Einen hat sie bekommen«, korrigierte die Frau mit dem Schmuck unter heftigem Geklimper. »An dem ersten Morgen, an dem sie nicht zur Arbeit kam. Ein Mann hat angerufen und wollte sie sprechen. Gegen halb zehn.«

Das mußte ihr Vater gewesen sein. Barnaby fragte, wie lange Miss Brockley schon bei der Coalport and National arbeitete.

»Seit sie die Schule verlassen hat«, sagte Mr. Marchbanks. »Das muß jetzt dreizehn Jahre her sein.«

Angeblich eine Unglückszahl, dachte Sergeant Troy. Er bemerkte den Ventilator neben dem Kalender und schob ihn behutsam in seine Richtung, lockerte den Kragen von seinem karierten Sporthemd und schnipste die erste vollgeschriebene Seite in seinem Notizbuch um.

»Wie war das, wenn sie am Schalter gearbeitet hat?« insistierte der Chief Inspector. »Hat sie sich mal länger mit jemandem unterhalten? Vielleicht mehrmals mit derselben Person?«

»Nun ja«, Mr. Marchbanks räusperte sich, »sie hatte nicht viel, ähm…«

»…direkten Kontakt mit den Kunden«, half ihm die Afghanin.

»Das stimmt. Sie schien lieber still vor sich hin zu arbeiten.«

»Ganz für sich«, sagte die Frau aus der Personalabteilung.

Barnaby führte sich erschreckt vor Augen, wie abgrundtief einsam Brenda bei der Coalport and National gewesen sein mußte. Wie hatte sie reagiert, wenn am Morgen Gespräche über die jeweiligen Freunde, Probleme in der Schule und Familienstreitigkeiten geführt wurden? Hatte sie nickend und lächelnd zugehört, wenn von Dingen die Rede war, die völlig außerhalb ihres Erfahrungshorizonts lagen? Vielleicht hatte sie, da sie wußte, daß sie nicht richtig an diesen Gesprächen teilnehmen konnte, daß jeder Beitrag von ihr unsinnig oder gar herablassend wirken mußte, so getan, als kriege sie nichts mit – und sich damit erst recht den Ruf eingehandelt, reserviert zu sein. Vielleicht hatte sie einfach still an ihrem Schreibtisch gesessen – zweifellos der leere ganz hinten in der Ecke, auf dem jetzt ein einsamer Strauß Rosen in glänzendem, weiß gepunktetem Papier lag – und gehofft, daß niemand sie bemerkte. Er fragte sich, ob ihr, als sie noch lebte, jemals jemand Blumen geschenkt hatte.

Barnaby erkundigte sich nach der Mittagspause. Hatte mal irgendwer Brenda zum Mittagessen abgeholt. Nein. Nie. Hatte sie die Pause manchmal mit einer ihrer Kolleginnen verbracht?

»Eigentlich nicht. Wissen Sie, wir hatten alle immer was zu erledigen.«

»Sie ist meistens hiergeblieben, hat sich Kaffee gemacht und ihre Butterbrote gegessen.«

»Manchmal ist sie in die Bibliothek gegangen.«

»Wir kamen immer absolut abgehetzt zurück. Wie das so ist, wenn man durch die Läden rast und Lebensmittel und sonstwas einkauft. Sie saß dann da, die Füße hochgelegt, und las einen ihrer Liebesromane.«

»Ich nehm an, ihre Mutter hat alles für sie gemacht.«

»Ja, sie hatte es ziemlich bequem.«

»Für mich wäre das nichts. Fast dreißig und wohnte immer noch zu Hause.« In den abfälligen Worten schwang ein Unterton von Gehässigkeit mit. Troy warf einen warmen, bewundernden Blick zu diesem schönen Mädchen, das so ganz nach seinem Herzen war. Sie schlug ihre schlanken, graziösen Beine erneut übereinander und lächelte vor sich hin. Ihm fiel auf, daß auf ihrer Namensbrosche »Jacqui Willig« stand, und schöpfte sofort Hoffnung.

An dieser Stelle begann Mr. Marchbank sich nervös mit einer Hand durch seine schlaffen Locken zu fahren, Trish Travers sah auf die Uhr und ihre schwer beringten Hände krochen auf die nächstbeste Tastatur zu. Es klopfte an der gläsernen Eingangstür.

Da Barnaby den Eindruck hatte, daß bei der Coalport and National nicht mehr viel zu holen war, bedankte er sich bei dem Leiter, gab ihm eine Visitenkarte für den Fall, daß jemand vom Personal sich an etwas erinnern sollte, das hilfreich sein könnte, und schickte sich zum Gehen an.

Bambi erhielt den Auftrag, sie hinauszubegleiten. Während sie mit Troys eifriger und absolut unnötiger Unterstützung die hintere Tür öffnete, sagte sie: »Die arme Brenda, sie hat sich immer so viele Gedanken wegen ihres Aussehens gemacht. Wie oft hab ich versucht, sie aufzuheitern. ›Bren‹, hab ich zu ihr gesagt, ›Schönheit ist doch nur rein äußerlich‹. Aber manchen Leuten kann man einfach nicht helfen, finden Sie nicht auch?«

Barnaby hätte ihr am liebsten eine runtergehauen.

Als der Chief Inspector sein Gespräch bei der Bausparkasse beendete, wurde bereits die Mittagsausgabe des *Evening Standard* mit der Schlagzeile »Nachbarin der entführten Frau auf mysteriöse Weise zu Tode gekommen« verkauft. Alle im Dorf waren zutiefst schockiert, und diesmal blieb man Eindringlingen gegenüber auf Distanz. Journalisten, die im Goat and Whistle nach dem Haus der Brockleys fragten, redeten gegen eine Wand. Daß das Ehepaar nicht sonderlich beliebt war, spielte dabei keine Rolle. Doch wie das so ist, hatten die Journalisten die Adresse dennoch rasch raus und klebten schon bald am Klingelknopf von The Larches.

Shona sprang mit den Vorderpfoten gegen das Fenster, bellte und wurde fotografiert. Am nächsten Tag erschien dieses Bild unter der Überschrift: »Hund der toten Frau vergeht vor Kummer«. Mehrere Leute riefen beim *Mirror* an und wollten den Pudel adoptieren.

Die wenigsten Leute werden mit einem solchen Schicksalsschlag so leicht fertig. Brendas untröstliche Eltern hatten dafür allerdings die denkbar schlechtesten Voraussetzungen. Sie kauerten hinter ihren gestärkten Rüschengardinen. Iris weinte, Reg rang die Hände oder schlug mit den Fäusten gegen Wände und Möbelstücke. Der Pudel, der dringend raus mußte, jaulte eine halbe Stunde und kratzte an der Tür, dann machte er eine Pfütze in die Diele. Als sich ein bärtiges Gesicht gegen die Fensterscheibe drückte, fing Iris an zu schreien.

Das passierte in dem Augenblick, als Constable Perrot in Begleitung des Pfarrers kam. Perrot, der abwechselnd mit den Leuten schwatzte oder ihnen mit Festnahme wegen unbefugten Betretens des Grundstücks drohte, gelang es schließlich, die Presse aus dem Garten der Brockleys zurück auf den Weg zu befördern. In der berechtigten Annahme, daß auf sein Klingeln nicht reagiert würde, wiederholte er den Trick, den er schon bei Nightingales so meisterlich angewandt hatte. Er beugte sich hinab und sprach mit deutlicher Stimme durch den Briefschlitz.

»Mr. Brockley? Hier ist Constable Perrot. Ich bin Ihr Ortspolizist.« Er hielt diese Erklärung für notwendig, da er tatsächlich noch nie mit Brendas Eltern gesprochen hatte. »Der Pfarrer ist bei mir. Wir möchten Ihnen gerne helfen. Bitte machen Sie die Tür auf.«

Reg und Iris sahen sich ängstlich an. Als er gehört hatte,

wie der Lärm der Presseleute ein wenig nachließ, hatte Reg durch einen schmalen Spalt in den Gardinen gelinst und gesehen, daß Perrot sie energisch aus dem Garten führte. Aus purer Dankbarkeit wollte er ihm jetzt die Tür öffnen. Und ein Funken gesunder Menschenverstand kam noch hinzu. Schließlich würden Iris und er früher oder später gezwungen sein, jemanden hereinzulassen. Oder, was noch viel schlimmer war, selbst auf die Straße zu gehen. Und zumindest war zu hoffen, daß das Interesse dieser Leute ganz selbstlos war.

Für den Pfarrer war es nicht neu, in ein Trauerhaus zu gehen. Durch jahrelange Erfahrung wußte er genau, wie er sich in einer solchen Situation am besten verhielt. Doch mußte man gerechterweise sagen, daß er sich immer von neuem um Mitgefühl bemühte und versuchte, keine Platitüden von sich zu geben oder rein mechanisch zu klingen. Doch sobald er in die private Hölle der Brockleys trat, wußte er, daß er hier überfordert war. Da er selbst keine Kinder hatte, war ihm klar, daß alles, was er sagen könnte, nur auf grausame Weise belanglos klingen würde. So stand er erst mal in der Diele herum, mit einem Fuß in der Pfütze, die der Hund hinterlassen hatte. Shona selbst kauerte einsam und allein auf der Treppe, die Nase zwischen den Pfoten.

Perrot, der durchaus Verständnis für die Brockleys aufbrachte, nahm die Dinge in die Hand. Im Wohnzimmer lag Iris kerzengerade auf dem Sofa, die kräftigen Beine ausgestreckt, die Arme an der Seite. Sie sah aus als läge sie auf einer Bahre. Reg stand mitten im Zimmer. Er wirkte verloren, als warte er darauf, daß ihm jemand sagte, was er tun sollte.

Perrot kochte Tee, schnitt einige Scheiben Brot ab und bestrich sie mit Butter. Dabei stellte er leise und unaufdringlich die eine oder andere Frage. Ist der Arzt schon dagewesen? Mußte was aus der Apotheke geholt werden? Sollte er für die Brockleys vielleicht einige Anrufe machen?

»Wir gehen nicht mehr ans Telefon«, sagte Reg.

Während er beobachtete, wie geschickt Perrot die Brockleys umsorgte, begann der Pfarrer sich nicht nur überflüssig, sondern vollkommen nutzlos zu fühlen. Verlegen ging er zu dem Sofa, auf dem Iris lag, setzte sich auf einen gerüschten Puff und nahm ihre Hand. Trotz der warmen, stickigen Luft im Zimmer war sie eiskalt. Iris' Augen blieben geschlossen. Sie schien seine Anwesenheit überhaupt nicht wahrzunehmen.

Das erinnerte ihn an jenen Zwischenfall vor zehn Tagen, wo er sich im Haus nebenan in einer ähnlichen Situation befunden hatte. Auch dort hatte er nicht helfen können. Und trotz seiner täglichen Gebete um die Wiederherstellung der Ordnung und das Wohlbefinden jedes einzelnen Gemeindemitglieds hatte es in Fawcett Green nun einen weiteren gewaltsamen Tod gegeben. Falls Reverend Bream je daran gezweifelt hatte, daß die Wege des Herrn unergründlich sind, so zweifelte er jetzt nicht länger.

»Meine Frau«, sagte er und räusperte sich nervös. »Was zu essen. Oder sonstwas, bringt sie gerne. Wenn Sie ein paar Tage bei uns bleiben möchten. Ich meine natürlich, so lange, wie Sie wollen...«

Niemand beachtete ihn.

Nachdem er Reg eine Tasse Tee in die Hand gedrückt und dafür gesorgt hatte, daß er sie auch festhielt, setzte Perrot sich in seine Nähe und redete ganz ruhig mit ihm. Zwischendurch schwieg er auch immer mal wieder eine Zeitlang. Ein tröstliches Schweigen, das gelegentlich von Reg unterbrochen wurde. Perrot erklärte, daß die Polizei wahrscheinlich noch mal mit ihm und Iris reden müsse, aber das habe keine Eile. Er, Perrot, würde bitten, daß man ihn hinzuziehe, wenn ihnen danach wäre. Sollten sie sich entschließen, eine Weile zu Verwandten oder Freunden zu ziehen, möchten sie ihm das bitte mitteilen.

Der Pfarrer, der – nachdem er sie einmal entdeckt hatte – kaum noch den Blick von der hüpfenden Schmetterlingsuhr losreißen konnte, war froh, als der Hund wieder anfing zu bellen. Da konnte er wenigstens etwas Sinnvolles tun.

Auf Perrots Rat hin ging er mit ihr in den Garten hinterm Haus. Shona, die sich ihres Malheurs in der Diele bewußt war und schon befürchtet hatte, daß sie noch größere Schande über sich bringen würde, schoß mit einem dankbaren Winseln den Weg hinunter. Sie erleichterte sich auf Regs makellosem grünen Rasen, fuhr mit dem Hintern über das Gras und stand auf. Dann blickte sie erwartungsvoll zum Pfarrer, der unsicher zurückstarrte. Weder er noch Mrs. Bream hatten viel für Tiere übrig, auch wenn sie, falls nötig, den Hamster der Sonntagsschule fütterten.

Plötzlich blitzte etwas auf. Da er zu Recht auf einen Fotografen tippte, der sich irgendwo versteckt hatte, und sich bereits die zugehörige Überschrift: »Pfarrer entführt einzigen Trost der trauernden Eltern« ausmalte, eilte Reverend Bream ins Haus zurück.

Barnaby saß gerade in der Kantine vor zwei Tomaten, einer Scheibe Vollweizenbrot, einer kleinen Ecke Double-Gloucester-Käse und einer eingemachten Birne, als aus Heathrow die Nachricht eintraf, eine Zeugin hätte sich gemeldet. Sie hatte nicht nur Brenda Brockley an dem Abend gesehen, an dem sie starb, sondern auch Alan Hollingsworth. Ein doppelter Treffer. Die junge Frau, die hinter der Theke einer Eisdiele im Flughafengebäude von Terminal eins arbeitete, beendete ihre Schicht um halb vier.

Der erste Teil ihrer zweiten Fahrt zum Flughafen innerhalb von 48 Stunden verlief nahezu schweigend. Barnaby war in Gedanken bei dem Fall, ging die bisherige Entwicklung durch und überlegte voller Hoffnung, was ihm da wohl in Kürze in den Schoß fallen mochte. Sergeant Troy suchte irgendwas, worüber er sich aufregen konnte, damit die Stunde Fahrzeit schneller verging.

Nachdem er ein paar Ärgernisse durchgerattert hatte, entschied er sich für ein altes Lieblingsthema, die schreiende Ungerechtigkeit der Meilenpauschale. Oder: Warum mußten sie immer mit dem Rover fahren? Für jede Meile wanderten zweiundvierzig Komma eins Pence direkt in die Tasche des Alten. Ein nettes Sümmchen alle achtundzwanzig Tage, selbst wenn man die Benzinkosten abzog. Und es war ja nicht so, daß er's nötig hätte: fettes Gehalt, sichere Pension, keine Kinder mehr im Haus, die Hypothek abbezahlt. Aber wäre er bereit, sich in Troys Cosworth rumfahren zu lassen? Den Teufel wäre er. Okay, okay, er war groß und kräftig und der Cosie könnte ein bißchen eng sein, aber die Antwort war immer die gleiche, egal was für ein Auto Troy gerade hatte.

Natürlich war er verrückt auf Musik, der alte Tom. Und die Anlage im Rover war spitze. Allerdings reine Platzverschwendung, bei den Kassetten, die der hatte. Sogenannte Sänger, die trällerten und gurgelten wie Kanarienvögel unter Speed. Musiker – *Musiker* –, die vor sich hin schrammten und sägten und klimperten.

Als ob er die Gedanken seines Sergeants gelesen hätte, streckte Barnaby die Hand aus, schob eine Kassette in das Deck und drehte die Lautstärke auf. Satt füllte die Stimme der Sängerin den Innenraum des Wagens und strömte aus dem Fenster in die stille Sommerluft. Das ging so weiter, bis sie sich in den Verkehr einreihten, der auf den Parkbereich für Kurzparker zustrebte. Troy mußte einräumen, daß dies eine der weniger scheußlichen Stücke war. Zumindest konnte die Frau den Ton halten, was man keineswegs von allen behaupten konnte. Big Lucy mit seiner Fußball-Arie war natürlich eine Ausnahme.

»Die hat ja echt Power, Chef«, sagte Sergeant Troy, während er einen Parkplatz suchte. »Das ist doch diese Cecily Bertorelli, oder?« Er versuchte, sich den einen oder anderen Namen zu merken, um ein bißchen Interesse zu zeigen.

»Nein«, sagte Chief Inspector Barnaby. »Das ist meine Frau.«

Barnaby hatte sich entschlossen, die Zeugin an ihrem Arbeitsplatz zu befragen, wo sie sicher entspannter sein würde als in einem Polizeibüro. Außerdem wäre es besser, wenn sie ihm im Verlauf des Gesprächs auch die Örtlichkeiten zeigen könnte.

In der blitzblanken Küche des Häagen-Dazs-Ladens bekamen sie einen köstlichen Eiskaffee. Eden Lo, eine hübsche junge Chinesin, zog ihren rötlichbraunen Kittel und das Häubchen mit dem gelben Streifen aus. Die drei Fotos, die die Kriminalpolizei von Causton im Terminal verteilt hatte, lagen auf einem gesprenkelten Resopaltisch, die von Alan Hollingsworth und Brenda ein wenig von dem von Simone abgerückt.

»Das sind die Leute, die ich gesehen hab.« Sie zeigte auf die beiden Fotos.

»Sie waren hier im Café. Sie, nun ja, hat sich irgendwie versteckt. Zumindest hatte ich den Eindruck.«

»Wieso haben Sie sie denn dann gesehen, Miss Lo?«

»Ich bin rausgegangen, um abzuräumen, nachdem ich diesem Herrn seinen Kaffee gebracht hatte. Sie stand hinter der Tafel am Eingang. Sie ist mir aufgefallen, weil sie so«, sie zögerte, da sie im Gegensatz zu Bambi ein nettes Mädchen war, »anders aussah«.

»Das ist wahr.«

»Außerdem starrte sie hier rüber. Als ob sie jemanden im Auge behalten wollte.«

»Und der Mann, den Sie bedient haben. Was können Sie mir über den sagen?«

»Das war auch etwas merkwürdig. Er ist mit seinem Kaffee zu dem Tisch da hinten in der Mitte gegangen, dem runden, der…«

»Würden Sie ihn mir bitte zeigen?«

Sie verließen die Küche und stellten sich hinter die Kühltheke. Eden Lo zeigte auf den runden Tisch am Rand, über dem das große Foto von diesen lasziven, spärlich bekleideten Eisschlürfern hing. Sergeant spürte ein Zucken im Knie (nun ja, um ganz ehrlich zu sein, es war nicht das Knie) und legte sein Jackett über den anderen Arm, wo er seine Regung besser kaschieren konnte.

»Und dann«, fuhr die junge Chinesin fort, »hat er ihn noch nicht mal getrunken.«

»Sie meinen, er hat nur da gesessen und gewartet?«

»Nein. Er saß kaum mehr als eine Sekunde auf dem Hocker, dann stellte er die Tasse hin und ging weg.«

»In welche Richtung?«

»Zu der Treppe da. Als die Frau, die ihn beobachtete, merkte, daß er nicht mehr da war, ist sie hinter ihm hergelaufen. Die schien ziemlich durcheinander. Ich hab gehört, wie sie rief: ›Oh, was soll ich tun? Was soll ich nur tun?‹«

»War das das letzte, was sie von ihr gesehen haben?«

»Ja, von beiden.«

»Und was ist mit dem Kaffee passiert?« fragte Barnaby, während er ihnen voran in die kleine Küche zurückging.

Sergeant Troy hielt die Frage für äußerst frivol und zog die Augenbrauen hoch. Wenn er das gefragt hätte, wäre ihm hinterher eine Standpauke sicher gewesen: Man dürfe doch nicht die kostbare Zeit einer Zeugin mit so etwas verschwenden!

»Das ist völlig verrückt«, sagte Miss Lo. »Als ich noch mal hinsah, war da eine alte Frau und trank ihn. Ich dachte, so eine Frechheit!«

»Wie sah sie aus?« Barnaby beugte sich angespannt und konzentriert vor.

»Richtig dreckig. Eine alte Pennerin.«

»Hatten Sie sie vorher schon mal gesehen?«

»Nein. Die Flughafenpolizei geht ziemlich strikt gegen solche Leute vor. Normalerweise fordern sie sie auf zu verschwinden.«

»Ich meinte am selben Abend. Im Restaurant.«

»Eigentlich nicht. Irgendwie war sie plötzlich da. Ich fragte mich, ob sie vielleicht bei Garfunkels herumgelungert hatte. Oder beim Tap and Spile nebenan, um zu gucken, ob irgendwo noch was im Glas ist oder so. Das ist hier ja alles ziemlich offen angelegt. Da kann sie schon gesehen haben, daß einer seinen Kaffee stehenläßt, und ist rasch rübergeflitzt.«

»Was würden Sie sagen, wie groß sie war?«

»Oje, ich weiß wirklich nicht...«

»Muß nicht genau sein. Nur Ihr genereller Eindruck.«

»Für eine Frau war sie ziemlich groß, würd ich sagen. Ein ganzes Stück größer als ich.«

»Haben Sie mit ihr gesprochen?«

»Also, ich wollte gerade rübergehen, aber als sie mich kommen sah, hat sie ihr gammeliges Einkaufsnetz genommen und ist abgehauen.«

»Das könnte jetzt sehr wichtig sein, Miss Lo. Ist Ihnen aufgefallen, ob der Mann, der den Kaffee bestellt hat, irgendeine Tasche oder Mappe bei sich hatte?«

»An der Theke hatte er bestimmt nichts bei sich. Er hat nämlich das Tablett mit beiden Händen getragen.«

»Aber er hätte irgendwas an dem Tisch abstellen können, an den er sich setzen wollte?«

»Das hätte er, aber mir ist nichts aufgefallen. Tut mir leid.«

»Sie haben also dieses Einkaufsnetz zum erstenmal gesehen, als die alte Frau damit weglief?«

»Das stimmt.«

»Haben Sie zufällig gesehen, was drin war?« Barnaby stellte diese Frage ohne große Hoffnung. Der ganze Zwischenfall schien sich innerhalb von Sekunden abgespielt zu haben.

»Äh, eigentlich nur Zeitungspapier. In Zeitungspapier eingewickelte Päckchen.«

»Kleine Päckchen?«

»Tut mir leid.« Sie breitete die Arme aus, drehte die Handflächen nach oben und zuckte die Achseln.

»Haben Sie dann die Kaffeetasse abgeräumt?«

»Ja.«

»Und bezüglich des Datums sind Sie sich sicher?«

»Ziemlich sicher. Meine Freundin am Air-Indonesia-Schalter versucht seit ewigen Zeiten, mir einen billigen Flug nach Hongkong zu besorgen, und am Montag hat sie ihn endlich gekriegt.«

»Können Sie irgendwelche Zeitangaben machen?« fragte der Chief Inspector.

»Nicht so richtig. Ich hab um acht angefangen und war vielleicht seit einer Stunde hier. Vielleicht auch länger.«

Brenda hatte ihre Eltern um neun angerufen. Barnaby versuchte das in die neu erworbenen Kenntnisse einzubauen, die immer noch zu dürftig waren, um ein vollständiges Bild zu ergeben.

Es war nicht einfach. Wenn sie Hollingsworth tatsächlich verfolgt hatte, hätte sie kaum riskiert, ihn zu verlieren, indem sie sich Zeit für einen Anruf nahm. Also mußte der gemacht worden sein, nachdem Brenda, die zu dieser Zeit »ziemlich durcheinander« war, suchend oben an der Treppe gestanden hatte. Hatte sie Hollingsworth in dem Gewimmel von Menschen entdeckt? Ihn eingeholt? Sich mit ihm zum Essen verabredet? Das schien wenig wahrscheinlich, aber wer war dann der Freund oder die Freundin, von dem sie geredet hatte?

»Hatte noch jemand mit Ihnen Dienst, Miss Lo?«

»Ja, aber nicht vorne an der Theke, als es passierte, sondern hier in der Küche.«

»Na schön. Ich möchte Sie jetzt bitten, mit uns zur Polizeidienststelle Heathrow zu kommen, und Ihre Aussage zu unterschreiben. Vielleicht wird man Sie auch bitten, bei der Erstellung eines Phantombilds von dieser älteren Frau mitzuhelfen.«

»Aber ich hab sie doch nur einen Augenblick gesehen.«

»Das macht nichts. Machen Sie's einfach so gut, wie Sie können.«

Sie nahm eine Jacke aus weißer Spitze, und dann verließen sie gemeinsam das Flughafengebäude über die Treppe, die erst Alan und dann Brenda hinuntergegangen waren.

Barnaby sollte allerdings nie von dem dunkelhäutigen Jungen in dem verschwitzten T-Shirt erfahren. Dem Jungen, der die Kriegsspielautomaten traktiert, nach Kleingeld gefragt und sich über Brendas Verzweiflung lustig gemacht hatte. Der hätte ihnen nämlich am meisten weiterhelfen können. Aber er war zu diesem Zeitpunkt längst in Ägypten.

9

Am nächsten Morgen kamen nur noch vereinzelt Meldungen herein, daß Simone Hollingsworth irgendwo gesehen worden wäre. Das Interesse an ihr hatte offenkundig bereits nachgelassen. Und Brendas Tod hatte trotz der öffentlichen Hinweise auf eine mögliche Verbindung zum Fall Hollingsworth die Phantasie der Leute nicht so sehr angeregt. Deshalb ging es in der Einsatzzentrale viel weniger hektisch zu, was aber nicht allen gelegen kam. Sergeant Troy zum Beispiel blühte erst richtig auf, wenn das Adrenalin floß.

Die Informationen, die immer noch hereinkamen, waren zwar ganz hilfreich, aber alles andere als aufregend. Sie dienten eher dazu, nutzloses Zeug aus dem Weg zu räumen, anstatt Licht in dunkle Ecken zu werfen.

Der Mann mit dem weißen Lieferwagen rief an und erklärte mit starkem Cockney-Akzent, daß er nie etwas mit der »vermißten Mrs. H.« zu tun gehabt hätte. Sie sei ganz bestimmt nicht die Blondine gewesen, die man am Tag von Simones Verschwinden vor dem Kaufhaus Bobby's in sein Fahrzeug hatte einsteigen sehen.

Er rief anonym unter 999 an. Offenbar wußte er nicht, daß die Nummer des Anrufers automatisch bei British Telecom auf einem Display erscheint, und war dann wütend, als darauf jemand von der Polizei bei ihm zu Hause anrief. Allerdings nicht so wütend wie seine Frau, die geglaubt hatte, er hätte an dem fraglichen Freitag in Naphill gearbeitet.

Die Nachforschungen über den möglichen Erwerb eines

auffälligen Blazers und einer kastanienbraunen Perücke am selben Tag in Causton ergaben ebenfalls nichts. Der Sache am nächsten kamen die Ermittler mit einem erdbeerfarbenen Blazer Größe 46 mit Straßknöpfen und mit Pailletten besetzten Revers, der im Laden der British Heart Foundation verkauft worden war. Schon beim Anblick dieses Teils hätte man einen Herzinfarkt bekommen können.

Im Laufe des Vormittags erhielt Barnaby einen Anruf aus dem Büro des Coroner. Man teilte ihm mit, daß der Totenschein für Alan Hollingsworth ausgestellt und seine sterblichen Überreste zur Beerdigung freigegeben seien. In Abwesenheit der Frau des Verstorbenen habe man dessen Bruder verständigt.

Es gab auch Nachrichten über Simone Hollingsworths ersten Mann, obwohl man ihn selber noch nicht aufgespürt hatte. Auch wenn er vielleicht kein so »mieser Typ« war, wie Hollingsworth ihn Patterson gegenüber beschrieben hatte, so schien sich Jimmy Atherton, geboren und mehr schlecht als recht aufgezogen in Cubitt Town, doch am liebsten unter den Bodensatz der Gesellschaft zu mischen. Laufbursche für zwielichtige Auftraggeber und Überbringer dubioser Päckchen; fliegender Händler im West End; Buchmachergehilfe; Faktotum und Türsteher eines Kasinos in der Nähe vom Golden Square; war als Straßenhändler mit einem verdächtigen Lkw unterwegs und stellte häufig ungedeckte Schecks aus.

In seinen Kreisen munkelte man, daß Jimmys Frau verrückt nach ihm gewesen war und er auch verrückt nach ihr, und beide waren verrückt nach Geld, aber er noch schlimmer. Als sich dann irgendwann ein neues Projekt auftat, das viel Gewinn und langfristiges Wachstum versprach, hatte er nicht lange gezögert. Sie hatte wahre Sturzbäche geheult, aber er war trotzdem abgehauen.

Angesichts seiner Biographie war es unglaublich, daß es

dem Gauner gelungen war, das australische Konsulat davon zu überzeugen, daß er eine Bereicherung für ihr Land wäre. Und so hatte sich Atherton vor gerade mal sechs Monaten, per Quantas, auf den berühmten Sträflingsweg zu den Antipoden gemacht. Wäre das nicht so gewesen, hätte der Chief Inspector sofort eine Suche nach ihm in Gang gesetzt, denn Jimmy schien genau der Typ zu sein, der fähig war, bei einem Komplott mitzumachen, um einen Haufen Kohle aus der Exfrau rauszuholen.

Während er diesen Gedanken nachhing, fiel Barnaby plötzlich ein, was er in der Praxis von Dr. Jennings erfahren hatte. Es handelte sich um die Beschreibung der blauen Flecke an Simone Hollingsworths Armen und ihres jämmerlichen Zustands. Er nahm seine Notizen und suchte das Datum heraus, wann sie das erste Mal in der Praxis gewesen war. Am neunten März. Dann zog er eine Tastatur zu sich heran und ließ die Aussage von Sarah Lawson über den Bildschirm rollen, bis er zu folgender Stelle kam: »Simone hat noch am selben Abend angerufen und gesagt, sie würde nicht mehr mitkommen. Ich glaube, sie hatte geweint. Auf jeden Fall klang sie sehr bedrückt. Ich hatte den Eindruck, daß Alan direkt hinter ihr stand.« Das war ebenfalls Anfang März gewesen. Beide Zwischenfälle hatten also kaum mehr als eine Woche, bevor Simone die Kette bekommen hatte, stattgefunden.

Das Muster war keineswegs ungewöhnlich. Ein tyrannischer Partner versucht mit Gewalt seinen Willen durchzusetzen. Sobald ihm das gelungen ist, um welchen Preis auch immer für den anderen Partner, strahlt der Sieger und ist überaus zärtlich und großzügig. Es wird liebevoll versichert, daß so etwas nie wieder vorkommen wird. Häufig werden Geschenke gemacht – in diesem Fall eines, das doch wohl in keinem Verhältnis zu dem winzigen Sieg stand, der errungen wurde.

Diese Überlegungen führten Barnaby zum Verschwinden und möglichen Diebstahl des Schmuckstücks. Die Abbildung aus *Harpers* wurde von der Polizei sowohl in ehrbaren als auch äußerst suspekten Kreisen verteilt – doch bisher ohne Ergebnis. Und wenn die Kette gestohlen worden wäre, hätte Hollingsworth das sicher gemeldet, schon allein wegen der Versicherung.

Der Chief Inspector war der Meinung, daß Simone die Kette mitgenommen hatte. Zweifellos hatte sie das Gefühl, sie hätte sie verdient, und das Stück hätte ja auch problemlos in ihre Handtasche, ja sogar in ihre Jackentasche gepaßt. Diese Idee paßte auch gut zu der Theorie, daß sie geglaubt hatte, sie wäre auf dem Weg zu einem neuen Leben mit einem neuen Partner, wenn auch ohne viel Gepäck. Dann blieb jedoch die Frage, warum dieser Mann mit Klunkern im Wert von zweihunderttausend Kröten in der Hand (und vielleicht auch noch dem Ring) trotzdem diese möglicherweise riskante Entführungs- und Lösegeldgeschichte durchgezogen hatte. Es sei denn, wie das so häufig geschah, die ursprüngliche Forderung sollte die erste von vielen sein.

An diesem Punkt in seinen Überlegungen wurde Barnaby ein neuer Bericht aus Heathrow auf den Schreibtisch gelegt. Von den beiden Kraftfahrzeugkennzeichen, die der Inspector Fennimore genannt hatte, war eins ein Treffer gewesen. Alan Hollingsworths Audi-Cabriolet war eindeutig auf den Parkplatz für Kurzparker gefahren. Ein Parkschein in Brenda Brockleys Mini zeigte an, daß sie nur wenige Minuten nach ihm gekommen war. Die zweite Nummer, die zu dem Auto von Gray Patterson gehörte, war nicht verzeichnet.

Außerdem kam ein Fax mit dem Phantombild von der Obdachlosen, das mit Eden Los' Hilfe erstellt worden war. Da dieses Bild erst seit ein oder zwei Stunden auf dem Flughafen herumgezeigt wurde, war es unrealistisch, bereits ein

Feedback zu erwarten. Barnaby zog es zu sich heran und schaltete seine Architektenleuchte an, um es genauer zu betrachten.

Es war kein schöner Anblick. Der Chief Inspector mußte an das letzte Kästchen in der Werbung »Haben Sie alles für Ihre Rente getan« denken. Im ersten ist ein fröhliches Lächeln, im zweiten ein paar angedeutete Stirnfalten, diese Sorgenfalten werden dann ausgeprägter, wenn unser leichtsinniger Held in die Jahre kommt, und schließlich endet das Ganze mit etwas, das einem Mann mit einem dicht gesponnenen Spinnennetz im Gesicht ähnelt.

Hier handelte es sich natürlich um eine Frau. Sie war gerunzelt und zerfurcht wie eine Walnuß und hatte ein buntes Kopftuch locker unter dem Kinn geknotet. Daneben war aufgelistet, was sie anhatte. Ein fleckiger, dunkler Rock, eine schäbige Strickjacke mit irgendeinem Emblem, das nach Meinung von Miss Lo Fair Isle hätte sein können. Ein uralter Pullover, an dessen Farbe sie sich nicht erinnern konnte. Schmutzige Turnschuhe.

Nicht schlecht dafür, daß sie die Frau nur wenige Sekunden gesehen hatte. Barnaby, der gebührend dankbar war, hoffte inständig, daß irgendwer irgendwo diese Frau erkennen würde und die Polizei sie dann aufgreifen könnte. Er lehnte sich zurück, schloß die Augen und stellte sich die Szene im Häagen-Dazs-Café vor.

Hollingsworth kommt herein, holt sich einen Kaffee, trägt ihn zum Tisch und geht wieder weg. Fast im gleichen Augenblick kommt die Frau, geht zum Tisch und trinkt ihn. Als Miss Lo sich nähert, eilt sie mit einem Einkaufsnetz voller in Zeitungspapier eingewickelter Päckchen davon. Es war nicht bekannt, ob sie dieses Netz von Anfang an bei sich gehabt hatte.

Barnaby konnte sich drei Erklärungen für diese kurze Szene vorstellen. Erstens, sie war tatsächlich eine Obdachlose und hatte einfach ein scharfes Auge für ein übriggebliebenes Häppchen oder Schlückchen; zweitens, sie war eine Obdachlose, die dafür bezahlt worden war, in das Café zu gehen, die Tasche zu nehmen und sie irgendwo anders abzuliefern; drittens, sie war direkt an der Entführung von Simone Hollingsworth samt Lösegeldforderung beteiligt.

Barnaby hielt diese letzte Möglichkeit für unwahrscheinlich und tendierte zur zweiten. Was zu der interessanten Frage führte, weshalb eine solche Botin gebraucht worden war. Der offensichtlichste Grund – daß sie jemanden vertrat, der nicht erkannt werden wollte – war nicht die einzige Erklärung. Vermutlich brauchte diese Person auch ein Alibi, um zu beweisen, daß sie auf keinen Fall an dem Ort gewesen war, an dem das Lösegeld übergeben wurde.

Je mehr Barnaby darüber nachdachte, um so mehr schien es ihm, als ob diese alte Pennerin der Schlüssel zu dem ganzen Geschehen sein könnte. Wenn sie sie fanden, könnten sie sicherlich eine Beschreibung von dem Mann kriegen, den sie suchten.

Drücken wir mal die Daumen.

Er nahm den nächsten Umschlag und zog Perrots Bericht über die Stellung des Halogenlampen-Schalters in der Garage begleitet von zwei Fotos heraus. Barnaby wußte nicht, ob er lachen oder den ganzen Kram in die Luft schmeißen sollte – den übergenauen Constable am besten gleich mit. Er hatte doch nichts weiter gewollt als eine simple Mitteilung: »an« oder »aus«.

Die Fotos zeigten den Hauptschalter samt Umgebung aus zwei verschiedenen Blickwinkeln. Ästhetisch nahmen sie sich beide nicht viel. Ein Rasenmäher mit einer Ansammlung von Gartengeräten sah für Barnaby so ziemlich aus wie der andere. Aber der interessante Punkt, der Aha-Faktor, wenn man so wollte, war, daß die Halogenlampe, die laut Reg Brockley immer anging, wenn Hollingsworth sich der Garage näherte, ausgeschaltet war.

Barnaby, den dieser winzige Informationsfetzen mehr erhitzte als die Sommersonne, die jetzt durch die hellen Plastikstreifen der Jalousien in die Einsatzzentrale strahlte, saß ganz still an seinem Platz. Denn wenn Hollingsworth den Schalter nicht umgelegt hatte, hatte es jemand anders getan. Jemand, der Nightingales unbeobachtet verlassen mußte. Was bedeutete, daß tatsächlich eine weitere Person im Haus gewesen war, obwohl die Brockleys darauf bestanden, daß niemand herein- oder herausgegangen war.

Barnaby hielt nach Troy Ausschau und entdeckte ihn, halb verborgen zwischen diversen geschäftigen Menschen, am anderen Ende des Raumes. Der DCI erhob sich, um die Aufmerksamkeit seines Assistenten auf sich zu lenken.

Troy, der den Blick seines Chefs noch nicht bemerkt hatte, wollte sich gerade die Zeit auf die denkbar beste Weise vertreiben, indem er sich an den Liebling aller Männer im Revier heranmachte, an Sergeant Audrey Brierley.

»Verflucht«, begann er und hockte sich auf die Kante ihres Schreibtischs. »Jetzt hat's mich erwischt.«

Audrey runzelte irritiert ihre hübsche Stirn und schob einen »I ❤ New York«-Becher aus seiner Reichweite.

»Manchmal«, fuhr Sergeant Troy fort und starrte lüstern auf ihr Profil, »frage ich mich, ob dir eigentlich so richtig klar ist, was für ein einsamer Mensch ich bin.«

»Wessen Schuld ist das denn?«

»Wie bitte?«

»Wenn du nicht so...«

»So was?« Troy war jetzt richtig neugierig. Er sah keinen logischen Grund, weshalb er ständig von ihr abgewiesen wurde. Denn auch wenn er sich eingestand, ein paar Schwächen zu haben, gehörte Unvollkommenheit mit Sicherheit nicht dazu.

Audrey, die sich ärgerte, daß sie sich auf ein persönliches Gespräch mit ihm eingelassen hatte, beschloß nun, daß sie es genausogut fortsetzen könnte. »Ich meine einfach, du wärst glücklicher, wenn du nicht so gehässig wärst.«

Troy blinzelte erstaunt. Darauf wäre er nie gekommen. Wenn überhaupt, war doch wohl eher das Gegenteil der Fall. Wenn man nicht ab und zu kräftig zutrat, tanzten einem die anderen doch auf dem Kopf herum. Eine giftige Bemerkung wies die Leute in ihre Schranken, bevor sie einen selber fertigmachen konnten.

Eine Erinnerung blitzte auf. Ein kleiner Junge in Begleitung seines Vaters, der ausnahmsweise mal nüchtern war, kletterte im Park auf eine Schaukel. Ein etwas größerer Junge kam daher und zog an der Kette. Nicht heftig, vermutlich wollte er nur spielen. Als man ihm sagte, daß er sich das nicht gefallen lassen und den Eindringling wegstoßen sollte, fing der kleinere Junge an zu weinen. Da hatte der Mann die Faust seines Sohnes gepackt und dem anderen Jungen damit gegen das Kinn geschlagen. Der Junge fiel hin und tat sich weh. Troy wurde plötzlich klar, daß dies vermutlich das erste Mal war, daß er auf der Stelle Vergeltung bekommen hatte.

»Wo war ich stehengeblieben, Aud?«

»Einsam, Gav.«

»Ach ja. Und zwar deshalb«, seine Stimme war von Kummer durchtränkt und seine Pupillen verdunkelten sich, »weil meine Frau mich nicht versteht.«

»Oh, ich möchte wetten, das tut sie sehr gut, Süßer. Ich möchte wetten, sie versteht dich bis zum Erbrechen.«

»Manchmal hab ich das Gefühl, daß ich ...«

»Was würden Männer nur reden, wenn das Wörtchen ›ich‹ abgeschafft würde?«

»Was?«

»Du wärst absolut sprachlos.«

»O Gott, Skipper.« Er rutschte von ihrem Schreibtisch. »Es ist ja richtig anstrengend, nett zu dir zu sein.«

»Dann laß es doch.«

»Tausende wären froh darüber.«

»Tausende gucken auch Jeremy Beadle im Fernsehen.«

Troy zögerte, weil er nicht wußte, wie er reagieren sollte. Sollte das ein Witz sein? Oder ein außergewöhnlich großzügiges Kompliment?

»Oder laß dir von einem Erwachsenen dabei helfen«, sagte Audrey wohlmeinend. Sie hatte sich schon halb in ihrem Drehstuhl von ihm weggedreht. »Was ist das für ein Gebrüll?«

Troy, der das Gepoltere registriert hatte, ohne sich Gedanken über seine Herkunft zu machen, war plötzlich ganz Ohr. Dienstbeflissen rannte er zum Schreibtisch des Alten.

»Ja, Sir.«

»Haben Sie sonst nichts zu tun?«

»Ich bemühe mich um eine gute Beziehung zu den Kollegen, Chef. Ich meine, darum geht es doch, oder etwa nicht? Auf der Straße, im freien Gelände...«

»Haben Sie mal ein bißchen Grips für mich übrig, Sergeant?«

»Klaro.«

»Ich brauche etwas sehr Nasses und sehr Kaltes aus dem Automat.« Barnaby kramte klimpernd in seiner Hosentasche nach einer Ein-Pfund-Münze und gab Sie ihm. »Bitte sehr.«

»Tango?«

»Nein danke. Sie sind nicht mein Typ.«

Es geschah nicht oft, daß Troy die Gelegenheit bekam, sich bewußt das Lachen über einen Witz vom Chef verkneifen zu können – zum einen machte der DCI selten Witze und wenn, dann waren sie meistens ziemlich gut. Jetzt verzog Troy mit Genugtuung keine Miene.

»Bringen Sie zwei«, rief Barnaby hinter seinem Assistenten her. »Ich hab was zu feiern.«

»Was denn?« fragte Sergeant Troy, als er zurückkam. Barnaby machte mit den zwei Dosen Zitronen-Fanta Ringe auf den Schreibtisch. »Eine höchst...«

»Das macht übrigens noch zwanzig Pence.«

»Oh.« Barnaby redete weiter, während er nach einer weiteren Münze kramte. »Nachdem Hollingsworth in der Nacht, in der er starb, nach Hause gekommen war, hat irgendwer die Halogenlampe ausgeschaltet.«

»Sieh an.« Der Sergeant wartete, was es denn nun zu feiern gab. Der Chef wirkte so zufrieden, daß Troy schon dachte, der Mörder müsse aufgetaucht sein, während er selbst mal gerade nicht aufgepaßt hatte. Vielleicht hatte er sich mit einem Zweig Pertersilie im Maul und einem Stück Apfel im Hintern am Empfang präsentiert.

»Was bedeutet, daß der Mann nicht allein war.«

»Nicht unbedingt.«

»Was?« Barnaby riß mit verärgertem Gesicht die erste Dose auf.

»Das könnte doch Alan selbst getan haben.«

»Warum sollte er...?«

»Aus Gewohnheit. Hat er vermutlich jeden Abend gemacht, so wie man die Katze rausläßt und die Uhr aufzieht.«

»Aber diese Dinger sind doch speziell für die Dunkelheit gedacht.«

»Dann wußte er, daß jemand hinter ihm her war, und wollte sich verstecken.«

»Hätte er in dem Fall denn nicht den Lichtsensor aktiviert? Um zu sehen, ob sich jemand dem Haus nähert?«

»Nicht unbed...«

»Verdammt noch mal!« Barnaby knallte seine Limonade auf den Schreibtisch. Eine sprudelnde Fontäne schoß in die Luft. »Auf wessen Seite stehen Sie eigentlich?«

Mit verkniffenem Mund zog Troy ein blitzsauberes Taschentuch hervor und tupfte an den Limonadenspritzern herum, die er an der Manschette abbekommen hatte. Das war ja mal wieder typisch für diesen Job. Ständig erzählen die einem, man soll Initiative zeigen. Dann zeigt man Initiative, und die kippen einem Limonade über die Klamotten. Aber so war das nun mal auf dieser Welt. Kein Grund sich zu beklagen.

»Tut mir leid, Gavin.«

»Sir.« Diese alten Leute heutzutage, dachte Sergeant Troy, während er sein blütenweißes Baumwolltaschentuch wieder faltete und es sich zurück in den Ärmel steckte. Denen war doch alles egal. »Möchten Sie auch was zu essen, Chef? Ein Sandwich, oder ein paar Chips?«

»Nein, danke. Ich mach heute früh – ja, was gibt's?«

»Die Information, die Sie vom Curzon-Kino haben wollten, Chief Inspector?« sagte eine der zivilen Telefonistinnen. »Programmzeiten?«

Barnaby verabscheute ganz normale Aussagen, die wie Fragen ausgesprochen wurden, fast so sehr wie er Jargon verabscheute. Grunzend nahm er die Daten ohne ein einziges Wort des Danks entgegen.

Und dann tat es ihm leid, denn die Frau hatte ihm eins der bisher interessantesten Details geliefert. Ein nettes kleines Stück Seil, könnte man sagen, um jemanden daran aufzuhängen. Oder zumindest mal kräftig am Hals zu zerren.

»Sehn Sie sich das an.« Er reichte den Ausdruck hinüber.

Troy las die Seite und stieß ein langes, langsames Zischen aus. »Das neue Programm beginnt immer montags... am 10. Juni haben wir *Olivier, Olivier*. Wer immer das ist. Farinelli. Letzte Vorstellung Samstag nacht. Was soll man dazu sagen?«

»Sie ist nicht sehr gut im Lügen unsere Sarah, was?«

»Schwebt sicher immer in höheren Regionen mit der ganzen Kunst und so.«

»Eine Lüge bleibt eine Lüge. Gehn Sie sie abholen.«

»Okay«, sagte Sergeant Troy, der sich schon auf das Allerschlimmste gefaßt machte und zum ersten und einzigen Mal in seinem Leben wünschte, er hätte einen gußeisernen Keuschheitsgürtel zur Verfügung.

»Bringen Sie sie in das Vernehmungszimmer im Erdgeschoß.« Barnaby reichte ihm das Phantombild. »Und pinnen Sie das ans Brett, bevor Sie gehen.«

»Igitt!« Troy betrachtete angewidert und fassungslos die Zeichnung. »Die Oma aus der schwarzen Lagune.«

Barnaby trank die erste Dose leer. Troy nahm sie vom Schreibtisch und tat sie sorgsam in den Papierkorb. Die feuchten Ringe versuchte er zu ignorieren. Ganz bestimmt würde er sie nicht mit seinem Taschentuch wegwischen. Er nahm sich vor, eine Küchenrolle mitzubringen und in den Schrank zu stellen. War schon ein kleines Ferkel, der alte Tom.

»Was ich an dieser ganzen Häagen-Dazs-Szene immer noch nicht verstehe«, Troy fischte sich einige Reißzwecken aus einer Toffee-Dose, »ist die Sache mit dem Kaffee.«

»Ach ja?«

»Also, Hollingsworth hat ihn sich an der Theke geholt. Das Mädchen sagt, er hätte beide Hände für das Tablett gebraucht, was bedeutet, daß er das, was er bei sich hatte, nämlich den Zaster, irgendwo im Café hingelegt haben muß. Ziemlich merkwürdig. Man würde doch in einem Flughafen seine Wertsachen nicht eine Sekunde aus den Augen lassen. Da sind doch überall Diebe.«

»Vermutlich war das die Übergabe.«

»Aber die alte Hexe ist erst aufgetaucht, nachdem er den Kaffee zum Tisch gebracht hatte. Nicht solange er noch an der Theke stand.«

»Da ist sie das erste Mal gesehen worden. Das heißt nicht unbedingt, daß sie nicht schon vorher da war.«

»Und warum kauft er das Zeug und trinkt es dann nicht?« Das war es, was Troy im Grunde am meisten wurmte. Geldverschwendung fand er nämlich ganz furchtbar. »Das war doch nicht die Art Lokal, wo einem die Leute auf die Pelle rücken, wenn man nicht sofort was bestellt.«

»Jetzt, wo Hollingsworth nicht mehr ist, werden wir das wohl nie erfahren.«

»Ich hasse Rätsel.« Sergeant Troy fand nichts Widersinniges dabei, daß ein Detective eine solche Bemerkung machte. Da er am liebsten eine Gesellschaft gehabt hätte, die passiv, geordnet und statisch war, betrachtete er Polizeiarbeit letztlich nur als ein endloses und immer dringlicher werdendes Reinemachen. Es ging darum, den Abschaum des Landes von der Straße in den Gerichtssaal zu fegen und schließlich in die Strafanstalten Ihrer Majestät.

Nicht daß das immer so funktionierte. Meistens hatte man gerade den Zeugenstand verlassen, nachdem man ausgesagt hatte, und schon war der Abschaum wieder auf der Straße, zeigte dir einen Vogel und lachte oder spuckte dir ins Gesicht.

»Was meinen Sie?«

Sergeant Troy war nicht bewußt gewesen, daß er vor sich hin gemurmelt hatte.

»Es geht darum, die Ordnung wiederherzustellen. Das richtige Gleichgewicht. Das ist doch unser Job, oder etwa nicht?«

»Symmetrie ist Sache der Götter, Gavin. Wir dürfen nicht anmaßend sein.« Barnaby stand auf und nahm sein Jackett von der Rückenlehne. »Das mögen die nämlich nicht.«

Sergeant Troy parkte seinen geliebten Cosworth vor dem Bay Tree Cottage. Er stieg aus und stand dann in der drückenden Sonnenglut ratlos an der Stelle, wo eigentlich ein Tor hätte sein sollen. Kurz hob er sein Gesicht zur Sonne und genoß die Wärme.

Der Citroën stand nicht da. Troy ging zum Fenster, stützte sich auf den Fenstersims, der von der glühenden Hitze noch stärker ausgebleicht war, und schaute hinein. Das Wohnzimmer schien leer.

Dann spazierte er zum Garten hinter dem Haus und betrachtete das Gewirr von Stauden und Kletterpflanzen, das ihm auf Anhieb mißfiel, weil keinerlei Ordnung herrschte. Es gab einen altmodischen Brunnen mit einem kleinen, reich verzierten Bogen aus Gußeisen, um den sich Kapuzinerkresse rankte. Als Troy den alten Holzdeckel hochhob und in den Schacht stierte, stellte er fest, daß dieser mit feuchtem Moos bewachsen und offenbar ziemlich tief war. Es roch angenehm und sauber, ein ziemlich sicheres Zeichen dafür, daß dort unten niemand lag.

Entäuscht, daß er nicht zur Wache zurückkehren und verkünden konnte, daß er und er ganz allein die Leiche von Simone Hollingsworth gefunden hätte, legte Troy den Deckel wieder auf den Brunnen. Im Hinterhof – man konnte das wirklich nicht als Patio bezeichnen – stand ein übel ramponierter Tisch mit jeder Menge Plunder – Kieselsteine, Treibhölzer und Muscheln. Außerdem gab es Tontöpfe in allen Formen und Größen mit Ablegern verschiedenster Pflanzen, Schalen voller Sämlinge mit spindeldürren Stielen und einige Tomatenpflanzen. Obwohl ein Schlauch dalag, der sogar an einen Wasserhahn angeschlossen war, sah alles so aus, als könnte es einen Schuß Wasser vertragen.

Nachdem Troy den Tisch ausgiebig betrachtet hatte, warf er einen Blick in die Küche. Im Spülbecken stand schmutziges Geschirr. Normalerweise würde er das als sicheres Zeichen betrachten, daß der Besitzer bald zurück sein würde. Doch bei einer Schlampe wie Sarah Lawson war das schwer zu sagen. Er würde ihr durchaus zutrauen, daß sie auf Weltreise gehen würde, ohne vorher den Müll rauszustellen.

Er ging wieder zur Eingangstür, hob die Klappe des Briefschlitzes und linste hindurch, um festzustellen, ob vielleicht Post auf dem Teppich im Flur lag. Das würde ihm zumindest einen Hinweis geben, wie lange sie schon fort war – aber er hatte kein Glück.

Schließlich schlenderte der Sergeant zum Bürgersteig zurück und fragte sich, was er als nächstes tun sollte. Er hatte keine Lust, mit völlig leeren Händen zur Wache zurückzukehren. Auch wenn er Miss Lawson nicht persönlich verführen konnte. Wollte er zumindest herauskriegen, wo sie sich aufhalten könnte. Wo sollte er am besten damit anfangen?

Direkt gegenüber war Ostlers, der ideale Ort, um zu beobachten, wer im Bay Tree Cottage ein und aus ging. Sekunden später war Troy bereits im Laden. Eine Frau mit rotem Gesicht und hüpfenden Würstchenlocken, die ein geblümtes Trägerkleid trug und Perlenstecker in den Ohren hatte, saß an der Kasse. Troy erkannte sie nicht. Aber Boast erinnerte sich sehr gut an ihn.

»Oh, Sie sind das.«
»Wie bitte?«
»Wie können Sie es wagen, sich hier blicken...«
»Ich?«
»Der Vorfall mit dem Rohmilch-Frischkäse?«
»Ach... ja.« Troy lächelte.

Mrs. Boast kam mit ihrem vor Zorn geröteten Gesicht so dicht an seins heran, daß sich ihre Nasen fast berührten, und knurrte ihn an. Das war ganz und gar nicht angenehm. Sie roch nach Kerzen und Lavendelpolitur. »Das ist der

Höhepunkt meines Vortrags. Ohne meinen Frischkäse kann ich nicht zum Höhepunkt kommen.«

Sergeant Troy versuchte es mit einem kleinen Scherz. »Was einen halt so anturnt.«

»Und dann komme ich zum Höhepunkt, das Publikum ist Wachs in meinen Händen, ich hebe meinen Igel, und was muß ich da sehen?«

Troy hatte allmählich genug von diesem Blödsinn. Er zuckte seinen Dienstausweis und sagte: »Die Kriminalpolizei Causton braucht Ihre Hilfe in einer etwas heiklen Angelegenheit, Mrs. Boast. Ich hoffe, wir können uns auf Ihre Diskretion verlassen.«

»Das kommt darauf an«, sagte Mrs. Boast, während sie mit äußerstem Mißtrauen auf sein Foto starrte.

»Worauf?«

»Weder Männe noch ich wären bereit, etwas Illegales zu tun.«

Es kam selten vor, daß Sergeant Troy die Worte fehlten. Schließlich sagte er: »Das steht doch völlig außer Frage. Es geht um eine simple Observierung.«

»Ich verstehe.« Mrs. Boasts Augen wurden ganz schmal. Ohne einen Muskel zu bewegen, schaffte sie es, Haltung anzunehmen. Nämlich die Haltung einer Frau, von der ihr Land jederzeit große Dinge verlangen kann und die sich ganz bestimmt bewähren wird. Dann straffte sie ihre Schultern und sagte: »Nachricht verstanden. Over.«

»Wir hatten eigentlich gehofft, Sarah Lawson befragen zu können…«

»Worüber?«

»In solchen Dingen sind wir diskret.«

»Ich dachte, Sie hätten gemeint…«

»Miss Lawson ist im Augenblick nicht da. Haben Sie zufällig bemerkt, wann sie weggegangen ist?«

»Ihr Auto steht schon seit ein oder zwei Tagen nicht da.

Das heißt, sie ist nicht lange, nachdem Sie und dieser andere Polizist mit den guten Manieren bei ihr waren, weggefahren.«

»Und seitdem nicht zurückgekommen?«

»Nein.«

Scheiße. Der Boss würde begeistert sein. »Haben Sie gesehen, ob jemand sie besuchen wollte?«

»Ist mir nicht aufgefallen.«

»Ich verstehe. Nun ja, da Sie einen so idealen Standort haben, wären wir sehr dankbar, wenn Sie oder Ihr Mann uns anrufen würden, sobald sie zurückkommt.« Er legte eine der Karten mit Barnabys direkter Durchwahl auf die Theke.

Mrs. Boast war ganz offenkundig enttäuscht. »Ist das alles?«

»Es mag nach wenig aussehen, aber es könnte für uns von großer Hilfe sein.«

»Wie in *Crimewatch*?«

»Genau.«

»Und soll ich mich mal umhören, ob vielleicht irgendwer eine Idee hat, wo sie sein könnte oder so? Dieser Laden ist der Umschlagplatz für den Dorfklatsch.«

Das konnte Troy sich gut vorstellen. Er zögerte. Der DCI wollte vielleicht noch nicht, daß sich ihr Interesse an Sarah Lawson herumsprach. »Halten Sie auf jeden Fall die Ohren offen, Mrs. Boast, aber ich kann nicht genug betonen, daß Sie dieses Gespräch unbedingt für sich behalten müssen.«

»Keine Sorge.«

»Und Ihr Mann natürlich auch.«

»Wegen Nigel brauchen Sie sich überhaupt keine Gedanken zu machen«, erwiderte Mrs. Boast mit spitzem Ton. »Er hat nämlich in unserem letzten Tudor-Historienspiel Sir Francis Walsingham, den Spionagechef von Elisabeth I., gespielt. Also brauchen Sie ihm nicht viel über Observierung zu erzählen.«

Troy gelang es schließlich zu entkommen, aber erst nachdem er eine Packung Rothmans gekauft hatte, die sieben Pence teurer war als bei seinem Zeitschriftenhändler.

Während dieses Gespräch stattfand, saß Elfrida Molfrey zurückgelehnt in ihrem schönen Garten in einem hölzernen Liegestuhl. Der Stuhl war wie seine Besitzerin ein historisches Stück. Er war nämlich 1933 auf der Jungfernfahrt der *Cherbourg Orion* nach New York ausschließlich zu ihrem persönlichen Gebrauch auf dem oberen Deck reserviert gewesen. Nachdem das Schiff angelegt hatte, war es dem Kapitän, an dessen Tafel sie Abend für Abend – wie es sich für einen großen Star gehört – geglitzert und geglänzt hatte, eine Freude gewesen, ihr diesen Liegestuhl zum Geschenk zu machen. Er war dann in eine Kiste verpackt und an die Music Box geschickt worden, wo sie kurz darauf triumphale Erfolge in einer Wiederaufnahme von *O Lady, Lady* feiern sollte.

Eine Zeitlang ließ Elfrida ihre Gedanken schweifen. Sie erinnerte sich an die Berge von Blumen – rote Rosen, Lilien und Malmaison-Nelken –, die ihre Gardarobe bis zur Decke gefüllt und die langen Steinflure davor gesäumt hatten. Sie dachte an die Dinner bei Sardis und wie jeder im Restaurant aufstand und sein Glas hob, wenn sie hereinkam. Wie sie in ihrer weißen Satinrobe von Worth bei DeLanceys auf der Madison Avenue getanzt hatte. Und sie dachte an die Kette aus rötlich goldenen Okinawa-Perlen, die Jed Harris, der geizigste Mann auf dem ganzen Broadway, um den Hals eines hübschen kleinen Pinseläffchens geschlungen und zu ihrer Suite im Astor Hotel geschickt hatte.

Elfrida seufzte nur ganz kurz, denn im Gegensatz zu vielen Leuten mit einer glanzvollen Vergangenheit war sie sehr glücklich mit ihrer eher unspektakulären Gegenwart. Sie setzte sich mühsam auf und hielt nach Cubby Ausschau. Als sie ihn nicht sofort sah, schloß Elfrida die Augen und konzentrierte sich, denn sie glaubte, daß sie tief in ihrem Inneren große telepathische Fähigkeiten besaß.

Und tatsächlich kam er nur einen Augenblick später ums Haus getrottet, einen Strauß Vergißmeinnicht und Stephanotien in der Hand.

»Für dein Schlafzimmer, meine Liebe«, rief er quer über die Staudenrabatte. »In welche Vase soll ich sie tun?«

»Ich brauche meine Schreibutensilien, Cubby. Wenn du so lieb wärst.«

»Natürlich.«

Cubby holte die Zigarrenkiste, Schreibpapier, Briefumschläge und die Lorgnette aus Gold und Schildpatt von dem Servierwagen im Wohnzimmer. Eines der reizendsten Dinge an Elfrida, dachte er auf dem Rückweg in den Garten, waren ihre Manieren; ausgezeichnet, aber in keinster Weise künstlich. Immer nahm sie Rücksicht auf die Gefühle der anderen.

»Wir müssen einfach was für die armen Seelen nebenan tun«, sagte Elfrida und bestätigte damit prompt seine Vermutung. Sie öffnete die Zigarrenkiste und nahm einen Füllfederhalter heraus. »Und sei es nur, daß wir unser Mitgefühl ausdrücken und anbieten, ihnen zu helfen, soweit wir können.«

»Ich glaube kaum, daß das erwünscht ist.«

»Das ist nicht der richtige Zeitpunkt, eine mögliche Zurückweisung zu fürchten, Liebster.«

»So hab ich das nicht gemeint. Ich kann mir bloß überhaupt nicht vorstellen, was wir für sie tun könnten.«

»Manchmal kann schon allein das Wissen, daß Mitgefühl – und ich rede nicht von sensationslüsterner Neugier oder dem Wunsch, sich einzumischen, sondern von echtem Mitgefühl –, daß es existiert, ein wenig Trost spenden.«

Cubby wirkte immer noch zweifelnd. Es widersprach seinem Naturell, sich mit dem Unglück anderer Menschen auseinanderzusetzen. Er wollte nichts weiter, als in Ruhe seinen Garten pflegen.

Elfrida, die das verstand, sagte: »Du kannst dich ja raushalten, Süßer.«

Daraufhin wollte Cubby natürlich doch mitmachen, weil er fürchtete, daß die Brockleys sonst glaubten, sie seien ihm egal.

»Ich werde ein paar Zeilen schreiben, die natürlich von uns beiden kommen, und sie bei ihnen durch den Briefschlitz schieben.« Elfrida wählte ein Blatt schweres, elfenbeinfarbenes Papier mit Wasserzeichen und einen langen schmalen Umschlag. Dann drehte sie ihren Füller auf.

Rein zufällig bog Reg Brockley mit Shona an der Leine zur gleichen Zeit in die St. Chad's Lane, und zwar an der Stelle, wo das letzte Haus im Dorf an die Gerstenfelder grenzt.

Außer PC Perrot und dem Pfarrer hatte Reg niemanden gesehen und mit niemandem gesprochen, seit der Tod seiner Tochter offiziell bekanntgegeben worden war. Und da ihm vor einer Begegnung mit anderen Menschen graute, hatte er diesen Spaziergang auf halb eins gelegt. Denn um diese Zeit würden die meisten Einwohner von Fawcett Green sicher gerade ihr Mittagessen vorbereiten oder einnehmen.

Shona war noch einmal in den Garten hinter dem Haus gelassen worden und hatte aus purer Verzweiflung erneut das makellose, samtige Prunkstück verunreinigt. Mit den schlimmsten Befürchtungen war sie dann zurück ins Haus geschlichen, hatte vorsichtig um die Küchentür gelinst und war zurückgeschreckt, als Reg auf sie zukam.

Sie hatte ihn wohl letztlich am meisten bewogen, sich vor die Tür zu wagen. Der Garten interessierte ihn keinen Deut mehr, aber das war schließlich der Hund seiner Tochter. Seit dem Abend, an dem Brenda verschwunden war, hatte Shona, die ganz offenkundig verstört und einsam war, keinerlei Auslauf bekommen, geschweige denn ein freundliches oder tröstendes Wort. Irgendwie schaffte es Reg, die Leine vom Haken im Flur zu nehmen, so wie Brenda es jeden Abend getan hatte. Dann, nachdem er sich vergewissert hatte, daß Iris immer noch fest schlief und niemand auf der Straße war, lief er mit Shona los.

Sie umrundeten das nächstgelegene Feld; der Pudel folgte Reg traurig winselnd auf den Fersen. Shona sprang und tänzelte nicht mehr. Reg versuchte, mit ihr zu reden, kam sich aber blöde vor und wußte gar nicht, was er sagen sollte. Brenda hätte in Babysprache über alles und nichts geplappert und die Hündin mit Kosenamen belegt. Unglaublich, daß das Iris und ihn manchmal gestört hatte.

Auf dem Rückweg und nur wenige Meter von seinem Haus entfernt tauchte eine Frau auf, deren Namen Reg nicht kannte, die aber im Dorf wohnte. Sie kam mit dem Fahrrad direkt auf ihn zu. Eine Begegnung schien unvermeidlich.

Regs Magen fing an zu rebellieren. Trotz der glühenden Hitze brach ihm auf Oberlippe und Stirn der kalte Schweiß aus. Überzeugt, daß sie wüßte, wer er ist, starrte er stur auf seine auf Hochglanz polierten Schuhkappen.

Doch dann, als der Abstand zwischen ihnen immer kleiner wurde, passierte etwas Außerordentliches. Er konnte den Blick nicht gesenkt halten. Er spürte, wie seine Augen sich unwillkürlich immer wieder nach oben und zur Seite bewegten. Ein unerklärliches Verlangen nach menschlichem Kontakt überwältigte ihn. Und als sie nur noch wenige Schritte voneinander entfernt waren, starrte er ihr fest und entschlossen direkt ins Gesicht.

Die Frau runzelte die Stirn und sah auf ihre Uhr. Dann schüttelte sie das Handgelenk und sah erneut auf die Uhr. Dabei seufzte sie vor sich hin und legte eine Gereiztheit an den Tag, die eindeutig künstlich war. Bis sie ihre Show abgezogen hatte, war sie längst an ihm vorbei und trat kräftig in die Pedale.

Reg blieb stehen und starrte hinter der Radfahrerin her, verblüfft, daß ihm diese Abweisung so weh tat. Es war, als sei er plötzlich unsichtbar geworden. Oder – noch schlimmer – unberührbar.

Langsam legte er das restliche Stück bis zu The Larches zurück. Als er sich dem Tor näherte, kam eine in ein wehendes Organzagewand gehüllte Gestalt heraus. Diesmal wußte er sofort, wer das war.

Vorgewarnt durch das, was er gerade erlebt hatte, wappnete sich Reg. Er trat zur Seite, um sie durchzulassen. Shona folgte ihm demütig.

»Mr. Brockley.«

»Guten... häch...« Reg leckte sich die trockenen Lippen und versuchte es noch einmal. »Guten Morgen, Mrs. Molfrey.«

»Ich wollte nur sagen, wie furchtbar leid mir und Cubby das mit Brenda tut. Wir wohnen ja gleich hier, wie Sie wissen, und wenn wir Ihnen irgendwie helfen können, haben Sie bitte keine Hemmungen, es uns zu sagen.« Während sie die letzten Worte sprach, legte sie sanft eine Hand auf seinen Arm.

Das war es, so glaubte Reg jedenfalls viel später, was ihn zusammenbrechen ließ. Seit dem Tod seiner Tochter hatte er keine einzige Träne vergossen. Jetzt splitterte die Schale, die sich wie eine Eisschicht um sein Herz gebildet hatte, brach auseinander und fiel herab. Mitten auf der Straße fing er an zu weinen, und der Schmerz rann ihm durch die Adern wie Feuer.

Sergeant Troy fuhr nicht unmittelbar nach Causton zurück. Bisher hatte er nur schlechte Nachrichten in der Tasche, und er wollte zumindest irgendwas Positives zu bieten haben.

Da dachte Troy an Gray Patterson. Er hatte mindestens soviel mit Sarah zu tun gehabt wie jeder andere im Dorf. Und selbst wenn er mit seinen Bemühungen, sie besser kennenzulernen, nach eigenen Worten bisher »nicht weit gekommen« war, so mußte er doch im Laufe ihrer Gespräche einiges über ihre Lebensgewohnheiten, Familie, Freunde und so weiter erfahren haben. Vielleicht wußte er sogar, wohin sie sich verdrückt hatte.

Troy brauchte ganze drei Minuten, um zu Pattersons Haus zu laufen. Das war allerdings auch so ziemlich das einzig Gute, was man über das Leben auf dem Land sagen konnte, meinte der Sergeant. Zumindest war alles ganz in der Nähe. Pub, Laden, Postamt. Das Problem war nur, daß drumherum meilenweit nichts war.

Als erstes fiel ihm auf, daß das Zu-vermieten-Schild des Maklerbüros abgenommen worden war. Es lag jetzt auf der Seite, gleich hinter der blauen Pechkiefernhecke. Bess kam auf ihn zugerannt und spielte ihr übliches Spielchen. Troy legte die freundliche Begrüßung so aus, daß sich die Hündin an ihn erinnerte.

»Guten Tag, Mr. Patterson.«

»Hallo.« Pattersons Begrüßung war sehr viel verhaltener. Ganz offenkundig hatte er ihre letzte Begegnung nicht vergessen. Als ob Bess diese Reserviertheit spürte, begann ihr Schwanz weniger zutraulich zu wedeln. »Worum geht's denn diesmal?«

»Sie haben das Haus wohl vermietet, Sir?«

»Das ist richtig. Ich ziehe Ende des Monats aus und, ja, ich werde Ihnen meine neue Adresse mitteilen.«

»Wollen Sie weit weg?«

»Ich seh mir heute nachmittag eine Wohnung in Uxbridge an.« Er war gerade dabei, die Einfahrt in Ordnung zu bringen, als Troy kam. Jetzt begann er wieder mit kräftigen Bewegungen den Rechen zu schwingen, schob die kleinen Steinchen locker hin und her und zupfte Unkraut.

»Diese Arbeit macht sicher durstig«, meinte Sergeant Troy mit trockenen Lippen.

»Was wollen Sie?«

»Ich hab ein paar Fragen zu Miss Lawson.«

»Ich rede nicht hinter ihrem Rücken über Sarah.«

»Mr. Patterson, wenn Sie sich weigern, der Polizei bei ihren Ermittlungen zu helfen...«

»Kommen Sie mir doch nicht mit dem Scheiß.«

Sergeant Troy reagierte unübersehbar auf diese Beleidigung. Seine fast durchsichtige Haut nahm eine kräftige Farbe an. Seine Wangen wurden vor Anspannung ganz hohl, und er kniff die Lippen zusammen. Er versuchte seine Verärgerung dadurch zu verbergen, daß er sich hinunterbeugte, den Collie streichelte und »guter Hund« murmelte.

Die kurze Unterbrechung benutzte er, um sich selber ein paar gewichtige Fragen zu stellen. Zum Beispiel, ob er mit diesem arroganten Kerl genauso umgehen könnte, wie es der Chef in einer ähnlichen Situation täte? Würde er es – bloß dieses eine Mal – schaffen, sich nicht von seinen Gefühlen hinreißen zu lassen? Er beschloß, es zu versuchen.

»Die Sache ist nämlich die«, Troy holte tief Luft und richtete sich auf, »wir machen uns ziemliche Sorgen um sie. Wußten Sie, daß sie seit zwei Tagen vermißt wird?«

»Ich weiß nicht, ob ich ein so gefühlsgeladenes Wort wie vermißt benutzen würde.«

»Könnten Sie mir bitte sagen, wann Sie sie das letztemal gesehen haben, Mr. Patterson?« Gott, diese aufgesetzte Höflichkeit schnürte ihm fast die Kehle zu. Troy konnte kaum glauben, daß auf seiner Stirn nicht in flammenden Buchstaben stand: Dieser Mann ist ein absolutes Ekelpaket.

»Tja, das war vor vier Tagen.« Gray hatte keinerlei Absicht zuzugeben, wie oft er seitdem bei ihr geklopft hatte. Oder wie er sich, aus keinerlei logischem Grund, so sehr in seine Sorge, Sarah könnte etwas passiert sein, hineingesteigert hatte, daß er letzte Nacht schon nicht mehr hatte schlafen können.

»Und was für einen Eindruck machte sie da auf Sie?«

Gray zögerte. Er konnte sich nur zu gut vorstellen, was die Polizei daraus machen würde, wenn er ihnen sagte, daß Sarah wegen des Todes von Alan Hollingsworth völlig außer sich gewesen ist. Doch er fürchtete, daß irgendwelche Ausflüchte ebenfalls merkwürdig erscheinen könnten.

»Ein bißchen deprimiert, würd ich meinen.«

»Hat sie gesagt warum?«

»Sehen Sie mal, eine Frau von hier ist verschwunden und zwei Menschen sind unter mysteriösen Umständen ums Leben gekommen. Auch wenn niemand sie gut gekannt hat und sie nicht sonderlich beliebt waren, läßt so etwas eine kleine Gemeinde doch nicht unberührt. Ich glaube, daß uns das allen mehr oder weniger nahegegangen ist.«

„Und sie ist sicher besonders sensibel. Als Künstlerin.«

»Bis zu einem gewissen Grad, Lord Copper«, sagte Gray trocken. Schließlich hatte Sarah sich nicht allzu verständnisvoll gezeigt, was seine Gefühle betraf.

Troy antwortete nicht, doch erst als Gray wieder aufblickte, bemerkte er, daß sein Gegenüber offenbar vor Wut ganz rot geworden war. Ihm kam der Gedanke, daß Troy diesen Ausspruch vielleicht noch nie gehört hatte und ihn deshalb für sarkastisch hielt. »Das war ein Zitat von Evelyn Waugh, Sergeant.«

»Das ist mir schon klar, Sir. Vielen Dank.« Troy, dem bei einer Lüge immer wohler war, merkte, wie seine Röte nachließ. »Miss Lawson hat Ihnen also nicht gesagt, daß sie weg wollte?«

»Es gibt keinen Grund, weshalb sie das hätte tun sollen.«

»Klingt alles etwas überstürzt.« Troy dachte an die Teller im Spülbecken, die darauf hindeuteten, daß da jemand einfach weggegangen war und das Haus so hinterlassen hatte, wie es gerade war. Genau wie Mrs. Hollingsworth.

»Muß sie nicht morgen unterrichten?«

»Das stimmt.«

»Könnten Sie mir bitte Name und Adresse von der Schule geben, wo sie arbeitet?« Troy zog sein Notizbuch hervor und schrieb alles auf. Dabei murmelte er ganz beiläufig: »Wir haben übrigens am Samstag morgen mit Miss Lawson gesprochen.«

»Tatsächlich?« Grays Stimme klang mißtrauisch.

»Hmm. Ihr war wohl nicht klar, daß wir den Verdacht haben, daß Mr. Hollingsworth eines unnatürlichen Todes gestorben ist. Ich muß sagen, als wir ihr das erklärten, war ihre Reaktion nun ja, ziemlich extrem.«

»Inwiefern?«

»Sie fiel in Ohnmacht.«

»O Gott!«

»Was uns natürlich ein wenig zu denken gab, könnte man sagen.«

»Sie glauben doch nicht etwa, daß sie was mit der Sache zu tun hat?«

»Wer will das wissen?«

»Ich weiß es. Ich kenne Sarah. Da sind Sie völlig auf dem Holzweg.«

»Haben Sie denn mit ihr über diese Angelegenheit gesprochen, Mr. Patterson?«

Gray zögerte kurz, da ihm klar war, daß ein Nein unglaubwürdig wäre. »Kurz. Und wir sind zu keinem Ergebnis gekommen, bevor Sie danach fragen.«

»Hat Sie jemals Ihnen gegenüber enge Freunde oder Verwandte erwähnt? Ich meine, wo sie vielleicht sein könnte.«

»Sie meinen, wo Sie Jagd auf sie machen können.«

»Ich finde, Jagd ist doch ein sehr gefühlsgeladenes Wort, meinen Sie nicht, Sir?« Zufrieden, es Gray so geschickt heimgezahlt zu haben, steckte Troy sein Notizbuch ein. »Danke für Ihre Hilfe, Mr. Patterson. Ach übrigens…«

»Was denn nun noch?« Gray hatte bereits wieder mit dem Harken begonnen.

»Ihr Alibi für den 6. Juni ist bestätigt worden. Die Kassiererin im Kino erinnert sich, daß Sie eine Eintrittskarte gekauft haben.« Was natürlich nur bedeutete, daß Gray tatsächlich um die Uhrzeit, die er genannt hatte, ins Odeon gegangen war. Es sagte nichts darüber aus, wann er herausgekommen war. Vielleicht hatte er ja nur fünf Minuten im Kino gesessen und war dann durch das Toilettenfenster nach draußen geklettert. Es gab jedoch zu diesem Zeitpunkt keinen Grund, das zu sagen. Die Leute sollen sich ruhig in Sicherheit wiegen.

Troy war ziemlich stolz auf seine Darbietung. Als nächstes ging er in die Telefonzelle und rief bei der Coalport and National an. Er fragte nach Miss Willig, nannte seinen Namen und erklärte, es hätten sich noch ein paar Dinge im Zusammenhang mit dem Fall Brockley ergeben, bei denen sie ihm möglicherweise helfen könnte. Er wolle sie nur ungern bei der Arbeit stören, aber vielleicht hinterher?

Dann rief er in Sarahs Schule an und erfuhr, daß eine Vertretung Sarahs Glasmalereikurs übernommen hätte. Sarah Lawson habe angerufen und gesagt, sie hätte einen Unfall gehabt und könnte frühestens zum nächsten Trimester wiederkommen.

Barnaby hatte sich aus der Einsatzzentrale in sein Büro drei Etagen höher zurückgezogen und dachte bereits daran, wieder runterzugehen. Die Luft, die unten nur schwül war, war hier oben geradezu klebrig.

Das blauweißgestreifte Hemd des DCI hatte große, dunkle Schweißflecken unter den Armen. Er hatte die beiden oberen Knöpfe geöffnet und seine Krawatte gelockert, damit er den Kragen besser von seinem brennenden Nacken lösen konnte. Selbst der Deckenventilator, der seine Propellerflügel träge im Kreis bewegte, schien bald zu verenden.

Eigentlich hatte er geglaubt, da es hier oben ruhiger war, würde er besser denken können. Doch so sehr er sich auch bemühte, dieses Vorhaben in die Praxis unzusetzten, sein Gehirn schien von der Hitze vermatscht zu sein. Er hievte sich von seinem Stuhl hoch und ging zur Wand am Fenster, wo eine Karte vom Gebiet der Thames Valley Police hing.

Ihr Anblick stimmte ihn nicht gerade zuversichtlich. Irgendwo auf dieser großen Fläche von Land und Wasser konnte Mrs. Simone Hollingsworth sein – falls sie nicht längst aufgehört hatte zu existieren. Und all die Artikel in den Zeitungen, die ganzen Plakate und Flugblätter hatten nichts dazu beigetragen, sie zu finden.

Trotz der Enttäuschung war Barnaby im Grunde nicht überrascht. Wenn es schon ziemlich einfach war, sich aus freien Stücken abzusetzen – und die Akten über vermißte Personen beweisen das –, wieviel einfacher mußte es sein, unter Zwang von der Bildfläche zu verschwinden.

Und verschwinden war genau das richtige Wort. Wie die hübsche Assistentin eines Zauberers war sie in die magische Kiste getreten – in diesem Fall die Damentoilette in einem Kaufhaus – und anscheinend nie wieder herausgekommen.

Das war das Schlüsselwort: anscheinend. An Markttagen herrschte bei Bobby's viel Betrieb, deshalb hatte vermutlich niemand von Personal oder Kundschaft Simone rausgehen sehen. Schließlich mußte sie durch das Kaufhaus gegangen sein, um auf die Straße zu kommen. Die Toilette war auf der zweiten Etage, also konnte sie wohl kaum aus dem Fenster geklettert sein.

Barnaby schloß die Augen und stellte sich das Gewimmel auf den Straßen vor, die geschäftigen Stände mit ihren buntgestreiften Markisen und den Händlern, die lautstark ihre Ware anpriesen, die Verkaufswagen mit Hot dogs und frischem Fisch, die offenen Lieferwagen, von deren Ladefläche Kleidung und Porzellan verkauft wurde. Simone, oder wer auch immer dahintersteckte, hatte sich zweifellos den richtigen Tag ausgesucht.

Es klopfte an der Tür mit dem Glaseinsatz, und Sergeant Troy streckte den Kopf ins Zimmer.

»Wird aber auch Zeit.« Barnaby nahm sein verknittertes Leinenjackett von dem altmodischen Garderobenständer. »Alles klar?«

»Nein, Chef.« Jetzt kam er ganz ins Zimmer. »Tut mir leid. Sie ist abgehauen.«

»Was!«

»Sie hat das Haus kurz nach unserem Besuch verlassen und wurde seitdem nicht mehr gesehen. Hat in der Schule angerufen und gesagt, sie käme in diesem Trimester nicht mehr.«

»Verdammt.« Der Chief Inspector stolperte zu dem alten Drehstuhl aus Leder hinter seinem Schreibtisch zurück, ließ sich darauf plumpsen und stöhnet erneut auf. »Verdammte Scheiße.«

»Yeah, das ist echt beschissen.« Troy schloß die Tür und lehnte sich dagegen. »Ich hab's mal auf gut Glück bei Patterson versucht. Wo er sie doch umgarnt. Oder es zumindest versucht. Aber er hat auch keine Ahnung, wo sie hin ist. Behauptet er zumindest.«

»Das ist doch wirklich das dümmste, das allerdümmste...«

Barnabys Stimme bebte vor Wut über sich selbst. Es war doch bei dem Gespräch mit der Frau ganz eindeutig gewesen, daß sie irgendwie in diese Geschichte emotional verstrickt war. Und er hatte von ihrer Freundschaft zu Gray Patterson gewußt, dem Hauptverdächtigen. Er hatte gesehen, wie sie während der gesamten Vernehmung vor Nervosität gezittert hatte und wie sie vor Entsetzen in Ohnmacht fiel, als sie erfuhr, daß Hollingsworth sich nicht das Leben genommen hatte. Als sie wieder zu sich kam, hatte sie geweint.

Und trotzdem hatte er sie nicht festgenommen. Jetzt wurde deutlich, was für ein schwerwiegender Irrtum es gewesen war, noch ein oder zwei Tage abwarten zu wollen. Als eine Art Atempause hatte er es betrachtet. Zeit für Sarah Lawson, »um sich dem beruhigenden Glauben hinzugeben, daß sie nie mehr von ihnen hören würde.« Was für eine unglaubliche Fehleinschätzung. Welch himmelschreiende Hybris.

Und jetzt hatte sie den Spieß umgedreht und ihre Peiniger mit der erschreckenden Möglichkeit konfrontiert, daß sie es waren, die möglicherweise nie mehr was von ihr hören würden.

Barnaby kehrte an seinen Schreibtisch in der Einsatzzentrale zurück, um sich durch die jüngsten Informationen zu kämpfen und die Zeit bis zur Besprechung um fünf totzuschlagen. Von der Spurensicherung, die inzwischen aus Heathrow ein Fax mit den Fingerabdrücken von Brenda Brockley bekommen hatten, erhielt er die Bestätigung, daß diese nirgends in Nightingales aufgetaucht waren. Was anderes hatte er auch nicht erwartet.

Auch der Obduktionsbericht enthielt keine Überraschungen. Brenda war an einer subduralen Blutung aufgrund eines Schädelbruchs gestorben. Außerdem waren das linke Schienbein, das Becken und drei Rippen gebrochen. Dem ergänzenden Bericht der Spurensicherung zufolge stammten die Abdrücke auf ihren Beinen und ihrem Rock von der Sorte Pirelli-Reifen, wie sie sich an dem Audi-Cabriolet befanden. Das Team von Heathrow hatte sich bereits mit den Kollegen von Causton in Verbindung gesetzt und würde im Laufe der nächsten zwei Tage vorbeikommen, um Hollingsworths Wagen zu untersuchen.

Bei den Wohnungsagenturen hatte man bisher kein Glück gehabt, was ein mögliches Versteck für eine entführte Frau betraf. Allerdings hatten die Nachforschungen einige andere unerfreuliche Dinge zutage gebracht. So hatte man festgestellt, daß eine Zweizimmerwohnung in Princes Risborough für höchst unmoralische Zwecke verwendet wurde. Und in der Nähe von Causton war man auf einen Raum mit triefenden Wänden und ohne richtige Belüftung gestoßen, in dem über zwanzig asiatische Frauen und Mädchen unter übelsten Bedingungen Stofftiere herstellten und dabei den ganzen Tag Kapokstaub einatmen mußten.

Barnaby trank einen Schluck Tee, kalten Tee, dann noch mehr Tee und versuchte, nicht ständig daran zu denken, daß mittlerweile zwölf Tage vergangen waren, seit Simone in den Marktbus nach Causton gestiegen und nicht mehr zurückgekommen war. Und fast acht Tage, seit Alan Hollingsworth und Brenda Brockley gestorben waren. Er erinnerte sich daran, daß jede Ermittlung ihr eigenes Tempo hatte. Manche zum Beispiel, bei denen es keine Zeugen oder keine Spuren gab, kamen überhaupt nicht in Gang, und andere, wie die vorliegende, ertranken in einer solchen Flut unterschiedlichster Informationen, so daß wichtige Details sehr leicht übersehen werden konnten.

Er dachte daran, wie er sich neulich im Aufzug noch glücklich geschätzt hatte, für eine Weile in einer »Wolke des

Nichtwissens« zu schweben. Nun versuchte er, sich nicht davon beirren zu lassen, daß diese Wolke sich offenbar inzwischen in ein Meer tiefster Ignoranz verwandelt hatte, in dem er schneller als ihm lieb war auf ein feuchtes Grab zutrieb.

Der Raum füllte sich allmählich. Punkt fünf stand der Chief Inspector auf und begann zu sprechen.

»Ich fürchte, es hat eine bedauerliche Entwicklung gegeben«, begann er und berichtete von Sarah Lawsons Verschwinden. »Ich bin mittlerweile ziemlich fest davon überzeugt, daß Lawson maßgeblich in diese Angelegenheit verstrickt ist. Sie hat gelogen, als wir sie fragten, wo sie an dem Abend war, an dem Hollingsworth starb. Andererseits schien sie völlig erschüttert, als ich ihr erklärte, daß Verdacht auf einen unnatürlichen Tod bestünde.«

»Vielleicht hatten sie ein Verhältnis«, schlug Sergeant Beryl vor. »Ganz heimlich.«

»Es ist eher wahrscheinlich, daß sie wegen Gray Patterson so am Boden zerstört war«, sagte Troy. »Ich nehm an, sie hat mitbekommen, daß er sich ziemlich verdächtig gemacht hat.«

»So würde sie aber doch nur reagieren, wenn sie eine enge Beziehung zu ihm hätte. Und er hat ausgesagt, daß er zwar scharf auf sie war, aber nicht weit gekommen ist.«

»Kommt ja schon mal vor, daß Männer lügen«, sagte eine junge Frau mit roten Haaren. Und ging hinter ihrem Monitor in Deckung.

Barnaby brachte die höhnischen Bemerkungen zum Verstummen. »Das wichtigste ist jetzt, daß wir sie finden. Die Schule ist morgen früh ab halb neun auf. Reden sie mit den Lehrern und mit Leuten aus der Verwaltung, und fragen Sie, ob die ein Foto von ihr haben. Außerdem ist das der Tag, an dem ihr Kurs stattfindet. Versuchen Sie, möglichst viel über sie zu erfahren, besonders über Freunde und nahe

Verwandte, die sie eventuell erwähnt hat. Vielleicht ist sie bei einem von denen. Und wenn Sie schon mal dabei sind, fragen Sie die Kursteilnehmer auch nach ihrer Meinung über Simone Hollingsworth. Sie war zwar nicht lange in dem Kurs, aber es ist sicher interessant zu hören, was die Leute von ihr hielten.«

»Werden wir Sarah Lawsons Haus durchsuchen, Sir?« fragte ein junger Constable mit frischem Gesicht und einem unglaublichen Schnurrbart – sehr lockig und völlig wirr. »Vielleicht finden wir da einen Hinweis auf ihren derzeitigen Aufenthaltsort.«

»Vermutlich im Laufe des nächsten Tages oder so, Belling.« Barnaby nickte leicht lächelnd. Heutzutage scheuten sich die jungen Leute nicht, Fragen zu stellen. Sie wurden sogar dazu ermuntert, was ja auch ganz in Ordnung war. Vor dreißig Jahren hätte er sich das niemals getraut.

»Leider können wir niemanden abstellen, um das Cottage rund um die Uhr zu beobachten, für den Fall, daß sie zurückkommt. Aber unser Streifenmann wird ein Auge darauf werfen. Eine Beschreibung ihres Autos ist auch schon im Umlauf. Es handelt sich um einen rot-weißen Quatre Chevaux. Zwar nichts Einzigartiges, aber ungewöhnlich genug, um vielleicht jemandem aufzufallen.«

»Der ist doch bestimmt jetzt irgendwo sicher versteckt, meinen Sie nicht, Sir?« fragte Sergeant Brierley. »In einer Garage oder so.«

»Nicht unbedingt«, sagte Barnaby. »Vielleicht ist ihr gar nicht klar, daß wir nach ihr suchen. Es könnte ja schließlich auch sein, daß ihr Verschwinden überhaupt nichts mit unserem Besuch bei ihr zu tun hat und wir uns hier wegen nichts verrückt machen.« Er hielt inne und schaute sich um. Die berühmten Augenbrauen hoben sich ein wenig, um eine Reaktion hervorzulocken. Doch an ihren Gesichtern war klar abzulesen, daß keiner an diese letzte Möglichkeit glaubte. Barnaby verübelte es ihnen nicht. Er glaubte nämlich selbst nicht daran.

»Also gut.« Er stand auf und streckte die Beine. »Dann bis morgen um acht. Und zwar Punkt acht.«

»Ja, Sir. Selbstverständlich mache ich das. Ich bin spätestens in einer halben Stunde dort.«

Trixie Perrot, die ein Auge auf ihren Jüngsten warf, der gerade lernte, alleine zu essen, während sie ihrer Ältesten die Haare fönte und gleichzeitig den Hund daran zu hindern versuchte, die Pantoffeln ihres Mannes zu zerfetzen, rief quer durch das Zimmer: »Sag ihm, heute ist dein freier Tag.«

»Wie bitte, Chief Inspector? Nein, das war der Fernseher. Er ist ein bißchen laut.«

Die Perrots hatten einen wunderschönen Tag gehabt. Trixies Eltern hatten ein blaues Plastikplanschbecken vorbeigebracht. Colin hatte es im Garten aufgeblasen und mit dem Wasserschlauch gefüllt. Als die Kinder aus der Schule kamen, hatten sie lachend und schreiend herumgeplanscht, während die Erwachsenen im Schatten saßen und Scones mit frisch gepflückten Himbeeren und Sahne aßen.

In einer halben Stunde, wenn die Kinder im Bett waren, würde es Geflügelsalat, ein eiskaltes Bier und Keith Floyd, den Fernsehkoch, geben, den Colin und seine Frau sich gerne ansahen. Es ging ihnen nicht so sehr um die Rezepte als um den Spaß, den sie dabei hatten. Es war so spannend, weil man immer den Eindruck hatte, daß gleich alle Töpfe in die Luft fliegen könnten.

»Daddy...«

»Was wollten die?«

»Daddy!«

»Sarah Lawson ist verschwunden. Sie wollen, daß ich ein Auge auf ihr Haus werfe.«

»Aber du hast doch keinen Dienst.«

»Das ist mein Revier. Und sonst haben sie niemanden.«

Daß dies tatsächlich so war, stimmte Trixie keineswegs glücklicher. »Was sollst du denn machen? Dich auf ihre Eingangsstufe setzen, für den Fall, daß sie wieder auftaucht?«

»Nehm ich an. Nun ja, immer mal wieder.«

»Das ist doch lächerlich. Und du mußt doch bestimmt nicht sofort los?«

»Daddy, guck mal.«

»Ach du meine Güte, Jamie.« Colin zog sein Taschentuch hervor. Das Gesicht seines Sohnes war völlig mit Eis beschmiert; seine Haare auch. Selbst in der Nase hatte er Eis. »Hast du überhaupt was davon gegessen?«

»Alles gegesssen«, rief Jamie stolz.

»Warte zumindest, bis sie im Bett sind.« Trixie versuchte, sich ihren Ärger nicht anmerken zu lassen, doch sie haßte es, ihn so unterwürfig zu sehen, wie er sofort losrannte, sobald diese arroganten Typen in Causton nach ihm pfiffen.

»Kann ich jetzt Fernsehen gucken?«

»Nein.« Sie fuhr mit den Fingern durch das Haar ihrer Tochter, die auf ihrem Schoß saß. »Die sind immer noch feucht.« Dann sagte sie zu ihrem Mann: »Deshalb haben die auch keine bessere Meinung von dir.«

»Du weißt doch, wie die Dinge liegen, Trix. Die Fehler, die ich gemacht hab. Die haben mir ja schon mit Versetzung gedroht.«

»Die können schließlich nicht von dir erwarten, daß du die Arbeit der Kriminalpolizei machst. Dazu braucht man eine spezielle Ausbildung. Du bist ein Dorfpolizist. Und zwar der beste, den's gibt.«

»Reg dich nicht auf.«

»Ich möchte mal sehen, wie die sich anstellen würden, wenn die deine Arbeit hier machen müßten.«

Constable Perrot brachte seine Kinder ins Bett, dann nahm er die Honda und fuhr nach Fawcett Green. Er parkte vor dem Bay Tree Cottage, ging ein wenig die Straße auf und ab und verschwand kurz auf ein Halfpint im Goat and Whistle. Dann setzte er sich in Sarah Lawsons Garten in die warme Abendsonne. Die Zeit verging sehr langsam. Nächstes Mal, beschloß er, würde er sich was zu lesen mitbringen.

Während Perrot seine einsame Wache hielt, genoß Barnaby die Gesellschaft seiner Frau und ein kühles Glas Santara Chardonnay. Dabei mußte er eine Reihe mehr oder weniger schmerzhafter Nadelstiche in die Oberschenkel über sich ergehen lassen.

»Diese Hose ist bald völlig ramponiert.«
»Laß ihn doch. Er meint's nicht böse.«

Vor achtzehn Monaten hatten Cully und ihr Mann, nachdem sie einen Vertrag für eine dreimonatige Europatournee unterschrieben hatten, ihre neueste Errungenschaft bei den Barnabys deponiert, nämlich einen kleinen Kater namens Kilmowski.

Barnaby hatte mürrisch darauf hingewiesen, daß seiner Meinung nach die Phase, in der die Kinder unbedingt ein Haustier haben wollen und versprechen, es bis ans Ende seiner Tage zu baden, bürsten, füttern und ihm Auslauf zu verschaffen und einem dann prompt die ganze Arbeit überlassen, etwa mit dem fünfzehnten Lebensjahr endete.

Joyce, die ganz entzückt von dem niedlichen kleinen Tier war, schalt ihren Mann einen alten Griesgram. Barnaby, alles andere als entzückt, sah schon bald seine schlimmsten Befürchtungen bestätigt. Essen wurde ihm vom Teller geklaut, wenn er gerade mal nicht hinsah, seine Zeitung wurde zerrissen und anschließend als Toilette benutzt. Er zählte die Tage, bis seine Tochter wieder zurück sein würde.

Aber bis Cully und Nico schließlich da waren, hatte er den kleinen Kater lieb gewonnen und nicht nur Joyce war traurig bei dem Gedanken, ihn zurückzugeben.

Doch wie es sich ergab, hatte Cully kaum die Koffer ausgepackt, da mußte sie zum Manchester Royal Exchange, um dort in *Hedda Gabler* zu spielen. Nicholas erhielt überraschend die Chance, nach Stratford zu gehen, weil dort ein Schauspieler seinen Vertrag gebrochen hatte, um ein Filmangebot anzunehmen. Sie beschlossen, ihre Wohnung für sechs Monate zu vermieten. Als sie das Vagabundenleben aufgaben und sich wieder fest in London niederließen, war Kilmowski, wenn auch noch immer voller Schönheit und Eleganz, verspielt und charmant, eindeutig kein kleines Kätzchen mehr. Er hatte sich, wie Cully es betrübt und fröhlich zugleich ausdrückte, auf wundersame Weise verwandelt. Sie und Nico waren sich einig, daß es nicht nur egoistisch, sondern sogar grausam wäre, ihn in eine winzige Wohnung zu sperren, wo er doch hier ganz Arbury Crescent zum Herumstreunen hatte. Also blieb Kiki, wie die Barnabys ihn fast vom ersten Tag an genannt hatten, endgültig bei ihnen.

»Um wieviel Uhr wollten sie kommen?«

»Nicht beide. Cully kommt allein.«

»Oje, das geht doch wohl nicht schon wieder los?«

»Natürlich nicht. Nico muß morgen früh um halb acht in Pinewood sein, also will er früh ins Bett. Das hab ich dir doch gesagt.«

»Das sagst du immer.«

»Es stimmt auch immer.«

»Was ich dir noch erzählen wollte«, Barnaby wechselte das Thema. »Ich hab gestern dein Band von der Probe zu *Amadeus* gespielt...«

»O Tom, das ist aber wirklich nett.«

»Gavin hat dich für Cecilia Bartoli gehalten.«

»Vielleicht hab ich den Jungen ja doch falsch eingeschätzt.«

»Hast du nicht.«

»Nein, hab ich wohl nicht,« Joyce lachte.

Es klingelte an der Tür. Sie ging aufmachen. Barnaby setzte die Katze auf den Boden und ging in die Küche, wo er sein Gazpacho aus dem Kühlschrank nahm und anfing, Eis zu zerkleinern.

Cully hatte ihren Auftritt (anders konnte man es nicht beschreiben), schritt quer durch den Raum und gab ihm einen Kuß. Sie trug ein sehr kurzes, schlichtes weißes Leinenkleid und schwarze Espandrilles, deren Bänder kreuzweise fast bis an ihre satt gebräunten Knie geschnürt waren. Kein Make-up, die Haare zerzaust. Schönheit pur.

»Hallo, Pa.«

»Hallo, Darling. Du hast dich also doch noch entschlossen, dir den Film anzusehen?«

»Mehr oder weniger. Außerdem wollte ich dich und Mum sowieso besuchen.«

Barnaby, der sich insgeheim wahnsinnig darüber freute, sagte ganz beiläufig: »Schön, daß du da bist.«

»Mm, lecker.« Sie tauchte einen Finger in das Gazpacho und leckte ihn ab. »Was gibt's sonst noch?«

»Reissalat mit Krabben und Himbeer... Laß das.«

»Wir sind doch unter uns.«

»Den Finger ablecken und wieder ins Essen stecken, das hast du von uns nicht gelernt.«

Cully kicherte. »Muß ich mich jetzt in die Ecke stellen?«

»Du kannst deiner Mutter beim Tischdecken helfen. Und nimm dir ein Glas Wein.«

»Meinst du, dazu bin ich schon alt genug?«

Barnaby nahm drei weiße Suppenteller, die mit einem blauen Fisch bemalt waren, aus dem Schrank. Ein Souvenir aus Galicien. Er stellte sie in etwas größere Teller mit zerstoßenem Eis und verteilte die Suppe. Dann legte er ein Baguette auf das Tablett und stellte ein Schälchen mit heller, ungesalzener Butter aus der Bretagne dazu.

»Soll ich noch eine Flasche aufmachen?« fragte Joyce durch die Durchreiche.

»Lieber nicht.« Er hatte Cullys Autoschlüssel an ihrem kleinen Finger baumeln gesehen.

Das Essen wurde auf einen flachen Couchtisch vor den Fernseher gestellt. Das Band mit dem *Blauen Engel* spulte gerade quietschend und surrend zurück und klickte sich schließlich aus. Joyce nahm die Fernbedienung und sah ihre Tochter an.

»Soll ich anstellen?«

»Klar. Warum nicht?« Cully schob sich mit der Kante ihres Daumens einen imaginären Filzhut in den Nacken. »Applaus für Marlene und den Professor.«

Barnaby hatte, soweit er sich erinnern konnte, den Film noch nie gesehen. Damit stand es zwei gegen eins. Joyce hatte ihn »vor vielen, vielen Jahren« mal im Hampstead Everyman erwischt.

Obwohl es sich angeblich um eine neue Kopie handelte, »schneite« es immer noch leicht in dem Film. Aber nichts konnte dieses erstaunlich makellose Gesicht beeinträchtigen. Ein Gesicht, dessen geheimnisvolle Perfektion sich mit Worten nicht beschreiben ließ. Schön war hoffnungslos untertrieben. Aber wie sollte man es sonst ausdrücken.

Cully seufzte tief. »Ich werde nie wieder glauben, daß Wangenknochen nur eine Ablagerung von Kalzium sind.«

Während er die Figur beobachtete, die von Emil Jannings gespielt wurde, wie sie sich abmühte, sich aus dem tödlichen Netz zu befreien, dachte Barnaby, was für eine nutzlose Waffe Intelligenz doch gegen die unergründliche, allesverschlingende Macht sexueller Leidenschaft war. Hier war ein Mann, der für seine Ehre, seine Ehe, ja sein ganzes

Leben mit keiner anderen Waffe als mit seinem Verstand kämpfte. Sexuelle Hörigkeit zerstörte offenbar die Fähigkeit, klar zu denken, und trieb den Betroffenen manchmal sogar in den Wahnsinn.

Barnaby hielt das Video an und ging den Reissalat mit Krabben holen. Als er zurückkam, diskutierten seine Frau und seine Tochter über die Dietrich, damals und heute.

Cully sagte gerade: »Wir können heutzutage nicht so auf den Film und besonders auf sie reagieren, wie die Leute in den dreißiger Jahren.«

»Ich versteh nicht warum.«

»Weil sie damals einfach eine phantastisch aussehende Frau am Anfang ihrer Karriere war. Jetzt ist sie eine Ikone. Und was immer Ikonen sonst noch sein mögen, sexy sind sie nicht. Findest du nicht auch, Dad?«

»Augenblick mal.« Er tat etwas Reis auf seine Gabel und probierte. »Zuwenig Muskat.«

»Tu deine Gabel nicht wieder rein, nachdem du sie im Mund hattest«, rief Joyce.

Cully fing an zu kichern, wurde aber ernst, als ihr Vater sich weigerte, ihr nachzuschenken. Es folgte eine lebhafte Diskussion, die damit endete, daß die jüngste Barnaby beschloß, sie hätte die Nase voll von dem Film, dem Abendessen und ihren Eltern und ohne Abschied in die Nacht entschwand.

10

Am nächsten Morgen wachte Barnaby irgendwie depremiert auf und konnte seine schlechte Laune auch nicht abschütteln. Sie klebte an ihm während seines gesamten ballaststoffreichen, niacinhaltigen und mit Obst garnierten Frühstücks, dessen gesundheitsfördernde Wirkung nach der langen, abgasreichen Fahrt im Kriechtempo auf der A412 sicher dahin wäre. Er kam zu dem Schluß, daß es vermutlich schneller ginge, wenn er aus dem Fenster springen und durch den Grand-Union-Kanal zur Arbeit schwimmen würde, der direkt neben der Straße herfloß.

Es lag natürlich auch an dem Streit gestern abend. Er bereute nicht, daß er Cully ein weiteres Glas Wein verweigert hatte. Oder daß er konsequent geblieben war, als sie anfing, verrückt zu spielen. Doch er haßte es, wenn sie eine Meinungsverschiedenheit hatten, und sei sie noch so klein. Gott sei Dank war seine Tochter, wenn sie sich auch meisterhaft auf abrupte Abgänge verstand, nicht nachtragend. Noch bevor er ins Bett gegangen war, hatte sie angerufen und gesagt, er hätte natürlich recht gehabt, sie hätte ihn lieb, und er solle den Geburtstag ihrer Mutter nicht vergessen.

Der Gedanke an seine Frau erinnerte Barnaby daran, daß er widerwillig versprochen hatte, sich ein Band anzuhören, das sie ihm vor ein paar Tagen aufgedrängt hatte. Es waren die *Vier letzten Lieder* von Richard Strauss. Er hatte eingewandt, ihm gefiel nur populäre klassische Musik. Joyce hatte gesagt, das sei populäre klassische Musik, und es würde außerdem höchste Zeit, daß er seinen Horizont erweiterte. Da sie wußte, daß er sich nur im Auto irgendwas komplett anhören würde, hatte sie die Kassette in die Anlage geschoben und über die Öffnung eine weiße Postkarte geklebt, auf die sie ein großes Ohr gemalt hatte.

Barnabys Liebe zu dem, was er für sich als »musikalische Musik« bezeichnete, reichte weit zurück. Als kleiner Junge hatte er sich stundenlang mit seinem Vater schwere Schellackplatten auf einem aufziehbaren Grammophon angehört, das in einem penetrant riechenden Eichenschrank stand. Wenn die Stimmen zu jaulen anfingen und flach wurden, war er immer zum Gerät geeilt, hatte die Kurbel gedreht und das Tempo beschleunigt, bis sie wieder normal sangen. Und wenn die Nadelspitze rauh und kratzig wurde, durfte er eine neue einsetzen.

Ein großer Teil jener Lieder wurde von der Carl Rossa Opera Company dargeboten. Berühmte Stücke aus *Die lustige Witwe*, *Die Fledermaus* und *Der Zigeunerbaron*, großartige Musik, wunderbare Melodien, nach denen das Herz Walzer tanzen konnte. Barnaby seufzte und drückte gehorsam auf Play.

Joyceys Schüler schienen immer die ausgefallensten Sachen aufführen zu wollen. Ab und zu war Barnaby zu Hause, wenn seine Frau gerade eine Stunde gab. Und wenn er mal kurz sein Arbeitszimmer verließ, konnte er kaum glauben, was er da hörte. Da zahlten doch tatsächlich Leute gutes Geld dafür, daß man ihnen beibrachte, wie man kreischte und falsch sang. Kein Wunder, daß sich die Katze unter dem Sofa verkroch.

Die herrliche Stimme von Kiri te Kanawa erschallte aus seinem Wagen. Der Mann in dem Fahrzeug, das neben ihm im Schneckentempo kroch, starrte herüber. Barnaby drehte die Lautstärke herunter und schloß das Fenster. Seit die Serie mit diesem opernbegeisterten Polizisten im Fernsehen lief, war er sich manchmal merkwürdig vorgekommen, wenn er mit musikalischer Begeisterung in einer Schlange oder an einer Ampel stand, als ob er sich eine Rolle anmaßen würde, die ihm gar nicht zustand.

Natürlich war das Unsinn. Schließlich wußte niemand, der ihn so im Auto sah, daß er ein Detective Chief Inspector bei der Kriminalpolizei war. Und falls doch, na und. Wenn das Leben nicht gelegentlich die Kunst imitieren durfte, wo kämen wir denn da hin?

An der Wache fuhr er auf seinen eigenen Parkplatz und schaltete die Kassette aus. Ganz nett, aber nichts im Vergleich zum Osterchor aus der *Cavalleria Rusticana*.

In der Einsatzzentrale war es unbehaglich still. Nun gut, man konnte sagen, es war gerade erst acht Uhr. Die lange Nachtschicht ging soeben zu Ende, und die wunderbare britische Öffentlichkeit war noch zu sehr damit beschäftigt, sich den Schlaf aus den Augen zu reiben, um zum Hörer zu greifen und dem örtlichen Revier wertvolle Informationen mitzuteilen. Trotzdem ließ sich der Eindruck nicht verleugnen, daß die Dinge allmählich zum Stillstand kamen.

Der Chief Inspector schenkte sich einen Kaffee von der Warmhalteplatte ein. Er hatte schon länger vor sich hin geköchelt und schmeckte ziemlich bitter.

Der Tag schleppte sich dahin. Da er wenig Neues zu bearbeiten hatte, rekapitulierte Barnaby die Geschichte noch einmal bis zum gegenwärtigen Zeitpunkt. Er las sämtliche Gespräche durch, die sie in Fawcett Green, bei Penstemon und der Coalport and National geführt hatten sowie das Gespräch mit Freddie Blakeley.

Er kam sich allmählich vor, als hätte er Buchstabensuppe im Hirn. Einmal rühren und bestimmte Buchstaben schwammen nach oben, ein paar davon taten sich für kurze Zeit zusammen und schienen irgendeinen Sinn zu ergeben, bevor sie wieder auf den Grund des Tellers sanken. Beim nächsten Rühren entstand dann nur zusammenhangloses Zeug.

Troy, der reichlich Erfahrung mit den Launen seines Chefs hatte, war auch ein Meister darin, anwesend und abwesend zugleich zu sein. Er hatte sich so plaziert, daß er sofort zur Verfügung stand, sollte der alte Miesepeter nach ihm gucken oder ihn rufen, hatte aber gleichzeitig Abstand zu ihm bewahrt, damit er den Turbulenzen von Barnabys schlechter Laune entgehen konnte.

Natürlich verstand er den Grund dafür. Er empfand nämlich das gleiche. Es gab Zeiten, da hätte man einen Fall am liebsten in die Hand genommen und so lange geschüttelt, bis sich das Innerste nach außen kehrte. Ihn geschüttelt, bis einer der Verdächtigen plötzlich ein ganz anderes Liedchen sang.

Wie zum Beispiel Sarah Lawson. Troy hätte dieses Gespräch vor ein paar Tagen mit ihr ganz anders geführt. Seiner Meinung nach sollte man genau dann auf jemanden Druck ausüben, wenn er am verletzlichsten war. Und selbst wenn sie die Frau jetzt innerhalb der nächsten vierundzwanzig Stunden aufgriffen, hätte sie mehr als drei Tage Zeit gehabt, sich zu sammeln und ihre Geschichte zu sortieren, sie immer wieder durchzugehen, bis sie wasserdicht war.

Allerdings mußte man dazu sagen, daß man bei Angehörigen der Mittelschicht schon ein bißchen vorsichtig sein mußte. Da konnte man sich nicht so gehenlassen wie bei irgendwelchem aggressivem Gesocks aus einem Asi-Wohnblock. Die Lawsons dieser Welt saßen einfach da, als könnten sie kein Wässerchen trüben, dabei trieben sie es die ganze Zeit mit ihrem zuständigen Abgeordneten. Ein kluger Mann sicherte sich in so einem Fall ab.

Sergeant Troy hatte ohnehin im Augenblick die Nase

voll von Frauen. Für ihn waren sie alle Betrügerinnen. Zum Beispiel Jacqui Willig, die sich eindeutig als unwillig erwiesen hatte. Sie hatte nur mit ihm gespielt. Zweifellos eine äußerst scharfe Hülle (wenn man ihn um eine Beurteilung gebeten hätte, hätte Troy vier Chillischoten für dieses appetitanregende Äußere gegeben), aber wenn's ans Probieren ging, lag einem die Tussi ganz schön schwer im Magen. Nach einem schnellen Bier mit Limo im Turk's Head mußte sie davonrasen, um ihrem Mann das Abendessen zu machen. Offenbar war der, wenn nichts Warmes auf dem Tisch stand, sobald er nach Hause kam, den ganzen Abend ungenießbar. Troy hatte mit leicht säuerlicher Stimme erklärt, er könne das nachvollziehen.

An diesem Punkt der übellaunigen Grübeleien des Sergeants erwachte das Faxgerät zum Leben. Er ging hinüber, las das Schreiben und riß das Blatt befriedigt ab. Das würde den Boss aufheitern.

»Eine Nachricht aus Heathrow, Sir.« Er legte das Fax auf Barnabys Schreibunterlage. »Ein kleiner Durchbruch, würden Sie nicht sagen?«

Kurz gesagt ging es um folgendes. Ein Mann, der bei der Gepäckaufbewahrung arbeitete, hatte an der Pinnwand im Büro die Fotos von Alan Hollingsworth und Brenda Brockley gesehen und die junge Frau erkannt.

Gordon Collins, so hieß der Mann, hatte Brenda an dem Abend, an dem sie starb, in dem Bereich direkt unterhalb der Treppe stehen gesehen, dort wo die Koffer deponiert werden. Sie hatte sich nicht in die Schlange gestellt und statt dessen in einer Zeitung gelesen. Wie Eden Lo hatte der Mitarbeiter der Gepäckaufbewahrung den Eindruck, daß Brenda sich vor irgendwem versteckte.

Inspector Fennimore hatte alle Fragen gestellt, die Barnaby auch gestellt hätte. Der Chief Inspector wirkte beim Weiterlesen immer zufriedener. Außerdem war er dankbar, daß ihm bei der Hitze eine weitere Fahrt nach Heathrow, um selber mit dem Mann zu reden, erspart bleiben würde.

Obwohl man ihn gebeten hatte, noch mal genau hinzugucken und nachzudenken, konnte Mr. Collins sich weder erinnern, ob Alan Hollingsworth Gepäck abgegeben, noch ob der welches abgeholt hatte. Allerdings waren die ganze Zeit über drei Mitarbeiter im Dienst gewesen, also war es gar nicht sicher, ob er derjenige war, der das mögliche Gepäckstück angenommen oder den Gepäckschein ausgegeben hatte.

Die beiden anderen Männer aus der Schicht konnten auch nicht weiterhelfen. Jeden Tag benutzten Hunderte von Passagieren diesen Service. Ein Kunde müßte schon äußerst ungewöhnlich aussehen oder sich merkwürdig verhalten, um aufzufallen.

Der hervorragende Inspector Fennimore hatte auch den nächsten Schritt des Puzzles mit bewundernswerter Schnelligkeit gelöst. Hollingsworth war in das Häagen-Dazs-Café gegangen, hatte einen Kaffee bestellt, den er nicht getrunken hatte, und war sofort wieder hinausgegangen. Warum hatte er den Kaffee dann überhaupt bestellt? Weil man ihn angewiesen hatte, den Gepäckschein unter der Untertasse liegenzulassen.

Fennimore hatte den Gepäckleuten deshalb auch das Phantombild von der alten Frau gezeigt und gefragt, ob einer von ihnen sie gesehen hätte. Als alle das verneinten, erkundigte er sich, was denn passiert wäre, wenn diese Frau mit Hollingsworths Gepäckschein an der Theke erschienen wäre.

Alle drei Männer waren sich einig, daß das Gepäckstück wahrscheinlich nicht ohne Erkundigung ausgehändigt worden wäre. Es gab zwar keine Bestimmung, daß derjenige, der das Gepäck abgegeben hatte, es auch wieder abholen mußte. Aber eine alte Streunerin?

Das bedeutete mit Sicherheit, schrieb Inspector Fennimore, daß die alte Frau den Gepäckschein für jemand anders eingesammelt hatte. Und mitgenommen mußte sie ihn haben, denn er war ja nicht dagewesen, als Miss Lo die Tasse abräumte, gleich nachdem sie die Frau verjagt hatte.

Im letzten Abschnitt des Berichts wurde schließlich mitgeteilt, daß die vorläufige gerichtliche Untersuchung der Todesursache im Fall Brenda Brockley nächste Woche Donnerstag im Hounslow Civic Centre stattfinden würde. Außerdem versicherte man den Kollegen von Causton erneut jede notwendige Hilfe.

Barnaby schob den Brief beiseite. Die anfängliche Spannung, das Gefühl, daß endlich was passierte, was die Sache vorantrieb oder einen neuen Blickwinkel eröffnete, verging rasch. Denn was hatten sie letztlich erfahren, was sie nicht schon vorher gewußt hatten? Lediglich die Tatsache, daß das Lösegeld nicht – wie ursprünglich angenommen – in dem Netz von der alten Frau gewesen war, sondern in irgendeiner Tasche in der Gepäckaufbewahrung.

»Bestätigen Sie bitte den Empfang. Und sagen Sie, daß wir uns bedanken.«

»Mach ich, Sir.« Enttäuscht, daß sein Chef sich so rasch wieder hinter seiner schlechten Laune verbarrikadierte, fügte Troy hinzu: »Danach wollte ich eigentlich Pause machen, 'nen Happen in der Kantine essen. Kommen Sie mit?« Den letzten Satz fügte er hinzu, weil Barnaby sein Jackett vom Garderobenständer nahm.

»Nein. Ich geh ins Pub.«

Troy starrte ihn an, dann warf er einen, wie er glaubte, verstohlenen Blick auf die Uhr. Es war noch nicht ganz halb eins.

»Haben Sie ein Problem damit, Sergeant?«

»Natürlich nicht, Sir.« Problem konnte man es nicht gerade nennen. Allerdings war es auch noch nie vorgekommen, daß der Alte mitten im Dienst einen trinken ging, aber vermutlich gab es für alles ein erstes Mal.

Dennoch hatte er ein unbehagliches Gefühl, als er sich daranmachte, den Brief aus Heathrow zu beantworten.

Wie sich dann herausstellte, trank Barnaby nur ein Halfpint leichtes dunkles Bier und aß ein Bauernbrötchen mit Käse und Tomaten. Das Bauernbrötchen unterschied sich praktisch nicht von einem normalen Brötchen, außer daß es mit Mehl bestäubt und etwas teurer war.

Während er an dem geschmacklosen Teigklumpen herumkaute, hatte er eine geniale Idee, wie er diese unproduktive Mittagspause sinnvoll nutzen konnte. Er würde das Parfüm für Joyce kaufen.

Ein Zettel mit der Adresse des nächsten Fachgeschäfts war in seiner Brieftasche, außerdem mehrere Kreditkarten. Sein Scheckheft hatte er ebenfalls dabei. Barnaby fuhr nach Uxbridge, tankte unterwegs und war über die A4007 eine halbe Stunde später in der Innenstadt.

Die Kollegin Titheridge hatte ihm dankenswerterweise genau beschrieben, wo das Geschäft war, andernfalls wäre der Chief Inspector vermutlich stundenlang herumgeirrt. Die Parfümerie lag nämlich in einer winzigen Gasse mit Kopfsteinpflaster hinter einer normannischen Kirche.

Es war ein hübscher kleiner Laden, das Innere ein glitzerndes Achteck aus verspiegelten Wänden, die die Kristallflaschen und die in Cellophan verpackten und mit Bändern verzierten Schachteln in den Regalen zigfach reflektierten.

Eine attraktive Frau mit dunkler Haarmähne, die einen pinkfarbenen Baumwoll-Overall trug, fragte Barnaby lächelnd, ob sie ihm helfen könnte. Er antwortete, er suche nach Joy.

»Als Parfüm, Sir? Oder als Eau de toilette?«

»Parfüm bitte. Es ist ein besonderer Anlaß.«

»Die kleine Flasche haben wir im Augenblick nicht da.«

Sie nahm eine glänzende gold-weiße Packung mit roten Streifen aus dem Regal. »Aber wir haben die nächste Größe. Oder die zu fünfzehn Milliliter.«

Die zweite Packung war sehr viel kleiner. Geradezu winzig kam sie Barnaby vor. Nicht gerade das, was man seiner geliebten Angetrauten zum Fünfzigsten präsentieren würde.

»Ich nehm die erste.«

»Bitte sehr.« Die junge Frau lächelte ihn an und begann, die größere Packung zunächst in rötliches Seidenpapier und dann in metallisch glänzende Goldfolie zu wickeln. Dann wand sie ein breites Satinband darum und machte mehrere große Schleifen. Schließlich griff sie unter die Theke, zog eine Samtrose hervor, die nur einen Ton dunkler war als ihr Overall, und schlang den Stiel um das Satinband.

»Sehr schön«, sagte Barnaby, der mittlerweile sein Scheckbuch aufgeschlagen und die Kappe von seinem Füllfederhalter gedreht hatte. »Also, was kostet der Spaß?«

Sie nannte den genauen Betrag. »Oje, Sie haben Ihren Füller fallen gelassen.«

»Ja.« Barnaby bückte sich und hob ihn auf. Bei der plötzlichen Bewegung wurde ihm schwindlig. Aber eigentlich war ihm längst schwindlig geworden. »Vier...?«

»Vierhundertsiebzehn Pfund und elf Pence bitte, Sir.« Sie beobachtete, wie sein Füller herumzuckte, schließlich – man könnte sagen fast gegen seinen Willen – auf das Papier stieß und die richtigen Worte und Zahlen schrieb. »Da wird sich aber die Dame sehr freuen.«

Barnaby wurde plötzlich klar, daß sie glaubte, das Geschenk wäre für seine Geliebte. Eine heimliche, das schlechte Gewissen lindernde Gabe an eine Frau, die er sich in einem schicken Apartment hielt.

»Das Parfüm ist für meine Frau. Sie wird bald fünfzig. Da wollte ich ihr was ganz Besonderes schenken.«

»Du meine Güte.« Sie war offensichtlich fassungslos. »Sind Sie schon lange verheiratet?«

»Seit dreißig Jahren.«

»Dreißig...?« Also kam noch nicht mal eine neu erwachte Lust als Erklärung in Frage. »Also, da kann ich nur sagen, sie muß Sie sehr glücklich gemacht haben.«

»Glücklich«, sagte Barnaby, während er sein Päckchen nahm und sich zum Gehen wandte, »ist nicht der richtige Ausdruck.«

Das sieht ja nicht schlecht aus«, meinte Sergreant Troy, als sein Chef das auffällig verpackte Geschenk in den Schrank neben seinem Schreibtisch legte.

Barnaby brummte unverbindlich. Normalerweise hätte er so etwas einfach im Auto gelassen. Schließlich war der Wagen abgeschlossen und stand vor einer Polizeiwache. Doch der Preis des Parfüms hatte ihn vorsichtig gemacht. Während er die Schranktür schloß, warf er noch einen letzten Blick darauf. Die Verpackung kam ihm schon jetzt zu schreiend und geschmacklos vor.

»Ich hab nächste Woche auch zwei Geburtstage«, versuchte Troy ein Gespräch in Gang zu bringen. »Maureen und meine Mutter.«

»Was werden Sie ihnen denn schenken?«

»Maureen will dieses Schönheitsbuch von Joan Collins. Ich habe zu ihr gesagt, ›Maureen, wenn jeder so aussehen könnte wie Joan Collins, bloß wenn man ihr Buch liest, dann wär Joan Collins 'nen Scheiß wert...‹«

»Das kam sicher gut an.«

»Und die Alte ist kein Problem.« Das war schon immer so gewesen. Mrs. Troy war selbst von der kleinsten Aufmerksamkeit, die ihre Kinder ihr erwiesen, stets überwältigt. Oder über jede Art von Freundlichkeit, die man ihr entgegenbrachte. Selbstbewußtsein war nicht gerade ihre starke Seite.

In diesem Jahr wollte Troy ihr das Video von *Martin Chuzzlewit* schenken. Er selbst hatte mindestens die Hälfte der Folgen verpaßt und hätte somit die Gelegenheit, das aufzuholen. Der Sergeant hatte was für gute Kostümfilme übrig. Geschnürte Stiefel, Rüschenhauben und gepuderte Perücken. Und dann gab's da ja auch noch die Pferde.

Troy wartete umsonst auf ein anerkennendes Lachen für diese witzige Bemerkung. Der Boss wirkte zerstreut und das blieb auch den restlichen Tag so.

Die Leute, die zum Blackthorn College geschickt worden waren, erschienen pünktlich zur Besprechung um halb sechs in der Einsatzzentrale. Die gute Nachricht war, daß alle Lehrer ebenso wie die Schüler einen Ausweis mit Foto bekamen. Von dem Streifen mit vier Fotos, den Sarah Lawson abgegeben hatte, war nur eins gebraucht worden. Der Rest befand sich noch in ihrer Akte im Büro und war bereitwillig ausgehändigt worden. Die schlechte Nachricht war, daß es sonst nichts weiter zu berichten gab.

Die Polizei hatte sämtliche Teilnehmer ihres Kurses befragt, aber lediglich erfahren, daß die Dozentin sich stark absonderte. Während der Teepause blieb sie meistens im Unterrichtsraum. Man hatte allgemein das Gefühl, daß Sarah die Leute zwar ermutigte und offenkundig an ihren Bemühungen interessiert war, persönlich jedoch strikt auf Distanz hielt.

Über Simone war sich die Gruppe ebenfalls einig. Hübsch anzusehen, und außerdem war sie sehr beliebt gewesen. Freundlich und immer zu einem Plausch bereit, auch wenn sie kaum etwas von sich erzählte. Häufig hatte sie im Unterricht gelacht oder getuschelt, was manchmal etwas störend war. Miss Lawson hatte sie dann ermahnt. Alle bedauerten, daß sie nicht mehr erschienen war.

Die Verwaltung und die übrigen Dozenten konnten ebenfalls nicht weiterhelfen. Da Sarah nur einen Nachmittagskurs pro Woche gegeben hatte, war sie selten im Lehrerzimmer gewesen. Nach ihrem letzten Telefonanruf befragt, erklärte die Frau, die ihn entgegengenommen hatte, Sarah habe gesagt, sie sei von einer Trittleiter gefallen und könne deshalb für den Rest des Trimesters nicht unterrichten. Sie hätte sich einen Arm übel verstaucht und die Schulter ausgerenkt. Nein, besonders deprimiert habe sie sich nicht angehört. Sie hätte in ihrer üblichen unterkühlten Art geredet.

»Wunderbar«, sagte Barnaby, nachdem er sich das alles angehört hatte. »Das war so gut wie nichts. Was bleibt uns also?«

Alle Anwesenden wurden von seinem Pessimismus angesteckt, und da sie erkannten, daß die Frage eh rhetorisch gemeint war, schwiegen sie. Schließlich wagte Sergeant Brierley eine tröstende Bemerkung.

»Zumindest haben wir jetzt ein Foto von Lawson. Wenn man das in Umlauf bringt, muß sie doch irgendwer sehen.«

»Wie bei Mrs. Hollingsworth?«

»Bei allem Respekt, Sir, Mrs. Hollingsworth wurde mit Absicht versteckt.«

Barnabys Miene hellte sich nicht auf. Es war jetzt sechs Uhr durch, und Überstunden lagen keine an. Im Gegenteil, es gab so wenig zu überprüfen, weiterzuverfolgen oder zu recherchieren, daß die nächste Schicht eindeutig übersetzt sein würde.

Alle begannen, ihre Sachen zusammenzupacken. Barnabys Telefon klingelte, der Direktanschluß des Chefs. Er wartete schon die ganze Zeit auf einen Anruf der Spurensicherung von Heathrow. Die hatten nämlich Hollingsworths Auto untersucht, in der Hoffnung einen eindeutigen Beweis zu finden, daß Brenda Brockley durch dieses Fahrzeug zu Tode gekommen war. Aber es war nicht die Spurensicherung von Heathrow.

Barnaby drehte den anderen den Rücken zu, murmelte etwas in den Hörer und verließ den Raum. Er ging zum Aufzug und drückte den Knopf für die nächst höhere Etage.

Troy, der ihm in respektvollem Abstand gefolgt war, wußte, was das zu bedeuten hatte. Also ging er nicht mit den anderen nach Hause, sondern lungerte neben der Aufzugtür herum und tat so, als ob er das Anschlagbrett studierte. Nur für den Fall, daß der Chef Dampf ablassen wollte, wenn er wieder runterkam. Vielleicht wollte er die Sache bereden oder auf einen schnellen Drink ins Pub.

Doch seine Anwesenheit war scheinbar nicht erforderlich. Eine halbe Stunde später stürmte Barnaby mit wutentbranntem Gesicht aus dem Aufzug, raste in die Einsatzzentrale, holte seine Tasche und verließ das Gebäude über das Treppenhaus, ohne seinen treuen Untergebenen überhaupt zu bemerken.

Sergeant Troy hatte noch nie den Ausspruch gehört, »es ist am dunkelsten, bevor es hell wird«, andernfalls hätte er ihn zweifellos in seine Liste abgedroschener Aphorismen aufgenommen. Wie die meisten altehrwürdigen Redensarten traf auch diese immer nur auf bestimmte Leute in einer bestimmten Situation zu, doch Barnaby wäre an diesem elenden Mittwoch sicher sehr viel glücklicher zu Bett gegangen, wenn er gewußt hätte, wie bald dieser Spruch auf ihn zutreffen würde.

Es passierte nämlich folgendes. Als Troy nach Hause kam, saßen sein verhaßter Vetter Colin, dessen Freundin Miranda und Maureen hinterm Haus unter dem Sonnenschirm und tranken Sekt. Talisa-Leanne fuhrwerkte mit einem Mickymaus-Becher herum, der halb voll Orangenlimonade war.

Hin- und hergerissen zwischen dem Vergnügen über den

ungewohnt feuchtfröhlichen Empfang und dem Ärger über Colins »große Überraschung« (er hatte sich gerade mit Miranda verlobt) setzte Troy sich hin, um bei dem billigen Sekt aus dem Supermarkt reichlich zuzulangen.

Die Unterhaltung plätscherte dahin. Die vier hatten eigentlich nichts gemein. Troy war müde, Maureen abgelenkt von dem Kind, und Colin und Miranda machten einfach die Runde, wie das Leute mit wunderbaren Neuigkeiten schon immer gern getan haben.

»Wie läuft's denn so bei der Arbeit, Gav?« fragte Colin. »Sorgt ihr euch immer noch um die Sicherheit von Räubern und Dealern?«

Maureen lachte.

Miranda sagte: »Colin.«

»Zufällig suchen wir gerade nach jemanden, der in deiner Schule unterrichtet hat«, sagte Troy zu Miranda. »In der kunstgewerblichen Abteilung. Mittwoch nachmittags.«

»Da kenne ich niemanden. Ich arbeite full-time bei den Wirtschaftsleuten.«

»Sarah Lawson?«

Miranda schüttelte den Kopf. »Sie ist also verschwunden?«

»Richtig. Vor drei – nein vier Tagen.«

»Und was macht ihr jetzt?« fragte Miranda. »Ich meine, wie geht ihr vor, um jemanden zu finden?«

»Stich ihn nicht an, Schatz«, sagte Colin.

»Das ist aber doch interessant.«

»Yeah. Als ob man Farbe beim Trocknen zuguckt.«

»Laß das, Talisa-Leanne!« brüllte Maureen.

»Bääähh...«

»Gib mir mal den Lappen, Gav.«

»Nun ja«, sagte Troy, während er ihr den Lappen gab, »wir zeigen ein Foto rum, sofern wir eins haben. Bitten Presse und Öffentlichkeit um Hilfe. Reden mit Leuten, die sie gekannt haben. Eventuell fragen wir bei Immobilienmaklern und Wohnungsagenturen nach, für den Fall daß sie sich irgendwo ein Schlupfloch gmietet hat. Bei einem wirklich großen Fisch, zum Beispiel einem Finanzmann, der getürmt ist, verständigen wir natürlich auch die See- und Flughäfen.« Wenn man so erzählte, klang es ja ganz spannend, völlig anders als die mühselige und eintönige Realität.

Miranda sagte etwas, das von Talisa-Leannes wütendem Geplärr übertönt wurde.

»Gib ihr den Becher zurück«, sagte Sergeant Troy in befehlerischem Tonfall.

»Damit sie alle damit beschlabbert?«

»Sie ist doch erst drei.«

Mit zusammengekniffenen Lippen gab Maureen ihrer Tochter den Becher zurück und wischte sich die Orangenlimonade vom Rock. Es war immer dasselbe. Sie ist doch erst eins, sie ist doch erst zwei, sie ist doch erst drei. Maureen konnte sich schon vorstellen, wie sich gutaussehende junge Männer vor ihrer Haustür drängten, bloß um gesagt zu bekommen, Talisa-Leanne könne nicht zum Spielen rauskommen, weil sie erst einundzwanzig wäre.

»Entschuldigung, das hab ich gerade nicht mitgekriegt«, sagte Troy zu Miranda.

»Ich hab gefragt, ob du's schon mal bei der Wohnungsagentur vom College versucht hast?«

»Wußte gar nicht, daß die so was haben.«

»Die vermieten möblierte Zimmer oder Apartments für Studenten. Manchmal auch richtige Wohnungen, wenn mehrere Leute zusammenziehen wollen.«

»Ist das eine eigenständige Abteilung?«

»Nein, das läuft übers Sekretariat.«

Und so kam es, daß Sergeant Troy am nächsten Morgen eine Stunde früher als sonst das Haus verließ – was ihm natürlich nichts ausmachte – und über die M40 nach High Wycombe raste.

Er hatte keinerlei Erwartungen. Im Gegenteil – während er im Sekretariat an der Theke wartete, nachdem er seinen Ausweis gezeigt und erklärt hatte, was er wollte, kam ihm allmählich der Gedanke, daß das reine Zeitverschwendung war. Denn wenn Sarah Lawson bloß deshalb überstürzt abgehauen war, weil er mit dem Chef bei ihr aufgekreuzt war, dann hätte sie sich wohl kaum vorher ein Zimmer besorgt, wo sie notfalls unterschlüpfen könnte.

Ganz automatisch taxierte Troy die Frauen im Büro. Sie waren alle mittleren Alters und mit Hüften wie, nun ja, wie Nilpferde. Eine mütterlich aussehende lächelte ihn an. Troy lächelte zurück, aber ganz reuevoll, um zu verstehen zu geben, daß er die Anmache zu schätzen wisse, aber nicht im Gigolo-Gewerbe arbeite.

Die Frau, der bloß dieser Mann leid getan hatte, der aussah, als könne er mal eine ordentliche Mahlzeit vertragen, sagte irgendwas zu ihrer Kollegin, worauf beide in schallendes Gelächter ausbrachen.

Troy bemerkte das gar nicht. Sein Blick war auf die junge Frau fixiert, die sich um seine Anfrage kümmerte. Sie kam gerade zur Theke zurück. Und sie hatte tatsächlich eine Karte in der Hand.

Er ermahnte sich, sich nicht zu früh zu freuen. Es könnte sich um eine schlichte Karteikarte handeln. Die Frau würde sagen: Ist das die Miss Lawson, die Sie meinen? Bay Tree Cottage, Fawcett Green? Ich fürchte, wir haben von ihr nur diese eine Adresse. Und das wär's dann.

»Miss Lawson hat tatsächlich bei uns wegen einer Unterkunft angefragt. Vor etwas mehr als einem Monat. Ein Cousin von ihr wollte zu Besuch aus Amerika kommen. Sie suchte für ihn ein Apartment.«

»Und haben Sie was für sie gefunden?« Troy war überrascht, wie selbstverständlich die Worte herauskamen. Tief und getragen – fast wie ein Choral. Seine Haut mochte zwar von rasch wechselnden Hitze- und Kältewallungen brennen und prickeln und sein Nacken stechen, als ob sich dort tausend Stachelschweine paarten – seiner Stimme konnte man nichts anmerken.

»Ja, das haben wir. Eine kleine Einzimmerwohnung in der Flavell Street in High Wycombe. Es gab kein Telefon, aber das schien ihr nichts auszumachen.«

»Darf ich?«

»Bitte sehr.«

Die junge Frau, die schönste, wie Troy allmählich klar wurde, die er in seinem ganzen Leben je gesehen hatte, reichte ihm einen Kuli und einen Block. Er notierte sich die Adresse. Und dann, da er ihr nicht bieten konnte, was sie eigentlich verdient hatte – den Mond und die Sterne, die Welt, ja das gesamte Universum –, bedankte er sich einfach und ging.

Kurz darauf war von draußen, direkt vor dem Sekretariat, ein lauter Schrei zu hören. Alles rannte ans Fenster. Nur wenige Meter von ihnen entfernt sahen sie auf dem Parkplatz jenen schlanken, rothaarigen, gutaussehenden Mann, der sich gerade nach der Unterkunft erkundigt hatte.

Während sie ihn beobachteten, stieß er einen weiteren Schrei aus, hob die geballten Fäuste und sprang in die Luft.

Die Wohnung in der Flavell Street 13 lag in einer belebten, aber eindeutig abgerissenen Gegend, direkt über der Sunbeam Washeteria. Der Waschsalon lag in einer kleinen Häuserzeile mit vier Läden. Dazu gehörten außerdem ein muslimisches Geschäft, das Metzgerei und Gemüsehandlung in einem war, ein Wettbüro und ein karitativer Laden zugunsten von Obdachlosen.

Man könnte meinen, daß jemand, der sich selbst oder eine andere Person verstecken will, sich eine abgelegene Gegend suchen sollte, viele Meilen von dem entfernt, was man in Ermangelung eines besseren Wortes Zivilisation nennt. Barnaby war jedoch ganz anderer Meinung. Wie jener Mann, der erklärt hatte, daß der beste Ort, ein Buch zu verstecken, eine Bibliothek sei, glaubte er, daß man einen Menschen am besten dort verstecken konnte, wo viele Menschen sind.

Natürlich konnte man nirgends parken. Um nicht aufzufallen, parkte Troy nicht einfach auf einer doppelten gelben Linie, sondern fuhr so lange herum, bis er einen großen freien Platz fand, der für die Klienten von Fenn Barker, Anwaltskanzlei und Notar, reserviert war. Dort stellte er den Wagen ab.

An diesem Tag schien das Wetter endlich umzuschlagen und die beiden Männer gingen unter einem düsteren Himmel zur Flavell Street zurück. Über ihnen brauten sich Gewitterwolken zusammen. Als sie gerade an einem Friseur- und Massagesalon vorbeigingen, dem Cut and Come Again Salon, fielen die ersten Regentropfen. Die waren so schwer, daß dort, wo sie auf das Pflaster klatschten, winzige Staubwolken aufstoben.

Der einzige Zugang zu der Wohnung über dem Waschsalon war eine schmutzige Außentreppe aus Eisen. Troy trat einige Apfelsinenkisten, vertrocknete Kohlstrünke und verfaultes Obst beiseite und stieg die Treppe hinauf. Er klopfte laut an die Tür von Nummer dreizehn, dann ging er mit dem Gesicht ganz nah an das einzige Fenster und versuchte hineinzusehen. Doch die gelblich grauen Vorhänge, die von Alter und Schmutz ganz steif waren, waren undurchdringlich. Während sie darauf warteten, daß etwas passierte, dachte Troy mit so heftigem Vergnügen, daß es beinahe weh tat, über seinen gerade errungenen Triumph nach.

Während er zur Wache gefahren war, hatte er sich natürlich immer wieder vorgestellt, wie er den Zettel mit der Information überreichen würde, die er völlig aus eigener Initiative ausgegraben hatte (Mirandas Beitrag hatte er längst vergessen) und die dem Fall zum Durchbruch verhelfen würde.

Zunächst hatte er vorgehabt, erst mal den Mund zu halten und dann die Information bei der Einsatzbesprechung um neun ganz lässig in die Runde zu werfen. Dann erwog er, sie an das Anschlagbrett zu hängen und abzuwarten, bis es jemandem auffiel. Oder sollte er ganz beiläufig eine Notiz auf den Schreibtisch vom Chef fallen lassen? Das könnte vielleicht nützlich sein, Sir.

Schließlich wählte er natürlich keine von den drei Möglichkeiten, sondern lief mit dynamischen Schritten vom Parkplatz in das Polizeigebäude, steigerte sein Tempo noch auf dem Hauptflur und schoß mit einem lauten »Hey! Hey. Ratet mal, was ich hier hab?« in die Einsatzzentrale.

Er würde nie ein gelassener Typ werden. Aber für einen Mann, der mit ganzer Seele nach Lob und Bewunderung gierte, hatte die Reaktion seiner Nachricht immer noch einen gewissen Glanz hinterlassen.

Während er nun zum zweiten Mal fest an die schäbige Tür klopfte, spazierte Barnaby über den Balkon und schielte in die Fenster der übrigen drei winzigen Wohnungen. Nur die am weitesten von Nummer dreizehn entfernte schien ganz normal bewohnt zu sein. Die über dem Buchmacher war mit Schreibwaren, Gastronomiepackungen mit Teebeuteln und Nescafé und Türmen von eingeschweißten Styroporbechern vollgestopft. Die dritte war völlig leer.

Troy hockte sich hin, hob die verkratzte Aluminiumklappe des Briefschlitzes und spähte hinein. Kein Anzeichen von menschlichem Leben. »Da ist niemand, Chef.«

Troy war enttäuscht. Er hatte sich ein ganz anderes Szenario vorgestellt. Sarah Lawson würde öffnen und dann – völlig überrascht und entsetzt, daß man sie gefunden hatte – einen Fluchtversuch machen. Oder sie würde versuchen, ihnen die Tür vor der Nase zuzuknallen. In beiden Fällen hätte Sergeant Troy kein Problem gehabt, sie zur Vernunft zu bringen.

»Keine Sorge.« Barnaby stützte die Ellbogen auf die hüfthohe Brüstung und ließ sich genüßlich den Regen ins Gesicht tropfen. »Sie kommt schon wieder.« Er hatte sich an diesem Morgen noch nicht mal die Mühe gemacht, einen Durchsuchungsbefehl zu besorgen. Die Frau festzunehmen war das einzige, was im Moment zählte. Diese Wohnung und das Bay Tree Cottage könnten morgen oder übermorgen oder sonstwann durchsucht werden. »Hier gegenüber ist ein Kebab-Laden. Kommen Sie, gehn wir was trinken. Wir können auch von dort die Wohnung im Auge behalten.«

Doch dann kamen sie nicht mal dazu, ihre Bestellung zu machen. Sie hatten sich nämlich kaum gesetzt, da sahen sie ihr Opfer gemütlich auf der gegenüberliegenden Straßenseite herannahen.

»Holen Sie das Auto«, sagte Barnaby.

Das Vernehmungszimmer im Erdgeschoß des Polizeigebäudes hatte zwar keine Fenster, wurde aber von zwei Neonröhren hell erleuchtet. Die Wände bestanden aus perforierten Gipskartonplatten, die Stühle hatten Stoffsitze und gepolsterte Armlehnen, der Tisch war hellgrau. Funktional, aber nicht bedrohlich. Abgesehen davon, daß dieser Raum ohne Tageslicht auskam, gab es dort eigentlich nichts, das Unbehagen, geschweige denn Verzweiflung hätte auslösen können.

Doch Sarah Lawson zeigte von dem Augenblick an, wo sie hereingeführt wurde, Symptome tiefster Beklemmung. Barnaby erkannte, daß das an dem Raum und nicht an ihrer Situation lag, denn bevor sie das Zimmer betrat, hatte sie sich ganz anders verhalten.

Als er ihr vor der Buchbinderei in den Weg getreten war, mehrmals ihren Namen genannt und gesagt hatte, daß er mit ihr reden wollte, hatte sie ihn nur kritisch betrachtet, als ob er ein völlig Fremder wäre. Schließlich hatte sie dann schlicht bemerkt: »Ach, Sie sind's.«

Da wußte Barnaby, daß er sich geirrt hatte. Was auch immer der Grund für ihren überstürzten Aufbruch aus dem Bay Tree Cottage gewesen war, der Besuch von der Polizei war es nicht. Das brachte ihn etwas aus dem Konzept, und er hatte sich immer noch nicht ganz gefangen.

Nicht daß Sarah Lawson besonders glücklich gewesen wäre, sie zur Wache zu begleiten. Sie hatte gefragt, wie lange es dauern würde und warum sie nicht gleich an Ort und Stelle miteinander reden könnten. Und während sie widerwillig ins Auto stieg, starrte sie mehrmals die Straße auf und ab, und auch als sie losfuhren, sah sie einige Male erst aus dem einen, dann aus dem anderen Fenster, bis sie ein gutes Stück von der Innenstadt entfernt waren.

Da sie eindeutig nach jemandem Ausschau hielt, erklärte Barnaby, sie würden gern warten, wenn sie kurz eine Nachricht in der Wohnung hinterlassen wollte. Er fügte nicht hinzu, daß sie natürlich über den Inhalt dieser Nachricht informiert werden müßten. Doch das Angebot wurde ohnehin abgelehnt.

Sarah hatte höflich den Tee angenommen, den man ins Vernehmungszimmer gebracht hatte, ihn jedoch nicht angerührt. Die Vernehmung lief jetzt seit einer halben Stunde. Sarah hing mit ausdruckslosem Gesicht schlaff auf ihrem Stuhl und bekundete ein derartiges Desinteresse an der ganzen Angelegenheit, daß Troy der Meinung war, sie könnten genausogut den Brunnen im Garten des Bay Tree Cottage befragen.

Sie sah noch ungepflegter als beim letzten Mal aus. Ihr blaues Kleid war nicht mehr ganz sauber und immer noch feucht von vorhin, als sie zusammen im Regen gestanden hatten. Und sie war noch dünner geworden. Ihr glanzloses Haar war verfilzt und fiel in dicken Strähnen über ihre Schultern. Ihre Haut wirkte rauh und großporig, und obwohl ein kleiner, aber sehr leistungsstarker Ventilator auf dem Tisch stand, hatte sie Schweißperlen auf der Stirn. Mit ihren dünnen Fingern zupfte sie am Ausschnitt ihres Kleides und zog ihn vom Hals weg, als ob er sie am Atmen hindere. Sie sprach jetzt erst zum dritten Mal, seit sie den Raum betreten hatten.

»Können wir nicht bitte woanders reden? Ich kann nicht... Dieser Raum... Ich krieg hier keine Luft.«

»Ich fürchte, im Augenblick ist nichts anderes frei.«

Das stimmte nicht. Doch Barnaby war entschlossen, die unvermutete Schwachstelle bei dieser verstockten Verdächtigen soweit wie möglich auszunutzen.

»Wenn der formelle Teil unserer Vernehmung beendet ist, können wir in meinem Büro weiterreden«, sagte Barnaby und fügte hinzu: »Das ist im fünften Stock.«

Sie sagte nichts, doch ihre Augen, ja ihr ganzes Gesicht, leuchtete auf.

Der Chief Inspector fragte sich, ob sie ernsthaft an Klaustrophobie litt. Wenn ja, würde er sehr vorsichtig vorgehen müssen. Ein geschickter Anwalt könnte eine Menge Pluspunkte aus einer Vernehmung herausschlagen, die unter derartigem psychologischem Stress geführt worden war.

»Wie ich bereits sagte, Miss Lawson, Sie haben das Recht, einen Anwalt hinzuzuziehen, wenn...«

»Ich kenne keinen.«

»Das Gericht kann Ihnen einen Pflichtverteidiger zur Verfügung stellen.«

»Warum sollte ich so was wollen?« Und als keine Antwort erfolgte, fügte sie hinzu: »Können wir nicht einfach weitermachen?«

»Selbstverständlich. Ich möchte zunächst noch einmal auf unser erstes Gespräch zurückkommen. Es scheint da bei den Daten eine gewisse Diskrepanz zu bestehen. Sie haben uns erzählt, sie seien am Montag, dem 10. Juni, abends in *Castrato* gewesen. Wir haben jedoch festgestellt, daß der Film zum letzten Mal am Samstag vorher gezeigt worden war.«

»Ach. Dann muß es an dem Tag gewesen sein. Oder irgendwann unter der Woche. Was spielt das für eine Rolle?« Sie klang nicht nur so, als wüßte sie tatsächlich nicht, was das für eine Rolle spielte, sondern es schien ihr auch egal zu sein.

»Können Sie sich denn erinnern, was Sie nun wirklich an dem Abend gemacht haben?«

»Vermutlich im Garten herumgesessen.«

Barnaby, der auf die sanfte Tour vorgehen wollte, ging nicht weiter darauf ein, und erwähnte nicht, daß Gray Patterson »gegen acht« bei ihr vorbeigeschaut und festgestellt hatte, daß sowohl Sarah als auch ihr Auto nicht da waren. Solche Überraschungen würde er sich für die zweite Runde aufsparen. Statt dessen kam er auf den Tod von Alan Hollingsworth zu sprechen und fragte, wie gut sie den Mann gekannt habe.

»Das haben Sie mich schon mal gefragt.«

»Helfen Sie meinem Gedächtnis nach, Miss Lawson.«

»Ich hab ihn überhaupt nicht gekannt.«

»Dann würde ich meinen, daß Ihre Reaktion auf seinen Tod ziemlich ungewöhnlich war.«

»Als Sie sagten, daß die Sache verdächtig sei, war ich

schockiert. Wenn man plötzlich in einem Gespräch mit einem Verbrechen konfrontiert wird, kann das diese Wirkung haben. Vielleicht bin ich da übersensibel.«

Das konnte schon sein. Barnaby erinnerte sich, wie heftig sie darauf reagiert hatte, als sie erfuhr, daß Hollingsworth seine Frau körperlich mißhandelt hatte.

»Als Mrs. Hollingsworth Sie für jenen Donnerstag, an dem sie verschwand, zum Tee einlud, nannte Sie da irgendeinen Grund, warum sie ausgerechnet diesen Tag vorschlug?«

»Eigentlich nicht.«

»Vielleicht war das der einzige Tag, an dem Sie konnten?«

»Nein. Ich habe jeden Nachmittag frei, außer mittwochs.«

»Was meinen Sie, warum sie Sie zur gleichen Zeit eingeladen hat, zu der sie auch einen Friseurtermin vereinbart hatte?«

»Ich würde sagen, sie hat's einfach vergessen. Simone war manchmal ein bißchen schusselig.«

»Und an jenem Abend, Miss Lawson«, fuhr Barnaby fort, »was haben Sie da gemacht?«

»Was ich immer mache. Ein bißchen gelesen, Musik gehört, im Garten herumgewerkelt.«

»Dann war das also nicht der Abend, an dem Sie den Film gesehen haben?« gab Sergeant Troy zu bedenken.

»Nun ja, der könnte es auch gewesen sein. Ich weiß wirklich...«

»Sie können sich nicht erinnern?«

»Hören Sie, dauert das noch lange?« Während der letzten Minuten hatte sich ihr Atem verändert. Er war jetzt so rasch und flach, daß sie beinah zu keuchen schien. Barnaby fragte, ob sie ein Glas Wasser wolle, doch sie lehnte ab. »Sobald ich hier raus bin, geht's mir wieder gut.«

»Als nächstes hätte ich ein paar Fragen zu dieser Wohnung in High Wycombe«, sagte der Chief Inspector. »Soweit ich weiß, haben Sie dem College erklärt, Sie brauchten sie für einen Cousin, der aus den Staaten zu Besuch käme.«

»Das stimmt.«

»Und entspricht das der Wahrheit?«

Ihre Augen wanderten ständig in dem Betonkabuff herum, suchten jede Ecke ab und schweiften über Fußboden und Decke. Und wie zum Schutz schien sie in sich selbst zu versinken. Als ob der Raum eine körperliche Bedrohung darstellte.

»Miss Lawson? Entspricht das der Wahrheit?«

»Warum sollte ich so etwas erfinden?«

»Könnten Sie mir dann bitte ein paar Einzelheiten nennen?«

»Was meinen Sie mit Einzelheiten?«

»Damit meinen wir«, sagte Sergeant Troy, »den Namen Ihres Cousins, seine Adresse und Telefonnummer.«

»Er... reist viel herum. Zieht häufig um. Normalerweise warte ich, bis er sich mit mir in Verbindung setzt.«

Barnaby legte eine Pause ein, die lang genug war, um seine Ungläubigkeit unmißverständlich deutlich zu machen. Er war ehrlich überrascht über eine so erbärmliche Ausrede. Sie hatte doch Zeit genug gehabt, um sich etwas Glaubwürdigeres auszudenken als einen mysteriösen Verwandten aus Amerika.

Troy, der seinem Boss anmerkte, was in ihm vorging, lehnte sich nur gegen die Wand und schüttelte seufzend den Kopf. Obwohl er seinen Spaß hatte, war er dennoch genau wie Barnaby etwas enttäuscht über diesen mangelnden Einfallsreichtum. Was hatte es denn mit dieser ganzen Kreativität auf sich, wenn man noch nicht mal eine richtig gute Geschichte erfinden konnte?

»Sie behalten also die Wohnung, bis Sie von Ihrem Cousin hören?«

»Ja.« Aus irgendeinem Grund brachte diese Frage, die nur flüsternd beantwortet wurde, Sarah fast zum Weinen.

Barnaby wartete, nicht um ihr Gelegenheit zu geben, sich zu fassen, sondern weil er nicht genau wußte, wie er diesen eindeutig schwachen Punkt ausnutzen konnte. Die Tatsache, daß er nur durch eine Lüge ans Licht gekommen war, half auch nicht weiter. Schließlich sagte er: »Als wir uns getroffen haben, haben Sie doch nach jemandem Ausschau gehalten.«

»Nein.«

»Auf jemand gewartet?«

»Sie irren sich.«

»Na schön.« Es hatte keinen Sinn, Zeit zu verschwenden, indem man etwas zu beweisen versuchte, das nicht zu beweisen war. »Dann wollen wir uns jetzt, wenn's Ihnen recht ist, über Ihren Unfall unterhalten, Miss Lawson?«

»Was für einen...« Sie unterbrach sich eine Sekunde zu spät.

»Genau«, sagte Barnaby und wartete.

»Ich brauchte eine Pause vom Unterrichten. Ehrlich gesagt, ich war einfach nur ein bißchen erschöpft, aber ich glaube nicht, daß das College das sehr wohlwollend als Entschuldigung anerkannt hätte.«

»Sind Sie krank?« fragte der Chief Inspector.

»Nein, wieso?«

»Ich würde meinen, daß drei Stunden Unterricht pro Woche nicht besonders anstrengend sind.«

»Vielleicht haben Sie sich anderweitig betätigt?« Troys höflicher Tonfall konnte nicht die Spitze in seinen Worten verbergen, und sollte es auch nicht. »Privatstunden oder so.«

»Hören Sie.« Ihr Blick war jetzt ganz auf die Tischplatte

fixiert, wo sie einen schmalen Staubstreifen mit dem Zeigefinger der linken Hand hin und her schob. »Sie haben gesagt…, Sie…«

Barnaby beugte sich leicht besorgt vor. Ihr Mund öffnete und schloß sich rasch, wie bei einem Fisch, der nach Luft schnappte. Der Chief Inspector wollte ihr erneut ein Glas Wasser anbieten, da fing sie an, sich zu wiederholen.

»Gesagt. Sie haben gesagt. Wir könnten nach oben gehen. In den fünften Stock.«

»Nach der Vernehmung.«

»Ich kann hier nicht atmen.«

»Sergeant, machen Sie die Tür auf.«

Troy gehorchte widerwillig. Er hielt nichts davon, den Launen der Verdächtigen nachzugeben. Die hatten eh schon genug Rechte mit den ganzen Sozialdiensten und der Hälfte der Anwaltschaft, die auf ihrer Seite stand.

»Sie verstehen das nicht. Das liegt nicht an Sauerstoffmangel.« Troy schloß die Tür wieder. »Sondern daran, daß hier kein Tageslicht ist.«

»Nur noch ein paar Fragen.«

»Tut mir leid. Ich muß raus!«

»Es dauert nicht mehr lange.«

»Ich muß zur Toilette.«

»In Ordnung.« Obwohl das eindeutig ein spontaner Einfall war, konnte Barnaby ihren Wunsch nicht ablehnen. »Würden Sie bitte jemanden holen, Gavin?« Er nannte die Uhrzeit und hielt das Band an.

Als die Polizistin hereinkam, winkte der Chief Inspector sie zu sich und sagte: »Ich glaube, Sie sollten noch eine Kollegin mitnehmen.«

»Sie glauben doch nicht etwa, daß die Lawson abzuhauen versucht?« fragte Sergeant Troy, nachdem die beiden Frauen den Raum verlassen hatten.

»Deswegen mache ich mir keine Sorgen.«

Obwohl die Toilette nicht weit entfernt war, vergingen zehn Minuten, bevor man aufgeregte Stimmen auf dem Flur hörte. Schließlich wurde Sarah Lawson mehr oder weniger unfreiwillig in das Vernehmungszimmer zurückgebracht.

»Tut mir leid, daß es so lange gedauert hat, Sir. Es war alles ein bißchen mühsam.«

»Ich versuche ja wirklich, geduldig zu sein, Miss Lawson«, sagte Barnaby, nachdem Sarah sich wieder hingesetzt hatte, »aber Sie machen es uns nicht gerade leicht.«

»Tut mir ...«

»Je kooperativer Sie sich zeigen, desto schneller bringen wir das Ganze hinter uns. Und das wollen wir doch beide, oder etwa nicht?«

Sarah nickte. Die Unterbrechung hatte ihr offenbar alles andere als gutgetan. Jetzt zitterte sie an Armen und Beinen, und ihre Lippen bebten.

»Ich möchte Sie jetzt nach Ihrer Beziehung zu Gray Patterson befragen. Sind Sie Freunde oder ist es mehr?«

»Freunde.«

»Enge Freunde?«

»Absolut nicht. Die Beziehung ist ganz nachbarschaftlich.«

»Haben Sie sich in irgendeiner Weise mit ihm verschworen, um die Entführung von Simone Hollingsworth und die anschließende Lösegeldforderung in die Wege zu leiten?«

»Nein!«

»Hat er je mit Ihnen über eine solche Möglichkeit geredet?«

»Niemals.«

»Hat er von Rache gesprochen? Von einer Möglichkeit, seinen Anteil wiederzubekommen, um den Hollingsworth ihn betrogen hat?«

»Nein.«

»Worüber haben Sie denn geredet, wenn Sie sich getroffen haben?«

»Über nichts. Alltägliche Banalitäten.«

»Wie gut haben Sie Alan Hollingsworth gekannt?«

»Was?« Sie starrte ihn fasziniert und verwundert an.

»Die Frage war«, blaffte Troy, »wie...«

»Das haben Sie mich doch schon gefragt! Und ich hab es beantwortet! Worauf wollen Sie hinaus?« Sie sprang auf. Ihre Wangen glühten. Sie schüttelte verzweifelt den Kopf, und die feuchten Haarsträhnen schlugen gegen ihre eingefallenen Wangen. »Warum ziehen Sie die Sache so in die Länge?«

»Also gut, Miss Lawson, beruhigen Sie sich. Eine letzte Frage, und dann sind wir fertig.« Vorläufig. »Was haben Sie in der Nacht gemacht, in der Hollingsworth starb?«

»Das habe ich Ihnen doch erzählt. Ich war zu Hause.«

»Gray Patterson hat um acht beim Bay Tree Cottage vorbeigeschaut. Von Ihnen und Ihrem Auto fehlte jegliche Spur.«

Das traf sie eiskalt. Und ihr psychischer Zustand war so, daß sie sich noch nicht mal so weit konzentrieren konnte, um auch nur die simpelste Antwort zustande zu bringen.

»Ich werde mir gleich einen Durchsuchungsbefehl für die Wohnung in der Flavell Street besorgen. Und auch für Ihr Haus in Fawcett Green. Es wäre hilfreich, wenn Sie uns die Schlüssel geben würden, andernfalls fürchte ich, daß wir gewaltsam eindringen müssen, und das kann eine Menge Unannehmlichkeiten bedeuten.«

Sie antwortete nicht, sondern schob einfach ihre Stofftasche über den Tisch. Sie war mit dem Pfauenmuster von Liberty's bedruckt, weich und ungefüttert und hatte eine Kordel zum Zuziehen.

Nachdem Troy erklärt hatte, die Verdächtige habe freiwillig ihre Handtasche samt Inhalt übergeben, wurde erneut die Uhrzeit genannt und das Band abgeschaltet.

Dann wurde Sarah Lawson, die jetzt ihre Verzweiflung anhaltend und lautstark bekundete, erklärt, sie würde vorläufig in Haft genommen, zumindest bis die Ergebnisse der Durchsuchungen vorlägen.

Das bedeutete eine Zelle. Es gab nur eine einzige mit einem vergitterten Fenster, und die war besetzt. Barnaby sprach mit dem diensthabenden Sergeant, erklärte die extreme Streßsituation, unter der seine Verdächtige stand, und daß ihr psychischer Zustand sich nur verschlimmern würde, wenn man sie in einen Raum ohne Fenster sperrte. Daraufhin wurde der Insasse besagter Zelle verlegt.

Nachdem Sarah Lawson dann eingewiesen worden war, gab der diensthabende Sergeant zu bedenken, ob man ihr nicht den Gürtel und die Schnürsenkel abnehmen sollte. Wenn man außerdem bedachte, daß es Anfang des Jahres einem weiblichen Untersuchungshäftling gelungen war, sich mit einem BH zu erhängen...

Der Chief Inspector wog die Möglichkeit eines Selbstmordversuchs gegen den zusätzlichen Streß ab, den die zwangsweise Entfernung von Kleidungsstücken der Verdächtigen bereiten würde, und entschloß sich gegen einen solchen Schritt. Allerdings bat er darum, daß man statt wie üblich viermal pro Stunde alle fünf Minuten nach der Gefangenen sehen sollte. Ohne auf die ungläubigen und verärgerten Blicke des überarbeiteten Vollzugspersonals zu achten, schlug er außerdem vor, daß ein Arzt einen Blick auf die Gefangene werfen sollte.

Nachdem er den Durchsuchungsbefehl erhalten hatte, ging Barnaby zum Zellenblock zurück. Er öffnete die Klappe an der Tür von Nummer drei und sah hinein.

Das Zellenfenster lag selbst für jemanden, der so groß wie Sarah Lawson war, ein gutes Stück außer Reichweite.

Deshalb war sie auf den Rand der Toilette geklettert und hatte sich an den Gitterstäben nach oben gezogen. Mit den Zehenspitzen berührte sie noch das Porzellanbecken, und ihr Gesicht war gen Himmel gewandt. Ein goldenes Rechteck aus Sonnenlicht fiel wie eine Blende über ihre Augen.

Niemand nahm auch nur die geringste Notiz von Barnaby und Troy, als sie erneut die Eisentreppe in der Flavell Street hinaufstiegen. Selbst dann nicht, als sie Latexhandschuhe überstreiften, ein Schlüsselbund hervorzogen, das Apartment aufschlossen und vom Balkon eine leere Mülltonne mit hineinnahmen.

Das erste, was ihnen in die Nase drang, war der Geruch von abgestandenem Fett. Er hing in der Luft, in den Gardinen, im Teppichboden und zweifellos auch in den Möbeln. Jahrzehntelang hatten Leute hier fettiges Zeug gebrutzelt. Troy tastete nach einem Lichtschalter.

Sie standen in einem schmalen Flur, von dem drei Türen abgingen. Es waren solche von der billigen Sorte, innen mit Wattezeug gefüllt und außen hellbraun lackiert. Eine führte in ein Badezimmer mit angeknacksten grün-schwarzen Kacheln und einer alten, ursprünglich weißen Badewanne. Hinter der zweiten verbarg sich eine gammelige Küche – zwei nicht zusammenpassende freistehende Schränke, ein schmutziger Resopaltisch, zwei mit Plastik bezogene Stühle, von denen bei einem der Sitz aufgeschlitzt war, und ein verdreckter Kühlschrank. Barnaby stocherte angewidert zwischen den angeschlagenen Töpfen und Pfannen im Spülbecken herum. Dann schloß er die hintere Tür auf. Hier führte eine weitere Eisentreppe in eine schmale, menschenleere Gasse, die von Garagen gesäumt war.

Sergeant Troys lautes Geschrei: »Chef! Kommen Sie, schnell!« schreckte ihn auf.

Mit schweren Schritten eilte Barnaby in den Wohnraum.

Troy stand mitten auf einem scheußlichen schwarz-gelben Teppich und starrte auf die Wand...

»Aahhh«, rief der Chief Inspector.

»Treffer, was?«

»Allerdings«, stimmte Barnaby zu. Am liebsten wäre er vor Begeisterung herumgehüpft, was jedoch bei seinem Gewicht nicht so gut möglich war. Deshalb schlug er die rechte Faust in die linke Hand und sagte überschwenglich: »Das ist wohl wahr.«

Obwohl die Tapete alles andere als schön war, betrachteten die beiden Männer die schmalen Streifen und kitschigen Hündchen, als handele es sich um ein bisher unentdecktes Werk von Michelangelo.

»Okay, wir müssen weitermachen. Wo ist die Kamera?«

»Die sollte nicht schwer zu finden sein.« Sergeant Troy, der Überbringer guter Nachrichten, die den Durchbruch bedeuteten, stolzierte aufgeblasen herum. »Diese Bude ist ja nicht größer als ein Rattenloch.«

Sie fingen beide an zu suchen. Es dauerte nicht lange. Troy nahm sich die Sitzmöbel vor – einen Sessel mit rostrotem Nylonbezug und eine zerfranste senfgelbe Schlafcouch. Während er zwischen den Polstern suchte und das Bett ausklappte, ging Barnaby die Kommodenschubladen und den Kleiderschrank durch. Das war schnell erledigt, da bis auf zwei Laken, ein Kopfkissen und mehrere Decken alles leer war.

Während das Hochgefühl langsam nachließ, inspizierte der Chief Inspector die Küchenschränke. Sie enthielten ein paar Vorratsgläser und Dosen, in denen nichts drin war, sowie einige Teebeutel und eine Tüte Milch. Das war alles.

»Eine Zahnbürste.« Troy kam aus dem Badezimmer. »Ein Handtuch und ein kleines Stück Seife. Wie im Ritz ist es hier ja nicht gerade.«

»Nun ja«, sie schlenderten zur nächsten Tür zurück, »es

wurde ja nur gebraucht, um Mrs. Hollingsworth zu verstecken.«

»Und sie als Punchingball zu benutzen.«

»Sie sagen's.« Barnaby starrte mißmutig auf die herumtollenden Hündchen. Er erinnerte sich an Audrey Marines Kommentar zu der Tapete, nachdem sie die Fotos gefunden hatten, mit denen das Lösegeld erpreßt werden sollte. »Die gab's überall«, hatte Audrey erklärt, »vor ein paar Jahren.« Ein cleverer Verteidiger könnte diese Popularität sehr überzeugend zugunsten seines Mandanten ins Feld führen.

»Lassen Sie den Kopf nicht hängen, Chef. Die wird in ihrem Cottage sein – die Kamera, mein ich.«

Barnaby antwortete nicht. Er stand reglos da und betrachtete den einfachen Spiegel mit den schräggeschliffenen Kanten an der Wand gegenüber dem Fenster. Dabei fragte er sich, ob man Simone vor diesen Spiegel gezerrt hatte, damit sie sich das Ergebnis der handfesten Bemühungen ihres Entführers ansehen konnte. Dann dachte er darüber nach, wie man Simone überhaupt hier festgehalten hatte. Hatte man sie an einen der Küchenstühle gefesselt? Oder unter Drogen gesetzt? Oder einfach mit drastischeren Mitteln gedroht, falls sie versuchte, Aufmerksamkeit auf sich zu lenken? Er erinnerte sich daran, daß man ihr die Haare ausgerissen und den Mund blutig geschlagen hatte. Wer würde, wenn man ihm erneut mit solcher Brutalität drohte, nicht schweigen?

Er war überrascht, daß das Zimmer nichts von den Greueln ausströmte, die sich hier ereignet hatten. Er erinnerte sich nämlich daran, wie er vor Jahren über die Seufzerbrücke in Venedig gegangen war und das Gefühl hatte, als würden sogar die Steine in trauriger Erinnerung an die Tränen der Gefangenen ächzen.

»Da stecken zwei dahinter, meinen Sie nicht, Chef?«

»Ja, ja.«

»Patterson?«

»Das glaub ich nicht. Ich glaube, daß Sarah Lawson mit jemand zusammenarbeitet, den wir bisher nicht kennen. Deshalb sind wir auch ziemlich aufgeschmissen, wenn sie weiterhin den Mund hält.«

»Und was ist mit Simone? Glauben Sie, die gibt's noch?«

»Das möcht ich bezweifeln. Jetzt, wo Hollingsworth nicht mehr ist, gibt's kein Geld mehr. Solange sie noch lebt und in der Lage ist, diese Leute zu identifizieren, stellt sie eine Bedrohung dar. Ich vermute, daß sie längst beseitigt wurde.«

»O Gott.«

»Nun ja.« Barnaby strebte forsch zu dem winzigen Flur. »Hat wohl keinen Sinn, daß wir noch länger hier rumhängen. Wir schicken Audreys Leute hier rüber. Mal gucken, was die finden.«

»Mit ein bißchen Glück Pattersons Fingerabdrücke.«

»Erwarten Sie mal nicht zuviel.«

Bevor sie zur Wache zurückkehrten, sprachen sie kurz mit dem Besitzer des asiatischen Gemüseladens, der ihnen leider nichts weiter sagen konnte, als daß Nummer zehn, das einzige andere Apartment, das in der Zeile tatsächlich bewohnt war, seinem Onkel Rajni Patel gehörte. Und daß Mr. Patel vor einem Monat nach Bangladesch geflogen war, um mit der dortigen Familie die Geburt seines ersten Enkelsohnes zu feiern.

Auf die Frage, ob er jemanden gesehen habe, der Nummer dreizehn betreten oder verlassen hätte, nannte der anwesende Mr. Patel lediglich Sarah Lawson, die er als dürre, wilde Frau beschrieb.

Das bedeutete, daß nun auch Leute die Flavell Street und Umgebung abklappern, Fotos zeigen und hartnäckige Fragen stellen mußten. Das einzige Positive an der Sache war, daß der Chief Superintendent damit keinen Grund hatte,

Barnabys Team auf die Hälfte zu reduzieren, wie er es am vergangenen Abend angedroht hatte.

Fawcett Green hatte auch etwas von dem Regen abbekommen. Die St. Chad's Lane samt Rasenstreifen am Rand war noch ein wenig feucht. Die Luft duftete nach frischen Blättern und Blüten. Troy bog von der Straße ab und parkte an der Stelle, an der zuvor Sarah Lawsons Spielzeugauto gestanden hatte.

»Ich dachte, unser Dorfbeschützer sollte die Hütte im Auge behalten«, sagte Troy.

Der arme Perrot. Er hatte treu die Stellung gehalten, doch wie jedes menschliche Wesen brauchte er ab und zu eine Pause und was zu essen. Abgesehen von vereinzelten Pausen hatte er mittlerweile seit fast zwei Tagen das Bay Tree Cottage umkreist. Es war mal wieder sein Pech, daß er ausgerechnet jetzt nach einer langen Frühschicht kurz nach Hause gegangen war, um rasch zu duschen und eine Schüssel Coco Pops zu essen.

Barnaby und Troy standen auf der Eingangsstufe und hatten gerade ihre Handschuhe übergestreift, als ein absterbendes Tuckern einer Honda seine Rückkehr ankündigte. Fassungslos und schuldbewußt zugleich, bockte Perrot hastig sein Motorrad auf und lief auf das kaputte Tor zu.

»Chief Inspector...«

»Ah, Constable. Nett, daß Sie zufällig vorbeikommen.«

Und das brachte für Perrot das Faß zum Überlaufen. »Irgendwas setzte aus, und ich sah nur noch rot«, erzählte er Trixie später. Von der Ungerechtigkeit dieser Bemerkung zum Äußersten getrieben und überzeugt, daß er ohnehin nichts mehr zu verlieren hatte, stimmte Perrot seinen Schwanengesang an.

»Ich bin nicht zufällig vorbeigekommen, Sir. Ich komme gerade zurück. Ich halte mich nämlich auf Ihre Anweisung hin seit achtundvierzig Stunden in der Nähe dieses Hauses und seiner unmittelbaren Umgebung auf. Ich habe kaum geschlafen und nur so nebenbei was gegessen. Gestern konnte ich nicht beim Radrennen der Kinder sein, wo ich bisher jedes Jahr war, seit ich diesen Posten hier übernommen habe. Und auch nicht beim Bowling-Turnier der alten Herren. Meine Frau und meine Kinder haben mich kaum zu sehen gekriegt, seit dieser Fall läuft. Ich habe versucht, meine Pflichten nach bestem Wissen und Gewissen zu erfüllen, und alles, was ich dafür bekommen habe, waren spöttische Bemerkungen und bösartige Kommentare. Das ist…, das ist nicht richtig.«

Staunendes Schweigen, das man beinahe mit Händen hätte greifen können, folgte auf diesen heftigen Ausbruch. Dann ging Troy ganz langsam zu Constable Perrot herüber, straffte die Schulter, schob sein Kinn vor und sagte: »Wenn du noch weiter dem DCI gegenüber eine freche Lippe riskierst, Poll, dann quetsche ich dir die Eier, bis dir die Augen aus dem Kopf kullern.«

»Nennen Sie mich nicht Poll«, entgegnete Perrot kühn, obwohl seine Lippen vor Angst und Elend ganz angespannt waren.

»Das mag ich nicht.«

»Was zum Teufel glaubst du…«

»Schon gut, Gavin. Das reicht.« Barnaby stand auf der Türschwelle und betrachtete Constable Perrot. Nachdem er seinem Ärger freien Lauf gelassen hatte, stand der Polizist nun schweigend und zitternd da. Sein Gesicht war weiß mit einem Stich ins Grau. Um die Augen hatte er dunkle Ringe vor Erschöpfung. Hätte man ihn nach einem Vergleich aus der Tierwelt gefragt, hätte Barnaby einen Panda am Rande eines Nervenzusammenbruchs vorgeschlagen.

»Hier ist keine weitere Überwachung nötig, Perrot. Wir halten Sarah Lawson vorläufig fest. Sie sollten jetzt lieber nach Hause gehen und versuchen, ein bißchen zu schlafen.«

»Ja, Sir. Danke.«

»Und ich würde es mir an Ihrer Stelle in Zukunft zweimal überlegen, bevor Sie einen höheren Beamten mit Ihrer persönlichen Meinung beglücken.«

»Das werde ich, Chief Inspector. Vielen Dank.«

»Sie haben ihn aber billig davonkommen lassen, Chef.«

»Der arme Kerl.« Barnaby drehte den Schlüssel in dem Yaleschloß. »Völlig überfordert und will es unbedingt allen recht machen. Der braucht doch nichts weiter als ein freundliches Wort.«

»Dann hat er halt den falschen Job«, sagte Sergeant Troy.

Wenn er bedachte, wie verschlossen, passiv und energielos Sarah Lawson bei ihrem Gespräch im Bay Tree Cottage gewirkt hatte, war Barnaby überrascht, wie deutlich das Haus ihre Abwesenheit reflektierte. Es schien geschrumpft zu sein und verströmte eine Atomsphäre der Verlassenheit, die etwas Steriles an sich hatte. Er mußte an ein selten besuchtes Museum denken.

Selbst Troy spürte das. Er stand unbeholfen auf einem der bunten, schäbigen Teppiche und sagte schließlich: »Wo sollen wir denn anfangen?«

»Ich seh mich hier um, Sie nebenan.«

Sergeant Troy seufzte, weil er sich an das schmutzige Geschirr erinnerte. Auf das Schlimmste gefaßt, nahm er sich als erstes das Spülbecken vor, um es hinter sich zu bringen. Auf einem Teller hatte sich bereits eine graugrüne pelzige Schicht gebildet.

Er zog sämtliche Schubladen heraus, einschließlich die an einer völlig lädierten Anrichte mit Tellerbord. Holzlöffel, alt aber handgeschnitzt, alle möglichen Kochtöpfe und andere Utensilien in den verschiedensten Formen und Farben, Schüsseln und Teller, die mit Blumen, Fischen, Sternen und ähnlichem bemalt waren. Ein richtiger Trödelladen. Troy erinnerte sich an die Küche seiner Mutter, die einschließlich der Geschirrtücher dem Tagebuch einer edwardianischen Dame hätte entsprungen sein können. Da wären Sarah Lawson die Augen übergegangen.

Aus Gründen, die ihm selbst nicht ganz klar waren, machte Barnaby sich nur widerwillig an die Arbeit. Das sah ihm überhaupt nicht ähnlich. Schließlich war es in seinem Job nichts Ungewöhnliches, das persönliche Eigentum anderer Leute durchwühlen zu müssen. Erfolglos versuchte er, seine Gedanken zu ordnen. Schließlich verdrängte er das traurige Bild einer eingesperrten Sarah Lawson aus seinen Gedanken und begann einfach mit seiner Arbeit.

Als erstes nahm er sich einen kleinen, mit einer Messingreling verzierten Schreibtisch vor, auf dem benutzte Scheckhefte, Rechnungen und lose Blätter herumlagen, die meisten davon mit irgendwelchen Skizzen. Er hatte gehofft, etwas Persönliches zu finden, eine Notiz oder einen Brief, vielleicht ein Foto; aber er hatte kein Glück. Auch in den Büchern oder den Hüllen der Schallplatten, die Sarah immer noch Kassetten oder CDs vorzuziehen schien, war nichts zu finden. Vielleicht konnte sie sich keinen CD-Player leisten. Diese Überlegung führte Barnaby zu der Frage nach den finanziellen Verhältnissen der Verdächtigen. Wie arm war Sarah Lawson tatsächlich?

Dem Chief Inspector war durchaus bewußt, daß die Definitionen von Armut sehr verschieden ausfallen. Gewiß, sie hatte keinen Fernseher, aber Barnaby vermutete, daß das eher aus ideologischen Gründen als aus Geldmangel war. Irgendein regelmäßiges Einkommen mußte sie allerdings haben. Drei Stunden Unterricht pro Woche würden maximal sechzig bis siebzig Pfund einbringen. Wer konnte denn davon schon leben, seine Steuer und Rechnungen bezahlen (in ihrem Fall Strom, Telefon und Gas) und sich ein Auto leisten?

Nach dem Zustand des Hauses zu urteilen, hatte sie offensichtlich nichts auf der hohen Kante. Aber Barnaby konnte nicht glauben, daß sie sich wegen ein paar Tausend Pfund, um das Bay Tree Cottage zu renovieren, auf etwas so übles und gefährliches wie die Entführung und Mißhandlung eines anderen Menschen eingelassen hätte.

»Sehen Sie sich das an, Chef.« Troy ging gerade den letzten Stapel Bücher am Fenster durch und hatte einen Band über Picasso auf einer Seite aufgeschlagen, auf der ein Porträt von Dora Maar abgedruckt war.

»Mmm.« Barnaby wartete auf die Bemerkung, daß die Zeichnungen aus Talisa-Leannes Spielgruppe mehr Sinn ergaben und daß man nichts von Kunst verstehen müsse, um zu wissen, daß das Mist war.

»Sehen Sie.« Troy kam zu ihm herüber und setzte sich auf das alte Sofa. »Sie hat ein rotes Auge, das in eine Richtung, und ein grünes, das in die andere Richtung guckt, und ein gelbes Gesicht.«

»Nobody's perfect«, sagte Barnaby und klaute ohne Skrupel diesen wunderbaren Ausspruch.

»Was glauben Sie, was er damit sagen will?«

»Keine Ahnung.«

»Ich meine«, er deutete wütend auf die Bücherregale, die Schallplatten, die Glasmalereien und zermatschten Tonklumpen auf der Marmorplatte, »wozu ist das alles gut?«

»Es soll das Leben erträglicher machen.«

»Da wär mir 'ne gute Nummer und ein doppelter Scotch jeden Tag lieber.«

»Nach oben.« Und als sie auf dem winzigen Treppenabsatz standen: »Sie übernehmen Bad und Klo.«

Es gab nur ein Schlafzimmer, das über die gesamte Häuserfront verlief und auf beiden Seiten ein Fenster hatte. Vor den Fenstern hingen von dünnen Metallstangen glatte Vorhänge aus verblichenen Samtstücken. Als Barnaby durch eines der Fenster auf die Straße schaute, bemerkte er auf der anderen Seite drei Frauen, die zum Haus herüberstarrten. Als sie ihn bemerkten, drehten sie sich sofort um und begannen, miteinander zu plaudern, doch er hatte keinen Zweifel, daß die Nachricht von seiner und Sergeant Troys Anwesenheit (und Sarahs fortdauernder Abwesenheit) sich wie ein Lauffeuer im Dorf verbreiten würde.

Er wandte seine Aufmerksamkeit wieder dem Zimmer zu, das im Gegensatz zur bunten Vielfalt im Erdgeschoß auffallend karg eingerichtet war. Auf dem Diwan lag eine Bettdecke aus Pannésamt, dessen Farbe an ein Maulwurfsfell erinnerte. Neben dem Bett stand ein Rattanhocker mit einer flachen Schüssel voller kunstvoll bemalter Steine, dazu eine Taschenbuchausgabe eines Romans von Barbara Trapido und ein Glas Honig.

Die Wände waren weiß gestrichen und dann mit einem hellen Graublau so dünn übertüncht worden, daß die ursprüngliche Farbe durchschimmerte und die Wände fast zu leuchten schienen. Ein Strauß weißer Veilchen, der in einem Eierbecher auf einer alten Wäschetruhe stand, verbreitete einen sehr zarten Duft. Das Zimmer war von Sonnenschein durchflutet.

Barnaby stellte den Eierbecher vorsichtig auf den nackten Holzfußboden und hob den Deckel der Truhe hoch. In diesem Augenblick kam Troy herein.

»Alles total schlicht da drin, Chef – eine von diesen alten Wannen mit Löwenfüßen.«

»Tatsächlich?« Barnaby nahm einige ungebügelte Shirts und Blusen und einen mit wilden Lilien gemusterten langen Rock aus der Truhe.

»Die sind jetzt wieder in. Man zahlt ein Vermögen für so

ein Ding, in dem die Oma ihrem Alten den Rücken geschrubbt hat.«

»Sie wissen doch, wie man so sagt...« Eine bestickte Jacke, ein dreiviertellanger Mantel, der wie gehämmerte Bronze glänzte, ein Paar Stiefel aus genarbtem Leder, die mit jeweils sechs kleinen Silberschnallen geschlossen wurden, und ein ausgefranster Strohhut. »Es war alles schon mal...«

»Heutzutage weiß man nie, was man wegschmeißen...« Troy verstummte. Obwohl der DCI in die andere Richtung sah, lag etwas in seiner Haltung – der plötzlich angespannte Rücken, die unnatürlich reglosen Schultern –, das Troy an einen Jack-Russel-Terrier vor einem Kaninchenbau erinnerte.

»Sie haben was gefunden.« Da gab es keinen Zweifel.

Barnaby seufzte, dann hob er den Kopf und sah sich im Zimmer um. Ein Raum, der ihm beim Reinkommen so friedlich und unschuldig erschienen war.

»Ja, das habe ich«, sagte er und hielt die linke Hand hoch. »Ich habe die Kamera gefunden.«

Das nächste Gespräch mit Sarah Lawson fing, wie er ihr versprochen hatte, in Barnabys Büro statt.

Er hatte Sarah in ihrer Zelle erklärt, sie werde der Entführung und der Erpressung von Lösegeld verdächtigt, und dann die Rechtsmittelbelehrung zweimal wiederholt, bis er sicher war, daß sie die Tragweite seiner Worte verstanden hatte. Sie wirkte benommen, und der diensthabende Sergeant erklärte, der Arzt habe zwei Beruhigungstabletten dagelassen, die die Gefangene »sanft wie ein Lamm« geschluckt hätte. Das angebotene Essen hingegen habe sie abgelehnt.

Angesichts der Schwere des Vergehens hatte Barnaby darauf gedrängt, daß ein Anwalt bei der Vernehmung anwesend sein sollte. Bis das geregelt war, hatte er sich Notizen gemacht und war den Fall noch einmal durchgegangen, um Gerüchte, Vermutungen und Verdächtigungen soweit auszuschließen, bis nur noch die unstrittigen Tatsachen übrigblieben. Damit war er gerade fertig, als Troy zusammen mit der Verdächtigen und John Starkey hereinkam.

Der allgemein herrschende Eindruck, daß Altruismus eine höchst seltene Tugend ist und daß Anwälte nur dann als Pflichtverteidiger arbeiten, wenn sie sonst nicht genug zu tun haben, traf zweifellos auf Starkey zu. Wenn er sehr gerissen gewesen wäre oder zu den Typen gehört hätte, die sich immer hart an der Grenze des Erlaubten bewegten, wäre Sarah vielleicht besser dran gewesen. Aber er war faul, vor Gericht fast immer schlecht vorbereitet, und da er meist Mandanten hatte, die genauso apathisch und abgestumpft waren wie er, wurde selten Beschwerde gegen ihn eingelegt.

Mancher Ermittlungsbeamte mochte ja froh sein, wenn ein Verdächtiger bei der Vernehmung einen derart schwachen Rechtsbeistand hatte, doch DCI Barnaby gehörte nicht zu dieser Sorte. Troy hingegen sah darin eine gewisse ausgleichende Gerechtigkeit. Er fand, daß der Chef bereits genügend Zugeständnisse gemacht hatte, indem er sich von Lawson diktieren ließ, wo das Gespräch stattfinden sollte. Starkey, der ein weißes Hemd trug, das alles andere als blütenrein war, und einen leichten Geruch nach starkem Ale ausdünstete, schien bereits in eine leichte Trance verfallen zu sein. Barnaby stellte das Tonband an, nannte Datum und Uhrzeit sowie die Namen der Anwesenden, und fing an.

»Lassen Sie mich als erstes erklären, Miss Lawson, wie es zu diesen Anschuldigungen gegen Sie gekommen ist.«

Er beschrieb die Durchsuchung der Wohnung in der Flavell Street und des Bay Tree Cottage und was sie dort gefunden hatten. Er unterließ den Hinweis, daß es sich dabei, bis der Bericht der Spurensicherung vorlag, lediglich um

Indizien handelte. Das war Starkeys Aufgabe, was diesem aber offenbar völlig entfallen war.

Dann nahm Barnaby drei Vergrößerungen der Fotos von der Geisel und legte sie eins nach dem anderen, vom weniger schlimmen bis zum schlimmsten, vor Sarah hin. Dabei beschrieb er für das Tonband, was er tat.

Wenn er auch nur den geringsten Zweifel gehabt hatte, daß sie an der Entführung von Simone Hollingsworth beteiligt gewesen war, so wurde dieser jetzt durch Sarahs Reaktion hinfällig. Es war nicht zu übersehen, daß sie die Fotos kannte. Um ihren Mund lag eine leichte Verbitterung, während sie die Fotos ordentlich aufeinanderlegte. Barnaby fiel auf, daß das schlimmste Foto nach oben kam und sie es mit offenkundiger Gleichgültigkeit betrachtete. Eine derartige Gefühllosigkeit machte ihn wütend.

»Wurden diese Fotos in der Flavell Street 13 aufgenommen?«

»Sie müssen das nicht beantworten, Mrs. Lawton.«

»Um Himmels willen, Starkey. Können Sie sich denn noch nicht mal den Namen Ihrer Mandantin richtig merken.«

»Was?« Der Anwalt senkte den Kopf – eine kahle Stelle glänzte fettig unter der Neonröhre – und raschelte mit seinen Papieren. »Oh, entschuldigen Sie bitte vielmals.«

»Ich wiederhole die Frage, Miss Lawson. Wurden die Fotos, die ich Ihnen gerade gezeigt habe, in der Flavell Street 13 aufgenommen?«

»Ja.«

»Mit der Kamera, die ich in einer Holzkommode im Schlafzimmer des Bay Tree Cottage gefunden habe?«

»Ja.«

Troy, der gar nicht gemerkt hatte, daß er, seit die Frage das erstemal gestellt worden war, die Luft angehalten hatte, atmete jetzt aus. Ein langes, triumphales Ausatmen. Innerhalb von einem Tag – nein, die Lüge sei ihm verziehen, von einem halben Tag – waren sie, nachdem sie so lange völlig im dunkeln getappt hatten und praktisch kaum einen Millimeter vorangekommen waren, so gut wie am Ziel.

Er drehte den Kopf zu seinem Chef – sie saßen nebeneinander – und erwartete, auf dessen großen, kräftigen Wangen die gleiche triumphale Röte zu sehen, die er bei sich spürte. Doch Barnabys Gesicht blieb unverändert. Kalt und voller Ernst. Eine derartige Kühle schien von der wuchtigen Gestalt neben ihm auszugehen, daß auch Troy langsam wieder nüchtern wurde. Auch wenn er nicht sonderlich phantasiebegabt war, begann er plötzlich mit einer noch nie dagewesenen Klarheit zu begreifen, wie grausam die Tat war, die Sarah Lawson soeben gestanden hatte.

Auch John Starkey schien allmählich zu begreifen, daß seine Mandantin dabei war, sich um Kopf und Kragen zu reden, und versuchte ein wenig zu spät, den Schaden zu begrenzen.

»Sie wissen, daß Sie das Recht haben zu schweigen...«

»Das ist Miss Lawson voll bewußt«, sagte Sergeant Troy. »Sie ist ordnungsgemäß belehrt worden. Zweimal.«

»Nun, äh, Sarah, ich rate Ihnen, vorläufig nichts mehr zu sagen...«

»Was spielt das denn für eine Rolle?« Sie atmete so heftig ein, daß ihr ganzer Körper bebte. »Nichts spielt überhaupt noch eine Rolle. Es ist ohnehin alles vorbei.«

Barnaby starrte über den Schreibtisch zu Sarah. Sie saß sehr still, den Kopf gesenkt, das Gesicht ausdruckslos. Sie wirkte noch abgehärmter als bei ihrem ersten Gespräch. Ihre Haut war dünn und fein wie Seidenpapier, und die Schulterblätter stachen wie kleine spitze Flügel hervor.

»Wo ist Mrs. Hollingsworth jetzt, Sarah?«

»Weiß ich nicht.« Es war kaum mehr als ein Flüstern.

»Ist sie noch am Leben?«

»Ich... Das möchte ich bezweifeln.«
»Wann haben Sie sie zuletzt gesehen?«
»Am Donnerstag. Ich bin nach...«
»Moment mal, von welchem Donnerstag reden wir jetzt?«
»Von dem Tag, an dem sie verschwand.« Ihre Stimme wurde sehr erregt. »Wenn sie nur getan hätte, was wir gesagt haben, wäre das alles nicht passiert.«
»Wer ist ›wir‹?«
»Das kann ich Ihnen nicht sagen.«
»Können Sie nicht?« fragte Sergeant Troy. »Oder wollen Sie nicht?«

Sie gab keine Antwort, und Barnaby insistierte nicht. Das Entscheidende war, den Informationsfluß in Gang zu halten und ihn nicht wegen eines einzelnen Details zum Versiegen zu bringen. Das könnte man später immer noch herausfinden.

»Wie wär's, wenn Sie mir das alles von Anfang an erzählen, Sarah.«
»Ich wüßte gar nicht, wo ich anfangen sollte.«
»Zum Beispiel damit, wie das Ganze geplant wurde. Und warum.«
»Wir brauchten dringend Geld. Mein... Freund...«
»Sie meinen Ihren Lover?« sagte Troy gehässig. Die redeten ja immer um den heißen Brei herum, diese Leute aus der Mittelschicht.

»Seine Exfrau hat gegen ihn prozessiert. Er war gezwungen, sein Haus zu verkaufen, und weil sie einen richtig gewieften Anwalt hat und zwei Kinder da sind, hat er jetzt fast nichts mehr. Ich wär ja zufrieden gewesen, wenn wir einfach zusammen im Cottage gelebt hätten, wir wären schon zurechtgekommen, aber er ist..., nun ja, was Besseres gewöhnt.

Dann hat mich eines Tages – das war, bevor sie in meinen Kurs kam – Simone zu sich zum Kaffee eingeladen. Sie lud ständig Leute ein, weil sie Gesellschaft suchte. Ich muß mit den Gedanken ganz woanders gewesen sein und habe ohne zu überlegen zugesagt. Es war, als wäre man mit einem albernen Kind in einem Spielzeugladen. Sie lief plappernd durch die Gegend und protzte mit ihren scheußlichen Kleidern und dem ganzen Make-up. Dann holte sie so ein Schmuckkästchen und hielt mir den Inhalt direkt vor die Nase. Es war ein Verlobungsring mit einem Diamanten, der Alan anscheinend um sechzigtausend Pfund ärmer gemacht hatte. Er war einfach so...«

»Ordinär?« Troy stellte sich vor, wie die hübsche, goldlockige Simone unschuldig in ihrem Schlafzimmer herumhüpfte und ihren Schmuck zeigte.

»Ich habe es ihm erzählt...« Sie hielt plötzlich inne und sah zu Barnaby. »Tut mir leid, es ist nicht so, daß ich nicht weiterreden will. Es ist bloß so schwierig.«

»Hören Sie. Sie werden sicher über diesen Mann eine ganze Weile reden, dazu haben Sie mehr als nur eine Gelegenheit. Es würde für uns alle die Sache etwas einfacher machen, wenn Sie einen Namen für ihn erfinden.«

»Das scheint... Na schön.« Sie zuckte die Achseln. »Warum nicht? Also Tim.«

»In Ordnung. Sie haben also Tim von Simones Schmucksortiment erzählt?«

»Nicht so, wie sich das bei Ihnen anhört.«

»Beeinflussung der Zeugin.« John Starkey schreckte kurz aus seinem Schlummer auf.

»Das passierte so nebenbei. Im Verlauf eines Gesprächs. Wir erzählten uns gerade, was wir so gemacht hatten, seit wir uns das letztemal gesehen hatten. Als ich beschrieb, was ich in Nightingales erlebt hatte, sagte Tim: ›Eine Törin ist ihren Schnickschnack rasch los‹ und hat gelacht. Mehr haben wir damals nicht dazu gesagt. Wenige Wochen später fing Simone dann an, meinen Kurs zu besuchen.

Über die Fahrten zum College und zurück hab ich Ihnen nicht die Wahrheit gesagt. Das war alles etwas komplizierter. Als sie das erste Mal am Kurs teilnahm, stand Tim vor der Schule, als wir gerade herauskamen. Er hatte nicht gesagt, daß er kommen wollte, sondern tauchte einfach auf. Sie war auf der Stelle hin und weg von ihm. Das passiert ihm häufiger. Nicht nur, weil er so gut aussieht. Er hat so etwas an sich, daß man immer meint, er sei gerade auf dem Weg zu einer richtig tollen Party, und man brauche nur die Hand auszustrecken, dann würde er einen mitnehmen.«

»Ein sehr nützliches Talent«, sagte Troy.

»Sie sagen das so, als ob er das aus Berechnung täte. Das stimmt aber nicht.«

Doch genauso klang es für Sergeant Troy. Von all den Tricks, über die Schwindler verfügten, hielt er den für den gelungensten. Der Typ erinnerte ihn an den Rattenfänger in Talisa-Leannes Bilderbuch. Außer daß er selber zu den Ratten gehörte.

»Wir sind dann einen Kaffee trinken gegangen und so lange geblieben, daß ich Simone gerade noch rechtzeitig nach Hause bringen konnte. Während der ganzen Fahrt redete sie nur von Tim. Sie hatte ihn nur einmal gesehen, und schon konnte er sie um den Finger wickeln. Ich hab mich natürlich furchtbar darüber aufgeregt und ihn noch am gleichen Abend angerufen.«

»Wo wohnt er?«

»Ich bin nicht bereit, Ihnen das zu sagen.«

»Na schön. Was passierte dann?«

»Er sagte, er hätte einen wunderbaren Plan, mit dem wir all unsere Probleme lösen könnten. Wir wären in der Lage, uns ein Haus zu kaufen – er sprach von Irland –, in dem wir zusammen leben könnten. Keine Geldsorgen. Schon die Vorstellung – den ganzen Tag bildhauern und malen zu können und am Abend mit ihm zusammenzusein! Das klang zu schön, um wahr zu sein.«

»Und hat er Ihnen erzählt, wie dieser Plan aussah?«

»Zu dem Zeitpunkt noch nicht. Am Anfang hat er nur gesagt, es hätte was mit Simone zu tun, und egal was passierte, ich müsse ihm vertrauen.« Tränen traten ihr in die Augen und liefen ihre Wangen hinunter. Sie wischte sie mit dem Handrücken weg und trocknete die Hand gedankenlos an ihrem Rock ab. »In der nächsten Woche fragte Simone, ob wir nicht eine Stunde früher fahren könnten, da sie mit Tim zum Mittagessen verabredet sei. Es war offenkundig, daß sie mich nicht dabeihaben wollte. Nach dem Kurs sind wir wieder einen Kaffee trinken gegangen, und sie hat nur mit ihm geflirtet. So lief das dann jeden Mittwoch ab, bis – wie sie bereits wissen – Alan ihr verboten hat, weiter in den Kurs zu gehen. Doch da war sie bereits hoffnungslos in Tim verliebt, und der hatte keine Mühe, sie zu überreden...«

»Moment«, sagte Barnaby, »ich will nicht die Kurzfassung von *Reader's Digest*. Ich will die ungekürzte Version und das Schritt für Schritt. Zunächst mal möchte ich wissen, wann Tim Ihnen gesagt hat, was er genau vorhatte?«

»Als er mich bat, eine Wohnung zu organisieren. Über das College ist das billiger. Außerdem, das ist mir allerdings erst später klargeworden, wollte er nicht, daß sich hinterher in den Maklerbüros jemand an sein Gesicht erinnern würde. Der Plan war, daß Simone ›verschwinden‹ und dann eine Lösegeldforderung gestellt würde. Sie war sicher, daß Alan zu allem bereit wäre, und wie sich herausstellte, hatte sie damit recht gehabt. Ich hab noch nie jemanden so aufgeregt erlebt. Sie war wie ein gefangengehaltener Vogel, der darauf wartet, daß jemand die Käfigtür öffnet. Natürlich glaubte Simone, daß sie, nachdem sie beide aus ihrem Mann alles rausgeholt hatten, mit Tim fortgehen würde.

Als Komplizin wurde ich natürlich in alles eingeweiht. Simone kam ständig bei mir vorbei und erzählte mir, wie aufregend das doch alles sei, diese ganze Verschwörung und Planerei, und wollte mit mir über die neueste Entwicklung reden.«

»Sie sprechen von ›Verschwörung und Planerei‹«, sagte der Chief Inspector, »aber nach dem, was Sie berichten, wurde doch die gesamte Planung von anderen übernommen. Was blieb denn da noch für Mrs. Hollingsworth?«

»Ach, ein bißchen sinnloses dramatisches Beiwerk. So beschloß sie, daß das Weglaufen mehr Spaß machen würde, wenn sie verkleidet wäre. Also packte sie eine Perücke und eine Sonnenbrille in ihre Handtasche. Lauter so Sachen. Außerdem trug sie so ein Outfit mit einem kurzen Wendemantel, den sie dann von der anderen Seite tragen konnte.«

»Ich verstehe.« Kein Wunder, daß Simone im Kaufhaus so lange auf der Damentoilette gewesen war. Barnaby versuchte, sich nicht über die vielen verplemperten Stunden zu ärgern, in denen seine Leute sich in den Läden in Causton nach pinkfarbenen Blazern erkundigt hatten.

»War das nicht ein Problem für Sie, Miss Lawson?« fragte Troy. »Sich die ganze Zeit Simones Geplapper anzuhören, wo doch der ganze Reibach für Sie und Ihren Süßen bestimmt war?«

»Sie steckte ja gefühlsmäßig nicht allzutief in der Sache drin. Im Grunde war sie ein dummes verwöhntes Weibchen und sehr oberflächlich. Und ich bin davon ausgegangen, daß wir sie, wenn wir erst mal genug Geld hätten, einfach ihrem Mann zurückgeben könnten, der überglücklich wäre, daß er sie wieder verwöhnen durfte.«

»Aber irgendwas ist schiefgegangen?«

»Ja, von Anfang an. Sie sollte mit dem Marktbus um halb drei nach Causton fahren und von dort um vier Uhr weiter nach High Wycombe. Tim, der bereits in die Wohnung gezogen war, wollte sie am Busbahnhof abholen. Aber vermutlich konnte sie es nicht abwarten, sich auf ihr ›großes Abenteuer‹, wie sie es immer wieder nannte, zu begeben, deshalb hat sie bereits den Bus um halb eins genommen und ist mit dem Taxi zur Wohnung gefahren.

Das war so typisch für sie, daß wir eigentlich damit hätten rechnen müssen. Wie dem auch sei, da wir wußten, daß dies für die nächsten Wochen wahrscheinlich die letzte Gelegenheit war, allein zu sein, hatten Tim und ich beschlossen, das zu nutzen und sind zusammen ins Bett gegangen. Die Eingangstür war nicht abgeschlossen, und so hat sie uns erwischt.«

»Heiliger Bimbam!« rief Sergeant Troy.

»Simone war völlig am Boden zerstört. Etwa eine Minute stand sie nur da und starrte uns an, dann wollte sie weglaufen. Tim hat sie sich geschnappt, zu mir gesagt, ich soll verschwinden, und sie dann in die Küche gepackt. Ich habe mich sofort angezogen und bin gegangen.«

»Und weshalb sind Sie dann am Nachmittag in Nightingales aufgekreuzt?«

»Aus dem gleichen Grund, weshalb Simone auch ihren Friseurtermin nicht abgesagt hat. Wir wollten, daß Simone fest damit gerechnet hatte, um diese Zeit wieder zu Hause zu sein. Mit anderen Worten, daß sie nicht aus freien Stücken fort war. Und da ich keine Ahnung hatte, was nun in High Wycombe passieren würde, dachte ich, ich halte mich einfach an den Plan.«

»Tut mir leid, Miss Lawson, aber ich verstehe wirklich nicht den Sinn hinter dieser ganzen Aktion. Was spielte es denn für eine Rolle, was die Leute im Dorf glaubten?«

»Wir haben das irgendwie als Vorsichtsmaßnahme gesehen, wenn die Sache mit der Entführung dann öffentlich werden würde.«

»Was ja dann auch passierte.«

»Ja. Alan hat alles getan, was wir verlangt haben. Bloß nicht die Fotos verbrannt.«

»Was ist mit dem Schmuck?« fragte Barnaby. »Da fehlt eine Kette und außerdem der Verlobungsring. Das riecht doch wohl stark nach einem abgekarteten Spiel.«

»Das war ganz allein Simones Idee. Wir hatten keine Ahnung, daß sie den Schmuck mitbringen würde.«

»Eine nette kleine Zugabe also«, sagte Sergeant Troy. »Und die hat Ihr Tim dann eingesackt, was?«

Sarah Lawson antwortete nicht, wurde jedoch so bleich, daß Barnaby fürchtete, sie würde ohnmächtig. Er fragte, ob sie ein Glas Wasser haben wolle, und als sie das bejahte, beschloß er, diese Gelegenheit für eine Pause zu nutzen.

»Könnten Sie bitte Tee besorgen, Sergeant? Und Sandwiches.«

Troy schob seinen Stuhl zurück und versuchte, sich seinen Unwillen nicht anmerken zu lassen, daß Barnaby so bereitwillig auf dieses jüngste Ablenkungsmanöver der Verdächtigen einging.

»Versuchen Sie beim Rausgehen unseren Rechtsverdreher nicht aufzuschrecken. Ich glaube, der hält gerade seinen Winterschlaf.«

»Mit Milch und zwei Stück Zucker«, sagte Starkey, als Troy auf die Tür zusteuerte. »Und ich mag am liebsten Corned Beef mit Pickles. Ich hoffe, Chief Inspector«, er drehte den Tischventilator etwas mehr auf sich zu, als die Tür zufiel, »daß die große Kooperationsbereitschaft meiner Mandantin zu gegebener Zeit vor Gericht zur Sprache kommen wird.«

»Keine Sorge«, antwortete Barnaby und schob den Ventilator in seine ursprüngliche Position zurück. »Ich fürchte nur, wenn Sie sie nicht bald überreden, ein paar ordentliche Mahlzeiten zu essen, wird zum gegebenen Zeitpunkt nichts mehr von ihr übrig sein.«

Sergeant Troy brachte sowohl das Glas Wasser als auch Tee, Schinkensandwiches und vier große Kekse mit Schokoladenfüllung. Die Männer langten kräftig zu, doch Sarah ließ sich nicht überreden, etwas zu essen. Starkey verspeiste drei von den Keksen.

Nach etwa fünfzehn Minuten schaltete Barnaby das Tonband wieder an, und die Vernehmung ging weiter. Zu Troys großer Enttäuschung fuhr der DCI nicht da fort, wo er aufgehört hatte, nämlich bei der Frage nach Mrs. Hollingsworths Schmuck.

»Miss Lawson, am Donnerstag, den 6. Juni, verließen Sie also in einer ziemlich angespannten Situation die Flavell Street. Was haben Sie dann gemacht?«

»Ich bin so lange im Bay Tree Cottage geblieben, bis ich es nicht mehr aushalten konnte. Tim konnte mir nämlich nicht mitteilen, was los war, weil es in der Wohnung kein Telefon gibt. Ich bin noch am selben Abend gegen acht Uhr zurückgefahren. Als ich klopfte, machte er die Tür auf. In der Wohnung war es ganz still. Von Simone war nichts zu sehen. Tim ging mit mir in die Küche und sagte, er hätte den ersten Brief und ein Foto an Alan geschickt. Ich wollte…«

»Moment mal. Wenn er die Wohnung verlassen konnte, um einen Brief einzuwerfen, wieso konnte er Sie dann nicht von einer Telefonzelle aus anrufen?«

»Dürfte ich die Dinge bitte in der Reihenfolge erzählen, in der sie passiert sind? Dann werden Sie es verstehen.«

»Na schön«, sagte Barnaby. »Sie sind also jetzt beide in der Küche.«

»Ich hab gefragt, ob ich Simone sehen könnte, aber Tim sagte, sie schliefe und ich sollte nicht zu ihr gehen. Ich hätte hartnäckiger sein sollen. Nach dem, was sie am Mittag erlebt hatte, würde sie ja bestimmt nicht freiwillig mit uns kooperieren. Aber dann habe ich mir eingeredet, daß er sie schon irgendwie rumgekriegt hätte.« Sie sah eindringlich zwischen den beiden Männern hin und her, als wolle sie ihnen die Zwangsläufigkeit ihres Handelns deutlich machen.

»Tim hat gesagt, ich solle aufhören, mir Sorgen zu machen, nach Hause fahren und darauf achten, daß ich während der nächsten Tage häufiger im Dorf und in der Umgebung gesehen werde. Und daß er mich nach dem Wochenende anrufen würde. Das hat er am Montag nachmittag auch getan und gesagt, Hollingsworth wäre bereit zu zahlen. Einzelheiten hat er mir keine genannt. Bloß daß er noch in dieser Nacht das Geld kassieren würde, und ich sollte am nächsten Tag gegen eins in die Wohnung kommen, um ihm beim Zählen zu helfen. Ich hab mich nach Simone erkundigt, wie es ihr ginge und wie er das bewerkstelligen wollte, sie – nun ja – zurückzugeben, aber er hat mich gar nicht richtig ausreden lassen und eingehängt. Als ich am Dienstag ankam, war er fort. Von Simone keine Spur, selbst ihre Handtasche war weg. Ich hab ein bis zwei Stunden dort gewartet. Aber im Grunde wußte ich, daß er nicht zurückkommen würde.

Zuerst glaubte ich, er hätte mich einfach betrogen. Daß er und Simone das Geld genommen hätten und zusammen abgehauen wären. Doch dann fand ich im Wohnzimmer neben meiner Kamera die Fotos. Offenbar hatte er von jedem Stadium mehr als eins gemacht und in aller Ruhe das schrecklichste…, das schrecklichste…« Hier wurde Sarah von tiefster Verzweiflung überwältigt. Sie verschränkte die Arme auf der Tischkante und verbarg ihr Gesicht darin. Man konnte nichts tun, außer abwarten, bis der Anfall vorbei war.

Als sie sich schließlich ein wenig beruhigt hatte, fragte Barnaby, ob sie in der Lage sei fortzufahren. Und Sarah antwortete matt: »Warum nicht?«

»Wie lange sind Sie dann noch in der Wohnung geblieben?«

»Ich glaube, bis zum Abend.«

»Und Sie sind immer wieder zurückgekommen, obwohl sie wußten, daß er endgültig fort war?«

»Man soll die Hoffnung nie aufgeben.« Doch alles an ihr strafte diese Worte Lügen.

»Und dann?«

»Dann hörte ich, daß Alan sich umgebracht hat – das war zumindest das, was die Leute erzählten. Ich war völlig am Boden zerstört. Da ich ja wußte, daß er das Lösegeld gezahlt hatte, nahm ich an, man hätte ihm gesagt, daß Simone nicht zurückkommt. Und als Sie mir dann sagten, er sei auf unnatürliche Weise ums Leben gekommen, da – o Gott – ich konnte es einfach nicht fassen. Es schien so sinnlos. Und dann wurde mir klar, daß Tim vermutlich deshalb hatte verschwinden müssen.«

»Sie meinen, weil er dafür verantwortlich war.«

»Irgendeinen Zusammenhang muß es schließlich geben. Das wäre sonst ein ungewöhnlich großer Zufall.«

»Da stimme ich Ihnen zu«, sagte Barnaby. »Aber was meinen Sie denn, was er für einen Grund hatte, Hollingsworth zu töten?«

»Ich konnte mir das nur so erklären, daß irgendwas bei der Geldübergabe schiefgegangen war. Daß Alan versucht hat, äh... Tim zu verfolgen. Oder ihn erkannt hat.«

»Ihn erkannt hat?« hakte Sergeant Troy sofort nach.

»Ich meine, ihn wiedererkennen würde, wenn er ihn noch einmal sähe. Bei einer... wie nennen Sie das? Bei einer Gegenüberstellung?«

»Ich glaube nicht, daß Sie das...«

»Hören Sie, Sergeant, meine Mandantin hat all Ihre Fragen freiwillig und so gut sie konnte beantwortet. Und das, obwohl es ihr offensichtlich nicht gut geht.« Zum erstenmal sprach John Starkey mit einer gewissen Autorität. Er klang sogar recht dynamisch, als hätte er das bißchen an

Überzeugungskraft, das er besaß, zusammengekratzt und mit geballter Macht von sich gegeben.

Sergeant Troy paßte das überhaupt nicht. »Wir haben ein Recht...«

»Sie haben mitnichten das Recht, Leute zu schikanieren. Besonders Leute, die...« Hier verebbte die kraftvolle Rede. Barnaby nahm an, der Mann hatte sagen wollen »die nichts Unrechtes getan haben«. Und dann war ihm eingefallen, daß Sarah Lawson bereits ein Geständnis abgegeben hatte. Mit einem Mal schien aus Starkey alle Luft zu entweichen. Er fing an zu schwabbeln und wirkte in seinem zu engen, braunen Trevira-Anzug wie eine häßliche Qualle.

Barnaby fragte, ob sie bitte weitermachen könnten.

»Ja, Chief Inspector, selbstverständlich. Auf jeden Fall.«

»Lassen Sie uns noch mal kurz rekapitulieren, Miss Lawson. Sie haben also diesen Mann, den wir vorläufig Tim nennen wollen, weder gesehen noch von ihm gehört, seit er Sie am Montag, den 10. Juni, angerufen hat?«

»Das ist richtig.«

»Er ist also nicht spät in jener Nacht oder am frühen Dienstagmorgen zu Ihnen nach Hause gekommen?«

»Nein. Das habe ich Ihnen doch gerade gesagt.«

»Und Sie haben keine Ahnung, wo er zur Zeit sein könnte?«

»Absolut nicht.«

»Sie sind auch nicht bereit, uns in dieser Sache weiterzuhelfen?«

»Ich weiß nicht genau, was Sie meinen.«

»Indem Sie uns zum Beispiel seine Adresse geben.«

»Nein.«

»Ich weiß nicht, ob Ihnen klar ist, in was für einer prekären Situation Sie sich befinden. Abgesehen von der Rolle, die Sie bei der Entführung von Mrs. Hollingsworth und der anschließenden Lösegeldforderung gespielt haben, scheinen Sie jetzt auch noch jemanden zu decken, der durchaus einen Mord begangen haben könnte.«

»Das ist mir schon bewußt.«

»Und Ihnen ist auch klar, daß Sie unter Umständen einer sehr langen Gefängnisstrafe entgegensehen? Wenn Sie schon die paar Stunden im Vernehmungsraum kaum ertragen konnten, wie wollen Sie es dann zehn Jahre in einer Gefängniszelle aushalten?«

»Dazu wird es nie kommen.«

»Wenn Sie meinen, Sie würden glimpflich davonkommen«, sagte Sergeant Troy gehässig und unterstrich seine Bemerkung noch mit einem sarkastischen Lachen, »weil Sie angeblich nicht genau wußten, was Ihr Komplize vorhatte, dann sind Sie auf dem Holzweg.«

»So hab ich das nicht gemeint.«

Danach weigerte sich Sarah Lawson, noch irgendwas zu sagen, und nach fünfzehn Minuten vergeblicher Bemühungen erklärte Barnaby die Vernehmung für beendet.

Während der nächsten zwei Tage wurden sowohl die Wohnung in der Flavell Street als auch das Bay Tree Cottage einer gründlichen Untersuchung durch die Spurensicherung unterzogen. Die Ergebnisse waren enttäuschend.

In der Wohnung, in der Simone Hollingsworth festgehalten worden war, wurden nur Fingerabdrücke von Sarah Lawson gefunden. Und auch nur sie schien die Kamera in der Hand gehabt zu haben. Das bedeutete vermutlich, wie Barnaby bei der nächsten großen Besprechung seinem Team erklärte, daß ihr Liebhaber ganz gründlich saubergemacht hatte, bevor er verschwand.

Das weniger saubere Innere des Bay Tree Cottage ergab eine reichere und vielfältigere Beute, wenn auch leider keinerlei Hinweis auf Identität oder Aufenthaltsort des Mannes, den die Polizei bisher nur unter dem Namen Tim gehandelt hatte. Doch man fand viele unterschiedliche

Fingerabdrücke, und es dauerte eine Zeitlang, bis man sie alle auseinandersortiert und identifiziert hatte. Da waren die von Sarah selbst, die von Avis Jennings und Gray Patterson und ein paar weitere, die noch identifiziert werden mußten. Einige stammten von einer sehr kleinen Hand und entsprachen genau denen, die man auf den Kosmetikartikeln im Badezimmer von Nightingales gefunden hatte. Deshalb nahm man an, daß sie von Simone Hollingsworth waren. Mehrere sehr helle Haare wurden von einem Sesselpolster entfernt, sorgfältig analysiert (sie erwiesen sich als gefärbt) und optimistisch abgelegt. Diese weißgoldenen Fäden würden sich als nützlich erweisen, sollte die Leiche, denn von Simones Tod gingen mittlerweile alle aus, je auftauchen.

Diese allgemeine Einschätzung sollte sich jedoch als falsch erweisen, denn am Samstag, den 22. Juni, zwei Wochen und zwei Tage nachdem sie aus ihrem Haus in Fawcett Green verschwunden war, wurde Simone Hollingsworth gefunden.

Tatsächlich mußte man sie gar nicht finden, denn sie wurde höchst lebendig, wenn auch nicht gerade in bestem Gesundheitszustand, aus einem Lieferwagen gestoßen – und das kaum zehn Meter vom Haupteingang des Krankenhauses von Causton entfernt.

11

Es dauerte nicht lange, bis man die Identität der Frau festgestellt hatte, obwohl sie nicht in der Lage war, ihren Namen zu nennen oder auch nur in irgendeiner Weise zusammenhängend zu reden. Und obgleich ihr Ruhm nicht dauerhaft gewesen war, erkannten mehrere Leute im Hillingdon Hospital Simone sofort.

Und so kam es, daß Barnaby und Troy im Warteraum des Krankenhauses landeten. Es war depremierend wie immer an solchen Orten. Die Leute saßen entweder apathisch herum oder hockten nervös auf der Stuhlkante, um die furchtbare Nachricht entgegenzunehmen. Einige Kinder liefen laut lachend umher, andere waren unleidlich und quengelten um Geld für den Süßigkeitenautomat. Ein paar alte Leute, die wenig zu hoffen und nichts zu verlieren hatten, blickten wütend um sich und bedachten alles, was sich bewegte, mit heftiger Mißbilligung. Obwohl das Personal kaum Zeit zum Luftholen hatte, war es eifrig bemüht und freundlich. Mrs. Hollingsworth liege auf Station G, dritter Stock. Die beiden Polizisten sollten sich zunächst bei der Stationsschwester melden.

»Nach rechts«, wiederholte Sergeant Troy mit verhaltener Stimme, als sie aus dem Aufzug stiegen. Er haßte Krankenhäuser.

Man wies sie in ein kleines Kabuff, und es dauerte eine Weile, bis Stationsschwester Carter auftauchte. Allerdings war die Wartezeit alles andere als eintönig. Krankenschwestern liefen umher, das Telefon klingelte nonstop, und die

Aufzugstüren surrten. Durch die obere Hälfte der Glastür sahen die beiden Polizisten, wie ununterbrochen Menschen den Flur auf und ab liefen, als stünden sie auf einem unsichtbaren Fließband.

»Tschuldigung, daß ich Sie hab warten lassen.« Jenny Carter stand in der Tür, als wäre sie bereits wieder auf dem Sprung.

»Wir möchten zu Mrs. Hollingsworth«, sagte Barnaby. »Sie ist zur Beobachtung hier.«

»Ach ja, unsere Berühmtheit. Rein physisch geht's ihr gar nicht so schlecht. Ein paar Kratzer und blaue Flecken – soweit ich weiß, hat man sie aus einem fahrenden Auto auf den Bürgersteig geworfen.«

»Nicht ganz. Zum Glück fuhr das Auto nicht. Aber laut Aussagen von Zeugen wurde sie ziemlich heftig gestoßen.«

»Aber psychisch.« Stationsschwester Carter schüttelte den Kopf. »Da sieht es gar nicht so gut aus. Sie scheint kaum zu wissen, wo sie ist und was passiert ist. Der Arzt meint, daß es sich um einen vorübergehenden Gedächtnisschwund handelt. Das passiert manchmal, wenn jemand einen heftigen Schlag auf den Kopf gekriegt hat.«

»Hat sie schon Besuch gehabt?«

»Nein. Es hat sich noch nicht mal jemand telefonisch nach ihr erkundigt.«

»Was ist mit der Presse? Hat jemand von hier mit denen gesprochen?«

»Natürlich nicht. Wir haben wichtigere Dinge zu tun.«

»Selbstverständlich. Schwester Carter, da Sie ja offenbar Mrs. Hollingsworths Geschichte kennen, werden Sie sicher verstehen, daß wir so bald wie möglich mit ihr reden möchten.«

»Viel Glück. Wissen Sie vielleicht«, sie nahm einen Stift aus der Brusttasche ihres Kittels und ging zum Schreibtisch, »den Namen von jemandem, mit dem wir uns in Verbindung setzen können. Sie ist nämlich nicht krank genug, daß wir sie noch viel länger hier behalten können, aber in ihrem gegenwärtigen verwirrten Geisteszustand können wir sie auch nicht entlassen, es sei denn, es kümmert sich jemand um sie. Und wir brauchen dringend das Bett.«

»Das kann ich mir vorstellen.« Wie jeder im Land kannte Barnaby natürlich Geschichten von endlosen Wartelisten, von Patienten, die auf Rollbahren auf den Gängen lagen und auf ein Bett warteten, und von halsbrecherischen Fahrten von einem Krankenhaus zum anderen, um irgendwo einen Platz auf der Intensivstation zu finden. Er fragte sich, wie lange es wohl noch dauern würde, bis man Krankenhausverwalter, die ungeduldig mit dem Fuß auf den Boden klopfen, nervös durch die Zähne pfiffen und immer wieder auf die Uhr sahen, neben die Betten von Sterbenden setzen würde, damit sie diese schweigend drängten, sich zu beeilen.

»Ich glaube, sie ist verheiratet. Vielleicht könnte ihr Mann...«

»Mrs. Hollingsworth ist Witwe.«

»Ja natürlich, hab ich vergessen. Wie wär's denn mit dem Namen ihres Arztes?«

»Da kann ich Ihnen weiterhelfen.«

»Ausgezeichnet«, sagte die Stationsschwester, notierte den Namen und griff nach dem Telefon.

»Ach, noch eine Kleinigkeit. Wir müssen die Kleidung untersuchen, die sie anhatte, als sie hierher gebracht wurde. Jemand aus dem Labor kommt vorbei und holt die Sachen ab.«

»Was soll sie denn dann anziehen, wenn sie das Krankenhaus verläßt?«

»Wer auch immer sie abholt, wird schon etwas mitbringen.«

Als Barnaby und Troy das Büro verließen, drückte die Stationsschwester bereits die Tasten am Telefon.

»Mrs. Hollingsworth liegt am anderen Ende des Raums«, rief ihnen eine Lernschwester munter über die Schulter zu. Ihre weichen Sohlen quietschten leise auf dem glänzenden Kunststoffboden. In dem großen, von Sonnenlicht durchfluteten Krankensaal breitete sich ein tiefes Schweigen aus, als die beiden Männer ihr folgten. Jeder, der auch nur halbwegs aufrecht sitzen konnte, starrte voller Sensationslust, die aber sofort in Enttäuschung umschlug, als die Schwester den geblümten Vorhang um das Bett der Patientin zog.

Es gab nur einen Stuhl, den Barnaby sich ans Bett zog. Troy kam einen Schritt näher und sah auf die reglose, zierliche Gestalt im Bett. Und er verliebte sich auf der Stelle und ohne daß auch nur ein Wort gesprochen worden war.

Was soll man dazu sagen? So etwas kommt vor. So ist das nun mal im Leben. Man könnte auch sagen, so *ist* das Leben. Nur Sergeant Troy war das noch nie passiert.

Lust, ja das kannte er. Die überkam ihn so leicht und selbstverständlich (und fast genausooft), wie er beim Snooker Punkte machte oder den Cosworth wusch. Und bei seinem schlichten Gemüt hatte er geglaubt, das wär's. Das wunderbare Gefühl nämlich, von dem die Dichter sangen und das sich sofort einstellte, wenn man jemanden umgarnte. Wie hatte er nur so blind sein können?

»Mrs. Hollingsworth?« Barnaby sprach sehr leise.

»Sie schläft, Sir.« Troy, der sofort glaubte, die bewußtlose Frau verteidigen zu müssen, merkte nicht, daß er ziemlich ungehalten klang. Von seinem Beschützerinstinkt übermannt, starrte er auf Simone. Wie klein sie doch war. Ihre Hände mit den zerschundenen Fingern ruhten auf der Bettdecke und bogen sich wie bei einem Kind locker nach innen. Auf einer Schläfe klebte ein Verband, und ihre linke Wange war blutunterlaufen. Ihr weißgoldenes Haar, das man kurz geschnitten und teilweise ausgerissen hatte, war schmutzig.

Wut gegen das Dreckschwein, das sie so mißhandelt hatte, erfaßte Sergeant Troy wie eine riesige Woge. Die ungeheure Wucht, mit der ihn diese Empfindung traf, beunruhigte ihn, denn er konnte es nicht ertragen, wenn er die Beherrschung verlor. Es war, als hätte jemand Talisa-Leanne was angetan. Er trat ein kleines Stück zurück, atmete mehrmals tief durch und wandte den Blick von der jungen Frau in dem Krankenhausbett ab, die gerade die Augen öffnete.

»Mrs. Hollingsworth?« sagte Barnaby noch einmal. Und dann, als sie nicht antwortete: »Simone?«

»Was ist?« Ihre Stimme war so schwach, daß Barnaby sich über das Bett beugen mußte, um sie zu verstehen.

»Ich bin von der Polizei. Von der Kriminalpolizei Causton.« Er hielt inne. Als sie immer noch nicht reagierte, fuhr er fort: »Mir ist klar, daß Sie Furchtbares durchgemacht haben. Doch je eher Sie sich überwinden, darüber zu reden, desto eher können wir uns auf die Suche nach den Leuten machen, die Ihnen das angetan haben.« Er hielt erneut inne, so ziemlich mit dem gleichen Ergebnis. »Können Sie mich verstehen, Mrs. Hollingsworth?«

»Ja, aber... ich... Ich kann mich an nichts erinnern.«

»An gar nichts? Selbst die kleinste Kleinigkeit könnte uns weiterhelfen. Erinnern Sie sich an irgendwelche Namen?«

»Nein.«

»Zum Beispiel Sarah?«

»Sarah.« Obwohl Simone den Namen matt und ohne eine Spur von Erkennen wiederholte, nahm ihre bleiche Haut plötzlich Farbe an und ihre Lippen zitterten.

»Oder der Name von Sarahs Freund.« Da er spürte, daß sie etwas verheimlichte, wurde Barnaby ein wenig massiver.

»Sie nennt ihn Tim. Hat sie ihn mit einem anderen Namen angeredet, als sie alle drei zusammen waren? Hat Sie vielleicht seinen richtigen Namen benutzt?«

»Ich..., ich weiß nicht...«

»Sie wollten Ihren Mann verlassen und mit diesem Mann weggehen.« Er beugte sich jetzt über sie. »Sie müssen sich doch an ihn erinnern.«

Es war furchtbar. Als sähe man zu, wie jemand ein Kind quält. Troy trat einen Schritt vor und stellte sich so hinter seinen Boss, daß er Simone sehen konnte und sie ihn. »Machen Sie sich keine Sorgen, Mrs. Hollingsworth«, sagte er. »Es wird Ihnen alles zu gegebener Zeit wieder einfallen.« Er lächelte und erntete dafür ein kaum wahrnehmbares Lächeln von ihr und einen säuerlichen Blick von seinem Chef wegen der Unterbrechung.

Dann kam jemand mit einer Nachricht von der Stationsschwester. Sie hatte dem Arzt von Mrs. Hollingsworth die Situation erklärt, und seine Frau würde im Laufe des Tages ins Krankenhaus kommen, um Simone abzuholen. Die beiden würden sich auch ein paar Tage um sie kümmern, wenn nötig auch länger.

Barnaby war gerade aufgestanden, als die Nachricht kam. Sofort zog Troy den Stuhl ein Stück zurück, in der Hoffnung, daß sein Chef sich nicht noch einmal hinsetzte. Doch der Chief Inspector war ohnehin zu dem Schluß gekommen, daß es im Augenblick vermutlich nichts bringen würde, weiteren Druck auszuüben. Jetzt, wo er Simone nach Verlassen des Krankenhauses in sicheren Händen wußte, hatte er nichts dagegen, eine weitere Vernehmung auf später zu verschieben.

Als sie wieder draußen auf dem hektischen Flur waren, verschwand Barnaby in der Besuchertoilette. Troy nutzte die Gelegenheit, noch einmal an Simones Bett zu eilen. Zunächst stand er verlegen da, unsicher, was er sagen sollte, jedoch wild entschlossen, ihre Ängste zu beseitigen, die durch diese zwangsweise Befragung ausgelöst worden waren.

Zu guter Letzt sprachen sie gleichzeitig. Simone sagte: »Danke für...«, und Sergeant Troy: »Machen Sie sich keine...«

»Er hört sich schlimmer an, als er ist.« Ihre Augen waren wunderschön. Riesig, graugrün und furchtbar traurig. So wie er sie jetzt sah, ganz ohne Make-up, hätte er sie nie als die Frau von dem glamourösen Hochzeitsfoto erkannt. Ihr verhärmtes kleines Gesicht wirkte ziemlich durchschnittlich. Merkwürdigerweise änderte das nichts an seinen Gefühlen. »Wir wissen, was Sie durchgemacht haben, Mrs. Hollingsworth. Selbstverständlich müssen wir uns noch einmal mit Ihnen unterhalten, aber machen Sie sich keine Sorgen. Wir lassen Ihnen Zeit, bis Sie sich dazu in der Lage fühlen.«

Tränen kullerten Simones bleiche Wangen hinunter.

Troy konnte sich nur mühsam zurückhalten, ihre kleine Hand in seine zu nehmen. »Wir haben es ja nicht auf die Opfer abgesehen.«

Troy holte Barnaby am Haupteingang ein.

»Sie geben wohl nie auf, was Gavin?«

»Wie meinen Sie das?«

»Diese Frau ist absolut nicht in der Verfassung für das, was Sie vorhaben.«

»Ich habe überhaupt nichts vor, Sir.« Sie gingen mit raschen Schritten zum Parkplatz. »Und außerdem kann ich selbst sehen, in was für einer Verfassung sie ist, vielen Dank. Man könnte ja denken«, fuhr Sergeant Troy fort, während er wütend die Tür des Rovers aufriß und einstieg, »ich gehörte zu der Sorte Männer, die nie was anderes im Kopf haben.«

Am Nachmittag erschien auf Einladung von DCI Barnaby jene Frau im Revier, die berichtet hatte, sie habe Simone mit einer Perücke, Sonnenbrille und einem pinkfarbenen Blazer im Bus nach Aylesbury gesehen.

Sie war sehr vernünftig, ganz und gar nicht der Typ, der sich wichtig machen will, und war froh, daß ihr Beitrag sich zumindest als hilfreich erwiesen hatte.

Sie brachten sie in einen Raum mit einer Tasse Tee und Keksen und baten sie, einem Polizeizeichner so detailliert wie möglich die Perücke und die Sonnenbrille zu beschreiben.

Wenige Stunden später wurden zwei ziemlich lebensgetreue Zeichnungen von Simone, mit und ohne Verkleidung, von der Pressestelle an die Zeitungen und an die Fernsehsendung *Crimewatch* weitergeleitet. In beiden Fällen wurde die Bevölkerung gebeten, sich mit der Polizei in Verbindung zu setzen, falls jemand die fragliche Frau irgendwann während der letzten zwei Wochen gesehen hatte.

Barnaby rief bei Avis Jennings an und bat sie, in Kontakt mit dem Revier zu bleiben, sobald Simone bei ihr eingetroffen war. Er würde im Laufe des nächsten Tages persönlich vorbeikommen, um noch einmal mit Simone zu reden. Falls ihre Erinnerung wiederkehre, oder sie den Wunsch äußere zu gehen, und sei es nur zurück nach Nightingales, solle Mrs. Jennings ihm sofort Bescheid sagen.

Dann las er noch einmal die Aussage der Leute durch, die den Zwischenfall mit dem Lieferwagen beobachtet hatten. Eine Frau erklärte, Simone wäre »irgendwie herausgerollt«. Eine andere, daß der Mann hinter dem Lenkrad sie gestoßen hätte. Ein dritter Zeuge glaubte, sie sei mit einiger Wucht aus dem Wagen geworfen worden. Alle waren sich einig, daß es keinen Kampf gegeben hatte. Die Zeugin, die bei ihr geblieben war, bis der Krankenwagen kam, hatte den

Eindruck, sie sei bereits bewußtlos gewesen, bevor sie auf dem Bürgersteig aufschlug.

Alle hatten sich so sehr auf Simone konzentriert, daß kaum jemand auf den Fahrer geachtet hatte. Nur ein aufmerksamer junger Mann mit guten Augen, der den Lieferwagen als schmutziggelb und total verrostet beschrieb, hatte sich die Autonummer notiert. Als man sie überprüfte, stellte sich heraus, daß die Schilder gestohlen waren.

Die Befragungen in und um die Flavell Street, die bereits den zweiten Tag andauerten, hatten bisher nur ein wirklich interessantes Ergebnis erbracht. Und das schien, zumindest teilweise, Sarah Lawsons Geschichte zu bestätigen.

Ein Ehepaar hatte, als es gerade mit seinem Ford Fiesta rückwärts aus einer der Garagen hinter der Wohnung fuhr, einen Mann die Eisentreppe hinauflaufen sehen. Dann war er, ohne zu klopfen, durch die Küchentür ins Apartment Nummer dreizehn gegangen. Die beiden sagten, der Mann, der eine Jeans und ein schwarzes T-Shirt trug, hätte dunkle, lockige Haare und sei nicht sehr groß gewesen. Da sie ihn nur von hinten gesehen hatten, konnten sie sein Gesicht nicht beschreiben. Von seinen Bewegungen her glaubten sie, daß er eher jung war. Als man sie um eine etwas genauere Angabe bat, meinten sie, nicht älter als Anfang Dreißig. Das Ganze hatte sich am Dienstag, den 11. Juni gegen halb drei abgespielt.

Als man dem Ehepaar Fotos von Sarah Lawson und Simone Hollingsworth zeigte, erkannten die beiden nur Sarah. Es gab noch einige weitere Bestätigungen dieser Art, hauptsächlich von Leuten aus dem Waschsalon oder Mr. Patels Gemüseladen. Mehrere dieser Leute hatten den Eindruck gehabt, Sarah Lawson sei wie eine verlorene Seele umhergewandert.

Am nächsten Morgen sollte Sarah Lawson dem Richter vorgeführt werden. Aufgrund der Schwere des Vergehens würde eine Kaution vermutlich abgelehnt werden. Die Polizei würde sich ganz bestimmt dagegen aussprechen.

Wenn sie dann offiziell in Untersuchungshaft war, würde sie in ein Frauengefängnis verlegt werden, wahrscheinlich nach Holloway. Barnaby wollte diese letzte Gelegenheit nutzen, sie noch einmal auf eigenem Terrain zu vernehmen. Obwohl man ihm gesagt hatte, daß sie immer noch die Nahrungsaufnahme verweigerte, war er dennoch schockiert, wie sehr sie sich verändert hatte.

In einer Ecke ihrer Zelle hockte sie zitternd auf einer Schaumstoffmatratze. Sie hatte die Knie bis ans Kinn gezogen, und ihr langer Rock bedeckte die Beine. Die Knochen an Wangen und Stirn standen so weit vor, als wollten sie durch die Haut dringen. Sie starrte wild um sich, als die Tür aufging. Verzweiflung hatte sich in ihr Gesicht gegraben.

»Miss Lawson«, sagte Barnaby. Er brachte es nicht fertig, sich nach ihrem Befinden zu erkundigen. »Was hoffen Sie, durch Ihr Verhalten zu erreichen?« fragte er, nachdem er sich auf dem Toilettenrand niedergelassen hatte.

»Ich will es nur hinter mich bringen.«

»Was?«

»Alles. Diese lange Krankheit, mein Leben.«

»Man wird Ihnen nicht erlauben, sich zu Tode zu hungern. Man wird Sie in ein Krankenhaus bringen und auf irgendeine Weise künstlich ernähren.«

»Dann dauert es eben länger. Was macht das schon?«

»Ich bin mir nicht sicher, ob Sie verstehen, wie sich...«

»Besser als Sie, nehme ich an.«

»Ich meine, daß Sie sich durch extremes Fasten schwere und dauerhafte organische Schäden zuziehen können. Und wenn Sie dann schließlich doch zu dem Schluß kommen, daß Sie weiterleben möchten?«

»Ich werde meine Meinung nicht ändern.« Trotz ihrer erbärmlichen Verfassung wirkte ihr Gesicht wie in Stein gemeißelt.

Er konnte sie nicht in diesem Zustand zurücklassen. Ein unbestimmtes Gefühl sagte ihm, daß er versuchen müsse, sie umzustimmen. Doch er schien nichts weiter fertigzubringen, als die Situation auf Banalitäten zu reduzieren. Abgedroschene Phrasen kamen ihm über die Lippen. Der Mann, der sie betrogen hatte, war das nicht wert. Es gab doch so viele Menschen auf der Welt. Sie würde jemand anders kennenlernen. (Sergeant Troy wäre stolz auf ihn gewesen.) Zumindest verkniff er sich den Spruch, daß die Zeit alle Wunden heilt.

»Sie haben unrecht«, sagte Sarah, »von wegen jemand anderes kennenlernen. Ich glaube, daß Plato recht hatte, wenn er sagte, daß wir nur halb existieren, bis wir die eine Person gefunden haben, die uns zu einem Ganzen macht. Erst dann werden wir wissen, was wahres Glück ist.«

»Du meine Güte. Da müssen die Chancen ja noch schlechter stehen als beim Lotto.«

»Und trotzdem habe ich aufgrund einer unberechenbaren Konstellation der Sterne mein Gegenstück gefunden. Also werden Sie verstehen, Inspector, daß es keinen Sinn hat, noch einmal zu suchen. Und wenn man einmal diese Ganzheit erfahren hat, ist es einfach unerträglich, wieder auseinandergerissen zu werden.«

Die Endgültigkeit hinter ihren Worten machte jede weitere Diskussion sinnlos. Barnaby stand auf und ging zur Tür. Dort drehte er sich noch einmal um. »Sie wissen, daß Simone wieder aufgetaucht ist?«

Sie zuckte bei den Worten zusammen, als ob ihr jemand einen Eimer eiskaltes Wasser ins Gesicht geschüttet hatte. »Ja. Das hat man mir gesagt. Ist sie...? Geht's ihr gut?«

»Physisch ja. Aber sie ist immer noch ziemlich verwirrt.

Er hat sie aus einem Lieferwagen geworfen, hat man Ihnen das auch erzählt? Ihre charmante bessere Hälfte?«

»Aus einem...?« Sie starrte ihn an, als würde er plötzlich in einer fremden Sprache reden.

»Wir haben eine Beschreibung von ihm. Er wurde gesehen, wie er durch den Hintereingang in die Wohnung in der Flavell Street ging. Nicht allzu groß, um die Dreißig, dunkle Haare. Würden Sie sagen, das trifft zu?«

»Was...? Was reden Sie...?«

Und dann, als Barnaby ihren wütenden Blick mit der gleichen Heftigkeit erwiderte, begann Sarah Lawson sich abzuschotten.

Der Chief Inspector fühlte sich an einen Film erinnert, den er mal gesehen hatte, einen Historienschinken um eine unglückliche Erbin, die zu ihrer Verzweiflung feststellt, daß der Mann, den sie liebt, nur hinter ihrem Geld her ist. Darauf rennt sie durch das große dunkle viktorianische Haus, in dem sie lebt, und verbarrikadiert es, damit er nicht mehr reinkommt. Barnaby konnte immer noch das Zuschlagen der Fensterläden hören. Peng, peng, peng, peng. Peng.

Und so war es auch jetzt.

»Ja.« Als Sarah schließlich wieder sprach, klang sie sehr müde. »Ja, ich würde sagen, das ist eine ziemlich akkurate Beschreibung.«

»Gibt es nichts, was Sie nicht sagen würden, Sarah? Nichts, dem Sie nicht zustimmen würden?« So mitleidsregend ihr Zustand auch war, Barnaby empfand dennoch Wut. »Keine Lügen, die Sie nicht erzählen würden?«

»Nein, keine.«

Barnaby öffnete die Klappe und rief nach dem diensthabenden Beamten, er solle die Tür aufschließen.

Am nächsten Tag, nachdem die Zeichnung von Simone mit Sonnenbrille veröffentlicht worden war, begannen erneut

Meldungen einzutrudeln, daß man sie gesehen hätte. Diese waren jedoch bei weitem nicht so zahlreich wie am Anfang des Falles. Entweder hatte die Öffentlichkeit inzwischen die Nase voll von den Verrücktheiten der Hollingsworths oder Simone war sehr gut versteckt gewesen, nachdem man sie aus der Flavell Street weggebracht hatte. Von den wenigen eingegangenen Meldungen, die sich alle auf London und Umgebung bezogen, erwies sich keine der Zeit und Mühe wert, der Sache nachzugehen. *Crimewatch*, das sicher eine größere Resonanz hervorrufen würde, kam erst in drei Tagen im Fernsehen.

Kurz nach dem Mittagessen erhielt Barnaby von Rainbird and Gillis, dem alteingesessenen Bestattungsunternehmen von Causton, die Mitteilung, daß die Beerdigung von Alan Hollingsworth in zwei Tagen stattfinden würde. Der Gottesdienst würde in der Pfarrkirche St. Chad's in Fawcett Green abgehalten, und die Bestattung erfolge gleich anschließend auf dem Friedhof neben der Kirche. Es werde gebeten, von Blumenspenden abzusehen.

Barnaby, der sich fragte, wer denn darum gebeten hätte, kritzelte eine Notiz auf seinen Block. Die vergangenen sechsunddreißig Stunden waren so vollgestopft mit Ereignissen und Enthüllungen gewesen, die es zu beurteilen und zu verarbeiten galt, daß der Tod von Alan Hollingsworth und der armen Branda Brockley für ihn in den Hintergrund getreten war. Nun wandte er seine Gedanken wieder den beiden zu.

Der Tod von Brenda deprimierte ihn am meisten, weil er das Gefühl hatte, daß er in dieser Sache am wenigsten tun konnte. Es war unstrittig, daß sie durch Hollingsworths Auto ums Leben gekommen war. Vermutlich, wenn auch nicht hundertprozentig erwiesen, hatte er den Wagen auch gefahren. Doch welche Chance bestand jetzt noch herauszufinden, was genau passiert war?

Im Fall von Hollingsworths Tod hatte man zumidest einen Verdächtigen. Den gesichts- und treulosen Tim, von dem man noch nicht mal den wirklichen Namen kannte. Bei der zweiten Vernehmung hatte Sarah ja wohl zu verstehen gegeben, daß er dafür verantwortlich war.

Natürlich war da noch Gray Patterson, der perfekt in den Rahmen paßte. Ein starkes Motiv, kein Alibi und außerdem ein Freund von Sarah Lawson. Dagegen sprach jedoch die Tatsache, daß es keinerlei Anzeichen gab, daß Gray in der Nacht, in der Hollingsworth starb, in Nightingales gewesen war. Außerdem hatte er an dem Nachmittag, an dem Simone durchgebrannt war, im Causton Odeon gesessen und sich *Goldeneye* angesehen. Und drittens, und dies war sicher am überzeugendsten, konnte man Patterson selbst mit größter Phantasie nicht als kleinen Mann mit dunklen lockigen Haaren beschreiben.

Und nach einem solchen Mann mußten sie jetzt suchen.

Das Gewitter vor zwei Tagen hatte tatsächlich eine Wetteränderung herbeigeführt. Am Tag der Beerdigung war es zwar warm, aber unbeständig. Die Sonne verschwand immer wieder, Wolken jagten über den Himmel, und die Ulmen und Eiben auf dem Friedhof rauschten im Wind.

Reverend Bream, der ein schneeweißes Chorhemd unter seinem schäbigen Talar trug, verlas die Trauerrede. Seine Stimme klang ernst und feierlich und voller echt empfundener Trauer. In solchen Momenten war er ganz in seinem Element.

Barnaby und Troy gingen weder zum Gottesdienst, noch gesellten sie sich zu der kleinen Trauergemeinde am Grab, sondern standen in einiger Entfernung auf einer Graskuppe – Außenseiter, die nur als Randfiguren an der Feier teilnahmen.

»Denn der Mensch, vom Weibe geboren, hat nur kurze Zeit auf dieser Erde...«

Wer würde das schon bestreiten wollen? Wir gebären rittlings über dem Grabe, wie der Dichter sagt. Barnaby glaubte zumindest, daß es ein Dichter war. Oder vielleicht erinnerte er sich an diese Zeile aus einem der Stücke, die Joyce's Laienspielgruppe aufgeführt hatte. In jedem Fall hatte der Schreiber den Nagel auf den Kopf getroffen. Wenn man es in kosmischen Dimensionen betrachtete, ging es tatsächlich so schnell. Einen Augenblick sah man das Licht der Sonne, im nächsten Moment schon nicht mehr.

Obwohl eine ganze Menge Leute am Eingang zum Friedhof herumlungerten, waren nur acht Trauergäste am Grab. Avis Jennings stand neben Simone, die Arme um die schmalen Schultern der jungen Frau gelegt. Constable Perrot, den Motorradhelm in der Armbeuge, hatte mehr oder weniger Haltung angenommen. Der Buchhalter Ted Burbage stand als Vertreter von Penstemon neben Elfrida Molfrey. Sie und Cubby Dawlish hielten sich an den Händen und blickten mit ernster Miene nach unten.

Die beiden übrigen Trauergäste waren Barnaby nicht bekannt. Er vermutete, daß es sich um den Bruder des Toten und dessen Frau handelte. Sie mußte seine Frau sein, denn ein so streng und griesgrämig aussehender Mann würde es nie wagen, seine Geliebte mitzubringen. Er trug einen schwarzen Anzug aus mattem, schwerem Stoff, sie ein formloses Kleid mit schiefem Saum, das die Farbe von schmutzigem Wasser hatte. Um einen Ärmel hatte sie ein schwarzes Samtband befestigt. Ihr Gesichtsausdruck wirkte noch säuerlicher als der ihres Mannes. Barnaby mußte an den Ausspruch seiner Mutter denken. »Da geht einem ja die Milch um.«

»Asche zu Asche, Staub zu Staub...«

»Wenn dich der Suff nicht schafft, die Steuer bestimmt.«

Troy redete fast geistesabwesend vor sich hin, den Blick auf das bleiche, traurige Gesicht der Witwe fixiert. Er zitterte unerklärlicherweise und fühlte sich ziemlich mulmig.
»Was ist denn mit Ihnen los?«
»Hä?«
»Sie zittern.«
»Das liegt an der Hitze, Chef.«

Der Leichenschmaus fand im Haus des Arztes statt. Mrs. Jennings hatte sich ziemlich zurückgehalten. Keine extravagant dekorierten Torten und kein Konfekt mit Zucker und Sahne. Das kunstvollste Teil auf dem Tisch war ein mehrschichtiger Blätterteigkuchen mit frischen Himbeeren. Auf einer altmodischen weißen Porzellanplatte lag ein halber York-Schinken, dazu gab es einen Salat mit reichlich Kräutern, frisch gepflückt aus dem Garten. Dr. Jennings fing an, den Schinken aufzuschneiden, wurde jedoch von einem dringenden Anruf unterbrochen, woraufhin er verschwand und der Pfarrer das Schneiden übernahm.

Die Unterhaltung war gedämpft und blieb auch so, vielleicht weil an Getränken nur indischer oder chinesischer Tee gereicht wurde. Simone, der natürlich das Mitgefühl aller galt, schien überwältigt. Sie saß zwischen den Verwandten ihres Mannes auf einer Chaiselongue aus Velours und wirkte für Sergeant Troy wie eine zarte schöne Rose zwischen zwei Kakteen. Das Pflaster an ihrer Schläfe war entfernt worden, doch obwohl sie sorgfältig geschminkt war, schien der Bluterguß noch durch.

Mrs. Jennings hatte ihn und Barnaby ausdrücklich zu dem Imbiß eingeladen, dennoch fühlte Troy sich äußerst unbehaglich. Da sie weder Freunde waren noch zur Familie gehörten, unterstrich ihre Gegenwart nur noch den düsteren Anlaß des Beisammenseins. Wie konnte Troy da einfach auf Simone zugehen und ihr ganz ungezwungen sein Beileid aussprechen? Zum ersten Mal, seit er bei der Truppe war, wünschte sich Sergeant Troy, er wäre kein Polizist.

Barnaby mischte sich nicht unter die Leute. Er war in der Küche und aß selbstgebackenes Ciabatta mit einem Stück reifen Brie und einem Schälchen Salat. Außerdem unterhielt er sich mit Avis Jennings, die gerade festgestellt hatte, daß sie eine Kuchengabel zuwenig hatte und nun in der Besteckschublade herumwühlte.

»Ich hab von Ihrem Mann gehört, daß es Simone allmählich besser geht.«

»Ja, es geht ihr schon viel besser. Auch ihr Gedächtnis kehrt stückweise zurück. Jim sagt, das ist häufig so. Sie erkennt uns und Elfie und erinnert sich an alle möglichen Sachen aus dem Dorf, aber an kaum etwas über ihr... Martyrium. Ist allerdings auch nicht weiter verwunderlich, oder? Ich meine, sie versucht es bestimmt so lange wie möglich zu verdrängen. Ah, da bist du ja!« schalt Avis ihre Kuchengabel und rieb sie an ihrem Rock blank. »Ich würd das jedenfalls tun.«

»Vollkommen verständlich.«

»Ich war mit ihr im Haus, um saubere Sachen und ein paar andere Dinge zu holen. Sie wollte aber nicht bleiben.«

»Wie sind Sie denn reingekommen, Mrs. Jennings?«

»Jill Gamble hat uns den Schlüssel gegeben.« Sie sah Barnaby ein wenig besorgt an. »Ich hoffe, das war in Ordnung. Wir waren nur ganz kurz drinnen.«

»Und Sie waren die ganze Zeit bei Mrs. Hollingsworth?«

»Das war ich.« Avis wirkte irritiert. »Sie hat nur ein paar Kleider und etwas Unterwäsche in eine Tasche gepackt. Das sind doch ihre Sachen, Inspector.«

Barnaby, der den Mund voll von dem köstlichen Käse hatte, nickte nur.

»Nun ja, ich muß wieder zu meinen Gästen«, sagte Avis.

»Ich wünschte, die schottische Delegation würde ordentlich zulangen. Ist ja nicht so, daß die so sehr von Trauer überwältigt sein müßten. Simone hat erzählt, Alan hätte seit Jahren kein Wort mit denen gesprochen.«

»Manche Leute halten ein solches Verhalten eben für angemessen bei Beerdigungen.«

»Hm.« Avis schnaubte. »Meiner Meinung fährt man mit ein bißchen Aufrichtigkeit letztlich doch am besten.«

In den wenigen Sekunden, in denen Troy seine Augen von Simone abwandte, hatte er am anderen Ende des Raumes eine allgemeine Bewegung auf eine Tür zu bemerkt, die in die Küche führte. Man hätte zwar nicht gerade behaupten können, daß die Leute dort Schlange standen, jedoch Constable Perrot lauerte neben der Tür und schlüpfte hinein, als Mrs. Jennings herauskam. Auch Mrs. Molfrey strebte mit langsamen Drehungen in diese Richtung, in ihrem Gefolge sich anders herum windend, Cubby Dawlish, der in einer Hand einen Teller mit Schinken und Salat und in der anderen eine schöne starke Tasse Ridgeway's Breakfast Blend balancierte.

Kurz darauf waren alle drei in der Küche. Perrot blieb stehen, die beiden anderen setzten sich. Cubby trank seinen Tee. Elfrida, erfreut über ein weiteres Tête-à-tête mit einem hohen Beamten, wandte ihr vor Aufregung glühendes Gesicht Barnaby zu.

»Ich möchte Ihnen natürlich keinen Vorwurf machen, Chief Inspector. Ich weiß ja, wie unglaublich beschäftigt Sie sind. Trotzdem war ich enttäuscht, daß ich auf meine Information hin nichts von Ihnen gehört habe.«

»Ich weiß im Augenblick leider nicht so ganz, was Sie meinen, Mrs. Molfrey.«

»Kein Klirren, kein Klimpern. Ist denn…«, Elfrida bemerkte das blanke Entsetzen auf dem Gesicht von Colin Perrot, der hinter dem Chief Inspector stand, »… meine

Nachricht nicht angekommen? Ich hab sie auf Ihren Anrufbeantworter gesprochen.«

»Tut mir leid«, lächelte Barnaby. »Ich fürchte, diese Geräte sind nicht immer ganz zuverlässig. Worum ging's denn, Mrs. Molfrey?«

»Ich hatte Ihnen doch damals erzählt, daß ich an dem Tag, an dem Simone verschwand, mit Sarah Lawson ein Stück gegangen bin, und daß sie so einen großen Karton schleppte. Sie sagte, da wären Einmachgläser drin, die Simone ihr für ihren Krimskramsstand beim Kirchenfest versprochen hatte. Doch als wir dann bei ihr am Tor waren, hievte sie den Karton irgendwie so hoch, uff, uff...«

»Vorsichtig, Liebste«, murmelte Cubby.

»... und da war kein einziges Geräusch zu hören. Und das bei einem Karton, der angeblich voller Glas war. Dann hab ich mir gedacht, warum sollte Simone überhaupt so etwas haben? Sie konnte kaum kochen, geschweige denn Brot backen oder Marmelade machen. Und ich kann mir wirklich nicht vorstellen, daß sie jemals Obst oder Gemüse eingekocht hat. Außerdem...«, Elfrida sah Barnaby mit einem Blick an, der ihm nur allzu vertraut war. Wie Kilmowski, wenn er eine besonders große und fette tote Maus anschleppte und stolz auf die Fußmatte legte. »... so wie sie an der Kiste zu schleppen hatte, mußte sie ziemlich schwer sein. Glauben Sie mir, Inspector, da war mehr drin als ein paar leere Gläser.«

»Das ist ja sehr interessant, Mrs. Molfrey.« Und das war es auch. Eine solche Kiste war jedenfalls weder im Bay Tree Cottage noch im Schuppen im Garten gefunden worden, als man beides durchsucht hatte. »Wann ist denn dieses Fest?«

»Erst an dem Bank-Holiday-Montag im August.«

»Und an wen könnte Sarah die Sachen weitergegeben haben?«

»An niemanden, wenn sie ihren eigenen Stand hat. Das sollten Sie Mrs. Perrot fragen – sie ist doch auch dieses Jahr wieder im Veranstaltungskomitee, stimmt's Colin?«

»Ganz recht, Mrs. Molfrey.« Perrot, der sich innerlich immer noch erleichtert den Schweiß von der Stirn wischte, lächelte seine Retterin warmherzig an. »Ich werde mich selbstverständlich erkundigen, Sir, ob die Sachen an jemand anders weitergegeben wurden.«

»Das wäre sehr freundlich, Constable.«

»Obwohl Sie beide es zweifellos morgen in den Nachrichten hören werden, sollte ich Sie vielleicht informieren, daß Miss Lawson unter dem Verdacht festgenommen wurde, an der Entführung von Mrs. Hollingsworth und der anschließenden Lösegeldforderung beteiligt gewesen zu sein.«

»Oh! Aber das ist doch ...« Mrs. Molfrey verschlug es die Sprache. Mit zitternden Fingern zupfte sie an dem anthrazitfarbenen Chiffonschleier herum, der ihre Korkenzieherlocken bedeckte. Der Schleier war mit Markasitsteinchen besetzt, die in der hereinfallenden Sonne glitzerten.

»Nein, nein, nein. Das kann ich nicht glauben.«

»Nein, ich auch nicht«, stimmte Cubby mit fester Stimme zu. Seine blauen Augen strahlten unerschütterlich. »Dazu ist sie zu ... Was für ein Wort suche ich, Elfie?«

»Stolz.«

»Ganz genau. Stolz.«

»Sie müssen sich irren, Inspector«, sagte Elfrida. »Tut mir leid, ich weiß, das klingt anmaßend ...«

»Wir nehmen niemanden ohne stichhaltige Beweise fest. Mrs. Molfrey. Außerdem hat Sarah Lawson gestanden.«

»Aber Geld bedeutet ihr doch nichts. Sie haben doch gesehen, wie sie lebt.«

»Ihr mag Geld ja nichts bedeuten. Doch der Person, mit der sie zusammenarbeitete, offenbar eine ganze Menge.«

Das versetzte beiden einen Schock. Er merkte, wie sie sich in Gedanken neue und schreckliche Verwicklungen ausspannen, doch keiner der beiden sagte mehr ein Wort. Sie saßen noch eine Weile fassungslos da, dann standen sie auf und gingen. Cubby tätschelte Elfrida tröstend die Hand.

»Perrot?«

»Sir.« Constable Perrot bewegte sich nonchalant zu dem Tisch aus Kiefernholz und legte seinen Helm darauf.

»Ich möchte, daß dieses Haus hier vierundzwanzig Stunden lang bewacht wird. Das gleiche gilt für Nightingales, sollte Mrs. Hollingsworth sich entschließen, dorthin zurückzuziehen.«

»Sie glauben also, sie ist immer noch irgendwie in Gefahr.«

»Vielleicht. Auf jeden Fall brauchen wir ein wachsames Auge. Sie ist eine sehr wichtige Zeugin. Ich überlasse das Ihnen.« Barnaby schob seinen Stuhl zurück. »Sie werden abgelöst, sobald wir die Schichten eingeteilt haben.«

»Kein Problem, Sir.«

»Möchte noch jemand Tee?« Avis steckte den Kopf durch die Tür.

»Ich hätte gern noch eine Tasse«, sagte Barnaby. »Aber ich nehme sie mit nach drüben.«

Im Wohnzimmer der Jennings hatte sich die Szene leicht verändert. Elfrida und Cubby waren nicht mehr da. Edward Hollingsworth hatte sich zum Sitz am Fenster begeben, wo er ein ernstes Gespräch mit dem Finanzexperten von Penstemon führte. Seine Frau räumte schmutzige Teller ab und stapelte sie auf einem großen Holztablett. Troy saß neben Simone auf der grünen Velours-Chaiselongue.

Ohne daß sie es merkten, beobachtete Barnaby die beiden. Simone redete gerade, hielt inne, um sich auf die Lippe zu beißen und die Stirn in Falten zu ziehen, zögerte immer noch und sprach dann weiter. Ihre Hände waren ständig in

Bewegung, berührten ihre weiße, von blauen Flecken verunstaltete Stirn, fuhren an ihr Herz oder strichen die zotteligen, silbriggoldenen Haare glatt. Sie trug ein einfaches Baumwollkleid, pink und weiß gestreift und mit einem kleinen Blumenstrauß am Hals. Ihr schlanker Körper wirkte angespannt.

Troy, dessen ganze Haltung Zärtlichkeit zu verströmen schien, hörte zu. Ab und zu nickte er mit dem Kopf. Gelegentlich sagte er auch etwas. Barnaby glaubte, ihm die Worte »Es tut mir ja so leid« von den Lippen ablesen zu können.

Er trat zu der Frau am Tisch und stellte sich vor.

»Oh, ich weiß, wer Sie sind.« Jedes Wort kam in wohlgerundeten, abgehackten Silben heraus, wie polierte Kieselsteine. Sie hatte einen starken schottischen Akzent. »Sie brauchen ja ziemlich lange, um herauszufinden, wer für den Tod meines Schwagers verantwortlich ist.«

»Seit wann sind Sie hier, Mrs. Hollingsworth?«

»Seit gestern. Wir erhielten eine Mitteilung von Alans Anwalt und haben morgen früh einen Termin mit ihm. Danach fahren wir sofort zurück. Mein Mann muß seine wöchentliche Predigt vorbereiten.« Für den Fall, daß Barnaby noch nicht begriffen haben sollte, was für eine bedeutende Position ihr Gatte innehatte, fügte sie hinzu: »Edward ist Pfarrer an der Kirche.«

Ja, dachte der Chief Inspector, während er das blutleere Profil und die sich frömmlerisch kräuselnde Unterlippe betrachtete, da wäre selbst ich drauf gekommen. »Soweit ich weiß, haben Ihr Mann und sein Bruder sich in den letzten Jahren etwas auseinandergelebt.«

»Das stimmt überhaupt nicht. Sie mögen zwar nicht allzuviel Kontakt miteinander gehabt haben, aber von Entfremdung kann nicht die Rede sein. Während der letzten Monate haben sie sogar mehrmals miteinander telefoniert.«

»Aber es ist doch wohl so, daß Sie beide mit seiner zweiten Ehe nicht einverstanden waren?«

»Da wir Scheidung nicht akzeptieren, kann es so etwas wie eine zweite Ehe nicht geben.« Sie hob das Tablett vom Tisch und entblößte ihre gelben Zähne, die an Grabsteine erinnerten. »Eine unzüchtige Beziehung würde der Herr das wohl nennen.«

Verdammt. Barnaby schaute auf ihren kerzengeraden Rücken hinterher, während sie, lang und dünn, stocksteif wie ein Besenstiel in die Küche marschierte. An der hätte ich keine Lust, mir in einer kalten Winternacht die Füße zu wärmen.

Darauf schlenderte er zu dem Paar in der Ecke hinüber und freute sich schon im voraus auf den angenehmen Szenenwechsel.

»Und wie fühlen Sie sich heute, Mrs. Hollingsworth?«

»Oh, Inspector.« Wie weiße Tauben waren diese Hände. Ihre ganze Schönheit und ihr Liebreiz kehrten zurück. Zwar hatte sie an einigen Stellen kosmetisch nachgeholfen, aber so kunstvoll, daß es natürlich wirkte. Wie lang und seidig ihre Wimpern waren.

»Viel besser, wie ich sehe.«

»Ja. Danke.«

»Sergeant, hier wird es bis auf weiteres Polizeipräsenz geben. Das muß Mrs. Jennings erklärt werden. Wenn Sie also jetzt die Honneurs machen würden?«

»Was, jetzt?«

»Ja. Jetzt.«

Die Betonung auf dem zweiten Wort war nicht zu überhören. Troy stand widerwillig auf. Er lächelte Simone an, eine Mischung aus Trost und Ermutigung, dann zog er sich zurück. Zu seinem Pech verschwand Mrs. Jennings ausgerechnet in diesem Moment durch die Verandatür in den Garten. Mit sehnsüchtigen Blicken nach hinten folgte Troy ihr.

»Avis war ja so nett«, erklärte Simone. »Und ihr Mann auch.«

»Trotzdem nehm ich an, daß Sie sich darauf freuen, wieder nach Hause zurückzukehren.«

»Nach Hause?«

»Nach Nightingales.«

»Da geh ich nie mehr hin.« Sie drückte ihre Handflächen heftig gegen die Knie. »Ich hasse es!«

»Sie erinnern sich also, daß Sie dort unglücklich waren?«

»Ja.« Sie sah ihn unsicher an. »An manche Dinge mehr als an andere.«

»Ich verstehe. Ich möchte Ihnen noch eine Frage stellen, Simone. Und«, ihre Augen hatten sich bereits erschrocken geweitet, »es hat nichts zu tun mit... Nun ja, vielleicht ganz indirekt. Regen Sie sich bitte nicht auf.«

»Sie müssen mich für ziemlich dämlich halten.«

»Nein, überhaupt nicht.« Barnaby lächelte. »Können Sie sich erinnern, daß Sie, kurz bevor Sie... weggegangen sind, einen Karton mit ein paar Gläsern auf Ihre Veranda gestellt haben, damit Sarah Lawson sie abholen konnte!«

»Gläser? Was für Gläser?«

»Offenbar Einmachgläser. Für Obst und so.«

»Ich kann mich nicht... Augenblick mal. Ach ja. Die waren für das Kirchenfest.«

»Das stimmt.« Er konnte sich kaum verkneifen, »gutes Mädchen« zu sagen, denn nachdem sie die richtige Antwort gegeben hatte, wirkte sie stolz wie ein kleines Kind.

»Können Sie mir jetzt auch noch sagen, wo Sie die herhatten?«

»Hmh, lassen Sie mich nachdenken.« Sie runzelte die Stirn und seufzte und runzelte erneut die Stirn. »Vom Kirchenbasar. Es wird immer von einem erwartet, daß man da was kauft. Und weil das meiste ziemlich scheußlich ist, taucht der Kram beim nächsten Fest oder beim nächsten

Trödelmarkt wieder auf. Es gab da wohl mal so eine fürchterliche Tischlampe, die hat angeblich jahrelang die Runde gemacht.«

»Ausgezeichnet«, sagte der Chief Inspector. »Damit wäre das geklärt.«

»Ist das alles?«

»Im Augenblick ja.«

Sie wirkte sichtlich erleichtert und nahm die Hände von den Knien. Doch sie hatte so fest gedrückt, daß ihr Kleid an der Stelle zerknüllt war. »Was haben Sie da eben Gavin von Polizeipräsenz erzählt?«

»Das ist zu Ihrem eigenen Schutz, Mrs. Hollingsworth.« Gavin? Darüber reden wir noch.

»Aber ist denn nicht alles vorbei?« Trotz des Make-ups wurde sie blaß. »Ich meine...«

»Ich hab's ausgerichtet, Sir.« Sergeant Troy machte unmißverständlich klar, daß er wieder anwesend war. Er stand breitbeinig auf dem Teppich, damit nur ja keiner wagte, ihn zu verdrängen.

»In Ordnung.« Barnaby stand auf. »Gehn wir.«

Als sie sich dem Auto näherten, das sie vor dem Bay Tree Cottage geparkt hatten, sahen sie, daß Gray Patterson gegen die Motorhaube lehnte. Er kam hastig auf sie zu.

»Ich hab den Rover erkannt, Inspector«, sagte er. »Ich wollte nicht bei den Jennings reinplatzen, und in die Kirche zu gehen hatte ich auch keine Lust. Gerade wenn Alans Bruder da ist. Hätte vielleicht ein bißchen heuchlerisch gewirkt.«

»Hätte es sicher«, antwortete Barnaby. »Bei Ihrer Vorgeschichte.«

»Ich versuche rauszukriegen, wie die Sache mit Sarah steht. Ich hab gehört, sie sei verhaftet worden, also bin ich zur Wache gegangen. Aber man wollte mich nicht zu ihr lassen.«

»Die Mühe würd ich mir an Ihrer Stelle auch sparen, Mr. Patterson.«

»Aber Sie braucht mich doch. Um ihr zu helfen, damit dieser dumme Irrtum geklärt wird.«

»Ich fürchte, da gibt es keinen Irrtum.« Barnaby wiederholte noch einmal, was er vorhin Cubby und Mrs. Molfrey erklärt hatte, und erhielt so ziemlich die gleiche Reaktion. Patterson war absolut niedergeschmettert.

»Das kann nicht sein. Ausgerechnet Sarah?«

»Sie hat mit ihrem Lover zusammengearbeitet«, sagte Sergeant Troy. Er war immer noch verärgert, daß Simone schon wieder mit Fragen schikaniert worden war, und wollte das an irgendwem auslassen. »Vermutlich war sie deshalb plötzlich so nett zu Ihnen. Damit Sie nichts merkten oder so.«

»Unsinn.«

»Wir haben ihn zwar noch nicht erwischt, aber das werden wir schon.« Und dann versetzte Troy lächelnd den Gnadenstoß. »Allem Anschein nach eine sehr leidenschaftliche Affäre.«

Patterson drehte sich um und lief schnurstracks auf die Straße, auf der zum Glück kein Auto kam. Dann rannte er stolpernd und wankend über den Grasstreifen nach Hause.

Alles liegt in den Händen der Götter. Wenn Barnaby hörte, wie Straftäter während der Vernehmung oder später auf der Anklagebank jammerten, sie hätten nie im Leben Glück gehabt, hatte er nicht allzuviel Mitgefühl.

Obwohl er selbst dieses Glück gehabt hatte – liebevolle Eltern, eine stabile und glückliche Ehe, eine gesunde und intelligente Tochter – war er kaum der Typ, um darauf anzustoßen oder gar ein Dankesgebet zu sprechen. Wie die meisten Leute in dieser glücklichen Situation, nahm er das alles als Selbstverständlichkeit hin.

Doch nun, wo sie in die Endphase des Falles traten, der im ersten der vielen Bücher, die darüber geschrieben werden sollten, unter dem Titel: *Irrungen und Wirrungen: das geheimnisvolle Leben von Alan und Simone Hollingsworth* lief, wurde dem Chief Inspector auf einmal deutlich bewußt, welche Rolle das Schicksal bei diesen Ermittlungen gespielt hatte.

Das tat es natürlich immer. Und man merkte sehr schnell, ob es für oder gegen einen war. Wäre zum Beispiel nicht jemand – und Barnaby glaubte keine Sekunde, daß dieser Jemand Sergeant Troy gewesen war – auf die schlaue Idee gekommen, bei der Wohnungsvermittlung am College nachzufragen, wäre die Wohnung in der Flavell Street wahrscheinlich nie entdeckt worden.

Oder wenn Eden Lo während der wenigen Sekunden, die Alan Hollingsworth brauchte, um seine Tasse abzustellen und wegzugehen, in eine andere Richtung geguckt hätte, wäre man möglicherweise nie auf die Verbindung mit Heathrow gekommen.

Und jetzt war der vielversprechendste Hinweis hereingeflattert. Auf den ersten Blick schien es das Übliche zu sein: eine weitere Meldung, daß Simone irgendwo gesehen worden war. Es war am Morgen nach der Beerdigung gewesen. Eine Frau mit waschechtem Cockney-Akzent rief an. Barnaby hörte am Nebenanschluß mit.

Zu dem Zeitpunkt hätte er nicht sagen können, warum dieser Anruf ihn mehr ansprach als alle anderen. Erst einige Stunden später, als sie an Ort und Stelle waren, erkannte er warum.

Ihr Name war Queenie Lambert, und sie wohnte auf der Isle of Dogs. Die Frau, deren Zeichnung sie in der *Sun* entdeckt hatte, habe eine Weile ihr gegenüber auf der anderen Seite des Gehwegs gewohnt. Obwohl sie die Wohnung offenbar selten verlassen hatte, wurde Mrs. Lambert zweimal auf sie aufmerksam. Einmal, als sie dem Breifträger die Tür öffnete, und dann noch mal, als sie die Blumenkästen auf dem Balkon goß.

Mrs. Lambert hörte sich an, als ob sie schon älter wäre, und Barnaby vermutete, daß sie ein etwas eingeschränktes Leben führte. Einen Großteil ihrer Zeit verbrachte sie wahrscheinlich damit zu beobachten, was die Nachbarn taten. Solche Leute, die mit ihrer Neugier anderen sicher furchtbar auf die Nerven gingen, konnten für die Polizei ein wahres Geschenk des Himmels sein.

Obwohl die beiden Detectives wie jeder andere von den umfassenden Baumaßnahmen auf den Kais und Docks von Canary Wharf gehört hatten, verschlug das gewaltige Ausmaß und die Pracht der Gebäude ihnen dennoch den Atem. Riesige Türme aus Glas und Stahl, umgeben von Schutthaufen, glitzerten in der Sonne. Bagger rollten dröhnend umher und wirbelten Staubwolken auf. Neue Apartments, die schon bald für Hundertausende Pfund verkauft werden würden, wuchsen nur wenige Meter von alten Sozialbauten aus den dreißiger Jahren in die Höhe – ehemals Wohnraum für die Armen, nun von rücksichtslosen Finanzhaien platt gemacht und mit Brettern vernagelt.

Als sie aus dem Blackwall Tunnel kamen, stieß Troy einen anerkennenden Pfiff aus, und selbst Barnaby war von der Großartigkeit dessen, was sich da selbstbewußt vor ihnen ausbreitete, beeindruckt.

Es war fast halb eins, als sie im George, Westferry Road auf ein Pint Webster's Yorkshire Bitter und ein paar ausgezeichnete Sandwiches einkehrten. Sergeant Troy spielte lustlos eine Partie Darts. Barnaby saß nachdenklich da. Die Stimmung zwischen ihnen war stark gespannt. Troy war immer noch sauer, weil seine aufrichtige Sorge um Simones Wohlergehen unverschämterweise so interpretiert worden war, als versuche er nur, sie ins Bett zu kriegen. Außerdem mußte er noch die Strafpredigt verdauen, die ihm gehalten worden war. Daß es nämlich höchst unratsam sei, sich mit einer Person einzulassen, die in einen Fall verwickelt war, in dem man gerade ermittelte.

Er wußte natürlich, was das bedeutete: Der Chef traute ihm nicht zu, daß er den Mund hielt. Er hielt ihn, Troy, für unvorsichtig und blöde genug, sich von irgendeiner Tussi so um den kleinen Finger wickeln zu lassen, daß sie ihn alles fragen konnte und auch die richtigen Antworten erhielt. So eine Unverschämtheit.

»Sind Sie bereit, Sergeant?«

»Ja, Sir.« Troy trank sein Glas aus und zog seine schwarze Lederjacke wieder an.

Mrs. Lamberts Wohnung lag in einer kleinen Anlage der Firma Peabody Buildings, direkt hinter den Thermopylae Gardens. Die Häuser waren jeweils zwei Stockwerke hoch und hatten Balkons, die ganz um das Haus herumliefen. Auf einigen hing Wäsche. Die meisten Fenster im Parterre waren entweder verrammelt oder mit schmiedeeisernen Gittern versehen. Einige Leute hatten offenbar eine Wohnung gekauft und sie persönlicher gestaltet, indem sie die Außenwände blau und orange strichen oder die ursprünglichen Fenster und Türen durch andere ersetzten. Doch zum größten Teil wirkten die Fassaden einheitlich trist, schmuddelig und reparaturbedürftig.

»Fahren Sie nicht da rein.« Barnaby erinnerte sich an einen Fall, wo sein Auto knapp zehn Minuten vor einem Hochhaus gestanden hatte, während er sich bemühte, im achten Stock jemanden festzunehmen. Als er wieder herauskam, waren sämtliche beweglichen Teile des Autos verschwunden, einschließlich der Sitze. »Da drüben ist es besser.«

Troy parkte ganz vorschriftsmäßig vor einer Zeile mit kleinen Läden und stieg aus. Der Chief Inspector schnappte sich sein Handy und folgte ihm. Sie gingen durch ein offenes Treppenhaus in einen Hof, vorbei an übelriechenden Müllcontainern, die ein ganzes Stück größer waren als sie selbst. Während sie die Metalltreppe hinaufstiegen, fragte sich Barnaby erneut, was ihn wohl bewogen haben mochte, sein Territorium zu verlassen, um sich etwas anzusehen, was jemand vom örtlichen Polizeirevier in kürzester Zeit hätte überprüfen können.

Er sah, wie sich bei Mrs. Lambert die Gardinen bewegten. Sie beobachtete sie also. Noch bevor Troy klingeln konnte, riß die alte Frau bereits die Tür auf. Sie führte sie in ein blitzsauberes Wohnzimmer, das dermaßen mit Möbeln vollgestopft war, daß sie praktisch seitwärts gehen mußten. Nachdem sie den angebotenen Tee abgelehnt hatten, fragte Barnaby, wo denn Mrs. Lambert die Frau mit der dunklen Brille gesehen hätte.

»Ich zeig's Ihnen.« Sie humpelte mühsam zum Fenster. »Direkt da drüben, sehen Sie? Wo die Kästen mit den roten Geranien sind.«

»Und können Sie mir auch sagen – Entschuldigung«, der Chief Inspector unterbrach sich, »vielleicht sollten Sie sich lieber setzen.«

»Is besser, wenn ich steh, wenn's Ihnen nix ausmacht.« Sie trug große karierte Herrenpantoffeln, die an den Zehen stark gewölbt waren. »Sonst läuft das Blut in meine Ballen.«

»Wann haben Sie diese Frau das letzte Mal gesehen?«

»Och, vor vier, fünf Tagen.«

»Könnten Sie das vielleicht etwas genauer sagen, Mrs. Lambert?« Barnaby rutschte das Herz in die Hose. Vor fünf Tagen hatte Simone Hollingsworth bereits im Hillingdon Hopital gelegen.

»Also, mal sehn. Es war an dem Tag, bevor Elaine kam, um mich zum Fußdoktor zu fahren. Die holn einen nich ab, wenn man irgendwen auftreiben kann, der'n Auto hat. Diese Schweine.«

»Und wann war das?«

»Also, Donnerstag nachmittag geh ich zum Arzt, also muß ich sie am Tag davor gesehn haben.«

»Also am Mittwoch?« Das war vor acht Tagen. Barnaby hielt die Luft an.

»Das ist richtig.«

»Und können Sie sich auch erinnern, wann Sie sie zum erstenmal gesehen haben?«

Troy beteiligte sich nicht an dem Gespräch. Er hielt es für völlig sinnlos. Reine Zeitverschwendung. Doch in Wahrheit wurde er ganz allmählich von einer nervösen Anspannung ergriffen, wie er sie noch nie erlebt hatte.

»Das weiß ich ehrlich nich«, antwortete Queenie Lambert.

»Muß aber nach'em 12. Juni gewesen sein. Da kam ich nämlich aussem Urlaub zurück, aus Cromer.«

»Ich danke Ihnen«, sagte Barnaby mit dem Gefühl, daß diese Floskel bei weitem nicht traf, was er ihr schuldig war. Allerdings fiel ihm auch nichts Besseres ein.

Er und Troy mußten wieder auf den Hof hinunter, um auf die andere Seite zu kommen. Auf halbem Weg kamen sie an ein paar kleinen Mädchen vorbei, die seilsprangen. Eins von ihnen trug ein T-Shirt, dessen Aufschrift dem Chief Inspector ins Auge sprang. Da stand nämlich in fetten Buchstaben: Cuba Street Carnival.

Barnaby blieb abrupt stehen und stand dann völlig reglos, in Gedanken versunken da. Troy war weitergegangen, doch als er merkte, daß er allein war, blieb er ebenfalls stehen. Da er glaubte, sein Chef wolle ihn mal wieder zum Affen machen, ging der Sergeant nicht zurück. Statt dessen schlenderte er zu den Mädchen herüber und sagte lächelnd: »Hallo.«

Sie liefen fort.

»Gavin?«

»Sir.«

»Haben Sie ein London A-Z?«

»In der Jackentasche.«

»Sehen Sie doch mal bitte Cuba Street nach.« Während er wartete, konnte Barnaby nicht umhin, sich zu fragen, worauf er eigentlich wartete, warum ihm das Wort Cuba wie eine Glocke, die einen Sprung hatte, im Ohr klang, und was für eine seltsame Verbindung zwischen dieser abgerissenen Gegend hier und dem wunderbar gepflegten Dörfchen Fawcett Green bestehen sollte. Doch je länger er wartete, desto sicherer war er, daß er sich zur richtigen Zeit am richtigen Ort befand. Und das aus den richtigen Gründen.

»Da ist es.« Troy reichte ihm das Buch, aufgeschlagen auf Seite 80. »Cuba Street. Quadrat zwei C.«

Barnaby starrte auf die Seite. Die Themse wand sich wie eine große weiße Schlange darüber und schnitt die Isle of Dogs von Rotherhithe, Deptford und Greenwitch ab. Er entdeckte die Cuba Street am West India Dock Pier. Das sagte ihm überhaupt nichts.

Sergeant Troy registrierte das mit einer gewissen Befriedigung. Er hatte zwar keinen Schimmer, was der Chef suchte, aber er merkte sehr wohl, wenn etwas danebengegangen war.

Barnaby studierte die Karte weiter. Und dann fand er tatsächlich was. Troy wußte das, weil ein Ausdruck des Erkennens, gefolgt von Verwunderung, über Barnabys massige Züge glitt. Er fand, sein Boss sah aus wie dieser dämliche Vogel in der Geschichte, die er seiner Tochter manchmal vorlas. Sobald der den sicheren Hof verließ, um ein bißchen umherzuspazieren, fiel ihm der Himmel auf den Kopf. Man konnte ja über Hühner sagen, was man wollte. Sie mochten zwar doof sein, aber sie wußten, wo was los war.

»Nicht Cuba, Sergeant. Sondern Cubitt.«
»In Ordnung, Chef.«
»Cubitt Town.«
»Hab ich verstanden.«
»Sagt Ihnen das was?«
»Nicht auf Anhieb.« Jetzt geht das schon wieder los.
»Denken Sie mal darüber nach.«
Yeah, denk nach, Gavin. Streng doch mal deinen Grips an.

Zum zweitenmal stiegen sie eine Treppe hinauf und gingen dann den Balkon entlang. Die Wohnung mit den Blumenkästen war die letzte in der Reihe. Je näher sie der Wohnung kamen, desto langsamer wurden Barnabys Schritte. Ihm war übel, und er fühlte sich leicht benommen. In seinem Hals schien ein Kloß von der Größe eines Pingpongballs zu stecken, und sein ganzer Körper kam ihm schwer wie Blei vor. Jetzt, wo sie so kurz vor dem Ziel waren, geriet seine bisherige Sicherheit ins Wanken. War es nicht ziemlich töricht, so viele Hoffnungen auf einen einzigen geographischen Zufall zu setzen?

Dann bemerkte er auf der Balkonbrüstung eine wunderschöne getigerte Katze, die sich in der Sonne rekelte. Er beugte sich hinab, streckte die Hand aus und rief: »Nelson?«

Die Katze sprang von der Brüstung und steuerte direkt auf ihn zu.

»Nelson?« Sergeant Troy starrte auf das Tier, das jetzt schnurrend um Barnabys Beine strich. »Sie meinen, das ist...?«

»Simones Katze, ja.« Barnaby klopfte laut an die Tür.

»Was zum Teufel macht die denn hier?«

»Ich nehme an, die Leute hier haben sich für sie um das Tier gekümmert?«

»Aber wie kommt das Vieh denn... Ich meine, wer sind die?«

Drinnen bewegte sich was. Durch die kleine Milchglasscheibe in der Tür sahen sie, wie eine dunkle, formlose Gestalt sich näherte. Ein Zusatzschloß wurde geöffnet, ein Schlüssel gedreht und eine Kette fiel rasselnd herunter und schlug gegen den Türrahmen. Dann ging die Tür ganz langsam auf.

Eine Frau mittleren Alters stand im Eingang. Sie war dünn, wirkte beinah schwindsüchtig, und hatte reichlich Make-up aufgelegt. Gierig zog sie an einer dünnen Zigarette. Ihre Haare waren stark gekräuselt und mit Henna gefärbt. Sie roch nach Essig und Fritten, trug einen Jeans-Minirock und eine halbdurchsichtige Nylonbluse mit Straßknöpfen.

»Ich kaufe nichts an der Tür. Auch keine Religion. Also verpißt euch.«

»Mrs. Atherton?«

»Wer ist das?« Die Stimme kam von einem Mann am anderen Ende des Flurs. Einem Mann Anfang Dreißig, nicht allzu groß und mit lockigen Haaren.

»DCI Barnaby, Kriminalpolizei Causton«, antwortete der Chief Inspector und bekam gerade noch rechtzeitig einen Fuß in die Tür.

Eine der nervigsten Angewohnheiten des Chief Inspectors war, daß er sich weigerte zu reden, bis er alles beisammen hatte. Und genauso nervig war seine Marotte, seinen verärgerten Assistenten darauf hinzuweisen, daß ebendieser über die gleichen Informationen verfügte, die auch der Chef besaß, und deshalb durchaus in der Lage sein sollte, seine eigenen Schlüsse zu ziehen.

Daß Sergeant Troy seinen Boss gut genug kannte, um zu wissen, daß er das weder aus Bösartigkeit tat, noch um anzugeben, machte die Sache nur noch schlimmer. Ihm war schon klar, daß Barnaby ihn einfach nur ermutigen wollte.

Er sollte sich erinnern, nachdenken, Schlüsse ziehen und Verbindungen herstellen.

Aber das entsprach nicht Troys natürlichen Fähigkeiten. Er hatte ein scharfes Auge, war schnell und aggresiv. Ein Mann, den man im Kampf gerne an seiner Seite hatte. Aber was ihm fehlte war Geduld. Wenn sie wieder im Büro waren, würde er ganz bestimmt nicht alle Aussagen und Vernehmungen zum Fall Hollingsworth durchgehen, um festzustellen, wo der Name Cubitt Town aufgetaucht war.

Die beiden Bewohner der Sozialwohnung hinter den Thermopylae Gardens wurden im Polizeirevier Rotherhithe festgehalten, bis man sie zur Vernehmung nach Causton bringen würde. Queenie Lambert, die rasch erfaßt hatte, daß sie eine kleine Rolle in einem Drama übernommen hatte, das sich durchaus zu einem großen Schauspiel entwickeln könnte, hatte ihre Position bereits weiter gefestigt, indem sie anbot, sich um die Katze zu kümmern.

Als sie das East-London-Revier verließen, hatte Barnaby verlangt, sofort nach Fawcett Green gefahren zu werden. Und nun ging Sergeant Troy, dessen Herz fast doppelt so schnell schlug wie sonst und dem die Gedanken wie Flöhe durch den Kopf hüpften, mit eiligen Schritten die St. Chad's Lane entlang auf Nightingales zu. Er wußte nicht warum, aber während er seinen Gang beschleunigte, spürte er in sich einen Drang, in jedem Fall als erster dort zu sein.

Bei einem Anruf im Haus von Dr. Jennings hatte man ihnen zuvor erklärt, Simone sei gerade in Begleitung eines Beamten, der PC Perrot abgelöst hätte, nach Nightingales gegangen, um sich saubere Sachen zu holen und nach der Post zu sehen. Ansonsten wäre niemand im Haus. Hollingsworths Bruder samt Frau hatten sich entschieden geweigert, auch nur eine Nacht unter dem Dach »dieses sündigen Hauses« zu verbringen, und wohnten statt dessen im Pfarrhaus.

Als Barnaby nun zum letzten Mal über den mit Unkraut übersäten Weg zur Haustür ging, hatte er den Eindruck, daß es weit mehr als zwei Wochen her war, seit er zum ersten Mal hier war.

Der Ziertabak in den italienischen Terrakottatöpfen war mittlerweile völlig vertrocknet. Einer der Töpfe hatte einen Sprung bekommen, und überall auf der Treppenstufe lag feine Erde. Im Vorgarten hatten Disteln und Nesseln alles überwuchert, und auf den Fensterscheiben lag eine dicke Staubschicht. Im Erdgeschoß waren alle Vorhänge zugezogen. Das ganze Haus machte einen verschlafenen Eindruck, und obwohl drinnen alles gründlich geputzt worden war, mischte sich immer noch ein leichter Geruch nach verdorbenem Essen unter das Zitronenaroma der Möbelpolitur.

»Guten Tag, Chief Inspector«, sagte der Constable, der vor der offenen Eingangstür stand.

»Ist Mrs. Hollingsworth drinnen?«

»Jawohl, Sir.«

Barnaby betrat als erster das Haus, doch er war kaum in der Diele, da schob sein Sergeant sich an ihm vorbei. Troy stolperte ins Wohnzimmer und inspizierte dann Eßzimmer und Küche. Als er zurückkam stellte er sich heftig atmend vor Barnaby. Er schien unter extremem körperlichem Streß zu stehen, und sein Gesicht zeigte leidenschaftliche Entschlossenheit. Über ihnen waren Schritte zu hören.

Troy wollte loslaufen, mußte aber feststellen, daß ihm der Weg versperrt war.

»Gavin, hören Sie mir zu.«

»Da oben ist jemand.«

»Es gibt hier nur eine Lösung.«

»Das glaube ich Ihnen nicht.«

»Es tut mir wirklich leid.«

»Es gibt immer mehr als eine Lösung. Das haben Sie mir selbst vor langer Zeit erklärt.«

»Diesmal nicht.«

»O Gott.«

»Möchten Sie hier unten bleiben?« Barnaby sprach diese Worte sehr leise, während er auf die Treppe zuging. Troy schüttelte den Kopf. »Dann seien Sie still, okay?«

Sie stiegen die Treppe hinauf. Troy bemühte sich, ein ausdrucksloses Gesicht zu machen und seine Gefühle irgendwie in den Griff zu kriegen. Er kam sich vor, als würde er durch die Mangel gedreht, als würde sein Herz von einer riesigen Faust gequetscht. Wenn das Liebe ist, dachte er, dann wünsche ich mir lieber jeden Tag einen Tritt in den Hintern.

Die Tür zum Schlafzimmer stand auf, und sie konnten vom Treppenabsatz aus hineinschauen. Barnaby legte seinem Sergeant warnend eine Hand auf den Arm – ganz unnötig, denn Troy hätte um nichts in der Welt einen Ton gesagt.

Eine Frau, für beide Männer nicht wiederzuerkennen, obwohl sie genau wußten, wer sie war, stand da und starrte in einen Spiegel, in dem sie sich komplett sehen konnte. Ganz in die zufriedene Betrachtung ihrer Erscheinung vertieft, bemerkte sie die beiden Männer nicht.

Sie trug ein schick geschnittenes Kleid aus edlem schwarzem Samt, rückenfrei und mit sehr tiefem Dekolleté. An den Füssen hatte sie elegante Sandalen mit halsbrecherisch hohen Absätzen, auf denen sie jedoch mühelos balancierte. Mit natürlicher Grazie wiegte sie sich leicht hin und her. Sie trug eine schulterlange, aschblonde Perücke, die kunstvoll zerzaust in weichen Locken herabfiel. An ihrem Hals, den Handgelenken, an Händen und Ohren glitzerte und blinkte es.

Ihr Gesicht war sehr schön und gleichzeitig völlig ausdruckslos. Ein erstaunliches Beispiel für die Wunder der Kosmetik. Elfenbeinfarbene Pfirsichhaut, die über geschickt konturierten Wangenknochen leicht errötete. Riesige, glänzende, aber sehr harte Augen, die durch zarte Schichten von Lidschatten hervorgehoben wurden. Falsche, dunkle Wimpern, die stark geschwungen waren und glänzten.

Doch die erstaunlichste Veränderung hatte an ihrem Mund stattgefunden. Anstelle ihrer eigenen, eher schmalen Lippen strahlte ein neuer blutroter Mund, der verlockend und gierig wirkte.

Sie drehte sich zur Seite, hielt kurz inne, um ihr perfektes Spiegelbild zu bewundern, und rückte das Diamantenkollier zurecht. Dann nahm sie einen wunderschönen bodenlangen Blaufuchsmantel, der über einem Stuhl gehangen hatte, und legte ihn sich um die Schultern.

In diesem Augenblick sah sie die beiden.

Simone drehte sich zwar nicht um, aber sie wurde ganz starr und betrachtete die Eindringlinge schweigend im Spiegel. Trotz all der Schminke konnte Barnaby ihre Gedanken rasen sehen, als ob sie offen vor ihm lägen. Erklärungen, Entschuldigungen, Ausflüchte, Abgänge. In panischem Tempo ging sie alles durch. Es war, als beobachte man, wie bei einem Spielautomaten das Ergebnis erscheint. Kling, kling, kling. Lauter Zitronen.

»Schönen guten Tag, Mrs. Hollingsworth.«

»Oh. Hallo.«

Jetzt konnte sie nichts mehr tun, dachte Barnaby mit einer kleinen Portion Befriedigung und einer großen Portion Wut. Jetzt hatte sie keine Möglichkeit mehr, in die Rolle des schüchternen, traurigen und doch so reizenden kleinen Frauchens zurückzukehren, das die Welt so grausam behandelt hatte.

»Ich bin nur gekommen, um mir ein paar Sachen zu holen.«

»Das seh ich.« Er warf einen Blick auf das Bett, auf dem reichlich Geld verstreut lag. Außerdem lagen da noch weitere Kleider. Und Unterwäsche und Schuhe. Mehrere Koffer aus echtem Leder standen aufgeklappt herum. »Ich hoffe, Sie haben nicht vor, uns zu verlassen.«

Simone ignorierte diese Bemerkung. Ihre hübsche rosa Zunge kam hervor und befeuchtete die bereits glänzenden Lippen. Sie sah zu Sergeant Troy und versuchte, ein verführerisches Lächeln aufzusetzen, indem sie ihre dunkelrote Oberlippe hob, unter der perfekte Schneidezähne sichtbar wurden. Doch die extreme Anspannung ließ die Bewegung erstarren und verzerrte ihre Lippen zu einem beinah spöttischen Grinsen.

»Hi, Gavin.«

Troy drehte sich um und ging zum Treppenabsatz zurück. Er beugte sich über das Geländer und fühlte sich elend und betrogen. Ein Verlangen, das unrettbar vergiftet war, schnürte ihm das Herz ab.

Aus dem Schlafzimmer hörte er Barnabys Stimme, doch die Worte schienen aus weiter Ferne zu kommen und hallten merkwürdig wider. Troy fürchtete, zum ersten Mal im Leben in Ohnmacht zu fallen.

»Simone Hollingsworth«, begann der Chief Inspector, »Sie stehen unter Verdacht, Ihren Ehemann Alan ermordet zu haben, Sie sind festgenommen. Sie brauchen nichts zu sagen...«

Damit wurde er beim Wort genommen. Simone war jetzt seit knapp zwei Stunden in Haft und hatte konsequent geschwiegen bis auf einen Anruf bei der Anwältin von Penstemon, die jedoch nicht vor sieben Uhr abends aufs Revier kommen konnte.

Während er auf Jill Gamble wartete, beraumte Barnaby ganz kurzfristig eine Besprechung an, zu der sich natürlich nur die Männer und Frauen aus dem Hollingsworth-Team in der Einsatzzentrale einfanden, die gerade Dienst hatten.

Audrey Brierley war anwesend, Gavin Troy nicht. Er hatte das Handtuch geschmissen, und diesmal fand Barnaby diesen Ausdruck durchaus angemessen. Obwohl er kurz vor einem Zusammenbruch stand, wäre Troy natürlich eher gestorben, als vor anderen in Tränen auszubrechen. Er hatte seinen Schmerz gegen sich selbst gekehrt und sich darauf gestürzt wie ein besiegter Krieger auf sein Schwert, hatte seine Gefühle verstümmelt und im Zorn versucht, das zu töten, was gerade erst gekeimt war. Zutiefst verletzt und aus Liebe zum Narren gemacht, war er zu nichts mehr zu gebrauchen, und Barnaby hatte ihn nach Hause geschickt.

Die Leute standen im Raum herum, öffneten mit lautem Plop Getränkedosen oder standen am Wasserkessel an, um sich einen Kaffee zu machen. Einige entfernten die Verpackungen von Schokoriegeln, andere rissen Chipstüten auf. Sämtliche Anrufe wurden in ein anderes Büro umgeleitet, wo Telefonistinnen die Gespräche entgegennahmen. In der Luft lag eine gewisse gespannte Erwartung.

Bisher hatte der Chief Inspector ihnen den Sachverhalt nur in groben Zügen erklärt. Alle wußten, daß Simone Hollingsworth festgenommen worden war und warum. Doch was sie wirklich interessierte, waren die schmutzigen Details, das sogenannte Drumherum.

Doch da das Objekt von Barnabys Ausführungen bisher schwieg, konnte sein Bericht natürlich nur eine spekulative Nachstellung der Ereignisse sein statt einer Auflistung bekannter Tatsachen. Dennoch freute er sich darauf, das Netz von Mutmaßungen zu entwirren, in dem sie alle gefangen gewesen waren. Wie seine Tochter hatte er Sinn für theatralische Effekte. Und nun meine Damen und Herren, werde ich vor Ihren Augen, direkt vor Ihren Augen ...

Aber – Barnaby wühlte in seinen Unterlagen – wo sollte er anfangen? Kein Verbrechen findet in einem luftleeren

Raum statt, und er hatte das Gefühl, daß in diesem Fall die Anfänge weit zurückreichten. Ganz bestimmt bis zum Beginn der Ehe, vielleicht sogar noch weiter zurück. Vielleicht bis zu dem Augenblick, wo die Schwarze Witwe diese große, saftige Fliege erspäht hatte.

»Was hat Sie veranlaßt, sie in den Kreis der Verdächtigen aufzunehmen, Chief Inspector?« preschte Sergeant Beryl vor.

»Da gab es kein bestimmtes Ereignis. Es war eher eine Ansammlung von Hinweisen, Informationsfetzen und Gesprächen, mit denen wir zunächst nicht viel anfangen konnten, die sich aber im nachhinein als bedeutsam erwiesen.«

Das könnte ein guter Ausgangspunkt sein. Das Dorf selbst nämlich, Fawcett Green, und seine Meinung über die zweite Frau von Alan Hollingsworth.

»Das erste, was mir bei Simone merkwürdig vorkam, war, daß jeder, mit dem ich sprach, sie exakt auf die gleiche Weise beschrieb. Das ist in der Tat sehr merkwürdig. Normalerweise, wenn man ein halbes Dutzend Leute nach ihrer Meinung über eine bestimmte Person fragt, bekommt man sechs verschiedene Antworten. Aber in diesem Fall tauchten immer wieder dieselben Adjektive auf. Mrs. Hollingsworth sei wehmütig, einsam, kindlich und nicht allzu intelligent. Sie langweile sich schnell und verhielte sich trotz der offenkundigen Brutalität ihres Mannes wie eine gefügige und liebevolle Ehefrau.«

»Weiß nicht, ob das so offenkundig war.« Audrey klang ein wenig stur. »Wir haben dafür nur die Aussage des Arztes.«

»Ich werde noch darauf zurückkommen. Worauf ich im Augenblick hinaus will, ist, daß Simone, im Gegensatz zu den meisten von uns, die ihr Verhalten der jeweiligen Situation und dem jeweiligen Gesprächspartner anpassen, offenbar immer die gleiche Nummer abzog. Was sagt uns das über sie?«

»Daß sie irgendeine Rolle spielte?« schlug PC Belling zögernd vor und zupfte an seinem kühn geschwungenen Schnurrbart.

»Ganz genau. Die Langeweile war zweifellos echt. Aber abgesehen davon spielte sie eine Rolle. Und wartete auf den richtigen Augenblick. Sie hat Hollingsworth wegen seines Geldes geheiratet und davon, wie schon ein kurzer Blick in ihr Schlafzimmer zeigt, sehr schnell einen großen Teil durchgebracht. Doch obwohl es in diesem Fall nur um Habgier zu gehen scheint, spielt auch Liebe hier eine große Rolle.«

»Liebe?« Sergeant Beryl verdrehte ungläubig die Augen. »Mir scheint, als hätte sie ihn ausgenommen wie eine Weihnachtsgans und dann erledigt.«

»Nein, Alan hat sie nicht geliebt! Wir reden hier von Ehemann Nummer eins.« Er blätterte in seinen Notizen und fand die Stelle über den Mann, den man in Cubitt Town aufgespürt hatte. »›Sie war verrückt nach ihm und er nach ihr, und beide waren verrückt nach Geld.‹ Doch Atherton, so munkelt man zumindest, fand selber ein geeignetes Opfer und verschwand.«

»Sie nehmen also an, sie ist seinem Beispiel gefolgt und hat sich selbst ein Opfer gesucht«, mutmaßte Alan Lewis, ein Inspector in Zivil.

»Und ihre eigene Entführung geplant?« fragte PC Belling ungläubig.

»Mit seiner Hilfe, ja. Ich glaube nicht, daß sie je den Kontakt zueinander verloren haben.«

»Augenblick mal, Sir«, sagte Audrey. »Da kann ich Ihnen nicht folgen.« Zustimmendes Gemurmel im Raum. »Sarah Lawson und dieser Typ, den wir Tim nennen, haben die Sache doch ausgeheckt.«

»Das stimmt.«

»Und Lawson hat gestanden.«

»Außerdem gibt es einen Beweis – sie hat die Wohnung angemietet, in der Simone gefangengehalten wurde.«

»Wir haben die Kamera in ihrem Cottage gefunden.«

»Sie haben gesagt, sie hat die Fotos gekannt.«

»Außerdem war Simone in Sarahs Freund verknallt. So fing die ganze Sache doch überhaupt an.«

»Alles was Sie sagen – bis auf die letzte Bemerkung – ist richtig«, räumte der Chief Inspector ein.

»Dann verstehe ich nicht, worauf Sie hinauswollen, Chef«, stellte Audrey noch einmal fest. »Entweder Lawson und ihr Freund haben die Sache eingefädelt oder Simone und ihr Exmann. Die können doch nicht alle vier darin verwickelt sein.«

»Das waren sie aber«, sagte Barnaby. »Allerdings waren sie nur zu dritt.« Er wartete einen Augenblick, bis das verblüffte Gemurmel verstummte. »Und nur zwei wußten, was wirklich gespielt wurde. Ich habe vorhin von Liebe gesprochen. Der Liebe zwischen Jimmy Atherton und seiner Frau. Doch ich vermute, daß die neben Sarah Lawsons Liebe für Simone verblassen würde. Leider habe ich es versäumt, sie rechtzeitig zum Verhör holen zu lassen, deshalb hatte sie reichlich Zeit, sich ein anderes Szenario auszuspinnen. Um die Frau zu schützen, die sie auf so grausame Weise betrogen hat. Und ich hab nicht den geringsten Zweifel, daß sie bis zum bitteren Ende bei dieser Geschichte bleiben wird. Denn sie hat nichts zu verlieren und sieht offenbar keinen Sinn mehr im Leben.«

»Wollen Sie damit sagen«, fragte Inspector Lewis, »daß dieser ›Tim‹ überhaupt nicht existiert?«

»Ganz recht.«

»Wann sind Sie darauf gekommen?«

»Als ich das letzte Mal mit Lawson gesprochen habe. Ich

habe ihr erzählt, er wäre gesehen worden, wie er die Hintertreppe in der Flavell Street hinauf und in die Wohnung ging. Sie war völlig verstört. Wußte überhaupt nicht, wovon ich sprach.« Barnaby stellte sich die Szene noch einmal vor, sah, wie Sarah schließlich das volle Ausmaß des Betrugs begriff und sich trotz des Schmerzes, der sie wie ein Messer durchbohrte, bemühte, die Frau, die sie liebte, zu schützen.

»Warum hat sie ihn denn überhaupt erfunden?«

»Zunächst war das gar nicht nötig gewesen. Hollingsworth dazu zu kriegen, daß er glaubte, jemand hätte seine Frau entführt, war ein Kinderspiel. Simone irgendwo einzusperren, die Fotos zu machen und an ihn zu schicken – alles kein Problem. Aber nachdem die Fotos im Garten ausgegraben worden waren, wurde die Sache viel komplizierter. Und als dann die Wohnung in der Flavell Street entdeckt wurde, saß Sarah echt in der Tinte.

Nicht daß sie sich ihretwegen Sorgen gemacht hätte. Wie wir wissen, war Sarah an dem Freitagabend nach der Entführung und fast das gesamte Wochenende in Fawcett Green, also konnte auf sie kein Verdacht fallen.«

»Dann... war das also dieser Atherton?« sagte Constable Belling.

»Nein, nein.« Barnaby klang allmählich genervt. »Verstehen Sie das denn nicht? Da war niemand anderes. Die Fotos waren fingiert.«

»Fingiert!«

»Die sahen aber verdammt professionell aus, Sir.«

»Das ist genau das richtige Wort, Belling. Als ich mit Avis Jennings gesprochen hab, hat sie mir ein paar Sachen aus Simones Vergangenheit erzählt. Über die verschiedenen Jobs, die sie gehabt hat.« Er konsultierte erneut seine Notizen. »Hat eine Zeitlang in einem Blumenladen gearbeitet, einen Kosmetikkurs gegeben, Küchenmaschinen vorgeführt, war eine Weile beim Fernsehen und Kassiererin in einer Art Nachtclub.‹ Ich bin nicht auf die Idee gekommen, eine mögliche Verbindung zwischen der Makeup-Erfahrung und dem Fernsehen zu sehen. Ich hatte angenommen, sie hätte dort im Büro gearbeitet.«

»Da ist keiner von uns draufgekommen«, sagte Audrey. Machmal hatte sie offenbar das Bedürfnis, ihn zu beschützen. »Und wir haben schließlich alle das Protokoll von dem Gespräch gelesen.«

»Hat sich diese Vermutung denn bestätigt, Chef?«

»Wir warten noch auf Nachricht von den Fernsehgesellschaften.«

»Sie könnten durchaus recht haben, Chef. Ich hab letzte Woche *Casualty* im Fernsehen gesehen. Mein Gott, das waren ja zum Teil Verletzungen. Da tropfte förmlich das Blut vom Bildschirm.«

»Deshalb mußte sie vermutlich auch so lange verschwinden.«

»Genau, sie konnte ja schlecht das Zeug einfach runterwaschen und zurückkommen. Diese angeblichen Schnitte und Blutergüsse mußten schließlich erst mal heilen.«

»Warum hat sie überhaupt riskiert zurückzukommen, Chef?« fragte Constable Belling. »Sie hatte die Kette, den Ring und das Lösegeld.«

»Als Hollingsworths Witwe würde sie doch all seine weltlichen Güter erben. Nightingales, Penstemon – das allein muß schon einen netten Batzen wert sein.«

»Und deshalb hat sie ihn umgebracht?«

»Das ist meine Vermutung. Bei der Vernehmung werden wir jedoch zweifellos eine andere Version hören.«

»Wenn sie überhaupt den Mund aufmacht.«

»Ja.« Barnaby wollte das Gegenteil gar nicht in Erwägung ziehen. In der kurzen Zeit, die er in Gesellschaft der realen Mrs. Hollingsworth verbracht hatte, konnte er ein stählernes Rückgrat, ein Herz aus Stein und eine Härte spüren, die seiner Standfestigkeit durchaus gewachsen sein könnte.

»Wie sie ihn dazu gebracht hat, das Zeug zu trinken, können wir zu diesem Zeitpunkt nur raten. Aber wir wissen, wie sie daran gekommen ist. Sie war zweimal beim Arzt, hat ihm überzeugend vorgespielt, wie fertig mit den Nerven sie sei, und dazu noch ein paar heftige blaue Flecken präsentiert. Interessanterweise ist Mrs. Hollingsworth jedoch, als Jennings sich diese Blutergüsse genauer ansehen wollte, nach dessen eigenen Worten ›zurückgewichen‹. Jennings hat ihr zwei Rezepte für Haloperidol ausgestellt, wurde jedoch mißtrauisch, als sie ein drittes wollte. Er fürchtete, sie wolle sich etwas antun.«

»Das ist ja scharf«, murmelte hinten im Raum ein Computerspezialist, den Mund voller Twix.

»Jedem, der sie nicht erlebt hat, muß es ein wenig unglaubwürdig erscheinen, daß sie offenbar so leicht Leute manipulieren kann«, sagte Barnaby. »Ich kann dazu nur sagen, daß mir so etwas in meiner ganzen Laufbahn noch nicht untergekommen ist. Sie hat mich genauso getäuscht wie alle anderen.«

An dieser Stelle hielt Barnaby inne und sah auf das vertraute Zifferblatt seiner Uhr. Gleich halb sieben. Es wurde Zeit, die Besprechung zu beenden. Zeit, sich übers Gesicht zu waschen, eine Tasse Tee zu trinken und noch eine Viertelstunde in aller Ruhe in seinem Büro nachzudenken. Denn für die nächste Begegnung würde er auf Draht sein müssen. Und das war noch milde ausgedrückt.

In Begleitung von Sergeant Beryl betrat DCI Barnaby das Vernehmungszimmer, in dem er auch mit Sarah Lawson gesprochen hatte. Er hatte sich keine spezielle Vorgehensweise zurechtgelegt. Keine Überraschungen, keine einstudierte Rhetorik oder hinterhältigen Wortspiele. Er wollte das Ganze einfach auf sich zukommen lassen.

Als die Detectives hereinkamen, brachen Simone und Jill Gamble ihr Gespräch ab. Barnaby hatte das Gefühl, daß sie schon eine ganze Weile miteinander redeten.

Simone wirkte sehr gefaßt. Offenbar hatte sie sich zu einem Kompromiß zwischen ihrem mondänen letzten Auftritt und der schlichten Natürlichkeit bei den Gesprächen zuvor entschlossen. Sie trug ein graues Hemdblusenkleid aus Seide, dazu glänzende Silberohrringe in Form von Dreiecken und ein kunstvolles Korallenarmband. Dezentes Make-up gab ihrem Gesicht eine natürliche Frische, und ihr Parfüm verströmte einen leichten Blumenduft. Barnaby stellte erleichtert fest, daß es nicht Joy war. Er schüttelte Jill Gamble, die er ganz gut kannte, die Hand. Sergeant Beryl schaltete das Tonband ein und die Vernehmung begann. Die Anwältin sprach als erste.

»Ich sollte von vornherein klarstellen, Chief Inspector, daß meine Mandantin die Beschuldigung, die gegen sie erhoben wird, von sich weist. Sie streitet jedoch nicht ab, daß sie an dem Abend, an dem ihr Mann starb, in Nightingales war, und ist bereit, alle Fragen, die Sie ihr zu dem Fall stellen möchten, ehrlich zu beantworten.«

»Das ist ja sehr erfreulich«, sagte der Chief Inspector. »Also, Mrs. Hollingsworth...«

»Oh, Inspector Barnaby!« flötete Simone. Sie beugte sich vor und faltete die Hände. »Ich kann Ihnen gar nicht sagen, wie froh ich bin, daß alles vorbei ist. Endlich.«

»Wir sind sicher alle...«

»Sie können sich überhaupt nicht vorstellen, wie unglücklich ich war. Ich war soweit, daß ich die Tabletten gehortet habe, die mir der Arzt verschrieb...« Sie sah unsicher zu ihrer Anwältin, die ihr ermutigend zunickte. »Ich wollte lieber tot sein als so weiterleben, wie es war. Ich bat

Alan um eine Trennung, damit ich zurück nach London gehen und ein neues Leben anfangen könnte. Aber er sagte, er würde mich niemals gehen lassen. Und wenn ich weglaufen würde, würde er mich überall finden und ... mich umbringen.«

»Also haben Sie beschlossen, ihm als erste eins auszuwischen?« Die Formulierung erinnerte ihn stark an Troy, und seine Stimme klang schroffer als sonst.

»So war das nicht. Wenn Sie alles so berechnend klingen lassen wollen...«

»Wenn dreißig Kapseln aufreißen, die Hüllen beseitigen, das Pulver in Whisky auflösen und jemanden dazu bringen, das zu trinken, nicht berechnend ist, dann weiß ich nicht, was berechnend ist.«

»Sie verstehen das nicht.«

»Dann erklären Sie's mir.«

»Das ist schwierig.« Simone zog ein feines Seidentaschentuch aus ihrer Handtasche, betupfte sich die Augen, schob das Tüchlein unter ihr Armband und seufzte. Dann sagte sie etwas so Ungeheuerliches, daß Barnaby zunächst seinen Ohren nicht traute. »Die Sache ist nämlich die, ich möchte Sarah Lawson nicht in Schwierigkeiten bringen.«

»Miss Lawson wurde bereits verhaftet und angeklagt, wie Sie sehr wohl wissen«, sagte der Chief Inspector, als er wieder zu Atem gekommen war. »Sie hat außerdem ein vollständiges Geständnis abgelegt, was ihre Rolle bei dieser Verschwörung betrifft. Und jetzt erzählen Sie mir bitte über Ihre Beziehung zu Miss Lawson.«

»Nun ja...« Simone setzte sich bequemer hin und faltete die Hände im Schoß. »Es fing an, kurz nachdem ich nach Fawcett Green gezogen war. Sie lud mich häufiger zu sich zum Kaffee ein. Und ich bin auch manchmal hingegangen – aus purer Einsamkeit. Aber es war absolut peinlich. All dieses Gerede über Kunst und Musik und so. Sie zeigte mir

Bücher mit Gemälden und versuchte, mich dafür zu begeistern. Dann fing sie an, mir den Arm um die Schulter zu legen und ganz nah an mich zu rücken. Sie wollte mich zeichnen, und ich stimmte zu, aber es war so langweilig. Die ganze Zeit nur dasitzen, sich nicht bewegen dürfen und in die Luft starren.«

»Was waren das für Zeichnungen?« fragte Sergeant Beryl.

»Ich hab mich nicht ausgezogen, falls Sie darauf hinauswollen.«

»Wenn Sie eine so negative Einstellung zu Miss Lawson hatten«, sagte Barnaby, »warum sind Sie dann in ihren Kurs gegangen?«

»Sie hat mir dauernd erzählt, wie Kunst mein Leben verändern könnte. Natürlich hab ich das nicht geglaubt. Doch dann hab ich gedacht, warum soll ich es nicht mal versuchen? Dann komm ich zumindest aus diesem Kaff heraus und sehe ein paar neue Gesichter. Aber die Autofahrten waren ein solcher Streß für mich, daß ich es kaum aushalten konnte. Sie hat zwar nichts gemacht, aber dauernd erzählte sie diesen Quatsch über Frauenfreundschaften, daß wir doch eigentlich Schwestern in Herz, Geist und Seele wären. Ich dachte nur, hör doch bitte auf. Nach der dritten oder vierten Stunde spitzte es sich dann zu.«

Simone hielt inne, trank einen Schluck Wasser und saß einen Augenblick schweigend da, bevor sie fortfuhr. Barnaby wußte, daß solche Pausen noch häufiger vorkommen würden, denn obwohl Simone genug Zeit gehabt hatte, sich die Abfolge der Ereignisse und die dazugehörigen Emotionen zurechtzulegen, war es doch eine äußerst komplizierte Geschichte, die es zu erzählen galt.

»Auf dem Heimweg bog Sarah in der Nähe von Hellions Wychwood in einen kleinen Weg ab. Ich wurde nervös, weil ich dachte, sie würde mich angrapschen, aber sie war ganz ruhig. Sie sagte nur, sie liebte mich mehr als alles auf der Welt und wollte, daß ich Alan verlasse und mit ihr zusammenlebe. Ich war völlig platt. Sie versprach, nie etwas von mir zu verlangen. Nun ja«, Simone gab ein rauhes Lachen von sich, »das haben sie ja alles schon mal gehört.

Sie sagte, sie würde das Cottage verkaufen und irgendwo ein Haus kaufen, wo es mir gefiele. Ich sagte, mir gefiel's in London, und sie könne froh sein, wenn sie für das Geld für ihre Bruchbude eine Einzimmerwohnung in Walthamstow kriegte. Darauf sagte sie, sie hätte etwas Geld gespart, und es gäb auch noch ein paar Sachen von ihren Eltern, die sie verkaufen könnte. Es war alles ein bißchen erbärmlich, um ehrlich zu sein.«

Du kannst mir viel erzählen, dachte Barnaby.

»Das war dann also das letzte Mal, daß Sie in den Kurs gegangen sind?« fragte Sergeant Beryl.

Simone runzelte die Stirn und schwieg.

»Es muß schwierig für Sie sein«, sagte Barnaby.

»Was?«

»Sich daran zu erinnern, was als nächstes kommt.«

»Ich weiß nicht, warum Sie so sarkastisch sind.« Ihre zarte, rosarote Unterlippe fing an zu zittern.

»Vielleicht kann ich Ihrem Gedächtnis ein wenig nachhelfen.«

»Bitte legen Sie meiner Mandantin keine Worte in den Mund.« Jill Gambles Stimme klang verärgert. »Vielleicht haben Sie übersehen, daß sie sich bemüht, mit Ihnen in jeder Hinsicht zu kooperieren.«

Sergeant Beryl überbrückte das darauf folgende eisige Schweigen, indem er seine Frage wiederholte.

Schließlich sagte Simone: »Das ist richtig. Alan hatte herausgefunden, daß ich dort hinging. Er war sehr eifersüchtig und konnte gewalttätig werden. Deshalb mußte ich den Kurs aufgeben.«

»Und er war so dankbar dafür«, sagte Barnaby, »daß er Ihnen ein Diamantenkollier für fast eine Viertelmillion kaufte.«

»Alan machte mir gerne Geschenke. Das hat ihn mir gleich zu Anfang sehr sympathisch gemacht.« Sie wirkte verdutzt, als die beiden Detectives anfingen zu lachen, und flüsterte ihrer Anwältin etwas zu.

Jill Gamble schüttelte den Kopf. »Schon in Ordnung. Sie machen das gut.«

»Wissen Sie, was er getan hat, um das Geld dafür aufzubringen?« fragte Barnaby.

»Vage. Aber ich und Geschäfte...« Simone hob seufzend ihre schlanken Schultern. Ihre hübsche Stirn zog sich verständnislos in Falten. Ganz offenkundig war sie wie ein Kind in diesen Dingen.

»Was glauben Sie, warum er zu einer so verzweifelten Maßnahme griff?«

»Du lieber Himmel, das weiß ich doch nicht.«

»Ich möchte mal annehmen, daß abgesehen davon, daß Ihr Mann in mancher Hinsicht der starke und dominante Partner war, alle Macht in dieser Ehe in Ihren Händen lag, Mrs. Hollingsworth. Und daß Sie Alan – nicht zum erstenmal – erklärt haben, wenn er Ihnen nicht genau das kauft, was Sie haben wollen, würden Sie ihn verlassen.«

Simone zuckte bei diesen Worten leicht zusammen und wirkte noch zerbrechlicher als zuvor. Sie schwieg, doch ihre Antwort war eindeutig an ihren atemberaubend schönen Augen abzulesen. Beweis es.

Und natürlich konnte er das nicht.

»Nach diesem unangenehmen Zwischenfall entstand dann der Plan für Ihre Flucht?«

»Ja. Sarah gab nicht auf. Sie kam mehrmals bei uns vorbei und hat sich so über Alans Brutalität aufgeregt, daß sie drohte, sie würde ihn fertigmachen.«

»Wie peinlich«, kommentierte Sergeant Beryl.

»Eines Tages kam sie dann jedenfalls mit diesem Entführungsplan an. Sie wußte, daß ich mal beim Fernsehen gearbeitet hatte und daß ich wußte, wie man Schauspieler als Unfallopfer oder als Leiche zurechtmacht. Ihr Plan hörte sich ganz einfach an. Ich würde verschwinden, wir würden ein paar Fotos türken, das Geld einkassieren und das war's.«

»Und danach?« fragte Barnaby.

»Wie bitte?«

»Haben Sie ihr den Eindruck vermittelt, daß dann für Sie beide eine wunderbare Zukunft beginnen würde?«

»Ich hab vorgschlagen, wir sollten einen Schritt nach dem anderen machen.«

»Wie weise.«

»Und ich habe ihr gesagt, ich könnte auf keinen Fall ohne meinen geliebten Nelson weggehen. Deshalb haben wir vereinbart, daß ich ihn in einem Karton auf die Veranda stelle und sie ihn dort abholt. Ich hab einen von diesen Tranquilizern, die mir Dr. Jennings verschrieben hatte, unter sein Frühstück gemischt, damit er schön ruhig blieb. Mein armer Schatz.«

»Am Dienstag haben Sie mir erzählt, in dem Karton wären Einmachgläser gewesen.«

»Aber am Dienstag war ich doch noch ganz durcheinander, Inspector.«

»Ach so. An dem Tag, an dem Sie verschwanden, sind Sie also mit dem Bus gefahren, und Sarah hat den Kater abgeholt.«

»Sie hat ihn am Nachmittag mit dem Auto zu dieser widerlichen Wanzenbude gebracht, die sie gemietet hatte. Sie hat mir auch die Sachen für mein Gesicht gebracht – ich hatte ihr eine Liste gegeben: was zu essen für mich und Futter für Nelson, ein paar Zeitschriften und ein Katzenklo.

Dann ist sie nach Fawcett Green zurückgefahren, damit man sie dort sah. So hatte sie eine Art Alibi für die Zeit, in der ich zusammengeschlagen wurde. Sie ist nur zurückgekommen, um die Briefe abzuholen und zur Post zu bringen.«

»Hier ist Ihnen allerdings der zeitliche Ablauf ein bißchen durcheinander geraten, nicht wahr, Mrs. Hollingsworth?« unterstellte Barnaby. Als er merkte, daß er ihr auf die Schliche gekommen war, empfand er den ersten Anflug von Befriedigung seit Beginn des Verhörs. »Aus unseren Gesprächen mit den Mitarbeitern von Penstemon wissen wir nämlich, daß Sie Ihren Mann an dem Tag, an dem Sie verschwanden, um Viertel nach fünf noch angerufen haben. Wie konnten Sie das tun, wenn Sie da bereits in der Flavell Street eingekerkert waren?«

Nicht das geringste Zögern war zu bemerken. »Sarah hatte mir ein hübsches kleines Handy besorgt. Schließlich brauchten wir ein Telefon, um Anweisungen wegen des Lösegelds zu geben. Dieser erste Anruf an Alan war allerdings allein meine Idee. Ich dachte, das würde uns eine gute Ausgangsposition verschaffen.«

Barnaby erinnerte sich an Constable Perrots Beschreibung, wie Simones Mann sich vor Verzweiflung in den Alkohol gestürzt hatte. »Damit waren sie erfolgreich.«

»Ja, die Sache lief dann wie geschmiert. Sarah machte alle weiteren Anrufe, mit verstellter Stimme natürlich, während ich im Hintergrund weinte und schrie: ›Tut mir nicht weh!‹« Aus ihrem Mund klang das wie ein lustiger Scherz. Als niemand entsprechend darauf reagierte oder gar Bewunderung für derartigen Einfallsreichtum erkennen ließ, runzelte Simone erneut die Stirn, diesmal eher mürrisch.

Da kam Barnaby der Gedanke, daß sich ihre Selbstbeherrschung vielleicht durch Schmeichelei aufbrechen ließe.

»Ich muß schon sagen, das Ganze scheint ja sehr geschickt ausgetüftelt gewesen zu sein.«

»Fand ich auch.« Sofort verschwand der unschuldige Ausdruck.

»Besonders dieses Manöver in Heathrow.«

»O ja, das war klasse.« Einen Augenblick glaubte er, sie würde vor Begeisterung in die Hände klatschen. »Sarah kam am Montag gegen vier mit ein paar schäbigen Klamotten vorbei, die sie auf dem Flohmarkt gekauft hatte. Ich habe sie als alte Frau zurechtgemacht – ziemlich überzeugend, wenn ich so sagen darf – und gegen halb sechs ist sie losgefahren.«

»Was dort dann passiert ist, wissen wir.«

»Tatsächlich?« Simone wirkte aufrichtig beeindruckt und gleichzeitig ein wenig beunruhigt.

»Ich nehme an, sie hat sich wieder umgezogen, bevor sie die Aktentasche von Ihrem Mann abgeholt hat.«

»Das stimmt. Sie hatte ihre eigenen Sachen in einem Netz dabei, außerdem einen Topf Creme zum Abschminken.«

Es war alles so offenkundig, wenn man erst mal den Trick kannte. Barnaby kam sich vor, als würde er von einem Zauberer hinter die Bühne geführt und bekäme die falschen Kulissen, die Zerrspiegel und verborgenen Falltüren gezeigt. Doch das große Finale stand ihm noch bevor.

»Und was taten Sie, während diese Sache ablief?«

»Das hört sich bestimmt ganz schlimm an«, sagte Simone zögernd.

»Jetzt sind wir also an einem dunklen Punkt angekommen, was, Mrs. Hollingsworth?« fragte Sergeant Beryl.

Barnaby mußte wieder lachen, und Jill Gamble hüstelte verärgert.

»Sarah ist eine sehr dominante Person«, fuhr Simone fort. »Es war ihr Plan, sie machte alles, und ich war nur eine Figur in ihrem Spiel. Ich dachte, wenn sie nun nicht wiederkommt, wenn sie erst mal das Geld hat? Da könnte ich überhaupt nichts machen.«

»Aber ihre Gefühle für Sie hätten sie doch bestimmt bewogen zurückzukommen«, wandte Barnaby ein. Angesichts der ganzen herzlosen Verdrehung der Wahrheit hatte er immer mehr Mühe, die Beherrschung zu wahren.

»Ach, Gefühle! Das heißt doch nur, daß sich einer um einen bemüht, bis er kriegt, was er will, und sich dann aus dem Staub macht.«

»Also haben Sie beschlossen, ein Auge auf Sarah zu werfen?«

»Ja. In der Wohnung war ein Tuch von ihr. Das hab ich mir so tief wie möglich ins Gesicht gezogen...«

»Warum das denn?« fragte Sergeant Beryl.

»Weil ich diese ganzen Verletzungen im Gesicht hatte, was glauben Sie denn?«

»Warum haben Sie das denn nicht runtergewaschen?«

»Dazu war keine Zeit.«

»Das letzte Foto muß am Samstag abgeschickt worden sein«, mutmaßte Barnaby. »Und mittlerweile war Montag abend. Da müssen Sie doch reichlich Zeit gehabt haben.«

Simone starrte ihn an. Ihr hübsches Gesicht war so ausdruckslos, als wäre sie völlig weggetreten. Ihre glänzenden hellbraunen Augen wurden ganz groß und reflektierten alles, was sie sahen, wie Teiche aus flüssigem Licht. Er wußte, daß dahinter ihre Gedanken rasten.

»Ein wirklich kompliziertes Make-up, so wie ich es trug, ist sehr aufwendig herzustellen. Das dauert mindestens zwei bis drei Stunden. Wir mußten noch ein letztes Foto machen, und ich wollte nicht wieder ganz von vorn anfangen.«

»Sie wollten noch mehr Geld verlangen?«

»Nein, nein. Gott bewahre! Aber Sarah war der Meinung, Alan würde nie aufhören, nach mir zu suchen, solange er glaubte, ich sei noch am Leben. Und damit hatte sie sicher recht. Nachdem seine erste Frau ihn verlassen hatte, hat er ihr das Leben so zur Hölle gemacht, daß sie eine gerichtliche Verfügung gegen ihn erwirken mußte. Er gab keine Ruhe, bis sie wieder geheiratet hatte. Also sollte ich zur Leiche werden. Mit aufgeschlitzter Kehle, das kann ich sehr realistisch nachmachen.«

Sie hatte ganze fünf Sekunden gebraucht, um sich eine völlig überzeugende Antwort auszudenken, die auch noch ganz dem Charakter ihres Mannes entsprach. Barnaby, der geglaubt hatte, den wahren Grund zu kennen, weshalb das Make-up nicht entfernt worden war, merkte, wie seine Sicherheit leicht ins Wanken geriet. Nicht daß er an ihrer Schuld zweifelte. Aber an seiner Fähigkeit, diese Schuld mit Hilfe von exakten Belegen hieb- und stichfest vor einem Gericht darlegen zu können. Und zu beweisen.

»Also hab ich mir ein Taxi bestellt und bin zum Flughafen gefahren. Ich hatte keine Ahnung, wo Sarah das Auto abgestellt hatte, aber ich wußte genau, wo Alan parken würde, weil er strikte Anweisungen erhalten hatte. Also beschloß ich, zu beobachten, wie er mit dem Geld kam, und abzuwarten, bis er wieder zurückkam, um wegzufahren. Und dann wollte ich Sarah suchen und ihr eine wunderbare Überraschung bereiten.« Sie zwitscherte vor Vergnügen, wie ein aufgeregter kleiner Vogel. »Aber alles ging ganz furchtbar schief.«

Barnaby unterbrach sie an dieser Stelle. Zum Teil, weil die Vernehmung bereits über eine Stunde dauerte und er das Band wechseln mußte. Und zum Teil, weil er das Gefühl hatte, daß er die Kontrolle über das Verhör verloren hatte, und die wollte er in jedem Fall wieder zurückgewinnen.

Er bestellte Sandwiches und was zu trinken aus der Kantine. Simone nippte lustlos an einer Tasse sehr schwachen

Tees mit Zitrone herum und erklärte, sie würde ganz bestimmt nichts runterkriegen. Die Männer langten zu, und alles Eßbare war rasch verschwunden.

Dann gingen die beiden Frauen zur Toilette, und Sergeant Beryl verließ kurz das Gebäude, um eine Zigarette zu rauchen. Barnaby blieb allein mit seinen Gedanken zurück, die alles andere als beruhigend waren. Bisher war es ihm nicht gelungen, auch nur eine Kerbe in Simone Hollingsworths wackelige, aber völlig überzeugende Darbietung als Opfer von Schikane und grober Ungerechtigkeit zu schlagen.

Da er plötzlich das Gefühl hatte, ganz steif zu sein vom vielen Sitzen, stand er auf und ging herum. Er ließ die Schultern kreisen und drehte den Kopf hin und her, um die Muskeln im Nacken zu entspannen. Jetzt hätte er eine gehörige Portion frische Luft gebraucht, um sein träges Hirn aufzumuntern, doch er wußte, daß es draußen warm und schwül war. Die absolute Ruhe im Raum, die noch nicht mal vom Surren des Tonbands unterbrochen wurde, bedrückte ihn. Er hätte doch mit Beryl nach draußen gehen sollen.

Als sie zurückkam, setzte Simone ihren Bericht genau an der Stelle fort, an der sie aufgehört hatte. Nachdem das Taxi sie in der Nähe des Parkhauses für Kurzparker abgesetzt hatte, fuhr sie mit dem Lift auf die oberste Ebene und ging bis zum äußersten Ende des Parkplatzes. Wenige Minuten später tauchte das Audi-Cabrio auf. Simone duckte sich hinter einen Landrover. Alan parkte ziemlich schräg, stieg aus, knallte die Tür zu und raste ohne abzuschließen davon.

»Und was für ein Glück, daß er nicht abgeschlossen hat, denn da kommt doch tatsächlich dieses seltsame Mädchen aus The Larches angefahren. Sie stieg aus ihrem Mini, ging in die Hocke und fing an, hinter den anderen Autos an der Mauer entlang zu kriechen. Ich schaffte es gerade noch rechtzeitig, hinten in den Audi zu klettern, und eine Reisedecke über mich zu ziehen für den Fall, daß sie hineingucken sollte. Ich wartete – oh, ich weiß nicht, zehn bis fünfzehn Minuten – und überlegte gerade, ob es sicher wäre auszusteigen, da kam Alan zurück!«

»Auwei«, sagte Sergeant Beryl.

»Ganz in der Nähe war Geschrei zu hören. Dann, als Alan den Wagen startete, ging die Beifahrertür auf, und jemand versuchte einzusteigen. Ich konnte natürlich von alldem nichts sehen, aber ich hörte ihre Stimmen. Sie sagte immer wieder ›Sie sind krank‹ und ›Lassen Sie mich Ihnen doch helfen‹. Er forderte sie auf auszusteigen, und ich glaube, er hat sie sogar gestoßen. Schließlich fuhr er los, aber ich hörte sie immer noch rufen, er solle anhalten. Vielleicht hielt sie sich ja am Türgriff fest, oder ihr Rock war eingeklemmt worden. Dann gab es einen heftigen Rums, sie schrie, und er hielt an. Ich hörte ihn fluchen. Er stieg aus, und dann gab's noch ein Geräusch, mehr ein Knall, gefolgt von einem dumpfen Aufschlag. Dann stieg er wieder ins Auto und fuhr weg.«

An dieser Stelle hielt Simone inne, wandte ihr frisches, argloses Gesicht Jill Gamble zu und fragte, ob sie ein neues Glas Wasser haben könne, da ihres mittlerweile lauwarm geworden war. Dankbar lauschte sie den leisen, ermutigenden Worten ihrer Anwältin. Dann zog sie ihr graues Seidentaschentuch unter dem Armband hervor und betupfte ihre trockenen Augen.

Barnaby beobachtete sie. Seine Hände ruhten locker auf der Kante des Metalltischs. Mit Genugtuung stellte er fest, daß Simone Hollingsworth, bei all ihren sonstigen Fähigkeiten, jedenfalls nicht in der Lage war, auf Kommando zu weinen. Während er wartete, spürte er eine gewisse melancholische Befriedigung, daß er den Brockleys nun würde mitteilen können, daß sie ihre Tochter durch einen tragischen Unfall verloren hatten. Schließlich hatte es wenig Sinn, eine Anklage wegen Totschlags gegen einen Mann zu erheben, der bereits tot war.

Ihm war klar, daß die Sache mit dem Wasser nur ein Vorwand war, um eine notwendige Pause im Verhör zu erreichen. Und als das Glas gebracht wurde, beachtete Simone es auch überhaupt nicht.

Barnaby glaubte zu spüren, wie die Spannung im Raum zunahm, doch dann merkte er, daß diese Spannung gar nicht im Raum war, sondern in ihm selbst. Sein Brustkorb war wie eingeschnürt, und sein Atem ging flach. Seine Konzentration, die seit Beginn des Verhörs kein einziges Mal nachgelassen hatte, steigerte sich jetzt dermaßen, daß er das Gefühl hatte, sie müsse beinah sichtbar sein, wie ein leuchtender Punkt am Ende eines dunklen Tunnels.

»Nun, Mrs. Hollingsworth, Sie befinden sich jetzt also auf der Heimfahrt nach Nightingales.«

»Ich war völlig fassungslos und entsetzt, Chief Inspector.«

»Was passierte, als Sie dort ankamen?«

»Alan fuhr direkt in die Garage. Ich blieb ganz still liegen und hielt die Luft an. Ich dachte, wenn er erst mal im Haus ist, könnte ich vielleicht aussteigen und mich irgendwie in den Garten schleichen. Und mich dort verstecken, bis es ganz dunkel war. Doch dann beugte er sich über den Rücksitz, um nach der Tür zu sehen, und bemerkte, daß unter der Decke was lag. Das war's dann. Er war überglücklich, mich zu sehen, fast schon hysterisch vor Erleichterung, doch gleichzeitig hatte er etwas Düsteres und Verzweifeltes an sich. Er wickelte die Decke um mich und …«

»Wo ist die Decke abgeblieben?«

»Wie bitte?«

»Sie war nicht im Wohnzimmer, als die Polizei dort eindrang.«

»Ach so. Er hat sie irgendwann nach oben gebracht, glaube ich.«

»Okay. Fahren Sie fort, Mrs. Hollingsworth.«

»Wir gingen ins Haus, und er fing an, wirres Zeug zu faseln, daß ihn diese ganze Geschichte fast umgebracht hätte. Und wenn so etwas noch mal passierte oder ich ihn verlassen oder jemand anders kennenlernen würde, dann wär das für ihn das Ende. Ich versuchte, ihn zu beruhigen, und das schien auch zu funktionieren, denn plötzlich war er ganz friedlich. Sagte, es täte ihm leid, daß er mir Angst eingejagt hätte, und ich sollte mir keine Sorgen mehr machen, denn von jetzt an würde alles gut. Bei seinem plötzlichen Stimmungswechsel hätte ich eigentlich mißtrauisch werden sollen, aber ich war so erleichtert, daß er aufhörte zu randalieren. Mittlerweile...«

Barnaby unterbrach sie. Er hatte eine schreckliche Vorahnung, wo das Ganze hinführen würde, und Kälte ergriff sein Herz. Er hatte das Bedürfnis, diesen glatten und gefühllosen Bericht zu stoppen, und sei es nur für eine Minute.

»Wo Sie gerade von Mißtrauen reden, würde ich doch sagen, daß das eher für Ihren Mann hätte gelten müssen. Denn sobald er sie von nahem gesehen hatte, mußte er doch wissen, daß er betrogen worden war.«

»Ich habe nur eine Lampe angeschaltet.«

»Trotzdem...«

»Außerdem hätte er dazu mein Gesicht berühren müssen, und ich hatte ihm bereits gesagt, daß mir das sehr weh täte. Darauf war er nach oben gegangen – um, wie er sagte, Panadol zu holen – er kam aber ohne zurück. Wir hätten keins mehr, meinte er.«

»Was ist dann passiert?« fragte Sergeant Beryl.

Verärgert holte Barnaby tief Luft. Er hatte diese Szene noch intensiver erkunden wollen. Doch bevor er eine weitere Frage stellen konnte, war Simone schon wieder im Redefluß. Sie sprach mit angestrengter, piepsiger Stimme, als litte sie unter Atemnot.

»Er redete und redete, wie sehr er mich vermißt hätte, und stellte viele Fragen. Aber ich sagte, was ich durchgemacht hätte, wär so furchtbar gewesen, daß ich noch nicht darüber reden könnte. Das schien er zu akzeptieren. Nachdem er sich etwas abreagiert hatte, war er eine Zeitlang sehr still. Schließlich stand er auf und goß uns beiden einen Drink ein. Whisky. Mag ich eigentlich gar nicht, aber Alan meinte, dann könnte ich besser schlafen. Dann ging er in die Küche, um Wasser zu holen, obwohl auf dem Tablett mit den Gläsern eine Karaffe stand. Er setzte sich mit seinem Drink auf das Sofa und kippte das Zeug in sich hinein. Ich nippte an meinem nur mal, aber er drängte mich immer wieder auszutrinken, also nahm ich noch einen weiteren Schluck. Alan war furchtbar blaß geworden und schwitzte. Das beunruhigte mich. Als er sich dann zurücklehnte und die Augen schloß, hab ich den Rest von meinem Zeug weggekippt.«

»Wohin?«

»In den Eiseimer. Das Bartischchen stand neben meinem Sessel. Als Alan die Augen wieder öffnete, lächelte er mich an und wirkte sehr zufrieden. ›Gutes Mädchen‹, sagte er. Dann: ›Vergib mir, Darling. Jetzt werden wir immer zusammen sein.‹ Ich wußte überhaupt nicht, was er meinte.«

Und ob du das wußtest, du verlogenes Miststück. Barnaby erkannte jetzt, wie brillant ihre Lösung war. Verstand diesen letzten Dreh in seiner ganzen berechnenden Grausamkeit. Er stellte sich vor, wie der arme Hollingsworth außer sich vor Freude gewesen war von dem Augenblick an, als seine Frau beschlossen hatte, sich ihm zu zeigen. Womöglich war er fast zu Tränen gerührt, als sie sich trotz ihrer Verletzungen und allem, was sie durchgemacht hatte, besorgt um ihn zeigte. Ihm mit ihrer zarten Hand einen Drink mixte; es ihm auf dem Sofa bequem machte. Dafür sorgte, daß er alles austrank.

Beweis es.

»Und wann, Mrs. Hollingsworth, haben Sie festgestellt, daß Ihr Mann nicht einfach nur eingeschlafen war?«

»Das hab ich doch überhaupt nicht gemerkt! Nachdem ich mein Glas gespült hatte...«

»Warum haben Sie das getan?«

»Ich bin eben ein ordentlicher Mensch.«

»Bei dem Chaos in der Küche«, sagte Sergeant Beryl, »wäre es doch wohl auf ein Glas mehr oder weniger auch nicht angekommen.«

»Außerdem fand ich den Whiskygeruch im Zimmer äußerst unangenehm.«

»Mrs. Hollingsworth«, sagte Chief Inspector Barnaby, »im Eiseimer war keinerlei Spur von Alkohol.«

»Den hab ich ebenfalls ausgespült, bevor ich gegangen bin.«

»Haben Sie nicht einfach, nachdem Ihr Mann seinen tödlichen Drink ausgetrunken hatte, ihren eigenen, nicht präparierten Drink in den Ausguß gekippt?«

»Nicht präpariert?«

»Und wenn Sie ohnehin gehen wollten«, sagte Sergeant Beryl, »wieso stört Sie dann der Geruch?«

»Wollen Sie nun die Geschichte zu Ende hören oder nicht? Ich komme nämlich gerade zu...«

»Sie setzen meine Mandantin unter Druck, Chief Inspector.« Jill Gamble hatte Simone eine Hand auf den Arm gelegt, um sie zurückzuhalten. »Und wenn Sie so weitermachen, bin ich gezwungen, ihr den Rat zu geben, sich weniger kooperativ zu verhalten.«

Einen Augenblick herrschte Schweigen. Sergeant Beryl kaute auf seiner Unterlippe, Simone wischte erneut an ihren Augen herum, diesmal mit einem rosafarbenen Papiertaschentuch, und Barnaby versuchte, das Gefühl zu unterdrücken, er führe mit einem Auto, das er nicht unter Kontrolle hatte, am Rand eines Abgrunds entlang.

»Soll ich weitermachen?«

»Bitte, Mrs. Hollingsworth.«

»Nicht daß es noch viel zu sagen gäbe. Ich hab das Haus verlassen...«

»Haben Sie nicht was vergessen?«

»Ich glaube nicht.«

»Bevor Sie das Haus verließen, sind Sie nach oben gegangen...«

»Ich bin überhaupt nicht oben gewesen!«

»Und haben auf dem Computer Ihres Mannes eine Nachricht getippt. Womit haben Sie die Tastatur abgedeckt? Mit einem Ihrer zahlreichen Tücher vielleicht? Mir sind ein paar fast durchsichtige in Ihrem Schlafzimmer aufgefallen.«

Simone war völlig verblüfft. »Wie lautete denn die Nachricht?«

»Es war ein Abschiedsbrief.«

»Na bitte!« Sie drehte sich zu ihrer Anwältin und packte sie am Arm. Jubelnd, von jeglichem Verdacht befreit. »Oh, ist das nicht... *Er hat einen Abschiedsbrief hinterlassen*!«

Es war unerträglich. Der Chief Inspector war so wütend, daß er sich am liebsten übergeben hätte. Es dauerte drei oder vier Minuten, bevor er sich in der Lage fühlte, die Vernehmung fortzusetzen. Dann sagte er: »Um wieviel Uhr haben Sie das Haus verlassen, Mrs. Hollingsworth?«

»So gegen elf, glaube ich.« Sie hatte sich immer noch nicht wieder beruhigt. Alles an ihr strahlte.

»Und auf welchem Weg sind Sie rausgegangen?«

»Durch die Eingangstür. Ich machte mir Sorgen wegen des Lichts, bis mir einfiel, daß ich die Halogenlampe ausschalten mußte. Mr. und Mrs. B. von nebenan starrten nämlich die ganze Zeit aus dem Schlafzimmerfenster. Und dann mußte ich natürlich zurück nach High Wycombe.«

»Warum das denn?« fragte Barnaby mit gespielter Verwunderung. »Bay Tree Cottage ist doch nur zwei Minuten entfernt.«

»Da war keiner. Ich habe wie verrückt geklopft.«

»War es nicht eher so, daß Sarah nicht erfahren durfte, daß Sie in der Nacht, in der Ihr Mann starb, in Fawcett Green waren?«

»Aber da wußte ich doch noch nicht, daß er tot war«, seufzte Simone mit lieblich resignierter Miene.

Wenn Barnaby enttäuscht war, daß die Falle, die er der Verdächtigen gestellt hatte, so sauber umgangen worden war, so ließ er sich das nicht anmerken.

»Und im übrigen konnte ich nicht riskieren, jemandem in die Arme zu laufen, wo ich doch angeblich noch entführt war.«

»Wie sind Sie denn zurück nach High Wycombe gekommen, Mrs. Hollingsworth?«

»Ich beschloß, nach Ferne Bassett zu laufen und von dort ein Taxi anzurufen. Das ist nur eine halbe Meile.«

»Ein bißchen riskant«, sagte Sergeant Beryl, »so spät in der Nacht eine Landstraße entlangzugehen.«

»Da sind Sie wohl nicht der einzige, der so denkt«, antwortete Simone und fing völlig unbeschwert an zu lachen. »Ein alter Mann in einem Morris Minor hat mich mitgenommen. Er wollte tatsächlich über High Wycombe fahren, und ich dachte, ist ja prima! Aber als er mein Gesicht sah, bestand er darauf, mich ins Krankenhaus zu bringen. So landeten wir in der Notaufnahme.« Sie konnte vor Lachen kaum noch sprechen.

Die beiden Polizisten beobachteten sie mit ausdruckslosen Gesichtern.

»Mrs. Hollingsworth, beruhigen Sie sich doch«, sagte Jill Gamble und hielt ihr das Glas Wasser hin.

»O Gott, o Gott.« Simones Schultern bebten. »Schon gut. Es geht schon wieder. Also mußte ich mich durch den Hintereingang verdrücken und zum Taxistand gehen. Und soweit ich weiß«, weitere Heiterkeitsausbrüche, »sitzt der Typ immer noch da.«

»Da hatten Sie aber Glück, daß Sie an einen so verantwortungsbewußten Menschen geraten sind«, sagte Sergeant Beryl.

»Ich bin eben ein Glückspilz.«

Am Ende der dritten Runde wußte Barnaby, daß er gegen diese glatte Fassade nicht ankam und geschlagen war.

Man hatte noch mal was zu essen und Tee kommen lassen, und diesmal hatte Simone, zweifellos erleichtert, daß die schwierigste Klippe erfolgreich umschifft war, richtig zugelangt. Sie aß ein Sandwich mit Tomaten und Käse und zwei Jacobs-Club-Kekse mit Früchten und Nüssen. Auf ihren perlweißen kleinen Zähnen blieben einige Schokoladentupfer zurück. Sie befeuchtete ihr Taschentuch und wischte sich anmutig die Lippen.

»Also. Jetzt erzählen Sie mir mal was über die Athertons, Mrs. Hollingsworth. Wie passen die in diese ausgeklügelte Lügengeschichte?«

»Ich würde das Wort Lüge nicht in Gegenwart von Ronnie benutzen...«

»Würden Sie bitte die Frage beantworten!«

»Entschuldigung.« Simone zuckte zusammen und blinzelte verzweifelt mit den Augen. »Das war doch nur ein Scherz.«

Barnaby, der sich ärgerte, daß er sich hatte provozieren lassen, versuchte, seine Wut herunterzuschlucken.

»Ich meine, meine Mandantin ist in ihrem Leben schon

genug schikaniert worden, finden Sie nicht, Chief Inspector?«

»Wir versuchen hier, die Wahrheit über den Tod des Mannes Ihrer Mandantin herauszufinden, Mrs. Gamble. Und sie scheint diese äußerst ernste Angelegenheit als einen Scherz zu betrachten.«

»Nein, das tu ich nicht!« beteuerte Simone. »Aber Menschen reagieren eben unterschiedlich auf psychischen Streß. Und ich werd leicht ein bißchen hysterisch. Das war schon immer so.«

»Wenn Sie das sagen. Sind sie jetzt bereit, die Frage zu beantworten?«

»Natürlich bin ich das. Das war ich doch die ganze Zeit.« Sie zupfte an ihren Haaren herum und strich sich dann leicht über die Stirn.

»Renee Atherton ist meine Schwiegermutter – das heißt Exschwiegermutter. Wir haben uns immer gut verstanden. Selbst nachdem Jim und ich uns getrennt hatten, bin ich sie ab und zu besuchen gegangen und so. Das war natürlich bevor ich wieder geheiratet habe. Danach hab ich sie noch manchmal von der Telefonzelle aus angerufen, wenn mir in diesem öden Fawcett Green die Decke auf den Kopf fiel. Jimmys Bruder – nun ja, der steht wohl auf mich, aber für mich ist er nur ein Freund.«

»Jemand, an den man sich in schwierigen Zeiten wenden kann?«

»Ganz genau.« Sie strahlte, erfreut darüber, daß er die Situation so rasch erfaßt hatte. »Also hab ich, sobald ich wieder in der Flavell Street war, bei ihnen angerufen.«

»So spät?«

»Das sind Nachteulen. Ich wußte, es würde ihnen nichts ausmachen. Ich hab erzählt, ich bräuchte ganz dringend für ein bis zwei Wochen ein Dach über dem Kopf.«

»Warum diese plötzliche Eile wegzukommen?«

»Weiß nicht, vielleicht irgendein ungutes Gefühl. Ich war ein bißchen nervös. Ronnie wollte sofort kommen.« Bei dieser Erinnerung schüttelte sie zärtlich lächelnd den Kopf. »Er würde alles für mich tun.«

»Aber so war es nicht geplant, nicht wahr, Mrs. Hollingsworth?«

»Was meinen Sie?«

»Es hätte ja wohl keinen Sinn gehabt, mit leeren Händen zu gehen?«

»Wenn er gemein wird«, sagte Simone zu ihrer Anwältin, »kann er sehen, wo er den Rest herkriegt.«

Jill Gamble murmelte einige beschwichtigende Worte; Sergeant Beryl starrte gebannt auf die Styroporplatten unter der Decke; Barnaby knirschte mit den Zähnen.

Mit äußerst gequälter Miene geruhte Simone schließlich weiterzureden. »Ich sagte ihm, er solle am nächsten Tag gegen zwei kommen, im Parkhaus parken, und ich würd ihn mit dem Handy anrufen, wenn die Luft rein ist.«

»Ich verstehe. Und was hat Ihr erster Mann bei dieser ganzen Sache für eine Rolle gespielt?«

»Jimmy. Der hat damit nichts zu tun, er ist in Australien.«

»Das ist uns bekannt. Aber trotzdem...«

»Er hat kaum noch Kontakt zu seiner Familie, weshalb sollte er dann mit mir in Kontakt bleiben?«

»Das stimmt.« Eine weitere wunderbare Theorie im Eimer. »Ronnie hat Sie also abgeholt. Und er hat Sie vermutlich auch aus dem Auto geschmissen.«

»Sagen Sie doch nicht so was.« Simone berührte vorsichtig den Bluterguß auf ihrer Stirn. »Wir wollten, daß es überzeugend wirkt, aber er hat mich ein bißchen zu kräftig gestoßen.

Sarah tauchte gegen ein Uhr auf. Und ganz ehrlich, Inspector, selbst wenn ich je ernsthaft in Erwägung gezogen hätte, mit ihr wegzulaufen …« Hier verstummte Simone und fing leicht an zu zittern. Ihre Augenlider flatterten, und sie hatte sich eine Hand auf die Brust gelegt, als ob sie sich das Atmen erleichtern wollte. »Diese Frau schien zu glauben, nur weil sie das Geld brachte, hätte sie mich gekauft. Sie kippte es auf das Bett und fing an zu lachen und es in die Luft zu schmeißen. Ich dachte ehrlich gesagt, sie wär ein bißchen verrückt geworden.«

»Das kann ich mir vorstellen«, sagte Barnaby und sah vor sich, wie Sarah vor Freude und Erleichterung, daß diese ganze traumatische, verbrecherische Aktion erfolgreich vorbei war, durch das Zimmer tanzte.

»Sie sagte: ›Hier, hier – nimm‹, fing an, mir die Scheine ins Kleid zu stopfen, und versuchte, die Knöpfe aufzumachen. Das kam für mich nun überhaupt nicht in Frage. Ich erinnerte sie daran, daß sie mir versprochen hatte, wir würden bloß Freundinnen sein. Ich hatte das noch nicht ganz ausgesprochen, da fing sie an, mich zu küssen und mir eine Hand unter den Rock zu schieben. Es war absolut widerlich.«

Barnaby versuchte, sich das ebenfalls vorzustellen, es gelang ihm jedoch nicht. Aber ihm war klar, was für eine starke Wirkung eine solche Szene in einem Gerichtssaal hätte. Besonders wenn sie noch mit weiteren schlüpfrigen Details angereichert würde.

»Sie wollte dann los, um uns was zum Mittagessen zu kaufen. Oh, was wir nicht alles haben würden. Lachs, Leberpastete, tollen Kuchen, Champagner. Sie meinte, nach ein paar Gläsern würde ich die Sache mit ihr ganz anders sehen. Sobald sie weg war, rief ich Ronnie an.«

»Und gingen.«

»Hätten Sie das etwa nicht getan?«

»Und nahmen das Geld mit.«

»Ich habe mir meinen Anteil mitgenommen.«

»Und wie hoch war der?«

»Genau die Hälfte. Natürlich was das Ganze Sarahs Idee gewesen, aber ohne die Fotos wäre die Sache überhaupt nicht in Gang gekommen. Also dachte ich, daß ich ein Recht auf die Hälfte hatte.«

»Nach unseren Informationen haben sie das gesamte Geld genommen.«

»Nur Sarah weiß, wieviel ich genommen habe, und sie würde nie eine solche Lüge erzählen.« Sie lächelte die beiden Polizisten mit unerschütterlicher Zuversicht an. »Auch wenn sie eine alte Lesbe ist.«

Barnaby dachte an Sarah Lawson, die in dem künstlichen Licht ihrer Gefängniszelle dahinsiechte, und an Alan Hollingsworth, der in der kalten Erde lag. Aber er wollte sich nicht ein zweites Mal von seiner Wut zu einer unbedachten Äußerung hinreißen lassen. Nicht wenn er sich mit etwas befaßte, das so schlüpfrig wie ein Korb voller Kobras war.

»Sie beide sind ja ein sehr gegensätzliches Paar, nicht wahr, Mrs. Hollingsworth?« Simone starrte ihn an. »Sie beschimpfen hier Sarah mit allem möglichen. Und Sarah würde eher sterben, als ein Wort gegen Sie zu sagen.«

»Das will ich aber auch hoffen!« Trotzdem wurde sie rot. Zumindest ein bißchen.

»Aber Sie haben es die ganze Zeit gewußt. Sie haben gewußt, daß sie Sie so sehr liebt, daß Sie immer in Sicherheit wären.«

Simone drehte sich zu ihrer Anwältin und sagte: »Mir ist das alles ein Rätsel.«

Angesichts dieser Undankbarkeit, mit der all ihre Bemühungen quittiert wurden, beschloß sie nun, daß sie nichts mehr hinzuzufügen hätte. Kurz darauf wurde die Vernehmung für beendet erklärt. Simone wurde nach unten gebracht. Barnaby blieb in dem Raum mit den blaßblauen

Wänden, den Metallstühlen und dem Plakat mit dem Kartoffelkäfer sitzen. Er saß dort, den Kopf in die Hände gestützt und die Augen geschlossen, und sah – so leibhaftig, als wäre sie nur wenige Schritte von ihm entfernt – Simone Hollingsworth auf der Anklagebank sitzen.

Mit flachen Schuhen würde sie im Zeugenstand in der Tat sehr klein wirken. Und obwohl sie bereits so schlank war, traute er ihr durchaus zu, daß sie bis zum Prozeßbeginn noch ein paar Kilo abnehmen würde.

Ihr Haar hätte bis dahin seine richtige Farbe wieder angenommen, und sie würde ein Make-up tragen, das zwar kaum sichtbar war, aber ihre Zerbrechlichkeit betonte. Ihre Kleidung würde einfach und preiswert sein. Vielleicht sogar ein bißchen schäbig. Außer einem Ehering würde sie keinen Schmuck tragen.

Sie würde einen ausgezeichneten Verteidiger haben, aber ihre Aussagen die ganze Zeit so schüchtern hervorbringen, daß der Richter sie häufiger bitten müßte, lauter zu sprechen.

Und die Geschichte, die da aufgerollt würde, wäre eine tragische. Nach kurzer Ehe mit einem Mann, den sie wirklich liebte, verlassen, war sie in den Bann eines grausamen Neurotikers geraten, der sie auf Schritt und Tritt beobachtete wie ein Luchs. Obwohl er sehr großzügig sein konnte, wenn sie sich genauso verhielt, wie er das wünschte, wurde dieser Mann gewalttätig, sobald sie auch nur den kleinsten Versuch machte, irgendeinem Interesse außerhalb des Hauses nachzugehen. Mrs. Hollingsworths Arzt würde das bezeugen.

Das Freundschaftsangebot einer Künstlerin am Ort wurde von dieser einsamen und, ja, meine Damen und Herren Geschworenen, wir müssen es zugeben, vielleicht etwas schlichten und naiven Frau dankbar angenommen. Eine Freundschaft, die sich als fatal für Simones künftiges Wohlergehen erweisen sollte. Denn Sarah Lawson, eine redegewandte und sehr gebildete Frau mit einer äußerst starken Persönlichkeit, war außerdem eine Lesbierin. Und nachdem diese Frau die schutzlos und zutiefst verletzliche Mrs. Hollingsworth überredet hatte, ihr Zuhause zu verlassen, versuchte sie sie zu vergewaltigen.

Als sie versuchte, aus dieser neuen Bedrängnis zu fliehen, ging Mrs. Hollingsworth durch einen unglücklichen Zufall erneut ihrem brutalen Ehemann in die Falle, und diesmal kam sie so gerade noch mit dem Leben davon.

Und so würde es auf überzeugende Weise immer weitergehen...

Eine Mordanklage hatte da keine Chance. Was könnte die Staatsanwaltschaft schon an Beweisen vorlegen? Daß die Gefangene ein Glas und einen Eiseimer ausgespült hatte? Man würde sie unter schallendem Gelächter aus Old Bailey jagen, bis runter nach Blackfriars und über den Fluß nach Southwark.

Wenn diese Verteidigungslinie, daß sie mehr Unrecht erlitten als begangen hätte, erfolgreich war, dann würde sie mit drei bis vier Jahren davonkommen. Und da alles unter vier Jahren automatisch halbiert wurde, könnten alle heißblütigen Männer im Lande schon nach achtzehn Monaten wieder in das Vergnügen ihrer Gesellschaft kommen. Die glücklichen Schweine.

»Sir?« Es war der diensthabende Sergeant.

»Oh, Entschuldigung.« Barnaby blickte auf. »Brauchen Sie den Raum?«

»Eigentlich ja, Chief Inspector?«

»Ich war völlig in Gedanken.«

»Beim Fall Hollingsworth?«

»In diesem Augenblick, Sergeant, habe ich gerade an Marlene Dietrich gedacht.«

»Tatsächlich, Sir?«

»Hab letzte Woche einen ihrer alten Filme im Fernsehen gesehen.«

»War der gut?«

»Ausgezeichnet«, antwortete DCI Barnaby. »Sehr lebensecht.«

Aber schließlich gab es doch eine gewisse Gerechtigkeit. Zumindest ein bißchen. Kurze Zeit später stellte der Chief Inspector nämlich dank der freundlichen Kanzlei Fanshaw and Clay mit Genugtuung fest, daß Alan Hollingsworth in seinem sorgfältig und sehr eng geschriebenen Testament seinen gesamten Besitz samt aller daraus resultierenden Einkünfte seinem Bruder Edward vermacht hatte.

Die Erbschaft war an eine Bedingung geknüpft. Edward und Agnes Hollingsworth mußten für Unterbringung, Ernährung und die Erfüllung aller Grundbedürfnisse von Alans Witwe sorgen, es sei denn, daß sie wieder heiratete, woraufhin alle finanziellen Zuwendungen eingestellt würden.

Barnaby wäre zu gern dabeigewesen, als Simone entdeckte, daß an dem Tag, als sie in ihrem einfachen grauen Kleid und den schlichten Ohrringen Nightingales verließ, wo sich ihre gesamte Garderobe, ihr Kollier, der Diamantring und das so raffiniert erstandene Lösegeld befanden, das ganze Zeug bereits jemand anderem gehörte.

Als Barnaby das alles erfuhr, kam ihm ganz automatisch die Frage, ob Alan nicht doch die ganze Zeit eine Ahnung von der dunklen Seite im Charakter seiner Frau gehabt hatte.

Ein erfreulicher Nebeneffekt dieses erstaunlichen Testaments war, daß Edward Hollingsworth, als er von Gray Pattersons Notlage hörte und erfuhr, daß sie durch das skrupellose Verhalten seines Bruders herbeigeführt worden war, sich entschloß, Patterson voll zu entschädigen.

Sarah Lawson wurde aus dem Holloway Prison zum Bezirksgericht von Wood Green gebracht, wo man sie laut Paragraph eins des Strafgesetzbuchs von 1977 der Verschwörung zur Beschaffung von Geld anklagte, da sie fälschlicherweise behauptet hatte, sie hätte Simone Hollingsworth entführt. Als man sie vor Gericht aufforderte aufzustehen, stellte sich heraus, daß Miss Lawson ohne Hilfe nicht dazu in der Lage war. Sie nahm die Anklage gelassen auf, und als man sie fragte, ob sie noch etwas zu sagen hätte, entschied sie sich zu schweigen.

Noch in derselben Woche wurden Renee und Ronald Atherton wegen des Verdachts der Behinderung einer polizeilichen Ermittlung festgenommen. Zu Barnabys Überraschung war keiner von beiden vorbestraft, also würde das Ganze vermutlich mit einer Verwarnung oder einem Urteil auf Bewährung enden.

Sergeant Troy kehrte zur Arbeit zurück, aber er war noch nicht wieder ganz der alte. In seiner ersten Mittagspause ging er zu W. H. Smith und kaufte Maureen das Buch von Joan Collins zum Geburtstag, dazu eine große Schachtel belgische Pralinen von Marks and Spencer und ein riesiger Blumenstrauß, der eigentlich aus zwei Sträußen bestand. Und er gab sich Mühe, eine hübsche Karte zu finden.

PC Perrot ging dem Chief Inspector nicht aus dem Kopf. Barnaby dachte an das Versäumnis des unerfahrenen Constable, das Ergebnis seines Gesprächs mit Alan Hollingsworth umgehend zu melden, und verglich es mit seiner eigenen Fehleinschätzung – nach dreißig Jahren Dienstzeit – was Sarah Lawson betraf.

Barnaby kam zu dem Schluß, daß er Perrot ungerecht behandelt hatte, und entschied, daß es nicht nur gemein, sondern geradezu dumm wäre, einen Polizisten von einem Job zu versetzen, den er so ausgezeichnet machte. Er diktierte ein Memo in diesem Sinne und wurde dafür mit Dankbarkeit überschüttet. Zusammen mit einem zehnseitigen Brief kamen Ankündigungen aller Veranstaltungen in sämtlichen Dörfern von Perrots Revier, verbunden mit der Bitte, diese – falls es nicht zuviel Mühe mache – am Anschlagbrett der Wache aufzuhängen.

Nach und nach wurde bei der Kriminalpolizei von Causton die Maschinerie, die für den Fall Hollingsworth in Gang gesetzt worden war, abgebaut und das Ermittlungsteam auf andere Fälle verteilt.

Detective Inspector Barnaby leckte insgeheim seine Wunden. Es war nicht sein erster Fehlschlag, und würde gewiß auch nicht der letzte sein, aber es war einer, der ihn besonders ärgerte. Er stellte sich vor, wie auf dem Revier, nicht unbedingt zu seinen Gunsten, über die Sache geredet wurde. Wie man sich an den Tag erinnerte, an dem eine hübsche Blondine mit dem Gesicht eines Engels und dem Naturell eines Mörders den alten Tom in die Tasche gesteckt hatte.

Aber man durfte solche Dinge nicht übermächtig werden lassen, und letztlich war das alles auch gar nicht so wichtig. Wichtig hingegen war, daß Joyce in zwei Tagen Geburtstag hatte.

Barnaby hatte eine Tomatenmousse geplant, die er mit Avocadoscheiben und Salatherzen servieren würde. Danach gäbe es gegrillten Wildlachs mit Sauce hollandaise und frischen grünen Bohnen aus dem Garten. Cully und Nicholas würden zum Nachtisch eine Aprikosentorte von der Patisserie Valerie mitbringen und eine Flasche Perrier-Jounet Belle Époque.

Sie würden draußen im Garten essen und danach noch im Dunkeln unter dem strahlenden Sternenhimmel zusammensitzen. Barnaby, seine Tochter und ihr Mann würden

»Happy birthday to you« singen, und dann würde Joyce mit ihnen singen, wie sie das immer tat. »Greensleeves« vielleicht. Oder »There's No Place Like Home.«

ELIZABETH GEORGE

....macht süchtig!

Spannende, niveauvolle Unterhaltung
in bester britischer Krimitradition.

43771

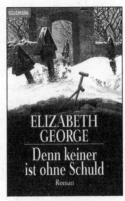

43577

42960

9918

GOLDMANN

GOLDMANN

*Das Gesamtverzeichnis aller lieferbaren Titel erhalten Sie
im Buchhandel oder direkt beim Verlag.
Nähere Informationen über unser Programm erhalten Sie auch im Internet unter:*
www.goldmann-verlag.de

★

Taschenbuch-Bestseller zu Taschenbuchpreisen
– Monat für Monat interessante und fesselnde Titel –

★

Literatur deutschsprachiger und internationaler Autoren

★

Unterhaltung, Kriminalromane, Thriller
und Historische Romane

★

Aktuelle Sachbücher, Ratgeber, Handbücher und
Nachschlagewerke

★

Bücher zu Politik, Gesellschaft, Naturwissenschaft und Umwelt

★

Das Neueste aus den Bereichen
Esoterik, Persönliches Wachstum und Ganzheitliches Heilen

★

Klassiker mit Anmerkungen, Anthologien und Lesebücher

★

Kalender und Popbiographien

★

Die ganze Welt des Taschenbuchs

★

Goldmann Verlag • Neumarkter Str. 18 • 81673 München

Bitte senden Sie mir das neue kostenlose Gesamtverzeichnis

Name: _____

Straße: _____

PLZ / Ort: _____